Zu diesem Buch

Janwillem van de Wetering wurde 1931 in Rotterdam geboren. Nach dem Schulabschluß begann er zunächst eine kaufmännische Ausbildung in der elterlichen Firma, in deren Verlauf er durch Südafrika, Südamerika und Australien reiste. Danach ging er nach London, um Philosophie zu studieren, und reiste 1958 nach Japan. Hier verbrachte er achtzehn Monate in einem buddhistischen Kloster, «ein einschneidendes Erlebnis in meinem Leben», wie er sagt.

Er kehrte nach Amsterdam zurück, wo er jahrelang als Hilfspolizist Streife ging. Hier sammelte er Eindrücke und Erfahrungen, die er dann in seinen Romanen verarbeitete. Jetzt lebt er mit seiner Familie in Maine, USA.

1975 erschien sein erster Roman «Outsider in Amsterdam». Inzwischen sind in dieser Reihe dreizehn Romane und vier Kurzgeschichtenbände erschienen. Außerdem drei Bände mit einer Sammlung japanischer Kriminalstories.

Der blonde Affe (Nr. 2495), Der Commissaris fährt zur Kur (Nr. 2653), De Gier im Zwielicht (Nr. 3082), Ein Feind aus alten Tagen (Nr. 2797), Ketchup, Karate und die Folgen (Nr. 2601), Massaker in Maine (Nr. 2503), Rattenfang (Nr. 2744), Der Schmetterlingsjäger (Nr. 2846), Ticket nach Tokio (Nr. 2483), Tod eines Straßenhändlers (Nr. 2484) und die Kurzgeschichtenbände Inspektor Saites kleine Erleuchtung (Nr. 2766), Die Katze von Brigadier de Gier (Nr. 2893), Kuh fängt Hase (Nr. 3017), So etwas passiert doch nicht (Nr. 2915), Sonne, Sand und coole Killer (Nr. 3129) Bloody Bunny (Nr. 3161) sowie Blut in der Morgenröte (Nr. 3075), Drachen und tote Gesichter (Nr. 3036), Totenkopf und Kimono (Nr. 3062).

Janwillem van de Wetering

Outsider in Amsterdam
Eine Tote gibt Auskunft
Der Tote am Deich

Rowohlt

rororo thriller
Herausgegeben von Bernd Jost

Veröffentlicht im Rowohlt Taschenbuch Verlag GmbH,
Reinbek bei Hamburg, März 1995

Die Originalausgabe von Outsider in Amsterdam
erschien 1975 bei A. W. Bruna & Zoon, Utrecht / Antwerpen
unter dem Titel «Outsider in Amsterdam»
Die Originalausgabe von Eine Tote gibt Auskunft erschien
1975 bei A. W. Bruna & Zoon, Utrecht / Amsterdam
unter dem Titel «Buitelkruid»

Die Originalausgabe von Der Tote am Deich
erschien 1979 bei Houghton Mifflin Company, Boston,
unter dem Titel «The Corpse on the Dike»

Published by special arrangement
with Houghton Mifflin Company
Umschlagfoto Letraset / Phototone
Umschlagtypographie Peter Wippermann / Susanne Müller
Gesamtherstellung Clausen & Bosse, Leck
Printed in Germany
1200-ISBN 3 499 43167 x

Outsider in Amsterdam

Deutsch von
Hubert Deymann

Zu diesem Buch

«Selbstmörder in der Haarlemmer Houttuinen Nr. 8» sagte die Stimme im Sprechfunkgerät. «Kümmert euch mal drum.»

Adjudant Grijpstra und Brigadier de Gier fahren zu der angegebenen Adresse. Es ist ein schönes Haus in der Amsterdamer Altstadt. Damals vielleicht von einem reichen Handelsherren gebaut, ist es jetzt der Sitz einer ‹Hindistischen Gesellschaft›.

Auf ihr Klingeln öffnet ihnen ein dunkelhäutiger, schmächtiger Mann und stellt sich als Jan Karel van Meteren aus Neuguinea vor. Er ist ein reinrassiger Papua und nach dem Krieg in das Land der ehemaligen Kolonialherren gegangen, erklärt er den überraschten Polizisten freundlich. Er habe die Leiche entdeckt und die Polizei benachrichtigt. Der Tote ist der Leiter der Gesellschaft, ein gewisser Pier Verboom, und er habe ihn gut gekannt. Warum er sich am Deckenbalken erhängt hat, kann van Meteren nicht sagen. Aber an Mord, wie die beiden Beamten vermuten, kann er nicht glauben.

Als die Polizisten sämtliche Personen vernommen haben, ist der Gedanke gar nicht mehr so abwegig: Es gibt da eine junge Angestellte, die ein Kind von Verboom erwartet; eine Ehefrau und Erbin, die in Paris lebt, aber am Todestag ihres Mannes nicht an ihrem Arbeitsplatz war, und Indizien deuten darauf hin, daß Verboom mit Rauschgift gehandelt hat. Außerdem fehlt eine große Geldsumme.

Adjudant Grijpstra und Brigadier de Gier sind erfahrene Polizisten. Sie wissen, daß man Geduld haben muß in solchen Fällen. Irgendwann macht jemand einen Fehler, er redet zuviel, er prahlt und gibt mehr Geld aus, als er besitzen dürfte... Und dann sind die beiden am Zug.

Die Hauptpersonen

Piet Verboom	hängt am Deckenbalken seines Zimmers – ob aus freiem Willen oder gewaltsam dorthin befördert, das können die Polizeibeamten
Adjudant Grijpstra und Brigadier de Gier	auf den ersten Blick nicht entscheiden. Irgendwelche Sorgen oder Depressionen habe er nicht gehabt, erklärt
Jan Karel van Meteren	den Beamten. Das hätte er gemerkt, da er Verboom recht gut gekannt habe. Auch
Joachim de Kater	kann kein Licht in die Sache werfen. Er war Steuerberater des Toten gewesen. Dieser habe mit einer gewissen Steuernachzahlung rechnen müssen. Aber sich deswegen umzubringen...
Constanze Verboom	weiß ebenfalls nichts. Sie ist ihrem Mann davongelaufen und lebt jetzt in Frankreich. Und wenn sie auch als Erbin ein Motiv gehabt hätte – sie war zur Tatzeit in Paris. Und die beiden Rauschgifthändler
Beuzekom und Ringma	mit dem Tod Verbooms in Verbindung zu bringen, nur weil man sie im Lokal des Toten angetroffen hat – das wäre in diesem Stadium der Nachforschungen verfrüht. Zum Schluß liefert dann der Mechaniker
Leo Seket	den ersten brauchbaren Hinweis. Auf Grund seiner Aussage kommt es zu einer Festnahme. Doch dann will die Polizei zuviel auf einmal...

Vorwort

Als ich noch klein war, fragten mich meine Eltern wohl mal, was ich einmal werden wollte. Ich gab immer die gleiche Antwort. Ich wollte Indianer werden und in meiner Freizeit Cowboy.

Als mich das Schicksal, das nach buddhistischem Glauben das Ergebnis früherer Taten ist, nach langer Reise durch viele Länder wieder nach Amsterdam gebracht hatte, erhielt ich einen Brief vom Verteidigungsministerium. In dem Brief waren eine Adresse, ein Name und ein Datum angegeben. Ich fand eine Dame in mittleren Jahren hinter einem Schreibtisch, die mir sagte, ich müsse Soldat werden. Ich wies sie darauf hin, daß ich über dreißig Jahre alt sei, aber das schien sie wenig zu kümmern.

Kurze Zeit darauf erhielt ich einen weiteren Brief vom Ministerium. Darin wurde mir mitgeteilt, daß ich mich als im «außerordentlichen Dienst» stehend betrachten müsse. Ich sah mir den Brief eine Weile an und legte ihn in eine Schublade. Was «Dienst» war, begriff ich nicht ganz, was «außerordentlich» war, verstand ich überhaupt nicht.

Aber die Instanzen gaben nicht nach. Die folgende Aufforderung kam von der Behörde für Bevölkerungsschutz, und als ich wiederum zu einer Dame sagte, daß ich dort nicht hineinwolle, was es auch sein möge, gab sie mir den Rat, Dienst bei der Polizei zu tun. «Ich habe schon eine Arbeit», sagte ich. «In Ihrer Freizeit», sagte die Dame.

Der Gedanke verblüffte mich. Ich hatte nicht gewußt, daß man in seiner Freizeit Polizist sein kann.

Aber man kann. Und seit mehreren Jahren bin ich Mitglied der Amsterdamer Sondertruppe der Polizei und diene der Königin in der Uniform eines Polizisten. Die Abenteuer, die ich in der Innenstadt von Amsterdam erlebte, haben mich inspiriert, diese Geschichte zu schreiben. Hier und da ist die Phantasie mit mir durchgegangen, und das Resultat ist, daß die Polizeiroutine, wie ich sie beschreibe, nicht immer mit der Wirklichkeit übereinstimnmt.

Und die Helden und ihre Gegenspieler habe ich erfunden. Sie leben in Wirklichkeit nicht, obwohl ich manchmal denke, daß sie mir an der nächsten Straßenecke entgegenkommen müßten.

1

Der Volkswagen war auf dem breiten Fußweg der Haarlemmer Houttuinen in der Höhe der Hausnummer 5 abgestellt, und zwar völlig vorschriftswidrig.

Der Adjudant hatte den Motor abgeschaltet.

Der Adjudant zögerte.

Haarlemmer Houttuinen Nummer 5 war das Ziel dieser Dienstfahrt. In dem hohen schmalen Haus, das er jetzt mit Abneigung betrachtete, befand sich eine Leiche, eine an einem Seil aufgehängte Leiche. Sie drehte sich wahrscheinlich langsam um die eigene Achse, denn Leichen an einem Seil hängen nie ganz bewegungslos.

Der Adjudant saß lustlos hinter dem Steuer. Er hatte keine Lust auszusteigen und durch den Regen zu laufen, und er hatte keine Lust, eine Leiche an einem Seil baumeln zu sehen.

«Heh», rief Brigadier de Gier, der neben Adjudant Grijpstra im Wagen saß. Der Brigadier hatte auch zu nichts Lust, aber das Gefühl, daß etwas geschehen müsse.

«Was?» fragte Grijpstra.

De Gier machte eine hilflose Geste. Grijpstra konnte sich die Bewegung des Arms mit der schlaffen Hand nach Belieben auslegen. De Gier rührte sich immer noch nicht, und Adjudant und Brigadier lauschten einträchtig auf die dicken Regentropfen, die vom schweren, saftigen Frühlingshimmel auf das Blechdach des Volkswagens trommelten.

«Ja», sagte der Adjudant und stieg aus. De Gier hatte den Wagen auf dem Rand des Fußwegs geparkt, und Grijpstra war gezwungen, von seinem Platz aus auf die stark befahrene Straße zu treten. Der breite amerikanische Wagen, der kreischend aus der Kurve geschossen kam, konnte nur eben noch der sich plötzlich öffnenden Tür ausweichen. Der Fahrer hupte.

De Gier lachte und stieg ebenfalls aus. Er schloß die Tür sorgfältig ab, während ihm der kalte Regen in den Nacken peitschte. In Amsterdam ist nichts sicher, auch ein Polizeifahrzeug nicht, und schon gar nicht, wenn es nicht als solches gekennzeichnet ist. Selbst ein Experte würde diesen VW nicht sofort als Transportmittel für Kriminalbeamte erkennen. Das Funkgerät war unter dem Armaturenbrett verborgen, und die Antenne oben auf dem Dach war wie bei einem gewöhnlichen Radio. Unter dem Rücksitz lag gut versteckt ein Karabiner mit sechs Patronenhaltern, alles ordentlich in eine Decke gewikkelt. Und vorn im Kofferraum war alles zu finden, was Polizeibeamte zur gesetzmäßigen Ausübung ihres Dienstes für nötig erachten, darunter eine ziemlich vollständige Sammlung von Einbrecherwerkzeugen, ein starker Scheinwerfer, ein Abschleppseil mit Haken, Gasmasken und ein Tonbandgerät.

Aber das war alles nicht zu sehen, und auch an den beiden Kriminalbeamten war nicht viel zu sehen. Grijpstra ist ein dicker Mann und de Gier ein dünner, aber von denen gibt es ja wohl mehrere in der Hauptstadt. Grijpstra trug einen schlechtsitzenden Anzug aus teurem, gestreiftem englischem Stoff, ein weißes Oberhemd und eine blaue einfarbige Krawatte, de Gier einen Maßanzug aus Jeansmaterial, ein blaues Oberhemd und einen bunten Schal, den er ordentlich um den Hals geschlungen hatte. Grijpstra hat kurzes Bürstenhaar und de Gier einen Fassonschnitt, über die Ohren gekämmt und im Nacken gekräuselt, gepflegt, viele Male gebürstet und gekämmt, und wenn sein Hinterteil etwas dicker gewesen wäre, hätte man ihn – von hinten gesehen – für eine Frau halten können.

Ein gewöhnlicher Wagen parkte auf dem Fußweg, und zwei gewöhnliche Männer rannten durch den Regen zum Haus Nummer 5 und standen keuchend nebeneinander im überdachten Hauseingang.

Sie standen jetzt im Trocknen und verfielen wieder ins Nichtstun.

«Bah», sagte Grijpstra und las das Schild an der Tür.

HINDISTISCHE GESELLSCHAFT stand auf dem Schild. Tür und Schild sahen ordentlich aus. Die Worte waren mit etwas verschnörkelten Buchstaben geschrieben, so als hätte der Schriftkünstler versucht, eine geheimnisvolle Atmosphäre zu schaffen. Die Buchstaben sahen aus, als seien sie flüchtig aufgepinselt worden; das Resultat war entfernt chinesisch, aber sehr weit entfernt.

De Gier holte einen Kamm heraus und ordnete seine Nackenkräuseln, während er sich umschaute.

Das Portal war sehr alt und sehr imponierend. Es war im 17. Jahrhundert für einen Kaufmann entworfen worden, der sich auf teures Holz spezialisiert hatte, importiert aus Afrika und dem Fernen Osten. Er hatte es in den drei unteren Stockwerken gelagert, während er selbst die oberen drei bewohnte, von wo aus er den Hafen und die großen Bestände von gewöhnlichem Holz sehen konnte, das auf einem rund einen Quadratkilometer großen Gelände gestapelt war. Aber das war lange her, und jetzt war der Steinfußboden im Portal geborsten und ein wenig abgesackt. Aber das gutgebaute Haus hatte viel von seiner ursprünglichen stattlichen Schönheit bewahrt, und der gegenwärtige Besitzer hatte es in vernünftigem Zustand erhalten.

Rechts im Portal war ein kleines Fenster ausgespart, und de Gier sah eine Auslage von Stöpselflaschen, gefüllt mit Gesundheitsgetreide und verschiedenen Sorten von braunem und grünem Tee, garniert mit einem Zeug, das getrocknetem Seetang glich. Ein Schild im Schaufenster erzählte dem Besucher mit den gleichen, fernöstlich anmutenden Buchstaben, daß die Gesellschaft verschiedenen Aktivitäten nachging.

Grijpstra stand jetzt neben de Gier und las laut:

«Laden geöffnet von 9 bis 16 Uhr,

Restaurant geöffnet von 18 bis 21 Uhr.

Bar geöffnet von 19 bis 24 Uhr.»

Grijpstra sah de Gier an, aber der sagte nichts. Gemeinsam betrachteten sie die Schächtelchen mit Weihrauch und die kleine vergoldete Buddhastatue; er saß auf seinem Piedestal und starrte unentwegt vor sich hin. Er hatte einen spitz auslaufenden Kopf.

«Ein Spitzkopf», sagte Grijpstra. «Kriegt man den vom Meditieren?»

«Das ist kein Spitzkopf», sagte de Gier in dem belehrenden Ton, den er monatlich einmal abends annahm, wenn er die jungen Beamten der Bereitschaftsabteilung in die Anfänge der Verbrechensermittlung einführte. «Das ist ein Himmelskopf. Die Spitze zeigt nach oben, wo der Himmel ist. Je mehr man meditiert, desto dünner wird die Atmosphäre, in der man sich befindet.»

«Aha», sagte Grijpstra, «ein Himmelskopf.»

«Klingle mal», sagte Grijpstra. «Du hast einen so hübschen Zeigefinger.»

De Gier knickte in der Hüfte ein und klingelte. Er hatte wirklich einen hübschen Zeigefinger, lang und dünn mit einem schönen, mit der Feile bearbeiteten Nagel.

Grijpstra hatte die Hände tief in die Tasche geschoben, als wolle er jedem Vergleich ausweichen.

Die Tür wurde sofort geöffnet; man hatte sie erwartet.

«Vermutlich Selbstmord», war über Polizeifunk vor einigen Minuten gemeldet worden. «Ein Mann hat sich erhängt. Anscheinend ist er schon tot.» Das war die Meldung gewesen, gefolgt von der Adresse.

Grijpstra hatte die Adresse wiederholt und gesagt, sie würden hinfahren. Und jetzt waren sie eingetroffen. Aber sie wußten nur, was ihnen über Funk gesagt worden war.

Und jetzt würde es große Aufregung geben. Durcheinanderredende Menschen. Weiße Gesichter. Ängstliche Blicke. Vielleicht Geschrei und Getöse. Gewalt ruft bei den Menschen Reaktionen hervor.

Aber das Gesicht, das sie aus dem soeben geöffneten Eingang mit der monumentalen, dicken grünen Holztür anschaute, war nicht weiß, sondern schwarz, und es war nicht aufgeregt, sondern ruhig.

Die Kriminalbeamten musterten den Mann im Türeingang.

Ein Neger, dachte Grijpstra, ein kleiner hindistischer Neger. Was soll das?

De Gier hatte noch keine Schlußfolgerung gezogen. Auch er hatte schwarz mit «Neger» assoziiert, aber er zweifelte schon wieder. Der Mann war kein Neger. Wer ist sonst noch schwarz? überlegte de Gier, aber sein logischer Gedankenfluß wurde durch den wartenden Gesichtsausdruck des dunklen Mannes unterbrochen.

«Polizei», sagte Grijpstra und holte seine Brieftasche heraus, eine große lederne Brieftasche mit mehreren Fächern auf der einen Seite, einem Notizblock in der Mitte und einem ausfaltbaren Plastikfach auf der anderen Seite. Er schüttelte sie und ließ den Mann seinen Ausweis sehen.

Der kleine Mann trat einen Schritt vor und betrachtete aufmerksam das Dokument, das vor seiner Nase baumelte.

«Das ist eine Kreditkarte der Algemeene Bank der Nederlanden», sagte der kleine Mann.

De Gier lachte leise, und Grijpstra sah seinen Kollegen still, traurig und vorwurfsvoll an.

«Verzeihung», sagte de Gier.

Grijpstra steckte seine eckigen, dicken Finger in die Brieftasche und fand den Polizeiausweis mit den blauen und roten Streifen und dem Paßfoto.

Der kleine dunkle Mann betrachtete die Karte.

«H. F. Grijpstra», las er klar und deutlich, «Adjudant. Städtische Polizei Amsterdam.»

Er machte eine Pause.

«Ich habe ihn gesehen. Kommen Sie herein.»

Sonderbar, sonderbar, dachte de Gier. Der Mann hat sich die Karte wirklich angesehen. Das kommt sonst nie vor. Grijpstra zeigte immer seine Kreditkarte, und bis jetzt hatte noch nie jemand etwas gemerkt. Aber dieser kleine Mann sah, was man ihm vor die Nase hielt.

«Wer sind Sie?» fragte Grijpstra.

«Jan Karel van Meteren», sagte das Männchen.

Sie befanden sich jetzt in einem Korridor mit drei Türen aus schwerer Eiche. Eine stand offen, und de Gier sah mehrere langhaarige junge Männer und einen älteren Mann mit kahlem Kopf an einer Bar. Alle tranken Bier. Er warf einen flüchtigen Blick auf einen anderen jungen Mann hinter der Bar, der ein weißes T-Shirt trug und um den Hals eine Kette aus bunten Steinen hängen hatte. Van Meteren war vorausgegangen, und sie folgten ihm gehorsam. Am Ende des Korridors war eine Treppe, eine hölzerne Wendeltreppe, die erst vor kurzem gebohnert worden war. Neben der Treppe sah Grijpstra eine Nische mit einer stehenden, vermutlich indischen Statue, die segnend die rechte Hand erhoben hatte. Die Skulptur war mannshoch und aus Bronze.

Sie gingen die Treppe hinauf und kamen in einen großen offenen Raum mit hoher Decke, die mit einer weißgestrichenen Stuckgirlande geschmückt war, deren Blüten in Gold hervorgehoben wurden. Dies schien hier das Restaurant zu sein, das die ganze Fläche einnahm. De Gier zählte zehn Tische, sechs für vier Personen und vier für sechs Personen. Fast alle Stühle waren besetzt.

De Gier war stehengeblieben, während ihr Führer geduldig wartete. Er bewunderte eine zierliche Statue auf einem weißen Steinsockel, die ziemlich hoch an der Wand befestigt war. Die Statue stellte eine Frau in Tanzhaltung dar. Der edle Kopf auf dem schlanken Hals schien auf den ersten Blick schlecht zu den wollüstigen Brüsten und der frivolen Haltung des angehobenen Fußes zu passen, und Grijpstra war erstaunt, daß diese nackte, sexuell erregende Gestalt göttlich sein sollte, absolut göttlich, ruhig und mächtig und frei. Vor allem frei. Der Gedanke ging ihm schnell durch den Kopf und verschwand wieder, als er weiterging.

De Gier, der ebenfalls gezwungen war stehenzubleiben, hatte die

Statue nur flüchtig angesehen. Er schaute nach den essenden Gästen und ließ seinen Blick schnell herumwandern, wobei er keinem direkt ins Gesicht sah. Ein direkter Blick ist immer aggressiv und fordert Aufmerksamkeit heraus. Er wollte jedoch nicht auffallen und tat es auch nicht. Die Gäste sahen in den beiden Kriminalbeamten nur andere Gäste, die soeben gekommem waren, um einen Happen zu essen. Ein Mann nahm einladend seine Aktentasche und seinen Hut von einem Stuhl. De Gier schüttelte freundlich ablehnend den Kopf. Ihm fiel auf, daß schweigend gegessen wurde. Vielleicht lauschte man der Musik, die aus mehreren Stereolautsprechern kam. Ihm gefiel die Musik, und er erinnerte sich, daß er dergleichen schon einmal im Tropenmuseum gehört hatte. Die schweren rhythmischen Akkorde schrieb er einer Baßgitarre und das trockene harte Ticken einem Satz von Trommeln zu. Die schwingenden hohen Töne kamen wohl aus einer Flöte, wahrscheinlich einer Bambusflöte.

Sie hatten sich wieder in Bewegung gesetzt, und van Meteren ging ihnen weiterhin voraus. Sie durchquerten das ganze Restaurant und kamen in eine lange schmale Küche mit einem Fenster, durch das man einen Blick auf den Garten mit blühenden Rhododendren werfen konnte. Zwei Mädchen in strammen Blue jeans mit Hosenträgern rührten fleißig in Töpfen. In der Küche hing ein scharfer, nicht unangenehmer Geruch von einer Mischung fernöstlicher Kräuter. Ein Mädchen wollte etwas sagen, überlegte es sich aber, als es sah, daß die Beamten in Begleitung von van Meteren waren.

Noch eine Treppe hinauf und noch ein Korridor. Weiße Wände und eine Tür mit einem Schild und der Aufschrift *Tempel*. Ein langer, niedriger, enger Korridor. Sie gingen an drei Türen vorbei; van Meteren öffnete die vierte und letzte.

Von der Musik aus dem Restaurant, ein Stockwerk tiefer, war hier nichts zu hören. Grijpstra ging in das Zimmer und seufzte. Er sah die Leiche, und sie bewegte sich, genau wie er es erwartet hatte. Erhängte drehen sich immer ein wenig, wegen der Zugluft. De Gier stand schweigend neben seinem Vorgesetzten und schaute ebenfalls. Er sah die kleinen nackten Füße, mit den zum Boden gerichteten Zehen. Dann schaute er nach oben und sah die ausgestreckte Zunge und die weit offenen hervortretenden blauen Augen. Eine kleine Leiche, ein Mann von höchstens ein Meter sechzig, ein schlanker Mann, ordentlich gekleidet in einer beigefarbenen Hose aus gutem Stoff mit scharfer Bügelfalte und einem gestreiften, frischgewaschenen Oberhemd. Ein Mann von etwa vierzig Jahren. Langes, schimmerndes dunkelrotes Haar und ein voller, herabhängender Schnurrbart. De Gier ging einen Schritt näher heran und betrachtete die Armbanduhr. Er stieß einen leisen Pfiff aus. Die Uhr war bestimmt 1000 Gulden wert, wenn nicht noch mehr. Er hatte selten ein so breites und dickes goldenes Uhrarmband gesehen.

Die Kriminalbeamten hatten beide die Hände auf dem Rücken. Sie würden vorläufig nichts anfassen, sondern nur schauen.

Grijpstra sah sich um. Ein großes Zimmer mit ebenfalls hoher Decke, aber diesmal ohne Stuckverzierung. Er ließ seine Augen über die dicken Balken aus Fichtenholz wandern. An den Wänden Bücherschränke, gut gefüllt, nur hier und da war etwas Platz gelassen für eine Vase oder eine Schüssel. Er sah ein Telefon neben einem Fernsehgerät und einer kompletten Enzyklopädie. Ein Tisch mit niedrigen Stühlen. Bestickte Kissen. Auf dem Tisch eine Schreibmaschine mit einem eingespannten Bogen. Er beugte sich vor. *Meine Herren, in Beantwortung Ihres Briefes vom 10. dieses Monats muß ich Ihnen mitteilen…* Weiter nichts. Der Briefkopf bestand aus den Worten HINDISTISCHE GESELLSCHAFT, dazu Adresse und Telefonnummer; das Briefpapier sah teuer aus.

Ein umgefallener Schemel neben den Füßen der Leiche, wahrscheinlich umgestoßen. Ein Plattenspieler mit einem Stapel Platten. Ein niedriges Bett mit einem gebatikten Tuch bedeckt. Die gewebten Vorhänge waren geschlossen, ließen aber noch genug Licht herein, um alle Einzelheiten im Zimmer erkennen zu können.

«Was ist das?» fragte Grijpstra und zeigte auf einen anderen niedrigen Tisch, rotlackiert, auf dem die hölzerne Statue eines dicken, kahlköpfigen Mannes mit untergeschlagenen Beinen thronte, der sie mit seinen Glasaugen anstarrte.

«Eine Art von Altar», antwortete de Gier nach einigem Nachdenken. «Die mit Sand gefüllte Kupferschale muß zum Verbrennen von Weihrauch dienen, und die braunen Flecken im Sand sind verbrannte Weihrauchstäbchen.»

Grijpstra zog eine Augenbraue hoch. «Du weißt eine ganze Menge.»

«Ich besuche Museen», sagte de Gier.

Grijpstra schnupperte. «Weihrauch?» fragte er.

De Gier nickte. Von der schweren, schwülen Luft bekam er Kopfschmerzen.

«Haben Sie die Leiche entdeckt?» fragte er den kleinen dunklen Mann.

«Ja, Mijnheer», sagte van Meteren. «Ich mußte Piet etwas fragen, und als er nicht ‹herein› oder ‹ja› rief, nachdem ich geklopft hatte, bin ich wieder gegangen. Die Mädchen in der Küche sagten, sie hätten ihn nach oben gehen sehen. Es gibt nur die eine Treppe nach oben, und ich mußte ihn unbedingt sprechen. Ich habe im Zimmer seiner Mutter, das an diesem Korridor liegt, und im Tempel nachgesehen, aber dort war er auch nicht. Ich dachte, er wäre vielleicht eingeschlafen, und habe noch einmal geklopft und dann die Tür geöffnet. Und da hing er. Ich habe sofort die Polizei angerufen und unten auf Sie gewartet. Die anderen wissen noch nichts.»

«Warum haben Sie ihn nicht abgeschnitten?» fragte de Gier.

«Er war schon tot», sagte van Meteren.

«Woher wußten Sie das?»

Van Meteren gab keine Antwort.

«Sind Sie Arzt?» fragte Grijpstra.

«Nein», sagte van Meteren. «Aber ich habe schon viele Tote gesehen. Piet ist tot. Tot ist tot. Ich konnte es spüren. Von seinem Körper ging kein Gefühl mehr aus.»

«Haben Sie ihn berührt?»

Van Meteren zuckte die Achseln. «Ich brauche einen Körper nicht zu berühren, um zu wissen, daß er tot ist.»

«Warum haben Sie ihn also nicht losgeschnitten?» fragte de Gier noch einmal.

«Allein hätte ich es nicht geschafft», sagte van Meteren. «Jemand hätte mir helfen müssen, die Leiche festzuhalten. Außerdem wollte ich, daß Sie ihn so vorfinden. Vielleicht sehen Sie etwas, das Ihnen hilft.»

De Gier sah sich die Leiche noch einmal an. Er hatte das Gefühl, daß er den Mann schon mal gesehen hatte, und er suchte in seinem Gedächtnis. De Gier hatte ein gutes Gedächtnis, und er kannte sich in seinen Akten aus. Nach einer Weile wußte er, ihm war der Mann nicht bekannt, aber das Gesicht mit glattrasiertem Kinn und Wangen und dem schweren Schnurrbart erinnerte ihn an ein Gemälde, das er in Den Haag gesehen hatte. Es war das Porträt eines Kriegers, eines

Statthalters zu Pferde, auf dem Weg in die Schlacht. Der Herrscherblick war ihm damals aufgefallen. Dieser tote Mann mußte auch ein Herrscher gewesen sein, vielleicht heute mittag noch. Ein Boss oder ein kleiner Boss. Ein disziplinierter Boss, dachte de Gier. Er sieht ordentlich aus; dieses Zimmer ist aufgeräumt und sauber; das ganze Haus ist sauber. Die Mädchen in der Küche machen einen netten Eindruck. Auch van Meteren, der irgendwie ein Untergebener des toten Mannes gewesen sein muß, ist kein unordentlicher Mensch. Warum fällt mir das auf? fragte sich de Gier. Die Antwort kam sofort. Er hatte beim Lesen der Worte HINDISTISCHE GESELLSCHAFT an der Haustür ein Drecknest erwartet. Und warum? fragte er sich. Hindistisch ist etwas Östliches, aus dem Osten kommt die neue Wahrheit, die neue Atmosphäre. Aber die Anhänger des neuen Gedankens, der jetzt von verschiedenen Seiten in die Gesellschaft gebracht wird, bringen Unordnung. Diese schmutzigen, verdächtigen Gestalten, die er wegen kleiner Vergehen regelmäßig verhören mußte. Er erinnerte sich an den Inhalt ihrer Taschen, der beim Durchsuchen zum Vorschein gekommen war, an die Bilder indischer Heiliger, die gefalteten und verschmutzten Fotos alter nackter Männer mit dickem, verfilztem Haar, die Yogis sein sollten oder Gurus, an die Meister des Alten, jetzt wiederum Meister des Neuen. Er hatte das Wort «hindistisch» zuerst mit «hinduistisch», dann mit «Weisheit des Ostens» und danach mit «Schmiererei» verbunden, doch alles, was er bis jetzt in diesem Haus gesehen hatte, sprach von Ordnung und Sauberkeit.

De Giers Gedanken hatten nur wenige Sekunden beansprucht, und inzwischen hatte Grijpstra wieder geseufzt. Der Mann, der vor ihm hing, war zweifellos tot, aber nur ein Arzt kann den Tod feststellen. Er würde ihn losschneiden müssen.

Er warf einen Blick über die Schulter und nickte de Gier zu.

«Ruf mal eben an.»

Aber er hätte nichts zu sagen brauchen. De Gier stand am Telefon und hatte die erste 2 bereits gewählt. Ein paar Worte genügten. Im Präsidium brauchten sie nur noch auf Knöpfe zu drücken, um direkte Verbindung zum Polizeiarzt, zur Fotoabteilung und zu den Fingerabdruckexperten herzustellen. Innerhalb weniger Minuten würden alle auf dem Weg sein.

Während de Gier telefonierte, hatte Grijpstra den Schemel aufgestellt und war daraufgestiegen. Er durchschnitt das Seil mit seinem

Stilett, das er vorschriftswidrig immer als Waffe bei sich trug. Das Seil war nicht dick und die Klinge sehr scharf. De Gier wollte die Leiche auffangen, aber van Meteren war schneller. Er legte die Leiche vorsichtig auf das Bett. Niemand dachte, daß Piet wieder zu atmen beginnen würde.

Er tat es auch nicht.

Grijpstra beugte sich herunter und sah auf das tote Gesicht. «Schau mal.»

De Gier sah hin. «Ach, ach», sagte er.

Van Meteren sah ebenfalls zu.

«Ein blauer Fleck an der Schläfe», sagte van Meteren, «und eine kleine Beule.»

«Das haben Sie aber sehr schnell gesehen», sagte de Gier.

«Ein Schlag», sagte van Meteren, der immer noch vornübergebeugt hinschaute. «Mit einem Stock oder vielleicht auch mit der Faust. Oder vielleicht auch nicht. Der Arzt wird es wohl wissen.»

«Haben Sie hier im Haus etwas zu sagen?» fragte de Gier.

Van Meteren hatte sich wieder aufrecht hingestellt und hielt die Hände auf dem Rücken. Er dachte nach. Er runzelte die niedrige Stirn über der breiten platten Nase. Und jetzt wußte de Gier, daß dieser Mann ein Papua sein mußte. Er sah das Foto aus seinem Geographiebuch wieder vor sich, ein Papua, der am Strand sitzt und seine Speerspitze schleift. Aber dieser kleine Mann war kein reinrassiger Papua, die Nase war nicht platt genug, und da war irgendwas mit seiner Gesichtsform. Vielleicht zu drei Viertel Papua, dachte de Gier, oder zu sieben Achtel. Daher auch der holländische Name. Das reine Niederländisch, das van Meteren sprach, hatte einen leichten Akzent, aber nicht den der Surinamer oder den der Indonesier, die er häufig in seiner Umgebung sprechen hörte. Diese Stimme kam tiefer aus der Kehle, sie war irgendwie schwerer.

«Nein», sagte van Meteren jetzt, «ich habe hier nichts zu sagen. Piet war der Chef. Ich wohne hier nur. Ich habe keine Funktion in dieser Gesellschaft. Ich denke, daß die Mädchen hier jetzt übernehmen werden sowie Johan und Eduard. Aber Johan ist in der Bar und weiß von nichts, und Eduard hat heute frei.»

«Dann gehe ich wohl besser nach unten», sagte de Gier. «Vorläufig darf niemand das Haus verlassen. Die Wagen vom Präsidium können jeden Augenblick hiersein. Die werden Kriminalbeamte schicken und vermutlich auch uniformierte Polizisten, die die Tür bewachen. Es wird der übliche Klamauk werden.»

De Gier lief die Treppe hinunter. Klamauk war das richtige Wort. Tag für Tag hatten sie nichts anderes zu tun, als herumzufahren und sich ein wenig umzusehen – und jetzt plötzlich zwei Leichen an einem Abend. Sie hatten die erste Leiche am frühen Abend gefunden, oder sie hatten vielmehr gesehen, wie aus einem Menschen eine Leiche wurde. Die Frau lebte noch, als sie sie fanden, nackt und blutend in dem schäbigen Bordell an der Gracht. Mit einem Messerstich im Bauch. Sie starb in den Armen des Arztes, der nach dem Anruf de Giers gleich gekommen war. Sie hatte den Täter noch deutlich beschreiben können, während sie die Hände auf den Bauch preßte, um das Blut zu stillen. Eine alternde Hure, ein liebenswürdiger Mensch sozusagen. De Gier hatte den jungen Mann unter einem Baum gefunden, direkt gegenüber dem Bordell. Der Junge saß mit dem Rücken an einer dicken Ulme und starrte ins Wasser, das Messer hielt er noch in der Hand. Er gestand sofort. Ein netter Junge, aber mit Messern und älteren Frauen nicht zu trauen, die ihn an seine Mutter erinnern. Sie hatten ihn mitgenommen und eingesperrt und ein kurzes Protokoll aufgenommen. Arbeit für den städtischen Psychiater. Vielleicht würde man den Jungen nicht einmal vor Gericht stellen, sondern «auf Anordnung der Regierung» direkt in eine Anstalt stecken. Und das konnte viele Jahre dauern, auf Anordnung einer unbegreifbaren Macht, die ihn Pillen schlucken und Filzpuppen machen oder mit bunter Kreide kritzeln ließ. Und vielleicht würde man ihn nach ein paar Jahren wieder auf die Straße lassen, damit er sich in einem Haushaltswarengeschäft ein Messer kaufen und mit dem Geld von der Sozialfürsorge eine billige Hure finden konnte. Und vielleicht auch nicht.

Die ganze Sache mit der toten Hure hatte sie nur anderthalb Stunden gekostet, die Polizeiwache war um die Ecke, die Zelle leer, die Schreibmaschine bereit und der Verdächtige geständig. Und jetzt wieder dies.

De Gier ging ins Restaurant. Er fand den Verstärker des Plattenspielers und drehte den Lautstärkeknopf in die falsche Richtung. Die Lautsprecher kreischten auf. Er drehte den Knopf wieder zurück und schaute in ein Meer erschrocken fragender Gesichter. Eines von ihnen wurde böse. Ein großer, schwerer Mann mit einem Bart, der ihm bis an die Augen wuchs, stand auf und ging auf de Gier zu.

«Was soll das? Würden Sie die Musik wohl wieder anstellen? Was soll das hier?»

De Gier legte dem Mann eine Hand auf die Schulter und sah ihn freundlich und gelassen an. «Nun mal ruhig. Ich bin von der Polizei. Ich muß Sie bitten zu bleiben. Sie und die anderen auch.»

Er hob die Stimme.

«Hier ist etwas Unangenehmes geschehen. Meine Kollegen sind schon unterwegs. Es ist nur eine Formalität, aber ich muß Sie ersuchen sitzenzubleiben, und zwar bis Sie von uns hören, daß Sie gehen können. Wir werden Sie nicht lange aufhalten. Falls jemand etwas darüber weiß, was dort oben geschehen ist, kann er sich melden.»

Es begann ein allgemeines Gemurmel. Niemand meldete sich. Die beiden Mädchen waren aus der Küche gekommen und standen direkt vor de Gier.

«Was ist passiert?» fragte die Ältere, ein hübsches Mädchen von Anfang Zwanzig mit Zöpfen und großen grünen Augen.

«Das werden Sie noch erfahren», sagte de Gier.

«Ist etwas mit dem Geld, das in Piets Zimmer war?»

«Ist Geld gestohlen worden?» fragte de Gier.

«Das weiß ich nicht», sagte das Mädchen, «aber Piet hat uns heute nachmittag gefragt, ob wir in seinem Zimmer gewesen seien. Johan hatte das Geld aus dem Laden um vier Uhr nach oben gebracht, und es mußten rund dreihundert Gulden auf dem Tisch liegen, aber Piet behauptete, es sei weniger. Ich denke, daß Johan nicht richtig gezählt hat. Geht es darum?»

«Nein», sagte de Gier leise. «Piet ist tot. Er hing tot am Balken.»

«Oh», sagte das Mädchen und hielt sich die Hand vor den Mund. Das andere Mädchen, eine kleine Dicke mit Brille, fing an zu weinen.

«Nur ruhig bleiben», sagte de Gier. «Daran ist nichts mehr zu ändern. Sie beide sind nicht in seinem Zimmer gewesen?»

Die Mädchen schüttelten den Kopf.

«Nein», sagte das dicke Mädchen.

«Nein», sagte das hübsche Mädchen, «nicht nach fünf Uhr. Ich habe das Geld auf dem Tisch gesehen, weil ich noch eben mit Piet nach oben gegangen bin. Wir haben gemeinsam das Geld gezählt, und dann bin ich wieder in die Küche gegangen. Er hält nichts davon, wenn wir in seinem Zimmer herumstehen, und er müsse Briefe schreiben, sagte er.»

«Er ist der Chef hier, nicht wahr?» fragte de Gier.

«Ja», sagte das dicke Mädchen, «er ist der Direktor der Gesellschaft. Eigentlich gehört uns allen die Gesellschaft, aber er hat alles bestimmt. Und jetzt ist er tot?»

De Gier gab ihr sein Taschentuch, und sie rieb sich die Augen.

Er sah mißmutig die schwarzen Streifen von der Wimperntusche, die bei der Wäsche nicht ganz herausgehen würden; das Taschentuch konnte er wegwerfen.

Ihre Tränen beeindruckten ihn nicht. Ihm schien es, als finde das Mädchen das Ereignis spannend. Der Tod ist immer ein großes Erlebnis.

Es klingelte. Als de Gier die Tür öffnete, standen außer seinem noch vier weitere Wagen auf dem Fußweg. Die Kollegen waren ohne Sirene und Blaulicht gekommen. Dies waren die Fachleute, die nie in wilder Eile waren.

Er schüttelte ein paar Hände und sprach kurz mit dem Fingerabdruckexperten, den er gut kannte. Er zeigte allen den Weg. Den Arzt und die Experten brachte er in das Zimmer des Toten, die Kriminalbeamten ins Restaurant und in die Bar, wo sie sofort mit den Verhören begannen. In diesem Stadium brauchten sie nur Namen und Adressen. De Gier sagte ihnen, sie sollten sich mit den beiden Mädchen und dem Barmann Johan etwas mehr befassen und van Meteren nicht beachten, den er für sich reserviert habe.

«Ach, ja», sagte er zu dem älteren Beamten, «wenn du eine ältere Dame siehst, laß sie ebenfalls zufrieden. Sie ist die Mutter des Toten. Wir werden uns später um sie kümmern.»

«Wer ist ‹wir›?» fragte der Beamte.

«Grijpstra und ich», sagte de Gier.

Der Kriminalbeamte sah beeindruckt aus, und de Gier lächelte ihn an.

«Du bist ein Komiker», sagte er.

De Gier hörte die Türklingel und ging wieder, um zu öffnen. Er sah den Hoofdinspecteur und begrüßte ihn etwas aufmerksamer als die anderen.

«Selbstmord?» fragte der Hoofdinspecteur.

«Könnte sein», sagte de Gier, «aber er hat auch einen Schlag an den Kopf gekriegt.»

«Hm», sagte der Hoofdinspecteur und ging nach oben.

Der Hoofdinspecteur ging auch als erster. Er hatte sich ein wenig umgesehen und gebrummt.

Nach einer Stunde war die Ruhe wieder eingekehrt.

Grijpstra und de Gier saßen an einem Tisch im Restaurant, rauchten und sahen einander an.

«Zwei an einem Tag», sagte Grijpstra.

«Das ist zuviel», sagte de Gier, «aber was ist jetzt? Mord oder kein Mord?»

Grijpstra blies den Rauch durch die weit geöffneten Nasenlöcher; de Gier sah, wie die feinen Härchen darin zitterten.

«Beides ist möglich», sagte Grijpstra, «aber es wird wohl Mord gewesen sein. Ein Schlag gegen die Schläfe, einfach mit der Faust, denn ich habe keine Waffe oder mögliche Waffe gesehen, und der blaue Fleck und die Beule sind nicht sehr ernst. Bam! Piet liegt auf dem Boden, bewußtlos oder auch nur ein wenig beduselt. Das Seil liegt bereit. Das Seil um den Hals. Piet angehoben und auf den Schemel gestellt, das andere Seilende an den Haken, der bereits im Balken ist, ein Tritt gegen den Schemel und hopp! Zur Tür hinaus. Die Arbeit einer Minute, einer halben Minute.»

«Für einen oder zwei Mann?»

Grijpstra schüttelte gereizt den schweren Kopf.

«Warum nun wieder zwei Männer oder zwei Frauen oder eine Frau und ein Mann oder ein Mann und eine Frau? Warum so kompliziert? Ein Mörder, keine zwei oder drei. Es gibt fast keine Mörder in Amsterdam, warum sollte jetzt plötzlich eine ganze Gruppe auftauchen?»

«Aber es ist doch eine ziemliche Arbeit», sagte de Gier vorsichtig. «Er hat sich mit Piet abgerackert und ihn auf den Schemel gebracht. Das ist vielleicht doch wohl ein wenig mühsam, wenn man allein ist?»

Grijpstra stand auf.

«Komm mit. Wir werden uns abrackern.»

Sie waren für eine Weile beschäftigt. De Gier legte sich auf den Boden und entspannte sich. Grijpstra hob ihn mit Leichtigkeit hoch und stellte ihn auf den Schemel, wobei er ihn mit dem einen Arm umfaßte und mit der freien Hand ein imaginäres Seil um seinen Hals legte.

Sie probierten es einige Male.

«Siehst du?» sagte Grijpstra. «Es ist ganz einfach. Du wiegst auch nicht viel, noch keine fünfundsiebzig Kilo, würde ich sagen, aber dieser Piet wiegt noch weniger. Vielleicht zwischen fünfzig und sechzig, das genaue Gewicht werden wir noch erfahren. Ein kleines, schwaches Kerlchen. Fast jeder, der kein Zwerg ist, hätte das schaffen können.»

«Ja, ja», sagte de Gier.

Aber etwas später, als sie wieder unten im Restaurant saßen und rauchten und gähnten, dachte de Gier wieder anders.

«So war es nicht», sagte de Gier. «Paß auf.»

«Ich passe auf», sagte Grijpstra und wedelte den Rauch seiner Zigarette zur Seite.

«Dieser Piet ist schwermütig. Er will den Tod. Das Leben ist nicht gut, meint er. Er sitzt in einem alten Haus in der Haarlemmer Houttuinen als Direktor einer Gesellschaft für dummes Zeug, die nicht floriert und nur Schulden macht. Und er überlegt, daß er über vierzig ist und bald ein alter, hoffnungsloser Mann sein wird. Obendrein ist er ein ganz kleines Kerlchen, und die haben es immer schwer. Hier sitzt er, mutterseelenallein, umringt und bestürmt von seinen eigenen Ideen, an die er nicht mehr glaubt, vor denen er sich fürchtet, und er will fort. Er will durch die weiße Pforte, und er hat den silbernen Schlüssel.»

«Was?» fragte Grijpstra.

«Sinnbilder», sagte de Gier. «Sinnbilder des Ostens. Habe ich irgendwo gelesen. Der Tod ist die weiße Pforte, und jeder hat den silbernen Schlüssel.»

«Pardon», sagte Grijpstra, «ich bin ungebildet. Aber jetzt verstehe ich. Piet will fort. Durch die Pforte. Durch den Tunnel. Durch den dunklen Tunnel, der zum Unbegreifbaren führt. Aber was passiert? In deiner Geschichte sitzt er immer noch da und überlegt.»

De Gier stand auf und schlenderte zwischen den Tischen im Restaurant hin und her. «Er faßt einen Beschluß. Aber es ist nicht so einfach, einen so schwerwiegenden Beschluß zu fassen. Normalerweise faßt ein Mensch überhaupt keine Beschlüsse, er tut kaum etwas, das Leben schleift ihn mit, die Umstände haben ihn am Kragen. Aber unser Piet faßt einen Beschluß. Aber das tut er nicht einfach so. Er trinkt dabei ein Schnäpschen. Er wird ein wenig betrunken. Er trinkt weiter. Er wird stinkbetrunken. Er will die Schlinge an den Balken hängen. Er steigt dazu auf den Schemel, aber er ist so besoffen, daß er fällt und sich den Kopf stößt. Vielleicht auch kurz das Bewußtsein verliert. Aber er kommt wieder zu sich und hängt sich auf.»

Grijpstra schwieg. De Gier wanderte immer noch auf und ab.

«Er roch nicht sehr nach Alkohol», sagte Grijpstra. «Höchstens nach einem Bier oder einem Sherry, schnell in der Bar weggekippt. In seinem Zimmer habe ich keine Getränke gefunden, nicht einmal ein Glas. Und es lagen keine Scherben auf der Straße, also hat er die Flasche auch nicht zum Fenster hinausgeworfen. Er schien mir dafür auch viel zu ordentlich zu sein. Übrigens sah er mir auch viel zu ordentlich aus, um so etwas Unordentliches zu tun, wie Selbstmord zu verüben. Oder verüben ordentliche Menschen mit Bügelfalten in der Hose und gekämmtem Schnurrbart ebenfalls Selbstmord?»

De Gier betrachtete die Statue der tanzenden indischen Göttin. «Ja», sagte er. «Selbstmörder verlieren ihre Haltung. Sie rasieren sich unregelmäßig und essen, wann es ihnen gerade paßt. Daran erinnere ich mich noch von den Psychologievorlesungen. Aber es ist nicht ganz ausgeschlossen, daß sich ein ordentlicher, sauberer Mann an einem guten Stück Seil und einem soliden Haken aufhängt, der fest in den Balken geschraubt ist.»

Grijpstra schüttelte den Kopf.

«Na schön. Wie du meinst. Und wenn er nicht betrunken war, wie wir glauben, kann er vielleicht Rauschgift genommen haben. Heroin vielleicht, aber er hatte keine Einstiche an Armen oder Beinen. Er kann Kokain geschnupft oder eine Opiumpille geschluckt haben. Das werden wir ja hören. Er hatte nicht geraucht, dort war kein Aschenbecher und keine Asche im Papierkorb. Ich habe die Mädchen gefragt; sie sagten, er hat überhaupt nicht geraucht. Seltsam, ich hatte den Eindruck, daß sie lügen. Warum sollte man wegen des Rauchens lügen?»

«Haschisch», sagte de Gier. «Er hat vermutlich Hasch geraucht und sie auch, und sie wollten nicht, daß wir es erfahren.»

«Von Hasch fällt man nicht um und holt sich eine Beule», sagte Grijpstra.

De Gier zuckte die Achseln. «Warten wir bis morgen. Wir müssen nicht heute abend schon alles lösen. Wir müssen noch mit van Meteren sprechen, er wartet oben in seinem Zimmer auf uns. Die Mädchen habe ich ins Bett geschickt, die kommen morgen an die Reihe.»

«Ja», sagte Grijpstra, «dann müssen wir noch mal nach dem Geld fragen, obwohl ich nicht glaube, daß einer heutzutage jemand wegen ein paar hundert Gulden aufhängt.»

2

«Möchten Sie eine Tasse Tee?» fragte van Meteren.

«Kaffee», sagten de Gier und Grijpstra gleichzeitig. Sie saßen ihm auf einem niedrigen Bett gegenüber, den Kopf an die Wand gelehnt. Es war Mitternacht, und vor allem de Gier fühlte sich erschöpft. Er hatte allmählich die Nase voll von diesem alten Kaufmannshaus mit seinen langen, engen Korridoren und Treppen und der imitierten Atmosphäre des Ostens, aber er mußte zugeben, daß van Meterens Zimmer eine gewisse Ruhe ausstrahlte. Es war groß mit weißen Wänden und einem schönen, wenn auch etwas verschlissenen persischen Teppich auf dem Fußboden. Auf einem Regal entlang der ganzen Wandbreite hatte van Meteren eine Sammlung von Gegenständen ausgestellt, seltsam geformte Steine, allerlei Muscheln, getrocknete Blumen in Töpfen und Flaschen und den Schädel eines großen Tiers, wahrscheinlich eines Wildschweins. Van Meteren saß auf einem dikken Kissen auf dem Boden, die Beine untergeschlagen, entspannt und geduldig. Eine Stehlampe vor ihm warf den Schatten seines von Kraushaar umrahmten Kopfes auf die weiße Wand.

Van Meteren verzog den Mund.

«Hier im Zimmer habe ich keinen Kaffee. Es ist jetzt zu spät, um noch welchen aus der Bar zu holen; nur dort wird Kaffee ausgeschenkt. Eigentlich ist Kaffee gegen die Regeln dieses Hauses. Piet sagte immer, Kaffee regt auf.»

Van Meteren goß den Tee aus einer mit chinesischen Schriftzeichen verzierten Thermosflasche in kleine henkellose Tassen. Die beiden Kriminalbeamten nahmen ihre Tasse in die Hand, schlürften den kochendheißen Tee und verzogen das Gesicht. Van Meteren lachte. «Sie werden sich wahrscheinlich noch daran gewöhnen. Tee zu trinken, das ist eine Kunst, und Tee ist ein heiliges Getränk. Er aktiviert und entspannt zugleich. Sie trinken jetzt grünen Tee, er ist zwar etwas bitter, aber die edelste Sorte, die hier zu haben ist. Sie werden davon wach und nehmen Abstand.»

«Abstand wovon?» fragte Grijpstra.

Van Meteren wedelte mit seiner kleinen schwarzen Hand.

«Von allem. Von sich selbst. Von Ihren Sorgen, von dem, was man mit sich herumschleppt.»

«Das ist gut», sagte Grijpstra. «Hörst du das?»

«Ja,» sagte de Gier, «ich höre es. Und ich habe mich schon an den Tee gewöhnt. Ich möchte wohl noch eine Tasse.»

Van Meteren schenkte nach.

«Und nun erzählen Sie mal», sagte Grijpstra. «Was tun Sie hier? Wer sind Sie? Was ist das hier eigentlich? Und wer war Piet?»

«Ja», sagte de Gier. «Und mögen Sie selbst auch keinen Kaffee? Oder haben Sie nur keinen hier, weil Piet es nicht wollte?»

Van Meteren sah sie ruhig an.

«Das sind eine ganze Menge Fragen. Wo soll ich anfangen?»

«Irgendwo», sagte Grijpstra väterlich. De Gier nickte zufrieden. Dies war ihre übliche Taktik. Den Verdächtigen verwirren. Bei Verhören tauschten sie gelegentlich auch ihre Rollen aus. Manchmal wurde Grijpstra aggressiv, während de Gier den Verdächtigen zu trösten schien, und manchmal war es umgekehrt. Danach verhörte einer von ihnen den Verdächtigen, so daß er sich beklagen und Unterstützung suchen und seinem Herzen Luft machen konnte; damit er redete, vor allem redete. Und die Verdächtigen redeten dann auch, viel mehr, als sie vorher gewollt hatten. Und beim Reden kam das Geständnis oder die Zeugenaussage. Und dann konnten sie nach Hause gehen, ihre Arbeit war erledigt.

Aber dieser Fall war anders, dachte de Gier. Er fühlte sich müde und unzufrieden, und van Meteren war wie die Ruhe selbst. Und er sagte nichts. De Gier musterte sein Gegenüber. Eine merkwürdige Gestalt, selbst für eine Stadt wie Amsterdam. Klein, dunkel und freundlich. Tadellos gekleidet in einer engen, sauberen, dunkelblauen Hose und einem längsgestreiften, taillierten Oberhemd, das ihn größer und schlanker erscheinen ließ. Ein beherrschter Mensch. Sogar selbstbewußt. Gibt es Menschen, die selbstbewußt sind? fragte sich de Gier. Menschen, die wissen, was sie tun, warum sie etwas tun?

Grijpstra beobachtete ebenfalls. Er sah einen Mann von etwa vierzig, klein und zierlich. Auch er hatte den Mann jetzt als Papua eingestuft. Grijpstra hatte in jungen Jahren im damaligen Niederländisch-Indien gekämpft, und er erinnerte sich an die Gesichter einiger

Berufssoldaten der früheren Königlich-Niederländisch-Indischen Armee, die bei seiner Einheit stationiert waren.

Papuas, fremde Menschen, die sich als Niederländer fühlten und in ihrem Zelt ein Farbfoto der Königin aufgehängt hatten. Tapfere Soldaten. Er war nicht lange mit ihnen zusammen, denn sie fielen bald, weil sie bei Späh- und Stoßtrupps immer die ersten waren.

«Kam Ihr Vater aus den Niederlanden?» fragte Grijpstra.

«Mein Großvater», sagte van Meteren. «Meine Großmutter war eine Papua, die Tochter eines Häuptlings. Mein Großvater arbeitete bei der Regierung; er war zwar nur ein kleiner Beamter, aber in Neuguinea hatte er durchaus Macht. Meine Mutter ist auch eine Papua; sie lebt noch und wohnt in Hollandia. Ich bin vor acht Jahren nach hier gekommen. Ich mußte mich 1965 entscheiden, ob ich Niederländer oder Indonesier sein wollte. Ich hatte mich für die Niederlande entschieden und mußte deshalb schleunigst weg.»

«Und womit verdienen Sie Ihren Lebensunterhalt?»

«Ich bin bei der Polizei», sagte van Meteren und lachte lauthals, als er die Überraschung sah, die sich auf den Gesichtern der beiden ausbreitete. «Sie brauchen nicht zu erschrecken», sagte er. «Ich bin nur bei der Verkehrspolizei. Ich könnte Ihnen höchstens ein Strafmandat verpassen, weil Sie Ihren Wagen auf dem Fußweg geparkt haben, aber das brauchten Sie sowieso nicht zu bezahlen.»

«Bei der Verkehrspolizei?» fragte Grijpstra.

Van Meteren nickte. «Schon seit fünf Jahren. In Neuguinea war ich bei der richtigen Polizei. Ich war Wachtmeester erster Klasse, weil ich lesen und schreiben konnte und einen niederländischen Namen hatte. Ich hatte den Befehl über dreißig Mann. Wachtmeester ist dort ein hoher Rang. Aber als ich hierherkam, war ich fast dreißig, und in Den Haag meinten sie, ich sei schon zu alt, aber ich könne eine Stelle als Angestellter bekommen. Ich wollte jedoch immer zur Polizei, und schließlich durfte ich Verkehrspolizist werden. Ich bin immer im Straßendienst gewesen, habe jetzt zwei Streifen auf dem Rangabzeichen und bin mit einem Gummiknüppel bewaffnet. Alle halbe Jahr bitte ich um Versetzung zur richtigen Polizei, aber nie klappt es.»

«Die Verkehrspolizei ist doch auch eine richtige Polizei», sagte Grijpstra.

Van Meteren zuckte die Achseln und sah starr geradeaus.

«Welchen Dienst haben Sie bei der Polizei in Neuguinea gemacht?» fragte de Gier.

«Felddienst. Während der letzten Jahre war ich meistens auf Patrouille im Vogelkop-Gebiet. Wir machten Jagd auf Eindringlinge von der indonesischen Armee. Ich habe viele gefangen. Damals war ich eigentlich mehr Soldat als Polizist.»

De Gier betrachtete die große, auf Leinwand gedruckte und an den Falten eingerissene Karte von Neuguinea an der Wand. Daneben hing eine Karte von den Niederlanden und daneben wiederum eine vom Ijsselmeer und dem Watt.

«Könnte ich wohl Ihren Verkehrspolizistenausweis sehen?»

Die Karte sah sauber aus. Van Meteren zeigte auch seinen alten Ausweis aus Neuguinea, ein abgegriffenes, vergilbtes Dokument in einer eingerissenen Plastikhülle.

Sowohl Grijpstra als auch de Gier musterten die zweite Karte sehr genau. Ein niederländischer Wachtmeester erster Klasse aus einem fernen Land. Eine Erinnerung an die Vergangenheit. Sie betrachteten den Stempel und die amtliche Unterschrift von einem Inspecteur-Generaal und natürlich das Foto. Van Meteren war in Uniform, die Metallstreifen auf den Schulterstücken glänzten im Blitzlicht des Polizeifotografen. Ein starkes junges Gesicht, stolz auf seinen Rang und auf seine Arbeit und auf sein Korps, das Korps der Reichspolizei von Niederländisch-Neuguinea, einem Teil des Königreichs der Niederlande.

«Nun, Kollege», sagte Grijpstra, «was meinen Sie? Hat jemand dabei geholfen, Piet zu erhängen?»

Van Meteren schaute den Adjudant mit traurigem Blick an.

«Möglich ist es. Er kann aber auch hingefallen sein. Ich habe mir in seinem Zimmer alles angesehen und nachgedacht, aber es ist immer gefährlich, Schlüsse zu ziehen. Piet kann sich die Beule auch zugezogen haben, weil er gefallen ist. Oder vielleicht hat er Streit gehabt, vielleicht hat er sich mit jemand geprügelt, denn er hatte oft Streit. Mit ihm war in letzter Zeit etwas nicht in Ordnung. Seine Frau und sein Kind haben ihn verlassen und wollen nicht zurückkommen. Er war deprimiert und sprach gelegentlich von Selbstmord. Der Mensch ist frei und hat das Recht, sein Leben zu beenden; das hat er wiederholt gesagt. Er nahm es sich auch zu Herzen, daß ihn die Menschen nicht mochten. Vielleicht war der letzte Streit, falls es welchen gegeben hat, das auslösende Moment, das ihn zu der Tat getrieben hat.»

«Mit wem könnte er Streit gehabt haben», fragte de Gier, «mit Ihnen?»

«Nein», sagte van Meteren, «mit mir hat er sich nie gestritten. Er war mir gegenüber zwar manchmal launenhaft, aber dann ging ich ihm aus dem Wege.»

«Waren Sie mit Piet befreundet?»

«Ich glaube nicht an Freundschaft. Sie ist nur für den Augenblick bestimmt. Sie geht vorüber. Ich habe keine Freunde, aber auch keine Feinde. Die Menschen um mich herum sind eben die Menschen um mich herum, mehr nicht.»

«Was tun Sie in diesem Haus?» fragte de Gier.

Van Meteren lachte.

«Nichts. Ich wohne hier. Piet hat mich eingeladen. Ich wohnte in einer kleinen Pension, unter lauter Gastarbeitern, vier Treppen hoch. In der Pijp, so 'ner engen, langen Straße ohne Bäume. Aber ich machte meine Runden meistens in der Innenstadt und aß dann bei einem Chinesen. Aber hier ist auch ein Restaurant, wie ich damals auf dem Schild gelesen habe. Man kommt jedoch nur hinein, wenn man Mitglied der Gesellschaft ist. Ich wurde zu Piet geschickt, füllte ein Formular aus und bezahlte fünfundzwanzig Gulden. Wir kamen miteinander ins Gespräch, und er bot mir ein Zimmer an, dieses Zimmer. Für zweihundert Gulden im Monat; das Essen im Restaurant war gratis.»

«Das ist sehr billig», sagte de Gier.

«Ja, sehr», stimmte van Meteren zu, «aber er hatte vielleicht einen Grund. Vielleicht wollte er einen Polizisten im Haus haben. Hier ist auch eine Bar, und da kann es schon mal Schwierigkeiten mit Gästen geben.»

«Hat er Ihre Dienste jemals in Anspruch genommen?»

«Ein oder zweimal», sagte van Meteren. «Ich habe Gäste rausgeworfen, aber ohne ihnen weh zu tun. Die Griffe, die man uns beibrachte, waren entweder zur Verteidigung oder zum Abführen eines Verdächtigen, ohne ihm unnötige Schmerzen zuzufügen.»

Grijpstra lächelte, er erinnerte sich an diese Passage aus dem Lehrbuch.

«War Piet homosexuell?» fragte de Gier.

Jetzt war die Reihe an van Meteren zu lächeln.

«Sie sind ein echter Polizist», sagte er. «Immer das niedrigste Motiv annehmen, dann hat man meistens recht. Aber Piet war kein Homo. Ich habe es auch mal gedacht, denn er kam oft in mein Zimmer; er wollte meine Steine und Muscheln sehen und Geschichten über Neuguinea hören. Vor allem wollte er wissen, was Papuas essen, welche Religion wir haben, welche Kräuter wir verwenden, wie wir tanzen. Aber er hat mich nie belästigt. Nein, Piet mochte die Frauen, obwohl sie ihm immer Schwierigkeiten machten.»

«So?» fragte de Gier.

«Immer. Er wollte sie besitzen, beherrschen.»

«Ich dachte, Frauen lassen sich gern beherrschen», sagte de Gier.

«Ja. Aber nicht durch Piet. Er hatte wenig Charme und versuchte immer, sie vor anderen lächerlich zu machen. Also wurden die Frauen verbittert, sie griffen ihn an und verletzten seinen Stolz. Und schließlich liefen sie ihm natürlich weg.»

«Kein angenehmer Mensch, wie?» fragte de Gier.

Van Meteren schüttelte den Kopf. «Nein, nein. So schlecht war er auch nicht. Er meinte es gut.»

«Weder Freund noch Feind, wie?» fragte de Gier.

«Stimmt», sagte van Meteren, «ich versuche, für mich allein zu sein, Abstand zu halten. Die Menschen sind nun mal, wie sie sind, daran kann man wenig ändern.»

«Und darum trinken Sie Tee», sagte Grijpstra.

Van Meteren starrte vor sich hin. «Ich tue auch noch andere Dinge.»

So kommen wir nicht weiter, dachte Grijpstra und hielt seine Tasse hoch. Van Meteren schenkte ein. Grijpstra holte tief Atem, nahm einen Schluck und wandte sich erneut der undurchsichtigen Angelegenheit zu.

«Und dieses hindistische Getue, was soll das bedeuten?»

Van Meteren suchte in seinen Taschen und fand eine Zigarettenschachtel, in der sich noch eine befand. Er bot sie an.

Grijpstra schüttelte den Kopf. «Es ist Ihre letzte.»

«Macht nichts», sagte van Meteren. «Ich habe noch ein Päckchen Tabak.»

«Hindismus», sagte de Gier.

«Ja», sagte van Meteren, «Hindismus. Das habe ich mich auch gefragt, aber ich habe nie ganz begriffen, was Piet damit meinte. Irgend etwas zwischen Hinduismus und Buddhismus. Piets eigene Religion.

Dazu gehörte noch, vegetarisch zu essen, Tee zu trinken und zu meditieren. Nebenan ist ein Zimmer mit Kissen, in das zweimal wöchentlich Menschen gehen und unter Anleitung von Piet eine Stunde lang stillsitzen. Er saß immer vor dem Altar auf einer Art von Ehrenkissen. Ich glaube, er sah sich als einen geistigen Führer oder Lehrer, der für die Jugend, für den neuen Menschen von heute etwas tun müsse. Aber in letzter Zeit glaubte er nicht mehr an sich. Die Menschen, die hier jahrelang gearbeitet hatten, liefen ihm weg. Die Mädchen und Johan und Eduard sind noch nicht lange hier, noch kein halbes Jahr, und die sind auch schon unzufrieden. Piet wollte hier eine Oase des Friedens schaffen, einen stillen Ort, abseits vom Gehetze und Gerakkere und dem Geschrei über Politik. Hier sollten Menschen lernen, bewußt zu leben, ihr Ziel zu entdecken, ihr wirkliches Ich zu finden. Zu diesem Zweck hatte er sich auch das ganze Drum und Dran in diesem Haus ausgedacht. Die Bar unten gehört eigentlich nicht dazu, sie ist sozusagen ein Vorraum. Menschen gehen gern hinein, um mit anderen zu sprechen. Der Mann hinter der Bar sollte dann nach und nach die Gäste nach oben führen, in das Restaurant mit den unverfälschten Speisen, dem ungespritzten Gemüse, dem Brot aus ungeschältem Getreide und dem Möhrensaft. Und dann sollten sie rein werden und meditieren. Und Piet war der Mann, der wußte, wohin er die anderen führte. Zumindest dachte er das anfangs, glaube ich. Später begann er zu zweifeln; er empfand sich als schwach. Ich habe von ihm mal einen Vortrag über vegetarisches Essen gehört, und anschließend ging er zu einem Imbiß um die Ecke und kaufte Würstchen.»

«Aber man hat doch den Eindruck, daß diese Gesellschaft erfolgreich ist», sagte de Gier. «Alles sieht ordentlich aus, das Restaurant war voll, in der Bar waren Gäste.»

«Gewiß», sagte van Meteren, «es ist ja auch ganz nett hier. Ich habe mich hier immer wohl gefühlt, es wäre schade, wenn jetzt damit Schluß sein würde. So schlecht waren Piets Ideen auch gar nicht, aber er stand sich selbst im Wege, um sie zu verwirklichen. Wenn er vielleicht nicht so stolz gewesen wäre und zugegeben hätte, daß er selbst auch nur ein Anfänger war, aber er wollte immer mehr sein, als er in Wirklichkeit war. Er wollte ein großer Meister sein, und es war für ihn anscheinend ein Schock, als ihm seine Anhänger wegliefen. Als dann seine Frau mit dem Kind auch noch ging und sie ihn wegen nichts und wieder nichts beschimpfte...» Er beendete den Satz nicht.

«Wer wohnt sonst noch hier?» fragte Grijpstra.

Van Meteren zählte die Personen an den Fingern ab. «Seine Mutter, dreiundachtzig Jahre alt, im Nebenzimmer, nicht mehr ganz richtig im Kopf. Ich, mich kennen Sie ja schon. In der Etage über dieser, der obersten, schläft Thérese, das Mädchen mit den Zöpfen. Annetje, das andere Mädchen, schläft im Hinterhaus, gegenwärtig teilt sie ihr Zimmer mit Johan. Eduard wohnt im Gartenhäuschen. Eduard hatte heute seinen freien Tag, aber vielleicht war er nachmittags hier, danach müssen Sie sich erkundigen. Johan hat gearbeitet, tagsüber in der Küche, abends in der Bar.»

Jemand klopfte an die Tür. Van Meteren rief «ja», aber es rührte sich nichts. Er stand auf und öffnete die Tür, und die Kriminalbeamten sahen eine uralte Dame, groß und eckig, in ein spitzenbesetztes Nachthemd gekleidet, ein dickes Wolltuch um die Schultern geschlungen. Zwei grimmige dunkelbraune Augen über der Hakennase schauten ins Zimmer.

«Was ist denn los?» sagte die alte Dame. «Worüber redet ihr denn? Ich hörte soeben das Gebrumm von Männerstimmen, es ist halb eins, ich will schlafen.»

Van Meteren legte seinen Arm um die alte Dame. «Komm nur rein, Miesje. Die Herren sind von der Polizei. Das ist Mijnheer Grijpstra und das Mijnheer de Gier.»

Die Beamten schüttelten die braunfleckige, knochige Hand.

Die alte Dame setzte sich auf den Rand eines Stuhls. Sie hielt sich kerzengerade.

«Was ist denn?» fragte sie giftig. «Sind das deine Freunde, Jan? Von der Verkehrspolizei?»

«Nein, Miesje. Die sind von der richtigen Polizei. Es ist ein Unglück geschehen. Mit Piet.»

Die alte Dame, deren Augen sich halb geschlosssen hatten, wurde plötzlich hellwach. «Ist er tot?» fragte sie krächzend.

Niemand antwortete.

«Er ist tot», sagte die alte Dame und begann zu weinen.

Es war gräßlich anzusehen. Sie hatte den Mund offen, und Grijpstra betrachtete schaudernd ihre Zunge, die sich bei jedem neuen Heulen auf und ab bewegte.

Van Meteren war zur Tür hinausgelaufen. Er kam gleich zurück mit einem Glas Wasser und einer kleinen weißen Pille.

«Runterschlucken, Miesje.» Die alte Dame schluckte. Sie sah geistesabwesend vor sich hin, erschrocken über den Kommandoton in seiner Stimme.

Die alte Dame begann zu reden. Sie sprach langsam; sie hatte anscheinend von der Pille einen trockenen Mund bekommen.

«Piet hat mir heute nachmittag gesagt, ich soll nicht soviel nörgeln, denn der Rhododendron blüht. Aber ich sehe so schlecht. Was ist übrigens Rhododendron?»

Ihre Stimme gewann wieder an Kraft.

«Das sind Blumen, so etwas wie Tulpen», sagte van Meteren und zog sie vom Stuhl hoch. «Komm mit und geh jetzt schlafen. Morgen sehe ich nach dir, ehe ich zur Arbeit gehe.»

Er brachte sie in ihr Zimmer.

«Ich kann alte Damen nicht ausstehen», sagte de Gier, «und schon gar nicht, wenn sie verrückt sind.»

«Dann wirst du es eben lernen müssen», sagte Grijpstra. «Es gibt immer mehr alte Damen, unsere Gesellschaft vergreist, das weißt du doch. Was wird das für eine Pille gewesen sein?»

«Ein Opiat», sagte van Meteren, der zurückgekommen war. «Es heißt Palfium, sie bekommt es auf Rezept vom Arzt, soviel sie haben will. Sie sollte schon längst in einer Anstalt sein, aber so konnte Piet sie zu Hause behalten. Morgen früh werde ich den Arzt anrufen; dann wird man sie wohl einweisen.»

«Hat Piet die Pillen ebenfalls genommen?» fragte de Gier.

«Nicht daß ich wüßte», sagte van Meteren.

«Aber er konnte leicht an die Pillen kommen.»

Van Meteren nickte.

«Ich glaube es nicht», sagte er nach einer Weile. «Die Pillen sind stark. Der Arzt sagte, sie können ein Pferd umwerfen, aber Miesje kann sie vertragen. Von ihrem Magen ist nicht mehr viel übrig. Sie wurde einige Male an Magengeschwüren operiert, und das meiste von dem Zeug wird wohl gleich durchgespült. Aber wenn Piet so eine Pille genommen hätte, wäre er schläfrig geworden, die Bewegungen wären dann nicht mehr so beherrscht gewesen. Das habe ich bei ihm jedoch nie festgestellt. In letzter Zeit hat er wohl mal Whisky in der Bar getrunken, dann wurde er gewöhnlich etwas betrunken. Ich nehme an, Sie wollen darauf hinaus, daß er heute eine Pille genommen hat, er davon umgekippt ist und sich dabei an der Schläfe verletzt hat.»

«Ja», sagte de Gier.

«Es könnte sein», sagte van Meteren, «aber dann wäre es das erste Mal gewesen, daß er die Pille eingenommen hat.»

«Warum nennen Sie sie Miesje?» fragte Grijpstra.

«Ach», sagte van Meteren, «darauf bin ich durch Zufall gestoßen. Wenn sie ihre hysterischen Zustände kriegt, schreit sie das ganze Haus zusammen. Ich habe festgestellt, daß man sie dann wie ein Kind behandeln muß. Piet sagte mir, daß man sie als Kind Miesje gerufen hatte, als sie noch klein war und Schnürstiefel trug und auf dem Fußweg Hüpfen spielte. Wenn sie sich normal verhält, nenne ich sie Mevrouw Verboom, und wenn ich denke, daß sie wieder anfängt, nenne ich sie Miesje. Wenn es zu schlimm mit ihr wird, nehme ich sie auf den Schoß. Dann kann sie sich ausweinen, und ich hätschele sie ein bißchen.»

«Brr», sagte de Gier.

Van Meteren grinste. «Ja. Es ist richtig lächerlich. Piet hat sie auch auf den Schoß genommen. Es war ein Anblick zum Lachen, wenn das lange Skelett auf seinem Schoß saß, er war ein so kleiner Mann. Vielleicht sieht es noch komischer aus, wenn sie auf meinem Schoß sitzt. Aber ich habe schon andere verrückte Sachen mitgemacht. Früher lief ich mit indonesischen Freischärlern an einem Seil durch die Gegend. Wenn sie weglaufen wollten, würden sie sich an dem Seil um den Hals erdrosseln. Ich hatte das Seil in der einen Hand und den Karabiner in der anderen. Und jetzt habe ich eine alte verrückte Dame auf dem Schoß und nenne sie Miesje.»

Wieder klopfte es an der Tür, und ein schlaksiger junger Mann in Jeanshose und T-Shirt und mit langem, glanzlosem Haar kam herein. De Gier erinnerte sich an den Jungen aus der Bar.

Er stellte sich vor als Johan. Die Kriminalbeamten forderten ihn auf, sich zu setzen. Johan behauptete, nichts zu wissen; er habe Piet zuletzt gesehen, als er ihm um vier Uhr das Geld aus dem Laden nach oben brachte, dreihundertsechsundfünfzig Gulden und dreißig Cent. Später habe Piet ihn über Haustelefon angerufen und behauptet, es sei weniger gewesen. Aber er sei nicht mehr nach oben gegangen; er habe es eilig gehabt, um die Bar für den Abend in Ordnung zu bringen.

«Was ist nach deiner Ansicht geschehen?» fragte de Gier.

Johan zuckte die Achseln.

Grijpstra brummte. Er dachte daran, daß er dem Jungen schon einige hundertmal begegnet war. Die Innenstadt war voll von solchen Johans, entwurzelte, es gut meinende Jungen, ohne Anfang und Ende, umherirrend in einer hochschwebenden Gedankenwelt, die nirgendwo eine Stütze fand. Grijpstra dachte an seinen eigenen Sohn und sah den Jungen ohne viel Mitgefühl an.

«Es wird wohl Selbstmord gewesen sein», sagte Johan. «Wer sollte Piet ermorden wollen? Er war ein wenig langweilig, aber er tat keinem etwas Böses an.»

«Du machst nicht den Eindruck, daß es dir leid tut», sagte de Gier.

«Nein», sagte Johan. «Es tut mir leid, aber ich kann kein Mitleid empfinden. Annetje und ich wollten in der nächsten Woche gehen. Dies hier ist eine kommerzielle Einrichtung, in der Geld verdient wurde, und zwar vom Chef. Piet war der Chef. Wir wollten uns etwas anderes suchen. Hier mußten wir nur schwer arbeiten für den guten Zweck, aber der gute Zweck war Piet selbst. Haben Sie seine Armbanduhr gesehen?»

Die Beamten nickten.

«Dann müssen Sie sich auch noch sein Auto ansehen; es steht vor der Tür; das letzte Modell. Piet war ein Kapitalist, wollte es aber nicht zugeben.»

«Du meinst also, daß es Selbstmord war», sagte de Gier.

Johan nickte.

«Genug jetzt», sagte Grijpstra. «Ihr müßt ins Bett. Und ich auch. Und mein Kollege ebenfalls. Wir werden morgen weiterreden. Versuche, dich an alles zu erinnern, was mit dem Tod von Piet zu tun haben könnte. Die Ordnung ist gestört worden, und wir als Kriminalbeamte müssen sie wiederherstellen. Und ihr müßt uns dabei helfen. So ist das Gesetz nun mal.»

Eine Minute später standen die Kriminalbeamten an ihrem Wagen.

Ein später Betrunkener kam daher. Er schwankte über die ganze Breite des Fußwegs, und de Gier mußte zur Seite springen.

«Aus dem Weg», rief der Betrunkene, der sich an einem Laternenmast festhielt und auf die Straße zu pinkeln begann.

«Bah», sagte de Gier.

«Paß auf», rief Grijpstra, denn der Betrunkene war umgefallen und lag halb auf dem Fußweg und halb in der Gosse.

De Gier öffnete die Wagentür und griff nach dem Mikrophon, während Grijpstra den Mann auf den Fußweg zog.

«Ein bewußtloser Mann auf dem Fußweg der Haarlemmer Houttuinen, fünfzig Meter von der Ecke der Buiten Brouwerstraat entfernt. Schickt den Bus, er ist stinkbesoffen.»

«Der Bus kommt», sagte die Stimme des Beamten im Funkraum.

Schweigend warteten sie, bis der kleine blaue Bus mit den beiden Beamten kam, die den Betrunkenen seufzend und fluchend in ihr Fahrzeug schleppten.

«So haben die Jungs auch mal was zu tun», sagte de Gier, winkte den Beamten zu und startete den Motor.

«Wir auch», sagte Grijpstra, «mit einem hübsch komplizierten Fall. Die ermordete Unschuld an einem Seil, umringt von lieben Menschen, einem für den Partisanenkrieg ausgebildeten Buschneger und einer total meschuggen alten Dame.»

«Ich hoffe, die alte Frau hat es getan», sagte de Gier. «Sie muß sowieso in eine Anstalt.»

«Du hältst viel von Menschen, wie?» fragte Grijpstra.

«Ich halte nichts von Gefängnissen», sagte de Gier. «Ich bin in dieser Woche wieder mal dort gewesen, es ist kühl, feucht und hoffnungslos. Man wird dort fertiggemacht, wenn man es noch nicht ist.»

«Du hast genug Menschen zum Gefängnis verholfen», sagte Grijpstra und dann nichts mehr, bis auf die strikt sachlichen Anmerkungen, die für das Protokoll erforderlich waren, das Grijpstra langsam mit vier Fingern tippte und das er – unter Amtseid – mit unterschrieb. Er sagte nicht einmal gute Nacht, aber das war Grijpstra von ihm gewöhnt. Einen wirklichen Streit hatten sie noch nie miteinander gehabt.

3

De Gier lag in seinem Bett. Es war acht Uhr. Er hätte schon aufgestanden sein sollen, zumindest auf jeden Fall wach.

Aber er schlief auch nicht. Er wandte einen Trick an, ein Rezept, das er als Junge gelernt hatte. Flach auf dem Rücken liegend, die Zehen gegen die Stangen des alten Krankenhausbetts (das er vor einigen Jahren auf einer Auktion ersteigert hatte) gepreßt, hielt er sich mit einiger Mühe in einem Zustand des Halbbewußtseins. Eigentlich dirigierte er einen Traum. Sein Körper prickelte – es war nicht das unangenehme, fast schmerzhafte Gefühl, das man in den Fingern hat, wenn man aus der Kälte draußen in ein warmes Zimmer kommt, sondern ein aufregendes Schwingen, das seinen ganzen Körper durchglühte. In seinen Empfindungen war er fast frei; frei von seiner täglichen Routine, seiner Verantwortung, seiner erdgebundenen Existenz. In seinem prickelnden Körper konnte sich sein Geist frei bewegen und Richtungen folgen, die er ihm angab.

Und weil er ein praktischer Mensch war, benutzte er die Freiheit, um ein unmittelbares Ziel zu erreichen. Er zwang seinen Geist, in das Zimmer zu gehen, wo die Leiche gehangen hatte. Er sah wieder den Papua und die alte, knochige Dame, das Restaurant und die Gäste, die Küche und die Mädchen. Er versuchte nicht, damit etwas zu erreichen. Er zwang seinen Geist lediglich, sich um einen Tag zurückzuversetzen. Und sein Geist gehorchte, bis Olivier ihm auf den Bauch sprang und die dünne Wand durchbrach, die de Gier von der Wirklichkeit trennte.

Er wurde widerwillig wach und sah auf seine Uhr. Fünf nach acht.

«Ja», sagte er zu Olivier und setzte den Siamkater auf den Fußboden, wo dieser zu murren und zu quengeln begann.

«Warte mal», sagte er und ging zum kleinen Badezimmer, wobei er auf dem Wege nach den Pflanzen sah, die überall grünten.

Falls es stimmt, daß ein Haus die Projektion der Persönlichkeit seines Bewohners ist, dann war die von de Gier nicht ganz normal. Er hatte die kleine Wohnung nur mit einem Bett, Pflanzen und Bücherregalen eingerichtet. Kein Tisch, keine Stühle, kein Fernsehgerät. Ein ausklappbares Brett, über seinem Bett an die Wand geschraubt, konnte als Tisch benutzt werden, wenn er etwas schreiben wollte, aber das kam nicht oft vor. Er aß stehend in der Küche, die nicht viel größer war als ein altmodischer Schrank.

«Mmm», sagte er, als er bei einer Geranie stehenblieb, die vor einigen Wochen noch ein Samenkorn gewesen war, und noch einmal «mmm», als er die Hängepflanze betrachtete, die von einem Bücherregal herunterwuchs.

«Sie wächst», sagte er zu Olivier, der nicht interessiert war, und begann seine Brust und die Arme mit kaltem Wasser naßzumachen. Dann seifte er sein Gesicht mit dem Rasierpinsel ein.

Olivier murrte immer noch.

«Gleich werden wir frühstücken», sagte de Gier. «Geh du inzwischen zum Balkon und ärgere die Vögel, ich werde mich schnell rasieren.»

Er schob den protestierenden Kater zur Balkontür und öffnete sie. Eine Möwe, die ein Stück Brot erwartete, flog niedrig über den Balkon hinweg, und Olivier fauchte vor Wut.

Wenige Minuten später frühstückten der Beamte und der Kater. Rührei mit Speck für de Gier und kleingeschnittenes Rinderherz für Olivier. Dann tranken sie Kaffee und Wasser.

Nach einem letzten Blick in den Spiegel ging de Gier, eine Stunde zu spät. Als er bei der Bushaltestelle war, suchte sich der Kater ein Plätzchen unter den noch warmen Decken, wo er den Trick seines Herrn imitierte, etwas zu träumen in einer eigenen Welt, ohne ganz in Schlaf zu fallen.

«Du kommst zu spät», sagte Grijpstra.

De Gier lächelte und dachte an das hübsche schwarzhaarige Mädchen, das im Bus neben ihm gesessen hatte.

«Ich komme öfter zu spät», sagte de Gier.

«Das stimmt. Hier, lies dies, den Bericht des Arztes.»

Sie waren in ihrem großen grauen Zimmer im Präsidium. Grijpstra lehnte sich auf seinem Plastikstuhl zurück und betrachtete seinen lesenden Kollegen. Grijpstra lächelte. Er war zufrieden. Seine Frau hatte geschlafen, als er morgens um halb drei heimgekommen war. Sie schlief noch, als er wieder ging. Er hatte allein gefrühstückt mit viel Toast und vielen Spiegeleiern, und zwar ohne Widerspruch oder Kritik. Und in seinem Dienstzimmer hatte er in Ruhe den Gummibaum begießen und auf dem Schlagzeug trommeln können, das auf immer noch ungeklärte Weise vor einem Jahr in sein und de Giers Büro gebracht worden war. Vielleicht war es eine Fundsache oder es war beschlagnahmt worden. Grijpstra hatte als Junge Schlagzeuger werden wollen, als er sich noch Träumereien erlauben konnte, und er hatte wirklich Talent. Er kam häufig früher, um auf den drei Trommeln und den beiden Becken zu üben. Ganz leise natürlich, denn leises Spielen ist die wahre Kunst. Er hatte sich beim Üben auf das «Rauschen» spezialisiert, auf das Fegen mit den fächerförmigen Besen, die mit dem Schlagzeug gekommen waren. Er spannte die Trommelfelle etwas mehr, um einen noch feineren Rhythmus herauszubekommen. Tsss, tsss und dann nach einem schnellen Umdrehen des Besens ein bamm! aber auch nicht zu laut. Dann ein Wirbel, ein kurzer Wirbel mit den Stöcken, ganz kurz und darum sehr aufregend.

Während de Gier las, übte Grijpstra den Wirbel.

«Prächtig», sagte de Gier und schaute auf.

«Was?»

«Der Wirbel. Und dieser Bericht ebenfalls. Er hatte also eine dieser Pillen eingenommen. Hieß das Medikament nicht Palfium? Er hatte eine Spur von Opium im Magen. Und die Zeiten stimmen. Er muß abends um sieben Uhr gestorben sein, und wir sind um acht eingetroffen.»

Das Telefon läutete.

«Ja, Mijnheer», sagte Grijpstra und zeigte mit seinem dicken Zeigefinger an die Zimmerdecke. De Gier stand gehorsam auf. Keine halbe Minute später standen sie zwischen den Kakteen des Hoofdinspecteurs.

«Und?» fragte der Hofdinspecteur.

Grijpstra erzählte seine Geschichte.

«Und?» fragte der Hoofdinspecteur noch einmal.

Grijpstra sagte nichts.

Der Hoofdinspecteur stand auf und ging hin und her. Die beiden Kriminalbeamten starrten vor sich hin.

Der Hoofdinspecteur blieb neben einem Kaktus stehen, der fast zwei Meter hoch war, eine dicke, grüne Säule, picklig und voller grausamer kleiner Hakendornen. Er betrachtete die Pflanze konzentriert.

De Gier grinste. Er hatte einmal beobachtet, wie der Hoofdinspecteur den Kaktus gemessen hatte mit einem mechanischen Zollstock, einem Metallband in einer kleinen Dose, das sich durch Knopfdruck abrollen und einrollen ließ. De Gier wußte, daß der Hoofdinspecteur die Dose immer bei sich hatte, in der rechten Jackentasche seines modischen Maßanzugs. Jahrelang hatte de Gier geglaubt, der Hoofdinspecteur trage eine Mini-Pistole mit sich herum, aber einmal hatte die Tür zum Büro des Hoofdinspecteurs offengestanden, und de Gier hatte gesehen, wie sein Chef das Monstrum im Blumentopf maß. De Gier war sicher, daß der Hoofdinspecteur auch jetzt gern messen würde und es tat, sobald Grijpstra und er die Tür hinter sich geschlossen hatten. Er überlegte, um wieviel der Kaktus an einem Tag wuchs. Um einen Millimeter? Um einen halben?

Der Hoofdinspecteur drehte sich um und sah die Beamten an.

«Ein Spinner», sagte er. «Ein Stümper, der die Welt verbessern will. Er geht zu einem Notar und läßt eine Gesellschaft eintragen. Eine religiöse Gesellschaft, darunter darf es nichts sein, und mit einer Religion, die er sich zusammengestoppelt hat aus Teilen bestehender Lehren, die er nicht begriffen hat. Er kauft ein altes baufälliges Haus in der Haarlemmer Houttuinen, richtet es ein wenig her und kalkt alle Wände weiß. Dann kauft er sich noch eine imitierte Statue aus zweiter Hand, um allem einen fernöstlichen Anstrich zu geben, steckt ein Weihrauchstäbchen an und verkauft gesundes Essen, denn das gehört gegenwärtig dazu. Wenn man ungewaschene Tomaten und ungeschältes Getreide ißt, wird man von selbst heilig. Das Zeug bleibt einem im Hals stecken, nicht einmal Ratten vertragen es. Und Möhrensaft, den hätte ich fast vergessen, man muß vor allem Möhrensaft trinken, dann kriegt man so gute Augen, daß man die Erzengel im Himmel tanzen sieht.»

Er sah die Beamten fragend an. Sie nickten. Ihnen war klar, daß der Hoofdinspecteur nichts von Möhrensaft hielt. Sie wußten, was er mochte, nämlich kalten alten Genever, Krabbencocktails, Schnecken mit Knoblauchsoße und Steak mit Champignons. Und dazu Ananas mit Schlagsahne. Und Cognac.

«Es gibt dort auch noch eine Bar», sagte Grijpstra.

Der Hoofdinspecteur machte ein erstauntes Gesicht. «Eine was?»

«Eine Bar», wiederholte Grijpstra. «Man kann dort teures belgisches Bier und Genever trinken.»

«Keine schlechte Idee», sagte der Hoofdinspecteur, «bei einem Schnaps bekommt man leichter Kontakt mit den anderen Spinnern. Und wenn man ihren Widerstand gebrochen hat, kann man sie mit nach oben nehmen und sie einen Teller voll Seetang essen lassen und Brennesselsuppe und Sauerampfersalat.»

Er schaute wieder zum Kaktus hinüber.

«Gut», sagte er, «aber so etwas hat keine Grundlage. Die Sache zieht die Außenseiter an, die sich dem Glauben anschließen wollen, um in das reine Nichts einzugehen. Walhalla auf Erden oder Nirwana oder wie das heißt. Was der große Mann tut, das ist neu, und so wird er also bewundert. Die Gesellschaft ist ein Erfolg. Unser Freund beginnt Geld zu verdienen. Bevor man einen Fuß in den Tempel setzen darf, ist man schon um fünfundzwanzig Gulden erleichtert, denn der Club ist nur für Mitglieder. So ist es doch, nicht wahr?»

Grijpstra nickte.

«Und später, wenn man die Prüfung bestanden hat, darf man nach oben. Ich habe mir das Meditationszimmer mal kurz angesehen. Bist du drin gewesen?»

«Ja, Mijnheer», sagte de Gier. «Ein großes, leeres Zimmer mit niedrigen Bänken aus gescheuertem Kiefernholz und einigen Kissen aus Schaumgummi. Und ein Altar. Und noch ein besonderes Bänkchen mit einem extra dicken, goldbestickten Kissen.»

«Genau», sagte der Hoofdinspecteur, «für den Oberspinner. Und natürlich Kerzen. Und da sitzen sie dann mit gekreuzten Beinen. Eine ganze Reihe heiliger Männer. Und unser Piet ist der Hohepriester, der erleuchtete Prophet. Ich habe darüber mal etwas gelesen. Es geht immer um die Stille, und die kann man in verschiedenen Etappen erreichen. Es gibt die Stille dritten Grades, zweiten Grades usw. Je stiller, desto tiefer und desto weiter. Sie werden wohl auch noch seltsame Kleidung getragen haben. Habt ihr seltsame Kleidung gesehen?»

«Nein, Mijnheer», sagte Grijpstra.

«Dann hing sie im Schrank.»

Der Hoofdinspecteur dachte nach.

«Aber nach einer Weile schlägt die ganze Angelegenheit fehl. Der Weise wird durchsichtig, und wenn man ihn durchschauen kann, dann sieht man, daß er nichts ist. Der Neuigkeitswert ist verbraucht. Zuerst gibt er natürlich anderen die Schuld, was nur menschlich ist, aber schließlich beginnt er zu begreifen, daß er nur ein Schwätzer ist, nur Luft in einer geplatzten Tüte. Und dann schluckt er eine von den Pillen seiner Mutter, er fällt um, bleibt eine Weile auf dem Fußboden liegen, krabbelt sich aber wieder hoch und versucht es noch einmal. Und zum Schluß, als ihr eintrefft, baumelt er am Balken, der übrigens für bessere Zwecke gedacht war, nämlich die Zimmerdecke einer Kaufmannswohnung zu tragen.»

Alle schwiegen; es war eine schöne Stille. Vielleicht eine Stille zweiten Grades, dachte de Gier.

«Nun», fragte der Hoofdinspecteur.

«Vielleicht», sagte Grijpstra, «aber ich werde doch noch weitersuchen, natürlich nur, wenn es Ihnen recht ist.»

«Du hast einen Verdacht?»

«Nein», sagte Grijpstra, «ich verstehe nur nicht, wie er die Beule an den Kopf gekriegt hat. Er ist nicht auf den Fußboden gefallen. Er ist gegen *irgend etwas* gefallen, oder er ist geschlagen worden. Im Zimmer standen nicht viele Möbel. Es ist schade, daß die Wunde nicht geblutet hat, dann hätten wir Spuren davon finden können. Es würde mich nicht wundern, wenn er einen Schlag bekommen hat, und falls das so ist, dann könnte es Mord gewesen sein.»

«Totschlag», sagte der Hoofdinspecteur. «Mord ist immer schwer zu beweisen, obwohl ihr es selbstverständlich versuchen könnt.»

Er seufzte.

«Und vielleicht ist es nicht einmal Totschlag.» Der Hoofdinspecteur seufzte noch einmal und ließ seinen Blick zum Kaktus wandern. «Wie ist das eigentlich mit eurem Papua? Ist er ein echter Papua? Ich habe ihn nicht gesehen.»

«Ja, Mijnheer», sagte de Gier, «er hat den niederländischen Namen van Meteren, aber er ist nur zu einem Achtel weiß, ein seltsames Exemplar, ein fast vollblütiger Papua in Amsterdam. Und dazu noch ein Bulle.»

«Ja, das habe ich gelesen. Merkwürdig. Aber anscheinend wird es noch mehr Papua-Polizisten in Amsterdam geben; hier kann man alles finden, wenn man nur danach sucht. Sagte van Meteren nicht, daß Piet sich mit jemand geschlagen haben könnte und er danach in einem Anfall von Selbstmitleid oder Mutlosigkeit Selbstmord verübt habe...»

«Verübt haben könnte», warf Grijpstra ein.

«Weit hergeholt, wie? Vielleicht auch nicht. Untersucht das mal näher. Mord ist keine alltägliche Sache. Eure Theorie könnte auch weit hergeholt sein. Ein Schlag und dann ein Seil um den Hals...» Er schüttelte den Kopf.

Die Beamten erkannten das Signal und gingen zur Tür.

Die Kaffeepause war nahe. Sie gingen in ihr Büro und warteten auf den Kantinenwagen, der vorbeikommen würde. Sie brauchten keine Streife zu fahren, sie konnten nachdenken.

«Wir haben einen Fall», sagte Grijpstra.

De Gier nickte und öffnete dem Kaffee-Mädchen die Tür. «Guten Tag, Treesje, danke, Treesje.»

Sie bekamen eine Kanne Kaffee und zwei Tassen, ein Kännchen Milch und eine Handvoll Zucker. Obwohl sie sehr mit dem Umrühren des Kaffees beschäftigt waren, sahen sie einander an.

Wieder wurde angeklopft, und Grijpstra nahm eine Akte entgegen.

«Aha», sagte er, «die Vernehmungsberichte. Laß mal sehen.»

De Gier stand auf und schaute ihm über die Schulter. «Heh», sagte er.

«Ja. Das ist schön, wie?»

Es war schön. Die Beamten hatten die Personalien der Gäste in Bar und Restaurant aufgenommen. 38 Gäste. Nichts Besonderes, bis auf zwei, und die hatten in der Bar gesessen. Es waren Rauschgifthändler. Den einen hatte man zu einer kleinen Strafe verurteilt, weil man ihm nicht viel nachweisen konnte; der andere war nur verdächtigt worden, aber der Verdacht war gut begründet.

«Die Namen kenne ich», sagte de Gier. «Es müssen schwere Jungs sein, die mit größeren Mengen handeln.»

«Großhändler», sagte Grijpstra fröhlich. «Und gleich zwei. Ich werde mal eben anrufen.»

Der Hoofdinspecteur war schwer von Begriff, und Grijpstra mußte mehrmals wiederholen. Schließlich legte er auf. De Gier sah ihn fragend an.

«Alles in Ordnung», sagte Grijpstra, «wir bekommen Hilfe. Und der Hoofdinspecteur wird selbst in den Akten nachsehen.»

Die Hilfe traf innerhalb von zehn Minuten ein und trank den letzten Rest des Kaffees aus, nachdem de Gier für sie zwei Tassen abgewaschen hatte. Die beiden Beamten vom Rauschgiftdezernat lasen die Berichte und wurden über die Geschichte in Details unterrichtet. Nach einer Stunde gingen sie wieder.

Grijpstra schlug einen Wirbel auf der mittleren Trommel.

«So», sagte er, «die können sich in Cafés und Bars amüsieren. Ich möchte mal wissen, wieviel Geld die ausgeben, und zwar immer auf Kosten des Staates. Und wir dürfen arbeiten.»

De Gier machte ein düsteres Gesicht.

«Wie viele Stunden hast du schon im Café hinter deinem Schnaps gesessen?»

«Tausend Stunden», sagte de Gier.

«Damit ist es jetzt vorbei.»

De Gier schloß halb die Augen und geriet ins Träumen. Wie viele

Stunden hatte er in Cafés gesessen? Lauschend, schwatzend, Komödie spielend? Und immer auf der Suche. Wer weiß etwas? Wer sagt etwas? Wer kennt die Großhändler, zu denen Piet Kontakt hatte? Dem Piet, der jetzt tot ist. Wer kennt Piet? Wer kennt das Haus Haarlemmer Houttuinen Nr. 5? Was ging dort vor, und zwar außer heiligen Gesprächen in der Bar, dem Verzehren von Gesundheitskost und dem Meditieren in einem Tempel? Willst du noch einen Schnaps? Willst du noch einen Witz hören? Vorsichtig, vorsichtig. Mit den Mädchen reden. Den Mädchen zuhören. Warten bis Streit ausbricht. Ihn noch ein wenig schüren. Wer böse ist, der redet. Wer eifersüchtig ist, der redet. Wem auf die Zehen getreten wird, der redet. Oder muß man dafür bezahlen? Willst du noch einen Schnaps? Den kriegst du. Und noch etwas dazu, wenn es sein muß. Hundert Gulden. Wenn deine Geschichte es wert ist. Du kannst sie mir draußen erzählen, auf einer Bank im Park. Irgendwo, wo es ruhig ist. Und dann kannst du ein paar Abende lang trinken oder rauchen oder fixen, wenn es sein muß. Gibt es etwas Schlimmeres als fixen? Vom Trinken kann man noch loskommen, und vom Hasch rauchen kriegt man nur rote Augen und vielleicht eine Vision, aber von der Nadel kann man nie mehr lassen.

«Wir gehen jetzt an die Arbeit», sagte Grijpstra. «Du gehst noch einmal zum Haus und durchsuchst es. Es ist ein großes Haus, und wir haben noch nicht viel davon gesehen.»

«Und du?» fragte de Gier.

«Ich werde mir die Gesellschaft mal vornehmen und untersuchen, was dahintersteckt. Wenn du etwas erfahren hast, kannst du mich anrufen, und falls ich nicht hier bin, hinterläßt du eine Nachricht. Und heute abend kannst du mich zu Hause anrufen.»

«Das Auto?» fragte de Gier.

«Das ist nicht nötig. Wir gehen beide zu Fuß. Ruf die Garage an, daß der Wagen frei ist.»

Grijpstra hatte am Vorabend in Piet Verbooms Bücherschrank geschaut und auch Aktenordner gesehen. In einem von ihnen hatte er den Namen des Wirtschaftsprüfers gefunden, der Piets Buchhaltung kontrollierte und die Jahresabrechnung der Gesellschaft mit unterzeichnete. Er hatte sich den Namen und die Telefonnummer notiert.

De Gier war bereits fort. Er rief den Wirtschaftsprüfer an.

«Polizei?» fragte der Wirtschaftsprüfer. «Gewiß, ich stehe Ihnen zur Verfügung.»

Grijpstra war innerhalb von zehn Minuten dort, bei einem schönen Haus an der Keizersgracht. Er wurde gleich vorgelassen und bekam Kaffee und eine Zigarre angeboten.

Der Wirtschaftsprüfer wußte es bereits, er hatte die Morgenzeitung gelesen.

«Waren Sie überrascht?» fragte Grijpstra.

«Ja», sagte der Wirtschaftsprüfer und fuhr sich mit der Hand durch das dichte, graue, krause Haar. «Ja, ich war überrascht. Piet war eigentlich etwas trübsinnig und ein seltsamer Junge, nicht sehr stabil, er hatte seine Launen, aber Selbstmord... oder war es kein Selbstmord?»

Grijpstra zuckte die Achseln.

«Mord?»

Grijpstra wiederholte die Bewegung.

«Was kann ich für Sie tun?»

«Was war das eigentlich für eine Gesellschaft?» fragte Grijpstra.

«Tja», sagte der Wirtschaftsprüfer. «Nichts Tolles. Aber man verdiente Geld damit. Die Bar lief gut, das Restaurant noch besser, und über den Laden konnten wir auch nicht klagen. Er hatte nur geringe Kosten. Er bezahlte seinen Angestellten nicht viel. Es waren Idealisten; und ich glaube, daß er einigen nicht mehr als 25 Gulden wöchentlich gab. Weil es eine idealistische Gesellschaft war, brauchte er keinen auf die Lohnliste zu setzen, außer sich selbst. Keine Sozialabgaben, nichts. Und wenn es ihnen nicht gefiel, dann gingen sie, und es kamen immer wieder andere.»

«Was verdiente Piet daran?» fragte Grijpstra.

Der Wirtschaftsprüfer holte eine Akte aus der Schublade eines Metallschranks.

«2000 bis 3000 Gulden in der Woche vor Abzug der Kosten, schätze ich. Oder mehr, vielleicht gab er nicht alles an.»

«Zahlte er Steuern?»

Der Wirtschaftsprüfer machte ein schlaues Gesicht.

«Noch nicht. Die Gesellschaft bestand erst seit drei Jahren. Ich glaube, er hat sie nach dem Beispiel eines ähnlichen Unternehmens in Paris geschaffen, wo er für eine Weile gearbeitet hatte. Nein, er zahlte nie einen Cent an Steuern, nur die Umsatzsteuer. An der kommt keiner vorbei.»

«Aber ist das denn erlaubt, keine Einkommensteuer zu bezahlen?»

Der Wirtschaftsprüfer machte immer noch sein schlaues Gesicht.

«Erlaubt, erlaubt», sagte er. «Solche Gesellschaften sollten keinen Gewinn machen, sondern Einnahmen und Ausgaben im Gleichgewicht halten. Ein kleiner Reservefonds darf gebildet werden. Nur wenn man zuviel verdient, bekommt man Schwierigkeiten mit dem Steuerinspektor. Ich hatte Piet geraten, diese Sache in ein gewöhnliches kommerzielles Unternehmen umzuwandeln und die Steuern für die vorangegangenen Jahre abzutragen. Dann würde ich ihm weiterhin helfen. Er könne natürlich weitermachen wie bisher und das Geld in die eigene Tasche stecken, aber dann würde ich mich zurückziehen.»

Grijpstra schaute auf.

«Vorhin sagten Sie *wir*. Wenn ich mich richtig erinnere, sagten Sie, ‹und über den Laden konnten *wir* auch nicht klagen›. Bedeutet das, daß Sie einen Anteil an der Gesellschaft hatten?»

Der Wirtschaftsprüfer lachte. «Ich sehe, daß ich es mit der Polizei zu tun habe. Nein, nein. Ein Wirtschaftsprüfer darf kein materielles Interesse an einer Gesellschaft haben. Aber er identifiziert sich immer mit dem Wohl und Wehe seines Klienten und spricht dann von *wir*. Ähnlich wie die Mutter, die zu ihrem Kind sagt: ‹Und jetzt gehen wir mal eben Pipi machen!› Aber die Mutter pinkelt nicht, sondern nur das Kind.»

Grijpstra grinste und dachte, das muß ich mir merken und es de Gier erzählen.

«Aber wenn Piet weitergemacht hätte wie bisher, wäre er in Schwierigkeiten geraten?»

Der Wirtschaftsprüfer legte die Fingerspitzen aneinander und sah über sie hinweg den Fragenden an.

«Vielleicht ja, vielleicht auch nicht. Die Steuerbehörde ist sehr beschäftigt. Wahrscheinlich hätte Piet vorher seinen ganzen Kram verkaufen und türmen können. Vielleicht hätte er ein paar hunderttausend Gulden dabei übrigbehalten.»

«War Piet der einzige Treuhänder?»

«Ja», sagte der Wirtschaftsprüfer. «Er hat mich einige Male gebeten mitzumachen, aber mir gefiel das nicht. Seine Frau war zwar ebenfalls Treuhänderin, aber sie verstand von alldem nichts. Sie ist ihm übrigens weggelaufen.»

«Hmm», sagte Grijpstra. «Und wo blieb das Geld?»

«Mal sehen», sagte der Wirtschaftsprüfer und blätterte in seinen Unterlagen. «Hier. Es blieb in der Gesellschaft. Das Haus gehört der Gesellschaft, und daran hat er immer herumgebaut, wodurch sein Wert natürlich stieg. Und er hatte ein hübsches Auto, auch von der Stiftung, außerdem ein Haus in Brabant, in einem Wald, das ebenfalls auf den Namen der Gesellschaft eingetragen ist. Und als Chef des Ganzen verdiente er selbst etwas. Nicht viel, monatlich 600 Gulden, für die er Steuern bezahlte.»

Grijpstra schaute zum Fenster hinaus. Der Wirtschaftsprüfer wartete geduldig.

«Also war alles im Haus, die Stereoanlage, Möbel, Statuen, das Inventar von Bar, Restaurant und Laden sowie die ganzen Vorräte auf den Namen der Gesellschaft eingetragen.»

Der Wirtschaftsprüfer nickte.

«Und Piet konnte nach Belieben verkaufen und das Geld in die eigene Tasche stecken?»

«Ja», sagte der Wirtschaftsprüfer. «Eigentlich war er selbst die Gesellschaft. Eine schwierige Angelegenheit, auch für einen Steuerinspektor.»

«Jedoch nichts Strafbares?»

«Ich glaube nicht», sagte der Wirtschaftsprüfer, «aber worauf wollen Sie hinaus?»

«Ich weiß es noch nicht», sagte Grijpstra. «Ich sammle nur Informationen. Ich frage mich auch, ob jemand von seinem Tod einen Nutzen hat.»

«Seine Frau», sagte der Wirtschaftsprüfer. «Aber die ist weggelaufen. Nach Paris, sagte Piet. Wenn sie dort ist, kann sie ihn nicht ermordet haben. Übrigens kenne ich sie, eine schöne Frau, aber nicht mit besonderen Geistesgaben gesegnet. Ich glaube nicht, daß sie imstande ist, jemand zu erhängen. Und sein Kind ist vier Jahre alt.»

«Sehen Sie einen Grund für Selbstmord?» fragte Grijpstra.

Der Wirtschaftsprüfer schaute zum Fenster hinaus.

«Vielleicht gab es einen Grund. Mit der Gesellschaft konnte er so nicht durchkommen. Eines Tages hätte er sie in eine richtige Firma umwandeln und die Steuergelder, etwa 50000 Gulden, auf den Tisch legen müssen. Er wand sich hier auf diesem Stuhl, als ich es ihm sagte. Dann wäre es aus gewesen mit seinen großen Gewinnen. Jetzt konnte er mit Personal zum Wegwerfen arbeiten, das ihn nichts ko-

stete, aber eine Firma hat richtige Angestellte, und die
tage einen Haufen Geld.»

«Aha», sagte Grijpstra.

Er musterte den Wirtschaftsprüfer, einen großen, breitschu
Mann, zwischen fünfzig und sechzig Jahre alt, mit einem gutgeschnittenen Kopf. Ein registrierter Wirtschaftsprüfer, ein Mann von Stand, vergleichbar mit einem Chirurgen, einem Bankdirektor, einem Großkaufmann. Ein teures Büro, ein teurer Name. Joachim de Kater. Ein Kater, der beobachtet, wie die anderen im Schweiße ihres Angesichts hin und her laufen. Und der Kater streckt hin und wieder seine Krallen aus, und daran bleibt viel hängen.

«Ich danke Ihnen», sagte Grijpstra, «ich werde Sie nicht länger aufhalten.»

«Gern geschehen.» De Kater war aufgestanden. Ein fester, trokkener Händedruck. Ein teures Lächeln. Grijpstra warf einen Blick darauf. So ein Gebiß kostet viel Geld. Achttausend Gulden? Zehntausend? Ein natürlich aussehendes Gebiß, sogar ein wenig unregelmäßig, aber jeder Zahn ein Kunstwerk des Dentisten, und die Backenzähne alle aus Gold.

Grijpstra ging nachdenklich am Wasser der Keizersgracht entlang. Fünfzigtausend auf einen Schlag zu bezahlen, vielleicht, aber darüber hätte man wohl mit sich reden lassen. Die Steuerbehörde schlachtet niemals das Huhn, das goldene Eier legt. Man hätte Piet wohl Zeit gelassen, die Summe abzuzahlen. Er würde mal die Steuerbehörde anrufen.

Aber vielleicht dachte Piet wirklich, daß er sein Geld und seine gutgehende Einnahmequelle auf einen Schlag verlieren würde. So ein Gedanke hätte ihn zu der Wahnsinnstat treiben können. Aber den Kopf wegen eines Haufens Geld in die Schlinge stecken? Den kleinen Kopf mit dunkelrotem Haar und dem hübschen, gutgepflegten Schnurrbart? Den kleinen Kopf mit der tüchtigen Beule. Er sah die Leiche wieder vor sich, die nackten Füße ordentlich nebeneinander, die Zehen auf den Holzfußboden gerichtet.

4

De Gier ging mit langen, elastischen Schritten an den Kaufmannshäusern der Prinsengracht entlang. Er war böse. Böse auf die Polizei im allgemeinen und auf Grijpstra im besonderen. Er wollte nicht zu Fuß gehen, sondern mit dem Auto fahren. Aber die Polizei ist sparsam, und Grijpstra war ein Polizist der alten Schule. Er würde niemals ein Auto benutzen, wenn es nicht unbedingt nötig war.

Aber das Wetter war schön, und de Giers Zorn ging vorbei. Wenn Grijpstra so sparsam mit den Mitteln des Staates war, dann mußte er es selbst wissen. De Gier hatte beschlossen, daß er – um Grijpstra zu bestrafen – zu Fuß gehen und nicht die Straßenbahn nehmen wollte, obwohl er wußte, die Polizeikasse würde ihm das Fahrgeld ersetzen.

De Gier lachte. Er hatte seine Gedanken analysiert und festgestellt, daß er ein kleinlicher Mensch war. De Gier versuchte immer, seine Gedanken zu analysieren und die Motive für seine Handlungen zu finden. Und immer fand er Kleinlichkeit. Aber das stimmte ihn nicht traurig. Er teilte diese Kleinlichkeit mit allen Menschen, und er hatte kein erhebendes Bild von der Menschheit. Er hatte das – bei einem Schnaps – Grijpstra einmal erzählt, und der hatte mit dem Kopf genickt. Es war einer jener seltenen Abende gewesen, an denen Grijpstra sich gehenließ. Er hatte keine Lust gehabt, zu seiner Frau nach Hause zu gehen, und nach einem langen Arbeitstag die Einladung de Giers angenommen, beim Chinesen eine Kleinigkeit zu essen. Anschließend waren sie in einer der kleinen Kneipen am Zeedijk gelandet, deren Besitzer sie kannte und der ihnen schweigend einen Genever nach dem anderen zugeschoben hatte.

Grijpstra hatte nicht nur mit dem Kopf genickt, sondern auch etwas gesagt. Er hatte seinen Genever runtergekippt und den Zeigefinger hochgehalten.

«Du kannst», hatte Grijpstra gesagt, «die Menschen in einige Gruppen einteilen.»

«Ja?» hatte de Gier gefragt. Er versuchte immer, Grijpstra zum Reden zu bringen, und jetzt schien es ihm zu glücken.

«Ja», hatte Grijpstra gesagt. «Hör mal zu. Zunächst einmal gibt es die Protze. Du kennst sie nicht so gut wie ich. Die Kerle mit dem roten Gesicht und dem dicken Nacken, die in amerikanischen Wagen herumfahren und Zigarren rauchen und Pelzkragen an ihrer Jacke haben.

Es gibt die Zuhälter-Protze und Bankier-Protze, aber im wesentlichen sind sie alle gleich. Die Protze sind die Burschen, die begriffen haben. Sie wissen, was die Menschen wollen. Die Menschen wollen manipuliert werden, und die Protze manipulieren. Sie stellen fest oder besser, sie lassen feststellen (sie sind von sehr intelligenten Sklaven umgeben), was die Menschen wollen, und das kaufen sie dann billig ein und verkaufen es zu wahrhaft sündhaften Preisen. Das gilt sowohl für Güter als auch für Dienstleistungen. Protze verdienen immer. Sie stehen niemals in einer Schlange an und machen regelmäßig ihren Urlaub. Auf dem Ijsselmeer liegen ihre Jachten, und in Spanien stehen ihre Villen. Und in der Beethovenstraat wohnen ihre Freundinnen. Sie haben keine Probleme und machen keine Probleme. Sie regeln alles schnell, oder, wie ich bereits angedeutet habe, sie lassen alles schnell regeln. Das ist die erste Gruppe.»

De Gier hatte atemlos zugehört. Der Wirt hatte müde ein neues Glas herübergeschoben. Zwei Schnäpse, als de Gier ihm ermutigend zunickte.

«Die zweite Gruppe», hatte Grijpstra schon leicht undeutlich gesagt, «ist die größte. Es ist die Gruppe der Trottel. Man könnte sie noch in eine größere Anzahl von Untergruppen einteilen, aber warum sollte man?»

De Gier hatte den Kopf geschüttelt, er wollte nicht noch unterteilen.

«Also gut», hatte Grijpstra gesagt, «es sind doch alles nur Trottel. Es gibt diese Art von Trottel und jene Art, aber sie haben alle eine graue Haut und ihre kleinen Leiden, sie stehen in der Schlange an, machen nur einmal im Jahr Urlaub, fahren ein kleines Auto, das immerzu Pannen hat. Sie kaufen teuren Schund von den Protzen, bezahlen natürlich ihre Steuern, die ihnen gleich vom Gehalt abgezogen werden. Und sie tun alles, was man ihnen sagt, nicht nur, was der Chef sagt, sondern auch, was die Werbung und das Fernsehen sagen, was jedermann sagt. Wenn es nur laut genug gesagt wird, dann tun sie es. Sie klettern sogar in Viehwaggons und lassen sich ins Konzentrationslager fahren, und wenn es damit vorbei ist, steigen sie in ein Charterflugzeug und fliegen nach Jugoslawien. Sie gehen zu dreckigen Huren und trinken Genever, der in einer Chemiefabrik hergestellt worden ist. Prost.»

«Prost», hatte de Gier gesagt.

«Sie tun alles, was die Protze wollen. Und wenn sie fünfundsechzig Jahre alt geworden sind, gibt man ihnen die Hand, und sie verschwinden auf Nimmerwiedersehen, aber das macht nichts, denn sie haben mehr Nachwuchs gezeugt, als verschwinden können. Sie sind auch sehr empfänglich für Stempel und Formulare und Schilder an der Tür sowie für Orden und Titel und allerlei Vorrechte. Aber sie haben keine Rechte, sondern nur Pflichten. Die Pflicht zu kaufen und zu sparen, es spielt keine Rolle, was sie tun, die Protze verdienen immer. Es spielt keine Rolle, welches politische System man ihnen gibt, sie bleiben Trottel. Und wenn der Protz an ihnen vorbeifährt, rufen sie ‹hurra!› In Reihen aufgestellt und im Takt: ‹Hurra, hurra, hurra!›»

Grijpstra hatte etwas laut gerufen, und die Stammgäste riefen ebenfalls hurra.

«Hörst du?» hatte Grijpstra gefragt. «Wie ich es gesagt habe. Aber es gibt noch die dritte Gruppe. Das ist eine ganz kleine Gruppe. Weißt du, welche ich meine?»

«Nein», hatte de Gier gesagt, «aber erzähl mal.»

«Die kleine dritte Gruppe», hatte Grijpstra gesagt, «das sind die Gutwilligen. Es sind die Herren unter uns. Die Idealisten. Sie haben die guten Ideen und sind häufig sehr intelligent. Sie stoßen nicht und drängen nicht und machen den Eindruck, daß sie weder manipulieren noch manipuliert werden.»

«Das ist schön», hatte de Gier gesagt, «es gibt also doch noch nette Menschen.»

«Nein, das habe ich nicht gesagt. Ich nannte sie die Gutwilligen. Hin und wieder begegnet mir mal einer, und dann sehe ich ihn mir genau an. Sehr genau.»

«Und was siehst du dann?» hatte de Gier gefragt.

«Ja», hatte Grijpstra gesagt und sich müde das Gesicht gerieben, «das weiß ich nicht. Ich sehe eigentlich nicht viel. Aber ich traue ihnen nicht für fünf Cent. Die Gutwilligen taugen ebenfalls nichts, daran glaube ich fest.»

De Gier hatte über Grijpstras drei Gruppen häufig nachgedacht, und je älter er wurde und je mehr er erlebte, desto mehr leuchtete diese Theorie ihm ein. Aber er hatte sich dabei noch etwas Raum gelassen. Er hielt nichts von Theorien, bei denen alles zueinander paßt. Er glaubte an eine wunderliche, surrealistische Welt und wollte diesen Glauben nicht aufgeben, zumal dieser immer wieder gefestigt wurde. Auch jetzt wieder, während er die Prinsengracht hinunterging. Über dem Wasser schwebte eine Möwe, die scharfen Umrisse eines Giebels standen vor einer dunkelgrauen Regenwolke, eine alte Frau fütterte Spatzen, die ein sich immer wieder änderndes Schattenmuster auf das Straßenpflaster warfen. Eine wunderliche Welt, dachte de Gier. Sehr schön. Vielleicht taugt die Welt nichts, aber ich bin da. Ich gehe hier und werde etwas tun, etwas herausfinden.

Es war warm an diesem Julimorgen, und er war froh, als er die Haarlemmer Houttuinen sah und wußte, daß die Kühle des großen Hauses auf ihn wartete. Aber bevor er das Haus betrat, sah er das Polizeiauto auf dem Fußweg, auf derselben Stelle, wo er am Vorabend geparkt hatte. Und gleich darauf erkannte er den Kriminalbeamten, der ihm im Korridor begegnet war, einer vom Revier in der Warmoesstraat.

«Was ist denn jetzt?» fragte er überrascht seinen Kollegen.

«Einbruch», sagte der Kollege und nahm ihn mit ins Restaurant, wo van Meteren und die vier Helfer des toten Piet ruhig an einem Tisch saßen.

«Tag», sagte de Gier zu van Meteren, «mußt du nicht arbeiten? Es ist schon nach elf.»

Van Meteren lächelte. «Bist du's schon wieder? Nein ich brauch nicht zu arbeiten. Ich habe mir einen freien Tag genommen, wegen besonderer Umstände, ich wollte den Umzug von Piets Mutter regeln. Aber jetzt ist in der vergangenen Nacht eingebrochen worden, und ich habe wieder mal angerufen.»

«Wann ist es passiert?» fragte de Gier.

«Das weiß ich nicht», sagte van Meteren. «Ich habe mich schlafen gelegt, nachdem ihr gegangen wart. Heute morgen um halb acht bin ich nach unten gegangen. Sie haben die Kellertür eingetreten und das Restaurant und den Laden durchwühlt. Oben sind sie nicht gewesen, sonst hätte ich sie gehört.»

«Fehlt was?» fragte de Gier den Kriminalbeamten.

Der Beamte zuckte mit den Achseln.

«Nicht viel. Das Tonbandgerät, das hier gestanden haben soll, ist weg und auch die Geldkassette aus dem Laden. Die Mädchen hier sagen, es sei nur Kleingeld darin gewesen, das große Geld hätten sie schon beim Chef abgegeben gehabt. Und der Chef hat Selbstmord verübt, aber das weißt du ja schon.»

De Gier schaute seinen Kollegen an und dachte, daß er eigentlich nichts wußte. Eine Leiche und ein Einbruch, es wurde immer schöner. «Hast du schon deinen Bericht gemacht?» fragte er.

«Ja», sagte der Kriminalbeamte. «Fingerabdrücke haben wir auch gesichert, aber hier hat sich mittlerweile eine ganze Reihe von Menschen betätigt, ihr habt gestern abend auch so allerlei angefaßt. Ich war gerade dabei zu gehen.»

De Gier gab ihm die Hand, und der Kriminalbeamte ging.

«Sauber, wie?» sagte de Gier verärgert zu van Meteren. «Und ich bin nur vorbeigekommem, um zu sehen, ob ich noch etwas finden könnte.» Ihm wurde bewußt, daß er van Meteren bereits wie einen Kollegen behandelte.

«Dürfen wir jetzt gehen?» fragten die Mädchen.

De Gier nickte. «Wohin wollt ihr?»

«Machen Sie sich keine Sorgen», sagte Johan, «wir bleiben in der Stadt. Eduard und ich werden auf ein Wohnschiff ziehen an der Binnenkant, gegenüber Haus Nummer 10; es heißt *De Goede Hoop* und gehört meinem Bruder, aber der ist auf dem Weg nach Indien. Vorläufig steht es leer, ich habe den Schlüssel.»

De Gier notierte die Adresse.

«Und was werdet ihr tun?» fragte er die Mädchen.

«Ich gehe mit den Jungen», sagte das dicke Mädchen Annetje und schob sich ein wenig näher an Johan heran. De Gier hatte Mühe, einen Blick des Abscheus zu unterdrücken. Er hatte nichts gegen dicke Mädchen, aber wenn sie auch noch Zigeunerkleider mit Blumenmotiven trugen... Wahrscheinlich würden sie außerdem noch mit schmutzigen nackten Füßen herumlaufen. Verstohlen sah er nach unten. Annetje hatte schmutzige nackte Füße.

«Und du?» fragte er das hübsche Mädchen.

Thérese begann zu weinen.

«Nur ruhig, ruhig», sagte van Meteren und setzte sich neben das Mädchen. «Sie ist schwanger», sagte er zu de Gier, «und weiß nicht, wohin sie gehen soll.»

«Nun beruhige dich mal», sagte de Gier zu dem Mädchen. Er betrachtete sie teilnehmend. Ein hübsches Mädchen, langes schwarzes Haar, grüne Katzenaugen, groß, etwas mager, aber mit einem schönen vollen Busen. Wieder sah er verstohlen nach unten. Sie hatte auch lange Beine und Sandalen an den sauberen Füßen.

«Kann sie nicht vorläufig hier wohnen bleiben?» fragte er van Meteren.

«Ich weiß es nicht. Die Bude hier ist geschlossen worden. Ich habe Piets Frau ein Telegramm geschickt. Paris ist nicht weit. Sie wird bald hiersein. Früher hatte sie hier auch einiges zu bestimmen, gemeinsam mit Piet, und jetzt ist sie die einzige, denke ich. Ich habe die Statuten der Gesellschaft nie gesehen; vielleicht kann der Wirtschaftsprüfer helfen. Das Haus wird wohl verkauft werden.»

«Aber dann kann Thérese doch noch bleiben.»

«Ich will nicht hier bleiben», sagte Thérese, die nicht mehr weinte. «Nicht in diesem Leichenhaus. Und jetzt haben sie auch noch eingebrochen. Ich werde zu meiner Mutter gehen.»

Sie nannte eine Adresse in Amsterdam, die de Gier aufschrieb. Johan, Eduard und Annetje verabschiedeten sich. Ihre Koffer waren gepackt und standen ordentlich nebeneinander bei der Tür. De Gier berührte Annetjes Hand. Van Meteren war ebenfalls aufgestanden.

«Ich sehe dich nachher noch», sagte de Gier, «ich will nur noch kurz mit Thérese sprechen.»

Als sie allein waren, bot er dem Mädchen eine Zigarette an und gab ihm Feuer. Sie zog ungeschickt an der Gauloise und begann zu husten.

«Mach sie aus», sagte er, «das ist auch nichts. Ich wollte dich fragen, von wem du schwanger bist?»

«Von Piet», sagte das Mädchen.

«Ist seine Frau deshalb gegangen?»

Das Mädchen schüttelte den Kopf. «Seine Frau war daran gewöhnt. Piet versuchte, hier alle zu vernaschen, und hin und wieder gelang es ihm. Bei mir zuerst nicht, aber ich wohnte hier im Haus, und er war so hartnäckig und konnte gelegentlich sehr nett sein.»

«War er wirklich nett?» fragte de Gier.

Das Mädchen starrte vor sich hin.

«Nun?»

Sie begann wieder zu weinen. «Nein. Er war ein Schuft. Mit seinem Gesundheitsfimmel. Warum mußte ich mich mit alldem hier nur einlassen. Jetzt muß ich auch noch abtreiben lassen, wenn es noch nicht zu spät ist. Ich will einfach kein Kind von ihm.»

De Gier ließ sie weinen. Van Meteren zeigte sich in der offenen Tür, aber de Gier winkte ab, und er verschwand wieder.

«Hattest du mal Streit mit ihm?»

Das Mädchen hörte ihn nicht. Er stand auf und hielt sie an den Schultern fest, aber das komplizierte die Situation nur, denn sie ließ sich in seine Arme fallen.

«He», sagte de Gier und setzte sie vorsichtig wieder auf ihren Stuhl. Er wiederholte die Frage.

Sie nickte.

«Gestern auch?»

Sie nickte wieder.

«Gestern nachmittag in seinem Zimmer?»

«Ja», sagte das Mädchen. «Ich habe ihn schlimm beschimpft, aber er sagte nur, daß er schon verheiratet sei und mir nicht mehr helfen könne. Ich hätte eben aufpassen sollen. Jeder müsse die Folgen seiner Handlungen tragen. Das sei Karma, sagte er. Karma ist immer nützlich. Davon kann man etwas lernen. Haha.»

«Und hast du ihn dann geschlagen?»

«Ich habe ihm ein Buch an den Kopf geworfen.»

«Ein schweres Buch?»

«Ja, so ein dickes Wörterbuch.»

«Hast du ihn getroffen?»

Sie antwortete nicht. Er nahm sie bei der Hand und ging mit ihr nach oben. In Piets Zimmer lag das Wörterbuch auf dem Fußboden, aber es lagen mehr Bücher dort.

«Kannst du dich erinnern, ob du getroffen hast? Ist er umgefallen?»

«Ich weiß es nicht», sagte Thérese. «Ich bin aus dem Zimmer gerannt und habe die Tür hinter mir zugeworfen. Ich habe mich nicht mehr umgedreht.»

De Gier riß ein Blatt aus dem Notizbuch auf dem Tisch und schrieb eine kurze Erklärung. Er las sie vor und bat Thérese, diese Erklärung zu unterschreiben. Sie lief darauf hinaus, daß sie Piet ein dickes Wörterbuch an den Kopf geworfen hatte, aber nicht wußte, ob sie ihn getroffen hatte, weil sie gleich darauf, ohne sich umzudrehen, aus dem Zimmer gelaufen war.

«Sie glauben doch nicht vielleicht, daß ich ihn erhängt habe?» fragte sie.

De Gier sagte nichts, sondern rief im Präsidium an und wurde mit Grijpstra verbunden.

«Ich komme», sagte Grijpstra.

«Nimm das Auto», sagte de Gier, «es ist ein ganzes Ende zu laufen.» Er legte auf.

«Das Seil», sagte er zu dem Mädchen, «wußtest du, daß im Zimmer ein Seil und im Deckenbalken ein Haken war?»

«Der Haken war immer dort», sagte Thérese. «Piet hatte früher eine Maske daran aufgehängt, aber ich fand sie unheimlich, wenn ich hier im Bett lag, und dann hat er sie verkauft. Und das Seil ist ganz gewöhnliches Zeug. Piet importierte allerlei Lebensmittel aus Japan, die in niedlichen kleinen Fäßchen kamen, und die waren mit dem Seil verschnürt. Der Strick, den Sie hier gefunden haben, war von den Fäßchen.»

«Meinst du, daß Piet Selbstmord verübt hat?»

Das Mädchen sah ihn gleichgültig an. «Es würde mich nicht überraschen. Er war nicht richtig im Kopf, glaube ich. Als ihm seine Frau weglief, hat er sich fürchterlich beschwert. Sogar mir gegenüber, während ich bei ihm im Bett lag.»

«Worüber hat er sich noch beschwert?»

«Ach», sagte Thérese, «über alles. Über den Sinn des Lebens und über die Erleuchtung. Er meinte, daß er nicht erleuchtet sei. Dazu müsse man nach den Regeln leben, aber das tat er nicht.»

«Erleuchtung?» fragte de Gier.

«Ja», sagte Thérese, «mich ließ es immer an Glühlampen denken. Die Buddhisten und auch die Hindus, glaube ich, sagen, man wird erleuchtet, wenn man auf die richtige Art lebt. Man muß alles so gut wie möglich machen und viel meditieren, dann wird man immer mehr verstehen und Visionen haben, glaube ich. Ich weiß nicht viel darüber, wissen Sie. Aber ich dachte, daß man dann weniger Probleme haben wird, und das muß Piet auch geglaubt haben. Er behielt seine Probleme jedoch, sagte er. Er machte anscheinend etwas falsch dabei, wußt aber nicht, wie er es richtig machen sollte.»

«Selbstmord kommt mir jedoch nicht sehr buddhistisch vor», sagte de Gier, «oder hindistisch oder wie es auch heißen mag. Wenn man Selbstmord begeht, gibt man all seine Bemühungen auf und erreicht nichts. Oder doch?»

Thérese hatte sich auf das Bett gesetzt und rieb sich die Augen.

«Piet sagte, es hat Japaner gegeben – Samurais oder Mönche, das weiß ich nicht mehr –, die Selbstmord verübt haben, weil sie in eine hoffnungslose Situation geraten waren. Das war richtig, sagte er. Sogar bewundernswert. Aber man muß es auf die richtige Art tun. Zuerst Körper und Seele reinigen, dann vor einem Altar meditieren, dann, wenn man ganz ruhig geworden ist und von allem Abschied genommen hat, kann man es tun.»

De Gier dachte an die Bügelfalte in Piets Hose, an die gekämmten Haare und den gepflegten Schnurrbart.

«Was hast du eigentlich von Piets Religion gehalten?» fragte de Gier. «Von diesem Hindismus?»

«Bah», sagte das Mädchen, «davon wurde mir zuletzt speiübel. Er erzählte einen solchen Haufen Unsinn. Es gibt nichts wirklich. Alles ist Illusion, verändert sich und vergeht. Das Leben ist ein Traum, nichts ist wirklich wichtig. Es hört sich zwar richtig an, ist es aber nicht.»

De Gier dachte nach. «Aber es könnte wahr sein», sagte er.

«Es ist auch wahr», sagte das Mädchen, «aber Piet sollte so etwas nicht sagen. Wenn jemand weiß, daß nichts wirklich wichtig ist und wir hier nur herumlaufen, um eine Übung mitzumachen – das sagte er auch immer –, benimmt er sich nicht wie Piet.»

«Und wie hat sich Piet benommen?»

«Albern», sagte Thérese, «langweilig, trübsinnig. Und er hing sehr am Besitz. Er sagte zwar immer, Besitz sei großer Unsinn; man dürfe nur Dinge haben, um sie so gut wie möglich zu nutzen und zu genießen; aber er selbst hing an jedem Topf, jedem Tischchen, jeder Schallplatte und jedem Buch. Wenn man von ihm etwas lieh, mußte man es gleich zurückgeben. Ich hatte nie die Möglichkeit, ein Buch auszulesen. Und er verschenkte nie etwas. Alles was er mir gegeben hatte, als er sich bemühte, mich ins Bett zu kriegen, habe ich ihm später zurückgegeben. Eine Statue, einige Muscheln, eine Schallplatte. Ich könnte es genausogut zurückgeben, sagte er, dann gehöre es uns beiden. Und immer hat er seinen Wagen gewaschen und poliert. Und jeden Tag rechnete er genau aus, was die Gesellschaft besaß, die er doch selbst war. Alles gehörte ihm, wir durften nichts anrühren. Als wir zu dem Häuschen in Brabant fuhren, prüfte er genau, was wir zum Essen mitnahmen, und als er meinte, es sei zuviel, nahm er es aus der Tasche wieder heraus. Aber wenn er selbst dorthin ging, dann war alles gut.»

De Gier schüttelte den Kopf. «Aber wenn du ihn so langweilig fandest, warum bist du dann mit ihm ins Bett gegangen?»

Thérese fing wieder an zu weinen.

«Was weiß ich?» sagte sie. «Warum tut man es? Er kam immer in mein Zimmer, und ich finde so schlecht Kontakt zu Menschen. Wenn ein Mann mich anlacht, weiß ich nie, was ich tun soll. Piet sagte ganz einfach, daß er mit mir ins Bett will und ich mich ausziehen soll. Zuerst lehnte ich ab, aber dann habe ich es getan.»

Wieder etwas gelernt, dachte de Gier. Wie wäre es denn, wenn ich dem Mädchen im Bus leicht auf die Schulter klopfe, ihm ins Gesicht sehe und sage: «Juffrouw, ich bin Rinus de Gier, ich möchte mit Ihnen ins Bett. Paßt es Ihnen heute abend? Hier ist meine Karte. Ich bin von sieben Uhr an zu Hause.»

«Hören Sie mir eigentlich zu?» fragte Thérese.

«Natürlich», sagte de Gier.

«Kann ich dann gehen? Oder glauben Sie immer noch, daß ich Piet erhängt habe?»

«Geh nur», sagte de Gier. «Falls etwas ist, rufe ich dich an, die Adresse und die Nummer habe ich ja.»

«Was sollte denn sein?» fragte Thérese. «Piet ist tot, und ich bin schwanger und muß sehen, wie ich es loswerde.»

Grijpstra war hereingekommen, und de Gier sagte ihm, was er festgestellt hatte.

«So, so», sagte Grijpstra, «mit Büchern werfen, wie?»

Thérese sagte nichts.

«Nun, wir werden schon zurechtkommen», sagte Grijpstra. «Gute Reise nach Rotterdam.» Er sah das Mädchen freundlich an. Gemeinsam durchsuchten sie das Haus, Zimmer für Zimmer. Sie hatten Zeit und arbeiteten ruhig. Einmal wurden sie kurz durch Stimmen gestört. Es waren zwei Männer vom Sanatorium für Neurosen, das in der Landschaft het Gooi liegt. Sie waren gekommen, um Piets Mutter zu holen.

Mevrouw Verboom ließ sich willig wegbringen und erkannte die Kriminalbeamten nicht. Van Meteren trug ihren Koffer.

«Wie hast du das so schnell geschafft?» fragte de Gier, als van Meteren zurückkam.

«Über den Hausarzt. Ich habe ihn heute morgen angerufen, nachdem ich der Polizei den Einbruch gemeldet hatte. Er ist gleich gekommen und hat mit dem Sanatorium telefoniert. Dort wird sie vorläufig bleiben und dann vielleicht in ein Altersheim für psychisch Gestörte kommen.»

«Sie ist richtig verrückt, wie?» fragte Grijpstra.

«Was heißt verrückt?» fragte van Meteren. «Sie kann nicht mehr für sich sorgen, also muß sie irgendwo untergebracht werden. Und wenn der Arzt sie ins Sanatorium schicken will, ist es mir recht. Wenn sie verrückt ist, wird man sie dort auch nicht heilen. Die Frau ist weit über achtzig.»

«Aber was ist denn mit ihr los?» fragte de Gier.

«Das Übliche», sagte van Meteren, «was mit uns allen los ist. Sie denkt zuviel an sich. Sie glaubt, daß sie wichtig ist. Sie denkt, daß sie leidet.»

«Aber leidet sie nicht wirklich?»

«Nein», sagte van Meteren.

«Komm», sagte Grijpstra, dem es zuviel wurde. «Alles Unsinn. Die Frau ist alt und krank und leidet ja doch.»

«So?» fragte van Meteren. «Ja, natürlich, sie fühlt sich nicht wohl. Das stimmt. Aber ihr redet von Leiden.»

«Und was ist Leiden?» fragte de Gier.

«Leiden ist Unsinn», sagte van Meteren.

«Und nichts ist wichtig», sagte de Gier, der an diesem Tag viel gelernt hatte.

«Ganz recht», sagte van Meteren.

Grijpstra wurde ungeduldig. «Alles schön und gut. Die Philosophie des Ostens durchzieht das ganze Haus, aber wir haben es mit einer Leiche und einem Einbruch zu tun.»

«Macht nur weiter», sagte van Meteren.

Sie suchten weiter, und Grijpstra gab plötzlich ein tiefes Knurren von sich. De Gier kannte dieses Geräusch; es erinnerte ihn an den Radau, den sein Kater machte, wenn er auf dem Balkon war und den Hund des Nachbarn durch den Spalt in der Glasscheibe sah, die beide Balkons voneinander trennte. In solchen Augenblicken hatte de Gier Angst vor seinem eigenen Kater, der dort, aufgeplustert wie ein Ballon und mit dickem, zuckendem Schwanz, vor Mordlust giftig spuckte.

«Was gibt's, Adjudant?» fragte er jetzt in fast salbungsvollem Ton.

«Dies», sagte Grijpstra und zeigte den Hefter, den er auf einem Bücherregal gefunden hatte. Er blätterte darin herum. «Piet hat vor einer Woche eine Hypothek von 50000 Gulden auf dieses Haus aufgenommen. Das ist viel Geld. Das Haus sieht zwar hübsch aus, aber es ist baufällig, und fünfzig Mille wird wohl das Maximum gewesen sein, das er bekommen konnte. Das Geld wurde auf das Bankkonto der Gesellschaft eingezahlt, aber er hat es wieder abgehoben. Laut Bankauszug hat er insgesamt 75 000 abgehoben, in bar, aber wo ist das Geld?»

«Steht noch etwas auf dem Konto?» fragte de Gier.

«Etwas mehr als zehntausend Gulden. Es läuft darauf hinaus, daß er fast das ganze verfügbare Kapital der Gesellschaft auf einmal abgehoben hat. Und wir haben noch nichts davon gefunden. Falls es im Haus ist, muß es gut versteckt worden sein, aber ich glaube nicht, daß es noch hier ist.»

«Geklaut», sagte de Gier.

Grijpstra nickte.

«Dann haben wir jedenfalls ein Motiv.»

«Ja», sagt Grijpstra und setzte sich.

«Und jeder hatte die Gelegenheit. Van Meteren zum Beispiel. Er hat in Neuguinea schon Menschen umgebracht, und er kann fünfundsiebzig Mille ganz gut gebrauchen. Mevrouw Verboom könnte es auch getan haben. Aber für sie ist Geld kein Motiv. Was sollte sie damit in ihrem Alter noch anfangen?»

«Geld ist Geld», sagte de Gier. «Sogar alte Wahnsinnige können noch meinen, daß sie damit etwas anfangen könnten. Vielleicht will sie damit an die Riviera in so ein altmodisches Luxushotel. Dort sitzen viele alte Damen.»

«Tja», sagte Grijpstra, «ich habe anscheinend nicht so eine moderne Ausbildung gehabt wie du, aber ich sehe das nicht. Aber gut, sie kann es getan haben. Vielleicht mochte sie ihren Sohn nicht. Du mußt sie mal im Sanatorium aufsuchen.»

«Reizend», sagte de Gier, «hast du noch mehr auf Lager?»

«Thérese, die mochte Piet auch nicht. Sie hat ihm sogar Wörterbücher um die Ohren geworfen. Und die Burschen Johan und Eduard hatten vielleicht auch die Nase voll, von ihm ausgebeutet zu werden. Vielleicht war es eine Gemeinschaftstat von Johan, Eduard und Annetje. Die ganze Zeit über für nichts gearbeitet und jetzt auf einen Schlag reich. Für fünfundsiebzigtausend kann man sich ein funkelnagelneues Wohnboot kaufen.»

De Gier kratzte sich am Nacken. «Jeder hätte an dem Nachmittag die Treppe hinaufhuschen können. Vielleicht waren die Mädchen mal eben fort, oder sie haben nicht aufgepaßt. Man kann nicht in einem Topf herumrühren und gleichzeitig die Treppe im Auge behalten. Warum sollten sie übrigens auch aufgepaßt haben? Alle achtunddreißig Gäste hätten es gewesen sein können. Aber ich verstehe den Einbruch nicht. Konnten sie vielleicht das Geld nicht finden?»

Grijpstra setzte sich aufrecht hin.

«Sie haben ihn erhängt, meinst du, um sich dann das Geld zu schnappen. Aber das war weg. Und dann sind sie wiedergekommen, um es zu suchen?»

«Wiedergekommen?» fragte de Gier. «Warum wiedergekommen? Die aufgebrochene Kellertür sagt gar nichts. Vielleicht wollten sie uns glauben machen, sie seien von draußen gekommen, während sie ruhig hier im Haus wohnten.»

«Ruhig wohl nicht», sagte Grijpstra. «Verbrecher sind im allgemeinen nervöse Typen.»

«Und jetzt?» fragte de Gier.

«Das Haus durchsuchen», sagte Grijpstra. «Wir haben zwar nichts gefunden, aber das will nichts heißen. Es gibt noch mehr Leute bei der Polizei. Sollen die es mal versuchen.»

Er telefonierte. Eine Gruppe von sechs Beamten kam und durchsuchte das Haus von unten bis oben. Sie klopften Balken ab, lösten Bretter, rückten Waschtische von der Wand, gruben den Garten um, steckten die Hand in Klobecken. Zwei Beamte wühlten sich wie Maulwürfe durch die Lebensmittelvorräte im Laden. Wie weiße Maulwürfe, denn sie hatten ein Faß mit Mehl umgeworfen.

De Gier betrachtete die Arbeit seiner Kollegen mit Vergnügen. Es waren noch nicht viele Jahre vergangen, seit man auch ihn für solche Aufgaben antraben ließ.

Zufrieden ging er die Treppe hinauf.

5

Er fand Grijpstra in Piet Verbooms Zimmer, wo er auf dem niedrigen Bett mit der gewebten Tagesdecke lag, die Hände auf dem Bauch gefaltet.

Als de Gier hereinkam, öffnete er ein Auge.

«Ha», sagte Grijpstra, «was willst denn du?»

«Dir helfen», sagte Grijpstra.

«Wobei?»

«Beim Denken», sagte de Gier.

Grijpstra machte das Auge wieder zu.

«Das ist gut», sagte er, «wenn du dabei nur still bist. Setz dich irgendwo hin.»

De Gier sah sich um. Er fand drei Kissen, legte eins auf den Fußboden und zwei an die Wand und setzte sich. Er schloß die Augen.

Eine Stunde verging. Grijpstra atmete tief, sein Mund stand ein wenig offen. De Gier hatte eine Weile geschlafen, war dann aber wieder erwacht. Er rauchte, starrte vor sich hin und sah sich stets verändernde Bilder von Thérese und dem geheimnisvollen Mädchen im Bus.

Grijpstras Mund öffnete sich noch weiter, und plötzlich durchbrach ein rasselnder Schnarcher die Stille im Zimmer.

De Gier sprang auf. Er überlegte, ob er Grijpstra wachrütteln sollte, hatte dann aber eine bessere Idee. Sein Blick war auf ein Paar Bongotrommeln in der Ecke gefallen; die beiden aneinander befestigten Holztrommeln würden auf seinen Vorgesetzten besser wirken als ein unangenehmes Schütteln. Er nahm die Trommeln, schlich zum Bett, setzte sich auf den Fußboden, betrachtete noch einmal das entspannte und wehrlose Gesicht Grijpstras und schlug mit der flachen rechten Hand hart auf die größere Trommel, während er mit den Fingern der linken einen rasend schnellen Wirbel auf der anderen trommelte.

Grijpstra stand sofort auf.

«Junge», sagte Grijpstra, «eine Bongotrommel. Woher kommt denn die?»

«Du hast wirklich gut gesucht», sagte de Gier. «Die hat die ganze Zeit hier in der Ecke gestanden.»

Grijpstra dachte nach. «Ja, stimmt. Ich habe sie noch in der Hand gehabt, aber es war nichts drin. Gib mal her.»

Grijpstra setzte sich wieder aufs Bett und betrachtete das Musikinstrument mit einigem Mißtrauen. Er war an sein Schlagzeug im Büro im Präsidium gewöhnt. Er machte einige leichte Schläge, rieb über das Fell, klopfte mit den Knöcheln auf den Rand der Trommeln, langsam begann sich ein Rhythmus zu formen, ruhig mit trockenen, harten Lauten. Während er spielte, sah er de Gier fragend an.

De Gier suchte in seiner linken Innentasche. Zwischen zwei Kugelschreibern und einem Kamm fand er das Lederetui, in dem seine Querflöte war, die er jetzt schon fast ein Jahr bei sich trug, so lange, wie Grijpstra die Kunst des Trommelns ausübte. Früher hatte de Gier viel gespielt, zuerst als kleiner Junge in der Schule auf der Blockflöte und später mittelalterliche Musik auf der Querflöte. Später hatte er die Flöte vergessen, aber die sonderbaren Trommelsoli im grauen Büro des Präsidiums hatten ihn stimuliert. Und eines schönen Morgens, als Grijpstra sich mit dem feineren Tick und Bumm befaßte, hatte er zögernd die Flöte herausgeholt und einen dünnen Ton geblasen. Grijpstra hatte nicht einmal aufgeschaut, aber sein Getrommle hatte mehr Form angenommen, und seitdem spielten sie regelmäßig zusammen.

Auch jetzt schaute Grijpstra nicht auf, als de Giers Solo einsetzte, aber das war jetzt nicht mehr der zögernde dünne Ton von damals. Er spielte jetzt frei und laut, und Grijpstra hatte Mühe mitzukommen und den Hintergrund auszufüllen. De Gier hatte die Augen geschlossen. Und während Grijpstra einen kräftigen, harten, trockenen Rhythmus schlug, flogen die grellen Töne der schrillen Querflöte durch das Zimmer. Sie hielten kurz inne und setzten dann plötzlich ihr Zusammenspiel wieder fort, de Gier mit wiegenden Schultern, um den Tönen größere Tiefe zu geben, Grijpstra kerzengerade auf dem Bett, mit der ganzen Kraft seines Oberkörpers trommelnd.

Keiner der beiden hatte gemerkt, daß sich die Tür geöffnet hatte, van Meteren hereingekommen und wieder hinausgegangen war. Sie hatten auch nicht gemerkt, daß van Meteren wiedergekommen war, und sie waren so weit weg, daß sie nicht aufhörten zu spielen, als der dritte Mann auf sein Holzinstrument schlug, auf einen ausgehöhlten Baumstamm mit einem Schlitz darin. Der Ton dieser Urwaldtrommel war hypnotisch, zauberhaft, ein tiefer und dennoch scharfer Klang, überhaupt nicht störend, das Zentrum der Melodie, die jetzt entstand. Grijpstra und de Gier paßten sich dem neuen Klang an und führten das Thema weiter, bis van Meteren mit einem hohen Kreischen und einem Nachächzen seines Baumstammes die ineinanderfließenden Klänge abbrach und sie einander stumm und erstaunt ansahen.

«Was war das?» fragte Grijpstra leise.

Van Meteren schüttelte sich und erwachte aus seinem Traum. Er sah sie lachend an.

«Ich hörte euch so schön spielen und dachte, dies würde wahrscheinlich ganz gut dazu klingen. Dies ist eine Dschungeltrommel, die die Vorfahren meiner Mutter als Telegrafen benutzten, um Nachrichten von Dorf zu Dorf zu übermitteln. Aber man kann auch Musik darauf machen. Und unsere Zauberer und Hexen benutzen die Trommel ebenfalls. Wenn man die Trommel gut kennt, kann man damit Stimmungen hervorrufen, Gemütszustände, Einflüsse. Man kann anderen Menschen seinen Willen aufzwingen, aber das ist gefährlich. Die Kräfte, die man hervorruft, können sich gegen ihren Urheber richten und ihn vernichten. Es ist besser, mit der Trommel zu musizieren.»

«Das meinst du doch nicht im Ernst», sagte de Gier.

«Was nicht?»

«Das mit den Stimmungen, den Einflüssen.»

Van Meteren sah ihn freundlich an. «Und du mit deiner Flöte? Und der Adjudant? Was meinst du wohl, was ihr gemacht habt? Nur Musik?»

«Ja», sagte de Gier, «Musik. Ganz gewöhnlich. Bam, bam. Piep, piep. Viele Menschen tun das. Um sich zu entspannen.»

«Dann veränderst du die Stimmung doch. Dann erschaffst du doch etwas. Du erschaffst etwas Unschuldiges, aber du würdest auch etwas *anderes* erschaffen können.»

Grijpstra lachte. «Du bist in Holland, van Meteren. Käse, Butter und Eier, bim-bam-beier. Du bist im Land der mehligen Kartoffeln und der Zwiebäcke mit Aniszucker. Aber gut, wenn du durchaus willst, sind wir auch Zauberer und Hexen. Wir fangen den Mörder, indem wir Schwingungen erzeugen, die sich ausbreiten, ganz leise, und plötzlich *wupp*! haben wir ihn.»

Van Meteren machte wieder ein freundliches Gesicht; vorher war sein Blick etwas bedrückt gewesen.

«Aber es war ein gutes Stückchen Musik, wie?»

«Ja», sagte de Gier, «von der Rockgruppe ‹The Bopcops›.» Er sah auf die Uhr. «Es ist sechs. Ich muß nach Hause. Meine Katze will fressen.»

«Dann mußt du den Bus nehmen», sagte Grijpstra, «wir haben keinen Wagen.»

«Bah», sagte de Gier, «der Bus ist jetzt voll. Alle die schwitzenden Leiber neben einem.»

«Wo wohnst du?» fragte van Meteren.

«In Buitenveldert. Warum? Hast du ein Auto?»

«Nein», sagte van Meteren. «Soviel zahlt die Verkehrspolizei nicht, aber ich habe ein Motorrad.»

De Gier hatte keine große Lust, hinten auf einem Brummer zu sitzen, aber er wollte diesen sonderbaren Kollegen nicht vor den Kopf stoßen.

«Die Hauptsache ist, daß du wiederkommst», sagte Grijpstra. «Ich gehe beim Chinesen am Nieuwendijk essen, neben dem Porno-Kino. Ich sehe dich dort um halb acht, schaffst du das?»

De Gier nickte und folgte van Meteren. Sie überquerten die stark befahrene Haarlemmer Houttuinen und gingen in den Innenhof des Reichskatasteramts.

«Ich darf die Maschine hier abstellen», sagte van Meteren. «Zuerst wollte der Portier nichts davon wissen, aber als ich meinen Ausweis von der Verkehrspolizei zeigte, ging es in Ordnung.»

Die Harley Davidson stand unter einem Wellblechdach.

De Gier blieb stehen. Er kannte das Modell, eine Harley Davidson «Liberator», Baujahr 1945, die er direkt nach der Befreiung gesehen hatte, als er als Junge am Straßenrand stand. Die amerikanische Militärpolizei fuhr damals die Harley.

Das Exemplar, das er jetzt betrachtete, war anscheinend in einem perfekten Zustand, weiß lackiert und gut gepflegt.

«Gefällt sie dir?» fragte van Meteren.

«Sie ist prächtig», sagte de Gier und meinte es auch. «Wie bist du da rangekommen?»

«Für einige hundert Gulden als Wrack gekauft», sagte van Meteren. «In Neuguinea hatten wir sie bei der Polizei, und ich bin darauf ausgebildet worden. Ich habe ein Jahr gebraucht, um sie auseinanderzunehmen und wieder zusammenzubauen. Die Ersatzteile sind teuer, und ich habe versucht, die alten Teile zu verwenden, aber das hat viel Arbeit erfordert. Das Getriebe war ganz hin, dafür mußte ich noch gebrauchte Teile kaufen; viel Neues sitzt nicht drin. Nur die Gepäcktaschen sind neu oder – besser gesagt – ungebraucht. Aber das Leder hatte so lange gelegen, daß es ausgetrocknet war. Ich weiß nicht, wie oft ich es eingefettet oder eingerieben habe.»

Van Meteren gab dem Hinterradständer einen routinierten Tritt und schob die Maschine hinaus. Sie war so schwer, daß er Mühe hatte, sie die leichte Steigung im Innenhof hinaufzuschieben.

«Ein klein wenig Geduld», sagte van Meteren.

De Gier sah fasziniert zu. Ein Tritt auf die Kupplung, die keine Rückholfeder hatte und deshalb nicht selbsttätig wieder einkuppelte. Öffnen der Benzinschraube am Tank. Choke ganz herausziehen. Spätzündung einstellen durch Drehen am linken Handgriff. Gas zurücknehmen am rechten Handgriff. Viermal bei nicht eingeschalteter Zündung den Starter treten. Zündschlüssel hineinstecken. Frühzündung. Choke fast ganz zurücknehmen.

«Paß auf», sagte van Meteren.

Er trat, und der Motor sprang an mit einem tiefen, sanften und dennoch mächtigen Gurgeln.

Er machte eine einladende Bewegung, und de Gier setzte sich auf den Soziussattel. Van Meteren nahm vor ihm Platz, und die Maschine fuhr sofort an. Bei der alten Harley sitzt die Gangschaltung am Tank, ein altmodischer Hebel mit Knopf. De Gier dachte an die BMW, die er früher gefahren hatte, an die Fußschaltung, die er mit einer Bewegung der Zehen einrasten konnte, aber van Meteren bediente diesen Koloß mit der gleichen Leichtigkeit.

De Gier hatte Angst. Auf einem Motorrad hat man nicht viel Schutz, wahrscheinlich überhaupt keinen. Nur die Haut umhüllt das Leben. Die leichteste Berührung mit einem Auto, und das Bein ist ab, die Schulter gebrochen, der Schädel geplatzt. Aber seine Angst verging, als ihm klar wurde, daß dies seine bisher schönste Fahrt durch die Innenstadt von Amsterdam war. Van Meteren hatte einen Weg entlang der Grachten und Nebengrachten gewählt und fuhr ohne die leiseste Erschütterung und ohne ein Risiko einzugehen durch die engen Straßen. Das Motorrad glitt durch den dichten Verkehr, an jeder Ampel waren sie vorn; meistens brauchte der Papua nicht einmal zu bremsen, wenn sie sich einer roten Ampel näherten, als spüre er, wann sie umspringen werde. Einem Auto, das die Vorfahrt mißachtete, wich er mit einem sanften Bogen aus, und de Gier, der sich eng an den kleinen Körper seines Vordermanns drückte, empfand keinen Ärger. Van Meteren war lediglich einem Hindernis ausgewichen und hatte sich nichts dabei gedacht.

Als am Ende der Beethovenstraat der starke Verkehr nachließ, wurde die Maschine schneller. De Gier blickte van Meteren über die Schulter und sah, daß sie fast hundert fuhren, aber hier gab es keine Kreuzungen und damit keine Gefahr. De Gier sah die Federbüsche des

Röhrichts wie einen geschlossenen Vorhang an sich vorbeiflitzen und fühlte sich frei.

Er zeigte auf das große Gebäude, in dem er seine kleine Wohnung hatte, und van Meteren stellte den Motor ab, so daß sie geräuschlos auf den Parkplatz fuhren.

«Das war schön», sagte de Gier. «Nur die Burschen von der Motorpolizei können ebenfalls so fahren, aber ich frage mich, ob sie das auch auf einer Harley schaffen. Deren BMW und Guzzi sind viel leichter zu bedienende Maschinen.»

«Aber ja», sagte van Meteren, «natürlich können sie das. Ich habe bei der Motorpolizei auch andere Maschinen gefahren. Man muß sich daran gewöhnen, aber nach einer Woche kennt man das Motorrad und wird auch mit seinen Mucken fertig. Die Harley ist zwar sehr schwer und mühsam, aber verläßlich, und ich wage mit ihr mehr als mit einer Rennmaschine, die plötzlich einen Fehler haben und einen umbringen kann.»

«Komm für einen Augenblick mit nach oben», sagte de Gier, «du kriegst ein Bier aus dem Kühlschrank. Ich werde inzwischen Olivier etwas zu fressen geben, aber gib acht, er ist falsch.»

Er war froh, daß er van Meteren gewarnt hatte, denn der Siamkater war schlecht gelaunt. De Gier hatte ihn immer in der Wohnung gehalten, und Olivier war nervös geworden. Er traute nur de Gier und war immer bereit, einen Fremden anzufallen. Er duckte sich, als er den Papua sah, begann hinten in der Kehle zu knurren und stellte den Schwanz dick und drohend hoch. Van Meteren ging in die Hocke, griff sich den Kater von unten, hob ihn hoch, drehte ihn in der Luft um und fing ihn mit dem linken Arm auf, worin er das verdutzte Tier wiegte, während er sanft mit ihm redete. «Bist du denn auch lieb? Bist du ein so verrücktes Biest? Magst du keine Menschen?»

Olivier begann zu schnurren und schloß die Augen.

«Allmächtiger Gott», sagte de Gier, «das hat er noch nie getan. Ich darf ihn nur hochnehmen, wenn er mir um die Beine streicht.»

«Katzen sind lustige Tiere», sagte van Meteren, der Olivier wieder auf den Boden gesetzt hatte, «große Komödianten.»

Olivier wollte weitermachen und schlug seine Krallen in van Meterens Hose, aber der ignorierte ihn. Der Siamkater gab auf und lief in die Küche, wo er sich am Kühlschrank auf die Hinterpfoten stellte und auf sein geschnittenes Rinderherz wartete.

Grijpstra saß dem Hoofdinspecteur im Restaurant der hindistischen Gesellschaft gegenüber. Der Hoofdinspecteur hörte zu, während Grijpstra die Ereignisse des Tages zusammenfaßte.

«Und du hast sie nach Rotterdam gehenlassen?» fragte der Hoofdinspecteur.

«Ja, Mijnheer», sagte Grijpstra.

«Wollen wir also mal sehen», sagte der Hoofdinspecteur und schaute an die Zimmerdecke mit den vergoldeten Blumen und Ranken. «Sie gibt zu, ihm ein dickes Buch an den Kopf geworfen zu haben; du hast darüber eine schriftliche Erklärung, die sie unterzeichnet hat. Und es sind fünfundsiebzigtausend Gulden verschwunden. Und sie ist schwanger von Piet. Und er hat für sie nie etwas getan, und was er ihr geschenkt hatte, mußte sie zurückgeben.»

«Ja, Mijnheer», sagte Grijpstra.

«Ja, Mijnheer», wiederholte der Hoofdinspecteur, der immer noch zur Zimmerdecke schaute. «Nun gut, wenn wir sie brauchen, wirst du sie ja sicher finden können. Und wir haben nicht genug Zellen. Und sie ist schwanger.»

Grijpstra sagte nichts.

«Glaubst du immer noch, daß es Mord war?»

«Ich weiß es nicht, Mijnheer», sagte Grijpstra.

«Ich habe noch keine Nachricht von den beiden Beamten, die nach den Rauschgifthändlern fahnden. Oder eigentlich habe ich doch eine Nachricht. Ich hatte einen der Beamten am Telefon. Der Unterwelt zufolge kann es keine Verbindung zwischen den Burschen mit dem Rauschgift und dem Mord geben. Das Haus Haarlemmer Houttuinen Nr. 5 sagt keinem etwas, sie haben noch nie davon gehört.»

«Aber die Händler saßen in der Bar dieses Hauses», sagte Grijpstra.

«Ja», sagte der Hoofdinspecteur, «sie müssen Mitglied der Gesellschaft gewesen sein, aber ich habe keine Mitgliederliste gesehen. Hast du eine gesehen?»

«Nein», sagte Grijpstra, «ich denke, Piet hat die Aufnahmebeiträge in die eigene Tasche gesteckt. Ich habe zwar einen Quittungsblock für Aufnahmegebühren gefunden, aber der nützt uns nichts, denn wenn man die Quittung herausreißt, dann bleibt keine Kopie zurück. Er muß jedesmal fünfundzwanzig Gulden in die eigene Tasche gesteckt und dem neuen Mitglied den Gutschein gegeben haben. Ein hübscher Nebenverdienst.»

«Ich frage mich nur, warum er das ganze Geld abgehoben hat?» überlegte der Hoofdinspecteur.

«Vielleicht wollte er fliehen», meinte Grijpstra. «Wie der Wirtschaftsprüfer sagte, sollte er fünfzigtausend Gulden an Steuern zahlen. Seinen Gehilfen, den beiden Burschen und den beiden Mädchen zufolge, hatte er in letzter Zeit nicht mehr viel Interesse an der Gesellschaft. Vielleicht wollte er verschwinden und alles im Stich lassen. Mit fünfundsiebzig Mille kann man schon einiges anfangen, irgendwo weit weg.»

«Vielleicht», sagte der Hoofdinspecteur, «aber er ist nicht geflohen. Er ist tot und das Geld futsch.» Er sah sich im Zimmer um. «Eine seltsame Atmosphäre ist das hier. Hast du die Statue im Korridor gesehen? Und ich habe hier noch mehr davon gesehen. Oben muß irgendwo eine Buddhafigur stehen.»

«Es sind schöne Statuen», sagte Grijpstra.

«Die Geschmäcker sind verschieden», sagte der Hoofdinspecteur. «So ein Kerl, der nur immer still dasitzt, was soll man damit?» Er starrte vor sich hin. «Obwohl so einer Ruhe ausstrahlt, das schon. Vielleicht haben wir es zu eilig. Vielleicht haben wir so eine Statue im Präsidium nötig für alle die Leute, die alles auf einmal lösen wollen. Mitunter ist es besser zu warten, dann kommt die Lösung von selbst. Sie geht einem im Kopf herum, und man weiß selbst nicht, woher sie einem plötzlich gekommen ist. Ist dir das auch schon mal so gegangen?»

Grijpstra dachte nach und nickte zögernd.

«Wahrscheinlich ja. Ein Einfall. Ein flüchtiger Gedanke, aber manchmal ist er zu schnell und wieder fort, bevor man ihn fassen konnte. Man weiß nur, daß man ihn hatte, ganz kurz, aber dann hat man ihn wieder vergessen.»

«Der kommt später wieder», sagte der Hoofdinspecteur.

Grijpstra nickte.

«Was hat du jetzt vor, Grijpstra?»

«Mit de Gier beim Chinesen etwas essen.»

«Und wo ist de Gier?»

«Zu Hause, um seiner Katze etwas zu essen zu geben.»

Der Hoofdinspecteur lachte. «Zu Hause, um seiner Katze etwas zu essen zu geben», wiederholte er. «Das ist zumindest ein eindeutiges Motiv, das gefällt mir.»

Die Gedankenverbindung mit dem Begriff «essen» ließ ihn das Gespräch beenden. Grijpstra begleitete ihn zur Haustür. Draußen stand ein schwarzer Citroën mit Fahrer. Der Hoofdinspecteur würde wohl bald Commissaris werden, dachte Grijpstra.

6

Um Punkt halb acht kam de Gier beim Chinesen herein. Er fand Grijpstra hinter einem Glas Bier und mit einem Stück Papier beschäftigt, auf das er Kreise und Linien gezeichnet hatte.

«Siehst du jetzt, daß ich pünktlich sein kann?» fragte de Gier freundlich.

Grijpstra brummte etwas Unverständliches.

«Und was denkt die große Spürnase?»

Grijpstra zog noch eine Linie.

«Nun?»

«Ach», sagte Grijpstra, «ich weiß es nicht. Es sind unendlich viele Faktoren, die alle miteinander verbunden sind, aber mir ist die Art der Verbindung nicht klar. Und ich weiß auch nichts mit Gewißheit. Als einzige Tatsache haben wir festgestellt, daß dieses Mädchen Piet ein Buch an den Kopf geworfen hat. Die Jungs, die das Haus auf den Kopf stellen, haben noch nichts gefunden, nur ein paar tote Mäuse, und sie suchen immer noch. Die Beamten, die sich in der Unterwelt umsehen, finden ebenfalls nichts. Hast du schon eine Theorie?»

De Gier betrachtete die roten Lampen mit den Troddeln, die von der Decke herabhingen. Von der Wand gegenüber starrten ihn drei dicke chinesische Götter an, die offenhängende seidene Gewänder trugen und herausquellende Bäuche hatten. Auf dem mittelsten Gott kletterten einige sauber gekleidete Kinder herum, sie saßen sogar auf seinen dicken Schultern.

«Nun?» fragte Grijpstra seinen Nachbarn, während er die Speisekarte studierte, methodisch, denn er hatte links oben angefangen.

«Ja», sagte de Gier, «die Theorie des Hoofdinspecteurs. Wir haben jetzt einige Tatsachen mehr, die dazu passen. In Amsterdam geschehen nicht viele Morde, deshalb darf man nicht gleich davon ausgehen, daß es einer war. Piet war depressiv, die Gesellschaft sagte ihm nichts mehr, seine Frau ist ihm weggelaufen, sein Kind ist bei seiner Frau, er muß fünfzigtausend Gulden an Steuern zahlen, seine Freundin beschimpft ihn und wirft ihm ein Buch an den Kopf. Er erhängt sich.»

«Ja, ja», sagte Grijpstra, «er war schon seit einer Weile deprimiert und dachte an Selbstmord, aber er hatte keinen direkten Grund, keinen Schubs von hinten, und den lieferte der Streit mit seiner Freundin. Es könnte sein. Er hat sich noch gekämmt, den Schnurrbart gebürstet und sich etwa zehn Minuten vor den Altar in seinem Zimmer gesetzt und sich dann in aller Ruhe erhängt. Aber wo sind die fünfundsiebzigtausend Gulden geblieben?»

De Gier hatte jetzt auch ein Bier und blies in den Schaum.

«Vielleicht war er rachsüchtig», sagte er. «Er wollte nicht, daß jemand von der Gesellschaft davon profitierte und hat das Geld verbrannt oder versteckt oder es der Müllabfuhr in einem Plastiksack mitgegeben. In die Säcke kann man ja alles stecken, auch Geld, keiner wird sie jemals öffnen.»

Grijpstra schüttelte energisch den Kopf.

«Nein. Piet verbrannte kein Geld, er warf es auch nicht weg. Aber vielleicht hat es ihm jemand abgenommen, eine alte Schuld, Erpressung, so etwas vielleicht. Und dann hatte er ebenfalls kein Geld mehr. Alles war aus, die Zukunft wurde zu mühselig, weg damit.»

De Gier nickte mit vollem Mund.

«Ich habe den Wirtschaftsprüfer noch angerufen, nachdem du gegangen warst», sagte Grijpstra, «diesen Joachim de Kater. Er wußte nichts von Geld, das Piet schuldig sein könnte. Auf keinen Fall waren es Schulden der Gesellschaft, denn davon hätte de Kater etwas wissen müssen, und Piet war die Gesellschaft, das darfst du nicht vergessen.»

«Ich vergesse nichts», sagte de Gier, «ich esse.»

«Gut», sagte Grijpstra, «sehr gut. Ich habe auch Hunger. Ich werde jetzt etwas Leckeres essen.»

De Gier hatte bereits angefangen. Er riß die gerösteten Fleischstückchen mit den Zähnen von den Holzstäbchen, während er mit der freien Hand ein großes Stück von einem Krabbenfladen abbrach.

«Nun mal langsam», sagte Grijpstra, «ich möchte auch noch ein wenig.»

«Ja, langsam», sagte de Gier mit vollem Mund, «du hast recht. Wir haben es zu eilig, das ist's. Jetzt wieder mit diesem Piet. Der Mann ist tot, und wir werden schon noch herausbekommen, wie das zugegangen ist, aber nicht wenn wir es eilig haben. Und wenn wir erst einmal so weit sind, das Protokoll getippt ist, der Täter in der Zelle sitzt und der Staatsanwalt seine Unterlagen hat, dann werden wir sehen, daß es unwichtig war. Es gibt so viele Piets, und alle werden sei einmal sterben. Wir auch. Alles wird weitergehen, bis es einmal aufhört. Und was kümmert es mich eigentlich? Nimm etwas von dem gebackenen Gemüse, sehr lecker!»

Er schaute auf und sah Grijpstras erstarrtes Gesicht.

«Was ist denn jetzt schon wieder?»

«Hinter dir», sagte Grijpstra und zog seine Pistole.

De Gier sah sich um.

«Ach, Jesus», sagte de Gier leise. Als er es sagte, stand er auf und zog ebenfalls seine Pistole. Er legte den Sicherheitshebel um und zog den Schlitten zurück, während er zur Tür lief, wo er vor Grijpstra war, der den Kellner umgerannt hatte. Sie waren bereits zur Tür hinaus, als der Kellner noch fiel. Sie verfolgten Lee Fong in voller Fahrt durch die auf dem Nieuwendijk herumschlendernden Leute.

Der arme Lee Fong. Er hatte nur ein Häppchen essen wollen, ein Häppchen kantonesisches Essen. Seine Reisepläne waren klar. Am nächsten Morgen wollte man ihm ein Plätzchen besorgen im Vorraum eines französischen Frachters mit dem Zielhafen Hongkong. Ihm war es nicht gutgegangen in Amsterdam, wo er jetzt schon seit drei Jahren illegal im Chinesenviertel lebte. Lee Fong war Spieler, Schmuggler und Raufbold. Schmuggeln konnte er nicht in Amsterdam, weil seine Kontaktleute verhaftet waren; zum Spielen hatte er kein Geld mehr; eine Schlägerei hatte ihn vor einigen Wochen in die Arme der Polizei getrieben. Die Beamten der Wache Warmoesstraat hatten ihn aus einer Kneipe am Zeedijk geholt, das lange Messer hielt er noch in der Hand. Sein Opfer hatte man mit einer tiefen Wunde an der Schulter auf einer Tragbahre hinausgebracht.

Aber Lee Fong war aus der Untersuchungshaft ausgebrochen. Seine Spur hatten hilfreiche Chinesen aus der Innenstadt verwischt. Und jetzt, am Vorabend seiner Abreise, mußte er zwei Kriminalbeamten in die Arme laufen.

Vielleicht hätte Grijpstra ihn nicht einmal erkannt, aber Lee hatte an der Tür gezögert, er war zusammengezuckt und hatte nach dem Messer getastet, das er in einer Spezialscheide im rechten Hosenbein immer bei sich trug. Durch diese Bewegung war Grijpstra aufmerksam geworden. Und jetzt war ihm de Gier auf den Fersen.

Lee Fong bog in eine Gasse ein, in die Ramskooi. Das war jedoch eine Sackgasse.

De Gier befand sich unmittelbar hinter ihm.

«Bleib stehen», rief de Gier.

Lee Fong blieb stehen. Er hatte das Messer in der Hand. De Gier trat mit seinem langen rechten Bein zu. Ein guter Tritt läßt jedes Messer wegfliegen. De Gier kannte noch mindestens drei Griffe, um einen Mann mit Messer zu entwaffnen, aber ein Tritt ist schneller.

Grijpstra tauchte unter den Armen von de Gier durch und griff nach den Händen des Chinesen. Die Handschellen schnappten zu.

Der unvermeidliche Menschenauflauf hatte sich bereits gebildet, sie waren umringt von Negern, die aus den drei Kneipen in der Ramskooi gekommen waren. So ein Auflauf konnte sich an einem schwülen Abend schnell zu einer bösartigen Zusammenrottung verändern.

Schafft ihr es auch, ihr Bullen? Mit zwei gegen einen? Mit zwei Pistolen gegen ein Messerchen?»

Grijpstra rannte in die nächste Kneipe und telefonierte. Gleich darauf begann auf dem Nieuwezijds Voorburgwal eine Sirene zu heulen, ein weißer Polizei-VW fuhr auf den Bürgersteig. De Gier und der Chinese stiegen ein. Und schon war der Wagen wieder weg.

Grijpstra steckte seine Pistole weg und bahnte sich ruhig seinen Weg durch die Menge. Die Leute, immer noch leise brummend, gingen wieder in die Kneipen. Ein Junge von etwa zehn Jahren lief neben Grijpstra her.

«Mijnheer, Mijnheer.»

«Ja», sagte Grijpstra.

«War das eine echte Pistole?»

«Gewiß», sagte Grijpstra.

«Darf ich sie sehen?»

«Die ist nicht dazu da, daß man sie zeigt, sondern man bewahrt sie in der Ledertasche auf.»

«Was hatte der Chinese getan, Mijnheer?»

«Er hat sich geschlagen.»

Der Junge schwieg für eine Weile.

«Ich schlage mich auch wohl mal, Mijnheer.»

«Wenn du dabei nur anständig kämpfst.»

Der Junge sah den schweren Mann bewundernd an, der ruhig an seiner Seite ging.

«Ich kann noch nicht so gut kämpfen. Aber mein Bruder. Er übt immer mit einer Fahrradkette.»

«Wie heißt dein Bruder?»

«Sjonnie, Mijnheer.»

Grijpstra seufzte. «Dann sag deinem Bruder mal, daß er Judo lernen muß. Judo ist viel schöner als eine Fahrradkette.»

«Ja», sagte der Junge, «das will ich auch lernen. Dann kriegt man auch so einen schönen bunten Gürtel. Mein Schullehrer hat einen braunen Gürtel.»

«Hast du schon mal Judo gesehen?» fragte Grijpstra.

«Ja. Im Fernsehen.»

«Weißt du denn auch, was sie vor dem Kampf tun?»

«Ja», sagte der Junge, «dann verbeugen sie sich voreinander.»

«Und weißt du, warum sie das tun?»

«Weil sie sich gegenseitig eigentlich ganz nett finden? Verbeugen sie sich deshalb, Mijnheer?»

«Genau», sagte Grijpstra und ging weiter. Kurz darauf blieb er vor einem Schaufenster stehen, in dem, auf einer Unterlage, drei Gebisse prangten.

«Bah», sagte er laut, fragte sich jedoch zugleich, warum ihn das Schaufenster anwiderte. Sein eigenes Gebiß, das jeden Morgen in einem Glas auf ihn wartete, tat ihm doch auch nichts zuleide.

«Dieser Junge», murmelte er.

Aber der Junge war ihm ebenfalls nicht zuwider.

Ich bin mir selbst zuwider, dachte er schließlich. Der Onkel Polizist. Der Erzieher. Davon hab ich doch nichts. Er wird sich ja doch mit Fahrradketten schlagen. Und er hatte wahrscheinlich Angst vor mir. Wegen der Pistole. Und wegen de Gier. Und wegen des Tritts und der Handschellen.

«Bah», sagte er hundert Meter weiter, aber jetzt wußte er nicht mehr, warum er es sagte.

Eine Minute später saß Grijpstra wieder an seinem Tisch im Restaurant. Das Essen stand noch da. Ein Ehepaar, dem der bei ihrem überstürzten Aufbruch umgerissene Kellner eine Schüssel Bami Goreng in den Schoß gekippt hatte, befand sich ebenfalls noch dort.

«Wenn Sie nochmals etwas umwerfen...», sagte die Dame mit dem Bami Goreng.

«Es tut mir leid, Mevrouw, aber wir mußten den Mann festnehmen.»

«Und mein verdorbenes Kleid?»

Grijpstra stand auf und betrachtete das Kleid.

«Ich denke, es wird in der Reinigung herausgehen. Falls jedoch nicht, können Sie der Polizei die Rechnung schicken. Ich gebe Ihnen meinen Namen und die Dienstnummer.»

«Nein», sagte der Ehemann der Dame. «Es ist schon gut. Ich fand es richtig spannend. Hier war plötzlich etwas los.»

«Wirklich nette Burschen», sagte die Dame. «Männer bleiben immer Kinder. Was ist nun so komisch daran, wenn einem Essen auf die gute Kleidung geschüttet wird und es einem am Hals hinunterläuft?»

Der Mann fing an zu lachen, und Grijpstra mußte mitlachen.

«Es tut mir leid, Mevrouw», sagte Grijpstra.

«Ist schon gut», sagte die Frau, «ich meine es nicht so. Haben Sie ihn gefangen?»

«Er ist bereits auf der Wache», sagte Grijpstra und begann zu essen. Einige Minuten später kam auch de Gier herein.

«Er ist in der Warmoesstraat eingesperrt, wir müssen gleich noch einmal kurz dorthin. Einen Gruß vom Hoofdsinspecteur, sie haben ihn von der Wache aus zu Hause angerufen.»

«Es war wieder mal ein ausgefüllter Tag», sagte Grijpstra.

«Werden wir noch etwas unternehmen?» fragte de Gier.

«Die Rechnung bezahlen und zurück zur Haarlemmer Houttuinen. Du bist mit dem Bezahlen an der Reihe.»

«Immer ich», sagte de Gier und zog seine Brieftasche heraus.

«Du bist jünger», sagte Grijpstra, «und vorige Woche habe ich bezahlt.»

«Das waren sechs Gulden fünfundsiebzig», sagte de Gier, «und dies macht zweiundzwanzig Gulden.»

«Es geht ums Prinzip», sagte Grijpstra.

«Habt ihr schon was?» fragte Grijpstra einen verschwitzten jungen Mann, der im Vorratskeller Fässer zur Seite schob.

«Vielleicht», sagte der junge Mann. «In diesen Fässern ist eine Paste. Ich glaube, man macht Suppe daraus. Ich habe so etwas schon mal in einem von diesen Gesundheitsrestaurants gegessen. Es schmeckt ganz gut, wenn man nicht zuviel davon ißt. Auf jeden Fall ist das Zeug harmlos, aber dies hier habe ich auf dem Fußboden gefunden.» Er zeigte auf seiner flachen Hand einige Bröckchen einer dunkelbraunen Substanz. «Es sieht aus wie die Paste, hat die gleiche Farbe, aber es ist viel härter. Ich glaube, daß es Hasch ist.»

Grijpstra betrachtete die Bröckchen.

«Rauchst du Zigaretten oder Shagtabak?»

«Shag», sagte der junge Mann.

«Laß mich mal eine drehen.»

Der junge Mann gab ihm ein Päckchen Shag und Zigarettenpapier.

Grijpstra legte ein Bröckchen auf den Deckel eines verschlossenen Fasses und zerkleinerte es mit seinem Messer. Er vermischte die Brösel mit etwas Tabak und drehte eine Zigarette. De Gier gab ihm Feuer. Grijpstra machte einen Zug, und die drei Polizisten schnupperten am Rauch.

«Hasch», sagten sie gleichzeitig.

«Steckt den Rest in einen Umschlag für das Labor», sagte Grijpstra.

Aber er überlegte, daß dieser Fund nicht viel besagte. In so einem Haus war Hasch zu erwarten. Vielleicht hatten Eduard oder Johan oder Piet selbst oder van Meteren Hasch geraucht und dabei ein wenig auf den Boden fallen lassen. Hasch konnte man allmählich überall in Amsterdam kaufen. Es zu rauchen war kaum strafbar, und eine so kleine Menge deutete nicht unbedingt auf einen Handel mit Hasch hin. Er schaute die Fässer um sich herum verlangend an – eines voll mit Hasch, das wäre schon was.

«hast du die Fässer alle geöffnet?» fragte er den jungen Kriminalbeamten.

«Die Deckel sitzen lose», sagte der Beamte. «Ich habe sie abgenommen, ich brauchte nur die Verschnürung durchzuschneiden. Ich habe noch darin herumgestochert, aber sie enthalten nur diese Paste, würde ich sagen.»

«Hast du sonst noch etwas gefunden?»

«Nein», sagte der Beamte, «aber das hier ist eine Drecksbude. Und das soll ein Restaurant sein. Bah.»

«Du bist noch jung», sagte Grijpstra, «und weißt das nicht, aber die Welt wird durch Dreck zusammengehalten. Sieh nicht zu genau hin, sonst gehst du nie wieder auswärts essen.»

An der Treppe blieb er noch einmal kurz stehen. «Frauen können auch sehr dreckig sein, wußtest du das? Wenn du darüber nachdenkst...»

«Ich will es gar nicht wissen», sagte der Beamte.

De Gier war inzwischen nach oben gegangen, wo ihm ein Kollege auf die Schulter tippte. «Hast du mal eben Zeit?»

Sie setzten sich ins Restaurant.

«Etwas gefunden?» fragte de Gier.

Der Beamte zuckte die Achseln. «Vielleicht ja, das mußt du entscheiden. Du hast doch wohl die Leitung der Untersuchung?»

«Grijpstra hat die Leitung», sagte de Gier.

«Nun ja», sagte der Beamte, «ihr gehört schließlich zusammen.»

«So?» fragte de Gier verärgert. «Ich gehöre keinem, ich bin kein Hund.»

«Du gehörst keinem», sagte der Beamte, «aber willst du jetzt hören, was ich gefunden habe, oder nicht?»

«Gern», sagte de Gier.

«Im Zimmer von van Meteren, diesem Papua, habe ich seltsame Dinge gefunden.»

«Ja», sagte de Gier, «die habe ich gesehen. Ein Wildschweinkopf, eine Urwaldtrommel, eine Sammlung von Zweigen, Muscheln, Steinen und seltsamen Puppen.»

«Genau», sagte der Beamte, «und ein Gewehr, Modell Lee-Enfield, gut gepflegt, in einen eingefetteten Lappen gewickelt, aber ohne Patronen.»

«Heh», sagte de Gier, «das ist nicht erlaubt.»

«Eben», sagte der Beamte, «aber der Bursche ist ein Kollege von uns, und er hatte keine Munition. Er sagte, er hätte früher bei der Feldpolizei in Neuguinea gedient und das Gewehr als eine Art von Souvenir mitgenommen. Er habe es seinerzeit in Einzelteile zerlegt und hineingeschmuggelt; der Zoll habe nichts gemerkt. Soll ich deswegen etwas unternehmen oder nicht? Er könnte dadurch einen Haufen Unannehmlichkeiten bekommen. Ein Verstoß gegen das Waffengesetz ist gegenwärtig sehr schlimm. Es ist jetzt ein Verbrechen, und er kann deswegen geschaßt werden, dann ist er seine Stellung bei der Verkehrspolizei los und vielleicht auch noch die Arbeitslosenunterstützung.»

«Was hast du unternommen?» fragte de Gier.

«Ich habe gesagt, er müsse damit zur Waffenkammer und den Lauf verschließen lassen, dann könne er es behalten. Aber ich habe auch gesagt, daß ich euch erst fragen werde. Ihr kennt euch in solchen Sachen aus.»

«Ja», sagte de Gier, «das ist gut. Aber sag ihm, er soll es noch in dieser Woche in Ordnung bringen. Falls er in dieser Woche nicht zur Waffenkammer geht, werden wir ihn uns schnappen.»

«Ja, Chef», sagte der Beamte.

«Und sag nicht Chef zu mir.»

«Nein, Chef», sagte der Beamte.

Grijpstra kam mit einer jungen Frau und einem Kind herein.

«Darf ich dich vorstellen?»

«De Gier», sagte de Gier. «Sie sind gewiß Mevrouw Verboom.»

«Ja», sagte die Frau, «und dies ist meine Tochter Yvette.»

«Guten Tag, Yvette», sagte de Gier.

«Mevrouw weiß bereits alles», sagte Grijpstra.

«Setzen Sie sich doch bitte», sagte de Gier und schob einen Stuhl heran. «Haben Sie eine Unterkunft für die Nacht?»

«Bei meinen Eltern», sagte die Frau. «Mein Vater ist unten. Er wird das Kind mitnehmen. Sie wollten mich sprechen?»

«Wenn es möglich ist», sagte de Gier.

Der Kriminalbeamte nahm das kleine Mädchen mit nach unten.

Grijpstra und de Gier musterten die junge Frau. Piet hatte zweifellos Geschmack gehabt. Thérese war ein hübsches Mädchen, und diese Frau, obwohl etwa zehn Jahre älter als die Freundin ihres Mannes und von der Reise ermüdet, war eine Schönheit. De Gier bewunderte das lange, dichte blonde Haar und den sinnlichen Mund. Die Frau lächelte ihn an.

«Sie nehmen es mir nicht übel, daß ich nicht traurig bin? Ich mochte Piet nicht, schon seit langem nicht mehr, und es berührt mich wenig, daß er tot ist. Ich habe es ihm zwar nicht gewünscht, aber er ist es nun einmal.»

«Das verstehe ich», sagte de Gier.

«Und ich habe ihn nicht ermordet», sagte sie ruhig. «Ich war in Paris. Das kann ich beweisen. Ich werde Ihnen meine Pariser Adresse geben, dann können Sie es kontrollieren lassen.»

Sie schrieb ihre Adresse auf einen Zettel, den de Gier einsteckte; er würde sie zur Sicherheit überprüfen lassen.

«Sie sind jetzt der einzige Treuhänder der hindistischen Gesellschaft», sagte Grijpstra.

«Junge, Junge», sagte die Frau bitter, «das ist vielleicht was. Das Haus ist leer, alle sind weg, bis auf van Meteren, wie ich höre, aber der geht auch. Übrigens gehörte er der Gesellschaft nicht an, er wohnte nur hier. Und diesen Unsinn mit dem Hindismus habe ich längst hinter mir. Piet hatte mich damals dazu bekehrt, als ich noch verrückt nach ihm war.» Sie sah die Polizisten an. «Aber ich bin an dem Geld interessiert. Ich muß für mein Kind sorgen.»

«Es tut mir leid, Mevrouw», sagte Grijpstra, «aber ich glaube nicht, daß Geld vorhanden ist. Ihr Mann hat eine Hypothek auf das Haus genommen, aber ich weiß nicht, wo das Geld geblieben ist. Vielleicht können Sie das Haus verkaufen und dabei noch etwas herausschlagen, aber da wenden Sie sich besser an Joachim de Kater, den Wirtschaftsprüfer Ihres Mannes.»

Mevrouw Verboom schaute zum Fenster hinaus.

«Der Schuft», sagte sie. «Jahrelang habe ich an diesem Haus gearbeitet, gezimmert, Mauern verputzt; die schwerste Arbeit hat er mich machen lassen. Und nicht nur mich. Wir waren alle sehr idealistisch. Wir wollten die Welt verbessern und die Menschen glücklich machen, indem wir sie mit der Tiefe ihrer Seele in Verbindung brachten. Wir waren entrückt. Ha!»

Grijpstra sah sie freundlich an.

«Und jetzt ist alles weg. Was hat er mit dem Geld gemacht?»

«Ich wollte, ich wüßte es, Mevrouw», sagte de Gier. «Dann würden wir vielleicht auch wissen, ob Ihr Mann ermordet worden ist. Und falls ja, warum? Wissen Sie vielleicht, ob Ihr Mann jemals mit Rauschgift gehandelt hat?»

«Mit Hasch?» fragte Mevrouw Verboom.

«Hasch, Heroin, Kokain, Weckamine, Pillen, zählen Sie nur einfach auf», sagte Grijpstra.

Mevrouw Verboom schüttelte den hübschen Kopf. Sie hatte unterdessen das Cape von den Schultern gleiten lassen, unter dem sie eine dünne Baumwollbluse trug, deren drei oberste Knöpfe offenstanden. Sie beugte sich jetzt ein wenig vor. De Gier sah ihre Brüste, zuerst die eine, nach einer gefälligen Drehung auch die andere.

«Hm, hm», sagte er leise.

«Wie bitte?» fragte Mevrouw Verboom.

«Nein, nichts», sagte de Gier. «Ich sagte nur hm, hm. Das sage ich in letzter Zeit oft. Ich bin wahrscheinlich etwas überanstrengt.»

«Das wird vom warmen Wetter kommen», sagte Mevrouw Verboom und lachte. «Sie sprachen von Rauschgift. Ja, vielleicht. Viel Moral hatte er nicht, das weiß ich. Aber er war auch nicht gerade mutig. Und Rauschgift? Ich weiß es nicht. Hasch hatten wir jedoch. Wir haben Feste damit veranstaltet. Ich habe es hier gelegentlich geraucht, und ich muß sagen, daß es mir gutgetan hat. Wenn ich Hasch rauche, kann ich mich wunderbar konzentrieren, und alle Farben und Formen werden sehr schön. Dort auf dem Tisch stand einmal eine Schale mit Tomaten, die habe ich mir einen ganzen Abend lang angeschaut. Ich hatte noch nie gesehen, wie schön rote Tomaten sind.»

«Rauchen Sie es noch?» fragte Grijpstra.

«Nein, nicht mehr», sagte Mevrouw Verboom. «Ich habe damals damit aufgehört, als ich hier weggegangen bin. In Paris hat mir niemand etwas angeboten, und es war ja nicht so, daß ich wegen eines Stäbchens auf den Straßen herumgegangen wäre. Ich muß übrigens arbeiten. Ich habe in Paris eine Stellung als Seketärin. Meine Mutter ist Französin, ich bin zweisprachig aufgewachsen.»

«Ihr Mann hat also anderen die Gelegenheit geboten, Hasch zu rauchen», sagte de Gier, «aber hat er es auch verkauft?»

«Ich weiß es nicht sicher», sagte Mevrouw Verboom. «Hier in der Bar konnte man keine Stäbchen kaufen, aber vielleicht hat er einen Großhandel damit betrieben. Es kamen gelegentlich seltsame Kerle, die immer direkt in sein Büro gingen, und dann verschloß er die Tür. Vielleicht waren das Hasch-Händler. Und er selbst hatte immer eine große Dose voll.»

«Die Dose haben wir nicht gefunden», sagte de Gier.

«Dann hat sie vielleicht jemand mitgenommen», sagte Mevrouw Verboom. «Ich hörte unten von van Meteren, daß hier eingebrochen worden ist.»

Das Gespräch wurde noch fortgesetzt, aber Mevrouw Verboom wiederholte sich nur. Als sie zum sechsten Male erzählte, wie schlimm Piet gewesen sei, machte Grijpstra dem Gespräch ein Ende. Daß Piet nicht angenehm gewesen war, wußten sie allmählich selbst.

7

Es war Samstagmorgen, de Gier schlief.

Der Wecker neben seinem Bett zeigte neun Uhr an. Er hatte wie immer – auch an Sonn- und Feiertagen – um halb sieben geläutet. De Gier war auch aufgestanden, um Kaffee zu machen. Er hatte ihn auf dem Balkon getrunken und auf den Rasen hinabgeschaut, rechteckig, kurzgemäht, mit einem ordentlich angelegten Rosenbett in der Mitte. Er hatte die Zähne geputzt, sich rasiert, auf dem Balkon noch eine Zigarette geraucht und wieder den Rasen betrachtet, auf dem jetzt ein Dackel herumlief, der pinkeln mußte, aber nicht wußte, wo, denn die Fläche war so groß.

Dann war de Gier wieder zu Bett gegangen, wobei er vor Behagen brummte.

Er träumte.

Es war ein Traum, den er schon mehrmals gehabt hatte.

Um die Krümmung der Herengracht fährt eine Art von Kriegsschiff. Es gleicht ein wenig den Patrouillenfahrzeugen der Wasserschutzpolizei, wie man sie in der Ij-Bucht an der Westerdokskade liegen sieht, nur viel größer.

Das Schiff ist mit kleinen, untersetzten Leuten bemannt, die mit altmodischen Maschinenpistolen aus der Zeit von Al Capone bewaffnet sind, kurzen Waffen mit flacher runder Trommel, die unmittelbar vor dem Kolben am Lauf angebracht ist.

De Gier steht auf einer Brücke und schaut nach unten. Dies ist der Augenblick, da die Unterwelt die Macht in Amsterdam übernehmen will. Gleich wird das Schiff am Kai festmachen, und man wird Patrouillen in die Stadt schicken. Die erste wird zum Rathaus gehen und den Bürgermeister sowie die Stadträte festnehmen. Die zweite wird das Polizeipräsidium besetzen.

De Gier ist allein, unbewaffnet.

Aber er ist nicht nervös, er kennt seine Macht, die Macht eines Kriminalbeamten in einem demokratisch regierten Land.

Er mustert den Gegner und stellt fest, daß die kleinen, untersetzten Männer alle das gleiche Gesicht haben und sie alle die gleiche Melone auf dem Kopf haben, unter der sie drohend nach oben spähen. Er sieht, daß seine Feinde alle einen gestreiften Anzug tragen, Modell Grijpstra, und eine graue Krawatte, Marke Hoofdinspecteur.

Er empfindet es nicht als sonderbar, denn diese Leute sind die Perversion der offiziellen Autorität. Und deshalb sieht die Perversion genauso aus – oder sie bemüht sich wenigstens darum.

Es ist sehr früh am Morgen. Die Stadt ist leer. Die Giebelhäuser aus dem siebzehnten Jahrhundert umrahmen die Leere.

Das Schiff fährt unter der Brücke durch. De Gier beugt sich über das Geländer und spuckt.

Die kleine Speichelflocke, ein unscheinbares bißchen lockerer Flüssigkeit, bewegt durch eine schwache Brise, bleibt für ein Weilchen in der Luft, ehe sie auf der Melone eines der kleinen, untersetzten Männer landet.

Dann gibt es eine Explosion. Das Schiff fängt an zu brennen und sinkt. Die Männer springen über Bord und ertrinken. Nur eine Melone treibt noch auf dem Wasser.

De Gier erwacht. Er seufzt. Der Traum ging nicht immer gut aus. Diesmal wohl.

«Tag, Olivier», sagte er zu seinem Siamkater, der auf seinen Beinen lag und schlief, den Kopf breit und mit einem zufriedenen Halbgrinsen hingelegt.

Olivier gab ein verschlafenes Piepsen als Antwort.

«Piepse nicht», sagte de Gier, «du bist eine Katze und keine Maus.»

Olivier piepste noch einmal.

«Gut, du bist eine Maus», sagte de Gier und schlug die Decke mit einem Ruck zur Seite, so daß Olivier, plötzlich unsanft aus seiner zusammengerollten Lage in die Länge gestreckt, gegen die Wand flog und sich in die Decke verwickelte.

De Gier lachte. «Du bist eine ungeschickte Maus.»

Olivier befreite sich und strich an de Giers Beinen entlang, die Freundlichkeit in Person.

De Gier wollte zur Küche, um an seinem freien Tag ausgiebig zu frühstücken und dem Kater die Fischplätzchen zu geben, als das Telefon läutete.

«Guten Morgen», sagte Grijpstra, «hab ich dich wach geklingelt?»

«Nein, ich lese gerade Akten.»

«Das kannst du einem anderen erzählen», sagte Grijpstra. «Setz dich mal bequem hin.»

De Gier setzte sich auf das Bett und steckte sich eine Zigarette an. «Ich sitze bequem.»

«Gut», sagte Grijpstra, «dann hör mal zu. Ich habe eine reizende Aufgabe für dich.»

«Nein», sagte de Gier, «ich habe meinen freien Tag.»

«Red keinen Quatsch», sagte Grijpstra, «du hast nie frei. Du bist Kriminalbeamter und mit einem Mordfall befaßt, und so einer kennt keinen freien Tag. Kannst du dich noch an Mevrouw Verboom von gestern abend erinnern?»

«Ja», sagte de Gier und dachte an die Brüste, die sie ihm nacheinander präsentiert hatte.

«Das klingt schon besser», sagte Grijpstra. «Ich suche noch immer nach einem guten Motiv für Piets Tod.»

De Gier legte sich auf das Bett; dies konnte ein langes Gespräch werden. «Du hast schon eins», sagte er, «fünfundsiebzigtausend Gulden ist ein gutes Motiv!»

«In der Tat. Aber was meinst du hierzu? Van Meteren und Mevrouw Verboom haben etwas miteinander. Wir wissen, daß Piet die Mädchen vernaschte. Seine Ehe war also nicht glücklich. Mevrouw Verboom war einsam. Einsame Frauen müssen getröstet werden. Eine Leere wird immer ausgefüllt. Schwarze Männer sind gegenwärtig sehr ‹in›. Sie greift sich van Meteren.»

«Neger sind ‹in›, aber nicht Papuas», sagte de Gier.

«Ach», sagte Grijpstra, «was weiß denn Mevrouw Verboom? Schwarz ist schwarz. Und außerdem hat sie keinen Neger im Haus, sondern nur einen Papua.»

«Einen Sieben-Achtel-Papua», sagte de Gier.

«Ein Sieben-Achtel-Papua ist ein ganzer Mann», sagte Grijpstra, «und höre auf, mich zu unterbrechen. Ich hab's eilig.»

«Eilig?» fragte de Gier. «Wir haben einen freien Tag. Geh frühstücken. Unternimm etwas Angenehmes. Du hast den ganzen Tag Zeit.»

«Bah», sagte Grijpstra, «ich muß mit meinen Kindern zum Strand, und es ist schon spät. Also hör zu. Mevrouw Verboom steigt mit van Meteren ins Bett. Wir kennen ihn jetzt schon ein wenig. Er ist ein netter Mensch, ein besonders netter Mensch.»

«Ein besonderer Mensch», sagte de Gier. «Habe ich dir erzählt, wie er auf der alten Harley fährt? Und was er mit meinem Kater gemacht hat?»

«Ja, das hast du», sagte Grijpstra. «Er ist also ein besonderer

Mensch und Mevrouw Verboom eine schöne Frau. Es zündet zwischen den beiden. Aber sie haben kein Geld. Van Meteren ist Verkehrspolizist und Mevrouw Verboom Serviererin und Küchenhilfe im Restaurant ihres Mannes und verdient wöchentlich einen Cent, falls sie überhaupt soviel bekommt. Sie wollen irgendwo zusammen wohnen und fangen an nachzudenken. Sie wissen, daß Piet mit Rauschgift handelt und daran viel Geld verdienen muß. Anscheinend sitzt van Meteren als Gehilfe von Piet ebenfalls in dem Handel drin. Vielleicht weiß er, daß Piet fünfundsiebzig Mille lockergemacht hat, um eine große Partie aufzukaufen. Er sagt zu Mevrouw Verboom, daß er sich dieses Geld verschaffen will. Sie will ihm zuerst helfen, aber dazu ist van Meteren zu schlau. Falls wir Mevrouw Verboom ebenfalls in dem Haus gefunden hätten, wäre das Verhältnis zwischen den beiden ans Licht gekommen. Sie mußte also fortgehen.»

«Gut», sagte de Gier, «es könnte sein. Sie streitet sich mit ihrem Mann und verläßt ihn. Und um die Sache perfekt zu machen, geht sie ins Ausland. Damit wird ihre Mitschuld an dem Raubmord ausgeschlossen; denn sie war nicht hier. Und dann?»

«Es freut mich, daß du mir so früh am Morgen folgen kannst», sagte Grijpstra. «Aber es kommt noch schöner.»

De Gier sah zum Fenster hinaus. Olivier war in den Geranienkasten geklettert und keckerte wütend eine vorbeifliegende Möwe an.

«Ho», sagte de Gier, «warte mal. Olivier sitzt wieder im Blumenkasten. Er ist erst in der vergangenen Woche herausgefallen und hat tagelang gehinkt. Ich muß ihn schnell einfangen.»

«Immer wieder etwas anderes», sagte Grijpstra, aber de Gier hatte den Hörer bereits weggeworfen und schlich die Katze an. Kurz darauf war das Tier wieder im Zimmer und die Balkontür geschlossen.

«Es kommt noch schöner», sagte de Gier in den Hörer. «Was kommt noch schöner?»

«Alles», sagte Grijpstra. «Denn Piet wurde deprimiert. Er vermißt seine Frau und das Kind wirklich. Er spricht sogar von Selbstmord. Van Meteren bestärkt ihn noch in seinen trübsinnigen Gedanken. Piet ist ein labiler Mann und imstande, Selbstmord zu verüben. Van Meteren hilft nach und erzählt allen im Haus, daß Piet sehr deprimiert ist, und jeder glaubt, daß er Schwierigkeiten hat.»

«Ha», sagte de Gier, der jetzt wirklich interessiert war, «aber Piet hatte überhaupt keine Schwierigkeiten. Er ist dabei, den Coup seines

Lebens zu landen. Er wird eine Partie Heroin oder Kokain kaufen, die er auf einen Schlag wieder an die Händler loswerden kann, die, als Hindisten getarnt, in seinem Haus ein und aus gehen. Aber ehe das Geschäft klappt, stirbt er. Wie stirbt er?»

«Nun», sagte Grijpstra, «ganz einfach. Van Meteren wartet, bis Piet das Geld zu Hause hat und der Mann mit dem Stoff kommt. Ehe dieser Kerl kommt, geht van Meteren in Piets Zimmer, versetzt ihm einen Schlag und erhängt ihn. Er steckt das Geld in die Tasche und versteckt es irgendwo außerhalb des Hauses. Die Welt ist groß.»

De Gier streckte sich auf dem Bett aus und schaute an die Zimmerdecke. «Ja, ja», sagte er, «und van Meteren konnte den Streit zwischen Piet und Thérese auch noch ausnutzen. Er geht ins Zimmer, nachdem Thérese wütend hinausgelaufen ist, findet den halbbetäubten Piet auf dem Schemel und vollendet die Arbeit. Und als wir kamen, entdeckte *er* als erster die Beule, um seine Unschuld herauszustreichen. Dann stammt die Beule also doch von dem Wörterbuch.»

«Oder auch nicht», sagte Grijpstra, «am wahrscheinlichsten ist, daß die Beule von einem Schlag van Meterens stammt. Frauen treffen nie, wenn sie werfen. Aber das ist unwichtig.»

De Gier lachte. «Unwichtig. Du bist wie ein Hindist. Hat man dich bekehrt?»

Grijpstra grinste. «Ich bin schon vor Jahren bekehrt worden. Bei der Polizei lernt man, daß nichts wirklich wichtig ist, zumindest lernt man es, wenn man aufmerksam ist. Aber das macht nichts, vielleicht spielt es keine Rolle, wer der Mörder ist, wir werden ihn dennoch fangen.»

De Gier nickte am Telefon. «Nur so zum Spaß, meinst du.»

«Nur so zum Spaß», bestätigte Grijpstra. «Und wenn es nicht klappt, versuchen wir es eben weiter. Und wenn es nie klappen sollte, ist es zwar schade, aber nicht sehr.»

«Gut», sagte de Gier. «Und dann?»

«Van Meteren ruft Mevrouw Verboom in Paris an und sagt, daß alles geregelt ist. Sie kann kommen. Sie muß auch kommen, um ihr Interesse am Erbe Piets zu zeigen.»

«So sehe ich das nicht», sagte de Gier, «sie hätte auch dort bleiben können. Aber was wolltest du von mir?»

«O ja», sagte Grijpstra, «die kleine Aufgabe. An diesem schönen und freien Samstagmorgen habe ich eine passende Arbeit für dich. Ich möchte, daß du dich mit Mevrouw Verboom verabredest. Du hast dich ein wenig in sie verliebt. Macht nichts, du bist ja Junggeselle. Ruf sie an und geh mit ihr aus.»

«Hmm», sagte de Gier. «Und wenn sie nein sagt?»

«Das wird sie nicht», sagte Grijpstra. «Du bist Kriminalbeamter und bearbeitest den Fall. Das weiß sie. Du bist ein ansehnlicher Bursche. Zwei gute Gründe, um zu hören, was du zu erzählen hast. Und dann kannst du zuhören, was sie zu erzählen hat. Vielleicht vergißt sie sich, du kannst gut zuhören, und sie ist gespannt. Laß sie reden.»

De Gier stand auf und schaute zum Fenster hinaus.

«Tu du das doch», sagte er, «du kannst die Vaterrolle spielen. Falls deine Theorie zutrifft, richte ich bei ihr nichts aus. Sie hat schon einen Freund, unseren van Meteren.»

«Ich muß nach Zandvoort», sagte Grijpstra. «Viel Vergnügen! Ruf mich heute abend an, und sag mir, wie es gelaufen ist.»

«Heh!» rief de Gier. «Ein Auto. Ich brauche ein Auto. Oder soll ich sie auf dem Gepäckträger meines Fahrrads mitnehmen?»

«Gut», sagte Grijpstra. «Heute nachmittag um zwei steht auf dem Innenhof des Präsidiums für dich ein Mercedes. Der Schlüssel ist beim Pförtner. Im Handschuhfach liegen fünfzig Gulden. Die Empfangsbescheinigung gibst du dem Pförtner. Am Montag rechnen wir ab.»

Er legte auf.

De Gier suchte in seinem Notizbuch die Nummer von Mevrouw Verboom und rief sie an. Ihre Mutter meldete sich.

«Hier ist Rinus de Gier, Mevrouw, ist Ihre Tochter zu Haus?»

«Einen Augenblick», sagte die Mutter und rief: «Constanze.»

«Tag, Constanze», sagte er mit verführerischer dunkler Stimme. «Hier ist Rinus de Gier. Wir haben uns gestern kennengelernt.»

«Woher wissen Sie meinen Namen?» fragte sie überrascht.

«Die Polizei weiß alles», sagte de Gier.

Constanze lachte ganz natürlich. Es war kein gezwungenes Lachen.

Grijpstra täuscht sich, dachte de Gier. Das arme Kind hat nichts damit zu tun, aber Auftrag ist Auftrag.

«Rufen Sie mich als Polizist an oder als Mann?»

De Gier bekam Mut. Das war eine flotte Annäherung.

«Tja», sagte er zögernd, «eigentlich als Mann. Ich dachte, Sie hätten vielleicht an diesem Wochenende nichts vor, und ich habe ebenfalls frei. Ich wollte Sie heute nachmittag abholen. Vielleicht könnten wir etwas rausfahren und anschließend in der Stadt etwas essen oder so.»

«Was oder so?» fragte Constanze.

«Ein Bierchen auf dem Leidseplein nach dem Essen?»

«Gut», sagte Constanze. «Ich sitze hier sowieso nur herum. Meine Eltern kümmern sich um das Kind und quatschen über Piets Tod. Ich möchte mal raus. Holen Sie mich also ab. Wann werden Sie kommen?»

«Am Nachmittag?» fragte de Gier.

«Nein», sagte Constanze, «dann muß ich mit meiner Mutter einkaufen. Könnten Sie um etwa sieben Uhr kommen?»

«Um sieben», sagte de Gier.

«Gut, Rinus, ich erwarte Sie dann.»

De Gier sprang vor Freude in die Luft. Er lief in die Küche und hockte sich vor den Kühlschrank und schaute hinein.

Olivier stand neben ihm und schrie vor Hunger.

«Halt deine siamesische Schnauze, Olivier», sagte de Gier. «Wir bestehen aus Trieben, du und ich. Man hat den einen noch nicht befriedigt, dann meldet sich schon der nächste. Aber jetzt werden wir essen. Eier mit Speck und Kaffee für mich und die guten Fischplätzchen für dich.»

Abends um halb sieben holte er den Wagen, einen fast neuen Mercedes mit Schiebedach. Der Tank war gefüllt.

Ein Wagen vom Fahndungsbüro, dachte de Gier. Die Burschen haben es gut. Jemand verfolgen, mehr tun sie nicht. Dies ist ein schönes Auto, um jemand zu verfolgen. Und wenn jemand festzunehmen ist, dann müssen wir ran. Die Beamten von der Fahndung bleiben immer im Hintergrund. Nett von denen, mir den Wagen zu leihen.

Constanzes Adresse war in der Jacob-van-Lennep-Straat, einer langen, engen, armseligen Straße ohne Bäume. Mit Mühe manövrierte er den Mercedes durch die geparkten Wagen und spielenden Kinder hindurch bis vor das Haus. Kein Wunder, daß sie mit ihm hinauswollte, lieber das, als hier in den schlecht gelüfteten Zimmern voller Möbel zu brüten.

Die Mutter bat ihn ins Haus. Sie lächelte ihn fast untertänig an, eine dicke Frau mit stumpfem Haar und feuchten Flecken unter den Armen. Das Kind Yvette kam ihm im Korridor entgegen und erkannte ihn offenbar wieder. Er bekam ein Küßchen. Im Zimmer nahm er das Kind auf den Schoß. Constanzes Mutter lächelte ihn wieder an, sie sprach mit französischem Akzent. Der Vater kam herein und wurde vorgestellt. Der Vater war auch dick und seine Hand, die de Gier schüttelte, schlaff und geschwollen.

«Ich bin krankgeschrieben», sagte der Vater, «ich habe mich überarbeitet. Sie sind ebenfalls Beamter, wie ich höre.»

«Ja, Mijnheer», sagte de Gier, «ich arbeite bei der Polizei.»

«Gute Arbeit», sagte der Vater. «Ich arbeite auch für den Staat. Im Katasteramt. Ich ordne Akten ein und hole sie dann wieder heraus. Und jedesmal, wenn ich eine Akte über den Schaltertisch schiebe, weil jemand hineinsehen will, verdient der Staat sechseinhalb Gulden. Davon erhalte ich einen Cent. Und jetzt habe ich mich auch noch überarbeitet, sagt der Arzt. Woher das wohl kommen mag?»

De Gier schwieg höflich.

«Meine Tochter wird gleich kommen», sagte der Vater, «sie takelt sich nur ein wenig auf. Dabei hat sie das gar nicht nötig, denn sie ist eine hübsche Frau. Sie hätte nur diesen kleinen Lumpenkerl nicht heiraten sollen, aber jetzt ist er tot, also macht es nichts mehr aus.»

«Sie mochten Piet Verboom nicht?» fragte de Gier.

«Natürlich nicht», sagte der Vater. «Niemand mochte ihn. Mit mir hat er nie gesprochen, ich war ihm zu dumm. Und mir war er zu langweilig, er quasselte nur über sich selbst. Das tue ich meistens auch, dann hat man auf die Dauer nicht viel Unterhaltung.»

De Gier mußte lachen, der Vater lachte mit.

«Wie Sie sehen», sagte der Vater, «kann man immer noch lustig sein, selbst wenn man sich überarbeitet hat. Möchten Sie ein Bier?»

De Gier bekam ein Bier von Constanze, die zwei Dosen und zwei Gläser hereingebracht hatte. Der Vater sah de Gier gutgelaunt über das Glas hinweg an.

«Mögen Sie Fußball?» fragte der Vater.

«Nein, Mijnheer», sagte de Gier.

Der Vater setzte sich ganz aufrecht hin.

«Meinen Sie das wirklich?»

«Ja», sagte de Gier, «es ist verrückt, aber ich habe mich nie darüber aufregen können. Wenn ich mir ein Spiel anschaue, sehe ich immer nur Burschen, die mit einem Ball hin und her rennen, was mir nichts sagt. Es ist mir zu lebhaft, glaube ich.»

«Hörst du das, Frau?» rief der Vater.

De Gier mußte es noch einmal erzählen.

«Sie haben ihn glücklich gemacht, Mijnheer», sagte die Mutter. «Er denkt, daß er der einzige in der Stadt ist, der Fußball nicht mag, und er schämt sich deswegen.»

«Ja, verdammt», sagte der Vater, der immer noch ganz aufrecht saß, «ich schäme mich deswegen. Es ist, als wäre ich anders als alle meine Nachbarn und Kollegen. Und jetzt sind Sie so einer wie ich. Ha.»

«Was mögen Sie?» fragte de Gier, der das Thema wechseln wollte.

Der Vater zeigte hinter sich. De Gier stand auf und sah eine Reihe Schallplatten. Er nahm sich eine nach der anderen vor. Moderner Jazz von der ersten bis zur letzten Platte, Piano, Trompete.

Der Vater betrachtete ihn sorgenvoll. «Finden Sie die gut?»

De Gier spürte, wie es ihm eiskalt über den Rücken lief. Dieser dicke Mann mußte ihm geistesverwandt sein. Er versuchte, sich zu beherrschen, aber die Begeisterung ging mit ihm durch.

«Mijnheer», sagte de Gier, «Mijnheer, ich finde das herrlich. Die Platten habe ich auch, zwar nicht alle, aber die meisten. Ich höre sie mir an, wenn ich allein bin, die Katze auf dem Schoß und eine Zigarre aus der Spezialkiste. Es ist die schönste Musik, die ich kenne.»

Er wollte noch mehr sagen, aber der Vater unterbrach ihn.

«Gott soll mich behüten», sagte er leise.

Die Mutter sah de Gier liebevoll an. «Sie haben es geschafft, daß meinem Mann besser zumute ist. Er ist nicht mehr allein.»

«Auch wenn ich Sie nie wiedersehe», sagte der Vater, «macht es nichts. Aber dies ist ein schöner Augenblick. Zuweilen hat man sie ja in seinem Leben. Mutter, mehr Bier!»

De Gier war gefesselt. «Haben Sie mehr solcher Augenblicke erlebt?» fragte er.

«Ja», sagte der Vater, «als Kind. Ich habe sie nie ganz erfaßt, es geschieht etwas oder man hört etwas, und plötzlich ist der Augenblick da. Aber man kann ihn sich nicht erklären. Im Zoo zum Beispiel. Ich erlebte es zum ersten Male, als ich den Nashornvogel sah. Es war ein so idiotisches Tier, daß ich wußte, alles war jetzt auf einmal anders. Das würde zwar wieder alltäglich werden, aber in diesem Augenblick war alles verändert. Das habe ich nie vergessen. Jetzt gehe ich gelegentlich zum Zoo, um nur den Nashornvogel zu sehen, wenn es mir zuviel wird, wissen Sie, mit den Akten im Katasteramt oder mit dieser elenden Straße. Man kann immer mit der Straßenbahn zum Zoo fahren, und dort ist der Nashornvogel.»

«Du bist doch nicht etwa betrunken, Vater?» fragte Constanze. Sie wandte sich an de Gier: «Wenn er über den Nashornvogel redet, ist er meistens stinkbesoffen.»

«Nein, weißt du», sagte der Vater, «geh du mit dem Mijnheer mal schön in die Stadt. Ich bin nicht betrunken und werde es auch nicht. Jedenfalls heute nicht.»

De Gier grüßte zum Abschied und ließ Constanze als erste zur Tür hinausgehen. Er sah sich noch einmal um, aber der Vater schaute zum Fenster hinaus, einen friedlichen Ausdruck auf dem Gesicht.

«Du hast ein gutes Werk getan», sagte Constanze und lehnte sich auf der Treppe eng an ihn. «Du darfst wiederkommen. Wir konnten Vater schon seit langem nicht mehr aufmuntern. Heute ging es noch, aber manchmal ist er so verbittert, daß er kein Wort sagen will. Nur Yvette kann ihn dann noch in Gang bringen. Sie setzt sich auf seinen Schoß und zieht ihm an der Nase. Dann kommt wieder etwas Bewegung in ihn. Sie sind heute morgen zusammen im Zoo gewesen.»

Beim Nashornvogel, dachte de Gier bei sich. Was man nicht alles so erlebt. Das ist hübsch, ich muß es Grijpstra erzählen. Wenn du mal wieder trübsinnig bist, Grijpstra, dann mußt du eben zum Nashornvogel gehen.

«Ist das dein Wagen?» fragte Constanze.

«Ja», sagte de Gier, «von meinem Gehalt gespart.»

«Verdienst du soviel bei der Polizei?»

«Nein», sagte de Gier, «ich hab ihn mir geliehen. Ich besitze nur ein Fahrrad, ein sehr schönes. Und wenn ich im Dienst bin, fahre ich mit einem Volkswagen.»

«Oh», sagte Constanze, «meinetwegen brauchst du keinen Wagen zu haben. Ich bin nicht daran gewöhnt. Piet hatte ein Auto, aber damit fuhr er immer allein oder mit seinen Freundinnen. Ich durfte in der Küche arbeiten und auf das Kind achten.»

«Hast du denn keinen Freund mit Wagen in Paris?» fragte de Gier. «Du bist doch eine schöne Frau. Du kannst mir nicht weismachen, daß sie in Paris dafür keine Augen haben.»

Constanze schwieg eine Weile. «Ich habe Piet erst vor kurzem verlassen», sagte sie schließlich. «Und in Paris arbeite ich in einem Büro, in dem mein Onkel eine hohe Stellung hat. Eine eigene kleine Wohnung habe ich erst seit einer Woche. Und nach der Arbeit muß ich gleich nach Hause und Yvette aus der Kinderkrippe abholen. Männer habe ich noch nicht kennengelernt.»

«Hmm, hmm», sagte de Gier.

«Das hast du gestern abend auch gesagt. Ist das dein Kampfruf?»

De Gier errötete. Er war sich nicht bewußt gewesen, daß er gebrummt hatte. «Ja, mein Kampfruf», sagte er, um sich zu retten.

«Willst du was von mir?» fragte Constanze.

Er legte seine Hand auf ihre. Wer will wen vernaschen? dachte er.

«Hast du Brot mitgenommen?» fragte er und zeigte auf den Plastikbeutel, den sie zwischen sich und ihn gelegt hatte.

Jetzt errötete Constanze. «Ja», sagte sie, «aber bestimmt nicht, weil ich gedacht hätte, du würdest mir nichts zu essen geben. Das sind Butterbrote mit Käse, die Vater zum Zoo mitgenommen und wieder mitgebracht hat. Ich wollte dich soeben bitten, nachher zum Park zu fahren. Dort bin ich als Kind immer gewesen, und ich wollte ihn noch einmal besuchen, ehe ich nach Paris zurückgehe.»

«Um die Enten zu füttern?» fragte de Gier.

«Nein», sagte sie, «das ist noch ein Geheimnis, du wirst es schon sehen. Etwas sehr Reizendes.»

Er ging mit ihr zum Chinesen am Nieuwendijk. Der Eigentümer begrüßte ihn. Der Kellner lächelte ihn an; de Gier hatte ihm am Vorabend zehn Gulden in die Hand gedrückt, um das verunglückte Essen zu ersetzen. Der Kellner hatte es zuerst nicht annehmen wollen. De Gier wußte sehr wohl, die Freundlichkeit und Zuvorkommenheit von Bar- und Restaurantbesitzern war zu neunzig Prozent auf die Tatsache zurückzuführen, daß er Polizist war. Aber so ist es nun einmal, und es ist angenehm, wenn die Menschen nett zu einem sind. Deshalb lächelte auch er den Kellner an und winkte dem Eigentümer hinter der Bar zu, der zurückwinkte und sich leicht verbeugte.

Der alte Chinese kam, um ihn persönlich zu bedienen.

«Ich habe heute etwas Leckeres», sagte der alte Mann. «Frische Garnelen mit gebratenem Reis. Die Garnelen sind gestern gefangen worden.»

«Das ist gut», sagte Constanze. «Kennt man dich hier?»

De Gier nickte. «Ich könnte ebensogut in Uniform herumlaufen. Die ganze Innenstadt kennt mich.»

«Hast du eine Uniform?»

«Gewiß. Sie hängt im Schrank, frisch gebügelt.»

«Trägst du sie auch?»

«Hin und wieder», sagte de Gier, «ich stehe gelegentlich hinter der Schranke im Revier, wenn von den anderen Beamten viele krank sind.»

Beim Essen brachte er das Gespräch auf van Meteren. Sie redete ganz unbefangen: «Ein netter Mensch. So ziemlich der einzige in dem Haus, auf den man sich verlassen konnte. Er war immer freundlich und ruhig und immer beschäftigt. Und er hielt sich aus allem heraus, das war ebenfalls so angenehm. Er drängte sich nicht auf, aber wenn er helfen konnte, dann tat er es.»

«Beschäftigt?» fragte de Gier. «Womit war er denn beschäftigt?»

«Mit dem Studieren», sagte Constanze.

«Studieren? An der Universität?»

«Nein», sagte Constanze. «Dazu fehlt ihm die Vorbildung, aber nicht die Intelligenz. Er las alles über die niederländische Geschichte, was er nur in die Hand bekommen konnte. Wußtest du, daß er jeden Ort in den Niederlanden kennt? Und dort auch schon gewesen ist? An jedem Wochenende fuhr er mit seinem Motorrad los.»

«Bist du auch mal mitgefahren?» fragte de Gier.

«Nein, ich habe Angst vor Motorrädern. Als Mädchen bin ich einmal mit einem Freund mitgefahren, der einen Unfall baute. Jetzt wage ich mich nicht mehr auf so einen Brummer. Hast du übrigens van Meteren mal fahren sehen? Er zwängt sich überall durch. Ich fing schon an zu schwitzen, wenn ich ihn nur wegfahren sah.»

«Fandest du ihn nett?» fragte de Gier.

Constanze war plötzlich auf der Hut. «Warum?» fragte sie argwöhnisch. «Du bist doch nicht etwa eifersüchtig? Oder verhörst du mich?»

«Nein, nein», sagte de Gier, «ich habe nur so gefragt. Nur so. Ich bin neugierig.»

«Dachtest du, ich hätte mit dem Papua etwas gehabt?»

De Gier sagte nichts.

Constanze legte die Gabel hin und sah de Gier zögernd an. «Das war anscheinend ungehörig von mir. Ich habe nichts gegen Farbige, und van Meteren ist immer nett zu mir gewesen. Aber als Mann – ich glaube, ich habe nie daran gedacht.»

De Gier spürte ihren Fuß an seinem und mußte sich beherrschen, um nicht wieder «hm» zu sagen. Später brachte er das Gespräch noch einmal auf van Meteren.

«Ja», sagte sie, «ein merkwürdiger Bursche. Es muß schwierig für ihn sein, hier zu leben. Neuguinea kann er nicht vergessen, und in den Niederlanden wird er sich natürlich niemals eingewöhnen, nicht einmal in Amsterdam. Vielleicht wäre es für ihn leichter gewesen, wenn sie ihn bei der richtigen Polizei genommen hätten. Eigentlich ist er eine Art von Flüchtling. Wußtest du, daß er herrlich erzählen kann? Ich habe mich krankgelacht über die Geschichte von dem niederländischen Beamten, der soeben in Neuguinea angekommen und in einen Krieg zwischen Kannibalen geraten war, so ein langer, dünner Junge aus der Provinz. Das wildeste, was er bis jetzt gesehen hatte, war ein dahinhoppelnder Hase gewesen. Und jetzt kommt er in das erste Dorf in Neuguinea, wo überall um ihn herum plötzlich geschrien wird, und ehe er begreift, was eigentlich passiert, fallen Köpfe auf die Erde, man schießt mit Pfeilen, man tanzt und springt im Kreis herum. Ihm taten sie nichts, vielleicht weil er ein Weißer war. Überall die Wilden mit Knochen durch die Nase und von oben bis unten angemalt, und sie kreischen und schlagen sich gegenseitig tot. Als es vorüber war, da hatte der Mann den Verstand verloren. Sie mußten ihn einsperren. Er muß noch jahrelang in einer Anstalt gewesen sein.»

«Ich finde die Geschichte überhaupt nicht lustig», sagte de Gier, der sich als Beamter persönlich angegriffen fühlte. «Der Mann war doch nur gekommen, um die Ordnung zu wahren.»

«Vielleicht erzähle ich die Geschichte nicht gut», sagte Constanze, «aber wenn van Meteren sie erzählt, liegst du vor Lachen unter dem Tisch. Ich habe sie mir wohl an die zehnmal erzählen lassen, er konnte die Kannibalen so gut nachmachen. Man sah das Ereignis direkt vor sich. Und dann der breite blasse Mund des Beamten.»

«Konnte van Meteren den auch nachmachen?»

«Ja», sagte Constanze, «frag ihn nur, ob er die Geschichte erzählen will, dann wirst du schon sehen.»

«Ja», sagte de Gier und zahlte die Rechnung.

Im Wagen schmiegte sie sich eng an ihn. «Laß uns jetzt zum Park fahren.»

An einem Teich ließ sie ihn halten und gab ihm ein Butterbrot.

«Zerbröckel es und wirf die Stücke ins Wasser.»

«Aber hier sind überhaupt keine Enten», sagte de Gier.

«Wirf nur.»

Er warf. Sobald das Brot auf die Wasseroberfläche traf, kam der Teich in Bewegung. Von allen Seiten tauchten ungeheure Karpfen auf, Prachtexemplare, die fast einen Meter lang waren. Sie drängten sich um das Brot. Das Schmatzen ihrer zahnlosen Mäuler erfüllte den stillen Abend. Fasziniert fütterte er die Karpfen, bis der Beutel leer war.

«Das war hübsch, wie?» fragte Constanze.

Jetzt ist es wohl soweit, dachte de Gier und nahm die Frau in die Arme. Sie küßte ihn wieder, schob ihn dann aber zurück.

«Wo wohnst du?» fragte sie.

«Hier in der Nähe.»

«Dann laß uns zu dir gehen.»

In der Wohnung ging er voran, um Olivier zu fangen und in die Küche zu sperren. Als er wiederkam, war sie schon fast nackt. Er half ihr mit dem Höschen und dankte Grijpstra im stillen.

Ein guter Polizeiadjudant ist immer alert.

8

Grijpstra saß auf seinem Bett, den Telefonhörer am Ohr. Er kaute auf einer Zigarre und sah auf seine Frau, die neben ihm lag, ein formloser Klumpen unter den Decken. Er fragte sich immer wieder, warum die Lockenwickler aus Plastik immer so einfallslos rosa oder hellblau sein mußten. Warum nicht braun? Sie hat braunes Haar. Wenn die Wickler braun wären, würde ich mich weniger ärgern. Und wenn ich mich weniger ärgern würde, hätte ich jetzt keinen sauren Geschmack im Mund. Und das Magensalz ist alle. Sie weiß, daß keines mehr da ist, aber sie hat kein neues gekauft.

Es war Sonntagmorgen zehn Uhr. Der Hoofdinspecteur redete bereits eine ganze Weile.

«Wir machen keine Fortschritte, Grijpstra», sagte die harte Stimme des Hoofdinspecteurs, und Grijpstra hielt den Hörer einige Zentimeter vom Ohr ab.

«Wir machen keine Fortschritte», wiederholte der Hoofdinspecteur. «Alles wird nur noch unklarer. Nachdem ihr entdeckt habt, daß noch eine andere Treppe zu dem Stockwerk führt, wo Piet gehangen hat, ist jeder verdächtig. Die Treppe wurde normalerweise nicht benutzt, sagtest du?»

«Ja, Mijnheer», sagte Grijpstra. «Die Tür im Erdgeschoß, die zur Treppe führte, war verschlossen. Aber für ein Schloß gibt es einen Schlüssel. Wir haben die Tür geöffnet. Das Schloß war in gutem Zustand und die Treppe sauber. Piet benutzte sie und Mevrouw Verboom wohl auch. Das sagten die Mädchen, die dort gearbeitet haben. Ich bin mal kurz bei dem Wohnboot gewesen, auf dem eins von den Mädchen lebt. Sie sagte, van Meteren hatte keinen Schlüssel, aber vielleicht hatte er doch einen.»

«Tja», sagte der Hoofdinspecteur, «dann kann auch Mevrouw Verboom es getan haben. Sie könnte sich einen Tag freigenommen haben, morgens nach Amsterdam geflogen sein und abends wieder zurück. Das mußt du am Montag prüfen. Rufe ihren Chef an in Paris.»

«Ja, Mijnheer», sagte Grijpstra und blies eine Wolke Zigarrenrauch aus. Seine Frau fing an zu husten, stampfte zum Zimmer hinaus und schlug die Tür krachend hinter sich zu.

«Was war das?» fragte der Hoofdinspecteur.

«Meine Frau hat eine Tür geschlossen, Mijnheer.»

«Ich dachte, da würde geschossen», sagte der Hoofdinspecteur. «Nun ja. Ich weiß nicht. Du mußt eben weitersuchen. Die alte Mevrouw Verboom könnte es auch getan haben. Weißt du, in welcher Anstalt sie ist?»

«Im Christlich Freisinnigen Sanatorium für Neurosen in Bussum», sagte Grijpstra.

«Junge, Junge», sagte der Hoofdinspecteur, «das alles ist sie?»

Grijpstra ging auf den Scherz nicht ein.

«Vielleicht bekommen wir einen anonymen Tip», sagte der Hoofdinspecteur hoffnungsvoll, «dann habe ich den Commissaris vom Hals, der beginnt auch schon zu nörgeln. Der Commissaris hält nichts von Morden. Glaubst du immer noch, daß es Mord war?»

«Fünfundsiebzig Mille sind verschwunden, Mijnheer», sagte Grijpstra.

«Ja», sagte der Hoofdinspecteur, «das stimmt. Aber er kann das Geld an jemand bezahlt haben. Vielleicht mußt du seine Mutter noch einmal verhören. Am besten gleich. Sonntags kann man im Sanatorium gut einen Besuch machen. Wenn du das heute noch erledigst, hast du morgen Zeit für etwas anderes. Dann müßt ihr euch um die beiden Rauschgifthändler kümmern.»

Grijpstra sagte nichts.

«Hörst du mich?» fragte der Hoofdinspecteur.

«Ja, Mijnheer, ich soll heute zum Sanatorium gehen. Auf Wiederhören, Mijnheer.» Er legte auf.

Der Hoofdinspecteur hatte noch «viel Vergnügen» gesagt, aber das hatte er schon nicht mehr gehört.

Seine Frau war wieder hereingekommen.

«Du sollst keine Zigarren im Schlafzimmer rauchen», sagte sie.

«Es ist eine üble Gewohnheit», sagte Grijpstra und stand auf. Er kleidete sich an und schnallte die Pistole an den Gürtel. Im Bad rasierte er sich unnötig lange. Das ist heute mein einziges Vergnügen, dachte er trübsinnig. Eine Rasur mit viel Seife und einer neuen Klinge, aber sonst nur Kummer.

Im Wohnzimmer schaute er zum Fenster hinaus. Seine Frau brachte ihm eine Tasse Kaffee.

«Der Kaffee ist lauwarm», sagte Grijpstra.

«Dann mußt du ihn eben eher trinken», sagte seine Frau und knallte noch einmal mit der Tür.

Grijpstra schaute auf das Wasser der Lijnbaansgracht; eine Ente versuchte sich den Weg durch den treibenden Abfall zu bahnen. Er zählte zwei Matratzen, die Reste eines Stuhls, drei große und zwei kleine Kartons und vier graue Müllsäcke. Außerdem noch viel Kleinabfall. Er schwor sich, einen weiteren Brief an die Stadtreinigung zu schreiben. Beim vorigen Mal hatten sie eine Schute mit zwei Mann geschickt, die tagelang den Schmutz aus dem Wasser gefischt hatten.

Grijpstra dachte an Artikel 41 der Allgemeinen Polizei-Verordnung. *Es ist verboten, irgendwelche Materialien auf öffentliche Straßen oder daran grenzende Grundstücke oder in das offene Wasser zu werfen.*

Ein wertloser Artikel, denn die Übertretung wurde mit einem Bußgeld von zehn Gulden geahndet.

Ein Zehner ist gegenwärtig Kleingeld, dachte Grijpstra, ging wieder ins Schlafzimmer und griff nach dem Telefon.

«Ja?» sagte de Gier.

«Wir treffen uns in einer halben Stunde im Präsidium», sagte Grijpstra.

«Nein», sagte de Gier, «ich habe eine Verabredung.»

«Ja», sagte Grijpstra, «mit mir.» Er legte den Hörer auf und zog sich die Jacke an.

«Gehst du weg?» fragte seine Frau an der Haustür.

«Ja», sagte Grijpstra. Er zog die Haustür leise hinter sich zu.

De Gier saß im grauen Volkswagen auf dem Innenhof, als Grijpstra munter hereinspaziert kam. Das Gehen hatte ihm gutgetan, und geteilter Schmerz ist halber Schmerz.

De Gier ließ schweigend den Motor an und fuhr hinaus.

«Kannst du dich nicht beim Pförtner bedanken, daß er so nett war, dir das Tor zu öffnen?» fragte Grijpstra.

«Nein», sagte de Gier.

«Schlecht gelaunt?» fragte Grijpstra.

«Ach», sagte de Gier, «es geht doch nichts über die Pflicht und harte Arbeit. Ich hatte eine Verabredung mit Constanze Verboom und ihrer Tochter. Wir wollten an den Strand gehen. Nach Zandvoort. Dort bist du gestern gewesen, wie?»

«Ja», sagte Grijpstra. «Der Strand war voll. Und die See ist widerlich. Und wenn man pinkeln will, kostet es zwanzig Cent. Und die Kinder wollten eine Burg bauen, und dann lief ein dicker Deutscher dort durch. Er konnte nicht anders, denn irgendwo mußte er ja gehen. Und dann hat mein Junge ihn mit seiner Schaufel geschlagen. Der Mann hat geblutet wie ein Schwein.»

«Haha», sagte de Gier.

«Findest du das lustig?» fragte Grijpstra.

«Und wie», sagte de Gier. «Hast du viele Schwierigkeiten gehabt?»

«Genug», sagte Grijpstra.

«Wohin fahren wir eigentlich?» fragte de Gier.

«Zur Irrenanstalt», sagte Grijpstra, «die alte Mevrouw Verboom besuchen.»

De Gier bremste und blieb unter einem Halteverbotsschild stehen. Das meinst du nicht im Ernst», sagte er. «Warum muß ich denn mit? Dahin hättest du auch allein gehen können.»

«Ich mag keine alten Frauen», sagte Grijpstra, «und ich mag keine Irrenanstalten.»

«Aber warum hast du mich dann nicht allein hingeschickt?» fragte de Gier. «Das ist wieder mal typisch für dich. Gestern mußte ich ja auch allein los.»

«Das war nicht meine Idee», sagte Grijpstra gelassen. «Der Hoofdinspecteur hat sich das ausgedacht. Und er sagte, ich müsse hin. Aber ich wollte nicht allein gehen. Und zwei hören mehr als einer. Und du mußt jetzt tun, was ich sage. Also fahr los.»

Ein Polizist auf einem Motorrad war vorbeigefahren. Er hatte sich noch kurz umgeschaut und war an den Straßenrand gefahren, aber Grijpstra hatte ihn weitergewinkt.

Sie fuhren weiter. De Gier machte ein träumerisches Gesicht. Er erlebte die Abenteuer der vergangenen Nacht noch einmal.

«Wie war's gestern abend?» fragte Grijpstra.

«Ausgezeichnet», sagte de Gier, «aber ich glaube nicht, daß sie etwas damit zu tun hatte.»

«Erzähl mal», sagte Grijpstra.

De Gier erzählte.

«Ist das alles?» fragte Grijpstra.

De Gier grinste.

«Das habe ich mir gedacht», sagte Grijpstra.

De Gier grinste noch einmal.

«Gut», sagte Grijpstra, «freut mich für dich. Aber sie hätte es sehr wohl getan haben können. Unten im Flur gibt es eine Tür zu einer Treppe, die zum obersten Stockwerk führt. Die Mädchen sagen, Mevrouw Verboom habe einen Schlüssel für die Tür gehabt. Sie hätte kurz mal von Paris herbeiflitzen können.»

«Dann müssen wir Montag in Paris anrufen», sagte de Gier, «aber ich glaube nicht, daß sie es getan hat. Mörder sind nervös. Sie war überhaupt nicht nervös.»

«Wohin fährst du denn?» fragte Grijpstra.

«Nach Bussum», sagte de Gier. «Sagtest du das nicht?»

«Was wollen wir dann auf der Straße nach Utrecht?»

«Ach ja», sagte de Gier, «dann fahren wir eben bei Hilversum ab.»

«An der Abzweigung bist du soeben vorbeigefahren.»

«Dann hast du ebenfalls nicht aufgepaßt», sagte de Gier.

«Nein», sagte Grijpstra im gleichen Ton wie bei dem Gespräch mit seiner Frau, «aber du wirst wenden müssen.»

«An was denkst du?» fragte de Gier.

Grijpstra rückte ein wenig von ihm ab, verschränkte die Hände, starrte auf die endlose Reichsstraße und auf den Daf mit der alten Dame am Steuer, der schon eine ganze Weile vor ihnen fuhr; er seufzte.

«An die Lockenwickler meiner Frau», sagte Grijpstra, «und an die fünfundsiebzigtausend Gulden. Wenn sie wirklich geklaut worden sind, muß jemand gegenwärtig viel Geld haben, und Menschen, die auf einmal viel Geld haben, fangen etwas damit an. Du hast Kontakt mit der Fahndung aufgenommen. Unternehmen die schon etwas?»

«Ja», sagte de Gier, «sie unternehmen etwas. Aber es ist alles noch sehr vage. Es werden andauernd enorme Summen umgesetzt, anständig und schwarz verdientes Geld. Die Bars und Sex-Clubs und die teuren Restaurants sind voll, aber wo sind unsere fünfundsiebzig Mille? Wer gibt sie aus?»

«Was tut van Meteren?» fragte Grijpstra.

«Nichts Besonderes», sagte de Gier. «Der Beamte, der ihn beschattet, hat mich heute morgen angerufen. Van Meteren hat für ein paar Gulden in der Volksküche in der Spuistraat gegessen und auf dem Dappermarkt für einige Zehner Kleidung gekauft. Eine Strickjacke und ein Paar Jeans. Und dafür hat er den ganzen Stand des Händlers durchwühlt. Er hat Shag geraucht und abends in einer Kneipe am Singel zwei Bier getrunken, eins hat ihm ein Betrunkener spendiert, der zufällig neben ihm saß.»

«Was macht er heute?» fragte Grijpstra.

De Gier hatte jetzt endlich den Daf mit der alten Dame überholt, und Grijpstra fühlte sich etwas besser gelaunt.

«Heute fährt er auf seiner Harley durch den Flevo-Polder, zumindest hat er das dem Barmann in der Kneipe gesagt. Der Beamte wird ihn wieder beschatten, aber das wird im Flevo-Polder nicht einfach sein.»

De Gier hatte jetzt endlich das Hinweisschild nach Bussum gefunden und bog ab.

«Wir verschwenden unsere Zeit und die von anderen.»

«Das kommt bei der Polizei häufig vor», sagte Grijpstra, «und jetzt paß gefälligst auf.»

Das Sanatorium bestand aus einer Anzahl von Gebäuden in einem Park. Grijpstra betrachtete die Wegweiser, die an jeder Kreuzung angebracht waren.

«Altes Hauptgebäude», las er und «Neues Hauptgebäude».

«Welches ist es?»

«Das neue», sagte de Gier. Aber dort war niemand. Die Tür vom alten Hauptgebäude war verschlossen. Schließlich fanden sie die Küche und darin einen Koch. Der wußte nichts. Erst nach einer Viertelstunde fanden sie jemand, der etwas wußte. Aber das Mädchen fragte, ob sie nachmittags wiederkommen wollten, jetzt sei keine Besuchszeit. De Gier zeigte seinen Polizeiausweis. Das half auch nichts. Es war dennoch keine Besuchszeit. De Gier gab sich charmant und Grijpstra väterlich. Endlich kam eine ältere Schwester, die sie zur Direktorin brachte, einer Psychiaterin.

Sie saßen in einem kleinen Büro, das ebensogut einem Notar gehört haben könnte – ein Schreibtisch mit geschnitzten Löwenköpfen an den Ecken, Bücherschränke voller Standardwerke, eine Kristallvase, in die jemand einen zu dicken Blumenstrauß gepreßt hatte, und muffige Luft, die den Beamten den Atem nahm. Die Ärztin war eine Frau in den Fünfzigern mit einem Kleid wie aus Sackleinen und einer Brille, die an einer silbernen Kette um den Hals hing.

Die Ärztin wußte ebenfalls nichts.

«Mevrouw ist neu hier. Sie hat bis jetzt nur geschlafen.»

«Rufen Sie bitte die Stationsschwester», sagte Grijpstra. «Vielleicht hat Mevrouw etwas gesagt. Jemand ist ermordet worden, wissen Sie, und es könnte sein, daß Mevrouw etwas weiß.»

«Aha», sagte die Ärztin, und die Stationsschwester kam.

Ob Mevrouw etwas gesagt habe.

Mevrouw habe viel gesagt. Sie habe getobt und gebrüllt und gestampft und geweint.

«Warum?» fragte de Gier.

«Weil wir ihr alles weggenommen und sie in ein Zimmer gesperrt haben, in dem weder Fenster noch Türen zu öffnen sind.»

«Ist die so gefährlich?» fragte Grijpstra.

«Mevrouw ist unter Beobachtung», sagte die Schwester.

Die Ärztin nickte. «Das machen wir immer so.»

«So», sagte Grijpstra und sah de Gier an. Dies glich einer Freiheitsberaubung, aber sie waren hier in einer anderen Welt. In der Welt der Verrückten sind Vergehen keine Vergehen. Welch herrliche Welt, dachte er für einen Augenblick, aber er kam wieder zu sich.

«Hat sie den Namen ‹Piet› erwähnt, Doktor?» fragte er.

Die Ärztin sah die Schwester an.

«Piet?» wiederholte die Schwester. «Ja. Das ist ihr Sohn. Sie schrie, daß dies wohl wieder ein übler Streich von Piet sei. Sie beschimpfte ihn. Und dann hat sie gelacht, aber nicht lange, denn wir haben ihr eine Spritze gegeben, nach der sie eingeschlafen ist.»

«Ist sie jetzt wach?» fragte Grijpstra.

Die Stationsschwester ging nachschauen und kam mit der Nachricht zurück, daß Mevrouw wach sei und ihr Ei an die Wand geworfen habe.

«Kann ich mit ihr in den Park gehen?» fragte de Gier.

Die Ärztin machte ein bedenkliches Gesicht. «Können Sie mit ihr fertig werden?»

«Mein Kollege wird sehr gut mit Frauen fertig», sagte Grijpstra und grinste. Sein Grinsen ging in einen gemurmelten Fluch über, denn de Gier hatte ihn blitzschnell gegen das Schienbein getreten.

Die Ärztin lachte.

«Wenn es zu schlimm wird, werde ich sie zurückbringen», sagte de Gier, «aber ich möchte mit ihr allein reden.»

«Meinen Sie, daß Mevrouw ihren Sohn niedergeschlagen und erhängt haben könnte?» fragte Grijpstra die Ärztin.

Sie sah wiederum die Stationsschwester an.

«Es ist möglich», sagte die Stationsschwester. «Sie ist aggressiv und stark. Der Pfleger mußte mir helfen, sie ins Bett zu stecken, und er hat noch einen Schlag mit dem Stuhl einstecken müssen.»

«Es könnte also sein», sagte die Ärztin.

«Aber es muß nicht sein», sagte de Gier. «Sie ist aggressiv und stark, aber darum braucht sie ihren Sohn nicht ermordet zu haben. Hier sitzt sie in der Irrenanstalt, oh, Verzeihung...»

Die Ärztin sah ihn freundlich an. «Sprechen Sie nur weiter, Mijnheer de Gier.»

«Und in einer Verrücktenanstalt hält sie vielleicht alles für möglich, aber in den Haarlemmer Houttuinen wohnte sie unter normalen Menschen.»

«Psychisch Kranke haben kaum Hemmungen», sagte die Ärztin. «Sie, Mijnheer, würden es sich mehrmals überlegen, ehe Sie jemand ermorden. Ein psychisch Kranker überlegt überhaupt nicht, wenn er eine Chance hat, ergreift er sie. Ich habe mir Mevrouw noch nicht angesehen, aber wenn sie den Pfleger mit einem Stuhl schlägt und

Eier an die Wand wirft, kann sie auch einen Mord verüben. Was hat sie schon zu verlieren?»

«Ihre Freiheit», sagte Grijpstra.

De Gier war aufgestanden. «Freiheit? Sie hatte keine Freiheit in den Haarlemmer Houttuinen. Van Meteren sagte, Piet habe seine Mutter nach Möglichkeit in ihrem Zimmer festgehalten. Sie durfte nicht ins Restaurant oder in die Bar oder auf die Straße gehen, sie durfte mit keinem sprechen. Sie konnte nur in ihrem Zimmer sitzen und aus dem Fenster schauen.» Er sah die Ärztin an. «Halten Sie es für gut, wenn ich mit ihr in den Park gehe?»

«Nicht zu lange», sagte die Ärztin, «und wenn sie Schwierigkeiten macht, müssen Sie sie gleich zurückbringen.»

«Tag, Miesje», sagte de Gier.

Die alte Dame sah ihn scharf an.

«Wer bist du?» fragte sie mit schneidender Stimme.

«Ein Freund von Jan van Meteren», sagte de Gier.

Ihr Gesicht wurde sanfter. «O ja», sagte sie, «jetzt erinnere ich mich. Du bist auch von der Verkehrspolizei, und ihr habt an dem Abend so viel Krach gemacht. Was willst du hier?»

«Mir dir im Park spazierengehen, Miesje», sagte de Gier und lachte freundlich. «Das Wetter ist so schön. Kommst du mit?» Er hielt ihr einladend den Arm hin.

«Siehst du?» sagte Mevrouw kurz darauf. «Es hat heut nacht gestürmt. Überall liegen Äste herum. Welche Verheerung.» Ihr gefiel dieses Wort, deshalb wiederholte sie es. «Welche Verheerung!»

«Nun sei mal nicht so mißgelaunt», sagte de Gier. «Hier ist es herrlich. Schau mal dort die Drossel. Hörst du sie singen?»

Sie schaute mürrisch in die Richtung.

«Krawallvogel», sagte sie bissig. «Bei Piet waren es Tauben. Kukuru den ganzen Tag lang, bis man rammdösig davon war. Und ich durfte ihnen nichts an den Kopf werfen.»

«Aber für dich hat Piet doch gut gesorgt», sagte de Gier.

«Ein Rotzjunge», sagte Mevrouw Verboom, «und das ist er immer gewesen. In der Schule war er langweilig und als Kind noch mehr. Wie sein Vater, aber der ist weggelaufen und hat mich mit dem Kind sitzenlassen. Ich wollte zum Theater gehen, aber das Kind ließ mich nicht. Ich habe Piet oft genug gesagt, daß er weggehen soll, aber er blieb immer an mir hängen.»

De Gier ging schweigend an ihrer Seite und hielt sie im Arm.

«Bist du gekommen, um mich hier abzuholen?» fragte Mevrouw Verboom. «Hier gefällt es mir nicht. Am Tisch sitzt mir eine alte Frau gegenüber, die immer in die Hose macht und sich manchmal übergibt. Dann kann ich nichts mehr essen.»

Bah, dachte de Gier.

«Holst du mich hier weg?»

«Nein», sagte de Gier. «Dein Sohn ist tot, du kannst nicht mehr zurück. Das Haus steht leer.»

«Ja», sagte Mevrouw Verboom vergnügt, «er ist mausetot.»

«Warum hast du ihn eigentlich umgebracht?» fragte de Gier.

Mevrouw Verboom ließ ihn los und blieb stehen. De Gier drehte sich um. Sie starrte ihn mit einem bösen Glitzern in den Augen an. Ihn fröstelte. So mußten die Hexen im Mittelalter ausgesehen haben, eine alte Frau mit schütterem grauem Haar, die plötzlich an irgendeiner Stelle im Wald auftaucht. Eine Krähe, die gerade von einem Baum zum andern flog und dabei ekelhaft krächzte, vervollständigte das Bild.

«Du zitterst», sagte Mevrouw Verboom. «Du bist sicherlich auch nicht ganz richtig im Kopf, wie? Hier sind sie alle verrückt.»

Dieser Augenblick ging vorbei. Er versuchte es noch mehrmals, aber Mevrouw Verboom wollte über ihren Sohn nichts mehr sagen. Sie schimpfte wieder über die Vögel und über die Unordnung und über den kalten Wind.

«Ich will zurück», sagte sie plötzlich. «Wir werden uns hier verlaufen. Und es wird Zeit zum Kaffeetrinken sein.»

«Wir gehen schon.»

«Hat sie etwas gesagt?» fragte die Ärztin.

De Gier sah sie nichtssagend an. Die Ärztin hatte eine Jacke angezogen. Sie wird wohl lesbisch sein, dachte de Gier. Frauen mit solchen Jacken sind meistens lesbisch. Darum hat sie auch eine so dunkle Stimme. Falsche Hormone. Sie sitzt hier, um Macht ausüben zu können. Alle müssen tun, was sie sagt. Wenn sie sagt, daß man verrückt ist, sitzt man hier für den Rest seines Lebens, und sie kann mit einem machen, was sie will.

«Nein, Mevrouw», sagte er höflich, «sie empfindet Abneigung gegen ihren Sohn und findet es gut, daß er tot ist, aber sie will nicht sagen, sie hätte es getan.»

«Natürlich nicht», sagte die Ärztin. «Kinder, die Kekse aus der Dose stehlen, werden es auch nicht zugeben.»

«Wenn Ihnen etwas auffallen sollte, können Sie mich ja anrufen», sagte Grijpstra, der aufgestanden war. «Hier ist meine Karte.»

Die Ärztin zog eine Schublade aus dem Schreibtisch, warf die Karte ungelesen hinein und schob sie mit einem deutlichen Krachen wieder zu.

«Werde nie verrückt», sagte Grijpstra, während sie mühsam nach der Ausfahrtstraße suchten.

«Ich werde mein Bestes tun», sagte de Gier.

Nach einer Stunde standen sie wieder auf dem Innenhof des Präsidiums. De Gier nahm sein Fahrrad und strampelte zu seiner Wohnung, wo er das Telefon nahm und Constanzes Nummer wählte.

«Sie ist mit Yvette spazierengegangen», sagte ihr Vater.

«Dann rufe ich später wieder an», sagte de Gier.

«Nur mit der Ruhe, Junge», sagte der Vater. «Sie wird dich anrufen, sobald sie zu Hause ist. Halte dir den Abend frei.»

«Der Himmel meint es gut», sagte de Gier zu Olivier, als er den Hörer auflegte. «Und lutsche nicht an deinem Schwanz, sonst kommst du nach Bussum.»

Olivier ließ seinen Schwanz los. Er hatte eine hübsche Spitze daran gesabbert.

9

«Bah», sagte de Gier, «und noch einmal bah und bah.»

Er saß mit Grijpstra in einem Polizeiwagen, einem weißen VW mit Blaulicht, Sirene und Lautsprecher. Sie fuhren normalen Streifendienst.

«Dreimal bah», sagte Grijpstra. «Drei ist eine heilige Zahl, das bah des Vaters, das bah des ...»

«Nicht», sagte de Gier, der versuchte, sich zwischen einer Straßenbahn und einem geparkten Touristenbus durchzuschlängeln.

Grijpstra lachte. «Man kann die große Macht dort oben nicht beleidigen. Er ist da, und was man auch sagt, es ist ihm recht.»

«Wem?» fragte de Gier, der mit dem Wagen steckengeblieben war und darauf wartete, daß die Straßenbahn weiterfuhr.

«Gott», sagte Grijpstra.

«Ah», sagte de Gier, «ich verstehe. Du hast mich mißverstanden. Mir macht das blasphemische Gerede nichts aus. Mein ‹nicht› galt der Straßenbahn. Sie hielt, und ich wollte, daß sie weiterfuhr.»

«Aber dir sollte es etwas ausmachen», sagte Grijpstra. «Du bist Polizist und hast mit dem Gesetz zu tun, und das Gesetz hat etwas mit Religion zu tun. Erinnerst du dich nicht an den Vortrag im vergangenen Monat?»

De Gier erinnerte sich. Ein hoher Beamter der Reichspolizei im Ruhestand hatte ihnen etwas über Gesetz und Religion erzählt. Zuerst gab es die Religion, dann das Gesetz. Benimm dich nicht schlecht, denn das mißfällt der Gottheit. Erst viel später kam das Gesetz auf die Erde herunter, und kühne Geister stellten fest, daß schlechtes Benehmen der Menschheit mißfiel.

«Aber warum beklagst du dich?» fragte Grijpstra. «Ich dachte, du würdest froh sein. War es nicht deine Idee, daß wir heute normale Streife fahren sollten?»

«Ja», sagte de Gier. «Ich habe heute um den normalen Dienst gebeten, weil ich nicht wußte, was ich sonst tun sollte. Heute abend gehen wir zu den Rauschgifthändlern.»

Im Funkgerät knackte es.

De Gier nahm das Mikrofon und meldete sich. Eine tiefe, etwas heisere Frauenstimme wiederholte die Rufnummer ihres Wagens.

«Das ist Sientje», sagte Grijpstra, «hübsche Stimme, wie? Ich hoffe, daß ich der nie begegne.»

Sientje meldete sich wieder und rief ihre Wagennummer.

Grijpstra antwortete.

«Wo befinden Sie sich?» fragte Sientje.

«Am Singel beim Jeroenensteeg», sagte Grijpstra.

«Gut», sagte Sientje, «genau dort wollte ich Sie haben. Fahren Sie zur Ecke Brouwersgracht und Singel. In einem der Wohnboote an der Nordseite liegt anscheinend die Leiche eines Mädchens. In welchem Boot weiß ich nicht, aber Sie werden es schon finden.»

«Wir fahren hin», sagte Grijpstra.

«Sirene?» fragte de Gier.

«Aber ja», sagte Grijsptra, «ich habe die Sirene schon seit langem nicht mehr gehört. Vielleicht wartet der Mörder bei der Leiche, genau wie das letzte Mal bei der Hure.»

De Gier grinste. In all den Jahren, in denen er am Steuer eines Polizeiwagens gesessen hatte, war er nie über die Sensation von Sirene und Blaulicht hinweggekommen. Grijpstra schaute seinen Kollegen an. De Gier saß aufrecht, die Augen weit geöffnet, das Kinn willensstark vorgestreckt. Oben blitzte das Blaulicht, um sie herum heulte die Sirene.

Ein Panzerkommandant, dachte Grijpstra amüsiert, ein Kapitän auf der Brücke eines Schlachtschiffs, ein Pilot eines Düsenjägers, der zum Angriff übergeht. Und der arme Junge sitzt in einer Brotdose und ist mit einem Ballermann bewaffnet, der kaum fünfundzwanzig Meter weit schießt. Der VW überfuhr zwei rote Ampeln, die anderen Wagen bogen gehorsam an den Straßenrand oder blieben stehen.

An der Brouwersgracht hatte sich schon wieder eine Menschenmenge versammelt, über dreißig Leute, die auf einem Haufen zusammengedrängt standen. Die Beamten bahnten sich ihren Weg zum Wohnboot, einem alten, farblosen Kasten, nachlässig zusammengezimmert auf den Rumpf eines abgedankten Binnenfrachters, ein Wrack, das schon längst hätte zum Schiffsfriedhof in der Ij-Bucht abgeschleppt werden müssen.

Ein junger Mann mit strähnigem, langem Haar in Jeans mit zerschlissenen Knien und einem schmutzigen Oberhemd stand einfältig auf der Laufplanke.

«Ist das Ihr Boot?» fragte de Gier.

Der junge Mann nickte. Er zeigte ohne ein Wort hinein. De Gier bückte sich und schaute in den engen, langen Raum der Wohnarche. Ein dreckiger Teppich, ein Petroleumkocher mit einem Topf voll Essen und einem Wasserkessel, ein Haufen Lumpen auf dem Boden. Die kleinen Fenster ließen nicht viel Licht herein. De Gier machte seine Taschenlampe an.

Das Mädchen konnte nicht älter als neunzehn sein. Vielleicht war sie noch jünger. Sie lag auf dem Rücken, den Mund geöffnet, ihre toten Augen starrten auf die verfaulten Planken des Dachs der Aufbauten.

«Dürfen wir mal eben vorbei», fragte eine Stimme.

Die Sanitäter vom städtischen Gesundheitsdienst waren gekommen. Der erste betrachtete das Mädchen.

«Tot», sagte er, «an ihrem eigenen Erbrochenen erstickt. Das Zeug ist noch frisch. Wenn der Trottel sie auf den Bauch gedreht hätte, würde sie wahrscheinlich noch leben, aber er hatte es zu eilig. Sieh mal, ihre Hose sitzt noch lose, die hat er natürlich in der Hast hochgezogen.»

Zu seinem Kollegen sagte der Sanitäter: «Tragbahre.»

De Gier war schon wieder draußen. Ihm war übel, er lehnte sich an einen Baum. Grijpstra stand neben ihm.

«Du bist mir ein schöner Polizist», sagte er, «kannst du nichts dagegen tun?»

«Du denn?» fragte de Gier, der einen trockenen Mund hatte und kaum ein Wort herausbrachte.

«Nein», sagte Grijpstra, «ich kann überhaupt nichts dagegen tun. Was für ein Elend das ist. Hast du ihre Arme gesehen?»

De Gier starrte vor sich hin. Er hatte ihre Arme gesehen, zwei spindeldürre Arme voller Einstiche. Er hatte auch die Injektionsspritze herumliegen sehen.

Die Sanitäter gingen an ihnen vorbei, vorsichtig mit der Tragbahre manövrierend.

«Wohin bringt ihr sie?» fragte de Gier.

«Ins Städtische Krankenhaus», sagte der vorderste Sanitäter.

«Machen wir weiter», sagte Grijpstra und ging wieder in die Wohnarche. Dem jungen Mann winkte er zu, er solle mitkommen.

Er hatte sie anscheinend auf dem Dam getroffen und sie gefragt, ob sie mitkommen wolle. Das Mädchen war im Tran, und da sie keine Antwort gab, hatte er sie an die Hand genommen. Unterwegs hatte sie gesagt, daß sie Marie heiße. Auf dem Boot hatte er ihr eine Spritze gegeben und dann mit ihr geschlafen.

Mehr Tatsachen lieferte das Gespräch nicht. Der Junge gab nur zu, was er unbedingt mußte. Während des Verhörs schnupfte und nieste er andauernd.

De Gier notierte die Personalien. Er war der älteste Sohn eines Arztes aus der Provinz. Hoffnungslos an Heroin versklavt. Student der Soziologie.

Grijpstra durchsuchte das Boot, aber er fand weder ein Buch noch ein Stück Papier, nicht einmal einen Bleistift.

«Hast du jemals studiert?» fragte er.

«Ja», sagte der Junge, «ich habe mein Examen als Kandidat, aber dann war ich zu nichts mehr fähig.» Er zeigte auf die Spritze am Boden. «Die beschäftigt einen genug.»

Der Junge nieste mehrmals.

«Er braucht jetzt eine Spritze», sagte Grijpstra.

Sie wandten sich dem Fall zu, der kein Verbrechen war. De Gier mußte sich eingestehen, daß es keins war. Das Mädchen mußte über neunzehn gewesen sein, und am letzten Tag ihres fünfzehnten Lebensjahres hört das Verbrechen auf, es sei denn, es war Vergewaltigung. Sie konnten nicht einmal beweisen, daß er sie verführt hatte. Sie mußte aus freiem Willen mitgegangen sein. Niemand hatte sie auf das Boot gezerrt. Und er hatte ihren Zustand gemeldet, sobald er sich dessen bewußt geworden war. Nein, kein Verbrechen. Also auch keine Verhaftung.

Grijpstra schaute in die Handtasche des Mädchens. Sie enthielt ein Päckchen Zigaretten, ein schmutziges Taschentuch und eine Geldtasche mit knapp zwanzig Gulden. Und eine Spritze und ein wenig Heroin in einem kleinen Plastikbeutel.

«Kann ich das haben?» fragte der Junge.

«Gehört es dir?»

«Nein.»

«Du könntest es nicht einmal bekommen, wenn es dir gehören würde. Wir brauchen es als Beweis.»

«Für was?» fragte der Junge.

«Für den Tod», sagte Grijpstra.

«Du hast also keine Ahnung, wer sie ist?» fragte de Gier.

Der Junge schüttelte den Kopf. Er kannte ihren Vornamen, mehr nicht.

«Gut», sagte de Gier, «wir werden zu gegebener Zeit schon feststellen, wer sie war. Du kannst jetzt gehen, aber bleibe in der Stadt. Hier ist meine Karte. Wenn dir noch etwas einfallen sollte, laß es mich wissen.»

«Glaubst du, daß es ihm etwas ausgemacht hat?» fragte Grijpstra, als sie wieder im Wagen saßen.

«Nein», sagte de Gier, «er hatte vielleicht Angst um sich. Angst vor der Festnahme, meine ich, aber das Mädchen hat ihn nicht gekümmert. Leben und Tod bedeuten nicht mehr viel dort, wo er jetzt ist.»

«Und was meinst du, wo er ist?»

«Keine Ahnung», sagte de Gier, «das kann man nur feststellen, wenn man Opium nimmt.»

«Mist», sagte Grijpstra.

De Gier stimmte zu. Er fuhr langsam und vorsichtig.

«Macht es dir etwas aus?» fragte Grijpstra plötzlich, und de Gier war überrascht. In all den Jahren, die er jetzt schon zusammen mit Grijpstra arbeitete, war diese Frage nie aufgetaucht. Er sah seinen Vorgesetzten an, aber Grijpstra machte ein Gesicht wie immer, ruhig, geduldig, gleichgültig.

De Gier lachte schließlich.

«Ja», sagte er, «es macht mir etwas aus. Mir gefiel die Art nicht, wie das Mädchen gestorben ist. Wir sollen die Ordnung aufrechterhalten, damit die Menschen friedlich und anständig leben können und vor zerstörenden Kräften geschützt werden. Rauschgift zerstört. Das Mädchen hätte nicht leiden sollen. Sie hätte irgendeine Arbeit haben sollen, einen Freund oder Ehemann, vielleicht ein Kind. Sie hätte nicht durch die Stadt streifen sollen, dünn wie eine Stricknadel, voller Einstiche und Narben und voll mit Gift. Aber was kann ich tun? Das Opiumgesetz ist lachhaft. Wer es übertritt, wird wieder freigelassen, sobald man ihn geschnappt hat.»

«Na, na», sagte Grijpstra.

«Also gut, einige werden eingesperrt, aber für wie lang?»

«Für ein Weilchen», sagte Grijpstra.

«In Persien werden sie erschossen», sagte de Gier.

«Möchtest du in Persien leben?» fragte Grijpstra.

«Laß uns an die Arbeit gehen», sagte Grijpstra. «Wir wollen uns die Wohnschute von Johan und Eduard noch einmal ansehen.»

«Suchst du immer noch nach den 75 000 Gulden?» fragte de Gier.

«Ich suche allmählich überall danach», sagte Grijpstra.

Zwanzig Minuten später manövrierten sie den VW mit Mühe durch die enge Uferstraße, an der das Wohnboot festgemacht war. De Gier klopfte an die Tür. Eduard öffnete.

«Sie sind es wieder?» fragte Eduard. «Macht die Untersuchung schon Fortschritte?»

«Wir arbeiten daran», sagte Grijpstra. «Dürfen wir hereinkommen?»

«Aber natürlich», sagte Eduard.

Das Wohnboot sah gepflegt aus. Die Familie war komplett. Die dicke Annetje deckte den Tisch für das Abendessen. Thérese stickte und Johan, die Unschuld selbst, las die Zeitung *De Telegraaf*.

«Ich dachte, du wärst zu deinen Eltern gegangen», sagte de Gier zu Thérese.

«Bin ich auch», sagte sie, «aber ich bin auch viel hier, es ist lustiger hier.»

«Wir haben alle vier Arbeit gefunden», sagte Annetje zufrieden. «Sehr nette Arbeit. Wir wickeln Wolle auf Karten in einer Fabrik für Handarbeitspäckchen. Man braucht dabei nicht zu denken und wird nicht müde davon.»

Eduard schenkte Kaffee ein, und die beiden Beamten setzten sich auf die einzigen Stühle. Sie rührten brav in ihren Tassen. Das junge Volk lag malerisch auf Kissen.

«Findest du es auch nett?» erkundigte sich Grijpstra bei Eduard.

«Nein», sagte Eduard, «aber wir verdienen richtiges Geld dabei, und das ist eine neue Erfahrung.»

«Ja», sagte Thérese, «das ist besser als die idealistischen 25 Gulden wöchentlich von Piet. Und ich habe Wurst auf meinem Brot, schauen Sie nur.» Sie zeigte Grijpstra ihr Brot.

«Wo arbeitet ihr», fragte de Gier.

Thérese sah ihn erschrocken an. «Sie werden sich doch wohl nicht nach uns erkundigen? Wir sind nur Aushilfskräfte und können einfach wieder weggeschickt werden.»

«Nein, nein», sagte Grijpstra, «aber könnt ihr beweisen, daß ihr dort arbeitet?»

«Ich werde Ihnen die Adresse geben», sagte Johan, «dann können Sie morgen vorbeikommen und sagen, daß Sie unser Onkel sind. Kommen Sie gegen halb eins, dann haben wir unsere Mittagspause.»

Grijpstra notierte die Adresse.

«Kommen Sie nur», sagte Johan, «wir haben nichts zu verbergen.»

«Hoffentlich nicht», sagte de Gier, «aber vielleicht haben wir Grund, euch wegen etwas anderem zu verdächtigen. Eine Dose mit Hasch ist aus der hindistischen Gesellschaft verschwunden, eine große Dose voll mit Hasch. Wo ist sie?»

Grijpstra sah, daß Annetje rot geworden war.

«Zeig mir, wo sie ist», sagte er zu dem dicken Mädchen.

Annetje sah Johan an.

«Schon gut, zeig sie ihm.»

Annetje ging hinaus und kam mit einer Dose zurück. Grijpstra öffnete sie. Es war eine große Dose halb voll mit Marihuana.

«Wir haben sie nicht gestohlen», sagte Johan. «Sie gehörte der Gesellschaft, von der wir alle ein Teil waren, angeblich jedenfalls.»

«Was hattet ihr mit der Dose vor?» fragte Grijpstra.

«Gelegentlich Marihuana rauchen», sagte Johan. «Hin und wieder abends mal. Keiner von uns raucht gewohnheitsmäßig, aber es ist manchmal ganz angenehm, wenn man etwas hat. An einem ruhigen Abend, wenn man nichts Besonderes zu tun hat.»

Grijpstra stellte die Dose auf den Boden.

«Es ist Geld verschwunden», sagte de Gier.

«Sie meinen das Geld, das ich Piet raufgebracht habe?» fragte Johan. «Das er in die Kassette gesteckt hat?»

«Ja.»

«Wir haben es nicht genommen. In der Nacht gab es einen Einbruch. Die Diebe müssen es genommen haben.»

«Wir hätten es nehmen können», sagte Annetje. «Die Gesellschaft schuldete uns noch Lohn. Wir hätten es nehmen können, aber das haben wir nicht.»

«Gut», sagte Grijpstra.

«Werden Sie die Dose mitnehmen und uns wegen des Besitzes von Rauschgift anklagen?» fragte Eduard.

«Nein», sagte Grijpstra.

«Was werden Sie denn tun?»

De Gier steckte sich eine Zigarette an, nachdem er den anderen eine angeboten hatte.

«Noch einige Fragen stellen», sagte er. «Wir verdächtigen Piet, daß er einen Großhandel mit Rauschgift betrieben hat. Wißt ihr etwas darüber? Wenn ihr etwas sagt, wird es uns helfen. Wir werden sowieso nicht aufgeben, bis wir alles wissen. Ihr könnt euch viel Zeit ersparen, wenn ihr uns helft.»

«Warum sollen wir es Ihnen nicht sagen?» sagte Eduard. «Wir halten nichts vom Rauschgifthandel. Die Rauschgifthändler sind alle Kapitalisten und Verbrecher, die Dreck zu hohen Preisen verkaufen. Marihuana und Hasch sollten erlaubt und der Rest verboten werden.»

«Bist du Kommunist?» fragte Grijpstra sanft.

«Nein. Sie denn?»

«Nein», sagte Grijpstra, «aber ich sympathisiere mit einigen Ideen der Kommunisten. Wie die meisten Menschen, denke ich.»

Eduard lächelte. «Ein kommunistischer Polizist.»

«Ich habe nicht gesagt», sagte Grijpstra, «daß ich Kommunist bin. Was wißt ihr also über Piets Rauschgifthandel?»

«Konkret nichts», sagte Eduard, «aber diese Suppenpaste, wissen Sie, was das ist?»

«Ja», sagte Grijpstra.

«Mizo-Suppenpaste sieht fast genauso aus wie Hasch», sagte Eduard. «Piet importierte sie in Fäßchen aus Japan. Es kamen immer zwanzig Fäßchen gleichzeitig, manchmal sogar kurze Zeit nacheinander. Und wir brauchten für das Restaurant nur ein Faß monatlich und vielleicht noch eins zum Umfüllen in Glastöpfchen, die wir dann im Laden verkauften.»

«Und wo blieb der Rest?» fragte de Gier.

«Den verkaufte er.»

«An wen?»

Eduard schüttelte den Kopf. «Keine Ahnung. Wer ißt schon Mizo-Suppe? Vielleicht ein paar tausend Menschen in ganz Holland.»

«Und wie wurden die Fäßchen aus dem Haus geschafft?»

«Immer durch dieselben Kerle», sagte Eduard. «Zwei Kerle, die sie in einen Kleinbus packten, in einen teuren Bus, einen Mercedes. Ich habe einmal beim Beladen mitgeholfen, und sie hatten eine Stereo-Anlage im Bus. Das fiel mir damals auf.»

«Kamen die Kerle auch ins Haus?» fragte Grijpstra.

«Meistens in die Bar», sagte Eduard. «Dann tranken sie ein Bier.»

«Waren sie an dem Abend dort, als Piet starb?»

«Ja», sagte Johan plötzlich, «sie waren da. Sie saßen in der Bar.»

«Hast du denn dann keinen Verdacht geschöpft?» fragte Grijpstra.

«Ach», sagte Johan und zuckte die Achseln, «ich hätte vielleicht etwas sagen können, aber Sie haben damals nicht gefragt, und warum sollte ich darin verwickelt werden. Wenn es wirklich Rauschgifthändler sind, dann könnten sie gefährlich werden. Und ich dachte damals, Piet hätte Selbstmord verübt. Ich wollte nur so schnell wie möglich weg. Die Polizei denkt offenbar an Mord, sonst wären Sie nicht mehr mit der Sache befaßt.»

«Das könnte sein», sagte Grijpstra und steckte eine Filterzigarette am falschen Ende an. Er merkte sein Versehen und warf die Zigarette aus dem Fenster.

«Heh», rief Annetje, «das dürfen Sie nicht. Zigaretten in der Gracht sind schlimm, davon sterben die Fische.»

«Verzeihung», sagte Grijpstra, «du hast recht. Ich wohne selbst an der Lijnbaansgracht und habe mich heute noch über den Dreck im Wasser geärgert.»

Annetje lachte. «Sie sind ein netter Mensch.»

«Die gibt es auch bei der Polizei», sagte de Gier. «Wir danken euch für die Gastfreundschaft. Vielleicht kommen wir noch einmal vorbei, wenn wir dürfen.»

Eduard brachte die Beamten zur Tür.

Beim Wagen sahen sie sich noch einmal zum Boot um.

Eduard winkte, de Gier winkte zurück.

10

De Gier fuhr in die falsche Richtung. Das Ende der Uferstraße war eine Brücke, und sie zierte ein rotes Schild mit weißem Querstrich.

«Ha», sagte Grijpstra, «jetzt mußt du wieder umkehren, und das fröhliche Völkchen wird uns zuwinken. Und wir können zurückwinken.»

De Gier fuhr weiter und an dem roten Schild mit dem weißen Querstrich vorbei.

«Heh», sagte Grijpstra.

«Die Polizei darf alles», sagte de Gier. «Und was wollen wir jetzt tun?»

«Halte den Wagen an», sagte Grijpstra. «Dort drüben ist ein Café. Ich will etwas trinken.»

Das Café war leer, und die Beamten lehnten sich an die Bar. Es war ein langweiliges Café. Der alte Mann hinter der Theke wollte ein Gespräch über das Wetter beginnen. Er schwieg, als keine Reaktion erfolgte. Die Beamten sahen durch ihn hindurch.

Nach langem Schweigen bestellte Grijpstra eine zweite Limonade. Er bezahlte. De Gier wollte schon etwas über diese unerwartete Freigebigkeit sagen, aber er unterließ es. Es war warm, die Kleidung klebte ihm am Körper.

«Eine Razzia», sagte Grijpstra.

«Wie bitte?» fragte de Gier.

«Eine Razzia», wiederholte Grijpstra. «So etwas haben wir schon seit langem nicht mehr gemacht. Der Hoofdinspecteur will, daß wir die beiden Haschhändler verhören, was eigentlich schon längst hätte geschehen müssen.»

«Aber um sie zu verhören, brauchen wir doch nicht eine Razzia zu veranstalten.»

«Vielleicht können wir sie gleich festnehmen», sagte Grijpstra.

De Gier zuckte die Achseln. «Meinetwegen. Sie sind bis jetzt die einzigen Verdächtigen, von denen wir wirklich wissen, daß sie nichts taugen.»

«Wir brauchen einen anderen Wagen», sagte Grijpstra, «dieser fällt auf. Hast du die Adresse von den Kerlen?»

De Gier sah in seinem Notizbuch nach und nickte. «Aber ich habe zwei, Vossiusstraat und Leliegracht.»

Grijpstra machte ein unzufriedenes Gesicht. «Das macht es wieder schwieriger. Es besteht die Möglichkeit, daß sie bei keiner der beiden Adressen sind, sondern ruhig in Spanien am Strand liegen. Aber wir werden es bei beiden versuchen.»

Auf dem Innenhof des Präsidiums suchte und fand de Gier den Wagen, den sie gewöhnlich benutzten. Während Grijpstra weitere Beamte zur Unterstützung holte, kontrollierte de Gier den Inhalt des Volkswagens. Inzwischen hatten andere Beamte den Wagen benutzt, aber es war noch alles an seinem Platz.

Als Grijpstra mit zwei Beamten zurückkam, fanden sie de Gier mit einem Karabiner in den Händen.

«Was willst du damit?» fragte Grijpstra. «Wir haben keinen Krieg.»

«Nein», sagte de Gier, «ich habe zu viele Filme gesehen. Aber ein Karabiner ist eine gute Waffe, die man hin und wieder einfach in die Hand nehmen muß. Unter der hinteren Sitzbank liegt sie sonst nur herum.»

«Ein Maschinengewehr Kaliber Punkt-fünfzig ist auch eine gute Waffe», sagte einer der Beamten. «Ich hatte eins in Niederländisch-Indien. Rattattat machte es damals. Und danach gab es echten Nasi Goreng zu essen. Das war noch etwas anderes, als den ganzen Tag lang die Straßenmärkte abzulaufen und zu schauen, ob man gestohlene Ware findet.»

«Ein Krieger», sagte de Gier.

«Nun, ja», sagte der Beamte, «meine Freunde sind gefallen, und ich habe selbst auch noch eine Weile mit einem Granatsplitter im Bein im

Lazarett gelegen. Natürlich war es ein holländischer Granatsplitter. Aber es war ein anderes Leben. Nicht so eintönig.»

«Dies ist auch spannend», sagte Grijpstra, «vielleicht könnt ihr gleich auf den Dächern der Vossiusstraat herumklettern.»

«Fein», sagte der Beamte, «dann haben die Hippies im Vondelpark etwas zu sehen. Dann brauchen sie nicht mit dem Finger in der Nase zu bohren.»

Aber in der Vossiusstraat waren die beiden nicht. Die Nachbarn sagten, der Gesuchte auf dem Foto wohne schon seit langem nicht mehr hier.

«Das ist schon fast ein Vergehen», sagte de Gier. «Er hat die Änderung seiner Adresse nicht gemeldet.»

«Steht darauf eine Strafe von zehn Gulden?» fragte Grijpstra. «Oder von fünfzehn?»

Er bekam keine Antwort. Für Scherze war es eigentlich zu warm.

In der Leliegracht parkte de Gier den Wagen und ging allein zum Haus, um es sich anzusehen. Ein schönes Haus, soeben durch das Stadtbauamt restauriert und in seiner Pracht des siebzehnten Jahrhunderts wiederhergestellt.

Er ging zum Wagen und berichtete über seine Beobachtungen.

«Die Häuser haben kleine Hintergärtchen», sagte Grijpstra. «Wenn jetzt zwei von uns die Gärten beobachten würden?» Er sah die beiden Beamten auf den Rücksitzen fragend an.

«Das ist gut», sagte der kleinere der beiden. «Wir werden bei den Nachbarn klingeln. Aber vergeßt nicht, uns Bescheid zu geben, wenn es vorbei ist, sonst sitzen wir hier morgen früh noch, was mir schon einmal passiert ist.»

De Gier klingelte. Es wurde gleich geöffnet. Oben auf der Treppe sah er einen breitschultrigen jungen Mann mit vollem blondem Haar, das ihm bis auf die Schultern hing.

«Ja?»

«Polizei», sagte de Gier. «Dürfen wir eintreten?»

«Haben Sie einen Durchsuchungsbefehl?» fragte der junge Mann.

«Nein», sagte de Gier, «aber ich kann sofort einen holen, dann bleibt mein Kollege solange vor der Tür stehen.»

Der junge Mann dachte kurz nach.

«Nein», sagte er, «das will ich Ihrem Kollegen nicht antun. Kommen Sie nur mit nach oben.»

Im Wohnzimmer sah Grijpstra sich bewundernd um. Das Stadtbauamt hatte wieder einmal sein Bestes getan. Dicke Eichenbalken, prächtige handwerkliche Arbeit an Fenstern und Fensterbänken, die ganze vornehme Atmosphäre von früher wurde wieder zurückgebracht.

Er stellte sich dem jungen Mann und dessen Freund vor, der vor dem Fernseher gesessen hatte, einem Farbgerät des neuesten Modells. Er schaltete es aus und stand auf.

«Beuzekom», sagte der blonde junge Mann. «Aber meinen Namen werden Sie bereits kennen. Und dies ist mein Freund Ringma.»

«Nehmen Sie Platz», sagte Ringma und zeigte einladend auf ein Kanapee. Ringma war ein kleiner Mann mit einem Rattengesicht; ihm waren schon früh die Haare ausgegangen, den spärlichen Rest ließ er lang und ungepflegt über die Ohren herabhängen.

Grijpstra hatte sich bereits gesetzt. Er warf einen sehnsuchtsvollen Blick zur Bar hinüber, die eine Ecke des Zimmers ausfüllte. Beuzekom hatte sich hinter die Bar gestellt.

«Was darf es sein?»

«Etwas Erfrischendes», sagte Grijpstra.

«Limonade? Tonic?»

«Limonade», sagte Grijpstra.

Beuzekom schnitt zwei Zitronen halb durch und drückte sie mit routinierter Bewegung über einem kleinen Sieb aus. Eiswürfel klingelten, ein silberner Rührlöffel kam ins Glas, das er auf ein Tablett stellte.

«Sind Sie Kellner gewesen?» fragte de Gier.

Beuzekom lachte. «Ja, ich habe früher als Kellner gearbeitet, als ich studierte und für mein Taschengeld selbst sorgen mußte. Sie auch Limonade?»

«Bitte», sagte de Gier.

«Sie nehmen es uns nicht übel, wenn wir etwas Stärkeres trinken?»

Er schenkte zwei Gläser halbvoll mit einem teuren Whisky.

«Pur?» fragte er Ringma.

«Mit Eis», sagte der.

«Und was können wir für die Herren tun?» fragte Beuzekom. Er hatte sich auf einem mit Velours überzogenen Stuhl mit hoher Rükkenlehne gesetzt und sah seine Gäste freundlich an.

«Sie sind schon einmal wegen Rauschgifthandels verurteilt worden», sagte Grijpstra, «zumindest habe ich das gehört. Stimmt das?»

Beuzekom sah ihn freundlich an. «Die Polizei ist gut informiert. Drei Monate, von denen mir einer erlassen wurde. Ringma wurde wegen Mangels an Beweisen freigesprochen. Er hat solange das Haus gehütet. Aber das ist bereits ein Jahr her. Wir hatten es schon fast vergessen.»

«Und jetzt gibt es Hinweise, daß Sie wieder ins Haschgeschäft eingestiegen sind», sagte de Gier, «Hasch in Fäßchen verpackt, in die eigentlich Mizo-Suppe gehört. Und sie kommen aus dem Haus Haarlemmer Houttuinen Nummer 5, früher im Besitz des Verstorbenen Piet Verboom.»

Beuzekom nickte, nahm einen Schluck und schüttelte sich.

«Der erste Schluck heute», sagte er entschuldigend, «davor schaudert mir immer.»

Es war still im Zimmer. Die Beamten sahen Beuzekom an und dieser wiederum sie. Beuzekom nahm noch einen Schluck.

«Ihre Hinweise stimmen zum Teil. Ich habe in der Tat Mizo-Suppe von Piet Verboom gekauft, weil er zuviel davon hatte und ich dachte, ich könnte sie an andere ähnliche Restaurants loswerden. Aber es ist mir nicht gelungen oder besser gesagt, noch nicht gelungen. Alle fünf Fäßchen befinden sich noch hier im Haus. Möchten Sie sie sehen?»

Krepieren sollst du, dachte de Gier, der das Gesicht des kleinen Ringma beobachtet hatte. Ringma sah ruhig aus, aber seine Augen zwinkerten.

«Ich möchte sie sehen», sagte Grijpstra.

«Hilf mir mal, Ringma», sagte Beuzekom, und gemeinsam rollten sie fünf Fäßchen ins Zimmer. Die Fäßchen waren noch geschlossen und mit dicken Seilen verschnürt.

«Sollen wir sie öffnen?»

Grijpstra nickte.

«Das solltest du nicht tun», sagte Ringma, «dann können wir sie nicht mehr verkaufen. Sie sind so hübsch zu mit dem Seil drumherum. Das kriege ich nie wieder so hin, wie es war. Ich bin kein Japaner.»

«Hör auf zu nörgeln», sagte Beuzekom, «mach sie selbst auf, dann weißt du mit Sicherheit, daß nichts kaputtgeht. Wenn die Polizei glaubt, es ist Hasch drin, wird sie es solange glauben, bis sie sich vom Gegenteil überzeugt hat. Ich weiß, daß kein Hasch drin ist, du weißt es ebenfalls, aber die Herren hier wissen es noch nicht.»

«Gut», sagte Ringma und machte sich vorsichtig über die Knoten her.

Nach einigen Minuten hatte er ein Fäßchen geöffnet.

De Gier untersuchte die dicke braune Paste. Es war kein Hasch. Mit einem Löffel, den ihm der bereitwillige Beuzekom gab, grub er ein Loch in den Brei. Offenbar bestand der Inhalt bis auf den Boden des Fäßchens nur aus dieser braunen Schmiere.

Ringma öffnete jetzt auch die vier anderen Fäßchen.

«Überzeugt?» fragte Beuzekom.

«Dürfen wir das Haus durchsuchen?» fragte Grijpstra.

«Selbstverständlich», sagte Ringma, «wir haben nichts zu verbergen. Aber bringen Sie nichts durcheinander, ich muß es nur wieder aufräumen.»

«Sind Sie hier die Hausfrau?» fragte Grijpstra.

«So könnten Sie es nennen», kicherte Ringma.

Sie fanden nichts außer einigen teuren Sachen, Schränke voller Kleidung, antike Möbel, sehr kostbare Teppiche und Gardinen, ein paar Gemälde von weniger bekannten alten Meistern.

«Machen wir Schluß damit», sagte Grijpstra zu de Gier. «Begreifst du das?»

«Nein», sagte de Gier.

«Das ist einfach unmöglich», sagte Grijpstra, «was wollen diese Burschen mit Mizo-Suppe? Und wo ist der Rest? Laut Eduard und Johan haben sie mehrmals zwanzig Fäßchen auf einmal erhalten, aber das ist natürlich nicht zu beweisen. Es sei denn, die Rechnung über den Einkauf, die Piet gehabt haben muß, ist noch zu finden. Wir könnten uns auch die Zeugenaussagen der jungen Leute vom Wohnboot geben lassen. Wenn die sagen, Piet habe monatlich nicht mehr als ein Faß für sein Restaurant gebraucht oder höchstens zwei, er aber viel größere Mengen importiert habe und der Überschuß von unseren Freunden hier abgenommen worden sei...»

De Gier war nicht beeindruckt.

«Das ist kaum belastendes Material. Beuzekom und Ringma geben zu, daß sie Mizo-Suppe gekauft haben, und wir haben hier fünf Fäßchen gefunden. Mehr hätten sie nie gehabt, sagen sie. Wenn wir

Hasch gefunden hätten, könnten wir etwas machen, aber so würde der Richter nur lachen, meinst du nicht?»

«Ja», sagte Grijpstra. «Und selbst wenn wir Hasch gefunden hätten, wäre das noch keine große Sache. Hasch macht in letzter Zeit nicht mehr viel Eindruck. Heroin müßten wir finden. Die verschwundenen 75 000 Gulden weisen im übrigen auf Heroin hin.»

«Nicht unbedingt», sagte de Gier, der sich auf ein Bett setzte und den Kopf an die Wand lehnte, direkt unter einem Bild eines Liebespaares aus dem siebzehnten Jahrhundert. «40 oder 60 Fässer Hasch kosten auch Geld. Aber wo sind die Fässer?»

«Nun», fragte Beuzekom, als die Beamten wieder ins Wohnzimmer kamen, «haben die Herren etwas gefunden?»

«Nein», sagte Grijpstra.

«Das ist schade für die Herren. Noch ein Glas Limonade?»

«Ich nicht», sagte Grijpstra.

«Aber ich», sagte de Gier. «Du kannst ja schon gehen. Ich werde mich mit den Herren noch etwas unterhalten, wenn es gestattet ist.»

Hinter dem Rücken von Beuzekom zwinkerte er Grijpstra zu.

«Gut», sagte Grijpstra, «dann bis morgen. Und versuche mal, pünktlich zu sein. Das ist nämlich möglich.»

Beuzekom saß gelassen auf seinem veloursbezogenen Stuhl, Ringma lag auf der Polsterbank. Grijpstra war schon seit einigen Stunden fort. Auf der Bar standen eine leere und eine halbvolle Whiskyflasche.

«Darfst du eigentlich trinken, wenn du im Dienst bist?» fragte Beuzekom. Seine Zunge war schwer, aber er bekam die Worte noch gut heraus.

«Ich bin nicht im Dienst», sagte de Gier, der sich auf dem Kanapee ausgestreckt hatte. «Ich arbeite nur acht Stunden am Tag, genau wie die anderen Beamten. Ich sitze hier ganz einfach bei Freunden.»

«Ha», sagte Ringma, «dreckiger Bulle!»

«Na, na», sagte Beuzekom, «du sollst höflich sein zu unserem Gast, Ringetje! Mijnheer mag zwar ein dreckiger Bulle sein, aber jetzt ist er unser Gast. Auf der Straße kannst du ihn beschimpfen. ‹SS-Mann› können wir dann rufen und ‹Nazi›, aber dann nichts wie weg.»

Ringma lachte gackernd. «Mizo-Suppe, hahaha, und sie suchen Hasch. Was für Stümper, wie, Beus?»

«Halt den Mund», sagte Beuzekom. «Wir wissen nicht einmal, was die Herren suchen. Und du mußt die Arbeit anderer respektieren. Wenn du in der Schule besser aufgepaßt hättest, wärest du vielleicht auch zur Polizei gekommen.»

«Hör auf», gackerte Ringma und fiel vor Lachen von der Bank.

De Gier wartete, bis sich Ringmas Lachkrampf gelegt hatte.

«Das war interessant», sagte de Gier, «die Geschichte, die du mir über dein Leben erzählt hast. Du bist also studierter Psychologe, wie? Ein Doktorand?»

De Gier sprach ebenfalls mit etwas schwerer Zunge. Drei Glas Whisky war mehr, als er auf nüchternen Magen vertragen konnte.

«Ja», sagte Beuzekom. «Psychologe und Doktorand. Und das Studium in der schnellstmöglichen Zeit beendet, vergiß das nicht. Und keine Stelle. Ja, doch eine Stelle, irgendwo in einem Büro für 900 Gulden monatlich. Als Assistent des Assistenten. Aber ich bin nicht lange geblieben. Dafür hatte ich nicht studiert.»

«Du arbeitest also nicht», sagte de Gier.

«Nein», sagte Beuzekom, «ich arbeite nicht. Ich erhalte schon seit einem Jahr Arbeitslosenunterstützung. Oder Arbeitslosenfürsorgeunterstützung oder was weiß ich. Jedenfalls Geld.»

«Quatsch», sagte de Gier, «dies ist ein teures Haus.»

«Eine Wohnung», verbesserte Ringma.

«Eine teure Wohnung», sagte de Gier, «Verzeihung, aber teuer ist sie. Und ihr habt für mindestens fünfzig Mille Sachen im Haus.»

«Wo?» fragte Ringma, der aufgesprungen war und durch das Zimmer tanzte. «Wo sind die fünfzig roten Scheine? Siehst du fünfzig rote, Beus?»

«Nur mit der Ruhe», sagte Beuzekom, «wir haben nicht für fünfzig Mille Sachen im Haus. Der Mijnheer redet nur so.»

«Nichts da», sagte de Gier, «das Fernsehgerät drei Mille, die antiken Möbel zwanzig Mille, die Teppiche acht Mille, die Gemälde fünfzehn Mille. Das macht schon fast soviel aus. Soll ich noch weitermachen?»

«Mach nur weiter», sagte Beuzekom, «aber du redest Unsinn. Zehn Mille reichen auch. Nur das Fernsehgerät ist neu, aber darauf habe ich eine Menge Rabatt erhalten. Den Rest habe ich aufgestöbert. Aus zweiter Hand auf dem Markt gekauft und einiges von meinem Vater geerbt.»

«Arbeitet Ringma auch nicht?» fragte de Gier.

Beuzekom ging zur Bar, um sein Glas zu füllen. Er drehte sich auf halbem Wege um.

«Ich bin Zuhälter, Mijnheer, aber erzähl's nicht weiter. Mein Ringetje verdient viel Geld. Aber er gibt alles brav ab. Hier kommt gelegentlich mal ein süßer Onkel her. Was hast du im vergangenen Jahr für die Steuer angegeben, Ringetje?»

«Zwanzig», sagte Ringma.

«Siehst du?» sagte Beuzekom. «Mein kleiner selbständiger Unternehmer. Zwanzig rote Scheine hat er verdient, alles mit seinem kleinen Hintern. Ordentlich der Steuer gemeldet. Und davon haben wir auch einiges gekauft, was hier im Haus steht. Wir handeln nicht mit Hasch. Hasch ist gefährlich. Und im vergangenen Jahr habt ihr mich geschnappt.»

«Und der teure Mercedes-Kleinbus, mit dem ihr herumfahrt?» fragte de Gier.

«Ach, quatsch doch nicht, Kerl», sagte Beuzekom, «immer müßt ihr weiterbohren. Und dies? Und das? Der Kleinbus läuft auf den Namen meines Bruders. Er ist Chirurg und verdient zweihunderttausend. Er fährt damit in den Urlaub, und in der übrigen Zeit benutze ich ihn, weil ich sorgsam damit umgehe und ihn auf meine Kosten nachts in die Garage stelle. Seine Garage ist voll. Willst du die Zulassung sehen?»

«Gern», sagte de Gier.

Beuzekom wurde ärgerlich.

«Ich werde sie dir zeigen, aber dann kannst du dich verziehen. Ich habe nichts ausgefressen, ich fresse nichts aus und werde nichts ausfressen. Ich habe meinen Verstand nicht vergebens bekommen. Ich suche eine gute Stellung oder ein kleines Geschäft. Ich handele schon ein wenig mit Antiquitäten und ähnlichen Waren, und die Sache läuft gut. Es wird immer mehr, wenn man eifrig und treu am Ball bleibt. Ich habe dich für einen netten Kerl gehalten, als du hier hereingekommen bist, und du tust auch nur deine Arbeit, aber du darfst dir hier nichts aus den Fingern saugen.»

«Schenk mir noch einen ein», sagte de Gier und hielt sein Glas hoch.

«Ich habe Lust, ein wenig zu schwofen», sagte Ringma. «Hast du Musik gern, Bulle?»

«Ja», sagte de Gier.

«Dann darfst du dir welche aussuchen», sagte Ringma und zeigte auf das unterste Regal des Bücherschranks, wo die Langspielplatten in einer meterlangen Reihe nebeneinanderstanden.

De Gier betrachtete die Platten. Er fand eine mit japanischer Flötenmusik. Beuzekom legte die Platte auf. Es war eine Bambusflöte, und jeder Ton hatte Nebenklänge, wenn die eingeblasene Luft auf die freien Härchen und Splitter im Innern des Instruments traf. De Gier ließ sich wieder auf das Kanapee sinken und schloß die Augen. Er fühlte sich fortgetragen von der seltsamen Musik, und der Alkohol half ihm, seiner Phantasie freien Lauf zu lassen. Die fremdartigen, lockeren hohen Töne ließen einen eiskalten Schauer über seinen Rücken laufen. Er sah vor sich einen Tempel und ein schlankes asiatisches Mädchen auf einem Balkon. Sie tanzte auf einer von weißem Mondlicht beschienenen Stelle. Die Vision war so wirklich, daß er sich entrückt fühlte, entrückt in eine andere Welt, die viel schöner war als die gegenwärtige, die er jetzt verließ. Dies war es: der Tempel, das tanzende Mädchen auf dem Balkon, das Mondlicht und er, der Zuschauer. Er mußte seine ganze Willenskraft zusammennehmen, um wieder zurück auf das Kanapee zu kommen und wieder der Beamte zu sein, der zwei Verdächtige verhört und nur an Informationen interessiert sowie bereit ist, dafür ein wenig Theater zu spielen.

Er öffnete seine Augen und sah Ringma tanzen. Beuzekom hatte das Licht im Zimmer ausgeschaltet. Hinter dem zerbrechlichen Körper Ringmas schien das diffuse Licht der Straßenlaternen, das durch die Vorhänge gefiltert wurde. Von Ringmas Schlappohren und seinem fast kahlen Kopf war jetzt nichts genau zu erkennen. Er schlurfte mit kleinen Schritten umher, ohne die Füße zu heben; er kauerte sich zusammen und sprang unwahrscheinlich hoch und landete federnd wieder auf dem Boden. Er blieb stehen und begann ein Spiel mit seinen Armen und Händen, schwarze Silhouetten vor den unwirklichen weißen Gardinen. Ringma war eine Puppe, eine verhexte Puppe, die sich mechanisch und dennoch lebendig bewegte, mit einem eingeblasenen Leben, das nicht seinem eigenen Wesen entsprang. Hinter sich spürte er die starrende Kraft der Augen Beuzekoms.

Die Musik hörte mitten in einer Note auf. In der plötzlichen Stille sank Ringma in sich zusammen und blieb liegen.

Beuzekom ging zu Ringma und klopfte ihm auf den Kopf.

«Ringma hat in seinen jungen Jahren im Ballett getanzt», sagte Beuzekom.

«Ein Gläschen», sagte Ringma heiser, «ein kleines Gläschen, Beus.» Er bekam ein halbvolles Glas mit Whisky und legte sich wieder auf die Polsterbank.

«Das war schön», sagte de Gier.

Nach einigen Minuten kam das Gespräch wieder in Gang.

Beuzekom hatte eine dicke Kirchenkerze angezündet und betrachtete jetzt aufmerksam seinen Besucher.

«Wieviel verdienst du jetzt?» fragte er de Gier.

«Nicht viel», sagte de Gier.

«Welchen Rang hast du?»

«Brigadier», sagte de Gier.

«Das ist hoch», sagte Beuzekom. «Bei der Polizei kannst du es nicht weiter als zum Adjudant bringen, nicht wahr?»

De Gier nickte.

«Und was verdienst du dann? Sechzehnhundert Gulden oder so?»

«So etwa», sagte de Gier.

«Das ist lächerlich wenig», sagte Beuzekom, «soviel kannst du bei der Stadtreinigung auch verdienen als Müllkutscher.»

«Wieviel verdienst du?» fragte de Gier.

«Ein Vielfaches von dem, was du jemals verdienen wirst, wenn du bei deinem jetzigen Brötchengeber bleibst», sagte Beuzekom. «Warum kommst du nicht zu mir arbeiten? Ich habe Möglichkeiten genug, aber keine Zeit. Sprichst du englisch?»

«Nicht fließend», sagte de Gier, «aber ich lese viel auf englisch.»

«Wie lange bist du jetzt bei der Kripo?»

«Sechs Jahre.»

«Und vorher?»

«Fünf Jahre Dienst in Uniform.»

«Dann mußt du viel Erfahrung haben. Ich meine es wirklich ernst. Ich könnte dich gebrauchen, und ich bin nicht kleinlich, wenn es um die Verteilung des Gewinns geht.»

«Und für welche Art von Geschäften hast du mich nötig?» fragte de Gier.

«Kein Rauschgift», sagte Beuzekom. «Antiquitäten. Und ein bißchen Schwarzhandel mit Restbeständen aus Fabriken, die nicht durch die Bücher laufen. Import und Export. Ich werde mir schon bald ein Geschäft einrichten mit Büro und einer hübschen Sekretärin.»

«Bah», sagte Ringma, der zugehört hatte.

«Du mußt auch an andere denken, Ringetje», sagte Beuzekom.

De Gier stand auf und schaute auf die stille Gracht unter sich. «Die Zukunft liegt nur im Handel mit Stoff», sagte er. «Wenn man wirklich Geld verdienen will, muß man es doch darin suchen.»

«In der Tat», sagte Beuzekom.

«Und dann wird wieder alles im Arsch sein», sagte de Gier. «Genauso wie früher. In China. Die Zeit der trockenen Erde, der Sandstürme, des Hungertodes, des Sklavenhandels, der Banditenkriege.»

«Ja», sagte Beuzekom, «das ist die Zukunft.»

«Und daran willst du mitarbeiten?» fragte de Gier.

«Mach dich nicht lächerlich», sagte Beuzekom. «Du weißt, daß uns diese Zukunft bevorsteht, und ich weiß es auch. Es ist eine Erscheinung, der sich niemand entziehen kann. Aber wir können ein wenig daran verdienen. Die Gegebenheiten müssen ausgenutzt werden, wenn du sie verändern willst, solltest du besser auf einen mageren Gaul steigen, einen Helm aufsetzen und gegen Windmühlenflügel kämpfen.»

«Ich habe heute nachmittag die Leiche eines Mädchens gesehen», sagte de Gier. «Neunzehn Jahre alt. Sie hatte Stöcke statt Arme.»

«Heroin?» fragte Beuzekom.

De Gier sagte nichts.

«Okay», sagte Beuzekom. «Heroin. Heroin ist schlecht für die Gesundheit. Quecksilbervergiftung auch. Atombomben sind noch viel gefährlicher. Und Maschinengewehre und Panzer und Nervengas ebenfalls. Das ist alles sehr ungesund. Soll ich darüber weinen? Die Welt ist nun einmal, wie sie ist.»

«Ich wünsche dir gute Geschäfte», sagte de Gier und zog die Tür hinter sich zu.

11

Grijpstra hatte die beiden Beamten aus den Hintergärten abgeholt und war zum Präsidium zurückgefahren. Im Büro lagen noch einige Berichte, die er las. Ein uniformierter Beamter brachte ihm eine Kopie aller Fernschreiben dieses Tages, eine Kopie der Verbrechen in den Niederlanden. Er sah die Berichte durch. Das tote Mädchen von der Wohnschute wurde gemeldet und noch ein toter Junge in Rotterdam. Ein Junge von achtzehn Jahren, der durch ein Fenster im zwölften Stock eines Wohnhauses gesprungen war. Er dachte, er sei ein Vogel. Er hatte Pillen genommen.

Grijpstra hörte den Kaffeewagen kommen und stellte sich in die Tür. Während er den Kaffee trank, dachte er an de Gier, der jetzt wohl schon seinen soundsovielten Schnaps trank. De Gier war bei der Arbeit.

Komm schon, dachte er und wählte die Nummer von Constanze Verboom. Ihre Mutter meldete sich am Telefon.

«Kriminalpolizei, Mevrouw. Adjudant Grijpstra. Nehmen Sie es mir nicht übel, daß ich so spät noch anrufe. Ich würde Ihre Tochter gern sprechen. Eigentlich wollte ich noch vorbeikommen. Wäre das noch möglich?»

«Es ist noch keine zehn Uhr», sagte Constanzes Mutter. «Sie ist noch auf. Ich werde sagen, daß Sie kommen.»

Grijpstra ging zu Fuß. Die lange, enge Straße stimmte ihn nicht fröhlicher. Auf der Straße amüsierte sich noch die Jugend. Er mußte vor den glänzenden Motorrädern immerzu zur Seite springen. Überall standen die Fenster offen, er konnte das Fernsehprogramm des Abends verfolgen, wenn er hin und wieder in die Zimmer schaute. Ein Krimi wurde gezeigt. Er sah schnell fahrende Wagen, hübsche Männer, die mit Pistolen schossen, und ein Mädchen mit tiefausgeschnittener Bluse.

Constanzes Vater öffnete die Tür und begrüßte ihn auf der Treppe.

«Ihr Ihr Kollege nicht mitgekommen?» fragte der Vater mit etwas enttäuschter Stimme.

«Der ist sehr beschäftigt», sagte Grijpstra, «darum bin nur ich gekommen. Ist Ihre Tochter zu Haus?»

«Ja», sagte der Vater, «die zweite Tür rechts. Sie hantiert im Schlafzimmer herum. Ich habe sie den ganzen Abend noch nicht gesehen.»

Grijpstra klopfte an und öffnete die Tür.

«Nein», rief Constanzes Stimme. «O nein. Tür zu.»

Grijpstra sah nur eine Wolke von Federn. Er schloß die Tür hinter sich, aber das verursache einen neuen Windstoß, und die Federwolke wurde womöglich noch dichter.

«Was tun Sie denn da?» fragte Grijpstra erstaunt, aber sein Erstaunen wurde zu Angst. Er konnte in den herumwirbelnden Federn nichts sehen und fühlte sich bedroht. Er zog seine Pistole, legte den Sicherungshebel herum und zog den Schlitten zurück, alles mit einer Bewegung, die ihm bei unzähligen Übungen auf der Polizeischule und später bei den regelmäßigen Wiederholungen im Schießkeller automatisch eingeprägt worden war.

«Nein», rief Constanze noch einmal.

Die Federn wirbelten jetzt zu Boden, Constanze begann zu lachen. Grijpstra machte ein dummes Gesicht, die Pistole noch in der Hand. Er hatte Federn im Haar, auf dem Schnurrbar und auf dem blauen gestreiften Anzug. Er steckte die Pistole ein.

Constanze hörte auf zu lachen.

«Ich wollte die Daunendecken meiner Eltern ausbessern und habe die Federn herausgenommen. Aber der Stoff ist zu sehr verschlissen. Ich war gerade dabei, die Federn in einen Sack zu füllen, als Sie hereinkamen. Jetzt kann ich die ganze Angelegenheit vergessen.»

Grijpstra versuchte, die Federn von seinem Anzug zu klopfen.

«Lassen Sie mich das machen», sagte Constanze und zupfte ihn sauber. «Ich werde sofort versuchen, das Zimmer mit einem Staubsauger wieder in Ordnung zu bringen. Gehen wir raus, sonst geht der ganze Rummel noch einmal los.»

Im Wohnzimmer wurde die Geschichte Vater und Mutter erzählt, und das Gelächter brach aufs neue aus. Grijpstra lachte mit.

«Sagen Sie es aber nicht meinem Kollegen.»

«Gewiß nicht», sagte Constanze. «Wollte er heute abend nicht mitkommen?»

«Er hat andere Arbeit», sagte Grijpstra.

Constanze sah ihn verstehend an. «Sie wollten mich noch etwas fragen?»

«Ja», sagte Grijpstra. «An dem Tag, als Ihr Mann gestorben ist, waren Sie nicht auf Ihrer Arbeitsstelle.»

Constanzes Eltern schauten auf, die Mutter von ihrer Handarbeit, der Vater von seiner Zeitung.

Constanze war nicht erschrocken. «Ich weiß. An dem Tag war ich krank. Ich bin zu Hause geblieben. Yvette hatte ich noch zur Kinderkrippe gebracht, dann bin ich nach Hause gegangen und habe mich ins Bett gelegt. Ich war nicht richtig krank, nur sehr müde. Eigentlich habe ich blaugemacht. Ich habe kein Alibi.»

«Aber du bist in Paris gewesen?» fragte der Vater.

«Es gibt Flugzeuge», sagte Grijpstra.

«Ja», sagte Constanze, «aber ich habe in keinem gesessen.»

«Warum haben Sie uns nicht gesagt, daß Sie an dem Tag krank waren?»

«Sie haben mich nicht danach gefragt. Und ich dachte, Sie würden es nicht merken. Werden Sie mich jetzt festnehmen?»

«Haben Sie Piet denn ermordet?» fragte Grijpstra.

«Nein», sagte Constanze.

Grijpstra sagte nichts. Er rührte in seinem Tee, setzte die Tasse ab und zupfte noch einige Federn von seiner Hose.

Constanze fing wieder an zu lachen. «Wie komisch Sie vorhin ausgesehen haben.»

Grijpstra lächelte höflich.

«Ich habe ihn wirklich nicht ermordet», sagte Constanze. «Ich habe zwar schon daran gedacht, aber ich glaube, er würde durch das Leben mehr bestraft als durch den Tod. Er war ein unangenehmer Mensch und hatte es deshalb schwer. Ich habe mir dann überlegt, wenn ich mich rächen wollte, sollte ich ihn leben lassen. Und ich kann auch keinen umbringen, es fällt mir schon schwer, eine Mücke totzuschlagen.»

«Das stimmt», sagte der Vater. «Sie würde eine Mücke eher mit einer Zeitung zum Fenster hinausscheuchen, als sie zu erschlagen. Ich kann mir nicht vorstellen, daß sie jemand eine Schlinge um den Hals legen würde, aber Sie sind Polizist und wissen es wahrscheinlich besser.»

«Ich weiß nichts besser», sagte Grijpstra. «Und ich werde mich jetzt wieder auf den Weg machen. Vielen Dank für den Tee.»

«Und ich?» fragte Constanze. «Muß ich mit?»

«Nein. Bleiben Sie nur ruhig hier. Aber gehen Sie nicht nach Paris zurück, bis Sie von uns hören, daß alles in Ordnung ist. Wir brauchen Sie vielleicht noch.»

Grijpstra ging nach Hause. De Gier ging ebenfalls durch die Stadt. Der Alkohol hatte ihn benebelter gemacht, als er gedacht hatte, und er bestrafte sich, indem er den ganzen Weg zu Fuß nach Hause ging. Als er endlich nach über einer Stunde das hohe Mietshaus im Van-Nijenrode-Weg sah, brannten ihm die Füße.

In dieser Nacht träumte de Gier wieder. Die Männer mit den Melonen auf dem Kopf tanzten um ihn herum und benutzten ihre Maschinenpistolen als Querflöten. Die Giebelhäuser in der Innenstadt waren baufällig und stützten sich gegenseitig. Dürre nackte Mädchen tanzten mit den Melonen-Gangstern und entfernten sich von Zeit zu Zeit aus dem Gewühl, um sich eine Spritze zu geben. Die Gracht war mit Mizo-Suppe gefüllt. Die alte Mevrouw Verboom war auch dabei, ebenfalls nackt, sie hatte sich eine Rhododendronblüte hinter das Ohr gesteckt. Als Grijpstra mit der Ärztin aus Bussum dahinwalzte, wurde es de Gier zuviel. Er drehte sich schwitzend um und wurde von einem piepsenden Kreischen wach. Olivier, der an seinen Füßen geschlafen hatte, fiel ihn an und biß und kratzte. De Giers Füße und Gelenke bluteten. Olivier sah ihn erschrocken an.

«Schlaf weiter», sagte de Gier, «du bist zu nervös.»

Am nächsten Morgen saßen die beiden Beamten bleich und mit Ringen um die Augen im Büro des Hoofdinspecteurs. Der Hoofdinspecteur sah sie abwechselnd an und rollte die Zigarre zwischen den Lippen hin und her. Neben ihm saß der Commissaris, ein kleiner unscheinbarer Mann.

Die Stille war bedrückend.

«Und was unternehmen wir jetzt in dieser Sache?» fragte der Commissaris mit unerwartet tiefer Stimme.

«Weitermachen», sagte Grijpstra, «was denn sonst?»

«Was meinen Sie dazu?» fragte der Commissaris und schaute zur Seite.

«Grijpstra hat recht, glaube ich», sagte der Hoofdinspecteur. «Wir sollten Beuzekom und seinen ballettanzenden Freund beschatten und von Zeit zu Zeit verhören. Und die anderen Verdächtigen werden wir beobachten. Vielleicht passiert etwas. Vielleicht wird jemand nervös. Vielleicht erhalten wir einen anonymen Brief.»

«Vielleicht», sagte der Commissaris. «Vielleicht braucht ihr mehr Männer. Die könnt ihr haben. Dies sieht wie Mord aus. Und einen Mord müssen wir aufklären.»

Der Hoofdinspecteur zündete seine Zigarre wieder an. «Ich habe einen Plan», sagte er und sah Grijpstra an. «Willst du ihn hören?»

«Ja, Mijnheer», sagte Grijpstra.

«Wir werden am anderen Ende anfangen.»

Die Beamten machten ein fragendes Gesicht.

«Ich werde es erklären», sagte der Hoofdinspecteur. «Piet Verboom hat mit Hasch gehandelt. Dessen können wir jetzt sicher sein. Er hat es in Fäßchen importiert, angeblich aus Japan. Wir haben die Einkaufsrechnungen gefunden. Die Mizo-Suppe kommt aus Pakistan. Aber aus Pakistan kommt niemals Mizo-Suppe, denn es ist ein typisch japanisches Gericht.»

Grijpstra setzte sich aufrecht hin.

«Aber Mijnheer, was wir gesehen haben, war kein Hasch. Was es war, weiß ich nicht, aber es war jedenfalls kein Hasch.»

Der Hoofdinspecteur nickte.

«Was ihr gesehen habt, das war Mizo-Suppe, die Piet bei einem Großhändler in Amsterdam kaufte, der sie aus Japan importiert. Und was ihr im Vorratslager in den Haarlemmer Houttuinen gefunden habt, war ebenfalls Mizo-Suppe, die von dem Großhändler kam. Aber was Piet importierte, das war echtes hochwertiges Hasch, und das kam aus Pakistan. Daß der Zoll nichts gemerkt hat, begreife ich nicht, denn alles was aus Pakistan kommt, ist verdächtig. Aber vielleicht hatten die zuviel zu tun.»

«Und das echte Hasch verkaufte Piet weiter an Beuzekom und Ringma?» fragte Grijpstra.

«Genau.»

«Aber warum haben Beuzekom und Ringma das Hasch nicht selbst importiert? Gerissen genug dafür sind sie doch wohl.»

Der Hoofdinspecteur lächelte.

«Eben weil sie so gerissen sind. Sie haben keine Handelsfirma und verkaufen keine Speisen. Piet hatte dagegen die Gesellschaft, die bekannt war. Er importierte auch noch andere Waren. Und Piet hatte Kontakte mit Pakistan über Pakistanis, die in seinen Club kamen. Und außerdem ist er mehrmals in Pakistan gewesen. Wir haben es an seinem Paß gesehen. In seinem letzten Paß war zwar nichts zu finden, aber davor hatte er zwei andere, die sich im Einwohnermeldeamt befanden. Ich habe sie gesehen. Insgesamt ist er viermal in Pakistan gewesen. Vielleicht hatte er ein leeres Fäßchen von der Mizo-Suppe mitgenommen und seine Freunde dort gebeten, es zu kopieren.»

«Wie viele Sendungen hat er importiert?» fragte Grijpstra.

«Bis jetzt haben wir zwei festgestellt», antwortete der Hoofdinspecteur. «Zweimal zwanzig Fäßchen.»

«Und die fünf Fäßchen bei Beuzekom?» fragte de Gier.

«Tarnung», sagte der Commissaris. «Sie müssen unsere Fragen nach Mizo-Suppe erwartet haben und hatten deshalb einen Vorrat im Haus. Das Hasch hatten sie längst verkauft.»

«Und die 75 000 Gulden?» fragte de Gier.

Der Hoofdinspecteur sah ihn bedächtig an.

«Bis jetzt haben wir euch Tatsachenmaterial geliefert. Ich kann zwar nicht beweisen, daß keine Mizo-Suppe in den Fäßchen aus Pakistan war, aber es ist nahezu sicher. Wir haben schon Holzelefanten voller Hasch aus Pakistan gehabt und Kisten mit Früchten, die mit Hasch gefüllt waren, und jetzt haben wir die Fäßchen mit Suppenpaste. Ich habe ein Fernschreiben nach Pakistan geschickt, aber die Firma, die das Zeug exportiert haben soll, gibt es nicht. Den Zoll dort wird man bestochen haben. Nein, es wird Hasch gewesen sein, was Piet an Beuzekom und dessen Kumpan verkauft hat. Aber dann. Ich denke, Piet hat sich mal ausgerechnet, was er verdiente, und das war ihm zuwenig. Es ist riskant, immer die Fäßchen zu importieren. Er wollte schneller zu etwas kommen.»

«Heroin», sagte Grijpstra.

«Ja. Heroin kann man gut in kleine Päckchen stecken, und es ist viel mehr wert als Hasch. Eine Stange Hasch bringt im Kleinhandel fünfundzwanzig bis dreißig Gulden und ein gestrichener Teelöffel voll Heroin hundertfünfundzwanzig bis hundertfünfzig Gulden. Und wenn man Hasch kaufen kann, dann kann man auch Heroin kaufen. Piet muß einen Lieferanten gefunden haben. Nicht in Pakistan denke ich, sondern mehr in der Nähe. In Marseille wird viel Opium raffiniert, und vielleicht war er dort mal. Er war gelegentlich eine Woche fort, und in dieser Zeit kommt man bequem nach Marseille und zurück. Oder vielleicht war er in Nordafrika.»

«Gut», sagte de Gier, «er hat einen Lieferanten gefunden und wollte auf einen Schlag eine große Menge kaufen. Deshalb hat er alles Geld zusammengekratzt, was er finden konnte.»

«Das glaube ich», sagte der Hoofdinspecteur, «und kurz darauf wird er ermordet. Vielleicht von dem Mann, der ihm das Heroin brachte oder bringen sollte. Oder vielleicht von einem, der wußte, daß er das Geld im Haus hatte. Er kann sowohl vor als auch nach dem

Handel ermordet worden sein. Aber im Haus haben wir keine Spur von Heroin gefunden.»

«Heroin wird meistens in versiegelten Plastikbeutelchen aufbewahrt», sagte de Gier, «der Stoff ist zu teuer, um ihn zu verschütten.»

«Beuzekom kann gewußt haben, daß Piet Heroin hatte», sagte Grijpstra, «denn er war der Kunde.»

«Beuzekom sollte dazu imstande gewesen sein», sagte der Hoofdinspecteur. «Und Beuzekom hat viel Geld. In einigen Bars gibt er über hundert Gulden in der Stunde aus. Meinetwegen könnt ihr Beuzekom festnehmen und verhören. Ich habe den Untersuchungsrichter bereits konsultiert, einige Wochen werden wir ihn wohl festhalten können. Und seinen Kumpan ebenfalls.»

«Getrennt verhören», sagte de Gier.

«Versprichst du dir etwas davon?» fragte der Hoofdinspecteur und zündete sich eine neue Zigarre an.

«Nein», sagte de Gier.

«Warum nicht?»

De Gier zuckte die Achseln. «Beuzekom hat Psychologie studiert und macht einen starken Eindruck. Den kriegen wir nicht klein, nicht einmal, wenn wir ihm das Rauchen verbieten und ihn in eine zugige Zelle sperren. Vielleicht läßt sich bei seinem kleinen Schandbuben etwas erreichen, aber es würde mich wundern. Sie haben zuviel zu verlieren. Sie leben jetzt im Luxus und wissen, daß wir ihnen nichts beweisen können; einige Wochen Unannehmlichkeiten in einer Zelle und einem Verhörzimmer wiegen eine goldene Zukunft sehr wohl auf.»

Der Hoofdinspecteur betrachtete seinen Kaktus.

«Gut, dann fangen wir am anderen Ende an. Wir werden in der Unterwelt herumstöbern und feststellen, wer die Großen im Heroinhandel sind. Wir müssen die Lieferanten kennenlernen. Hier ist eine Liste mit Adressen, die das Fahndungsbüro erst vor kurzem zusammengestellt hat. Darauf stehen Bars und Studentenkneipen, aber auch Angaben über Bänke in Parks, Wartehäuschen an Straßenbahnhaltestellen, Wohnboote und so weiter. Die rot angezeichneten kommen am wahrscheinlichsten in Frage. Ich werde die Aktion koordinieren. Ihr werdet erfahren, wann wir damit beginnen, aber ihr könnt auf der Stelle anfangen. Untersucht mal, woher der Schmutzfink von dem Wohnboot sein Heroin bezog, dieser Bursche von dem toten Mädchen, das ihr gefunden habt. Und jetzt geht erst mal Kaffee trinken.»

Die Beamten grüßten und gingen zur Tür.

«Auf Wiedersehen, die Herren», sagte der Commissaris.

12

«Olivier», sagte de Gier, als der Kater am Bett entlang strich, «morgen bei Tagesanbruch werden wir mit dir in den Park gegenüber marschieren. Dann binden wir dir die Vorderpfoten auf dem Rücken zusammen und stellen dich an einen kleinen Pfahl. Und dann werden wir dich erschießen.»

Olivier schaute sich über seine Schulter um und schnurrte.

«Nein, nein», sagte Constanze und biß de Gier zärtlich ins Ohr. «Ich will nicht, daß du ihn umbringst. Er kann zu Freunden von mir, die einen Bauernhof haben. Und ich weiß, sie möchten gern eine Siamkatze haben. Und Olivier wäre auch glücklicher. Er könnte auf dem Hof spielen, auf Bäume klettern und Mäuse fangen. Es wäre für eine Katze ein viel natürlicheres Leben.»

«Ja», sagte de Gier und tastete auf dem Boden nach seiner Zigarettenpackung. Er nahm eine heraus und zündete sie mit einer Hand an, mit der anderen streichelte er Constanze.

«Und du könntest eine größere Wohnung nehmen, und ich würde ebenfalls arbeiten, so daß die Miete kein Problem wäre.»

«Ja», sagte de Gier.

«Und Yvette könnte in der Nähe zur Schule gehen und sich oft bei meinen Eltern aufhalten.»

«Hmm», sagte die Gier.

«Du möchtest nicht, wie?» fragte Constanze und legte ein Bein auf ihn.

De Gier befreite sich aus ihrer Umarmung und stand auf.

«Es ist Zeit fürs Frühstück», sagte er.

«Du hast mir noch nicht geantwortet», sagte Constanze.

«Ich weiß nicht», sagte de Gier, «ich muß es mir überlegen.»

Er rasierte sich, während Constanze das Frühstück machte. Der frühe Morgen war nicht die beste Tageszeit für de Gier, schon gar nicht, wenn er zur Arbeit mußte. Er stöhnte, während er sein Gesicht mit einer stumpfen Klinge schabte.

«Wir könnten vielleicht sogar eine Wohnung *kaufen*», rief Constanze aus der kleinen Küche.

«Wohnungen sind teuer», sagte die Gier, nachdem er die Zahnbürste aus dem Mund genommen hatte.

«Ich habe Geld», sagte Constanze.

«Was für Geld?»

«Ich habe das Haus in den Haarlemmer Houttuinen mitsamt dem Inhalt verkauft und das Häuschen in Brabant, das Piet im vergangenen Jahr gekauft hatte.»

«So? Hat es viel gebracht?» fragte de Gier.

«Warum willst du das wissen?» fragte Constanze.

«Ich bin von der Polizei», sagte de Gier, «immer neugierig.»

«Zusammen hat es 100000 Gulden gebracht.»

«Aber es war doch noch eine Hypothek darauf», sagte die Gier.

«Ja», sagte Constanze, «fünfzig Mille gehen davon ab. Aber es bleiben noch fünfzig Mille übrig.»

«Wer hat es gekauft?» fragte de Gier.

«Joachim de Kater», sagte Constanze, «unser Wirtschaftsprüfer. Er war sehr hilfreich. Es hat nur wenige Tage gedauert. Ende der Woche wollen wir den Vertrag beim Notar unterzeichnen, und dann muß ich mich entscheiden, was ich tun werde. Entweder wieder nach Paris und eine Wohnung für Yvette und mich kaufen oder hierbleiben.»

«Bei mir?» fragte de Gier.

«Bei dir», sagte Constanze leise, stellte eine Schüssel mit Rührei auf den Tisch und schaltete den Toaster ein, «wenn du willst.»

«Joachim de Kater», sagte Grijpstra und rührte in seinem Kaffee. Der Hoofdinspecteur betrachtete seine beiden Gehilfen in der sicheren Burg seines Büros.

«Kenne ich den Namen?» fragte er.

«Ich habe einen Bericht über ihn geschrieben», sagte Grijpstra.

Der Hoofdinspecteur blätterte in seiner Akte. «Ah, hier.» Er las den Bericht.

«Ist er bei uns bekannt?» fragte de Gier.

Der Hoofdinspecteur schüttelte den Kopf.

«Wahrscheinlich nicht. Registrierte Wirtschaftsprüfer sind bei der

Polizei nicht bekannt. Wenn sie etwas anstellen, sind sie ihre Lizenz los und können als Buchhalter weiter durchs Leben ziehen. Aber ich kenne vielleicht jemand, dem Joachim de Kater schon begegnet ist. Ich werde mal telefonieren. Heute nachmittag werde ich mehr wissen, ihr könnt ja dann vorbeikommen oder mich abends zu Hause anrufen, aber haltet mich dann nicht zu lange auf, weil ich das Fußballspiel nicht verpassen will.»

«Wen ruft er jetzt an?» fragte de Gier, als sie wieder auf dem Korridor waren.

«Die Berufsvereinigung», sagte Grijpstra, «bei der müssen alle registrierten Wirtschaftsprüfer Mitglied sein, glaube ich. Und vielleicht ruft er einige staatliche Wirtschaftsprüfer im Finanzamt an. Vielleicht ist einer dabei, der zusammen mit Joachim studiert hat. Er findet schon etwas. Unser Hoofdinspecteur ist ein hartnäckiger Chef, wenn er sich einmal etwas in den Kopf gesetzt hat.»

«Er ist ein alter Miesepeter», sagte de Gier, «eine Eule auf einem Baum. Er sitzt nur da und sieht zu, wie wir uns Plattfüße laufen. Und wenn wir diese Geschichte hinter uns haben, bekommen wir einen neuen Fall. Und ich habe noch nie von ihm gehört, daß wir etwas gut gemacht hätten.»

«Nun, nun», sagte Grijpstra, «du bist ja nur böse, weil er heute abend auf der faulen Haut liegen kann und du arbeiten mußt.»

«Muß ich denn heute abend arbeiten?»

«Wahrscheinlich», sagte Grijpstra, «ich will mir auch das Fußballspiel anschauen, und du hältst davon ja nichts.»

De Gier blieb stehen und verzog das Gesicht.

«Nur mit der Ruhe», sagte Grijpstra.

«Wohin gehen wir eigentlich?» fragte de Gier.

«Du hast ein kurzes Gedächtnis», sagte Grijpstra, «wir gehen auf Heroinjagd, erinnerst du dich?»

Der junge Mann öffnete nicht. De Gier drückte die morsche Tür der Wohnschute ein.

«He», rief der Junge, «was soll das?»

«Polizei», sagte de Gier, «kennst du mich noch?»

«Sie dürfen meine Tür nicht gewaltsam öffnen», sagte der junge Mann. «Dies ist mein Haus. Das Haus des Bürgers ist geschützt.»

«Verzeihung», sagte de Gier, «ich bin auf der Laufplanke ausgerutscht und gegen die Tür gefallen. Dabei ist das Schloß aufgesprungen. Dürfen wir reinkommen?»

«Nein.»

De Gier sah ihn an.

«Also gut», sagte der junge Mann, «ich ziehe ja doch den kürzeren.»

Es war elf Uhr vormittags, aber der junge Mann lag noch in seinem Schlafsack. Es stank im Boot. Grijpstra öffnete zwei Fenster. Es kam etwas frische Luft herein, obwohl es auch draußen drückend und warm war. Am Vorabend hatte sich mit schwachem Donnern zwar ein Gewitter angekündigt, aber es hatte sich nicht durchgesetzt, und so litt die Stadt noch immer unter der Hitzewelle.

«Wie war doch noch dein Name», fragte de Gier.

«Koopstra», sagte der Junge, «Bart Koopstra.»

Er streifte den Schlafsack ab und zog die zerschlissenen Jeans und das schmutzige Oberhemd an, das er am Tag vorher schon getragen hatte.

«Haben Sie festgestellt, wer das Mädchen war?» fragte Koopstra.

«Nein», sagte Grijpstra, «du?»

Der Junge strich sich die Haare aus dem Gesicht und schüttelte den Kopf.

«Ich habe sie auf dem Dam getroffen. Ich wollte mit ihr sprechen, aber sie sagte nicht viel. Ich habe sie ganz gewöhnlich abgeschleppt und mit hergebracht. Das war dumm von mir. Ich hätte sehen müssen, daß sie schon weit weg war.»

«Tut es dir jetzt leid?» fragte Grijpstra.

«Ja», sagte Koopstra, «ich bin ja kein Biest. Natürlich tut es mir leid.»

«Sie ist tot», sagte Grijpstra. «Glaubst du an ein Jenseits?»

«Jetzt glaube ich daran», sagte Koopstra. «Man erlebt seltsame Dinge, wenn man anfängt zu spritzen. Aber davon wissen Sie nichts. Bei Ihnen bleibt es bei einem Bier oder bei einer halben Flasche Genever, wenn Sie abends mal versacken, aber davon wird man höchstens lebhaft und redselig.»

«Bereust du nicht, daß du mit dem Spritzen angefangen hast?» fragte de Gier.

«Und ob», sagte Koopstra, «aber dafür ist es jetzt zu spät. Ich kann nicht mehr damit aufhören. Ich hätte vielleicht besser beim Hasch bleiben sollen. Heroin gibt einem zwar viel mehr, aber es läßt von einem nichts übrig.»

«Du fühlst dich jetzt besser als gestern nachmittag», sagte Grijpstra, «hast du danach wieder gespritzt?»

«Natürlich», sagte Koopstra.

«Und wie kommst du an den Stoff?» fragte de Gier.

Koopstra ging an ihm vorbei, wusch sich das Gesicht in einer Schüssel mit Wasser und trocknete es mit einem schmutzigen Tuch ab.

«Ich kriege meinen Stoff für umsonst», sagte er. «Ich werde behandelt. Jeden Tag eine bestimmte Dosis, aber sie verringern sie jetzt, um mich zu entwöhnen, und das ist die Pest. Ich habe daran nicht genug, und dann muß ich mich doch wieder auf die Strümpfe machen.»

«Und woher holst du den Stoff?» fragte de Gier.

Koopstra sah ihn ungläubig an.

«Das kann nicht Ihr Ernst sein», sagte er. «Wenn ich Ihnen das sage, kann ich ebensogut in die Gracht springen, so wie der Kerl, den sie hier vor einigen Wochen aufgefischt haben. Der hatte ebenfalls gesagt, woher er sein Pulver holte.»

«Wir wollen es aber wissen», sagte Grijpstra.

Koopstra sah die Beamten schweigend an.

«Da ist auch noch das tote Mädchen», sagte de Gier. «Wir können dich mitnehmen und für ein Weilchen festhalten, mal sehen, ob du dich dann erinnerst. Eine Woche in der Zelle ist nicht angenehm für dich.»

«Dann bekomme ich gar nichts», sagte Koopstra.

«Du bekommst zu essen und zu trinken», sagte de Gier, «vielen Menschen genügt das.»

«Sie drohen mir», sagte Koopstra.

«Gewiß», sagte Grijpstra freundlich.

«Haben Sie einen Haftbefehl?»

«Der ist nicht nötig», sagte de Gier, «es gibt genügend belastende Umstände. Wir können dich zweimal vierundzwanzig Stunden festhalten, und der Untersuchungsrichter wird diese Frist wohl noch verlängern.»

«Verdammt!», sagte Koopstra. «Das gefällt mir nicht. Gestern das Mädchen und abends das Nachbarschaftskomitee, um mir zu sagen, daß ich innerhalb von drei Tagen verschwunden sein muß, sonst wird mein Schiff sinken. Und jetzt wieder Sie.»

«Sagst du es jetzt oder nicht?» fragte Grijpstra.

«Gut», sagte Koopstra, der sich mit zitternder Hand eine Zigarette anzündete, die de Gier ihm angeboten hatte. «Ich hole es hier in der Nähe, in einem Laden, wo sie indische Artikel verkaufen. Im Merelsteeg. Die Nummer weiß ich nicht. Es ist dort billig und man kennt mich dort.»

«Dann komm mit», sagte Grijpstra. «Du gehst in den Laden und kaufst. Und in dem Augenblick kommen wir und schnappen ihn.»

Koopstra sprang auf. «Ich denke nicht daran. Der Kerl ist nach ein paar Tagen wieder frei und geht dann mit einem Messer auf mich los. Ich möchte noch für eine Weile heil bleiben.»

De Gier packte Koopstra bei den Schultern und drückte ihn auf die Erde.

«Hör gut zu, Kerlchen», sagte Grijpstra leise und seufzte beinahe, «du gehst jetzt hin oder wir nehmen dich mit.»

Koopstra zog nervös an seiner Zigarette. Er sah Grijpstra an, der den Blick gleichgültig erwiderte.

«Wie die Gestapo», sagte Koopstra. «So muß es im Krieg auch gewesen sein. Was sind Sie eigentlich für Menschen?»

Die Beamten schwiegen.

«Gehen wir», sagte Koopstra.

Der Merelsteeg ist eine enge Straße, in die kaum Licht dringt. Die Bewohner haben Pflanzen vor die Tür gestellt, aber das allgemeine Bild ist armselig, erstickend, hoffnungslos. Die meisten Häuschen stehen kurz vor dem Einsturz, und eins davon ist der Laden, den die Beamten suchten. Der Laden hatte eine kleine Auslage von einigen bunten Fetzen und billigem Kupfergerät.

Koopstra ging hinein. Die Beamten warteten einige Sekunden und stürmten ihm nach. Der Verkäufer hatte das Plastikbeutelchen noch in der Hand. Koopstra hatte seine Hand ausgestreckt, um es in Empfang zu nehmen.

«Polizei», sagte Grijpstra. Der bleiche Mann hinter dem Ladentisch sah ihn gelassen an. Ein Kind stand auch noch im Laden. Aus den hinteren Räumen kam eine Frau.

«Ich habe dich gewarnt», sagte die Frau. «Das mußte ja passieren.»

«Halt's Maul», sagte der Mann, aber er war nicht wütend.

De Gier durchsuchte den Mann, Grijpstra sah sich im Laden um. In der Schublade unter dem Ladentisch fand er acht Beutelchen mit weißem Pulver in einer Blechdose. Grijpstra ließ die Dose in seine Tasche gleiten.

«Wollen wir alles durchsuchen?» fragte de Gier.

«Wir nicht», sagte Grijpstra. «Ruf mal eben an. Wir warten dann auf sie. Bitte um zwei Männer. Die können dann alles auf den Kopf stellen. Inzwischen sprechen wir mit dem Mann hier.»

«Kommen Sie mit nach oben», sagte die Frau.

«Kann ich nach Hause gehen?» fragte Koopstra.

«Geh nur», sagte de Gier, «aber wenn du umziehst, mußt du deine neue Adresse angeben, sonst werden wir dich suchen.» Er gab ihm seine Karte.

Das Zimmer oben war blitzsauber. Die Frau bot Kaffee an.

«Warum tun Sie das?» fragte Grijpstra.

«Der Laden wirft nichts ab», sagte der Mann.

«Bekommt er denn keine Unterstützung?»

«Doch», sagte die Frau, «aber die reicht ihm nicht.»

«Woher kommt der Stoff?» fragte de Gier.

Der Mann schwieg.

«Sag es doch», sagte die Frau, «dann ist es mit der Belastung vorbei. Ich hab dir doch gesagt, daß ich sie nicht ertragen kann. Ich arbeite lieber.»

«Auf den Knien Fußböden schrubben», sagte der Mann.

«Lieber als dies», sagte die Frau.

Das Verhör zog sich in die Länge. Grijpstra drohte und de Gier flüsterte. Die Frau half. Die Beamten, die unten den Laden auf den Kopf stellten, halfen ebenfalls. Sie machten Krach.

Schließlich gab der Mann nach. Er bezog das Heroin aus einer Bar in einer Nebenstraße vom Rembrandtplein. An diesem Abend sollte er eine neue Lieferung holen. Er gab eine Beschreibung seines Kontaktmanns.

Aber die Spur lief sich tot. Die Razzia abends in der Bar brachte nichts, nur viele erstaunte Gesichter.

Jemand hatte dem Eigentümer einen Tip gegeben, jemand, der die Beamten im Merelsteeg bei der Arbeit gesehen hatte.

Die ganze Woche über arbeiteten die Beamten an den Adressen, die das Fahndungsbüro zusammengestellt hatte. Der Hoofdinspecteur leitete die Aktion, und der Commissaris bemühte sich ebenfalls. Von allen Seiten kam Hilfe. Beamte, als Landstreicher und Hippies verkleidet, warteten in Straßenbahnhäuschen, versteckten sich hinter Büschen in den Parks und durchstreiften die Gegend. Es gab Razzias in Cafés und Jugendclubs. In den Dienstzimmern wurde eifrig verhört. Die uniformierte Polizei beteiligte sich, und auch in anderen Orten entwickelte man Aktivität. Man verhaftete, nahm den einen oder anderen fest, aber es wurde keine einzige Verbindung zum Haus in den Haarlemmer Houttuinen gefunden und kein einziger überzeugender Beweis, um Beuzekom und Ringma festnehmen zu können.

«Bah», sagte de Gier und setzte sich auf einen Barschemel in einem kleinen Café am Zeedijk. «Ein Bier, Meister!»

Grijpstra saß neben ihm. «Wieder nichts?» fragte er.

«Doch», sagte Grijpstra, «ich habe etwas. Ein wenig Stoff, er ist schon im Büro. Aber nichts für uns.»

«Wir werden auch nichts finden», sagte Grijpstra.

De Gier sah ihn erstaunt an und wischte sich den Schaum vom Schnurrbart. «Und warum nicht?»

«Der Mann, den wir suchen», sagte Grijpstra, «gehört nicht zu dem Kreis der Händler und Schacherer, die wir jetzt schnappen. Er ist ein Großer, der eine große Lieferung angeboten oder verkauft hat. Keiner kennt ihn. Nur Piet Verboom hat wahrscheinlich gewußt, wer er ist.»

«Das hättest du dem Hoofdinspecteur sagen sollen», sagte de Gier.

«Warum?» fragte Grijpstra. «Ich wollte ihm den Spaß nicht verderben. Und unsere Sache läuft noch. Wir werden ihn bestimmt noch schnappen.»

De Gier schüttelte mißmutig den Kopf. «Das sehe ich noch nicht. Ein Haufen Verdächtiger, viele Motive, aber kein einziger Beweis. Piet war zu verschwiegen. Seine eigene Frau weiß nichts. Seine Freundin weiß nichts. Die Leute, die für ihn arbeiteten, wissen nichts.»

Als sich die Staubwolken von der Aktion verzogen hatten, saßen Grijpstra und de Gier im Büro des Hoofdinspecteurs und sahen einander an. Der Commissaris war auch dabei.

«Nichts», sagte Grijpstra.

«Was heißt nichts», fragte der Commissaris. «Wir haben eine Menge gefunden, selbst ganz alte Fälle sind gelöst worden. Euer Fall ist nicht der einzige.»

Der Hoofdinspecteur bot Zigarillos an. «Geht jetzt wieder an eure normale Arbeit», sagte er. «Ich werde noch weiter in der Sache herumstochern, und wenn ich etwas erfahre, hört ihr von mir.»

«Und Joachim de Kater?» fragte Grijpstra. «Als wir am Abend anriefen, als es das Fußballspiel gab, wußten Sie noch nichts.»

«Ja», sagte der Hoofdinspecteur. «Dieser de Kater taugt nichts. Er hat kein Geld, dann hat er welches, aber er will nicht sagen, woher er es hat.»

Er zog an seinem Zigarillo. Die Beamten sahen ihn gespannt an. Der Commissaris machte ein gelangweiltes Gesicht.

«De Kater war ein brillanter Student», sagte er. «Er beendete sein Studium kurz vor dem Krieg. Während des Krieges bekam er keine Stellung, aber er machte eine eigene kleine Talkumpuderfabrik auf. Er verkaufte das Zeug an die deutsche Besatzungsmacht und vermischte es mit Streusand, so daß die Soldaten blutende Füße bekamen. Ein wahrer Patriot. Er wurde verhaftet, aber wieder freigelassen. Nach dem Krieg arbeitete er in verschiedenen Wirtschaftsprüfungsbüros und machte sich dann selbständig. Jetzt hat er einige feste Klienten, die ihm insgesamt etwa fünfzig Mille im Jahr einbringen. Das ist nicht viel für einen registrierten Wirtschaftsprüfer. Gewöhnlich verdienen sie mindestens viermal soviel. Und er lebt stilvoll, hat ein teures Büro, ein teures Haus und zahlt seiner geschiedenen Frau kräftig Alimente. Er hat keine feste Freundin, aber er besucht elegante Sexclubs. Er gibt doppelt soviel aus, wie er es sich bei seinem Einkommen erlauben könnte.»

«Vielleicht gibt er der Steuer nicht sein volles Einkommen an», meinte Grijpstra.

«Natürlich nicht», sagte der Hoofdinspecteur. «Heutzutage gibt keiner mehr sein wahres Einkommen an, nur die Beamten und die armen Kerle, die für andere arbeiten. Es ist aus der Mode gekommen.»

«Sie haben also wahrscheinlich den Steuerinspektor informiert», sagte de Gier lächelnd.

«Ja», sagte der Hoofdinspecteur, «aber die von der Steuer waren auf ihn schon aufmerksam geworden. Sie können ihm jedoch nichts nachweisen. Sie beobachten ihn nur.»

«Woher hatte er das Geld für die beiden Häuser, die er von Mevrouw Verboom gekauft hat?» fragte Grijpstra

«Ja», sagte der Hoofdinspecteur, «das habe ich ihn auch gefragt, als ich ihn hergebeten habe, um mit ihm zu sprechen. Er sagte, es sei von einer amerikanischen Gesellschaft, die Häuser in den Haarlemmer Houttuinen aufkauft, um dort ein Hotel zu bauen.»

Die Beamten sahen den Hoofdinspecteur an.

«Es könnte möglich sein», sagte der Hoofdinspecteur.

Eine halbe Stunde später fuhren die beiden Beamten wieder durch die Stadt zu einer Großhandlung für Elektrogeräte. Ein Direktor hatte seinen besten Verkäufer bei einer Unterschlagung ertappt.

13

Drei Wochen waren vergangen, seit die Beamten die tadellos gepflegte Leiche Piet Verbooms von einem Balken in seinem Zimmer abgeschnitten hatten. Es war Samstagnachmittag. Der Sommer näherte sich dem Ende, aber es blieb warm. Die Kriminalbeamten, die den Fall bearbeiteten, hatten dienstfrei. Aber in Gedanken beschäftigten sie sich mit der noch nicht abgeschlossenen Akte.

Der Commissaris lag in einem kochendheißen Bad. Es war das einzige Mittel, um die stechenden Schmerzen in seinen altern Männerbeinen zu lindern. Er schwitzte und dachte nach. Er war schon zu lange bei der städtischen Polizei, um frustriert zu sein. Er ordnete die Tatsachen und trennte sie von den Vermutungen. Er nahm sich vor, den Hoofdinspecteur mal wieder auf Trab zu bringen.

Der Hoofdinspecteur lief in einem himmelblauen Trainingsanzug durch den Park. Auch er schwitzte. Das Verlangen, sich hinzusetzen und eine Zigarette zu rauchen, überwältigte ihn fast. Er sagte sich, noch einmal um den Teich und dann die Zigarette. Und als er um den Teich rannte und schnaufte, dachte er an den Fall Verboom. Der Fall begann für ihn zur fixen Idee zu werden, immer sah er die Leiche am Balken hängen. Er hatte schon Alpträume gehabt, aus denen er keuchend und klatschnaß erwachte.

Grijpstra lehnte an einem Brückengeländer am Anfang der Looiersgracht und angelte. Der Angelkork bewegte sich, aber er sah es nicht. Die Sache dauerte ihm zu lange. Er war davon überzeugt, daß er alle Fakten kannte und damit genug Material hatte, um den richtigen Verdächtigen festzunehmen. Daß er es nicht konnte, mußte an ihm liegen. Grijpstra kannte seine Unzulänglichkeiten. Er wußte, daß er nicht besonders intelligent war. Das Lernen in der Mittelschule hatte ihn viel Mühe gekostet. Auf der Polizeischule hatte er jeden Abend gebüffelt, um die Vorprüfungen und das Examen zu bestehen. Aber er wußte auch, daß er viel gelernt hatte, vielleicht nicht in der Schule, sondern während der Tausende von Kilometern, die er zu Fuß durch seine Stadt zurückgelegt hatte. Und er wußte auch, daß er ein gutes Gedächtnis und die Gabe hatte, sich vollkommen konzentrieren zu können. Und zum soundsovielten Male zwang er seine Gedanken, zu dem Augenblick zurückzukehren, als er vor der Haustür von Haarlemmer Houttuinen Nummer 5 gestanden und gewartet hatte, nachdem de Gier auf die Klingel gedrückt hatte.

De Gier hatte Olivier auf dem Arm und stand auf dem Balkon, wo er die Geranienkästen betrachtete. Er fragte sich, ob das darin wachsende Unkraut ausgerupft werden sollte oder nicht. Er beugte sich vor, und Olivier streckte protestierend alle zwanzig Krallen heraus.

De Gier setzte den Kater vorsichtig ab und betrachtete noch einmal das Unkraut. Der Stengel der schwachen Pflanze hatte einen hellgrünen Streifen.

Schön, dachte de Gier und zog seine Hand zurück.

Kurz darauf hatte er seine Umgebung vergessen. Er starrte auf den freien Platz zwischen den Mietshäusern, die seine Aussicht nach hinten bildeten.

Das Unkraut war eine neue Erscheinung in seiner Welt, eine neue Tatsache. Es brachte ihn auf neue Gedanken. Und die hatte er nötig. Er brauchte neue Gedanken im Fall Verboom. Das Tatsachenmaterial war abgerundet, daraus sollte die Lösung zu destillieren sein. Eine neue Tatsache, um das Knäuel von Berichten und Protokollen zu entwirren.

Bah, dachte de Gier, denn er wußte, was jetzt kommen würde. Er kannte seine Unruhe. Diesen freien Samstag konnte er jetzt vergessen. Er würde etwas tun müssen. Er griff zum Telefon.

«Er ist angeln gegangen, Mijnheer de Gier», sagte Mevrouw Grijpstra, «aber er geht nie weit. Er wird wohl ganz in der Nähe sein. Soll ich ihn für Sie suchen?»

«Nein, Mevrouw, ich werde ihn schon finden.»

De Gier zog seine Jacke an.

«Was soll das?» fragte Grijpstra. Der schweigende de Gier hatte bereits eine volle Minute lang neben ihm gestanden.

«Nichts», sagte de Gier, «ich stehe hier und schaue aufs Wasser. Darf man das auch schon nicht mehr?»

«Brauchst du mich?»

De Gier sagte nichts.

«Du brauchst mich, sonst würdest du hier nicht stehen. Hat man dich geschickt?»

«Nein», sagte de Gier.

Grijpstra schaute wieder auf seinen Angelkorken.

Das Schweigen dauerte wiederum eine Minute.

«Gut», sagte Grijpstra und holte seine Angel ein, «in dieser Brühe schwimmt sowieso kein Fisch mehr. Erzähle also.»

«Ich habe keine Ruhe», sagte de Gier.

Grijpstra fing an zu lachen, tief und aus voller Brust.

«Du bist überarbeitet, mein Bester. Du kennst doch das Rezept. Schluck Pillen und geh zum Psychiater. Du bekommst einen Monat Sonderurlaub. Und wir erledigen dann die Arbeit.»

Sie gingen jetzt nebeneinander. De Gier trug die auseinandergenommene Angelrute.

«Ich bin nicht überarbeitet», sagte de Gier, «aber einen vierwöchigen Sonderurlaub würde ich annehmen. Zuerst muß ich jedoch wissen, wer Piet Verboom an den Balken gehängt hat.»

«Du solltest es wissen», sagte Grijpstra.

«Du auch.»

«Ich auch. Aber ich weiß es nicht. Und dennoch müssen wir den Fingerzeig gehabt haben. Du hast ihn gehabt und ich auch, aber wir haben nicht aufgepaßt. Er ist an uns vorbeigeweht.»

«Ja, ja, ja, ja...», sagte de Gier und blieb bei diesem «Ja», bis Grijpstra die Angel in den Korridor seines Hauses gestellt hatte und sie sich wieder in Bewegung setzten.

«Wohin gehen wir?» fragte Grijpstra.

«Ein Stückchen laufen», sagte de Gier. «Laß uns noch einmal in die Haarlemmer Houttuinen gehen, vielleicht werden wir dort inspiriert.»

Sie gingen die Prinsengracht entlang, dem Verkehrsstrom entgegen, so daß sie die Chance hatten, den Wagen auszuweichen und am Leben zu bleiben. Vor ihnen fuhr eine Frau auf dem Fahrrad, ebenfalls gegen den Verkehr, eine deutliche Übertretung. De Gier ärgerte sich. Er erinnerte sich an die Zeit, als Polizeibeamte wegen solcher Vergehen gegen die Gesellschaft noch Strafmandate austeilten. Er sah es wieder vor sich, wie er vor fünfzehn Jahren seinen ersten Dienst auf der Straße gemacht hatte. Er war stolz gewesen auf die beiden Streifen seines Rangabzeichens und auf die Dienstmarke, die ihm der Hoofdinspecteur selbst an die linke Brusttasche seines Uniformrocks geheftet hatte. Und er hatte eine Frau gesehen, die mit dem Fahrrad in einer Einbahnstraße in der falschen Richtung fuhr. Er hatte sich schneidig hingestellt, Brust raus, Hinterbacken zusammengekniffen, den Arm gehoben. Die Gesten eines Polizisten sind immer überdeutlich.

«Stop!»

Und die Frau hatte gehalten.

Er hätte es beinahe selbst nicht geglaubt. Die Frau blieb stehen, weil er es wollte. Es war übrigens eine hübsche Frau.

Und er hatte ihr ein Strafmandat erteilt. Und sie war brav weitergegangen, das Fahrrad an der Hand. Wieviel Macht er doch hatte!

Aber jetzt fühlte de Gier sich schwach. Er hatte Mühe beim Gehen. Durch die Hitze waren ihm schon seit Tagen die Füße geschwollen. Er trug Sandalen und mußte aufpassen, daß er sie beim Stolpern über einen Pflasterstein nicht plötzlich verlor.

Grijpstra ging ruhig an seiner Seite und betrachtete die Umgebung.

Grijpstra fühlte sich leidlich zufrieden. Alles andere lieber, als zu Hause herumsitzen. Das Angeln am Morgen hatte ihm nicht sehr gefallen. Er bewegte sich lieber, und zwar am liebsten in einer Richtung, die den Abstand zwischen ihm und seiner Wohnung vergrößerte. Er hatte genug von den Nierensteinen seiner Frau und vom Anblick seines Sohnes, der nicht mehr zur Schule wollte und sein Taschengeld wahrscheinlich durch den Handel mit gestohlenen Motorradteilen aufbesserte.

«Heh», sagte de Gier.

Grijpstra schaute in die angegebene Richtung.

Die Frau auf dem Fahrrad vor ihnen hatte nicht viel an, nur ein Höschen und ein Tuch, das sie um ihre großen Brüste gebunden hatte. Zwei Männer, die einen Lastwagen abgeladen hatten, waren von dem wogenden Busen fasziniert und mit ausgestreckten Händen der Frau entgegengelaufen.

Die Frau, die gerade über ein sehr holpriges Stück Straße fuhr, machte eine falsche Bewegung und fiel vom Rad. Das Tuch löste sich, der Büstenhalter darunter war offenbar durchsichtig. Die Männer, entzückt von dem Resultat ihrer Vorstellung, rannten zu ihr und begannen sie unter dem Vorwand der Hilfeleistung zu betasten. Die Frau schrie. Die immer anwesenden Fußgänger umringten das Schauspiel und gaben ihre Kommentare dazu. Die Frau kreischte und zeigte auf den Mann, der nach ihr gegriffen hatte.

Ein sportlicher Herr versetzte dem Kerl einen Schlag. Der Kollege des neuen Schlachtopfers kam herangeschossen, um zu helfen.

«Oje», sagte Grijpstra und lief zur Telefonzelle. Er kam nur etwas zu spät. Eine alte Dame war vor ihm dort. Er wollte sie zurückhalten.

«Polizei, Mevrouw.»

Die Dame stieß mit dem Regenschirm nach ihm.

«Warten!» sagte sie und schlüpfte in die Zelle.

Grijpstra öffnete die Tür.

«Gehen Sie weg?» kreischte die Dame. «Polizei! Das sagen sie immer. Warten Sie nur einen Moment.»

Grijpstra wartete. Das Gespräch dauerte zwei Minuten. Die Keilerei war in vollem Gang, als er endlich den Hörer in der Hand hatte.

«Schlägerei», sagte Grijpstra, «Ecke Prinsengracht und Runstraat.»

«Wirst du damit fertig?» fragte eine heisere Stimme.

Grijpstra grinste. Er hatte als einfacher Bürger anrufen wollen, aber man hatte ihn an der Stimme erkannt.

«Ich bin Kriminalbeamter, mein Freund», sagte Grijpstra, «dies ist etwas für die Uniformierten, dann haben die auch etwas zu tun.»

«Wir sind schon unterwegs», sagte die heisere Stimme.

Grijpstra hängte ein.

Er ging wieder zuschauen. Die Schlägerei hatte sich ausgeweitet. Vier Männer gingen jetzt mit Fäusten aufeinander los. Die Zuschauer hatten Platz gemacht. De Gier war auf dem Kampfplatz geblieben und hatte das Geschehen mit Interesse verfolgt.

Das Polizeiauto ließ auf sich warten. Einer der Kerle war mürbe geschlagen und ließ sich zu Boden fallen. Der sportliche Herr ging wieder in Kampfstellung.

«Genug», sagte de Gier, «Polizei.» Er streifte die Sandalen von den Füßen.

Niemand hörte auf ihn. Ein Raufbold holte aus, um de Gier einen Tritt zu versetzen. Grijpstra sprang vor und griff nach dem Bein. Der Angreifer taumelte und fiel auf den Rücken.

De Gier krümmte sich. Er hatte sich den Ellenbogen an der Tür eines geparkten Wagens gestoßen. Der Schmerz brannte in seinem Arm.

«Jetzt mal schön ruhig», sagte eine Stimme, und ein Arm umfaßte ihn. De Gier sah erstaunt nach oben. Hinter ihm stand ein Mann mit einem Motorradfahrerhelm auf dem Kopf.

«So, jetzt kommen Sie mal schnell mit», sagte eine neue Stimme.

De Gier und der Mann mit dem Schutzhelm schauten auf. Die neue Stimme gehörte einem Polizisten.

«Nein, nein», sagte de Gier, «dieser Mann hat nichts angestellt. Im Gegenteil, er hat mir geholfen.»

«Verzeihung», sagte der Polizist, «ich dachte, er wollte dich umwerfen.»

«Nein», sagte de Gier, «den Mann da mußt du mitnehmen und den und den und den Mann da auch, der an dem Haus sitzt und sich ausruht. Er hat seinen Anteil zwar schon gekriegt, aber du mußt ihn trotzdem mitnehmen. Und die nackte Dame auf dem Fahrrad war der Anlaß, die kannst du ebenfalls mitnehmen. Wenn sie künftig mehr Kleider anzieht, wird sie weniger Schwierigkeiten haben.»

«Mahlzeit», sagte der Polizist, «das sind schon fünf. Gibt es noch mehr?»

«Fünf sind genug», sagte Grijpstra.

«Dann werde ich anrufen und einen kleinen Bus bestellen», sagte der Polizist. «Kommst du gleich mit zur Wache wegen des Protokolls?»

«In einer halben Stunde», sagte de Gier. «Vorher will ich noch ein Bier trinken, zumal ich heute meinen freien Tag habe.»

Der Kleinbus kam und fuhr wieder ab. Grijpstra, de Gier und der Mann mit dem Schutzhelm blieben zurück.

«Darf ich Ihnen ein Bier spendieren?» fragte der Mann mit dem Schutzhelm.

Sie fanden ein stilles Café und stellten sich ans Büfett. Ihr neuer Freund nahm den Helm ab.

«Drei Bier», sagte er. Dann wandte er sich an die beiden Beanten: «Ich bin gleich wieder da. Mein Motorrad steht nicht gut. Ich werde es auf den Ständer stellen, damit man es nicht umstößt.»

«Den siehst du nicht wieder», sagte Grijpstra.

«Ja», sagte de Gier, «die drei Gulden hat er gespart, und dabei sah er so freundlich aus.»

Durch das Fenster sahen sie den Mann. Er kam mühsam schiebend näher und parkte das Motorrad vor dem Fenster.

«Die Marke ist bekannt», sagte Grijpstra.

«Das gleiche Modell ebenfalls», sagte de Gier.

Als der Mann wieder hereinkam, redeten die Beamten gleichzeitig über das Motorrad.

«Eine schöne Maschine, Mijnheer.»

«Die schönste, die es gibt», sagte der Mann und trank sein Glas in einem Zug leer, «aber schwer.»

«Eine Harley Davidson», sagte de Gier nachdenklich, «von 1945, glaube ich.»

«Älter», sagte der Mann, «von 43, eine alte Kriegsmaschine. Sie hat schon einige Macken, und der Klang ist auch nicht mehr so schön, aber ich will sie dennoch behalten.»

«Haben Sie sie selbst aufgemöbelt?» fragte de Gier.

«Ja», sagte der Mann.

«Noch drei Bier», sagte Grijpstra und setzte sich vergnügt auf einen Barschemel.

«Da steckt gewiß viel Arbeit drin», fragte er.

«Ja», sagte der Mann, «man bastelt immerzu daran herum. Und wenn man sie wirklich in Ordnung bringen will, muß man ganz schön in die Tasche langen.»

«Wieviel ist so ein Motorrad jetzt wert?» fragte de Gier.

«Sehr viel, Mijnheer», sagte der Mann, «viel mehr, als man denkt. Für ein Wrack muß man schon 500 Gulden hinblättern, und um es fahrbereit zu machen, braucht man noch einmal tausend Gulden. Und dann hat man so etwas wie ich. Die Maschine sieht zwar ganz lustig aus, aber jedes Kleinrad ist schneller. Und sie säuft natürlich Benzin.»

«Und wenn man sie in einen erstklassigen Zustand bringen will?» fragte Grijpstra.

«Sechstausend Gulden», sagte der Mann. «Dann muß man neue Ersatzteile kaufen. Man bekommt sie noch; das Werk in Amerika hat sie noch auf Lager. Und dann muß man sie zusammenbauen lassen. Wenn man es selbst macht, spart man vielleicht tausend Gulden, aber mehr nicht. Fünf- bis sechstausend Gulden wird man jedenfalls los.»

De Gier spürte sein Herz in der Kehle.

«Und das Zusammenbauen? Können Sie das selbst?»

«Doch», sagte der Mann, «aber ich bin auch vom Fach. Ich bin Automechaniker. Es ist eine Menge Präzisionsarbeit dabei, die Ventile einstellen und so. Und selbst ich habe mir von einem Experten helfen lasen, der hat noch ein paar hundert Gulden daran verdient. Aber der versteht wirklich etwas davon. Der Mann tut nichts anderes.»

«Interessant», sagte Grijpstra. «Ich habe einen Kollegen, der eine alte Harley besitzt. Ich würde ihm gern den Namen Ihres Experten geben. Wie heißt der Mann?»

«Oh», sagte der Mann, «Ihr Kollege wird den Mann kennen. Seket in der Bloemgracht. Jeder, der eine Harley hat, wendet sich früher oder später an Seket.»

«Vielen Dank», sagte Grijpstra.

«Seket», wiederholte der Mann, «Loe Seket. Ein alter Mann. Am Ende der Bloemgracht rechts. Er hat draußen ein Schild, auf dem steht ‹Harley›, und in seinem Schaufenster hängt ein herrliches Poster. Zwei nackte Frauen auf einer Harley. Man kann es nicht übersehen.»

Der Mann geriet jetzt ins Erzählen, aber de Gier schaute auf seine Uhr.

«Es wird Zeit», sagte er, «man erwartet uns im Büro. Vielen Dank für das Bier. Die anderen zahle ich.»

«Nein, nein», sagte der Mann, «Sie sind Polizisten und können nichts nebenbei verdienen. Ich habe vorhin ein gutes Geschäft gemacht, die Biere gehen auf meine Rechnung.»

«Vielen Dank», sagte Grijpstra und rutschte von seinem Schemel.

«Der Mann verschweigt der Steuer einen Teil seines Einkommens», sagte de Gier auf der Straße.

«Ja», sagte Grijpstra. «Das dürfte nicht sein, aber er hat hübsch erzählt, findest du nicht?»

«Und jetzt zuerst zum Büro», sagte de Gier, «aber dann wie ein Hase zur Bloemgracht. Hoffentlich arbeitet Seket am Samstag.»

«Und wenn nicht», sagte Grijpstra mit einer für ihn sehr ungewöhnlichen Erregung, «dann werde ich ihn noch heute finden, und wenn ich ihn in irgendeinem Strandbad auflese.»

«Vielleicht ist er über das Wochenende auf der Insel Schiermonnikoog», sagte de Gier.

«Es gibt eine Fähre nach dort.»

«Die ist dann schon abgefahren.»

«Ein Hubschrauber von der Marine», sagte Grijpstra und beschleunigte den Schritt.

Es war später Nachmittag, als sie am Ende der Bloemgracht eintrafen.

Grijpstra klingelte.

De Gier betrachtete das Poster im Schaufenster. Es waren zwei Mädchen darauf, die einander ansahen. Das eine saß auf dem Sattel einer Harley in Tarnfarben und das andere auf dem Tank. Ihre Nacktheit wurde durch die Tatsache betont, daß sie hohe schwarze Stiefel trugen. Sie sahen einander mit einem etwas wollüstigen Lächeln an. Das Mädchen auf dem Tank hatte sich leicht nach hinten gelehnt und hatte den Mund ein wenig geöffnet.

Lesbierinnen in einer Kurve, dachte de Gier.

Er schaute noch einmal hin.

Nein, dachte er, ganz gewöhnliche Mädchen. Sie mögen Männer, aber sie tun, was ihnen der dreckige Fotograf sagt. Bah. Aber ein hübscher Anblick.

«Hast du genug geglotzt?» fragte Grijpstra.

«Ja», sagte de Gier. «Öffnet hier keiner?»

«Über das Wochenende geschlossen», sagte Grijpstra.

«Schiermonnikoog», sagte de Gier.

«Nur nicht gleich verzweifeln», sagte Grijpstra und klingelte an der Nebentür.

Jetzt wurde geöffnet.

«Was gibt's?» fragte ein dicker Mann in einem schmutzigen Overall. «Ich habe Feierabend. Wenn etwas mit Ihrem Motorrad ist, müssen Sie am Montag wiederkommen.»

«Wir sind von der Polizei, Mijnheer», sagte Grijpstra. «Es geht nur um eine Auskunft.»

Seket kam heraus und sah die Beamten mißtrauisch an.

«Nun, worum geht es denn? Bestimmt kein gestohlenes Motorrad.

Harleys werden nicht gestohlen, die lassen sich viel zu schwer starten.»

«Wie?» fragte de Gier. «Wenn man einmal weiß, wie man mit einer Harley umgehen muß, kann man doch auch jede andere in Gang kriegen.»

Seket lachte. «Dann sind Sie kein Harley-Fahrer. Wenn Sie einer wären, wüßten Sie, daß die sich nicht gegenseitig beklauen. Es ist ein besonderes Völkchen, ein Club, eine Brüderschaft. Die bestehlen sich nicht.»

«Gut», sagte de Gier, «Sie sind ein Idealist. Das ist schön. Aber wir wollten nur fragen, ob Sie die weiße Harley von einem van Meteren zusammegebaut haben.»

«Habe ich», sagte Seket, «vor über einem Jahr. Die schönste, die ich je abgeliefert habe, eine fahrende Reklame. Viel, viel schöner als die neuen Modelle. Das sind nur fahrende Kühlschränke. Die Liberator ist die schönste Harley. Und die von Jan van Meteren ist die schönste Liberator, die Sie jemals sehen werden. Ist etwas damit?»

«Was hat er dafür bezahlt?» fragte Grijpstra.

«Viel Geld», sagte Seket, «sehr viel Geld. Aber ich habe wochenlang daran gearbeitet, und alle Ersatzteile waren neu.»

«Wieviel?» fragte de Gier.

«6200 Gulden.»

«In bar?»

«Bei mir ist alles in bar.»

De Gier schwieg.

«Hätte ich das nicht sagen sollen?» fragte Seket. «Jetzt sitzt er natürlich in der Tinte, wie? Ich weiß auch nicht, woher er es hatte. Ich dachte, er hätte es gespart.»

Grijpstra betrachtete das Poster im Schaufenster. Es war wirklich schön. Er fragte sich, warum wohl nackte Frauen und Motorräder zusammenpaßten.

«Na ja», sagte Seket und kratzte sich an der Schulter, «mich geht es ja nichts an.»

«Nein», sagte de Gier, «aber warnen Sie ihn lieber nicht, sonst machen Sie sich mitschuldig. Halten Sie für ein paar Tage den Mund. Vielleicht kommen wir noch einmal vorbei, um uns Ihre Aussage bestätigen zu lassen.»

Seket sagte nichts. Er schloß die Tür hinter sich.

«Gehen wir», sagte de Gier.

«Wir brauchen einen Wagen», sagte Grijpstra.

«Wozu?»

«Wir brauchen einen Wagen, wiederholte er. «Also zum Präsidium.»

14

«Wie ist van Meterens neue Adresse?» fragte Grijpstra, als sie auf dem Innenhof des Präsidiums in ihr Auto stiegen.

«Weiß ich nicht», sagte de Gier.

«Was soll das heißen, weiß ich nicht? Das mußt du wissen. Sie steht in deinem Notizbuch.»

«Ja», sagte de Gier, «aber mein Notizbuch steckt in der anderen Jacke. Heute ist Samstag.»

«Was hat Samstag damit zu tun?» fragte Grijpstra.

«Samstags», erläuterte de Gier, «trage ich meistens eine andere Jacke. Diese hier. Meine alte Cordjacke. Und die Innentasche dieser Jacke ist zu klein für mein Notizbuch. Deshalb laß ich es zu Hause liegen.»

«Ach, nein», sagte Grijpstra, «welch ein Unsinn. Was werden wir jetzt tun?»

«In *dein* Notizbuch schauen», sagte de Gier, «ganz einfach.»

Für eine Weile geschah nichts. Sie saßen im Wagen. De Gier hatte den Motor angelassen. Er lief nicht regelmäßig. Die Ventile, dachte de Gier, und wir haben sie gerade erst nachsehen lassen!

«Nun?» fragte de Gier.

«Mein Notizbuch liegt zu Hause», sagte Grijpstra. «In meiner anderen Jacke, glaube ich. Wenn ich zum Angeln gehe, ziehe ich diese Windjacke an. Und die hat keine Innentasche.»

De Gier schaltete den Motor aus.

«Ich bin gleich wieder da», sagte er.

Constanze meldete sich selbst.

«*Du* bist es!» sagte sie. «Ich habe auf dich gewartet.»

«Ja», sagte de Gier nervös, «ich meine, nein.»

«*Was* meinst du nun wirklich?» fragte Constanze.

«Ich weiß nicht, was ich meine», sagte de Gier, «aber hast du vielleicht van Meterens neue Adresse? Er hat mir vor einiger Zeit seine neue Adresse telefonisch durchgegeben, und ich habe sie mir in mein Notizbuch geschrieben, aber das liegt zu Hause. Ich erinnere mich, daß er in der Brouwersgracht wohnt, aber die Nummer will mir nicht einfallen.»

«Warum sollte ich seine Adresse kennen?» fragte Constanze. «Verhörst du mich schon wieder? Ich habe dir doch gesagt, daß zwischen ihm und mir nichts gewesen ist.»

«Nein, nein», sagte de Gier, «ich verhör dich nicht. Ich wollte nur die Adresse wissen. Tut mir leid, daß ich dich belästigt habe.»

«Warte mal», sagte Constanze hastig, «du willst doch nicht etwa sagen, daß wir uns heute nicht sehen?»

«Nein», sagte de Gier, «heute abend nicht. Ich muß arbeiten.»

«Du hast mir gegenüber keine Verpflichtung», sagte sie eisig.

«Nein, nein. Ich meine, ja. Später vielleicht. Nächste Woche. Ist es dir recht? Nächste Woche?»

«Werde dir zuerst mal klar darüber, was genau du meinst», sagte Constanze und legte auf.

«Heh!» rief de Gier, aber das Telefon gab nur noch das Freizeichen von sich.

«Krepier doch!» sagte de Gier.

«Er rannte zum Wagen zurück.

«Weißt du sie jetzt?» fragte Grijpstra.

«Nein. Wir fahren zu dir, das ist am nächsten.»

«So», sagte Grijpstra, «jetzt haben wir die Adresse. Haben wir sonst alles? Bist du bewaffnet?»

«Ja», sagte de Gier und klopfte auf sein Halfter, «aber wir brauchen keine Waffen.»

Grijpstra war nicht dieser Ansicht, aber er sagte nichts. Er dachte an die Papuas, die er in Indonesien in der niederländischen Armee kennengelernt hatte. Die würden sich niemals einfach so ergeben haben. Er schüttelte den Kopf. Er dachte an den Abend, als sie mit van Meteren musiziert hatten, und er hörte die tiefen hypnotischen, beinahe donnernden Töne der Urwaldtrommeln. Vielleicht würde die persönliche Beziehung zu dem Mann... Vielleicht auch nicht.

«Weißt du, wie ein Papua denkt?» fragte Grijpstra.

«Nein», sagte de Gier. «Weißt du, wie Japaner denken?»

Der Volkswagen blieb stehen. Sie befanden sich in der Keizersgracht, und der Weg war durch einen riesigen Luxusbus versperrt, der vor einem Hotel parkte. Aus dem Bus strömten Japaner, reizende Japaner, die Männer im blauen Blazer und grauer enger Hose, eingezwängt in ein Korsett aus Lederriemen von Kameras und Belichtungsmessern; die Frauen und Mädchen im Kimono mit bunten breiten Stoffgürteln um die Taille.

De Giers Gesicht wurde rot.

«Hast du jemals so viele Japaner in Amsterdam gesehen? Die können niemals alle im Bus gesessen haben. Direkt bei der Tür muß eine Maschine sein, die Japaner fabriziert. Schau doch mal. Noch einer und noch einer und jetzt wieder zwei.

Grijpstra schaute.

«Stell den Motor ab», sagte er. «Du verpestest die Luft. Vorläufig kommen wir hier doch nicht weiter.»

Aus dem Bus kam ein schönes, zartes Mädchen. De Gier lächelte es an. Eigentlich war es kein Lächeln, er zeigte nur seine Zähne. Das Mädchen lächelte zurück und verbeugte sich, eine kleine anmutige Verbeugung.

«Was für ein schöner weißer Hals», sagte Grijpstra, «und wie höflich die junge Dame ist. Wenn sie alle so sind, will ich hier gern noch ein wenig warten.»

«Ja», sagte de Gier, «ein liebes Mädchen.»

«Gegen Freundlichkeit kann keiner etwas ausrichten», sagte Grijpstra.

Es dauerte noch fünf Minuten, bis der Strom von Japanern versiegt war. Der Fahrer startete die schwere Dieselmaschine und setzte das Fahrzeug in Bewegung. Die Luftdruckbremsen hatten geniest, als sie gelöst wurden.

«Vorwärts jetzt», sagte Grijpstra.

Die nächste Ampel war rot. Die folgende ebenfalls.

«Sie stehen immer auf Rot», sagte de Gier, aber es sollte noch etwas dauern, ehe er seine Behauptung beweisen konnte. Es gab noch einen Aufenthalt. Eine Karambolage zwischen einem Taxi und einem Lieferwagen. Die Nase des Taxis war eingedrückt. Die beiden Fahrer hatten die Fäuste bereits geballt.

Grijpstra seufzte und stieg aus. «Polizei», sagte er. «Fahrt die Wagen an den Rand und laßt uns vorbei.»

«Aha», sagte der Taxifahrer, «Sie kommen wie gerufen. Nehmen Sie mal eben ein Protokoll auf, ja?»

Grijpstra stellte die vorgeschriebenen Fragen und notierte die Antworten in seinem Notizbuch. Es vergingen sechs Minuten.

De Gier hatte den Motor wieder abgestellt. Er war sehr ruhig. Er zündete eine Zigarette an und beobachtete die Möwen.

«Wer hatte recht?» fragte er, als Grijpstra wieder neben ihm saß.

«Keine Ahnung», sagte Grijpstra, «der Lieferwagenfahrer sagt, das Taxi sei von hinten aufgefahren, und der Taxifahrer sagt, er habe gestanden, der Lieferwagen habe zurückgesetzt. Keiner wollte nachgeben.»

«Ja», sagte de Gier, «aber was hältst du davon?»

«Was ist denn in dich gefahren? Seit wann denkt denn die Polizei? Der Staatsanwalt und der Richter denken. Wir schreiben nur auf, was wir wahrgenommen haben.»

«Gut», sagte de Gier, «aber was schreiben wir, wenn wir van Meteren festgenommen haben?»

«Das hängt davon ab, was er sagt, nicht wahr?»

«Er sagt natürlich nichts», sagte de Gier, «er ist selbst lange genug bei der Polizei gewesen. Und wenn er etwas sagt, wird es bestimmt kein Geständnis sein. Wenn wir ihn festnehmen, wird er ruhig mitgehen und erwarten, daß wir ihn in eine anständige Zelle stecken. Soviel Vertrauen wird er in uns wohl haben. Und dann können wir ihn verhören. Er ist ein ruhiger Mensch und hat Zeit. Mehr Zeit als wir.»

«Na, na», sagte Grijpstra, «und wie soll er den Kauf des teuren Motorrads erklären? Und die Tatsache, daß er dich belogen hat? Die Harley habe ihn ein paar hundert Gulden gekostet, sagte er. Und wir können beweisen, daß er über sechstausend bezahlt hat. Woher hat er die?»

«Gefunden.»

«Ja, ja, in seiner Hosentasche, wo Piet Verboom es hineingesteckt hatte. Ehrlich verdient durch Rauschgifthandel.»

«Das vermuten wir», sagte de Gier, «und das ist alles.»

«Ja», sagte Grijpstra, «aber der Staatsanwalt wird jetzt mitspielen. Wir können van Meteren monatelang festhalten und in dieser Zeit weitersuchen. Und dann werden wir auch etwas finden. Irgendwo hat er einen Haufen Geld.»

«75 000 Gulden?» fragte de Gier.

«Brouwersgracht Nummer 17», sagte Grijpstra. «Parke hier.»

Sie parkten den Wagen hinter van Meterens Maschine, die im Licht der Straßenlaterne glänzte.

Grijpstra schaute nach oben.

«Ein hohes Haus», sagte er, «ein sehr hohes Haus. Und er wohnt im obersten Stockwerk. Sein Licht brennt.»

«Hattest du ihn verdächtigt?» fragte de Gier.

«Ja, anfangs», sagte Grijpstra, «aber dann kamen mir Zweifel, weil ich kein Motiv sah. Und ich mochte ihn, übrigens mag ich ihn immer noch. Er muß ein guter Polizist gewesen sein. Ein tüchtiger Mann und sehr vertrauenswürdig. Ich glaube, daß der Hoofdinspecteur ihn auch verdächtigt hat. Und du?»

«Ich habe ihn ebenfalls verdächtigt», sagte de Gier. «An den Selbstmord habe ich eigentlich nie geglaubt. Dazu sah Verboom viel zu ordentlich aus. Gekämmtes Haar, hübscher Schnurrbart. Ein sauberer Mann mit neuem Oberhemd. Selbstmörder sehen anders aus, unordentlich, sogar schmutzig. Sie rasieren sich nicht mehr und lassen alles verkommen. Und nachdem sie eine Weile in dem Dreck gelebt haben, machen sie ein Ende. Das Zimmer war ebenfalls sauber.»

«Und du hast gedacht, daß van Meteren ihn ermordet hat?»

«Erinnerst du dich an die Schlinge?» fragte de Gier.

«Ja, die Schlinge.» Grijpstra nickte nachdenklich. «Die Schlinge hätte er anders machen müssen. Das war die Schlinge eines Profis. Seeleute machen solche Knoten und Soldaten. Und obendrein hat er uns damals noch erzählt, wie er in Neuguinea Gefangene gefesselt hat. Das hast du doch auch gehört?»

«Ja», sagte de Gier, «er hat vergessen, daß wir seine Gegner waren. Er sah in uns Kollegen, mit denen er ein fachliches Gespräch führen konnte. Polizisten untereinander. Und eigentlich sehe ich in ihm auch einen Kollegen. Ich würde ihn lieber nicht festnehmen.»

«Wie viele indonesische Soldaten mag er in Neuguinea umgebracht haben?»

«Das war seine Pflicht, die rechtmäßige Anwendung des Gesetzes.»

«Ja», sagte Grijpstra, «wir haben prächtige Gesetze. Und sie werden hübsch angewendet.»

«Gehen wir», sagte de Gier.

Sie standen auf dem Pflaster am nördlichen Ende der Brouwersgracht und schauten wieder nach oben.

«Das Haus sieht baufällig aus», sagte de Gier. «Laß uns die Treppe vorsichtig hinaufgehen, damit es nicht einstürzt.»

An der Haustür zog de Gier den Schlitten seiner Pistole zurück. Nach einigem Zögern lud auch Grijpstra seine Waffe durch.

«Klingeln», sagte Grijpstra.

«Warum immer ich? Damals in den Haarlemmer Houttuinen mußte ich auch klingeln.»

«Ich bin abergläubisch», sagte Grijpstra, «klingle jetzt!»

De Gier drückte auf den abgenutzten Klingelknopf und las die Namensschilder auf dem Türpfosten.

Laut las er: «Nelly de Jong – Hans de Graaf.»

«Die sind zusammengezogen», sagte Grijpstra. «Das ist jetzt modern. Liebe junge Menschen, die sich modern geben. Aber Streit kriegen sie doch miteinander, wenn sie sich ein Zimmer teilen, das vor Armut zerfällt.»

De Gier las noch ein Schild vor. «F. Bastiaanse.»

«Das ist ein alter Mann», sagte Grijpstra, «der auf die Einweisung ins Altersheim wartet. Er ist schon Invalide und wohnt im vierten Stock. Manchmal pinkelt er ins Bett.»

De Gier wollte etwas sagen, aber die Tür wurde geöffnet. Sie gingen die Treppen hinauf.

Grijpstra blieb in der fünften Etage stehen, er hatte Seitenstechen. «Ich werde zu alt für diese Arbeit», sagte er.

«Unsinn», sagte de Gier. Zusammen gingen sie die sechste Treppe hinauf.

Van Meteren kam ihnen entgegen.

«Das ist nett», sagte van Meteren, «kommt ihr mich besuchen? Ihr habt Glück, ich habe Bier zu Hause. Kaltes Bier. Oder seid ihr im Dienst? Dies ist kein guter Abend, um Dienst zu tun. Es ist zu warm, zu feucht.»

«Wir sind nicht im Dienst», sagte de Gier, «wir kamen zufällig vorbei und sahen das Licht brennen.»

«Schön, dann könnt ihr Bier trinken. Nur noch zwei Treppchen.»

Van Meteren bot Platz an. Grijpstra ließ sich dankbar in einen verschlissenen Sessel sinken.

«Vorsicht», sagte van Meteren. «Ich habe ihn vom Sperrmüll. Man sitzt zwar gut drin, aber er ist nicht sehr stabil.»

«Du wohnst hier hübsch», sagte de Gier.

«Ja. Hier ist es eigentlich besser als in den Haarlemmer Houttuinen. Die Aussicht ist schön, aber hoch ist es. Sieben Treppen sind viel.»

«Hast du schon mal etwas vergessen?» fragte de Gier. «Ich meine, wenn du endlich oben bist und dann feststellst, daß du noch etwas brauchst.»

Van Meteren lächelte. «Heute nachmittag noch. Ich hatte ein Päckchen Shag gekauft, und als ich oben war, hatte ich kein Zigarettenpapier. Und als ich das endlich hatte, konnte ich keine Streichhölzer finden, und die Zündflamme vom Boiler in der Küche war auch noch ausgegangen.»

Grijpstra und de Gier lachten. Van Meteren sah zufrieden aus. Er hatte einsam ausgesehen, als er sie auf der Treppe begrüßte.

«Bier», sagte van Meteren. «Ich habe es heute nachmittag in den Kühlschrank gestellt. Es muß jetzt schön kalt sein.»

Er verschwand durch eine Tür. Die beiden sahen sich um. Die Wände waren wie in seinem Zimmer in den Haarlemmer Houttuinen weiß gestrichen, und sie erkannten auch die anderen Gegenstände wieder. Der Schädel des Wildschweins hatte einen Ehrenplatz an der Wand, an der van Meteren auch einige Bretter angebracht hatte, auf denen seine Steinsammlung lag. De Gier betrachtete die große Karte vom Ijsselmeer, die eine halbe Wand einnahm. Grijpstra sah sich die Urwaldtrommel an, die in einer Zimmerecke stand. Auf einem sauber gescheuerten Tisch lagen Bücher. De Gier schaute hinein. Geschichtsbücher. *Der zwölfjährige Waffenstillstand.* Der *Aufstand von 1830.*

«So», sagte van Meteren, «hier ist das Bier. Nimm Platz, de Gier.»

De Gier setzte sich in die Nähe der Tür. Ein Verdächtiger darf keine freie Bahn zur Tür haben. Und schon gar nicht, wenn er festgenommen werden soll oder es schon ist.

Von Meteren hatte das Bier abgestellt und war wieder in die Küche gegangen.

Ich muß ihn mal fragen, ob er sein Gewehr noch hat, dachte de Gier, und ihm fiel ein, daß er die Waffenkammer nicht angerufen hatte, um zu fragen, ob van Meteren den Lauf hatte verschließen lassen.

«Vielleicht hat er sein Gewehr noch», sagte er zu Grijpstra.

«Das macht nichts», sagte Grijpstra. «Er wird es hier bestimmt nicht benutzen.»

«Gleich kommt er mit dem Ding herein.»

«Aber nein», sagte Grijpstra.

Van Meteren kam mit einem Tablett voller Käsestückchen herein.

«Prost.»

Grijpstra trank seins in einem Zug leer und stellte es vorsichtig auf den Tisch. Van Meteren schenkte nach.

«Es tut mir leid, van Meteren», sagte Grijpstra, «vielleicht hätte ich das Bier nicht annehmen sollen, aber ich war sehr durstig. Wir sind heute abend nicht als Freunde gekommen.» Er sah zum Fenster hinaus. «Wir müssen dich festnehmen, weißt du.»

De Gier war aufgestanden und hatte sich an die Tür gestellt. Er hatte die Hand unter der Jacke, einige Zentimeter vom Griff der Pistole entfernt.

«Festnehmen?» fragte van Meteren. Er lächelte noch, aber die Mundwinkel fielen nach unten und ein Ausdruck wirklicher Betrübnis glitt über sein breites Gesicht.

«Ja», sagte Grijpstra, «du wirst des Mordes verdächtigt.»

«Warum?» fragte van Meteren leise.

«Seket», sagte de Gier.

«Ah», sagte van Meteren.

De Gier sprang zur Seite, aber es war bereits zu spät. Das Bier aus van Meterens Glas hatte ihn voll in die Augen getroffen.

Im gleichen Augenblick brach Grijpstras Sessel zusammen. Van Meteren hatte dem alte Möbelstück einen Tritt an seiner schwächsten Stelle versetzt. Er hatte nicht einmal hart zugetreten. Grijpstras Hand, die nach seiner Waffe greifen wollte, mußte jetzt seinen fallenden Körper stützen.

Als de Gier sich das Bier aus den Augen gerieben hatte und wieder sehen konnte, war er mit Grijpstra allein im Zimmer.

Grijpstra schaute zum Fenster hinaus. «Allmächtiger Gott», sagte er bewundernd.

De Gier schob Grijpstra zur Seite und schaute ebenfalls hinaus.

Drei Stockwerke unter ihnen stieß sich van Meteren soeben von der Hauswand ab. Er hielt sich an einem Seil fest, das oberhalb von den

Beamten und außerhalb ihrer Reichweite an einem Kranbalken befestigt war. Van Meteren mußte sich wieder wie in den Bergen von Neuguinea vorkommen. Noch ein großer, schwingender Sprung und er stand auf der Straße. Aber darauf hatten die Beamten nicht mehr gewartet.

De Gier war als erster draußen. Er war die Treppen eher hinutergefallen als gerannt. Grijpstra trieb sich noch auf Höhe der dritten Etage herum.

Van Meteren fuhr davon, nicht übereilt, denn der Fußweg ist ziemlich hoch und die Federung einer Harley nicht sehr gut. Als er auf der Straße war, gab er Gas.

De Gier schaute ihm nach. Er hatte die Pistole nicht einmal gezogen. Es herrschte zuviel Verkehr. Die Chance, van Meteren zu treffen, war zu klein, und die Möglichkeit, jemand anders zu treffen, war zu groß.

Er lief zum Wagen und öffnete die Tür und hatte kurz darauf das Präsidium am Funkgerät. Sientjes Stimme gab einem Streifenwagen einen Auftrag. De Gier unterbrach sie nicht.

Er nannte die Rufnummer seines Wagens.

«Kommen», sagte Sientje.

«Weißes Harley-Davidson-Motorrad, Brouwersgracht, östliche Richtung, jetzt wahrscheinlich auf der Brücke über den Singel. Fahrer ist des Mordes verdächtig. Gefährlich, wahrscheinlich bewaffnet. Kleiner dunkler Mann. Farbiger. Kennzeichen Victoria Ferdinand 17–72. Um Festnahme wird ersucht. Ende.»

«Verstanden und Ende», sagte Sientje.

Er hörte, wie sie die Nachricht wiederholte.

Er meldete sich noch einmal. «Wir fahren ihm nach», sagte er. «Wieviel Wagen habt ihr, die uns helfen können?»

«Einen», sagte Sientje, «auf der Prins Hendrikkade. Alle anderen haben zu tun, aber wir haben das Revier Amsterdam-Nord am Apparat, die müssen dort auf jeden Fall einen Wagen vor der Tür stehen haben. Ich werde es noch mehrmals durchsagen, vielleicht erwische ich irgendwo noch einen Streifenwagen.»

«Meldet es auch der Reichspolizei», sagte de Gier.

«Ja», sagte Sientje, «das hätte ich sowieso getan. Ende.»

De Gier errötete.

Grijpstra saß jetzt neben ihm.

«Er ist nach Osten gefahren», berichtete de Gier. «Aber er kann jetzt überall sein. Vielleicht ist er durch die Haarlemmerstraat zurück.»

«Die ist gesperrt», sagte Grijpstra. «Sie sehen die Kanalisation nach und haben die Straße aufgebrochen. Vielleicht fährt er über den Fußweg. Ist er in Panik?»

«Aber nein», sagte de Gier, «er ist ein guter Polizist. Du hättest sehen sollen, wie er weggefahren ist.»

«Nun, wie ist er denn weggefahren?»

«Als ob er irgendwo einen Besuch machen wollte. Ganz ruhig, vor allem vom Fußweg herunter. Der war ihm zu hoch.»

«Ha», sagte Grijpstra.

«Was wollen wir tun?» fragte de Gier. «Geradeaus oder die Grachten absuchen?»

«Geradeaus. Bei den Grachten fällt er mit der weißen Maschine zu sehr auf. Er muß zur Stadt hinaus. Er kennt das ganze Land aus dem Effeff, weil er an jedem Wochenende hinausfährt. Er fährt die Prins Hendrikkade hinunter oder durch den Ijtunnel oder in Richtung Amersfoort. Im Osten müssen ja noch einige Streifenwagen fahren, vielleicht sieht ihn einer.»

De Gier schüttelte den Kopf.

«Warum sollten sie ihn sehen. Er fährt ruhig und bleibt an den Ampeln stehen, auch wenn sie erst gelb sind.»

«Eine weiße Harley ist wie ein weißer Elefant», sagte Grijpstra, «und Polizeibeamte sind nicht blind. Wenn sie nun eine blaue Ente oder einen weißen Volkswagen suchen müßten, aber eine Harley...»

Sientjes Stimme meldete sich wieder.

«Euer Motorrad ist durch den Ijtunnel gefahren. Ihm folgt ein Wagen mit Sirene.»

«Aha», sagte Grijpstra, «siehst du wohl?»

«Schade, daß wir keine Sirene haben», sagte de Gier, der eine rote Ampel überfuhr. Zwei Autos hupten empört, ein Fahrer zeigte ihm den Vogel.

«Langsam», saget Grijpstra, «ich habe Kinder.»

«Ich habe einen Kater», sagte de Gier.

Der VW fuhr in den Tunnel, Grijpstra schloß die Augen. Er mochte keine Tunnel. De Gier bremste. Im Tunnel herrschte viel Verkehr. Das Funkgerät sagte keinen Pieps mehr.

«Heh», sagte de Gier. Grijpstra öffnete die Augen wieder.
«Sientje ruft uns», sagte de Gier.
Grijpstra griff zum Mikrofon.
«Wart ihr ihm im Tunnel?» fragte Sientje.
«Ja», sagte Grijpstra, «haben sie ihn?»
«Nein», sagte Sientje, «sie haben ihn verloren.»
«Wo?»
«In der Gegend, wo die Straßen alle Vogelnamen haben. Er ist in die Havikstraat gefahren und muß sich dort in der Gegend irgendwo herumtreiben. Der Streifenwagen sucht ihn noch. Sie hatten wohl eine kleine Schwierigkeit und sich dabei eine Delle am Wagen geholt.»
«Wir fahren ebenfalls hin», sagte Grijpstra.
De Gier hielt in der Koekoestraat.
«Was machst du denn jetzt?» fragte Grijpstra.
«Dies hat keinen Sinn», sagte de Gier. «Wir drehen hier nur unsere Runden in diesen Scheißstraßen und holen uns gleich auch noch eine Delle am Wagen. Hörst du ihn?»
Grijpstra stieg aus und horchte. Es war still in dieser Gegend. Das schwere Gurgeln der Harley war nicht zu hören.
«Die Karte», sagte Grijpstra, der wieder eingestiegen war.
«Die Karte», sagte de Gier. «Du meinst die Karte in seinem Zimmer, die vom Ijsselmeer. Er hat ein Boot, das wird es sein. Wozu sollte er sonst die Karte haben? Es ist eine Seekarte mit eingezeichneten Fahrwassertonnen und Sandbänken und so.»
«Aber wo liegt das Boot?» fragte Grijpstra.
«In der Nähe.»
«Das hoffst du», sagte Grijpstra und steckte sich eine Zigarette an.
«In Monnikendam», sagte de Gier.
«Oder in Hoorn oder Enkhuizen oder Medemblik.»
«Nein», sagte de Gier, «in Monnikendam. Dorthin würde ich mein Boot legen, wenn ich van Meteren wäre.»
«Wir können Sientje bitten», sagte Grijpstra, «den Hoofdinspecteur anzurufen, der hat van Meteren beschatten lassen?»
«Laß nur», sagte de Gier, «das wäre Zeitverschwendung. Van Meteren wußte, daß er beschattet wurde. Er ist aus dem Fenster gesprungen, weil du den Namen Seket erwähnt hast. Wenn wir Seket kannten, mußten wir auch wissen, daß van Meteren ein Motorrad für viel Geld gekauft hatte. Hatten wir ihn erst einmal festgenommen, würde

er monatelang in Untersuchungshaft sitzen, wenn er seine Unschuld auch noch so beteuerte. Das Geld hätte er nicht erklären können.»

«Gut, gut», sagte Grijpstra, «das Geld brachte ihn mit Piet Verboom und dem Rauschgifthandel in Verbindung. Und irgendwo in diesem verwickelten Komplex steckt der Grund, warum er Piet ermordete. Gut. Er mußte seinen Besitz verbergen, aber das Boot ist nicht weit weg.»

«Vielleicht ist er schon auf seinem Boot. Auf dem Ijsselmeer finden wir ihn nicht so schnell. Und wir wissen nicht, was für ein Boot er hat. Nach dem Motorrad wird morgen die gesamte niederländische Polizei suchen. Wenn er klug ist, bleibt er jedoch nicht zu lange auf dem Boot.»

Grijpstra schüttelte den Kopf.

«Nein?»

«Nein. Die Maschine ist ein weißer Elefant, aber van Meteren ist ein schwarzer Elefant. Er fällt auf. So viele Farbige gibt es nämlich nicht in Holland. Er hält sich also besser für eine Weile auf dem Boot auf.»

Grijpstra griff nach dem Mikrofon.

«Wir glauben, daß er ein Boot hat und damit aufs Ijsselmeer will. Wir fahren jetzt nach Monnikendam. Werdet ihr die Wasserschutzpolizei alarmieren?»

«Das werden wir», sagte Sientje. «Erfolgreiche Jagd. Ende.»

«Und das ist das Ende von Sientje», sagte de Gier. «Gleich wird sie uns nicht mehr hören können.»

«Fahr los», sagte Grijpstra.

Sie fuhren. Im Hafen von Monnikendam fanden sie nichts. Sie fuhren weiter über kleine Deiche am Wasser entlang. Wieder nichts. Sie kehrten um. Ihnen begegnete niemand, den sie hätten fragen können. Endlich sahen sie einen Mann in einem Kajütboot, das an einem langen, schmalen Landungssteg festgemacht war. De Gier zog seine Pistole, steckte sie jedoch wieder weg.

«Guten Abend.»

«Guten Abend», sagte der Mann.

«Wir sind von der Polizei», sagte de Gier, «und suchen einen kleinen dunkelhäutigen Mann, der ein weißes Motorrad fährt. Haben Sie ihn gesehen?»

«Ja», sagte der Mann, «die Maschine steht dort drüben hinter der

Hecke. Und Ihr Mann ist auf dem Meer. Mit einem Fischerboot. Er ist vor einer Stunde weggefahren.» Der Mann zeigte in die Richtung.

«Das ist schön», sagte Grijpstra. «Kennen Sie ihn?»

«Nicht sehr gut», sagte der Mann, «aber sein Boot liegt hier immer, ein Stückchen weiter an diesem Landesteg. Wir haben die Liegeplätze von demselben Bauern gepachtet. Er und ich sind die einzigen, die hier festmachen.»

«Der Mann wird des Mordes verdächtigt», sagte de Gier. «Können Sie uns Ihr Boot leihen?»

Der Mann lachte. «Gewiß, aber dann möchte ich mit.»

«Ich kann durchaus mit einem Boot umgehen», sagte de Gier, «und unser Freund ist gefährlich.»

«Das macht nichts», sagte der Mann. «Darf ich mich vorstellen? Van Runau. Ich bin Sergeant bei den Kommandoeinheiten gewesen, vieleicht kann ich Ihnen eine Hilfe sein.»

«Gehen wir», sagte Grijpstra, «hier zieht es. Haben Sie Kaffee in Ihrem Boot?»

«Willkommen», sagte van Runau und half Grijpstra an Bord. De Gier lief zum Auto. Er grinste. Schön, dachte de Gier, da haben wir also den Karabiner, die Patronenhalter, den Scheinwerfer und den Verbandskasten und das ganze Zeug, das wir nie benötigt haben.

Er ging vollbeladen an Bord.

«Ein Karabiner», sagte van Runau, «das ist eine gute Waffe. Früher konnte ich gut damit umgehen, aber ich habe schon lange nicht mehr geschossen.»

«Heute werden Sie dazu auch keine Gelegenheit haben», sagte Grijpstra, der in der Kabine herumschnüffelte. «Mein Kollege wartet schon seit Jahren auf eine Gelegenheit, den Karabiner zu benutzen. Er wird ihn nicht aus der Hand geben.»

«Macht nichts», sagte van Runau, «ich habe schon genug geschossen.»

Der Motor wurde gestartet, das Boot legte vom Landungssteg ab.

«Ein hübsches Boot», sagte de Gier und klopfte an die Wand. «Stahl. Und der Motor hat einen guten Klang.»

Van Runau stand neben ihm.

«Ich habe das Boot nur zum Vergnügen», sagte er. «Ich arbeite in Amsterdam und fahre an Wochenden raus. Für morgen habe ich mir einen Tag Urlaub genommen, darum wollte ich schon heute abend fahren.»

Sie waren jetzt auf dem offenen Wasser. Grijpstra hatte den Gaskocher in der Kajüte angemacht und war mit einem Kessel, Tassen und einem Glas Pulverkaffee beschäftigt. De Gier saß auf dem Rand des Boots und ließ eine Hand ins Wasser hängen. Van Runau stellte den Motor ab und lauschte.

«Ich höre ihn.»

Die Beamten lauschten ebenfalls. In der Ferne hörten sie das schwere Ploff-Ploff eines alten Diesels.

«Wir haben nicht viel Wind», sagte van Runau, «und auf dem Wasser hört man weit, aber wir werden ihn bald eingeholt haben. Der alte Kahn ist nicht schnell. Aber es ist ein feines Schiff. Ich bin manchmal schon neidisch gewesen. Dieses Boot ist zwar schnell, aber es hat keine Atmosphäre.»

«Die Wasserschutzpolizei ist ebenfalls auf der Suche nach ihm», sagte de Gier, «aber die wissen nicht, wonach sie suchen sollen. Sie werden jedes Boot anhalten und damit Zeit verlieren.»

«Wie viele Boote hat die Wasserschutzpolizei hier?»

«Keine Ahnung», sagte de Gier, «vielleicht eins oder zwei. Ich glaube, sie haben eins in Monnikendam und eins in Hoorn.»

«Dann können sie lange suchen», sagte van Runau. «Schade, daß ich kein Funkgerät habe. Wir werden es allein schaffen müssen. Hat er eine Waffe?»

Grijpstra kam mit einem Tablett und drei Kaffeetassen.

«Ein Lee-Enfield-Gewehr», sagte Grijpstra.

«Das meinen Sie doch nicht im Ernst», sagte van Runau. «Wie ist er denn daran gekommen? Das ist eine lebensgefährliche Waffe, besonders hier auf dem Wasser, wo man in Ruhe zielen kann. Mit dem Karabiner können wir dagegen nichts ausrichten.»

De Gier rührte in seinem Kaffee.

«Ich werde es nie lernen», sagte er, «ich wußte, daß er ein Gewehr hatte, und habe es ihm gelassen.»

«Ja, ja», sagte Grijpstra, «wir sind nette Menschen.»

«Erzählen Sie mal», sagte van Runau.

De Gier erzählte die Geschichte. Van Runau hörte interessiert zu und schaltete von Zeit zu Zeit den Motor aus, um den Standort des Fischerkahns bestimmen zu können. Sie sahen den Kutter jetzt, den schwarzen Strich des Masts und die niedrige dunkle Silhouette auf dem Wasser. Der kleine Strich am Ruder mußte van Meteren sein.

«Patronen wird er genug an Bord haben», sagte van Runau, «vielleicht mehrere Schachteln voll. Und fünf Patronen hat er jetzt im Gewehr. Wenn er es in aller Ruhe macht, behält er sogar noch zwei übrig.»

«Willst du zurückfahren?» fragte de Gier Grijpstra.

Grijpstra schenkte sich eine zweite Tasse Kaffee ein und starrte vor sich hin.

«Es ist gefährlich», sagte de Gier. «Wenn wir näher kommen, sind wir die schönste Zielscheibe, die er sich wünschen kann. Wir könnten zurückfahren und der Wasserschutzpolizei sagen, wo er sich befindet. Oder wir könnten außerhalb der Schußweite bleiben und warten, bis sie ein Flugzeug schicken. Morgen früh hätten wir ihn dann.»

«Oder auch nicht», sagte Grijpstra. «Er kann ans Ufer fahren und an Land springen. Dann kann er sich sein Motorrad holen, und wir wären wieder so weit wie vorher, oder er stiehlt ein Auto. Geschickt genug ist er. Nein, ich bleibe. Willst du zurück?»

«Ich nicht», sagte de Gier. «Sie?»

«Ihr könnt ruhig ‹du› zu mir sagen», sagte van Runau, «und ich mach ebenfalls mit. Dies ist aufregender als meine Arbeit. Mein Leben ist ziemlich langweilig, wißt ihr. Wenn es zu schlimm wird, springe ich einfach über Bord. Mit einem halben Zentimeter Wasser über dem Kopf hat man den besten Schild, den Neptun einem geben kann. Den durchschlägt keine Kugel.»

«Also vorwärts», sagte de Gier und schob Patronen in den Karabiner. «Ich werde einen Warnschuß abgeben und dann – falls er nicht beidreht – einen gezielten Schuß. Bei diesem Abstand kann ich ihn treffen.»

Van Meteren war jetzt deutlich zu erkennen. Er mußte wissen, daß er verfolgt wurde.

De Gier schoß in die Luft.

Van Meteren schwankte, fuhr aber weiter.

De Gier zielte. Ehe der Schuß losging, sahen sie van Meteren vornüberfallen. Unmittelbar darauf hörten sie eine Kugel pfeifen.

Van Meteren schoß zurück. Es war ebenfalls ein Warnschuß, denn die Kugel ging mehrere Meter über sie hinweg.

Grijpstra hatte die Tassen in die Kajüte gebracht und kam mit einer Pistole zurück. De Gier hatte seine Pistole bereits van Runau gegeben. Zu dritt feuerten sie eine Salve. Der Knall des Karabiners war etwas schärfer als die Pistolenschüsse.

Der Abstand hatte sich erkennbar verringert. Die Boote fuhren in einem Abstand von sechzig Metern in der gleichen Richtung. Die Gewehrschüsse kamen jetzt in schneller Folge. Van Meteren brauchte nur wenig Zeit zum Laden.

Van Runau und die Beamten saßen in der Hocke und schauten einander an.

«Hallo», rief van Meteren.

«Ja?» sagte Grijpstra mit ruhiger Stimme.

«Du kannst ruhig aufstehen», sagte van Meteren, «ich will mit dir reden. Ich werde nicht schießen.»

«Gut, Junge», sagte Grijpstra und stand auf. De Gier und Runau folgten seinem Beispiel.

«Ich kann euch mit Leichtigkeit treffen», rief van Meteren, «und ich habe genug Patronen, um es den ganzen Tag auszuhalten, viel mehr, als ihr habt. Aber ich will euch nicht treffen. Haut ab und laßt mich gehen.»

«Das geht nicht», rief Grijpstra, dessen tiefe Stimme in der windstillen Luft weit über das Wasser getragen wurde. «Du bist des Mordes verdächtig, van Meteren, das ist das schlimmste Verbrechen, das wir im Gesetz kennen. Gib auf, sonst müssen wir dich weiterverfolgen. Wenn du uns erschießt oder anschießt, machst du es nur noch schlimmer.»

Van Meteren schwieg. Er hatte das Gewehr im Anschlag, ebenso wie de Gier den Karabiner.

«Stellt euch nicht so dumm», rief van Meteren, «ich schieße schneller und besser als ihr. Ich habe bis jetzt über das Boot geschossen, aber die nächsten Kugeln werden die Yacht durchschlagen.»

«Gib auf», rief de Gier.

«Nein. Geht in Deckung, und zwar möglichst weit nach vorn. Ich werde euer Boot jetzt leckschießen.»

Van Runau und Grijpstra tauchten als erste weg; mit den Pistolen hatten sie auf sechzig Meter nicht einmal den Anschein einer Chance. De Gier schoß einmal, während er in der Hocke saß. Aber van Meteren hatte sich schon geduckt, ehe de Gier den Abzug durchziehen konnte. Die Kugel ging flach über die schützende Seitenwand des Kutters hinweg. Sie hörten, wie er ihr Boot im Bogen umfuhr.

Und dann sahen sie, wie plötzlich Löcher im Achterschiff entstanden, fünf rechts, dann ein ploff-ploff-ploff des Diesels, fünf links. Die Schüsse waren gut gezielt, die Löcher befanden sich unmittelbar über der Wasserlinie.

«Gute Arbeit», sagte van Runau, «so werden wir vollaufen, und zwar schnell, wenn Wind aufkommt, gegen diese Löcher hilft kein Lenzen. Es ist leck wie ein Sieb.»

Van Meteren war noch nicht zufrieden. Es kamen noch zehn Löcher dazu.

«Kein Mangel an Munition», sagte de Gier.

Der Diesel wurde lauter. Van Meteren wollte wegfahren.

Plötzlich sprang de Gier auf und zur Kajüte hinaus. Er legte den Karabiner an und schoß ihn leer. Die Bewegung war so überraschend gekommen, daß van Meteren nicht schnell genug wegtauchen konnte. Er hatte das Gewehr in der einen Hand gehalten und mit der anderen das Ruder bedient.

«Getroffen?» fragte Grijpstra.

«Vielleicht», sagte de Gier. «Mit dem ersten Schuß, glaube ich. Aber er ist nicht tot. Er ist weggetaucht, aber nicht umgefallen.

«Das ist eigentlich nicht nett», sagte van Runau. «Unser Freund hat nur auf das Boot geschosssen, wir aber auf ihn.»

De Gier gab keine Antwort. Er starrte mit weißem Gesicht zum Kutter hinüber.

«Bist du verletzt, van Meteren?»

Die Stimme antwortete nach einigen Sekunden. «An der Schulter. Streifschuß. Ich verliere Blut.»

«Wir kommen», rief de Gier. «Nicht bewegen.»

«Ich schwimme rüber», sagte van Runau und zog sich aus. Fünf Minuten später lag der Kutter längsseits mit van Runau am Ruder. De Gier und Grijpstra gingen hinüber.

Van Meteren saß mit dem Rücken an seiner Kajüte. Er hielt seine linke Schulter fest. Seine kurze, mit Schaffell gefütterte Jacke war blutgetränkt.

15

De Gier sah sein Opfer erschrocken an, stellte den Karabiner zur Seite und stieß Grijpstra an.

«Halte ihn in Schach.»

Dann ging er zu der sitzenden Gestalt. Ein kranker Affe, dachte er.

«Sehr gut», sagte van Meteren.

«Was?» fragte de Gier erstaunt.

«Daß ihr mich in Schach haltet. Ein Freund von mir hat es in Neuguinea einmal vergessen. Wir hatten einen Javaner angeschossen, der blutend an einem Baum saß. Mein Freund wollte ihm helfen, und als er bei ihm war, hatte er eine Kugel im Kopf.»

De Gier hockte sich neben ihn. Grijpstra stand unerschütterlich am Ruder, die Pistole in der Hand. Van Runau hatte seine Kleider von der Yacht geholt und zog sich wieder an. De Giers Pistole lag neben ihm, weit außerhalb der Reichweite van Meterens.

«Durchsuche mich ruhig», sagte van Meteren.

De Gier tastete ihn vorsichtig ab. Er klopfte auf eine dicke Stelle unter dem linken Arm.»

«Mein Revolver», sagte van Meteren, «hol ihn raus, aber vorsichtig, dort tut mir alles weh.»

«Verzeihung», sagte de Gier und zog den Revolver heraus.

«Mehr habe ich nicht», sagte van Meteren. «Ich hätte schneller runtergehen müssen, aber der Motor lief nicht richtig, und das hat mich abgelenkt. Du hast mich gut getroffen, ich glaube, das Fleisch an der Schulter ist zerfetzt, aber der Knochen wird heilgeblieben sein. Du übst gewiß viel mit dem Karabiner.»

«Alle vierzehn Tage einmal, früher öfter, als ich noch Mitglied in der Schützenvereinigung war.»

«Hier ist ein Messer», sagte Grijpstra und gab ihm das Stilett.

Van Meteren zeigte seine weißen Zähne. «Eine verbotene Waffe.»

«Das macht nichts», sagte Grijpstra.

De Gier schnitt ein Loch in van Meterens Jacke und zerriß dessen Oberhemd. Die Jagd hatte länger gedauert, als ihm bewußt geworden war. Es war fast halb fünf und schon hell.

«Eine Fleischwunde», sagte van Runau, der zuschaute. «Ich werde sie verbinden, ich habe bei der Armee einen Kursus in Erster Hilfe gemacht.»

«Möchtest du etwas gegen die Schmerzen?» fragte de Gier.

Van Meteren nickte und klapperte mit den Zähnen.

«Das kommt vom Schock», sagte van Meteren. «Ich hatte auch einen, als ich damals ein Messer im Rücken hatte. Wir waren von einer Patrouille zurückgekommen und schon in der Nähe unseres Lagers, als ich spürte, daß mir jemand folgte, aber ehe ich mich umdrehte, hatte er zugestochen. Die Klinge brach ab. Es war zwar keine tiefe Wunde, aber ich habe die ganze Nacht mit den Zähnen geklappert.»

Van Runau gab ihm eine Tablette aus einem Schächtelchen in der Verbandspackung. Grijpstra holte ein Glas Wasser aus der Kajüte.

Van Runau hatte den Verband mit einer Klammer befestigt.

«Du kannst dich jetzt hinlegen. Wenn du dich ruhig verhältst, wird alles gutgehen. In ein oder zwei Stunden werden wir in Monnikendam sein, dann können wir wegen eines Krankenwagens anrufen. Oder vielleicht kommt uns die Wasserschutzpolizei entgegen, die haben Funk an Bord.»

«Was war das für eine Pille?» fragte van Meteren.

«Irgendein Opiat», sagte de Gier. «Die Pillen wirken schnell. Es wird nicht mehr lange dauern, dann ist dir alles einerlei.»

Van Meteren lächelte. Van Runau startete den Diesel und stellte sich ans Ruder. De Gier hatte seine Pistole wieder eingesteckt.

«Wenn ihr etwas essen oder trinken wollt», sagte van Meteren, «ich habe alles an Bord. Ich hätte es hier monatelang ausgehalten.»

Er schloß die Augen, öffnete sie aber gleich wieder.

«Woher wußtet ihr eigentlich, daß ich ein Boot habe? Seit dem Tod von Piet bin ich nicht mehr an Bord gewesen. Und niemand wußte, daß ich ein Boot gekauft habe.»

«Durch die Karte vom Ijsselmeer in deinem Zimmer», sagte de Gier.

«Ach ja», sagte van Meteren, «die habe ich mir immer vor dem Schlafengehen angesehen. Die Karte kenne ich auswendig. Ich hätte sie zerreißen sollen, habe aber nicht daran gedacht.»

«Dann hätten wir bestimmt etwas anderes entdeckt», sagte Grijpstra. «Man findet immer etwas, wenn man lange genug sucht. Seket haben wir auch gefunden, durch Zufall.

«Wie?» fragte van Meteren.

De Gier erzählte es ihm.

Van Meteren lächelte. «Dagegen konnte ich nichts machen.»

«Ich sage ja auch nicht, daß es deine Schuld war.»

«Nein», sagte van Meteren, «ich hätte meine Habgier beherrschen sollen, aber das Motorrad ist so schön. Ihr habt gute Arbeit geleistet, mein Kompliment. Ich würde gern mal mit euch zusammenarbeiten.»

«Sei nicht so bescheiden», sagte Grijpstra in der Kaujüte, «wir haben dich nur geschnappt, weil du es zugelassen hast. Du hättest einen nach dem anderen von uns abknallen können wie Spatzen in einer Dachrinne.»

«Ich bin kein Mörder», sagte van Meteren.

Ein peinliche Stille trat ein. Grijpstra klapperte in der Kajüte mit Tellern.

«Wie bist du an den Revoler gekommen?» fragte de Gier.

«Das werde ich dir sagen», sagte van Meteren, «aber würdest du mir ein Kissen unter den Kopf legen? In der Kajüte liegen zwei, nimm sie beide, dann spricht es sich leichter. Und wenn du willst, kannst du dir Notizen machen, dann hast du nachher nicht soviel Arbeit mit dem Protokoll.»

«Gut», sagte de Gier. Grijpstra warf ihm die Kissen zu. Gemeinsam legten sie van Meteren auf die Bank.

«Ist es so besser?»

«Danke. Jetzt noch eine Zigarette.»

De Gier steckte ihm eine brennende Zigarette zwischen die Lippen.

«Okay», sagte van Meteren, «den Revolver habe ich vor einigen Jahren in Belgien gekauft. Einen Smith & Wesson, den hatte ich in Neuguinea auch. Das Lee-Enfield-Gewehr hatte ich damals geschmuggelt, das weißt du ja schon. Die Patronen habe ich ebenfalls in Belgien gekauft. Das einzige, was mir noch fehlte, war ein Buschmesser. Meins ist mir damals verlorengegangen, und ich habe nie ein neues finden können.»

«Du hattest Heimweh», sagte Grijpstra.

«So kann man es nennen», sagte van Meteren. «In Neuguinea war ich wer. Ich hatte eine Uniform, Waffen, eine Funktion. Ich diente der Königin. Ihr lacht hier gelegentlich schon mal über die Königin, aber für uns in Neuguinea war sie heilig. Wir salutierten vor ihrem Bild. Es war der Mythos der Krone. Als Neuguinea aufgegeben wurde, konnte ich nur in die Niederlande. Mir wurde der Boden unter den

Füßen weggezogen. Ich dachte, ihr würdet mich hier anerkennen. Ich hatte Orden und Papiere.»

«Wachtmeester van Meteren meldet sich zur Stelle», sagte de Gier.

«Genau. Wachtmeester der Niederländischen Reichspolizei in Übersee. Das bedeutet doch etwas. Aber es war nichts, überhaupt nichts. Genau wie die Ambonesen, die sind hier auch nichts, aber sie haben einander. Ich war nichts und allein.»

«Das meinst du», sagte de Gier, «aber es ist nicht so. Du bist hier ein Mensch. Ein Bürger. Du bist Niederländer und hast alle Rechte.»

«Ja», sagte van Meteren, «mit Altersrente, wenn ich fünfundsechzig bin. Das stimmt. Und ihr habt mir eine Stellung gegeben in Den Haag als Angestellter. Das war noch nicht einmal so schlimm. Ich schreibe ganz gern. In Neuguinea schrieb ich meine Protokolle noch einmal, wenn auch nur ein einziger Fehler drin war. Aber dort konnte ich auch noch etwas anderes tun, dort wurde ich gewürdigt. Hier nicht.»

«Komm, komm», sagte Grijpstra.

Van Meteren zuckte die Achseln. Sein Gesicht verzog sich vor Schmerz.

«Gut, gut, ich habe nur erzählt, was ich meinte. Jetzt meine ich nichts mehr. Aber damals wollte ich zur Polizei, der ich mich immer noch zugehörig fühlte. Ich bin Experte für alle Waffen, einschließlich der Bren-Maschinenpistole, ich kann mit dem Messer kämpfen und habe viel Judo trainiert. Das Gesetz kenne ich auswendig.»

«Du hättest zurückgehen können», sagte de Gier.

«Ich habe daran gedacht, aber ich hatte kein Geld für die Reise. Ich hätte es sparen können, aber dann hätte ich drüben kein Geld gehabt. Ich wollte mit Geld zurückkommen.»

Van Meteren hatte sich aufrecht hingesetzt. De Gier drückte ihn sanft auf die Bank zurück.

«Nur ruhig, wenn die Wunde wieder anfängt zu bluten, wird es nicht besser.»

«Ja, ich rege mich zu sehr auf. Wißt ihr, daß ich meine Orden angesteckt hatte, als ich mich in Den Haag meldete? Sie haben sie nicht einmal angesehen.»

«Was haben sie gesagt?» fragte Grijpstra.

«Scheißschmus. Ich sei zu alt, es seien keine Stellen frei. Ich war noch keine dreißig, und Stellen gab es genug. In jeder Zeitung stand, daß sie bei der Polizei nicht genug Bewerber hätten, aber mich wollten sie nicht. Ich war ja kein Mensch, ich war ein Kannibale mit einem Knöchelchen quer durch die Nase, der am offenen Feuer sitzt und an einem großen Knochen nagt. Und den konnten sie nicht gebrauchen.»

«Ich kenne verschiedene Indonesier bei der Polizei», sagte de Gier.

«Keine Papuas» sagte van Meteren, «die gibt es nicht bei der Polizei. Nicht einen.»

«Und dann bist du nach Amsterdam gekommen?» fragte Grijpstra.

«Ja, zur Verkehrspolizei. Und ich bekam wieder eine Schirmmütze und eine Waffe. Einen Gummiknüppel.»

De Gier wollte etwas sagen, aber van Meteren hob die Hand.

«Du bist ein guter Kerl, de Gier, aber du mußt mir nicht widersprechen. Vielleicht hätte ich zufrieden sein sollen, aber ich war es nicht. Laß mich nur weitererzählen, dann hast du gleich dein Geständnis.»

De Gier nickte.

«Irgendwie war ich auch zufrieden. Den Haag erinnerte mich ein wenig an einen Friedhof, an einen Friedhof voller Schatten. Niemand sah mich, keiner redete mit mir. In Amsterdam bin ich ein wenig wieder aufgelebt. In Amsterdam reden die Menschen miteinander, sogar auf der Straße. Und als mir Piet begegnete, lernte ich wieder Menschen kennen.»

«Ja», sagte Grijpstra, «wie war das mit Piet? Was hast du für ihn getan?»

«Was meint ihr wohl?» fragte van Meteren.

«Ich weiß es nicht. Hast du ihm beim Handel mit Haschisch geholfen?»

«Ja. Ich war sein Leibwächter. Piet war ein Idealist. Er hatte ganze Theorien über Rauschgift entwickelt. Die Niederlande seien in sich verschlossen, sagte er. Aber dies sei die Zeit, da die Welt sich öffnen müsse. Die Menschen müßten sich selbst kennenlernen, das sei durch Mystik möglich, aber diese sei schwierig. Rauschgift mache einen frei, und dann könne man später tiefer in sich gehen. Dazu sei Hasch notwendig, sagte Piet. Die Weisheit komme aus dem Osten, Hasch ebenfalls. Aber der Handel mit Hasch ist gefährlich, dabei kommt es gelegentlich zu tätlichen Auseinandersetzungen. Und Piet hatte Angst. Ich mußte immer bei ihm sein.»

«Und du bist bei der Verkehrspolizei geblieben?»

«Natürlich», sagte van Meteren, «tagsüber ist das eine ruhige Beschäftigung. Der Handel ging abends vor sich.»

Van Meteren sprach jetzt langsamer. Die Pille wirkte, er hatte einen trockenen Mund. De Gier gab ihm noch eine brennende Zigarette. Es war ruhig auf dem Wasser. Das Ploffen des Diesels gab dem Gespräch einen friedlichen Hintergrund. Van Runau saß entspannt am Ruder und hörte zu. Eine Schar Enten flog niedrig über das Meer. In der Ferne tauchte der grüne Küstenstreifen auf.

«Schön ist es hier, nicht wahr?» sagte van Meteren. «So habe ich oft im Boot gelegen, manchmal tagelang, wenn ich Ferien hatte oder an den Wochenenden. Nur so liegen und schauen. Auf dem Wasser habe ich mich immer wohl gefühlt, aber man kann nicht immer herumfahren. Ich habe hier schon geweint vor Glück.»

Die Beamten hatten ihre Jacken ausgezogen. Grijpstra hatte sich auf der Bank gegenüber van Meteren lang ausgestreckt. De Gier saß auf dem Boden, den Kopf an die Bank gelehnt.

Van Meteren schaute van Runau an.

«Es tut mir leid, daß ich dein Boot ruiniert habe.»

«Das macht nichts», sagte van Runau, «ich werde es heute nachmittag holen. Das wird wohl gehen, selbst wenn es gesunken ist, dort ist es nicht tief. Und es ist versichert. Übrigens wußte ich, daß etwas passieren könnte, ich bin freiwillig mitgefahren.»

«Und dann?» fragte de Gier.

Van Meteren lächelte. «Du willst die Sache abrunden, wie?» Er betastete vorsichtig seine Schulter.

«Geht's?»

«Ja», sagte van Meteren, «ich spüre nicht mehr viel. Das muß eine gute Pille sein. Ich werde den Rest erzählen. Piet war viel gereist, er kannte den Fernen Osten. Er hatte früher Pakistani kennengelernt, die ihm Hasch angeboten hatten. Piet war ein guter Kaufmann. Er sorgte für Vorrat und ging dann auf Kundensuche. Er wollte nicht direkt an die Verbraucher verkaufen. Der Gewinn ist dann zwar höher, aber das Risiko auch.»

«Und er war ein Idealist», sagte Grijpstra.

«Das sagte er. Vielleicht glaubte er selbst daran. Aber vielleicht war es auch umgekehrt. Vielleicht wollte er viel Geld verdienen und hat sich deshalb einen Schmus ausgedacht.»

«Deshalb hast du ihn erhängt», sagte die Gier.

Van Meteren sah de Gier lange an.

«Ja. Deshalb habe ich ihn erhängt. Mit dem Hasch ging es ja noch. Ich habe es selbst geraucht, es schadet keinem. Ich habe ihm auch Kunden gebracht. Van Beuzekom habe ich gefunden, durch Zufall. Er hatte auf dem Fußweg geparkt, und ich verpaßte ihm ein Strafmandat. In seinem Wagen waren viele Blechdosen. Ringma war dabei und wurde nervös. Ich habe eine Dose geöffnet. Hasch. Sie wollten mich bestechen, aber ich habe so getan, als ob ich sie nicht verstehe. Und abends bin ich zu ihnen gegangen und habe sie mit Piet in Kontakt gebracht. Sie kauften die ganze Lieferung, die Piet in seinem Keller hatte, und bezahlten bar.»

«Wieviel?» fragte de Gier.

«Viel», sagte van Meteren. «Dieser Beuzekom hat mindestens ein Drittel des Haschhandels in Amsterdam in der Hand. Er hat ein großes Netz von Weiterverkäufern, das sehr gut organisiert ist, aber Beuzekom hatte keinen Nachschub mehr. Der Zoll hatte eine große Lieferung abgefangen, die für ihn bestimmt war, und genau zu diesem Zeitpunkt kam ich mit Piet Verboom; besser hätte es nicht kommen können.»

«Wer besorgte das Geld?» fragte de Gier.

«Piet hatte kein Geld», sagte van Meteren, «zumindest nicht viel. Seine Einkäufe wurden durch Joachim de Kater finanziert. Piet hatte nicht viel mehr als dreißig Prozent Gewinn und zahlte dann an de Kater. Beim nächsten Geschäft lieh er sich dann wieder etwas bei ihm. Und solange das Geld oder Hasch im Haus war, mußte ich den Schatz bewachen. Dann nahm ich mir einen oder mehrere Tage Urlaub oder meldete mich krank. Meistens war alles an einem Tag erledigt.»

«Wieviel blieb dabei für dich übrig?» fragte Grijpstra.

«Nicht sehr viel», sagte van Meteren, «fünfzigtausend Gulden in zwei Jahren. Piet hatte mehr. Er wollte mir noch weniger geben, aber ich hatte ihn ein bißchen in der Hand, ohne mich traute er sich nicht, auch nur einen Schritt zu machen. Ich habe mir zuerst das Motorrad und später das Boot für das Geld gekauft. Ich hatte den Plan, hunderttausend zusammenzubekommen und dann nach Neuguinea zurückzugehen.»

«Mit einem niederländischen Paß?»

Van Meteren lachte.

«Hier bin ich vielleicht eine Nulll, aber in Neuguinea würde mir alles gelingen. Und vergeßt nicht, daß ich dann auch noch einen Haufen Geld bei mir haben würde. Ich hätte bestimmt eine schöne kleine Insel gefunden, Pläne hatte ich genug. Wilde Pläne. Man kann dort noch Seeräuberei betreiben mit Kanus, in denen vierzig Ruderer sitzen. Ich hätte dort ein kleines Königreich errichten können.»

«König Habberdudas der Erste», sagte de Gier. «Aber warum hast du dann die vielen Bücher über die Geschichte der Niederlande gelesen?»

«Aus Neugier», sagte van Meteren, «ich wohne hier und wollte wissen, wo ich lebe. Wie alles entstanden ist. Ich habe eure Methoden in euren eigenen Geschichtsbüchern studiert. Und manchmal hatte ich auch vor, hier zu bleiben.»

«Und was blieb für Piet dabei übrig?» fragte Grijpstra.

«Ihm blieb mehr als mir», sagte van Meteren, «aber er gab es aus. Er ließ das Haus umbauen und kaufte nebenbei das kleine Haus in Brabant. Die Gesellschaft verdiente zwar auch etwas Geld, aber davon konnte er das nicht alles bezahlen. Und er hatte einen schmucken Wagen und ging zum Essen in die teuersten Restaurants. Und manchmal ging er Abend für Abend zu den Huren. Das kostet alles Geld.»

«Und Joachim de Kater hat das weiterhin finanziert?»

«Natürlich. Der verdiente dabei haufenweise Geld ohne Risiko. Das einzige Risiko war, daß Piet es nicht zurückzahlte, aber der wollte weitermachen und unterzeichnete jedesmal einen Schuldschein. Ich glaube auch, daß er mit dem Haus in den Haarlemmer Houttuinen bürgte.»

«Und für Piet arbeiteten noch mehr Leute?»

«Nein», sagte van Meteren. «Ich war der einzige. Und er konnte gut seinen Mund halten. Seine eigene Frau wußte nichts.»

Die Beamten schwiegen für eine Weile. De Gier übernahm das Ruder von van Runau.

Eine Vergnügungsfahrt, dachte Grijpstra, ich muß mal mit den Kindern aufs Wasser. Ich werde mir ein Boot leihen.

«Es war ein ruhiges Geschäft», sagte van Meteren. «Beuzekom wußte, daß ich einen Revolver trug. Wenn wir ihm die Fäßchen lieferten, habe ich nie beim Tragen geholfen, sondern blieb im Hintergrund. Ich verlor ihn nie aus den Augen. Piet war immer sehr mit mir zufrieden. ‹Du bist mein lieber kleiner Papua›, sagte er dann.»

«Aber du hast ihn ermordet», sagte de Gier.

«Ja», sagte van Meteren, «ich habe auf einen günstigen Augenblick gewartet. Ich mußte ihn umbringen, aber ich mußte es auf die richtige Art und Weise tun.»

«Du *mußtest* ihn umbringen?» fragte Grijpstra.

Van Meteren nickte.

«Vielleicht hatten sie in Den Haag recht, mich nicht bei der Polizei einzustellen. Vielleicht bin ich immer noch ein Wilder. Wißt ihr, das ist so: Ein Papuahäuptling wird getötet, wenn die Art seiner Regierung nicht gut ist. Niemand kann einen Häuptling verurteilen, dazu ist er viel zu mächtig. Deshalb wird er im richtigen Augenblick getötet. Niemand redet darüber. Der Stamm beschließt, aber ohne vorher darüber zu diskutieren. Es entsteht eine bestimmte Atmosphäre, in der sich alle einig sind. Und dann stirbt der Häuptling. Ein oder zwei Männer lassen ihn sterben, meistens jene, die ihm am nächsten stehen, seine eigenen Berater. Aber, und das kann ich euch vielleicht nur schwer erklären, diese Männer sind keine Mörder. Der Häuptling wird durch den Stamm getötet. Das Volk tötet.»

Die Beamten sahen van Meteren ins Gesicht.

«Versteht ihr mich?» fragte er.

«Ein wenig», sagte de Gier.

«Vielleicht kann ich es noch etwas deutlicher machen. Ein Papua ist kein Individuum, wißt ihr. Er hat zwar einen Namen, den jedermann kennt, aber er wurde ihm nur gegeben, damit man es leichter hat, wenn man ihn rufen will. In Wirklichkeit hat er keinen Namen, nicht einmal ein eigenes Gesicht. Er ist ein Bestandteil des Stammes, mehr nicht. Er ist ein Teil des Ganzen.»

Er sah die beiden Beamten an.

«Ich habe einmal einen Stamm entdeckt, der noch nie einen Weißen gesehen hatte und auch nicht wußte, was ich für einer war. Ich mußte den Leuten erklären, daß ich ein Vertreter von gewissen Göttern sei, die weiße Gesichter hätten. Einer von uns hatte einen Spiegel im Gepäck und gab ihn als Geschenk an einen dieser Wilden. Der Papua war ein großer breiter Kerl mit einer enormen Nase, durch die er einen weißen Menschenknochen gebohrt hatte. Er sah in den Spiegel und fing an zu lachen. Ich fragte ihn, warum er lache. Er sagte, er habe einen Spaßvogel gesehen, der im Wasser wohne.»

«Was geschieht, wenn man von einer Gruppe von Papuas ein Foto macht und es ihnen zeigt?» fragte de Gier.

Van Meteren lächelte.

«Du hast es verstanden, wie? Wem man das Foto auch zeigt, er wird immer alle seine Freunde erkennen.»

«Bis auf einen Mann», sagte de Gier, «auf dem Foto steht immer einer, der ihm fremd ist.»

«Genau», sagte van Meteren.

Van Runau kam in die Kajüte und schenkte Kaffee ein.

«Du hast also einen günstigen Augenblick abgewartet», sagte Grijpstra.

«Ja», sagte van Meteren, «ich habe auf einen günstigen Augenblick gewartet, denn geplant hatte ich es schon lange. Thérese hatte ihm ein Buch an den Kopf geworfen, genau an die Schläfe. Als ich in sein Zimmer kam, saß er auf dem Bett, den Kopf in den Händen, halb betäubt. Ich bin sofort ins Zimmer seiner Mutter gelaufen und habe eine Palfiumpille geholt. Sie hatte davon immer ein ganzes Glas voll. Der Arzt gab ihr soviel, wie sie haben wollte. Sie sei schon alt genug, um zu sterben, sagte er. Und wenn sie die Pillen nahm, machte sie keinem Schwierigkeiten.»

«Wußte Piet, daß es Palfium war?» fragte de Gier.

«Vielleicht», sagte van Meteren, «aber er hatte zum Nachdenken keine Zeit. ‹Schluck sie runter›, sagte ich, und er schluckte sie. Er trank nie, und wenn er Hasch rauchte, hatte er an zwei Stäbchen genug. Die Pille wirkte gut bei ihm. Als ich ihn erhängte, war er wie betäubt. Ich glaube, er war tot, ehe er überhaupt merkte, was mit ihm geschah.»

«Aber warum?» fragte de Gier. «Wolltest du die fünfundsiebzig Mille haben, die wir nicht finden konnten?»

«Die hatte er nicht mehr», sagte van Meteren.

Grijpstra schüttelte den Kopf und sah aus, als wolle er etwas sagen. De Gier sah ihn verzweifelt an und bedeutete ihm mit einer Geste zu schweigen.

«Wieso hatte Piet die fünfundsiebzig Mille nicht mehr, van Meteren?» fragte de Gier freundlich.

«Er hatte dafür Heroin gekauft», sagte van Meteren. «Beuzekom hatte bereits ein Jahr lang gequengelt, er wolle Heroin haben. Aber Piet konnte nur Hasch besorgen, für Heroin hatte er keine Adressen. Beuzekom und Joachim de Kater kannten einander nicht. Piet sorgte dafür, daß sie einander nicht begegneten. Beuzekom war der Kunde und Joachim der Geldgeber. Schließlich sagte Piet zu Joachim, daß er

Heroin brauche, und Joachim fand das ausgezeichnet. Heroin ist viel teurer als Hasch und nimmt nicht soviel Platz ein. Piet hatte gedacht, er könne es in Marseille kaufen, und er war einige Male dort gewesen, konnte aber nichts auftreiben. Vielleicht hat man ihn für einen Kriminalbeamten gehalten. Dann ist Joachim auf die Suche gegangen, was auf Anhieb klappte. Joachim hat Verwandte in Frankreich, und er gehört zum Establishment. So konnte er über die Spitze Kontakt zu den Gangstern in Paris aufnehmen, die gleich anbissen.»

«Aha», sagte de Gier. «Jetzt verstehe ich. Und Piet brauchte Geld, um Joachim zu bezahlen. Deshalb nahm er eine Hypothek auf sein Haus und hob sein gesamtes gespartes Geld ab. Er konnte sich schlecht Geld von Joachim leihen, da dieser der Lieferant war. Und Joachim wollte natürlich Bargeld haben.»

«Ja», sagte van Meteren, «Ware gegen Geld, fünfundsiebzig rote Scheine. Die hat er auch bekommen.»

Grijpstra hatte noch einmal Kaffee gekocht. Monnikendam kam in Sicht.

«Dort kommt die Wasserschutzpolizei», sagte van Runau.

Das niedrige graue Boot näherte sich schnell. Sie sahen die Bugwelle und die Beamten, die auf der Vorplicht standen, den Karabiner im Anschlag.

«Ich werde das Boot anhalten», sagte de Gier, «sonst schießen sie noch auf uns. Ich habe heute schon genug Pulverdampf gerochen.»

«Dann hast *du* das Heroin», sagte Grijpstra.

«Ja», sagte van Meteren, «den ganzen Vorrat. Und der kommt nicht in den Handel. Heroin ist das Ende von allem. Piet wollte es nicht glauben. Hasch ist etwas für Kinder, es macht nicht einmal süchtig. Aber Heroin ist der Teufel selbst, den man sich direkt ins Blut spritzt. Und für den Rest des Lebens muß man alles tun, was einem der Teufel sagt.»

«Hast du Piet deswegen erhängt?» fragte Grijpstra.

«Ja», sagte van Meteren, «aber das wird mir der Richter niemals glauben.»

Das Polizeiboot war fast längsseits gekommen. Zwei Beamte standen bereit, um an Bord zu springen.

«Was hättest du gemacht, wenn wir dich nicht erwischt hätten?» fragte Grijpstra.

«Ich hätte noch ein wenig gewartet, ein Jahr oder so, bis die Sache etwas in Vergessenheit geraten ist. Dann hätte ich das Motorrad und das Boot verkauft.»

«Und dann zurück nach Neuguinea?»

Van Meteren nickte.

«Als König Habberdudas?»

Van Meteren lachte. «Nein, das war nur ein Traum. Vielleicht hätte ich allein auf einer kleinen Insel gelebt mit einer Katze und einem Ferkel. Als Einsiedler, dann hat man seine Ruhe.»

«Und das Heroin?»

«Das hätte ich weggeworfen oder verbrannt. Aber ich habe es bis jetzt aufbewahrt. Ich habe damit gerechnet, daß ihr mich erwischt. Vielleicht können wir das Heroin noch gebrauchen.»

«Ist er das?» fragte der Beamte, der als erster an Bord gekommen war.

Grijpstra nickte.

«Dort liegt er gut», sagte der Polizist, «wir werden über Funk den Krankenwagen rufen. Innerhalb von fünf Minuten sind wir im Hafen. Bleibt ihr beiden bei ihm?»

«Ja», sagte Grijpstra.

«Wir haben wie verrückt nach euch gesucht, aber wir haben nur braven Fischern Angst eingejagt.»

«Das Leben ist schwer», sagte de Gier.

Grijpstra sah den Beamten neidisch an. Er war braungebrannt und sah gesund aus.

Was für ein Leben, dachte Grijpstra, den ganzen Tag lang ein wenig auf dem Wasser herumkutschieren und Fischereilizenzen kontrollieren.

Van Meteren sah ihn an und lachte. Er hatte Grijpstras Gedanken gelesen.

16

Der Hoofdinspecteur saß an seinem Schreibtisch und betrachtete den Kaktus. Er hatte die Hände in die Tasche gesteckt und sich nach hinten gelehnt. Es war warm. Der Hoofdinspecteur holte tief Atem. Vor ihm lag ein Notizblock mit Aufzeichnungen.

Seine Gedanken ordneten sich mühsam.

Der Papua, dachte der Hoofdinspecteur, sie haben die Wunde desinfiziert und ihn verbunden. Und dann haben sie ihn hergebracht. Grijpstra und de Gier. Einen festgenommenen Mörder. Tüchtige Arbeit. Hat lange gedauert. Drei Wochen. Schlimmer Kerl, dieser Papua.

Er schloß die Augen und grübelte. Gedanken, die anscheinend miteinander nichts zu tun hatten, gingen ihm durch den Kopf. Er dachte an Papuas. An Wilde aus der Steinzeit. Vergleichbar den Kaninefaten und den Batavern. Aber dann kamen die Römer, dachte der Hoofdinspecteur. Und nach Neuguinea kamen die Niederländer.

Ein Papua in Amsterdam, ein Bataver in Rom.

Er stand auf und schaute zum Fenster hinaus. Grijpstra hatte ihm auf Bitten des Papuas einen Vorschlag gemacht. Der Papua hatte keine Rechte mehr, er war verhaftet. Ein Vedächtiger in Untersuchungshaft kann nicht viel erbitten.

Der Hoofdinspecteur sah noch einmal seinen Kaktus an, das riesige Phallussymbol mitten in seinem Büro, ein Phallus mit Stacheln.

Man hatte ihn gebeten, einen Mörder freizulassen, zwar nur vorübergehend, aber mit dem Risko, daß er entwischte.

Der Hoofdinspecteur griff zum Telefon.

«Der Commissaris ist krank, Mijnheer», sagte eine Mädchenstimme.

Der Hoofdinspecteur brummte und legte auf.

Er wählte noch einmal.

«Mein Mann hat einen Anfall von Rheumatismus. Er liegt im Bad. Das ist der einzige Ort im Haus, wo er keine Schmerzen hat. Kann ich ihm etwas ausrichten?»

Der Hoofdinspecteur überlegte.

«Ich muß Ihren Mann wirklich dringend sprechen, Mevrouw», sagte er schließlich.

«Einen Augenblick.»

Der Hoofdinspecteur wartete.

«Können Sie vielleicht hier vorbeikommen?»

«Ich komme, Mevrouw, in zehn Minuten bin ich bei Ihnen.»

Der Hoofdinspecteur saß auf einem Holzschemel und schaute auf den Kopf des Commissaris. Wenn er wollte, könnte er den Commissaris ganz sehen, aber er versuchte, sich auf den Kopf zu konzentrieren.

«Erzählen Sie», sagte der Commissaris.

Der Hoofdinspecteur behielt das Wort für lange Zeit. Der Commissaris unterbrach ihn nur einmal, er wollte einen Zigarillo.

Der Hoofdinspecteur zündete einen an und steckte ihn vorsichtig zwischen die blutlosen Lippen des Commissaris.

«Ja», sagte der Commissaris.

«Okay», sagte Grijpstra und legte den Hörer auf.

De Gier sprang auf.

«Finden sie es gut?»

Grijpstra nickte und fuhr sich über das Kinn. Die Bartstoppeln kratzten auf der Handfläche. Er hatte sich an diesem Morgen nicht rasiert und auch noch keine Zeit gehabt, sich in die Toilette mit seiner Blechdose aus der obersten Schreibtischschublade zurückzuziehen, in der er ein Rasiermesser und Rasiercreme aufbewahrte.

«Du hast dich nicht rasiert», sagte de Gier.

«Nein», sagte Grijpstra und hatte eine tiefe Falte zwischen den Augenbrauen.

«Du hast verschlafen», sagte de Gier.

«Nein», sagte Grijpstra.

«Warum rasierst du dich dann nicht? Keine Lust?»

«Rasieren ist schön», sagte Grijpstra, «aber wenn man gerade damit beschäftigt ist, dürfen andere nicht immer dazwischenquatschen.»

De Gier nickte.

«Und sie dürfen einen schon gar nicht anschreien, wenn man damit beschäftigt ist.»

«Nein», sagte de Gier, «das dürfen sie nicht.»

«Ich werde mich jetzt rasieren», sagte Grijpstra, «hol du inzwischen van Meteren. Hoffentlich hat er gut geschlafen. Der Arzt wird auch noch einmal bei ihm gewesen sein. Er ist ein starker Bursche, gestern noch ein blutender Fetzen, heute klopft er schon wieder seine Sprüche.»

«Er hatte auch eine gute Zelle», sagte de Gier, «und ich habe ihm saubere Laken und ein Kissen mit Bezug bringen lassen. Und die Betrunkenen neben ihm wurden in andere Zellen verlegt. Er hatte seine Ruhe.»

Noch keine halbe Stunde später war er schon wieder zurück.

Van Meteren bekam eine Tasse Kaffee, eine Zigarette und ein Telefonbuch.

«Guten Tag, Mijnheer de Kater, van Meteren hier.»

Grijpstra hatte auf einen Knopf gedrückt, so daß die Beamten de Katers Anwort hören konnten.

«Guten Tag, Mijnheer von Meteren», sagte de Katers Stimme mit seiner gepflegten Aussprache. «Wie geht es Ihnen? Haben Sie eine gute Unterkunft gefunden?»

«Gewiß», sagte van Meteren, «ganz in der Nähe. Ich wohne jetzt um die Ecke, ganz oben in einem alten Haus in der Brouwersgracht; ich habe mich nicht verschlechtert.»

«Das freut mich. Es tat mir leid, daß ich Sie bitten mußte, Ihr Zimmer in der Harlemmer Houttuinen aufzugeben, aber Sie verstehen, ich habe es nicht für mich gekauft. Ich will es wieder loswerden, und leer verkauft es sich leichter. Was kann ich für Sie tun, Mijnheer von Meteren?»

«Einen kleinen Gefallen, Mijnheer de Kater. Ich will das Land bald verlassen und brauche etwas Geld. Ich habe mir ausgerechnet, daß ich etwa zwanzigtausend brauchen könnte, in kleinen Scheinen, in Fünfundzwanzigern und Hundertern, dachte ich.»

«Ja?» fragte de Kater höflich.

«Ja. Und ich dachte, Sie hätten es für mich. Piet Verboom hat Ihnen unlängst einen viel größeren Betrag gegeben, und ich glaube nicht, daß Sie das Geld zur Bank gebracht haben. Ich denke, Sie haben es noch zu Hause.»

Im Mikrofon am Telefon war alles still. Grijpstra und de Gier schauten auf den grauen Plastikapparat.

«Ah, richtig», sagte die Stimme von de Kater, dessen Stimme jetzt auf einmal heiser klang. «Ja, ja.»

Grijpstra zog an seiner Zigarette. De Gier hatte die Augen geschlossen.

Van Meterens Stimme klang fröhlich. Er sprach mit einem Freund oder mit einem guten Bekannten.

«Der Betrag ist nicht so groß», sagte van Meteren.

«Vielleicht nicht», sagte de Kater. «Ich nehme an, Sie haben eine Gegenleistung zu bieten?»

«Natürlich.»

«Und die wäre?»

«Ich werde es Ihnen erklären», sagte van Meteren. «Sie haben Piet Verboom kurz vor seinem Tod gewisse Waren geliefert. Die Waren wurden bezahlt, Sie haben das Geld, damit war die Sache in Ordnung. Diese Waren sind noch immer vorhanden ...»

«Tatsächlich, Mijnheer van Meteren?» Die Stimme klang wieder voller, und man hörte ein Klicken, gefolgt von einem paffenden Geräusch.

Er hat sich eine Zigarre angesteckt, dachte Grijpstra, eine gute dicke Zigarre.

«Ich dachte mir, Sie würden die Waren vielleicht gern zurückkaufen wollen», sagte van Meteren.

«Für zwanzig Mille?» fragte de Kater.

«Stimmt. Für einen Bruchteil des Wertes. Sie gehören mir nicht offiziell, obwohl ich mir vorstellen könnte, daß ich sie geerbt habe.»

«Ha», sagte de Kater, «wer die Waren besitzt, ist in diesem Fall auch der Eigentümer. Es ist merkwürdig, daß die Polizei sie nicht gefunden hat.»

«Die haben nicht an der richtigen Stelle gesucht», sagte van Meteren.

«Gewiß, gewiß», sagte de Kater, «aber warum wollten Sie sie mir zurückverkaufen? Sie haben doch mit Piet Verboom zusammengearbeitet und müssen seine Käufer kennen, und wenn Sie die kennen, dann können Sie schöne Preise verlangen.»

Grijpstra schaute auf. Van Meteren machte eine beruhigende Handbewegung. De Gier hatte die Augen immer noch geschlossen.

«Die kenne ich auch», sagte van Meteren, «aber momentan ist es in dieser Branche ein wenig unruhig geworden. Piets Tod hat die Polizisten aufgeweckt, und die stöbern jetzt überall herum.»

«Das stimmt allerdings.»

«Und ich habe es ein bißchen eilig», fuhr van Meteren fort. «Ich will das Land verlassen. Je mehr die Polizei herumstöbert, desto näher rücken sie mir auf den Pelz. Darum mache ich diesen günstigen Vorschlag.»

«Zwanzig Mille», sagte de Kater.

«Zwanzig Mille», sagte van Meteren.

«Die Sache interessiert mich. Wann und wo, Mijnheer van Meteren?»

«Heute abend in der Haarlemmer Houttuinen Nummer 5, um neun Uhr. Ich treffe Sie vor dem Haus.»

«Und Sie haben die Waren dann bei sich?»

«Wir übergeben Waren und Geld Zug um Zug.»

Es kehrte wieder Stille ein. De Gier öffnete die Augen und rekelte sich. Grijpstra drückte seinen Zigarettenstummel mit so viel Kraft im Aschenbecher aus, daß er das Papier zerfetzte und es sich mit den Tabakkrümeln vermischte. Van Meteren schaute aus dem Fenster, seine Augen glänzten.

«Ich bin es nicht gewöhnt, übereilt zu handeln», sagte de Kater, «aber Ihr Vorschlag ist attraktiv. Falls ich es heute abend nicht schaffe, müssen Sie mich noch einmal anrufen.»

Im Telefon knackte es. Van Meteren legte den Hörer vorsichtig auf.

«Wird er kommen?» fragte Grijpstra.

«Er wird kommen», sagte van Meteren, «seine Habgier wird ihn euch in die Arme treiben. Heute abend könnt ihr ihn erwischen, wenn er das Heroin in der Hand hat.»

«Ich werde dich wieder in die Zelle bringen», sagte de Gier.

Grijpstra gab dem Papua die Hand. «Bis heute abend. Gott beschütze mich, wenn das klappt, kriegen wir alle einen Orden.»

«Ich habe schon zwei Orden», sagte van Meteren.

17

De Gier hockte zwischen Sträuchern gegenüber dem Haus Haarlemmer Houttuinen Nummer 5 und schaute abwechselnd auf seine Uhr und zur Eingangstür des hohen Gebäudes. Neben ihm waren zwei andere Kriminalbeamte versteckt. Sie hatten sich beide in Hundedreck gesetzt und fluchten leise. De Gier hatte mehr Glück gehabt, aber seine Beine schmerzten von dem verkrampften Hocken.

«Bah», flüsterte de Gier vor sich hin. Ihre Position war unvorteilhaft. Sie saßen auf der anderen Seite der Eisenbahnböschung hinter einem Zaun, und es war fraglich, ob sie gleich schnell genug durch das Loch schlüpfen konnten, das er kurz vorher mit einer Zange in den Hühnerdraht gekniffen hatte. Aber er hatte keine bessere Stelle finden können. Glücklicherweise war die Straße bis auf einen gelegentlich vorbeifahrenden Wagen leer. Die einzige lebende Seele auf dem Fußweg ihm gegenüber war der Hoofdinspecteur, der eine verschlissene Jacke trug, und einen Schäferhund an der Leine führte. De Gier beobachtete seinen Vorgesetzten mit Bewunderung. Der Hoofdinspecteur lief ein wenig krumm und schlurfte mehr, als er ging.

«Siehst du den Mann da mit seinem Hund?» fragte er den Beamten neben sich.

Der Beamte schaute. «Ja. Ein Mann, der mit seinem Hund ausgeht. Vorhin war auch einer da mit zwei Dackeln. Hier gibt es viel zu viele Hunde, diese Böschung haben sie auch schon ganz vollgeschissen. Wie kommen die hier eigentlich rein? Es ist doch ein Zaun davor.»

«Weiter drüben ist der Zaun ganz kaputt», sagte de Gier, «aber der Mann, der dort geht, ist der Hoofdinspecteur.»

Der Beamte schaute noch einmal hin. «Verdammt», sagte er, «das ist er wirklich. Ich habe ihn heute nachmittag noch im Präsidium gesehen, aber er sieht jetzt ganz anders aus. Trägt er eine Perücke?»

«Aber nein», sagte de Gier, «warum sollte er eine Perücke tragen?»

«Er sieht einfach anders aus», beharrte der Beamte.

De Gier schaute noch einmal hin. Er hätte die Veränderung nicht in den Haaren gesucht, sondern in der Kleidung. Aber das Haar sah wirklich anders aus, kraus, nicht glatt gekämmt, jedes Haar an seinem Platz festgeklatscht.

Eine gute Verkleidung, dachte de Gier, ein Mann von Ende Fünfzig, der hier in der Gegend in einer armseligen Wohnung lebt, allein mit seinem Hund.

Er sah wieder auf die Uhr; es war kurz vor neun. Van Meteren war jetzt gekommen und stand auf dem Fußweg vor dem Haus Nummer fünf. Der Hoofdinspecteur war weitergegangen. Um die Ecke sollte ein alter Daf mit zwei Beamten stehen, und in der Haarlemmer Straat gingen zwei Beamte in Uniform Streife. Da diese Straße parallel zu den Haarlemmer Houttuinen verläuft, konnte die Polizei beruhigt sein. Sollte de Kater in seiner Verzweiflung durch ein Haus in der Haarlemmer Straat entwischen wollen, dann bestand eine gute Chance, daß man ihn dort aufgriff. Grijpstra und noch ein Beamter, ein kräftiger junger Mann, der notfalls eine Hauswand emporklettern konnte wie ein Bergsteiger, hatten sich im Hintergarten des Hauses versteckt. Die Nachbarn hatten ihnen den Zugang zum Garten verschafft.

Der Beamte legte de Gier die Hand auf den Arm.

«Ist das unser Mann?»

Joachim de Kater kam mit kräftigen Schritten näher. Er ging auf van Meteren zu. Auf dem Fußweg entspann sich ein kurzes Gespräch. Van Meteren zeigte auf die Haustür, und de Kater schien einige Fragen zu stellen. Nach einigen Minuten waren sie sich offenbar einig geworden. De Kater öffnete die Tür mit seinem Schlüssel. Die Tür ging auf und wieder zu. Die Straße war wieder wie vorher. Der Schäferhund des Hoofdinspecteur pinkelte an einen Laternenmast, während sein Herr geduldig wartete.

«Und jetzt?» fragte der Beamte flüsternd.

«Sei still», fuhr ihn de Gier an.

Die Gier versuchte sich vorzustellen, was jetzt in dem Korridor passierte. Das Heroin war in der Buddhastatue versteckt, in der billigen Kopie, die Piet Verboom auf dem Flohmarkt in Paris gekauft hatte. De Gier wußte jetzt, daß die Buddhastatue hohl war, weil van Meteren es ihm gesagt hatte. Metallstatuen können, auch wenn sie hohl sind, meistens nicht geöffnet werden. Und die Beamten, die das Haus durchsucht hatten, waren nicht auf den Gedanken gekommen, daß sich der Kopf der Statue abdrehen ließ.

De Kater war, seit er das Haus gekauft hatte, auch der Eigentümer von allem geworden, was sich darin befand. Laut Constanze gab es in dem Kaufvertrag eine Klausel, wonach die gesamte Einrichtung zum Haus gehörte. Auch die Statue. Auch das Heroin in der Statue. De Gier hatte noch an die Statue gedacht, als Constanze von der Einrichtung gesprochen hatte.

De Gier seufzte. Er dachte an Constanzes Körper, an das lange Bein, das über seinem gelegen hatte, an ihre warmen Brüste, an ihre sanfte Stimme. Und jetzt hockte er hier, und ein Zweig von dem Strauch vor ihm kratzte seinen Nacken, und der Hundedreck um ihn herum stank, und neben ihm saß ein schlechtgelaunter Beamter.

Er hätte sich denken können, daß die Buddhastatue hohl war, aber er hatte nur daran gedacht, daß die östliche Gottesverehrung populär geworden war und die Statue ihr Geld wert sein würde. Er hatte gedacht, daß de Kater ein geschickter Bursche und der Handel eine hübsche Art war, um schnell reich zu werden.

Das Original der Statue hatte einst in einem Tempel in Ceylon gestanden, sagte Constanze. Eine berühmte Statue, die gestohlen und wahrscheinlich an einen Sammler in Amerika weiterverkauft worden war. Man hatte noch Kopien davon angefertigt. Wahrscheinlich sind alle hohl, dachte de Gier. Dabei spart man Bronze, die teuer ist. Wie van Meteren sagt, hatte Piet entdeckt, daß die Statue hohl war, weil der Kopf ein wenig schief stand. Piet hatte sich das genau angesehen und das Gewinde entdeckt. Er hatte die Statue zu einem Schlosser gebracht, der den Kopf losbekommen und das Gewinde erneuert hatte. Und dann war die Statue ein Behälter, der kurz darauf mit einem Pulver gefüllt wurde, das die menschliche Seele den Himmel erblicken läßt. Einen Scheinhimmel, dachte de Gier, und dann die wirkliche Hölle. Aber die kann man sich nicht nur betrachten, in die muß man ganz hinein.

Und de Kater würde jetzt neben der Statue stehen, das mitgebrachte Köfferchen geöffnet in der Hand, gierig wartend, während van Meteren die Heroinpäckchen hervorzauberte und eins nach dem anderen übergab. Dieser de Kater hatte die Absicht, noch einmal einen Coup zu landen. Schließlich würde das Opiumpräparat in das Blut der Amsterdamer Jugend geraten, in das Blut argloser Trottel, die nach höheren Sphären suchten.

Aber diesmal nicht, dachte de Gier. Zu seinem Erstaunen spürte er, wie ihn eine Welle der Zufriedenheit überlief.

Paß auf, dachte er. Sein rechtes Bein verkrampfte sich. Ein Muskel war dabei, sich zu verhärten, er massierte ihn vorsichtig. «Dein Leben wird noch ein Ziel haben», sagte er leise.

«Wie bitte?» fragte der Beamte.

«Nichts», sagte de Gier, «bleib ruhig sitzen. Wir greifen ihn, wenn er nach draußen kommt.»

«Brauchen wir den Schwarzen nicht?» fragte der Beamte.

«Den haben wir bereits.»

«Ein Spitzel?» fragte der Beamte.

«Eine Art von Spitzel», sagte de Gier.

«Der sollte lieber aufpassen», sagte der Beamte. «Wenn er sich so offen zeigt, wird er nicht mehr lange herumlaufen. Dann können wir ihn aus der Gracht fischen.»

«Der paßt schon auf sich auf», sagte de Gier.

Die Tür wurde geöffnet. De Kater kam heraus. Das Köfferchen hing an seiner linken Hand. Es war anscheinend nicht schwer.

«Heroin wiegt nicht viel», flüsterte der Beamte, der sich langsam erhob, «aber wenn das Köfferchen voll ist, hat er Ware für hunderttausend Gulden bei sich.»

«Jetzt!» sagte de Gier und stieß einen Pfiff auf den Fingern aus.

Es war alles ganz einfach. De Gier rannte, gefolgt von seinen beiden Helfern, quer über die Straße. In diesem Augenblick herrschte kein Verkehr. De Kater ließ sein Köfferchen fallen und versuchte wegzulaufen. Die Beamten, die um die Ecke im Daf warteten, waren durch de Giers Pfiff alarmiert worden und versperrten den Weg. De Kater lief in die andere Richtung und traf auf den Hoofdinspecteur. De Katers Pistole fiel auf den Boden, als die Beamten hinter ihm einen Warnschuß abgaben. Der Hund des Hoofdinspecteur knurrte und zeigte seine Zähne. Der Hoofdinspecteur selbst hatte sich nicht einmal die Mühe gemacht, seine Pistole zu ziehen.

Junge, dachte de Gier, als er de Kater die Hand auf die Schulter legte, sechs Mann und ein Hund. Was für ein Schauspiel.

De Kater fing an zu weinen. Keiner war überrascht. Verdächtige weinen häufig, vor allem im Augenblick der Festnahme.

«Nur ruhig», sagte de Gier, «wir tun Ihnen nichts. Haben Sie für die Pistole einen Waffenschein?»

«Nein», schluchzte de Kater.

«Und was ist in dem Köfferchen, das Sie haben fallen lassen?»

«Heroin», schluchzte de Kater.

«Dann kommen Sie mal mit», sagte de Gier.

18

Die beiden Beamten, die in dem alten Daf gewartet hatten, nahmen de Kater mit. Van Meteren kam heraus auf den Fußweg, als das wackelige Auto gerade in einer Nebenstraße verschwand.

«Gute Arbeit, van Meteren», sagte der Hoofdinspecteur.

«Gern geschehen, Mijnheer.» Der Papua lachte. «Er war überhaupt nicht mißtrauisch.»

«Das haben wir dann dir zu verdanken», sagte Grijpstra, der zusammen mit seinem Assistenten ebenfalls aus dem Haus gekommen war, «du mußt ihm ganz schön etwas vorgemacht haben.»

«Hat er bezahlt?» fragte der Hoofdinspecteur.

Van Meteren klopfte auf seine Brusttasche. «Den vollen Betrag. Er wollte noch etwas herunterhandeln, aber darauf habe ich mich nicht eingelassen. Er war natürlich bewaffnet, aber ich nehme an, daß er das auch von mir dachte.»

Er zog einen großen braunen Umschlag aus seiner Jacke.

«Alles in Hundertern, kleiner habe er es nicht, sagte er. Zweihundert Scheine, ich habe sie gezählt. Bitte, Mijnheer.»

Der Hoofdinspecteur steckte den Umschlag in die Seitentasche seiner Jacke.

«Vielen Dank.»

«Das ist ein Haufen Geld», sagte einer der Beamten, «und er war bewaffnet, sagtest du. Das ist das Elend bei Heroin, heutzutage haben sie alle eine Waffe. Zu Räubern und Mördern werden sie, und ehe man weiß, was einem geschieht, hat man selbst eine Kugel erwischt und liegt für einige Monate wieder auf dem Bauch.»

«Das gehört dazu, Meister», sagte Grijpstra freundlich. «Gehen wir jetzt nach Hause, Mijnheer?»

«Was mich betrifft, ja», sagte der Hoofdinspecteur.

«Ich würde Sie, Grijpstra und de Gier, gern noch kurz sprechen, wenn das möglich ist», sagte van Meteren, «vielleicht drinnen, falls Sie keine Einwände haben.»

«Gewiß», sagte der Hoofdinspecteur. «Dann können die drei anderen noch ein Bier trinken, am besten in der Haarlemmer Straat bei Tante Jet, an der Ecke Oranjestraat, dort komme ich dann gleich auch noch vorbei.»

«Mijnheer», sagten die drei Beamten im Chor.

«Was wolltest du sagen?» fragte der Hoofdinspecteur. Sie waren in die ehemalige Bar der Hindistischen Gesellschaft gegangen. Van Meteren stand hinter der Theke, die drei Polizisten saßen auf Hockern.

«Drei Bier», sagte de Gier.

«Das wird nicht gehen», sagte der Mann, «aber hier stehen noch Flaschen mit Erfrischungsgetränken und auch Gläser.»

«Auch gut», sagte Grijpstra.

Van Meteren säuberte die Gläser mit einem Geschirrtuch und öffnete Colaflaschen.

«Hier gibt es noch alles», sagt de Gier.

«Kein Bier», sagte van Meteren, «das hält sich nicht in einem offenen Faß. Aber in der Einrichtung dieses Hauses steckt noch eine

Menge Geld. De Kater hätte viel Geld daran verdienen können, wenn er es in eine Auktion gegeben hätte.»

«De Kater haben wir jetzt ja», sagte der Hoofdinspecteur und nahm einen Schluck Cola, «schade, daß wir die beiden anderen laufenlassen müssen, aber vielleicht laufen sie uns noch einmal in die Arme. Bah, ich mag dieses Zeug nicht.»

«Spucken Sie es doch aus», sagte van Meteren, «hier ist auch noch Soda. Über die beiden anderen wollte ich gerade sprechen.»

Er öffnete eine andere Flasche und schob sie über die Theke. «Hier ist auch noch ein anderes Glas. Bitte.»

«Danke», sagte der Hoofdinspecteur. «Du meinst Beuzekom und seinen Freund, nicht wahr?»

«Ja, Mijnheer.»

«Dann müssen wir uns beeilen», sagte Grijpstra. «Bis jetzt ist es gutgegangen, aber die Journalisten werden allmählich Wind von der Sache bekommen. Falls Beuzekom weiß, daß wir de Kater haben, können wir die Angelegenheit vergessen.»

«Mich habt ihr auch», sagte van Meteren. «Die Verfolgungsjagd auf dem Ijsselmeer kann auch in die Zeitung kommen. Habt ihr die Zeitungen schon gesehen?»

«Ich habe sie gesehen», sagte der Hoofdinspecteur, «bis jetzt weiß keiner etwas. Ihr seid so früh in den Hafen von Monnikendamm eingelaufen, daß ihr dem Auge der Presse entgangen seid. In Monnikendam werden außerdem nicht viele Journalisten herumlaufen. Was wir hier heute abend getan haben, ist viel gefährlicher. Die meisten Zeitungen haben Leute in der Stadt und zahlen darüber hinaus noch für einen Tip. Falls jemand aus der Nachbarschaft angerufen hat, daß hier etwas im Gange war, werden sie schnüffeln kommen.»

«Deshalb muß schnell etwas geschehen», sagte van Meteren. «Ich schlage vor, daß ich Beuzekom von hier aus anrufe. Wenn wir Glück haben, ist er zu Haus. Dann lasse ich ihn herkommen. Das Heroin kommt wieder in die Statue, und wir machen das gleiche Spiel noch einmal.»

Er trank einen Schluck Cola und sah die drei nacheinander an.

De Gier begann zu grinsen.

«Wie findest du die Idee, de Gier?» fragte der Hoofdinspecteur.

«Gut, Mijnheer, es ist eine prächtige Idee, aber sie ist zu gut, um zu klappen. Zweimal an einem Abend, das wäre zu schön.»

«Und du, Grijpstra?»

«Eine gute Idee», sagte Grijpstra.

«Haben wir noch genug Leute?»

«Wir könnten die drei Biertrinker zurückholen», sagte de Gier.

«Eigentlich müßte ich den Commissaris vorher anrufen», sagte der Hoofdinspecteur, «aber er ist krank, und für den ersten Akt hat er seine Zustimmung ja gegeben.»

Alle schwiegen.

«Gut», sagte der Hoofdinspecteur.

«Ich werde die drei Spaßvögel holen», sagte de Gier und sprang von seinem Hocker. «Van Meteren kann inzwischen anrufen.»

«Gut, aber beeile dich. Wenn Beuzekom zu Hause ist, kann er gleich kommen. Bringe sie her, aber warte, bis van Meteren das Telefongespräch beendet hat. Klopf ans Fenster, wenn ihr hier seid. Gibt es hier ein Telefon, van Meteren?»

«Ich habe es soeben versucht, es ist noch angeschlossen.»

«Also los.»

De Gier verschwand. Van Meteren wählte, die Nummer kannte er auswendig. Das Telefon wurde sofort abgenommen.

«Beuzekom.»

«'n Abend, Beus, van Meteren hier.»

«Ha», sagte Beuzekom überrascht, «nett, deine Stimme zu hören. Wir haben uns eine Weile nicht gesehen, wie geht's? Bist du noch im Geschäft, oder ist es damit vorbei, seit Piet von uns gegangen ist?»

«Ich bin noch im Geschäft, Beus, und wie geht's euch?»

«Ach, was soll ich sagen? Es geht so, nur Ringetje ist in letzter Zeit etwas langweilig. Er müßte mal wieder Urlaub machen, aber man muß vorher etwas verdient haben, bevor man sich in die Sonne legen kann. Die Sonne ist gegenwärtig teuer.»

«Geht das Geschäft denn nicht?»

«Das kleine wohl», sagte Beuzekom, «da gibt es noch Nachschub, obwohl man aufpassen muß, daß man nicht geneppt wird. Gegenwärtig machen sie den Stoff aus Henna nach. Die Schufte machen daraus Preßplatten, die so echt aussehen, daß man schwören könnte, man hat den richtigen Stoff in der Hand, sogar den Duft machen sie nach. Allmählich muß man schon Chemiker sein, um nicht beschissen zu werden, aber bis jetzt bin ich noch nicht reingefallen.»

«Und das richtige Geschäft?»

«Du meinst mit Zucker?» fragte Beuzekom. «Tja, damit ist es zur Zeit ganz aus. Piet ist ja nicht damit übergekommen. Wo mag die Partie nur geblieben sein? Ihr solltet liefern, und da Piet gestorben ist, muß sie ja irgendwo liegen.»

«Ja, ja», sagte van Meteren.

«Heh», sagte Beuzekom, «rufst du deswegen an? Falls ja, ist das eine gute Nachricht.»

«Deswegen rufe ich an», sagte van Meteren.

«Dann hast du den Stoff?»

Van Meteren schwieg.

«Du hast ihn, wie? Ich würde ihn gern abnehmen. Wieviel soll er kosten?»

«Du hast Glück», sagte van Meteren, «ich habe ihn und will ihn loswerden. Du weißt ja, was du Piet dafür geboten hast.»

«Hundertzwanzigtausend», sagte Beuzekom.

«Das war der Preis. Aber der Stoff ist jetzt mehr wert.»

«Mehr gebe ich nicht.»

«Hast du das Geld zu Haus?» Van Meteren wartete.

«Ja, ich habe es noch.»

«Bring's mit, Beus, dann machst du das Geschäft. Aber dann mußt du jetzt kommen, weil ich auf dem Stoff sitze. Jetzt sofort, dann hast du auch keine Zeit, Verstärkung mitzubringen, denn ich bin allein.»

«Allein mit einem großen Ballermann», sagte Beuzekom, «und den Kopf voller Urwaldtricks. Ich unterschätze dich nicht, alter Buschneger.»

«Ich bin kein Neger», sagte van Meteren, «ich bin ein Papua.»

«Noch schlimmer», sagte Beuzekom, «ich habe vor kurzem ein Buch über euch gelesen. Ihr hängt Schädel an die Haustür.»

«Deinen nicht», sagte van Meteren. «Kommst du oder kommst du nicht?»

«Darf ich Ringetje mitbringen?»

«Ja.»

«Okay, wo bist du?»

«Bei der alten Adresse.»

«Haarlemmer Houttuinen?»

«Ja.»

«Wohnst du dort noch?»

«Nein, ich bin umgezogen, aber jetzt bin ich in der Haarlemmer

Houttuinen. Und wenn du innerhalb einer Viertelstunde hier bist, machst du das Geschäft. Sonst bin ich weg, und du mußt wieder eine Weile warten.»

«Wir kommen», sagte Beuzekom, «aber keine Tricks, van Meteren. Wir sind bewaffnet. Vielleicht werden wir mit dir nicht fertig, aber versuchen werden wir's, falls du Hintergedanken haben solltest.»

«Ich habe euch nie beschissen», sagte van Meteren.

«Das stimmt. Du bist ein guter Kerl. Aber eine Viertelstunde ist zu kurz. Eine halbe.»

«Zwanzig Minuten.»

«Gut. Bis gleich.»

Van Meteren legte auf.

«Herr Jesus», sagte der Hoofdinspecteur, «wir haben kaum noch Zeit. Wo ist de Gier?»

Jemand klopfte ans Fenster. Grijpstra lief zur Tür und öffnete. «Kommt rein, aber schnell. Sie sind bereits unterwegs.»

Die Männer versammelten sich in der Bar.

«Gut», sagte der Hoofdinspecteur, «ich werde mit Hector wieder auf die Straße gehen. De Gier geht mit denselben Beamten wie vorhin auf die andere Seite. Oder nein, de Gier geht allein. Die beiden anderen können sich in der Nachbarschaft in Hauseingänge stellen. Aber gut verstecken, denn diese Kerle sind gefährlicher als vorhin unser Freund de Kater.»

«Welche Kerle?» fragte einer der Beamten.

«Beuzekom und Ringma, zwei Rauschgifthändler, junge Kerle, beide bewaffnet. Beuzekom ist groß mit langen blonden Haaren und Ringma ein kleiner Schwuler, der kahl zu werden beginnt.»

«Von mir aus können sie schießen», sagte der Beamte, der an Fassaden hochklettern konnte, «das wird spannend, dann brauche ich in dieser Woche nicht ins Kino zu gehen.»

«Tarzan der Mächtige», sagte Grijpstra.

«Na, na», sagte der Hoofdinspecteur, «wir haben keine Zeit für Scherze. Du kannst mit Tarzan hier wieder in den Garten gehen. Van Meteren wartet hier.»

«Ja, Mijnheer», sagten alle.

De Gier saß wieder zwischen den Sträuchern. Derselbe Zweig kratzte ihn im Nacken. In der Aufregung hatte er nicht aufgepaßt und war in den Hundedreck getreten, dem er beim erstenmal so gut ausgewichen war.

«Bah, brrr», sagte de Gier, aber er grinste dabei. Er hoffte ebenso wie Tarzan, daß es zum Kampf kommen werde. Wenn er mir die Chance gibt, schlage ich ihm eins rein, dachte de Gier und sah das schimpfende Gesicht Beuzekoms wieder vor sich, mitten in seine Schnauze. Soll er ruhig noch ein bißchen bluten.

Er schaute auf die Straße vor sich. Es hatte eine Verkehrsstockung gegeben; eine lange Wagenschlange fuhr jetzt langsam vorbei. Die Aussicht auf die andere Straßenseite war ihm versperrt.

Aber ich schlage nur zu, wenn er als erster angreift, dachte de Gier, und ich werde ihn nicht herausfordern.

Die Autos waren vorbeigefahren, auf der anderen Straßenseite war der Fußweg zu sehen. Der Hoofdinspecteur hatte Schwierigkeiten mit Hector, der eine Katze gesehen hatte und an der Leine zog.

«Da sind sie», sagte de Gier zu sich selbst.

Beuzekom fuhr seinen Kleinbus auf den Fußweg. Gleich darauf standen die beiden Händler vor der Tür von Nummer 5. Sie wurde geöffnet. Auch Beuzekom hatte wie de Kater ein Köfferchen. Beuzekom ging als erster hinein. Ringma blieb noch für einen Moment draußen und schaute sich um.

Es vergingen drei Minuten, ehe der Schuß ertönte. De Gier rannte zur anderen Seite und wäre fast von einem Linienbus angefahren worden, der so weit nach links auswich, daß er beinahe ein entgegenkommendes Auto gerammt hätte. Das Geschrei der Fahrer und das tiefe Tönen der Bushupe störten de Gier nicht. Zusammen mit den beiden Beamten trat er die Tür ein, die krachend an einer Angel hängenblieb.

Im Korridor sahen sie zuerst Ringma, der an der Wand lehnte. Er hatte eine Pistole in der Hand, aber der Arm hing schlaff herunter, der Lauf der Pistole zeigte zum Fußboden. Einer der Beamten schlug ihm aufs Handgelenk und fing die Pistole auf.

Beuzekom lag stöhnend auf der Erde, die Hände zwischen den Beinen.

«Der Schuft. Er hat mir in die Eier getreten. Ich war überhaupt nicht darauf gefaßt.»

«Wo ist das Heroin?» brüllte Grijpstra, der von hinten aus dem Korridor gekommen war.

«Hier», stöhnte Beuzekom, «im Köfferchen. Er hat mir den Stoff gegeben, aus der Statue dort. Und als ich alles hatte und ihm das Geld gegeben hatte, kriegte ich den Tritt.»

Beuzekom wurde durchsucht. Seine Pistole verschwand in der Innentasche de Giers.

«Wo ist van Meteren?» fragte der Hoofdinspecteur.

Ringma, dessen Hände auf dem Rücken gefesselt waren, zeigte mit dem Kopf auf eine Tür.

«Durch die Tür ist er gelaufen.»

«Ach, nein», sagte der Hoofdinspecteur.

19

«So, so», sagte der Commmissaris.

Sie saßen hinten im Garten des großen Hauses in der Innenstadt, das der Commissaris bewohnte. Es war ein warmer Abend. Überall in der Nachbarschaft genossen die Menschen die frische Luft. Die Frau des Commissaris hatte Gläschen mit kaltem Genever und eine Schale mit gemischten Nüssen gebracht und sich dann diskret zurückgezogen. Der Commissaris und der Hoofdinspecteur rauchten Zigarren. Der Commissaris rieb sich das rechte Bein. Er hatte tagsüber im Bett gelegen. Die Schmerzen hatten etwas nachgelassen, nur gelegentlich verzog er das Gesicht bei einem plötzlich auftretenden Stechen.

«Wer hat geschossen?» fragte der Commissaris.

«Ringma, Mijnheer. Als van Meteren Beuzekom zwischen die Beine trat, hat Ringma geschossen, um seinen Freund zu beschützen oder ihn zu rächen.»

«Seinen Freund und Geliebten», sagte der Commissaris. «Ein Tritt in die Eier ist unangenehm, man kann daran sterben. Und Beuzekom konnte noch reden, sagst du?»

«Ja. Van Meteren hat nicht zu stark zugetreten. Der Arzt, der Beuzekom in der Zelle besucht hat, sagt, er habe keinen bleibenden Schaden davongetragen, aber es werde noch für eine Weile schmerzen.»

«So», sagte der Commissaris und hob sein Glas. «Prost.»

«Prost», sagte der Hoofdinspecteur und nippte an seinem Glas.

«Aber warum sollte van Meteren überhaupt getreten haben?»

«Um Verwirrung zu stiften, denke ich», sagte der Hoofdinspecteur. «Er wußte, daß wir jeden Augenblick reinkommen konnten. Und wenn wir die Herren auf der Straße mit ihrem Köfferchen und ihren Waffen festgenommen hätten, wären wir ebenfalls in der Nähe der Haustür geblieben, und die Hintertür bewachten Grijpstra und sein Kollege. Beuzekom und Ringma saßen in der Falle, aber van Meteren selbstverständlich auch. Er mußte sehen, daß er sich davonmachte, ehe wir auftauchten, und er konnte nicht plötzlich wegrennen, wenn er Beuzekom und Ringma auf den Fersen hatte, die obendrein beide nervös und mit Pistolen bewaffnet waren.»

«Ja», sagte der Commissaris, «die mußte er ausschalten. Und es war für ihn am besten, wenn sie auch noch schossen, daneben, natürlich. Falls sie schossen, würdet ihr heranstürmen und euch um sie bemühen. In der Aufregung konnte er dann verschwinden. Er ist also durch eine Seitentür verschwunden, sagst du.»

«Ja. Sie führt zu einem Korridor, der an der Hintertür endet. Von dort aus kommt man in den Garten. An einer Stelle führt auch noch eine Treppe nach unten in den Keller. Dieser hat wiederum zwei Ausgänge, einen zur Straße und einen zum Garten. Diese alten Häuser haben überall Korridore und Treppen und Türen, unten und oben. Man kann in jede Richtung, in die man will. Und wenn man verfolgt wird, dann erwischt einen keiner. Kein einziger Korridor ist ohne Ausgang.»

«Und van Meteren wurde nicht einmal verfolgt», sagte der Commissaris. «Er ist wahrscheinlich in aller Ruhe davonspaziert.»

«Mit hundertzwanzigtausend Gulden in der Tasche», sagte der Hoofdinspecteur.

Der Commissaris lachte.

«Mit Geld, das sich die Herren fleißig verdient haben. Mit dem gesamten Betriebskapital von Beuzekom & Co. Zu schön.»

Der Hoofdinspecteur nahm eine Handvoll Nüsse und steckte sie in den Mund.

«Zu schön», sagte er.

«Wie bitte?» fragte der Commissaris.

Der Hoofdinspecteur zeigte auf seinen Mund und begann eifrig zu kauen.

«Nur mit der Ruhe», sagte der Commissaris, «an den Nüssen kann man sich gemein verschlucken. Meiner Frau ist das vor kurzem passiert. Ich mußte ihr eine ganze Weile auf den Rücken klopfen.»

Der Hoofdinspecteur kaute zu Ende und nahm noch ein Schlückchen Genever.

«Nimm noch ein Gläschen», sagte der Commissaris und schenkte aus der Steingutflasche nach, die seine Frau neben seinem Stuhl hatte stehenlassen. «Und die Beamten in der Haarlemmer Straat haben nichts gesehen?»

«Aber ja. Das ist ja noch die Höhe von allem. Sie haben gesehen, wie er davonspazierte, aber sie haben gedacht, daß er zu uns gehört. Er hat sogar anscheinend noch gewinkt, aber das können sich die beiden ausgedacht haben, um uns zu ärgern.»

«Hattest du den Beamten nicht gesagt, daß van Meteren ebenfalls ein Verdächtiger ist?»

«Nein», sagte der Hoofdinspecteur und nahm noch eine Handvoll Nüsse.

«Aha», sagte der Commissaris.

«Es war meine Schuld. Ich dachte, es sei nicht nötig. Es waren immer mehrere Beamte in van Meterens Nähe.»

«Nein», sagte der Commissaris.

Der Hoofdinspecteur sah ihn fragend an.

«Das war es nicht», sagte der Commissaris, «ich glaube nicht, daß dich oder irgendeinen anderen viel Schuld trifft. Van Meteren ist ein Polizist, ein richtiger. Ich hatte immer das Gefühl, daß er zu uns gehörte, auch noch, als er als Verdächtiger im Büro saß. Und wenn jemand dazugehört, paßt man auf ihn nicht auf.»

Eine Stunde später, als sich die Steingutflasche zu leeren begann, gebrauchte der Commissaris den Ausdruck «höhere Gewalt».

Der Hoofdinspecteur war froh darüber, aber er ging nicht darauf ein.

Das Gespräch hatte eine andere Richtung genommen. Sie erörterten die Möglichkeiten, wie der Papua seine Flucht fortsetzen könne.

«Er kann mit einem gestohlenen Wagen über die Grenze nach Belgien fahren», sagte der Commissaris, «Schleichwege gibt es genug.»

«Und er hat viel Geld», sagte der Hoofdinspecteur. «Er kann sich einen Paß kaufen und von Paris aus nach Indonesien fliegen oder nach Hongkong, das ist sicherer. Interpol ist informiert, deshalb wird man überall nach einem schwarzen Mann ausschauen, der nach Djakarta will.»

«Er wird einen Umweg machen», sagte der Commissaris. «Dieser Mann überlegt sich alles gut. Einen großen Umweg, vielleicht über den Westen. Er kann als Neger nach Surinam und von dort aus weiter.»

«Daran haben wir auch schon gedacht», sagte der Hoofdinspecteur.

«Wenn wir daran denken, dann denkt er ebenfalls daran», sagte der Commissaris. «Er wird bestimmt einen originellen Weg finden. Ich denke, es wird ihm gelingen. Es wird nicht lange dauern, dann ist er in Neuguinea. Dort laufen noch einige Millionen Papuas herum, unter denen ihn keiner mehr finden wird. Sagtest du nicht, daß er auf einer kleinen Insel den Einsiedler spielen will?»

«Das hat er gesagt?»

Der Hoofdinspecteur starrte vor sich hin. «Aber er hat noch mehr gesagt. Wie de Gier sagte, wollte er König werden, König Habberdudas der Erste. Und Admiral einer Kanuflotte, Kriegskanus, sie haben dort große, jedes mit vierzig Mann an Bord. Vielleicht will er versuchen, das Land unabhängig zu machen.»

Der Commissaris setzte sich vorsichtig anders hin.

«Nein, nein», sagte der Commissaris, «er ist viel zu klug, um mächtig werden zu wollen. Ich nehme an, daß er bald ganz allein als Einsiedler auf einer kleinen Insel wohnen wird, auf einem unwirtlichen Eiland, wo ihn keiner jemals belästigen wird.»

«Und was soll er dort?» fragte der Hoofdinspecteur.

Die Steingutflasche war ganz leer, als der Hoofdinspecteur die Frage wiederholte.

«Nun», sagte der Commissaris, «was tun Einsiedler schon? Sie meditieren. Sie sitzen ruhig auf einer Stelle. Er war doch auch Mitglied dieser religiösen Gesellschaft?»

«Von einer Nepp-Gesellschaft», sagte der Hoofdinspecteur, wobei er das Wort sorgfältig aussprach.

«Alles ist Nepp», sagte der Commissaris leise.

«Höhere Gewalt», sagte der Hoofdinspecteur. «Das haben Sie vorhin gesagt. Höhere Gewalt macht uns schuldlos, sie spielt sich über uns ab. In England spricht man von einer Handlung Gottes.»

Der Hoofdinspecteur hatte es nicht gehört.

«Ah, ja», sagte der Commissaris, «Gott.»

Eine Tote gibt Auskunft

Deutsch von
Hubert Deymann

Zu diesem Buch

Grijpstra seufzte, als er die Frau auf dem Fußboden liegen sah. Sie war vornüber auf den Langflorteppich gefallen. Er sah ihre langen Beine, den hochgerutschten Rock und die weiße Bluse. Nur war die Bluse nicht mehr ganz weiß. Sie hatte einen großen roten Fleck auf dem Rücken, aus dem der Griff eines Messers ragte.

Adjudant Grijpstra und Brigadier de Gier sind zu dem Hausboot geschickt worden, weil ein Nachbar trotz mehrfachen Klopfens keine Antwort erhalten und schließlich die Polizei benachrichtigt hatte.

Seine Sorge war berechtigt gewesen. Jemand hatte die schöne vierunddreißigjährige Maria van Buren getötet.

Schon nach den ersten Ermittlungen stellt sich heraus, wie die Frau ihren Lebensunterhalt verdiente: durch Prostitution. Sie war die Geliebte von drei Männern gewesen, dem niederländischen Geschäftsmann Drachtsma, dem belgischen Diplomaten Wauters und dem amerikanischen Colonel Stewart. Und wenn einer der drei mit einem Wurfmesser umgehen konnte, dürfte der Fall geklärt sein: ein Fall von Eifersucht.

Aber die drei Männer haben von ihrer gegenseitigen Existenz gewußt. Der Tod der Frau scheint sie jedoch wenig zu treffen, sie wirken alle drei beinahe erleichtert und geben zu, daß jeder von ihnen sich gerne von der Frau gelöst hätte, sie aber nicht die Kraft dazu aufgebracht hätten.

Und da keiner der Männer in der Lage oder bereit ist, Einzelheiten über das Leben der Toten zu liefern, fliegt der Commissaris, der Vorgesetzte von Grijpstra und de Gier, nach Curaçao. Denn daher stammt Maria van Buren.

Die Hauptpersonen

Maria van Buren	stirbt eines gewaltsamen Todes, woran sie nicht ganz unschuldig war.
IJsbrand Drachtsma Wauters Colonel Stewart	hatten eine gemeinsame Geliebte und sind nicht allzu glücklich über ihr Ableben.
Bart de Jong	wird von einer Katze belästigt und benachrichtigt die Polizei.
Holman	kann mit einem Wurfmesser umgehen.
Shon Wancho	versteht etwas von Zauberei und noch mehr von der menschlichen Seele.
Ramón Scheffer	hört eine Sirene und flieht.
Adjudant Buisman	hätte dem niederländischen Staat die Kosten für eine weite Reise ersparen können.
Der Commissaris	fliegt nach Curaçao und begreift Zusammenhänge.
Adjudant Grijpstra Brigadier de Gier	beobachten Vögel und finden einen Mörder.

1

Adjudant Grijpstra hatte das Gefühl, daß dies nicht der beste Morgen des Jahres war. Er saß hinter seinem grauen Metallschreibtisch in dem großen Zimmer im Präsidium, dem Zimmer, das er mit Brigadier de Gier teilte. Er saß in sich zusammengesunken, den schweren Körper mit Mühe in den engen Stuhl gezwängt, und las die Fernschreiben vom Vortag, in Großbuchstaben auf billigem rosa Papier gedruckt, in einem abgewetzten Büroordner gesammelt. Er versuchte zu schlukken. Zwei Stücke Sandpapier rieben sich aneinander, direkt hinter seinem Gaumenzäpfchen.

«Hast du auch schon gemerkt, daß in Amsterdam nie etwas passiert?» Seine Stimme klang heißer, und er sprach sehr langsam. Eigentlich hatte er sich die Frage selbst gestellt. Er hatte auch ganz leise gesprochen, und de Gier hätte ihn eigentlich nicht hören sollen, denn die Fenster waren geöffnet. Und um diese Tageszeit dröhnte gewöhnlich der Verkehr durch die Marnixstraat, aber jetzt war es schon seit einigen Minuten still. Einige Häuserblöcke weiter oben waren zwei Autos zusammengestoßen, und die Marnixstraat war blockiert.

Du müßtest ins Bett, dachte de Gier, der ihn gehört hatte. «Hm?» fragte de Gier, denn er wollte seinen Vorgesetzten in seiner Einsamkeit nicht ungeschützt allein lassen.

«In Amsterdam», wiederholte Grijpstra, «passiert nie etwas.»

«Du bist krank», sagte de Gier, «du hast Grippe. Geh nach Hause und ins Bett. Nimm zwei Aspirin, und trink einen Tee. Leckeren heißen Tee mit einem Schuß Cognac und einer Zitronenscheibe. Dann schlafe. Den ganzen Tag. Augen zu und an nichts denken. Und morgen wirst du wach und liest die Zeitung. Und übermorgen liest du ein Buch. Und überübermorgen liest du noch ein Buch. Am Tag darauf ist Samstag, und dann schlenderst du ein wenig durchs Haus, nicht zuviel. Und Sonntag machst du einen kleinen Spaziergang. Und Montag kommst du wieder her.»

«Ich bin nicht krank», sagte Grijpstra. Er zündete sich eine Zigarette an und begann zu husten. Er hörte nicht auf zu husten. Schließlich zwängte er sich aus seinem Stuhl heraus und stellte sich mit krummem Rücken hin, das Gesicht zur Wand. Er hustete immer noch.

De Gier lächelte. Natürlich will er nicht nach Hause, dachte er. Er hat nur zwei winzige Etagen in einem ganz kleinen Haus an der Lijnbaansgracht. Und in den beiden winzigen Etagen stampft Mevrouw Grijpstra herum, und die drei kleinen Grijpstras und das Fernsehgerät machen noch zusätzlichen Krach.

Grijpstra hustete nicht mehr. In seinem betäubten Kopf formten sich langsam schwerfällige Gedanken, negative, ärgerliche, unangenehme. Ich will ihn gar nicht ansehen, dachte Grijpstra, er ist viel zu hübsch und viel zu gesund. Und mit diesem Maßanzug, einem Maßanzug aus Jeansstoff. Lackaffe. Und das hellblaue Oberhemd, das in der Farbe so gut dazu paßt. Und das Tuch um seinen Hals. Und die Locken. Und die Nase. Dieser Filmstar! Bah.

Aber Grijpstra korrigierte sich. Er räumte ein, daß er eifersüchtig war. Er dachte daran, daß de Gier sein Freund war. Ein guter Freund. Ein treuer, zuverlässiger und bescheidener Kollege. Er zwang sich, daran zu denken, daß de Gier mindestens zweimal sein Leben riskiert hatte, um ihn zu retten. Er zwang sich zu vergessen, daß er selbst mindestens dreimal sein Leben riskiert hatte, um de Gier zu schützen. Und dann grinste er, zwar etwas gequält, aber es war dennoch ein Grinsen.

Das Leben riskieren, dachte Grijpstra, manchmal sieht es ja so aus, aber so ist es ja nicht. Wir sind in Amsterdam, und hier drohen die Gauner wohl mal, aber sie bringen einen nicht um. Amsterdam ist eine freundliche Stadt. «In Amsterdam passiert nie etwas.»

Dies hatte er wieder laut gesagt, und de Gier beugte sich über den Ordner mit den rosa Fernschreiben.

«Was hast du nur?» fragte de Gier. «Sieh mal. Es passiert alles mögliche.»

De Gier stand neben einem kompletten Schlagzeug aus drei Trommeln, das einst auf unerklärliche Weise in ihr Zimmer gekommen war. Grijpstra hatte das Schlagzeug angeschaut und sich geweigert, zu ermitteln, wer der Eigentümer sein könnte. Und seit jenem Tag hatte er auf dem Schlagzeug gespielt. Er hatte immer eines haben wollen seit der Zeit, als er in der Schulband Drummer gewesen war. Und nach einigem Üben hatte er seine alte Technik wiedergewonnen und zu improvisieren angefangen. Und de Gier begleitete ihn auf einer Querflöte, die aus dessen Schulzeit stammte, als er einen Kirchenchor darauf begleitet hatte.

De Gier nahm einen Trommelstock. «Es passiert alles mögliche. Hier. Eine ganze Reihe von Verkehrsunfällen (bam auf der Trommel). Gestohlene Motorräder (bam), ein Auto in der Gracht (bam).»

Grijpstra hatte dreimal gestöhnt.

«Und hier! (Wirbel auf der Trommel) Sieh mal einer an. Bewaffneter Überfall. Drei Kerle, die eine alte Dame in einem Zigarrenladen überfallen haben. Und wenn sie es nicht übersteht, echter Totschlag. Warum haben wir diesen Fall nicht bekommen?»

«Weil wir nicht hier waren», sagte Grijpstra. «Wir waren um die Ecke gegangen, um Gebäck zu kaufen. Sietsema und Geurts waren hier und sind jetzt damit befaßt.»

«Sietsema ist bei der motorisierten Polizei», sagte de Gier.

«Jetzt nicht mehr. Gegenwärtig ist er bei der Kripo, das weißt du doch am besten.»

«Ja», sagte de Gier, «ich vergesse es immer. Einmal zuviel von der Guzzi gefallen, und jetzt haben *wir* ihn. Vom Elitekorps der großen Motorräder zum Abfalleimer der Plattfüße.»

De Gier legte die Trommelstöcke weg und schaute zum Fenster hinaus. Der Verkehr war wieder in Bewegung gekommen und brummte und kreischte durch die enge Marnixstraat, freigebig Auspuffgase qualmend, welche die Büros beschmutzten, in denen sich die Polizei darauf einzurichten begann, wieder einen ganzen Tag lang tatkräftig die Ordnung aufrechtzuerhalten. De Gier hatte selbst einmal den Plan gehabt, sich bei der Motorradpolizei zu bewerben, sich jedoch überreden lassen, zur Kripo zu gehen. «Du hast Verstand, de Gier», hatte der leitende Beamte gesagt, «den mußt du benutzen, de Gier.» Er hatte sich oft gefragt, ob er die richtige Wahl getroffen hatte. Er hätte jetzt Brigadier bei der Verkehrsstaffel sein können, mit demselben Gehalt, den gleichen Privilegien. Er hätte jetzt auf einer großen, glänzenden Guzzi sitzen können. Die von der Motorradstaffel hatten keine Plattfüße. De Gier hatte auch keine, aber er würde sie bekommen. Kripobeamte laufen zuviel. Sie warten auch viel, an Straßenecken und vor Schaufenstern und in Hauseingängen. Und sie steigen Treppen empor, meistens die falschen Treppen. Motorradpolizisten steigen nie Treppen empor.

«Vielleicht bauen Sietsema und Geurts Mist, dann gibt der Hoofdinspecteur den Fall an uns zurück.»

«Das tut er nicht», sagte Grijpstra und nieste.

«Soll ich dir eine gute Tasse Kaffee holen?»

«Ja», sagte Grijpstra.

De Gier ging zur Tür, öffnete sie und erstarrte.

«Meine Herren», sagte der Commissaris.

Der Commissaris lächelte. Die Zeit, da nicht im Offiziersrang stehende Beamte schon beim Anblick eines Commissaris aufsprangen und Haltung annahmen, war vorbei. Wahrscheinlich war die Zeit schon angebrochen, da man ihn bald nicht einmal mehr mit «Mijnheer» anredete. Aber einige Männer erinnerten sich noch der alten Zeit und ließen erkennen, daß sie ein gutes Gedächtnis hatten.

«Mijnheer», sagte einer dieser Männer. «Ich wollte soeben Kaffee holen. Soll ich Ihnen eine Tasse mitbringen?»

«Bitte», sagte der Commissaris.

«Eine Zigarre, Mijnheer?» fragte Grijpstra und nahm die Blechdose aus seiner Schublade, in der er die kleinen Zigarren aufbewahrte, die der Commissaris gern hatte.

«Bitte», sagte der Commissaris.

«Nehmen Sie Platz, Mijnheer», sagte Grijpstra und zeigte auf den einzigen bequemen Stuhl im Zimmer.

Der Commissaris setzte sich und rieb sein linkes Bein. Die Schmerzen in den Beinen hatten ihn in der Nacht nur wenig schlafen lassen. Grijpstra sah die Handbewegung und fragte sich, wie lange der alte Mann noch in den Korridoren des Präsidiums herumspuken würde. Der Commissaris hatte noch fünf Dienstjahre vor sich, aber sein Rheuma schien immer schlimmer zu werden. Grijpstra hatte den Commissaris einige Male an einer Wand lehnen sehen, gelähmt vor Schmerzen, das Gesicht zu einer weißen Maske verzerrt.

De Gier kam zurück mit einem Plastiktablett und drei Pappbechern. Der Commissaris nahm einen vorsichtigen Schluck und sah die beiden Beamten an.

«Erinnert ihr euch an das Wohnboot auf dem Schinkel?» erkundigte er sich.

«Das Boot, das wir im Auftrag des Hoofdinspecteurs im Auge behalten sollen?» fragte Grijpstra.

«*Das* Boot», sagte der Commissaris. «Der Hoofdinspecteur ist jetzt in Urlaub, und ich weiß nicht, wieviel er euch erzählt hat. Was wißt ihr?»

«Nicht viel, Mijnheer», sagte Grijpstra. «Der Hoofdinspecteur erklärt nie sehr viel; wir wissen nur, daß wir das Boot im Auge behalten sollen.»

«Habt ihr?»

Grijpstra sah de Gier an.

De Gier setzte sich aufrecht hin. «Wir gehen dort zweimal in der Woche vorbei, Mijnheer, und haben dem Hoofdinspecteur Bericht erstattet. Aber da gibt es nur wenig zu erzählen. Es ist ein teures Boot, zweigeschossig und tadellos in Schuß. Eine Dame wohnt darin, 34 Jahre alt. Sie heißt Maria van Buren, geboren auf Curaçao. Sie ist geschieden, führt aber weiter den Namen ihres ehemaligen Mannes. Ihr Ex-Mann ist Direktor einer Textilfabrik in Friesland.»

«Erzähle etwas über die Frau», sagte der Commissaris.

«Sie ist sehr schön», sagte de Gier, «nicht ganz weiß. Sie fährt einen weißen Mercedes-Sportwagen, keinen neuen, aber er ist gut erhalten. Sie erhält regelmäßig Besuch von mindestens drei Männern, die die ganze Nacht bleiben – oder einen Teil der Nacht. Ich habe mir ihre Autonummern aufgeschrieben.»

«Weißt du, wer sie sind?»

De Gier nickte. «Einer ist ein belgischer Diplomat, der in Den Haag arbeitet. Er fährt einen schwarzen Citroën DS. Er ist 45 Jahre alt und sieht aus wie ein Tennis-Profi. Der zweite ist Colonel der amerikanischen Armee, ebenfalls 45 Jahre alt, in Deutschland stationiert. Der dritte ist Niederländer, ein großer Kerl, der allmählich kahl wird, 58 Jahre alt. Ich habe nicht allzuviel über ihn erfahren, aber er ist ein bedeutender Mann, Aufsichtsratsmitglied von allerlei Handelsunternehmen. Er hat eine hübsche Wohnung in Amsterdam, aber er wohnt eigentlich auf Schiermonnikoog, das heißt, seine Frau wohnt dort. Seine Kinder sind bereits ausgezogen. Er heißt IJsbrand Drachtsma.

«Hast du aus deinen Beobachtungen irgendwelche Schlüsse gezogen?»

De Giers Gesichtsausdruck verriet nichts. «Nein, Mijnheer.»

Der Commissaris sah Grijpstra an. «Vielleicht eine Frau, die nicht gern allein ist?»

Grijpstra nickte. «Vielleicht, aber vielleicht verdient sie sich damit auch ein wenig Taschengeld. Der Niederländer ist ein braver Bürger, aber er verdient ein Vermögen. IJsbrand Drachtsma ist reich und mächtig. Ein Industriemagnat, alle Gesellschaften, an denen er beteiligt ist, machen Riesenumsätze. Er macht in Chemikalien, Textilien und Baumaterialien. Und außerdem ist er ein Held. Im Krieg ist er nach England entwischt, während die Deutschen alle Strände bewachten. Man hat mir erzählt, er sei zusammen mit drei anderen in einem Ruderboot geflüchtet. In einem ganz kleinen Boot. Sie hatten zwar einen Motor, aber der war schon kaputt, ehe sie hundert Meter vom Strand entfernt waren. In England ist er zur Armee gegangen und dann kämpfend zurückgekommen, durch Frankreich und Belgien.»

«Weißt du auch etwas über die beiden anderen?»

«Nein, Mijnheer», sagtr Grijpstra, «aber ich denke, der Hoofdinspecteur hat eine Akte über sie angelegt. Er schien sehr interessiert, als wir ihm die Namen nannten.»

«Und die Frau?»

«Nein, Mijnheer», sagte Grijpstra. «Wir haben sie auf dem Einwohnermeldeamt überprüft, aber weiter sind wir nicht gegangen. Wir hatten begriffen, daß wir diskret zu Werke gehen mußten. Aber wir könnten ein wenig herumschnüffeln, wenn Sie wollen. Dort liegen noch andere Wohnboote.

«Ist mit der Dame etwas Besonderes, Mijnheer?» fragte de Gier, der seine Neugier nicht länger bezähmen konnte.

«Ja», sagte der Commissaris. «Wie ihr wißt, haben wir in den Niederlanden einen Geheimdienst.» Er lächelte, die beiden Beamten fingen an zu grinsen. Der Geheimdienst war ihnen bekannt, denn er hatte sein Büro in der Etage über ihnen. Zwei Zimmer, vollgestopft mit Männern in mittleren Jahren und älteren Sekretärinnen. Die Männer in mittleren Jahren wußten viel über Fußball, die älteren Sekretärinnen tippten viel. Gedichte, laut Grijpstra. Miese Gedichte, laut de Gier. Grijpstra meinte schon seit Jahren, daß die Niederlande keine Geheimnisse kennen und der Geheimdienst nur gebildet worden sei, um einen im Etat ausgewiesenen Posten auszufüllen. De Gier stimmte dem nicht zu. Er behauptete, der Geheimdienst sei eine große und mächtige Organisation, verzweigt über das ganze Land und verbunden mit dem Staatsrat, den Ministern und Bürgermeistern, dem Generalanwalt des Hohen Rats und allen Hoofdcommissarissen. Und, sagte de Gier, mit der Krone, dem allerheiligsten Zierat des Geheimnisses der Demokratie. Und vielleicht, so hatte de Gier einmal geflüstert, war der Geheimdienst mit Gott verbunden, dem niederländischen Gott, einem alten Mann, der in einem staubigen Zimmer haust, einer sehr mächtigen Erscheinung, die in Pantoffeln schlurft und weitgehende Interessen hat, Interesse an Themen wie Deiche und Butterkühlhäuser und Ajax Amsterdam und zerstampfte Aniskörner in gelben Blechdosen und «so brennt eine gute Zigarre» und die Schrägstreifen auf den Ärmeln eines Landgendarmen und das Bijlmermeer.

«Der Geheimdienst, sagten Sie», erinnerte Grijpstra und versuchte, ein ernstes Gesicht zu machen.

«Ja», sagte der Commissaris, «sie sind an Mevrouw van Buren interessiert und haben uns gebeten, sie zu beobachten. Aus irgendeinem Grund haben sie keine eigenen Fahndungsbeamten. Die Steuerbehörde hat Fahnder und der Zoll und die Armee, aber der Geheimdienst hat keine. Sie benutzen lieber uns. Wann bist du das letzte Mal beim Wohnboot gewesen, um nachzusehen?»

«Heute ist Dienstag», sagte de Gier, «am vergangenen Donnerstag bin ich noch dort gewesen. Wissen Sie, warum der Geheimdienst an der Dame interessiert ist, Mijnheer?»

«Nein», sagte der Commissaris, «aber das werden wir noch herausfinden. Da stimmt anscheinend einiges nicht. Der Mann, der auf dem Boot neben ihrem wohnt, hat heute morgen angerufen. Er sagte, er habe sie seit Tagen nicht gesehen, und fragte, ob wir nicht mal nachsehen würden. Ihre Katze streift überall herum und versucht, auf sein Boot zu gelangen. Er will die Katze nicht und hat bei Mevrouw van Buren geklingelt, aber sie öffnet nicht. Ihr Wagen parkt wie üblich vor dem Boot.»

«Wann ist der Anruf gekommen?» fragte Grijpstra.

«Soeben erst. Vor einer Viertelstunde. Geht gleich hin. Ich werde euch einen Durchsuchungsbefehl mitgeben, dann könnt ihr, falls nötig, durch ein Fenster einsteigen.»

«Kommen Sie nicht mit, Mijnheer?» fragte Grijpstra.

«Nein. Ich treffe mich gleich mit dem Hoofdcommissaris. Aber wenn dort etwas nicht stimmt, könnt ihr mich anrufen oder über Funk erreichen.» Der Commissaris rieb sich das Bein, stand mühsam auf und ging hinaus. Er gab sich Mühe, nicht zu hinken.

Innerhalb weniger Minuten standen sie unten in der Marnixstraat vor einer roten Ampel. Alle Ampeln, denen sie auf ihrem Wege begegneten, standen auf Rot, dennoch waren sie innerhalb von zwanzig Minuten am Schinkel.

Ein Mann mit kurzem schwarzem Bart erwartete sie an der Laufplanke zum Wohnboot.

«Polizei», sagte Grijpstra, als er ausstieg, «sind Sie der Mann, der angerufen hat?»

«Ja», sagte der Mann, «ich bin Bart de Jong, ihr könnt mich Bart nennen, das tun alle. Ich wohne auf dem Boot dort.»

Grijpstra gab dem Mann die Hand und stellte sich vor. De Gier war auch gekommen. Bart sah merkwürdig aus, aber nicht merkwürdiger als andere seltsam wirkende Personen, die in Amsterdam zu jeder Tageszeit zu sehen sind. Ein untersetzter Mann, vielleicht vierzig Jahre alt. Er sah aus, als ob ihm der Bart bis zu den Augen wuchs. De Gier fielen die Augen auf. Sie ließen ihn an Korinthen denken oder an schwarze Glasperlen. Im linken Ohr hatte er einen Ring. Er trug einen schwarzen Kordanzug und schwarze, blankgeputzte, halbhohe Lederstiefel, in deren Schäften die engen Hosenbeine steckten. De Jongs dichtes, kurzgeschnittenes Haar sah aus, als sei es frisch gewaschen und gebürstet.

«Wie ist das nun mit der Katze von Mevrouw van Buren?» fragte Grijpstra.

Bart bot Zigaretten an; de Gier fiel auf, daß die Hand, die das brennende Streichholz hielt, leicht zitterte.

«O ja, die Katze. Sie fällt mir jetzt schon seit Tagen zur Last. Das tut sie übrigens öfter, an die Tür kratzen und maunzen und so, daran bin ich gewöhnt. Ich laß sie auch schon mal rein. Es ist eine schöne Katze, eine persische. Da ist sie.»

Eine große Katze kam auf langen Beinen anspaziert und schlug den Weg zu dem kleinen Wohnboot ein, auf das Bart gezeigt hatte. De Gier ging auf das Tier zu, ging in die Hocke und sprach es an. Die Katze rieb ihren schweren Kopf an de Giers Hosenbein und sah ihn aus großen gelben Augen an, durch die ein dicker schwarzer Strich lief. Die Augen schlossen sich halb vor Zufriedenheit.

«Ein hübsches Tier», sagte de Gier, «die schönsten Katzen sind die Siamesen natürlich, aber dies ist ein prächtiges Exemplar, die viele Wolle steht ihm gut.»

«Ja», sagte Bart, «aber genau das kann ich an ihr nicht leiden. Sie darf mich gern mal besuchen, und eine kleine Schüssel Milch und ein Stückchen Fleisch oder Fisch ist auch noch übrig, aber wenn sie weg ist, dann ist mein Boot voller Haare. Und verwöhnt ist sie auch. Sie kommt nicht nur, um ein bißchen zu essen. Sie verlangt alle Aufmerksamkeit und quengelt so lange, bis man sie gebürstet hat. Ich glaube, das ganze Zeug ist ihr unangenehm, das in ihrem Fell hängenbleibt, wenn sie das Unkraut und die Büsche durchstöbert; vielleicht juckt sie das. Vor einigen Tagen hat sie sich wirklich schlimm bei mir aufgeführt; ich hatte sie gebürstet, aber sie quengelte weiter, und da habe ich sie gepackt und vor die Tür gesetzt. Aber sie war gleich wieder da und hat mit der Pfote ans Fenster geklopft. Daraufhin bin ich zu Mevrouw van Buren gegangen und habe geklingelt, aber sie hat nicht geöffnet. Vorgestern und heute morgen habe ich wieder geklingelt, aber sie öffnet noch immer nicht. Sie muß zu Hause sein; ihr Auto steht übrigens auch vor der Tür. Ich glaube, ihr ist etwas passiert.»

«Dann wollen wir auch mal gehen und klingeln», sagte de Gier.

Sie klingelten, klopften und riefen. Keine Antwort.

«Seht ihr?» sagte Bart.

«Dann werden wir eben etwas kaputtmachen», sagte Grijpstra.

«Ist das erlaubt?» fragte Bart. «Das ist doch Hausfriedensbruch. Ich habe daran gedacht, ein Fenster einzuschlagen, aber ich glaube nicht, daß das erlaubt ist.»

«Die Polizei darf alles», sagte de Gier.

«Nichts da», sagte Bart, «auch die Polizei nicht. Das stand vor kurzem in der Zeitung.»

«Wir sind Sonderpolizei», sagte de Gier, «und außerdem haben wir einen Durchsuchungsbefehl.»

Sie betrachteten das Fenster neben der Tür.

«Das kannst du tun», sagte Grijpstra, «du hast lange Beine. Du mußt dich über das Geländer der Brücke beugen.»

De Gier nickte, holte seine Pistole heraus und schlug mit dem Kolben hart gegen das Fenster.

«Paß jetzt auf», sagte Grijpstra, «als du das letzte Mal durch ein zerbrochenes Fenster geklettert bist, hast du dir den ganzen Anzug mit Blut verschmiert.»

«Ich lerne täglich etwas dazu», sagte de Gier und schlug die Glasscherben aus dem Fensterrahmen. Er steckte den Arm hinein und drehte am Fenstergriff und öffnete. Grijpstra stützte ihn, als er hineinkletterte. Kurz darauf ging die Tür auf.

«Muß ich mit hinein?» fragte Bart.

«Warte hier einen Augenblick, wir sind gleich zurück. He, paß auf!»

Die Katze, die mit den drei Männern über den Laufsteg gegangen war und anscheinend ebenfalls hineinwollte, stieß ein tiefes, heiseres Knurren aus, das in einen hohen Angstschrei überging. Ihr Schwanz war steil aufgereckt und so dick wie ein Ofenrohr. Nach dem Schrei drehte das Tier sich um und lief weg; es blieb in sicherer Entfernung sitzen.

Bart schüttelte den Kopf. «Das ist nicht gut. Ihr geht wohl besser hinein. Da stimmt etwas nicht, ganz und gar nicht.»

«Ja», sagte Grijpstra und zwang seinen Körper, sich in Bewegung zu setzten. Er klopfte de Gier auf die Schulter. De Gier beobachtete immer noch die Katze.

Im unteren Deck des Boots war nichts zu finden. Die Möbel waren etwas staubig. Die Dame hatte anscheinend einen sonderbaren Geschmack, sonderbar, aber teuer. Perserteppiche und ein großer, gemauerter Kamin. De Gier blieb vor einer großen Holzplastik stehen, die drei Frauen darstellte, wobei die zweite auf den Schultern der ersten und die dritte auf den Schultern der zweiten stand. Ihre Brüste mit den übertrieben großen und spitzen Warzen standen weit vor. Die Zungen, die sie aus weit geöffneten Mündern herausstreckten, waren grellrot bemalt, und die weißen, schimmernden Zähne bestanden aus kleinen Muscheln. Vielleicht eine afrikanische Fruchtbarkeitsstatue, dachte de Gier, aber ihm kam es so vor, als stelle sie mehr als Fruchtbarkeit dar. Sie strahlte Kraft aus, eine zielbewußte Kraft.

Im Zimmer standen noch mehr Plastiken. Auf einem Regal sah er ein Dutzend kleine Männer, zwischen zehn und dreißig Zentimeter hoch. Afrikanische Krieger, bewaffnet mit Speeren und anderen Gegenständen. Die Männer hatten einen aufmerksamen Gesichtsausdruck, als wüßten sie, daß ihre Beute in der Nähe ist. Die Männchen sahen grausam und bösartig aus.

Menschenjäger, dachte de Gier, und sie haben den Kerl gefunden, den sie suchen.

Er schaute noch einmal hin. Verdammt, dachte er, sie wollen *mich*. Aber warum nicht? Ich kenne die Männer nicht einmal.

«Es ist schön hier», sagte Grijpstra im anderen Zimmer.

«Findest du?» fragte de Gier höflich.

«Ja», sagte Grijpstra, der sich umsah, «viel Platz. Und hübsche, bequeme Sessel. Ein gutes Zimmer, um sich gemütlich hinzusetzen, eine Zeitung zu lesen und eine Zigarre anzustecken. Sehr angenehm. Schau dir das Bild mal an.»

De Gier schaute. Es war ein friedliches, verträumtes Bild. Ein Bajazzo ging mit seiner Freundin, einem Mädchen in Schäferinnentracht, durch eine mondhelle Landschaft. Sie sind in einem bleichen Garten, in dem Sträucher und Bäume schwarz sind. Im Hintergrund reckt eine Reihe Pappeln die toten Arme in die Luft, und der Himmel ist metallblau. Einige seltsam gestaltete weiße Wolken treiben am Himmel dahin.

«Findest du das Bild schön?»

«Ja», sagte Grijpstra, «viel besser als all das rosa Fleisch, das man gegenwärtig sieht. Es ist sehr sexy, obwohl die beiden angekleidet sind. Sie halten sich nicht einmal an den Händen. Reizende Menschen.»

«Sicherlich haben sie eben miteinander geschlafen, in dem Gartenhäuschen dort hinten bei den Pappeln», sagte de Gier.

Grijpstra schaute auf das Gartenhäuschen. «Ja», sagte er langsam, «daher kommt die sexuelle Atmosphäre. Aber die Spannung ist raus, die hängt noch in der Laube.»

«Ja», sagte de Gier, «was schätzt du – wieviel ist diese Schute wert, komplett mit allem, was darinnen ist?»

Grijpstra betrachtete immer noch das Bild. «Dieser Druck ist zehn Gulden wert, es ist eine Reproduktion. Aber der Rahmen hat ein paar hundert Gulden gekostet. Der Druck ist das bis jetzt einzige Objekt, das nichts wert ist. Das Original ist übrigens von Rousseau, dem Zöllner. Eine Art von Mensch wie ich. Beamter mit niedrigem Gehalt. Ich wollte, ich könnte malen.»

«Ich wußte nicht, daß du an Kunst interessiert bist», sagte de Gier. «Das Malen kannst du immer noch lernen; du solltest einen Abendkursus an der Volkshochschule belegen.»

«Das weiß ich. Vielleicht, wenn ich in Pension gehe. Ich weiß nichts über Kunst, aber von diesem Rousseau habe ich schon gehört. Ich habe sogar eine Ausstellung seiner Bilder gesehen. Ein primitiver Maler, sagten sie. Du wolltest wissen, wieviel diese Schute wert ist?»

«Ja», sagte de Gier.

«Viel Geld. Allein die Ledersessel sind schon einige tausend Gulden pro Stück wert. Und die Perserteppiche kommen auch nicht aus der

Fabrik. Und die Schute ist die schönste, die ich je in Amsterdam gesehen habe. Das Holz ist sehr solide, und sie hat auch noch zwei Decks, zwanzig Meter lang und sechs breit. Zweihunderttausend, würde ich sagen, oder mehr. Es ist ein schwimmender Palast.»

Sie waren jetzt in der Küche. De Gier war erneut beeindruckt. Er dachte an seine eigene Küche – ein großer Schrank mit Minikühlschrank und zwei Kochplatten auf einem ganz kleinen Tisch. Wenn er kochte, mußte er die Arme eng an den Körper legen, sonst fegte er die Pfannen vom Regal.

«Eine schöne Küche, nicht wahr?» fragte er Grijpstra, «und dabei leben wir in einem sozialistischen System. Nivellierung der Einkommen und so. Ich möchte nur wissen, wie sie an dieses Zeug gekommen ist.»

«Das werden wir herausbekommen», sagte de Gier, «jedenfalls, wenn ihr etwas zugestoßen ist. Wenn sie noch irgendwo herumläuft, brauchen wir nichts herauszufinden.»

«Es könnte natürlich sein, daß sie das Geld geerbt hat», sagte Grijpstra in versöhnlichem Ton.

Sie stiegen die Treppe hinauf. Oben war nur ein großes Zimmer, das die ganze Länge und Breite des Schiffs einnahm. Die Treppe endete in einer Öffnung im Fußboden, die an drei Seiten von einem auf geschnitzten Pfeilern gestützten Geländer umgeben war und mit einer Luke verschlossen wurde.

Die Beamten gingen umher, die Hände auf dem Rücken, eine Gewohnheit, die sich sofort zeigte, wenn sie ein verdächtiges Haus betraten. Auf dem Rücken verschränkte Hände können keine Spuren verwischen und auch keine neuen machen.

Grijpstra seufzte, als er die Frau auf dem Fußboden liegen sah. Sie war vornüber auf den Langflorteppich gefallen. Sie sahen ihre langen Beine, den kurzen Rock, die weiße Bluse und das dichte schwarze Haar, das zum Teil auf dem Teppich und zum Teil auf der Bluse ausgebreitet war.

Die Bluse hatte einen großen roten Fleck, und mitten darin steckte der kupferne Griff eines Messers. Drei große blaue Schmeißfliegen summten unruhig im Zimmer herum, da sie bei ihrer Tätigkeit durch die Ankunft der Kripobeamten gestört worden waren.

2

Sie betrachteten die tote Frau und waren beeindruckt. De Gier wurde außerdem ein wenig übel. In der Luft hing ein schwerer Geruch, der ihm den Magen umdrehte. Er lief rasch zum Fenster. Es war geschlossen, und er mußte die Hand durch die Pflanzen stecken, um den Riegel zu erreichen. Das Fenster öffnete sich sofort. Er hatte sich noch rechtzeitig daran erinnert, daß er den Riegel nicht mit der bloßen Hand anfassen durfte. und deshalb ein Taschentuch genommen. Als er sich umdrehte, flogen die drei Fliegen noch immer herum, ihr Summen hatte einen bösen Unterton. Sie hatten so gut gegessen und durften jetzt nicht mehr; sie wollten wieder an die Wunde und das dickgeronnene Blut.

«Ruf du an», sagte Grijpstra und hustete. «Ich werde hier warten.»

De Gier lief die Treppe hinunter. Ihm war eingefallen, daß er unten im Wohnzimmer ein Telefon gesehen hatte. Auf dem Weg nach unten sah er die untersetzte Gestalt de Jongs auf dem Laufsteg. Er führte nur ein kurzes Telefongespräch und öffnete dann die Eingangstür.

«Und?» fragte Bart.

«Ja», sagte de Gier, «es ist tatsächlich etwas passiert. Deine Nachbarin ist tot.»

Barts schwarze Augen waren völlig ausdruckslos.

«Messer im Rücken», sagte de Gier.

«Gewalt», sagte Bart langsam, «ist nicht gut. Wir dürfen einander nichts Böses antun, nicht einmal, wenn der andere es herausfordert.»

«Hat sie es herausgefordert?» fragte de Gier. «Erzähle mir, was du über sie weißt. Schließlich bist du ihr Nachbar gewesen. Hast du sie gekannt?»

«Ja, ja, ich kannte sie. Durch die Katze. Ich brachte ihr das Tier immer zurück und konnte dann ein Täßchen Kaffee bei ihr trinken. Eine flüchtige Tasse Kaffee, wir waren keine Freunde, nur Nachbarn.»

«Hast du nie versucht, sie zu vernaschen?» fragte de Gier erstaunt. «Sie war doch eine schöne Frau.»

Bart begann zu lachen. «Nein. Das habe ich nie versucht. Bei Frauen bin ich nicht so gut. Keinen Mut, weißt du? Sie müssen *mich* darum bitten, ihre Absicht deutlich zeigen, und selbst wenn sie das tun, frage ich noch höflich, ob ich darf.»

De Gier lächelte. Er erinnerte sich an die zitternde Hand, die das Streichholz gehalten hatte. Vielleicht war Bart wirklich verlegen, vielleicht fühlte er sich unbehaglich, wenn andere sich ihm näherten.

«Wohnst du allein?» fragte er.

Bart zeigte auf sein Wohnboot. «Das ist ein ganz kleines Boot, wie du siehst. Es paßt nur ein Mensch hinein. Falls mal jemand kommt, stolpert einer über des anderen Beine.»

«Aha», sagte de Gier. «Aber wieso hat sie die Gewalt herausgefordert? Das sagtest du vorhin.»

Bart antwortete nicht.

«Willst du nicht darüber sprechen?»

«Lieber nicht», sagte Bart, «ich halte nichts davon, über andere Leute zu klatschen.»

«Sie ist tot. Ermordet. Jemand hat ihr ein Messer in den Rücken gestochen. Wir wollen wissen, wer es war. Vielleicht wird er noch jemand ermorden. Das Volk muß sich gegen die Verletzung der öffentlichen Ordnung verteidigen. Du gehörst zum Volk, ich auch.»

Bart runzelte die Augenbrauen.

«Stimmst du mir nicht zu?»

«Nein. Das ist alles dummes Zeug, das mit dem Volk. Ein Haufen von Egoisten, die für sich selbst sorgen. Insekten, die in einer Flasche eingeschlossen sind und sich gegenseitig beißen.»

De Gier dachte nach. Er nickte langsam. «Vielleicht hast du recht, aber wir könnten versuchen, uns gegenseitig weniger zu beißen.»

«*Sie* hat Menschen gebissen», sagte Bart.

«Wie?»

«Nun ja, sie war eine Hure, weißt du. Ging mit jedem ins Bett, der Geld dafür zahlen wollte. Viel Geld. Schau dir nur das Boot an, das damit bezahlt worden ist.»

«Magst du keine Huren?» fragte de Gier.

Bart wurde gelöster; er winkte mit dem rechten Arm. «Na ja, Huren muß es natürlich geben. Die Männer müssen sich entspannen. Das kann man bei den Huren. Aber die Männer gehen nicht gern zu ihnen. Und das wissen die Huren. Sie wissen, wie schwach wir sind, wir, die Samenträger.»

«Und deshalb beißen sie uns», sagte de Gier.

«Wenn sie es schaffen können. Und sie konnte es. Sie war eine gute Hure. Ich habe oft genug gesehen, wie ihre Kunden weggingen. Sie sahen nie sehr glücklich aus. Sie hat die Kerle völlig ausgesogen. Und einer dieser Kerle war vielleicht etwas jähzornig.»

«Du bist nicht jähzornig, wie?» fragte de Gier.

«Nein. Nicht jähzornig und nicht gewalttätig. Ich will auch nichts mit Waffen zu tun haben. Deshalb habe ich auch den Wehrdienst verweigert, aber ich kann nicht gut reden und bin nicht religiös und wurde deshalb eingezogen. Ich bin einige Wochen geblieben und habe dann eine kleine Komödie aufgeführt. Mit einem Taschenmesser habe ich mir die Hände zerschnitten und bin dann auf den Kasernenhof gegangen und habe geheult.»

«Selbstverstümmelung ist auch gewalttätig.»

«Das hat mir nicht viel ausgemacht, ich habe mir nur einige Kratzer beigebracht. Nach einer Woche sah man nichts mehr davon. Aber im Prinzip hast du recht.»

De Gier spürte, daß er wütend wurde, und versuchte, sich zu beherrschen. Männer wie Bart machten ihn immer wütend. Aber er war sich bewußt, daß er nur wütend werden durfte, wenn die Ermittlungen davon profitierten.

«Wovon lebst du?»

Bart schüttelte den Kopf.

«Arbeitslosengeld?» fragte de Gier.

«Seit einem halben Jahr. Ich habe schon allerlei Stellungen gehabt, aber wenn ich ein halbes Jahr da bin, kommt der Chef meistens schon mit der Kündigung. Zuletzt war ich Fahrer eines Lieferwagens, das war eine lustige Arbeit.»

De Gier sah die Polizeiwagen, drei unauffällige Autos, langsam die enge Straße heraufkommen.

«Dort sind meine Kollegen. Ich halte es für das beste, wenn du auf dein Boot zurückgehst. Dann komme ich nachher noch einmal vorbei.»

«Bin ich jetzt festgenommen?»

«Nein, nein. Aber bleib noch auf deinem Boot, bis wir nachher vorbeikommen. Bis jetzt bist du der einzige Bekannte des Opfers, und wir werden dir noch einige Fragen stellen müssen.»

Grijpstra hatte sich in der Zwischenzeit kaum gerührt. Zuerst hatte er eine Weile dort gesessen und die tote Frau betrachtet. Ihn bedrückte die Stille im Raum. Er wollte aufstehen und die Fliegen verjagen, aber er blieb auf seinem Sessel, denn jede seiner Bewegungen hätte eine Spur des Mörders verwischen können. Das Zimmer sollte eigentlich voller Fingerzeige sein. Er betrachtete in einem Abstand von zwei Metern den Griff des Messers. Er setzte seine Brille auf und konzentrierte sich auf den Blutfleck und auf dessen glänzenden Mittelpunkt. Es sah aus, als sei der Messergriff poliert.

Ein Armeemesser, dachte er, aber warum glaube ich das? Solche Messer hatten wir nicht, als ich in der Armee war.

Aber er blieb davon überzeugt, daß es ein Armeemesser war, und er begann, geduldig in seinem Gedächtnis zu graben. Welche anderen Armeen kannte er? Die deutsche. Er konzentrierte sich und sah wieder, wie die deutschen Soldaten vor dreißig Jahren durch die Straßen von Amsterdam gingen. Die deutschen Soldaten hatten keine Messer, sie hatten Bajonette. Vielleicht die Offiziere. Er erinnerte sich, daß die deutschen Marineoffiziere Dolche hatten. Aber das waren andere Dolche gewesen, geschmückt mit Kordel und Troddel, und der Griff endete in einem Knauf mit Hakenkreuz. Also die falsche Armee. Noch andere Armeen? Die amerikanische? Die kanadische? Die englische?

Ja, sagte er zu sich selbst, die englische. Er sah die englische Kommandoeinheit wieder vor sich; sie war in der Kaserne einquartiert, die um die Ecke des Hauses lag, in dem er damals wohnte. Er war als junger Mann einige Male bei ihnen gewesen. Sie hatten ihn in ihrem Jeep mitfahren lassen und eine Tour durch het Gooi gemacht. Er hatte versucht, ihnen alles mit den wenigen englischen Wörtern zu erklären, die er gelernt hatte. Und sie hatten ihm ihre Waffen gezeigt. Einer der Soldaten hatte die Patronen aus dem Revolver genommen, und er hatte ihn sich von allen Seiten betrachtet. Und dann hatte er ein Messer mit einer schmalen, tödlichen Klinge. Eine gemeine Waffe. Der Soldat hatte das Messer geworfen, und es blitzte im Sonnenlicht auf und blieb in der Rinde eines Baumes stecken, zitternd, als ob es lebte. Ein Messer mit Kupfergriff. Ein Messer, speziell angefertigt, um Menschen damit umzubringen. Aber jetzt hatte das Messer eine niederländische Frau getötet, geboren auf Curaçao, einer Insel der niederländischen Antillen.

War die Frau erstochen worden? Oder hatte jemand das Messer geworfen? Hatte der Griff gezittert, nachdem sich die Klinge in den Rücken Maria van Burens gebohrt hatte? Er sah sich um. Es konnte geworfen worden sein. Vielleicht hatte die Frau nicht gewußt, daß jemand hereingekommen war. Der Mörder konnte die Treppe heraufgeschlichen sein und oben das Messer plötzlich geworfen haben. Die Frau stand mit dem Rücken zu ihm – und swisch! In diesem Falle hatte sie ihn nicht gesehen; sie war vornübergefallen und gestorben.

Sein Auge meldete etwas, das ungewöhnlich war, ein kleines rotes Licht an einer elektrischen Nähmaschine, die vielleicht seit Tagen eingeschaltet war. Grijpstra lief ein kalter Schauer über den Rücken. Er hatte noch ein rotes Licht entdeckt, ein blutunterlaufenes Auge, das ihn ansah. Ein noch eingeschalteter Plattenspieler. Das Radio schwieg, also mußte es der Plattenspieler sein. Also hatte sie sich eine Platte angehört und den Mörder nicht kommen hören. Vielleicht hatte sie der sanften Stimme eines Sängers gelauscht, einem Lied vom Mond und von Gänseblümchen und dem schwülen Abend und wie liebe ich dich – und dann ergreift sie der Tod von hinten.

Ein schöner Körper, dachte Grijpstra. Aber tot. Er hatte am Vortag einen toten Hund auf der Straße gesehen, von einem Bus überfahren. Er hatte den Hund gut gekannt, einen jungen, verspielten Schäferhund, der einem Nachbarn gehörte, einem Fensterreiniger. Er hatte oft mit dem Hund gespielt, aber der Kadaver war kaum mit der Erinnerung an das springende und bellende Tier zu verbinden. Der Tod ist wirklich das absolute Ende. Ein lebender Körper wird zu einem Gegenstand. Und der Körper dieser Frau war jetzt ebenfalls ein Gegenstand. Aber ein hübsch gestalteter Gegenstand.

Eine Hure, dachte er. Eine sehr teure, aber dennoch eine Hure. Sie mußte ihre Sache gut gemacht haben. Ein amerikanischer Colonel, ein belgischer Diplomat, ein niederländischer Industriemagnat. Sie hatte vermutlich auch einen hübschen Preis verlangt. Eine gewöhnliche Hure forderte 25 Gulden, vielleicht 100, wenn der Kunde Sonderwünsche hatte. Aber wieviel hatte Mevrouw van Buren verlangt? Fünfhundert? Tausend?

Grijpstra brummte. Tausend Gulden! Ein Monatslohn. Es gibt Menschen, die acht Stunden täglich für eine solche Summe arbeiten, dreißig Tage lang. Nein, zwanzig, es gibt viele freie Tage in einem Monat. Die kann man abziehen.

Aber stimmte es, was er dachte? Vielleicht hatte dieser gute Mensch gratis gearbeitet, und vielleicht war es überhaupt keine Arbeit. Vielleicht war sie ihren Liebhabern einfach gefällig gewesen, und dies hatte sie befriedigt. Was ging es übrigens ihn an, ob sie Geld dafür verlangt hatte oder nicht. Er war Polizist und sollte nur den Mörder fangen. Der Staatsanwalt konnte sich dann weiter damit beschäftigen und der Richter und der Anwalt des Verdächtigen.

Beruhigt sah er sich noch einmal um. Ein schönes Zimmer, viel Licht, Fenster an drei Seiten. Ein Zimmer für eine Frau. Hier hatte sie ihre Kunden wohl nicht empfangen. Dies war ihr eigenes Zimmer, wo sie für sich sein und Kleider und Röcke nähen und Platten lauschen und für ihre Pflanzen sorgen konnte. Alle Fensterbänke standen voller Pflanzen. Einige kannte er. Judendorn, Gänsefuß, ein Bärenklau mit rötlichen Gewächsen an jedem Stielende, aber einige Pflanzen waren ihm fremd. Sie sahen eher wie Unkraut aus. Was wußte er über Unkräuter? Und während er darüber nachdachte, kamen die Polizeiautos und begannen vorsichtig zu manövrieren, um einen Parkplatz zu finden.

Der Commissaris war ebenfalls eingetroffen, und Grijpstra, der das Schiff den Fotografen, den Fingerabdruckleuten und dem Arzt überlassen hatte, berichtete seinem Chef, während de Gier in einem Abstand von wenigen Schritten zuhörte.

«Tot, wie?» sagte der Commissaris. «Also hat der Geheimdienst endlich einmal recht gehabt. Das letzte Mal, als sie uns brauchten, haben wir uns drei Wochen lang mit einer alten Armeeuniform befaßt, und das war auch das einzige, was zu finden war. Weißt du noch?»

«Ja, Mijnheer», sagte de Gier, der die Uniform seinerzeit gefunden hatte. Ein amerikanischer Sergeant hatte sie in den Abfallkorb seines Hotelzimmers geworfen, und sie war dann dem Geheimdienst in die Hände gefallen, der Großalarm gegeben hatte. Aber es gab nichts Greifbares, keine Geheimnisse, keine Spione, einfach gar nichts. Aber viel Arbeit, viel Herumtasten im dunkeln, denn weder Grijpstra oder de Gier, noch das halbe Dutzend anderer Polizisten, die mit der Sache befaßt waren, hatten auch nur eine Ahnung gehabt, worum es eigentlich ging. Sie hatten vage Befehle und eine Menge Adressen erhalten und waren Abend für Abend herumgelaufen, bis auf einmal jemand angerufen hatte, es sei ein falscher Alarm gewesen.

«Ja, ich weiß es noch, Mijnheer», sagte de Gier noch einmal.

«Aber jetzt haben sie uns zu einer Leiche geführt», sagte der Commissaris, «deshalb müssen wir aufhören, sie zu unterschätzen.»

«Zu einer ermordeten Leiche», sagte Grijpstra.

Der Commissaris zeigte das Lächeln eines alten Mannes. Seine Mundwinkel zuckten.

«Nun», sagte er, «dann werde ich wieder gehen. Es hat keinen Sinn, den Herren dort drinnen vor die Füße zu laufen. Ich bin nicht mit dem eigenen Wagen gekommen und werde deshalb mit eurem Auto zurückfahren. Euch werden die Experten gewiß mitnehmen. Schade, daß dem Hoofdinspecteur dies alles entgeht, aber ich werde ihn nicht zurückrufen. Ihr müßt den Fall zusammen mit mir lösen, dann kann er noch für einige Wochen in der Sonne sitzen. Guten Tag.»

«Mijnheer», sagten die beiden Beamten, dann reichte de Gier dem Commissaris die Schlüssel des Autos.

Die Ambulanz war inzwischen eingetroffen, und die beiden Helfer vom städtischen Sanitätsdienst erschienen auf dem Laufsteg, die Trage zwischen ihnen. Der Arzt ging hinter ihnen.

«Guten Morgen», sagte der Arzt zu Grijpstra, «sie ist seit mindestens zwei Tagen tot. Das Messer ist bis zum Heft eingedrungen.»

«Könnte das Messer geworfen worden sein?» fragte Grijpstra.

«Ja, das könnte sein. Es ist ein seltenes Messer. Ich habe so eines noch nie gesehen. Ich werde mal nachschauen, dann hört ihr morgen von mir.»

«Ist die Leiche wohl bewegt worden?» fragte Grijpstra.

«Nein.»

Der Arzt war schon fast bei seinem Wagen, als Grijpstra wieder an die Pflanzen dachte. Er rannte zum Auto.

«Verzeihen Sie, Doktor. Wissen Sie etwas über Pflanzen?»

Der Arzt sah erstaunt hoch. «Pflanzen?»

«Ja, Pflanzen. Beispielsweise Kräuter.»

«Ich weiß so einiges über Kräuter», sagte der Arzt. «Meint ihr, daß sie vergiftet worden ist?«

Grijpstra erläuterte, was er meinte.

«Jetzt verstehe ich», sagte der Arzt. «Dann wollen wir doch noch einmal nachschauen.»

Im oberen Zimmer beschäftigten sich der Arzt und Grijpstra eine Weile, während de Gier sprachlos herumstand.

«Ja, ja», sagte der Arzt.

Grijpstra wartete.

«Wie seid ihr darauf gekommen, die Pflanzen zu betrachten?» fragte der Arzt, «Versteht ihr was von Pflanzen?»

«Nein», sagte Grijpstra, «aber die sahen mir nicht wie gewöhnliche Zimmerpflanzen aus. Wenn ich einen Garten hätte und solche Pflanzen darin, würde ich sie ausreißen und wegwerfen.»

«Damit könntet ihr recht haben», sagte der Arzt. «Ich werde sie mitnehmen und jemandem zeigen, der etwas davon versteht, aber so würde ich sagen, sie sind alle giftig. Im Volksmund heißen sie Hexenkräuter.»

«Was habt ihr eigentlich?» fragte de Gier. «Ist dies ein Kursus über Pflanzenkunde?»

«Hast du noch nie etwas von Giftpflanzen gehört, bester Freund?» fragte der Arzt und sah de Gier gutmütig an.

«Opium?» fragte de Gier. «Sie meinen Mohn? Oder vielleicht Haschisch? Ich habe zu Hause auf meinem Balkon nur Geranien. Und in diesem Jahr habe ich von meiner Tante einen Topf mit weißen Blümchen bekommen, ich glaube, die heißen Asylum.»

«Alyssum oder Steinkraut», sagte der Arzt. «Für 50 Cent bekommt man auf dem Markt schon einen hübschen Topf. Ich habe vor kurzem welche für meine Frau gekauft, sie riechen gut, nach Honig. Aber diese Kräuter sind ganz anders. So giftig wie der schwarze Teufel. Es gibt davon drei Arten, wißt ihr. Morgen werde ich einen Freund holen, der bei der Stadtgärtnerei angestellt ist und sämtliche öffentliche Parks betreut.»

«Giftig», sagte Grijpstra zögernd.

Der Arzt zündete seine Pfeife an und betrachtete die Pflanzen noch einmal. «Giftig, da bin ich sicher. Aber vielleicht können sie auch für andere Zwecke benutzt werden. Ich glaube, Hexen machen einen Liebestrank aus Giftpflanzen, und man soll auch eine Salbe daraus herstellen können. Wenn man diese Salbe in die Achselhöhlen reibt und ein kleines bißchen davon auf die Eier und den Schwanz gibt, dann wird man allerlei interessante Erfahrungen machen.»

«O ja?» fragte de Gier.

«Vielleicht fliegst du dann durch die Luft, mein Freund, oder du setzt dich auf einen Besenstiel und hopp! weg bist du. Dann kannst du einmal sehen, wie es auf einem Hexenfest zugeht. Im Vergleich dazu scheinen die Sexclubs von heute gar nichts zu sein.»

Grijpstra legte de Gier eine schwere Hand auf die Schulter. «Das wäre mal was für dich.»

«Ja», sagte de Gier.

«Helft mir jetzt, die Töpfe zum Auto zu bringen», sagte der Arzt.

De Gier trug den größten Topf vorsichtig nach unten. Der Arzt nahm zwei kleine Töpfe und Grijpstra den Rest.

«Hexenfeste!» sagte de Gier.

«Aber zuerst mußt du arbeiten», sagte Grijpstra.

«Ja, ja», sagte de Gier, «später, meine ich. Ich werde mal etwas darüber lesen.»

«Paß nur auf», sagte der Arzt.

3

«Was ich an der Polizei so mag», sagte de Gier, «ist die Zusammenarbeit.»

Grijpstra schaute dem letzten Auto nach, das soeben abfuhr. «Du hast selbst schuld. Wer hat dir denn gesagt, daß du dem Commissaris unseren Wagen geben sollst?»

«Ha», sagte de Gier.

Zusammen gingen sie zu dem kleinen Hausboot, das ihren ersten Verdächtigen beherbergte, Bart de Jong. Sie gingen langsam.

«Hast du schon eine Idee?» fragte de Gier.

Grijpstra holte ein großes weißes Taschentuch heraus, entfaltete es und nieste hinein.

«Nies nicht. Antworte mir.»

Grijpstra nieste noch einmal. De Gier fuhr zurück. Es war ein lautes Niesen und drückte Grijpstras Verachtung für die ganze Welt aus.

«Hast du schon eine Idee?» wiederholte Grijpstra höhnisch.

«Natürlich habe ich. Ich habe einen Verstand, der funktioniert. Ob ich will oder nicht. Man hat uns gesagt, daß die Dame eine Hure war. Huren ekeln sich vor ihren Kunden, sie hassen sie sogar. Sie geben ihren Kunden die Schuld, daß sie Huren sind. Und damit haben sie recht. Alle haben immer recht, das dürfen wir nie vergessen. Das ist eine Grundwahrheit. Daher haßt die Hure ihren Kunden und läßt ihn ihre Macht spüren. Er braucht sie und kommt immer wieder. Er will nicht wiederkommen, aber er wird dazu gezwungen. Sein Verlangen ist größer als seine Willenskraft. Und die Hure sieht ihn kommen und erniedrigt ihn. Der Kunde will nicht erniedrigt werden. Der Kunde hat ebenfalls recht. Er versucht, sie auf die eine oder andere Weise zu verletzen. Und das Töten ist eine Form des Verletzens.»

Sie gingen über ein Stück verwildertes Land.

De Gier blieb stehen und betrachtete das Unkraut, das dort wuchs. «Meinst du, daß dieses Kraut gefährlich ist?»

Grijpstra schaute das Kraut an. «Nein. Als Junge habe ich in den Sommerferien gelegentlich bei einem Bauern gearbeitet. Dann mußte ich immer jäten. Die Pflanze kenne ich noch, Pfirsichkraut. Auf den Blättern sind kleine schwarze Flecken. Schau nur.»

De Gier sah auf die schwarzen Flecken. «Warum mag sie die Kräuter auf der Fensterbank gehabt haben?»

Grijpstra sah seinen Freund an und verzog das Gesicht. Er konnte gut Grimassen schneiden, denn zu Hause mußte er oft etwas vorlesen, und die beiden kleinsten Grijpstras mochten Geschichten mit bösen Gestalten. Vorlesen allein genügte ihnen nicht, er mußte auch Grimassen dabei schneiden. Er setzte jetzt sein gemeinstes Gesicht auf, das er nur für die ganz schlimmen Gestalten gebrauchte. Er zog die Oberlippe hoch, verdrehte sie so, daß die Spitzen seines borstigen Schnurrbarts nach vorn zeigten, und schloß die Augenlider.

«Sie wollte ihre Kunden verhexen», zischte Grijpstra.

«Pah», sagte de Gier, «sei nicht so ekelhaft.»

«Ich bin nicht ekelhaft», sagte Grijpstra, «ich versuche, dir etwas zu erklären.»

«Glaubst du, daß sie wirklich auf einem Besenstiel geflogen ist?» fragte de Gier.

«Ja, geflogen ist», sagte Grijpstra, «jetzt nicht mehr, weil sie tot ist.»

«Ihre Seele lebt noch», sagte de Gier und schauderte.

Grijpstra antwortete nicht. Er hatte gesehen, wie es de Gier geschaudert hatte, und er fragte sich, ob dieses Schaudern echt gewesen war. Er hatte seinen Kollegen nie ganz verstanden. Jedesmal, wenn er dachte, er könne de Gier auf Grund der einen oder anderen Reaktion in ein bestimmtes Fach einordnen und damit definieren, tat dieser wieder etwas, auf das gar nichts paßte. Vielleicht war dieses Schaudern jedoch echt gewesen. Möglich war es, denn sie hatten morgens die Leiche gefunden, und es hatte im oberen Zimmer des Hausboots ekelhaft gerochen, und die drei Fliegen hatten widerlich ausgesehen. De Gier hatte zweifellos Übelkeit empfunden. Und seitdem hatten sie noch die Hexenkräuter entdeckt.

Sie waren an der Tür des kleinen Wohnboots angekommen. Die Tür wurde in dem Augenblick geöffnet, als de Gier an der Klingel ziehen wollte.

«Es hat länger gedauert, als wir dachten», sagte de Gier.

Bart lächelte. «Das macht nichts, kommt nur herein. Der Kaffee ist fertig.»

«Kaffee ...», sagte Grijpstra dankbar.

«Und ich habe auch frisches Brot.»

«Sehr gut», sagte Grijpstra.

Das Boot hatte anscheinend nur einen Raum. Bart schenkte den Kaffee ein.

Die Beamten musterten die Inneneinrichtung. Ein niedriger Raum, in dem nur das Notwendigste Platz gefunden hatte. Die Wände bestanden aus breiten, derben Holzbrettern, an denen nichts aufgehängt war. Es standen dort ein großer Tisch, ein Stuhl und eine Bank, auf der die Beamten nebeneinander wie in einer strengen Schule saßen. Auf dem Tisch lagen Bücher. De Gier las die Titel. Ein Buch über moderne Malerei und eines mit Reproduktionen, beide stammten aus der städtischen Bücherei. In der anderen Ecke stand ein schmales Bett, eine Armeepritsche mit Armeematratze und Armeedecken. Dem Bett gegenüber hatte Bart eine kleine Küche eingerichtet, die aus einem alten Kühlschrank, einem zerbeulten Kocher und einem Spülstein aus Metall bestand. Außerdem stand dort noch ein kleines Tischchen, auf dem Bart jetzt das Brot schnitt.

«Eine Staffelei», sagte Grijpstra und zeigte in die andere Ecke.

«Ich habe auch noch etwas zum Brot», sagte Bart, «jungen Käse und Schinken. Und ein Fläschchen mit griechischen Oliven. Möchtet ihr Oliven zum Brot?»

«Nein, danke», sagte Grijpstra.

«Gern», sagte de Gier.

«Wenn ich gewußt hätte, daß ihr zum Essen kommt, hätte ich ein leckeres Gericht gemacht», sagte Bart. «Ich koche gern. Ich bereite mir täglich mindestens ein gutes Essen. Das ist ein gutes Hobby, wenn man allein wohnt.»

«Bist du nie verheiratet gewesen?» fragte Grijpstra.

«Doch, aber das ist schon eine Weile her.»

«Ein hübsches Boot», sagte de Gier mit vollem Mund, «aber vielleicht ein bißchen kahl.»

«Ein armer Mann hat nicht viele Sachen», sagte Bart.

De Gier schüttelte den Kopf. «Da bin ich anderer Meinung. Auch ich habe eine Zeit erlebt, als ich praktisch nichts verdiente, aber selbst damals hatte ich allerlei Sachen. Mein Zimmer stand immer voller Krempel. Ich habe nie verstanden, woher das Zeug kam, und gelegentlich warf ich die Hälfte davon weg, aber nach kurzer Zeit war alles wieder voll.»

«Aber so leer ist es hier gar nicht. Hier stehen Tisch, Stuhl, Bett, Bank und eine ganze Küche. Und ich male und benötige dafür allerlei Kram. Der Schrank dort hinten ist voll mit Farbdosen und -tuben und Gläsern mit Pinseln und Terpentinflaschen und Leinwandrollen und was ihr wollt. Und in dem Schrank daneben ist Kleidung und ein Plattenspieler und ein elektrischer Heizofen und noch allerlei Zeug.»

De Gier schüttelte immer noch den Kopf. «Du hast, was du wirklich benötigst, aber wo ist der Rest?»

Bart lachte nervös. «Wollt ihr etwa, daß ich euch meine Lebensphilosophie darlege? Die interessiert euch doch nicht die Bohne.»

«Doch», sagte de Gier, «die interessiert mich.»

«Erzähl nur», sagte Grijpstra, «er will alles über die Menschen wissen. Ich übrigens auch.»

«Weil ihr eben von der Kripo seid», sagte Bart, «Vertreter des Staates. Wißt ihr das? Wenn wir einfachen Bürger sehen, wie ihr in euren Uniformen herumlauft, dann denken wir, sieh mal, da läuft der Staat.»

«Das wissen wir», sagte Grijpstra.

«Ja», sagte Bart, «vielleicht wißt ihr es. Vielleicht seid ihr auch intelligent. Das wäre dann schade. Denn der Bürger denkt nicht nur, seht mal, da habt ihr den Staat, sondern auch, macht nichts, Trottel sind es dennoch. Aber vielleicht hat der Bürger unrecht, vielleicht sind manche Polizisten klüger, als wir meinen.»

«Erzähle uns von deiner Lebensphilosophie», sagte de Gier.

Bart schenkte noch einmal Kaffee ein. «Meine Philosophie ist einfach genug. Ich weiß, daß ich nichts tauge. Ich bin ein Versager. Ich bleibe nie lange auf einer Stelle, weil sie mich rauswerfen. Ich tue mein Bestes, aber nach einer Weile geht etwas schief, und dann stehe ich wieder auf der zugigen Straße. Und wenn ich jemals Arbeit bekomme, erreiche ich immer nur den Mindestlohn. Wenn ich dann die Stelle los bin, bekomme ich nur noch 85 Prozent davon; was ich also auch tue, Geld bekomme ich nie.»

«Und was hast du dann philosophiert?» fragte de Gier freundlich.

«Daß ich kein Geld ausgeben darf. Ich weiß das nun schon seit Jahren und habe mein Leben angepaßt. Ich mußte mich natürlich bemühen, stark zu bleiben. Ich sage immer nein. Ich kaufe mir natürlich mein Essen, gutes Essen und Tabak. Für gutes Essen und guten Tabak muß man bezahlen, was ich tue. Aber sonst kaufe ich nichts.»

«Du hast doch die Möbel gekauft», sagte Grijpstra, «und das Zeug für die Küche und Farbe und Pinsel und so.»

«Ja, aber das hat nicht viel gekostet. Das meiste habe ich gefunden.»

«Wo?»

«Am IJ ist ein Abladeplatz für Sperrmüll. Dort habe ich den Tisch gefunden und den Kühlschrank und die Kochstelle. Auch die Bretter, aus denen ich die Aufbauten dieses Schiffs gezimmert habe, kommen von dort. Nicht das Boot selbst. Das habe ich zwar auch gefunden, aber nicht am Abladeplatz. Es stammt vom Schiffsfriedhof, der ebenfalls am IJ liegt. Ich darf dort zwar nichts wegnehmen, aber wenn man einige Worte mit dem Wachpersonal wechselt, schauen sie schon mal in die andere Richtung; jedenfalls früher, jetzt sind sie strenger geworden. Eine Menge Boote verrotten dort.»

«Dies ist aber kein verrottetes Boot», sagte Grijpstra.

«Vielen Dank», sagte Bart, «es hat mich mehr als ein Jahr gekostet und einige tausend Gulden. Es entspricht nicht den Erwartungen; man benötigt noch sehr viel, und ich wollte, daß es gut wird.»

De Gier dachte an seine eigene Wohnung in einem Luxusblock in Buitenveldert. Er dachte auch an das viele Geld, das er im Laufe der Jahre verschwendet hatte. Erst am Vortag hatte er zwei gestreifte Oberhemden zu einem Phantasiepreis gekauft, obwohl er schon genug hatte.

Was soll's? dachte er und wandte sich wieder seinem Gastgeber zu.

«Aber du malst», sagte Grijpstra.

«Ja», sagte Bart, «und ich habe nie eine Möglichkeit gefunden, billig Farbe zu kaufen; ich kann nur versuchen, sparsam damit umzugehen.»

Grijpstra war an die Staffelei gegangen. «Darf ich mir die Arbeit ansehen?»

«Nur zu.»

Das Bild stellte ein Gebäude dar. Grijpstra kannte es. Er hatte nie gewußt, daß an diesem Gebäude etwas Besonderes war, etwas, das die Mühe lohnte, es zu malen. Eine häßliche Konstruktion aus Backsteinen, ein städtisches Gebäude aus dem Anfang des 20. Jahrhunderts. Aber das Gemälde war gut, sehr realistisch mit viel Aufmerksamkeit für das Detail.

«Malst du auch?» fragte Bart.

«Nein, aber ich würde gern malen.»

«Warum tust du es dann nicht?»

«Ja», sagte Grijpstra, «warum male ich nicht? Ich muß arbeiten, komme dann endlich nach Hause, lese die Zeitung, esse etwas und gehe zu Bett. Ich möchte noch mehr Dinge gern tun, aber die drei Kinder fordern ihre Zeit, die Frau sitzt vor dem Fernsehgerät, und man schaut mal eben mit zu. Manchmal gehe ich zum Fischen, aber das ist alles.»

«Das ist schade», sagte Bart.

«Ja, schade. Mir gefällt dein Bild, aber ich weiß nicht, warum.»

«Schau es dir noch einmal an», sagte Bart.

«Vielleicht der Kontrast. Das Grau und Weiß. Du hast das Gebäude so gemalt, wie es eigentlich aussehen sollte.»

«Nein», sagte Bart, «es sieht so aus. Abends im Sommer, kurz bevor es dunkel wird. Das Gebäude hat ein Eigenleben, und ich habe versucht, es wiederzugeben. Aber das Beste muß noch dazukommen. Oben auf dem Gebäude steht eine Reihe Ventilatoren, die sich immer drehen, um drinnen für Frischluft zu sorgen. Ich will ihre Bewegung zeigen. Ich denke schon daran, kleine Spielzeugventilatoren aus Blech zu machen, Löcher in das Bild zu schneiden und sie hineinzusetzen, und dann treibe ich sie mit einem kleinen Elektromotor an.»

«Nein, nein», sagte Grijpstra, «das darfst du nicht. Dann hast du so eine Art von Pop. Damit verdirbst du eine ganze Menge.»

«Vielleicht.»

De Gier war jetzt auch gekommen, um das Bild zu betrachten. «Das wäre vielleicht keine schlechte Idee, aber auch nicht sehr originell. Ich habe vor kurzem eine Ausstellung mit solchen Bildern gesehen, mit drehenden Windmühlen und sich bewegenden Segeln von Schiffen.»

«Das macht nichts», sagte Bart, «nichts ist auf der Welt originell. Nur die Art, in der man Dinge kombiniert, ist originell. Aber es wird wohl immer einen geben, der so etwas auch schon gemacht hat. Das kann auch gar nicht anders sein, bei den vielen Menschen, die auf diesem Erdball wimmeln. Ich bin sicher, in diesem Augenblick denkt jemand daran, ob er Löcher in seine Leinwand schneiden soll, damit er darin kleine Blechventilatoren sich drehen lassen kann.»

«Das könnte sehr wohl möglich sein», sagte Grijpstra.

«Wir schwatzen hier, aber ihr wollt natürlich wissen, was ich über den Tod der Mevrouw van Buren sagen kann, nicht wahr?» fragte Bart.

«Und was du über ihr Leben weißt», sagte Grijpstra.

Bart hatte eine alte Dose geöffnet und drehte sich eine Zigarette.

«Über ihren Tod kann ich euch nichts sagen. Wann ist sie eigentlich gestorben?»

«Wir wissen nicht genau, wann es passiert ist. Das werden wir morgen vom Arzt erfahren», sagte de Gier.

«Das macht auch nichts. Ich habe sowieso kein Alibi. Ich bin hier immer allein, und es wäre eine Kleinigkeit, mal eben rüberzulaufen und die Frau zu ermorden. Es wäre für mich viel einfacher als für jeden anderen, weil ich ihr Boot durch mein Fenster sehen kann. Und wenn ich mich draußen hinsetze, weiß ich genau, wann sie allein ist. Wie ist sie eigentlich umgebracht worden?»

«Das habe ich bereits gesagt», sagte de Gier. «Jemand hat ihr ein Messer in den Rücken gestoßen.»

«Ja, das hast du gesagt. Ich würde nie ein Messer benutzen.»

«Was würdest du benutzen?»

«Nichts. Ich würde keinen umbringen. Lieber würde ich mich umbringen lassen, wenn es darauf ankommt. Vielleicht würde ich jemand töten, um mein Kind zu beschützen, aber ich habe kein Kind. Für mich selbst würde ich mir keine Mühe machen.»

«Gut», sagte de Gier, «du weißt nichts über ihren Tod. Dann erzähle uns etwas über ihr Leben.»

«Das weißt du schon alles. Wir sind nie befreundet gewesen. Wenn ich dort einen Kaffee trank, war ich nach zehn Minuten wieder zur Tür hinaus. Sie ist einmal hier gewesen. Ich habe hier Geranien, die nicht richtig gediehen. Sie hat mir dann ein Spezialmittel gegeben, das man ins Wasser schüttet. Ein gutes Mittel, denn danach sind sie gewachsen. Sie hat es mir wahrscheinlich gegeben, weil ich ihre Katze oft gefüttert und gebürstet habe.

«Sorgst du jetzt für die Katze?» fragte de Gier.

«Machst du dir deswegen Sorgen?»

«Ja, ich habe selbst eine. Katzen sind ganz besondere Tiere, für die man gut sorgen muß.»

«Nun, das geht in Ordnung. Sie bringt zwar viel Scherereien wegen der Haare, aber daran werde ich mich wohl gewöhnen müssen. Sie ist ein drolliges Biest und obendrein noch klug.»

«Gut», sagte de Gier.

«Was glaubst du wohl, wer sie umgebracht hat?» fragte Grijpstra.

«Einer ihrer Kunden, meine ich.»

«Kennst du ihre Kunden?»

Bart überlegte beinahe eine halbe Minute lang. Die Beamten schwiegen.

«Nein, ich kenne sie nicht. Aber ich kann ihre Wagen beschreiben, wenn ihr wollt. Ein neuer schwarzer Citroën DS mit belgischer Nummer, einem grünen Schild, wie es die in Deutschland stationierte Armee hat, glaube ich. Und noch ein teurer Citroën, ein sehr schöner, mit extra viel Chrom und innen mit echten Lederbezügen und silberfarbig; das muß der teuerste Citroën sein, der jemals aus Frankreich gekommen ist. Die Nummern weiß ich nicht, aber es waren immer dieselben Wagen. Ich habe schon mal gedacht, was wohl passieren würde, wenn alle gleichzeitig kämen, aber das kam nie vor. Ich denke, sie hat sie nur auf Verabredung empfangen.»

«Hast du auch jemand anders hineingehen sehen?»

Bart überlegte wieder. «Ja, den Kerl mit der roten Weste. Der kam immer am Sonntagmorgen. Ein dicker Mann mit einem teigigen Gesicht, fast ohne Ausdruck. Aber er fiel mir auf, weil er immer dieselbe rote Lederweste trug, die mit einer schweren goldenen Uhrkette drapiert war. Was er genau bei der Nachbarin zu suchen hatte, habe ich nie erfahren. Meistens kam er mit einem kleinen Jungen von höchstens fünf Jahren, immer am Sonntagmorgen.»

«Kam er auch mal ohne den Jungen?»

«Ja», sagte Bart, «aber ich glaube, nur einmal.»

«Kam er mit dem Auto?»

«Nein, er war immer zu Fuß.»

«Ein kleiner Mann?»

«Vielleicht eins fünfundsiebzig. Ziemlich dick. Etwa vierzig Jahre alt. Er wird ein wenig kahl. Ich kann eine Zeichnung von ihm machen, wenn ihr wollt.»

Bart fertigte eine Skizze an. Es dauerte nur wenige Minuten. Er benutzte Holzkohle.

«Wunderbar», sagte Grijpstra. «Kannst du auch noch den Jungen zeichnen?»

Bart zeichnete einen Jungen.

«Er hat einen Ball unter dem Arm», sagte de Gier.

«Ja, das stimmt. Er hatte immer einen Ball bei sich.»

«Gab es noch mehr Besucher?» fragte de Gier.

«Nein, ich glaube nicht. Wenn es welche gab, dann kann ich mich nicht an sie erinnern. Jedenfalls keine Kunden. Ab und zu ein Botenjunge und natürlich die Zeugen Jehovas, die hier regelmäßig die Gegend abklappern, und ein Mann, der Eier verkauft, und Kerle, die an der Tür herumlungern, und Leute, die sich verlaufen haben.»

«Und du», sagte de Gier.

«Und ich.»

Bart sah entspannt aus.

«Wir sollten dich nicht länger belästigen», sagte Grijpstra. «Vielen Dank für den Lunch. Wie kommen wir zur nächsten Straßenbahnhaltestelle?»

Bart lachte. «Seid ihr euren Wagen losgeworden? Geht diesen Weg ganz hinunter bis zum Ende, dann nach links zum Stadion. Dort hält eine Straßenbahn. Und falls ihr es euch erlauben könnt, dort sind auch Taxis.»

«Mijnheer belieben zu scherzen», sagte de Gier.

«Du hast vergessen zu fragen, ob er sie mal auf einem Besenstiel hat reiten sehen», sagte Grijpstra, als sie zusammen den langen Weg hinuntergingen.

4

«Herein», rief der Commissaris mit seiner freundlichsten Stimme. Die vier Männer traten ein und lächelten. Sie schüttelten einander die Hand. Sie akzeptierten Zigarren. Sie gaben sich gegenseitig Feuer. Aber alle vier waren gespannt.

«Ich bin froh, daß Sie alle so schnell kommen konnten», sagte der Commissaris und setzte sich, während er einladend auf die vier bequemen Stühle zeigte. Der Commissaris hatte eines der schönsten Zimmer im Präsidium. Es gab zwar noch vier andere Commissarisse im Haus, aber er war der älteste – über ihm thronte nur noch der Hoofdcommissaris –, und er hatte auf seine Krone und die zwei Sterne gepocht. Das war zu sehen, denn es lag ein extra dicker Teppich auf dem Boden, an der Wand hing ein antikes, prächtig ausgeführtes Bild von einer Seeschlacht, eine andere Wand war durch tropisch anmutende Pflanzen unsichtbar geworden, in einem Schrank stand eine Kaffeemaschine, die mit jedem Knopfdruck eine frische Tasse lieferte, und unter der Kaffeemaschine befand sich ein Kühlschrank voller Leckerbissen.

«Wir haben gestern über Telex mit dem Colonel Kontakt aufgenommen», sagte der Mann von der amerikanischen Botschaft.

Der Mann, der dem Commissaris direkt gegenübersaß, blickte verstört auf. Er erinnerte den Commissaris an einen großen Bären, an einen Grisly, von denen er einmal ein ausgestopftes Exemplar in einem zoologischen Museum gesehen hatte. Der Colonel sah freundlich aus, aber gefährlich. Der dicke Tweedanzug, für diesen warmen Tag nicht gerade geeignet, verstärkte diesen Eindruck.

«Sie haben nicht mit *mir* Kontakt aufgenommen», sagte der Colonel zu dem Mann von der Botschaft. Er sprach laut, etwas zu laut, dachte der Commissaris. «Sie haben Kontakt zur Militärpolizei aufgenommen, und *die* hat sich mit mir in Verbindung gesetzt und mich auch gleich mitgenommen.»

Die beiden Männer sagten nichts.

«Stimmt's?» fragte der Colonel die schweigenden Männer.

«Nicht so ganz», sagte der jüngere der beiden, «wir haben Sie eingeladen, mit uns zu kommen.»

Der Commissaris lächelte. Ihm begann es Spaß zu machen. Polizisten haben überall die gleiche Technik. Er hätte das gleiche gesagt.

«Wir werden Sie nicht länger belästigen als unbedingt erforderlich», sagte der Commissaris sanft, «aber lassen Sie mich Ihnen erklären, warum wir Sie hierhergebeten haben.»

Der Colonel lehnte sich auf seinem Stuhl zurück. Der Commissaris hatte einen guten Eindruck auf ihn gemacht.

«Ich weiß, warum ich hier bin», sagte der Colonel, «Ihre Kollegen haben es mir gesagt. Maria van Buren ist tot. Jemand hat sie ermordet. Ich war mit ihr befreundet.»

«Ja», sagte der Commissaris, «sie war Ihre Freundin. Wir haben sie mit einem Messer im Rücken gefunden. Eigentlich war es ein Dolch. Ein Militärdolch. Sie muß, unserem Arzt zufolge, am vergangenen Samstag zwischen 20 und 24 Uhr gestorben sein.»

Der Colonel dachte nach. Eine Minute lang war alles still. Dann brach er in ein breites Grinsen aus. «Am vergangenen Samstag war ich in Düsseldorf, wo ich auch die Nacht verbrachte. Ich war an dem Tag nicht für eine Minute allein, und in der Nacht auch nicht. Ich kann es leicht beweisen.»

«Ausgezeichnet», sagte der Commissaris, «aber wir haben Sie nicht hergebeten, damit Sie beweisen können, daß Sie kein Mörder sind. Wir sind noch mit der Voruntersuchung dieses Falles befaßt und wollen im Augenblick nur Informationen. Wir wissen so gut wie nichts über die tote Frau. Aber Sie haben sie gut gekannt. Vielleicht haben Sie nichts dagegen, etwas über sie zu erzählen.»

«Ja», sagte der Mann von der Botschaft, «vielleicht sollten Sie das tun, Colonel.»

Der Commissaris betrachtete den Mann von der Botschaft. Ein netter junger Mann, dachte er. Sehr hilfreich.

«Okay, okay», sagte der Colonel, «nehmen Sie es mir nicht übel, daß ich mich soeben über die beiden Herren lustig gemacht habe, aber seit sie mich geholt haben, bin ich ständig angespannt gewesen. Ich glaube, sie haben mich sogar noch überwacht, als ich im Flugzeug zur Toilette ging. Sie dachten gewiß, ich würde aus dem Fenster springen.»

Die Offiziere der Militärpolizei lachten höflich und hörten gleichzeitig mit dem Lachen auf.

«Gut, ich werde sehen, wie ich Ihnen helfen kann. Ich kannte Maria natürlich gut, intim, wie man heutzutage sagt. Ich kenne sie schon seit etwa drei Jahren. Ich komme mindestens einmal jeden Monat nach Amsterdam. Für mich ist es nicht weit, weil ich unmittelbar hinter der Grenze stationiert bin. Es tut mir leid, daß sie tot ist.»

«Verzeihen Sie», sagte der Commissaris, «aber ich habe den Eindruck, daß es Ihnen nicht allzu leid tut.»

Der Colonel kratzte sich am Knie. «Was meinen Sie denn, was mit mir ist?»

«Ja», sagte der Commissaris zögernd, «ja, es ist verrückt, es zu sagen, aber mir scheint, als ob Sie sich erleichtert fühlen.»

«Erleichtert», sagte der Colonel, «ja, vielleicht. Ich fühle mich erleichtert, weil die Polizei mich nicht mehr für den Mörder hält.»

«So», sagte der Commissaris.

«Gut, gut», sagte der Colonel, «vielleicht bin ich auch erleichtert, weil ich sie nicht mehr besuchen muß.»

«Haben Sie der Dame etwas gezahlt?» fragte der jüngere Offizier der Militärpolizei.

«Ja, ich habe ihr etwas gezahlt.»

«Viel Geld?» fragte der Commissaris.

«Sie war nicht billig.»

«Wieviel haben Sie ihr gezahlt?»

«Okay», sagte der Colonel, «sie war eine Hure, aber das wußten Sie wahrscheinlich schon. Eine erstklassige Hure. Sie verlangte pro Nacht 500 Gulden im voraus. Bar auf die Hand, oder man konnte wieder gehen. Aber wenn man blieb, bekam man, was man haben wollte.»

«Sagten Sie Gulden oder Dollar?» fragte der Militärpolizist.

«Gulden. Aber 500 Gulden ist eine Menge. Und dazu noch allerlei Extras. Parfüm, ein Ring, ein Kleid. Und ein Pelzmantel. Der hat mich 2000 Dollar gekostet, aber da wollte ich sie unbedingt haben.»

Das Gesicht des älteren Militärpolizisten belebte sich. Plötzlich schoß er eine Frage ab.

«Hat sie sich jemals für Ihre Arbeit interessiert?»

«Nein», schnaubte der Colonel, «sie hat mich nie über Atomwaffen ausgefragt.»

«Diese Fragen müssen Sie sehr langweilen», sagte der Commissaris, «und wir werden Ihnen nicht mehr viele stellen, aber ich habe soeben ein wenig gerechnet. Wenn Sie die Dame seit drei Jahren gekannt haben und sie Ihnen pro Besuch 500 Gulden berechnet hat und wenn Sie sie mindestens einmal im Monat besucht und ihr auch noch teure Geschenke gemacht haben, dann müssen Sie etwa 10000 Dollar für sie ausgegeben haben.»

«Das stimmt ungefähr», sagte der Colonel, «ich habe es im Flugzeug ausgerechnet. Zehntausend.»

«Das ist ein hübscher Betrag», sagte der Commissaris. «Würden Sie uns sagen, wo und wie Sie sie kennengelernt haben?»

«Auf einer Party. Schon ehe ich Maria kannte, bin ich oft nach Amsterdam gefahren. Amsterdam ist eine reizende Stadt. Deutschland kannte ich schon. Die Atmosphäre ist hier besser. Meistens kam ich mit einigen Freunden, und wir kannten hier ziemlich viele Menschen. An der Leidsegracht steht ein schönes Giebelhaus, das einem reichen Niederländer gehört. Drachtsma heißt er. Ich glaube, sein Vornahme ist IJs oder so ähnlich. Ein treffender Name für ihn, Eis, denn er ist ein kühler Mann. Er gibt viele Parties, zu denen er auch Berühmtheiten einlädt, Musiker und Maler, bekannte Geschäftsleute und Professoren. Und natürlich Ausländer. Maria kam auch immer. Sie war die bei weitem schönste Frau, nach der sich alle Männer umsahen, aber sie waren natürlich vorsichtig, weil sie die Freundin des Gastgebers war.»

«Ja?» fragte der Commissaris.

Der Colonel lächelte. «Aber sie wollte mich. Sie kam einfach auf mich zu und erzählte mir eine Geschichte. Und dann habe ich meine Chance wahrgenommen. Aber bezahlen mußte ich dennoch. Man denkt, man hat Eindruck auf sie gemacht, und dann muß man gleich 500 Gulden auf den Nachttisch legen.»

«Ja, das muß schlimm sein», sagte der Commissaris, «aber Sie kamen, wie Sie sagten, immer wieder, obwohl Sie es eigentlich nicht wollten. Das verstehe ich nicht ganz.»

«Ich kann es nicht erklären. Es war keine Liebe. Es war eindeutig Sex. Und den konnte ich auch in Deutschland haben.»

«Kennen Sie noch andere Männer, die Marias Gunst genossen?»

«Jeder hätte das gern gewollt», sagte der Colonel, «auch Sie wären daran interessiert gewesen.»

«Ich bin ein alter Mann», sagte der Commissaris. «Und ich habe Rheuma.»

«Von dem hätte Maria Sie schon befreit.»

«Vielleicht, aber jetzt ist es zu spät. Sie ist tot.»

«Andere Männer», sagte der Colonel nachdenklich, «nun, dieser IJs natürlich. Ein großer Kerl mit Kahlkopf. Ein sehr dynamischer Mann. Sie muß seine Freundin gewesen sein; vielleicht brauchte er nicht zu zahlen.»

«War das nicht schwierig, daß Sie sie mit anderen teilen mußten? Ärgerte Sie das nicht?»

«Nein. Unangenehm war nur, daß ich mich vorher bei ihr anmelden mußte und nicht einfach zu ihr gehen konnte. Aber ich gewöhnte mich daran.»

«Sind Sie mal ohne Verabredung zu ihr gegangen?»

«Einmal, aber sie hat nicht geöffnet. Vor ihrem Boot stand ein schwarzer Citroën mit belgischer Nummer und einem CD-Schild. Auf dem Boot brannte Licht, also war sie dort.»

«Waren Sie eifersüchtig?»

«Nein», sagte der Colonel, «ich fühlte mich lächerlich.»

«Hat sie Ihnen häufiger das Gefühl der Lächerlichkeit vermittelt?»

«Ja», sagte der Colonel, «das hat sie getan. Ich habe mich oft lächerlich gefühlt, wenn ich bei ihr war.»

Der Commissaris stand auf. «Vielen Dank, daß Sie gekommen sind», sagte er. «Hier ist meine Karte. Sollte Ihnen noch etwas einfallen, können Sie mich jederzeit anrufen. Jeder Hinweis hilft.»

Sie gaben sich die Hand. Der Colonel ging mit dem Mann von der Botschaft hinaus.

«Interessant», sagte der Commissaris zu den beiden Offizieren der Militärpolizei.

«Sehr interessant», sagte der ältere, «Sie werden Ihren Mann schon finden. Eine einfache Angelegenheit, würde ich sagen. Einer ihrer Kunden hat sie ermordet, meinen Sie nicht auch? Oder vielleicht hat einer ihrer Kunden einen Berufskiller angeheuert. Das müßte sogar in Amsterdam möglich sein.»

«Was meinen Sie damit», fragte der Commissaris, «*sogar* in Amsterdam?»

«Es ist eine angenehm ruhige Stadt. Ich habe gehört, daß Sie hier nicht einmal eine Mordkommission haben. Sie bilden eine Kommission, wenn ein Mord geschehen ist. Sie haben jährlich nur eine Handvoll Morde. Ich komme aus New York, dort ist es ganz anders.»

«Ja», sagte der Commissaris, «vielleicht ist dies ein einfacher Fall, aber bis jetzt haben wir noch keine Fingerabdrücke gefunden, und das Tatwerkzeug ist eine Profiwaffe. Das Messer einer britischen Kommandoeinheit. Der Arzt vermutet, daß es geworfen wurde. Und ich glaube nicht, daß es viele Amsterdamer gibt, die ein solches Messer werfen können.»

«Dennoch hätte ich lieber Ihren Fall als unseren», sagte der jüngere Offizier.

«Sie haben einen Fall?»

«Sie kennen die Arbeit des Colonel. Er hat es gesagt.»

«Sie meinen die Atomkriegsführung?»

«Ja. Wir verdächtigen den Colonel schon seit langem. Wir wußten, daß er hier eine kostspielige Freundin hat, und haben unseren Geheimdienst benachrichtigt.»

«Aha», sagte der Commissaris, «so ist das?»

«Genau», sagte der Offizier, «der Colonel kennt alle Neuheiten in unserem Arsenal, und Mevrouw van Buren konnte ihn um den kleinen Finger wickeln.»

«Was werden Sie jetzt tun?» fragte der Commissaris.

«Ihn gründlich beobachten», sagte der jüngere Offizier. «Wenn er 10000 Dollar für eine Liebschaft ausgibt, ist er nicht der beste Wahrer von Geheimnissen.»

«Wer ist das schon?» fragte der Commissaris.

«Der ist es nicht gewesen», sagte Grijpstra.

«Nein», sagte de Gier.

Sie waren schon lange unterwegs, drei Stunden Fahrt nach Norden und fast drei Stunden nach Süden und beinahe wieder in Amsterdam.

«Die Fahrt war vergeblich», sagte de Gier trübselig. Er wollte gerade einen großen Lastzug überholen, dessen Anhänger auf der Straße schleuderte.

«Entweder schläft der Fahrer, oder er ist gerade im Begriff des Einschlafens», sagte Grijpstra. «Hupe mal.»

De Gier hupte. Aus der Fahrerkabine kam eine Hand, die ihnen winkte zu überholen.

«Wir haben ihm das Leben gerettet», sagte Grijpstra. «Der Kerl ist länger als die erlaubten acht Stunden gefahren. Wir könnten ihn stoppen und sein Fahrtenbuch verlangen.»

«Das können wir nicht», sagte de Gier, «wir sitzen in einem Zivilwagen. Du hast viel zu lange Uniform getragen.»

«Fassen wir zusammen, was wir wissen», sagte Grijpstra. «Wir sind beim Ex-Ehemann Maria van Burens gewesen. Sie haben vor zehn Jahren auf Curaçao geheiratet, als sie 24 Jahre alt war. Sie blieben ein Jahr auf der Insel und kamen dann hierher. Er nahm sie mit nach Friesland, wo er Direktor einer Textilfabrik wurde. Sie langweilte sich. Sie beschäftigte sich im Garten und ging segeln. Sie war oft mit dem Boot fort, nicht nur auf den Binnenseen, sondern auch auf dem Wattenmeer. Er hatte keine Zeit, sie zu begleiten. Anfangs kam sie abends immer zurück, aber später blieb sie auf dem Boot, wenn es möglich war. Manchmal fuhr sie über das Wochenende nach Amsterdam. Er erhob Einwände. Sie wurden geschieden. Sie hat nie ein Kind gehabt. Er ist seit sechs Jahren wiederverheiratet und glücklich. Er hat eine liebe Frau, wir haben sie kennengelernt. Wir haben die beiden Kinder gesehen, ein Kleinkind und einen Säugling. Anfangs zahlte er Maria noch Alimente, aber sie schrieb ihm, es sei nicht mehr nötig, und schickte die bereits bezahlten Beträge zurück. Das war vor drei Jahren. Und am allerwichtigsten ist, er hat ein Alibi. Er kann weder am Freitag oder Samstag in Amsterdam gewesen sein. Er hatte keinen einzigen Grund, sie zu ermorden. Und es schien ihm wirklich leid zu tun, daß sie tot ist. Ich habe ihm geglaubt. Und du?»

«Sicher», sagte de Gier, «ich glaube ihm.»

«Was hat er uns noch erzählt?» fragte Grijpstra.

«Daß sie aus guter Familie ist. Aus einer auf Curaçao angesehenen Familie. Ihr Vater ist ein großer Geschäftsmann. Er lebt noch, ihre Mutter ebenfalls. Sie hat noch einige Schwestern, alle ebenso schön. Sie wurde in die Niederlande geschickt, damit sie studiert ... holländische Literatur. Sie blieb einige Jahre. Wir könnten uns bei der Polizei von Curaçao erkundigen, was man von ihr weiß. Das ist einfach genug. Über Telex bekommt man sofort Verbindung, man kann auf die Antwort warten. Man kann auch anrufen und wird direkt verbunden.»

«Was wissen wir noch?»

«Mehr nicht. Ein verlorener Tag.»

«Man kann einen Tag nicht verlieren. Man fängt immer etwas damit an, selbst wenn man ihn verschläft.»

«Wir hätten zu Hause bleiben können», sagte de Gier. «Es war ein schöner Tag, um zu Hause zu bleiben. Ich hätte mit meiner Katze sprechen und auf dem Balkon ein Buch lesen können. Außerdem hätte ich in die Gärtnerei gehen können, ich habe dort eine Staude für meinen Balkon gesehen.»

«Eine Pflanze. Ich habe den Arzt noch angerufen, ehe wir gegangen sind, wegen der Pflanzen. Weißt du, welche Pflanzen das waren?»

«Nein, du weißt, daß ich nicht weiß, welche Pflanzen das waren.»

«Die eine war eine Belladonna, die zweite ein anderes Nachtschattengewächs, die anderen waren Stechäpfel.»

«Soso.»

«Ja, soso. Alle giftig, alle Zauberpflanzen, alle werden von Zauberern verwendet.»

«Botaniker», sagte de Gier. «Botaniker werden wir.»

«Keine Botaniker. Wir müssen Zauberer werden.»

5

Am selben Abend fuhr gegen Mitternacht eine große schwarze Limousine nach Amsterdam. Sie kam aus Den Haag, wo sie einige Stunden vor der belgischen Botschaft geparkt hatte.

Der Commissaris war auf dem Rücksitz eingeschlafen, sein magerer Körper war gegen Grijpstra gesunken. Grijpstra war wach und schaute zum Fenster hinaus auf die schwarzen vorbeiflitzenden Äcker. Er dachte an die lange, fruchtlose Unterhaltung dieses Abends. De Gier und der uniformierte Beamte am Steuer flüsterten miteinander.

«Ich kann meine Augen nicht offenhalten», flüsterte der Beamte de Gier zu. «Es ist hoffnungslos, weißt du, ich tauge nicht zum Fahrer. Ich habe schon viermal um Versetzung gebeten, aber sie wird mir immer verweigert, weil mich der Commissaris gern behalten möchte. Ich habe ihn und seine Fahrgäste einige Male fast umgebracht, abgesehen von den Menschen in den anderen Wagen, mit denen ich beinahe zusammengeknallt wäre. Ich bin bestimmt schon sechsmal von der Straße abgekommen, vor Verkehrsampeln eingeschlafen, aber er gibt nicht auf. Er sagt, ich werde mich daran gewöhnen, aber das wird nie geschehen. Sobald ich ein Motorengeräusch höre, werde ich müde. Ich werde schon müde, wenn ich den Zündschlüssel drehe. Und jetzt bin ich auch schläfrig.»

«Soll ich dir einen Klaps zum Aufmuntern geben?» fragte de Gier.

«Das hilft nichts. Ich werde für einen Augenblick hellwach, dann geht es wieder los. Nein, mir hilft nur, wenn man mir eine Geschichte erzählt.»

«Du bist mir ein schöner Fahrer», sagte de Gier.

«Ich habe ja gesagt, daß ich nicht zum Fahrer tauge. Erzählst du mir jetzt eine Geschichte, oder ist es dir lieber, wenn ich diese Mühle gegen die Leitplanke setze? Wir fahren jetzt genau hundert. Wenn ich die Leitplanke gut treffe, werden wir uns mehrmals überschlagen. Der Mann auf dem Beifahrersitz ist dann meistens tot, die anderen erleiden nur Quetschungen.»

«Warum hast du nicht im Wagen gepennt, als wir in der Botschaft waren?»

«Ich habe es versucht, aber ich kann nur schlafen, wenn der Motor läuft. Schau mal meine Lider, sie sind schon halb geschlossen.»

De Gier seufzte. «Es war vor etwa zehn Jahren, drei Jahre, nachdem ich zur uniformierten Polizei gekommen war, als wir in der Innenstadt einen Mord hatten.»

«Danke», sagte der Beamte, «mach weiter. Ich höre zu.»

«Wir suchten und suchten, fanden aber nicht heraus, wer der Mörder sein konnte. Wir fanden nur seine Spuren. Es gab Zeugen, und mit viel Mühe gewannen wir ein vages Bild, wie der Kerl aussehen mußte, aber ganz genau wußten wir es nicht. Auch nicht, als er wieder mordete. Er griff sich seine Opfer spät in der Nacht und immer in engen Gassen, in denen niemand wohnte. Die Gassen leben nur tagsüber, wenn die Kaufleute in ihren Lagerhäusern beschäftigt sind. Nachts geht dort außer billigen Huren und ihren Kunden niemand hin. Die wenigen Menschen, die behaupteten, sie hätten den Mörder gesehen, gaben die seltsamsten Beschreibungen. Er soll keine Zähne wie du und ich gehabt haben, sondern Hauer. Er ging nicht, sondern er sprang mit langen, federnden Schritten. Und er hatte langes schwarzes Haar, einen lockigen Bart und kleine, blutunterlaufene Augen. Und er trug immer einen langen schwarzen Dufflecoat, die Kapuze auf dem Kopf. Hörst du mir zu?»

«Gewiß», sagte der Beamte am Steuer, «mach weiter, Brigadier.»

«Er mordete nur Frauen. Und morgens fanden wir die Leichen. Er hatte sie in Stücke gerissen. Überall sah man Arme und Beine liegen. Schließlich stellten wir fest, daß er an den Fassaden der Lagerhäuser hochkletterte und sich auf eine Fensterbank stellte und flach an die Wand preßte, so daß er nur ein schwarzer Fleck war. Dann wartete er, bis eine Frau unter ihm vorbeiging, und sprang sie von oben an. Einige erdrosselte er, aber wir fanden auch Leichen mit durchgebissener Kehle, wobei er die Muskeln und Adern mit seinen Zähnen zerriß.»

«Jesus», murmelte der Polizist.

«Ja», flüsterte de Gier langsam und deutlich, wobei er die Worte fast herauszischte, «damals hatten wir noch wirkliche Verbrechen. Aber zuletzt wurde es zu schlimm, als er in einer Nacht zwei Frauen umbrachte und der Commissaris eine Großaktion einleiten mußte.»

«Du sagtest, daß ihr seine Spuren gefunden habt», flüsterte der Polizist am Steuer. «Aber was habt ihr gefunden? Fußabdrücke? Fingerabdrücke?»

«Der Kerl trug Handschuhe», sagte de Gier, «aber wir fanden seine Fußabdrücke, wo er in Blut getreten war. An den Fußabdrücken konnte man erkennen, daß er ein Riese von Kerl gewesen sein muß, bestimmt zwei Meter groß und kräftig gebaut. Und überall, wo er gewesen war, lagen Erdnußschalen.»

«Erdnußschalen?»

«Ja. Wir fanden auch die leeren Papiertüten. Es sah so aus, als ob er von Erdnüssen lebte, denn manchmal fanden wir sechs Tüten an einer Stelle. Wir stellten fest, daß die Tüten aus dem Chinesenviertel kamen, wo es damals viele Arbeitslose gab. Die Chinesen kauften die Erdnüsse in großen Mengen ein, rösteten sie und verkauften sie dann auf der Straße in Tüten zu 5 oder 10 Cent.»

«Der Commissaris wollte ihn also fangen, wie?» fragte der Beamte. «Welcher Commissaris? Unserer?»

«Unser Commissaris», sagte de Gier und drehte sich um. Der Commissaris schnarchte leise und lag jetzt mit dem Kopf auf Grijpstras Schulter.

«Was unternahm der Commissaris?»

«Er mobilisierte die gesamte Polizei. In der Nacht müssen bestimmt 600 Mann in der Innenstadt gewesen sein. Alle wurden dazu aufgerufen, sogar nutzlose Leute wie Schreiber, Adjunct-Inspecteurs und Fahrer. Wir wurden für diese Aktion angemessen bewaffnet. Alle Polizisten hatten Karabiner. Die Brigadiers und Adjudanten hatten Maschinenpistolen und Handgranaten. Ich hatte drei Mann unter mir, die mit Flammenwerfern umgehen konnten. Die berittene Polizei war ebenfalls dabei. Man hörte ihre Pferde in den Höfen schnauben. Hinter uns fuhr die Motorradpolizei, die damals noch die Harley Davidson hatte. Ihre Motoren brummten im ersten Gang überall um uns herum. Sie hatten sogar die gepanzerten Mannschaftswagen der Militärpolizei dazugeholt. Die Funken sprühten auf dem Kopfsteinpflaster, wenn sie auf ihren Ketten um die Ecke kamen. Das waren schöne Panzerwagen, komplett mit den kleinen Schnellfeuergeschützen. Es war Vollmond, die Helme der Fahrer blitzten in dem weißen Licht. Wir hatten einen allgemeinen Hausdurchsuchungsbefehl mit und die Schlüssel zu den Lagerhäusern, die von den Kriminalbeamten eines nach dem andern durchsucht wurden. Die Boote der Wasserpolizei waren ausgefahren und hatten sich quer in die Grachten gelegt, um den Mörder zu fangen, falls er ins Wasser flüchten sollte. Wir hörten ihre Diesel tuckern. Aber uns hörte keiner, denn Gummisohlen machen kein Geräusch auf dem Straßenpflaster. Es war eine gespenstische Nacht.»

«Und dann?» flüsterte der Polizist am Steuer.

«Eine so große Aktion habe ich nie wieder mitgemacht», sagte de Gier. «Sie dauerte die ganze Nacht, aber wir haben nicht einmal ein Fünkchen von ihm gesehen. Ich glaube, er hat die ganze Nacht auf seinem Dachboden gesessen und die Hauer mit einer Feile geschärft.»

«Junge, Junge», sagte der Beamte am Steuer laut.

«Psst, du weckst den Commissaris», flüsterte de Gier. «Ich bin noch nicht fertig. Der Commissaris war selbstverständlich nicht zufrieden und gab nicht auf. Er gibt nie auf. Er schloß sich für zwei Tage in seinem Zimmer ein, wo ihn niemand stören durfte. Nicht einmal sein bester Mann, ein Stümper von einem Fahrer, den er immer in seiner Nähe hatte. Und nach zwei Tagen hatte er einen Plan.»

«Einen Plan», wiederholte der Polizist am Steuer.

«Einen psychologischen Plan. Er ließ Grijpstra und mich sowie noch fünf andere Polizisten kommen und befahl, Grijpstra müsse in dieser Nacht ganz allein in die Innenstadt gehen. Grijpstra ging, aber wir folgten ihm natürlich in gehörigem Abstand, der jedoch nicht zu groß war, damit wir gleich bei ihm sein konnten, wenn es sich als notwendig erweisen sollte. Grijpstra hatte, ebenso wie wir, eine große Tüte mit Erdnüssen bekommen. Der Commissaris hatte zu Grijpstra gesagt, er müsse immerzu Erdnüsse essen, während er herumschlendere. Und er müsse auch laut zu sich selbst sprechen und sagen, ‹verdammig, wie lecker diese Erdnüsse sind›, und ‹mmmm, das sind wirklich mal frische Erdnüsse, frisch geröstet›, und ‹Junge, in meinem ganzen Leben habe ich noch nie so köstliche Erdnüsse gegessen›.»

«Erdnüsse», sagte der Polizeibeamte am Steuer.

«Erdnüsse. Grijpstra hatte die vierte Tüte leer und hatte die fünfte angefangen, als ihn der Mörder anfiel. Wir sahen nur einen schwarzen Schatten von der Fassade herunterfallen. Er versuchte, Grijpstra am Nacken zu ergreifen, aber der war darauf vorbereitet und trat rechtzeitig zur Seite und stellte dem Mörder ein Bein. Das war unser Glück, denn jetzt konnten wir auf ihn springen und in das Netz einwickeln, das der Commissaris bei einer Firma gekauft hatte, die an Berufsfischer liefert. Ein sehr schweres Netz zum Fang von Haien. Selbst mit diesem Netz hatten wir noch viel Arbeit, denn der Mörder war äußerst stark. Manchmal sah es so aus, als würde er uns entkommen, aber wir schafften es dank Grijpstra, der, obwohl er unter einem leichten Schock stand und mit Erdnüssen vollgestopft war, mit anpackte, um den Mörder zu überwältigen.»

«Was für ein Kerl war dieser Mörder?» fragte der Polizist am Steuer.

«Das erzähle ich dir ein andermal», sagte de Gier laut. «Du kannst mich hier absetzen, ich wohne in dieser Straße. Du hast es geschafft, mit heiler Haut nach Amsterdam zu kommen. Herzlichen Glückwunsch!»

Der Wagen hielt, der Commissaris erwachte. «Steigst du hier aus, de Gier?» fragte er.

«Ja, Mijnheer, ich wohne hier.»

«Warum kommt ihr, du und Grijpstra, nicht noch kurz mit zu mir rauf? Ich wohne nicht weit von hier. Grijpstra kann sich dann ein Taxi nehmen. Ich habe noch einen Cognac. Wir müssen noch besprechen, was wir morgen unternehmen wollen.»

«Mijnheer...», sagte de Gier und schloß die Tür wieder.

De Giers Laune wurde beträchtlich besser, als der Commissaris sein Glas hob. Der Cognac war gut, das reife, reiche Aroma stieg ihm in die Nase. Der Commissaris war sehr freundlich. Er hatte sich bereits zweimal entschuldigt, weil er die beiden Kriminalisten noch zu so später Stunde festhalte, und er hatte ihnen geschmeichelt, indem er sagte, er schätze sich glücklich, mit ihnen in diesem Fall zusammenzuarbeiten. Der Commissaris hatte aus der Küche zwei Schüsseln mit Kartoffelchips geholt und Grijpstra den besten Ledersessel angeboten.

«So», sagte der Commissaris, «dann wollen wir mal sehen. Wir haben heute abend nicht viel erreicht. Es war eindeutig, daß Mijnheer Wauters, unser belgischer Diplomatenfreund, nicht bereit war, mehr zu sagen, als er mußte. Eindeutig war auch, daß er kein Alibi hatte.»

De Gier nahm noch ein Schlückchen und ließ den Cognac über die Zunge rollen. Er sah das nichtssagende Gesicht des Diplomaten wieder vor sich. Dieser war sehr höflich gewesen. Er hatte gesagt, er sei am Samstag abend in seiner Wohnung gewesen. In seiner Junggesellenwohnung. Allein. Er habe ein wenig ferngesehen und sei früh zu Bett gegangen. Er habe die Wohnung nicht verlassen, sei nicht nach Amsterdam gefahren und habe Mevrouw van Buren nicht umgebracht.

«Er räumte ein, daß Maria van Buren seine Freundin war», sagte der Commissaris, «und er gab zu, ihr monatlich einen bestimmten Betrag gezahlt zu haben. Wieviel, das wollte er nicht sagen. Er sagte, er habe gewußt, daß sie andere Freunde hatte, aber immer vorgegeben, es nicht zu wissen. Das sei ein Arrangement zwischen ihr und ihm gewesen. Sehr bequem. Leben und leben lassen. Ein diplomatischer Mann.»

«Es schien, als sei er durch den Tod der Mevrouw van Buren erleichtert», sagte de Gier.

«Das ist wirklich eine wichtige Beobachtung», sagte der Commissaris. «Den gleichen Eindruck hatte ich heute morgen, als ich den amerikanischen Colonel verhörte. Der war auch ganz froh. Ebenso wie Mijnheer Wauters. Beide besuchten die Frau regelmäßig und gaben ihr Geld, viel Geld, denn auch Mijnheer Wauters mußte gewiß tüchtig blechen, aber beide waren erleichtert, als sie hörten, daß sie nicht mehr zu ihr zu gehen brauchten.»

«Seltsam», sagte Grijpstra.

«Eine Hexe», sagte de Gier.

«Wie bitte?» fragte der Commissaris.

«Eine Hexe, Mijnheer. Sie hatte seltene Pflanzen auf der Fensterbank ihres Wohnboots. Ich habe es in meinem Bericht geschrieben. Der Arzt hat bestätigt, daß es Giftpflanzen waren. Belladonna, Nachtschatten und noch eine, deren Namen ich vergessen habe.»

«Ah, ja», sagte der Commissaris, «ich habe den Bericht gelesen. Die dritte Pflanze war ein Stechapfel. Kräuter sind gegenwärtig in Mode, jedermann versucht sie anzubauen, sogar auf dem Balkon. Meistens handelt es sich jedoch um eßbare Kräuter. Ich kann mir eigentlich nicht vorstellen, daß jemand einem Topf mit Giftpflanzen Wasser gibt.»

«Aber genau das hat Mevrouw van Buren getan», sagte Grijpstra.

«Sollte sie etwas Schlimmes zusammengebraut haben?» fragte der Commissaris. «Wie die Hexen in den Märchen? Ein Gebräu, das sie ihren Opfern gab, um sie willenlos zu machen, damit sie wiederkommen mußten?»

De Gier sagte nichts.

«Es könnte sein», sagte der Commissaris. «Aber dennoch bin ich nicht bereit, zu glauben, daß Mevrouw van Buren eine Hexe war. Sie kann auch andere Gründe gehabt haben, die Pflanzen zu halten. Sie fand sie vielleicht schön. Sie hatte auch noch andere Pflanzen. Sie hatte den Colonel in ihrer Gewalt, und ich bin überzeugt, daß auch Mijnheer Wauters nicht mehr viel Freiheit hatte. Sie war eine schöne, attraktive Frau. So eine Frau hat Macht von sich aus, eine passive Macht. Ein Augenaufschlag, eine kleine Mundbewegung, schon kommen die Männer gelaufen. Männer haben es nicht gern, manipuliert zu werden, aber sie werden es nun mal, durch ihre Frauen und ihre eigenen unerfüllten Wünsche.»

«Und Ängste», sagte Grijpstra.

«Und Ängste. Vielleicht sind der Colonel und Freund Wauters jetzt so erleichtert, weil sie nicht mehr erpreßt werden können.»

«Und sie sich etwas Neues suchen können», sagte de Gier.

«Das kommt noch dazu. Und es gibt noch die Möglichkeit der Erpressung. Sie wollten zwar beide nicht zugeben, daß sie erpreßt worden sind, aber das ist verständlich. Mevrouw van Buren ist tot und nimmt die Geheimnisse – falls es welche gibt – mit ins Grab. Drei Leute von der Kripo haben heute das Boot durchsucht. Morgen werden wir hören, was sie gefunden haben. Vom Boot kann niemand etwas weggenommen haben, weil ich es habe bewachen lassen. Vielleicht finden wir noch etwas.»

«Was haben Sie eigentlich von dem Colonel gehalten?» fragte Grijpstra.

«Er ist ein intelligenter Mann», sagte der Commissaris, «er hat viel zugegeben. Das ist eine gute Strategie, wenn man etwas zu verbergen hat. Er gab beispielsweise gleich zu, daß er ihr viel Geld gegeben hat. Aber ein amerikanischer Colonel verdient auch viel Geld. Und sein

Alibi wird gut sein. Die amerikanische Militärpolizei wird es überprüfen, und das sind tüchtige Männer. Die Amerikaner darf man nie unterschätzen. Übrigens sagte der Colonel etwas, das deine Theorie stützt, de Gier.»

«Sagte er, daß sie eine Hexe war?» fragte de Gier.

Der Commissaris lächelte. «Nein, aber er sagte, daß sie sehr attraktiv war und ich mich auch für sie interessiert hätte, wenn sie mir begegnet wäre. Ich sagte, daß ich schon ein alter Mann bin und obendrein Rheuma habe. Und dann sagte der Colonel, davon würde sie mich schon befreit haben. Rheumatismus ist kaum zu heilen, das habe ich allmählich gelernt.»

«Haben Sie ihn gefragt, ob sich Mevrouw van Buren viel mit Pflanzen beschäftigt hat?» fragte de Gier.

«Nein, daran habe ich nicht gedacht. Ich habe über seine Bemerkung über das Rheuma nachgedacht.»

Sie könnten die amerikanische Militärpolizei anrufen», sagte Grijpstra.

«Ich könnte. Ich könnte es aber auch bleibenlassen.»

«Meinen Sie, daß es nicht wichtig ist?» fragte de Gier.

«Vielleicht ist es unwichtig. Sie wurde von einem Mann umgebracht, der etwas gegen sie hatte. Er hatte etwas gegen sie, weil sie ihn erpreßt oder erniedrigt hat. Sie kann auch ermordet worden sein, weil sie etwas gewußt hat. Der Geheimdienst ist bereits seit langem an ihr interessiert. Es könnte sein, daß eine Botschaft einem Berufskiller einen Scheck in die Hand gedrückt hat. Die Tatsache, daß sie eine Hexe ist, falls es eine Tatsache ist, hat vielleicht nichts damit zu tun. Vielleicht war die Zauberei nur ihr Zeitvertreib.»

Der Commissaris stand auf. «Es ist spät, Herrschaften. Ihr müßt ins Bett. Morgen ist wieder ein Tag, und wir werden sehen, was er uns bringen wird. Ich werde Mijnheer IJsbrand Drachtsma anrufen und für morgen nachmittag eine Verabredung treffen. Sie sollten ebenfalls dabeisein. Dann können wir alle Fragen stellen, die wir wollen, ohne daß Leute von der Militärpolizei oder Diplomaten um uns herumlungern. Ruft mich morgen um eins an, dann werde ich euch sagen, wann Drachtsma kommt. Und morgen früh könnt ihr versuchen, den Mann mit dem Teiggesicht und der roten Weste ausfindig zu machen, der einen ballspielenden Sohn hat. Ihr könnt die Zeichnung mitnehmen und alle Wohnboote am Schinkel abklappern. Und während ihr die rote Weste sucht, werde ich in Curaçao anrufen und sehen, ob ich etwas über Maria van Burens Vergangenheit erfahren kann. Gute Nacht.»

«Schlafen Sie gut, Mijnheer», sagte de Gier.

«Wartet», sagte der Commissaris, «ich muß noch wegen des Taxis für Grijpstra anrufen.»

«Lassen Sie nur, Mijnheer», sagte Grijpstra. «Ich gehe zum Taxistand und lasse mir an diesem schönen Abend noch etwas frische Luft um die Nase wehen.»

«Wie du willst.» Der Commissaris begleitete sie bis zur Haustür und machte ein sehr freundliches Gesicht.

«Ich hoffe, daß es nicht der Belgier gewesen ist», sagte de Gier unterwegs.

«Warum nicht?»

«Er ist Diplomat, wir können ihn nicht verhaften.»

«Du willst jemand bestrafen?» fragte Grijpstra. «Ich dachte, du glaubst nicht an so etwas. Noch vor kurzem hast du gesagt, es würde dir viel mehr Spaß machen, Verbrecher zu fangen, wenn du wüßtest, daß sie in eine angenehme Umgebung gebracht werden. In ein Landhaus mit Park. Gutes Essen, ein wenig Sport, dann würden sie wieder gesund. Verbrecher seien alle krank.»

«Ja», sagte de Gier, «Verbrecher sind krank und werden im Gefängnis nicht geheilt. Aber es gibt Ausnahmen. Unser Vogel hat eine schöne Frau umgebracht, und schöne Frauen sind selten. Und Mevrouw van Buren war dazu noch eine Hexe. Ich hätte sie gern kennengelernt.»

«Ach», sagte Grijpstra.

«Bist du nicht meiner Meinung?»

«Doch, doch», sagte Grijpstra und klopfte de Gier auf die Schulter. «Du gehst jetzt nach Hause und zu Bett und träumst schön.»

«Das Leben ist ein Traum», sagte de Gier.

«Genug jetzt. Schlaf gut.»

Die Tür des Taxis schlug zu, der Wagen fuhr davon.

De Gier winkte, aber Grijpstra sah sich nicht um.

6

Es war zehn Uhr morgens, es regnete.

De Gier hatte an die Tür eines Wohnboots geklopft und wartete, daß sie geöffnet wurde. Er hatte den Kragen seines modischen Regenmantels hochgeschlagen und murmelte eine Reihe von Flüchen und Verwünschungen. Er verfluchte vor allem sich, weil er den Mantel ausgesucht hatte. Er verfluchte auch den Fabrikanten, der vergessen hatte, den Mantel wasserdicht zu machen.

Die Tür ging auf. Eine dicke Frau in zerschlissenem Morgenrock und mit langem, strähnigem Haar sah ihn aus blutunterlaufenen Augen an.

«Nein, danke», sagte die Frau und warf die Tür zu.

De Gier klopfte noch einmal.

«Geh weg!» kreischte die Frau hinter der geschlossenen Tür. «Was du auch zu verkaufen hast, ich brauche es nicht.»

De Gier klopfte noch einmal.

«Hau ab», kreischte die Frau, «oder ich rufe die Polizei an!»

«Ich *bin* die Polizei», schrie de Gier.

Die Tür wurde geöffnet.

«Zeig mir deinen Ausweis», sagte die Frau und zog ihm die Karte aus der Hand. Sie studierte das Dokument in der Plastikhülle mit ausgestrecktem Arm und las laut.

«Städtische Polizei Amsterdam. R. de Gier. Brigadier. Das reimt sich. Was wünschen Sie von mir, Brigadier?

«Darf ich kurz hereinkommen?»

Die Frau trat zur Seite. De Gier zeigte ihr eine Fotokopie der Zeichnung, die Bart de Jong von dem Mann mit der roten Weste und dessen Sohn mit dem Ball angefertigt hatte.

«Haben Sie diesen Mann schon einmal gesehen, Mevrouw?»

«Ich muß mal eben meine Brille holen.»

Die dicke Frau fand ihre Brille, putzte die Gläser und setzte sie auf. «Ich habe ihn gesehen», sagte sie, «er kommt hier manchmal vorbei. Sonntags morgens. Mit seinem Kind. Hier kommen viele Leute vorbei, an deren Gesichter ich mich nicht erinnere, aber diesen Mann kenne ich. Er trägt immer so eine seltsame rote Weste. Und eine Uhrkette hat er auch. Mein Großvater hatte auch eine.»

«Wissen Sie, wie er heißt?»

«Nein», sagte die Frau, «warum sollte ich das wissen? Ich habe nie mit ihm gesprochen. Was wollen Sie von ihm?»

«Wir wollen ihm einige Fragen stellen», sagte de Gier und schaute sich um. Das Boot sah innen blitzsauber aus. Alle Möbel standen an ihrem Platz und sahen aus, als seien sie soeben erst poliert worden. Die Fenster waren so klar, daß er zweimal hinsehen mußte, um sich zu vergewissern, daß sich Glas in den Rahmen befand. Typisch, dachte de Gier und zwang sich, die Frau anzuschauen, die ihn mißtrauisch durch ihre dicken Brillengläser musterte.

Häßliche Frau, dachte de Gier, wenn sie Diät halten und täglich eine Stunde für sich aufwenden würde, könnte sie ganz hübsch aussehen. Sie ist noch keine dreißig Jahre alt.

«Was für ein schönes Boot Sie haben», sagte er mit seiner freundlichsten Stimme. «Man könnte neidisch werden. Es ist gewiß herrlich, auf dem Wasser zu wohnen.»

«Ich hätte lieber eine hübsche Wohnung», sagte die Frau, aber sie lächelte.

«Haben Sie zufällig gesehen, ob dieser Mann hier mit dem Wagen kam?»

Die Frau überlegte und sah dabei ein wenig besser aus. «Ja. Er wird wohl mit dem Wagen gekommen sein. Es ist ein weiter Weg von der Stadt, und er hatte das Kind immer bei sich. Ich denke, er hat das Auto hier irgendwo in der Nähe abgestellt und ist dann zu Fuß gegangen. Aber ich habe sein Auto nie gesehen.»

«Ich danke Ihnen sehr», sagte de Gier.

«Möchten Sie eine Tasse Kaffee?»

«Nein, vielen Dank, Mevrouw. Ich habe heute morgen noch viel zu tun.»

De Gier ging. Die Dicke war die siebzehnte Hausfrau, die er an diesem Morgen aufgesucht hatte. Er mußte an weitere drei Türen klopfen, ehe er eine Antwort erhielt. Dann ging er zum Polizeiwagen, in dem Grijpstra auf ihn wartete. Grijpstra rauchte eine Zigarre.

«Wo bleibst du bloß?» fragte Grijpstra. «Ich warte hier schon fast eine Stunde. Ich habe dich gesucht, aber du hattest inzwischen gewiß eine hübsche Frau gefunden.»

De Gier holte tief Atem.

«Nun?»

«Nein», sagte de Gier, «ich habe keine hübsche Frau gefunden.»

«Unser Mann kam immer in einem roten Rover», sagte Grijpstra. «Das wollte ich dir sagen.»

De Gier holte noch einmal tief Atem. Er versuchte bereits seit einiger Zeit, sich in geistiger Disziplin zu üben, und hatte sich gute Vorsätze gesetzt, an die er sich halten mußte. Nicht zu rauchen, beispielsweise. In Gegenwart anderer nicht zu fluchen. Bei gelber Ampel zu stoppen. Bescheiden zu sein. Meistens gelang es ihm nicht. Jetzt auch nicht.

«Das weiß ich», sagte er.

«Was weißt du?» fragte Grijpstra schnaubend.

«Daß der Mann in einem roten Rover herumfährt.»

«Warum hast du mir das nicht gesagt?» fragte Grijpstra. «Warum hast du mich dann hier herumrennen lassen, um alten Frauen mit Lockenwicklern zu begegnen? Du hättest mir ja pfeifen können. Hast du denn keine Flöte?»

«Nein», sagte Grijpstra, «die ist verschwunden. Die Kinder haben sie wahrscheinlich. Aber erzähle. Sag mir jedoch erst, warum du so lange fortgeblieben bist.»

«Weil ich soeben erst Glück gehabt habe. Ich weiß nicht nur von dem roten Rover, sondern kenne auch die Buchstaben auf dem Nummernschild. Ich bin soeben in einem Hausboot gewesen, auf dem zwei Studentinnen wohnen. Eine studiert Englisch und die andere Medizin.»

«Ja», sagte Grijpstra, «und die standen gerade unter der Dusche, und du mußtest ihnen den Rücken abtrocknen. Und dann kamen sie nicht umhin, dir eine Tasse Kaffee anzubieten. Und es wäre unhöflich gewesen, gleich wieder zu gehen. Immer dasselbe Lied.»

«Quatsch nicht, Mann. Kein Lied. Keine Rücken. Aber ich weiß, was auf dem Zulassungsschild stand, nämlich VD. Die Nummer wußten sie nicht, aber die Buchstaben reichen. VD!»

Grijpstra stieg aus und klopfte de Gier auf die Schulter. «Ausgezeichnet! Gute Arbeit! Du bist ein Kerl! Die Buchstaben genügen den Angestellten im Präsidium. Du hast unseren Mann gefunden!»

De Gier hatte den ersten freundlichen Gedanken an diesem Tag und dankte seinen Sternen. Das Schicksal war ihm günstig gesonnen. Er hatte schon viele Adjudanten kennengelernt, aber Grijpstra war der einzige, der auch einmal zurückstecken konnte. De Gier dankte ebenso dem Commissaris, der ihn an die Seite Grijpstras gestellt hatte.

«Ich bin klatschnaß», sagte Grijpstra, «und du auch. Laß uns gehen. Ich würde vorschlagen, zuerst zu deiner Wohnung, wo wir uns einen

Kaffee machen und du dich umziehst. Dann könnten wir noch kurz bei mir vorbeifahren, denn ich möchte ebenfalls trockene Sachen anziehen. Und dann rufen wir von dort aus den Commissaris an.»

«Gut», sagte de Gier.

«Gut», sagte der Commissaris am Telefon zu Grijpstra. «IJsbrand Drachtsma kommt um zwei Uhr. Seid eine Stunde vorher da. Die Beamten haben Mevrouw van Burens Boot durchsucht, und ich möchte den Bericht kurz mit euch durchgehen.»

Die beiden aßen eine Kleinigkeit in einem Imbiß direkt neben dem Präsidium. Sie gönnten sich nicht viel Zeit und eilten, noch an den Resten des letzten Brötchens kauend, in das oberste Stockwerk des Polizeigebäudes in ein Zimmer, in dem zwei Männer in Hemdsärmeln beim Kartenspiel saßen.

«Würdet ihr uns einen kleinen Gefallen tun?» fragte de Gier höflich.

«Nein», sagten die Männer.

«Gut. Ein roter Rover, letztes Modell. Wir wissen zwar die Buchstaben des Kennzeichens, nämlich VD, aber nicht die Nummer. Wer ist der Eigentümer?»

«Interessante Frage», sagte der eine.

«Wie lange braucht ihr?»

«Ein paar Minuten oder einige Stunden. Manchmal haben wir Glück.»

«Meistens haben wir kein Glück», sagte der andere Mann. «Es ist doch nicht etwa dringend?»

«Nein, nein», sagte de Gier, «aber wir wüßten gern den Namen und die Adresse des Mannes, und zwar gern innerhalb von zehn Minuten. Und falls ihr außerdem etwas tun wollt, könntet ihr zugleich feststellen, ob dieser Mann einer unserer Bekannten ist.»

Die Männer warfen die Karten auf den Tisch.

«Ah», sagte der Commissaris, «ihr seid schon da. Habt ihr den Mann mit der roten Weste gefunden?»

«Wir wissen, wer er ist, Mijnheer», sagte Grijpstra. «Er heißt Holman und wohnt in der Stadt. Er hat eine kleine Firma, die mit Nüssen handelt.»

«Nüsse?»

«Mit Cashewnüssen, Walnüssen, Erdnüssen, mit allerlei Nüssen. Er importiert sie und verkauft an Großhändler und Supermärkte. Wir haben sein Büro angerufen. Er wird heute nachmittag um fünf ins Präsidium kommen. Er benahm sich ziemlich nervös.»

«Habt ihr ihm gesagt, um was es geht?»

«Nein, Mijnheer.»

«Gut», sagte der Commissaris und öffnete eine Akte, die auf seinem Schreibtisch lag. «Ich habe hier den Bericht von der Hausdurchsuchung. Die Beamten haben ihn auch noch mündlich erläutert, aber es ist besser, es schwarz auf weiß zu haben. Setzt euch irgendwo. Ich werde euch sagen, was sie gefunden haben.»

Die beiden ließen sich in die Lehnstühle des Commissaris sinken. De Gier rieb sich die Hände. Die Sache war in Gang gekommen. Die Verdächtigen würden kommen, einer nach dem andern, wie es sich gehört. Aber irgend etwas störte ihn, etwas, das er vergessen hatte. Er versuchte sich zu erinnern. Ihm fiel der Begriff ein: bezahlter Mörder. Vielleicht gab es in diesem Fall einen bezahlten Mörder. Er hatte noch nie mit einem zu tun gehabt, mit einem Berufskiller ohne Motiv. Sie tun es für einen gefüllten braunen Briefumschlag. Sie kennen das Opfer nicht. Ruhige Männer, ganz kühl. Sie gehen nur einmal zum Haus desjenigen, der umgebracht werden soll. Wie schnell kann so ein Mann ein Messer werfen? Und wie fängt ein Kriminalbeamter einen Mann, der keine Spuren hinterläßt? Vielleicht ein Ausländer, der kurz mal reingeflogen wird, um die Angelegenheit zu erledigen. Ein Mann, der sein Opfer nicht einmal kennt, der es nach einem Foto identifiziert, das er anschließend verbrennt.

«Warum siehst du so besorgt aus?» fragte der Commissaris.

De Gier erzählte ihm von seinen Gedanken.

«Ja», sagte der Commissaris, «daran habe ich auch schon gedacht. In Amsterdam gibt es nicht viele Messerwerfer. Bei der Armee werden Spezialeinheiten dafür ausgebildet. Aber vielleicht ist sie mit dem Messer erstochen worden. Der Arzt *meinte* nur, das Messer sei geworfen worden. Aber wir wollen uns nicht vorzeitig verrückt machen lassen. Sorgen zu haben ist Zeitvergeudung. Die Frau ist umgebracht worden, und jemand hat es getan. Wir haben Regeln gelernt und werden uns genau daran halten. Zuerst die Verdächtigen verhören. Verdächtige sagen immer etwas. Und wir haben das Boot durchsucht. Die meisten Informationen sind bis jetzt negativ. Keine Fingerabdrücke. Der Türknopf war innen und außen abgewischt. Es ist nicht eingebrochen worden. Der Mann hatte entweder einen Schlüssel, oder Maria van Buren hat ihn eingelassen. Alle Fenster waren geschlossen, bis auf zwei kleine Lüftungsöffnungen, durch die niemand einsteigen kann. Das Treppengeländer war ebenfalls abgewischt, also trug er keine Handschuhe. Im Bücherschrank wurden eine Kassette mit 1000 Gulden in bar und Kontoauszüge gefunden. Sie hatte 30 Mille auf der Bank. In ihrer Steuerklärung gab sie ein Jahreseinkommen von 25 Mille an. Sie bezeichnete sich als Hostess. Wir wissen jetzt auch, daß das Boot Mijnheer Drachtsma gehört und sie keine Miete zahlte.»

«Tja», sagte Grijpstra, «das wissen wir also. Es ist nicht viel, aber immerhin etwas.»

«Ja. Und dann habe ich dies noch. Schaut mal.» Der Commissaris legte etwas auf seinen Schreibtisch. «Wer weiß, was dies ist?»

«Das sind Wurzeln», sagte de Gier, «getrocknete Pflanzenwurzeln.»

Grijpstra starrte die Wurzeln erstaunt an. Es waren zwei, jede etwa fünfzehn Zentimeter lang. Sie glichen ausgetrockneten kleinen Männern mit langen, hageren Beinen und langem spitzem Penis. Die Gesichter besaßen Augen, Nase und Mund.

«Kleine Männer», sagte Grijpstra.

«Ja, nicht wahr? Es sind Alraunen.»

De Gier schaute auf. «Commissaris», sagte er leise, «diese Wurzelmännchen sehen böse aus, ekelhaft. Sind das Dinge, die Hexen verwenden?»

«Ja. Der Arzt hat sie sich angesehen und gleich erkannt. Er hat mir noch eine seltsame Geschichte erzählt. Alraunen sind das stärkste Zaubermittel, das bekannt ist. Im Mittelalter suchten die Hexen die Alraunen am Fuße eines Galgens. Sie glaubten, die Pflanze wachse aus menschlichem Samen, aus dem Sperma, das der Gehenkte im Augenblick des Todes ausstößt.»

«Bah», sagte Grijpstra.

«Grijpstra», sagte der Commissaris in beinahe mahnendem Ton, «du bist schon sehr lange bei der Polizei und solltest an solche Gespräche gewöhnt sein. Die Spuren, die wir finden, kommen häufig aus dem menschlichen Körper. Ebenso wie die Kinderreime, die man auf dem Spielplatz hört. Scheiße und Pisse und Blut und Sperma und Schleim und Kotze und Eiter und Rotz und Schweiß.»

«Ja», sagte Grijpstra, «tut mir leid, Mijnheer.»

«Du brauchst dich nicht zu entschuldigen. Und natürlich hast du recht. Es war etwas dreckig, was ich erzählt habe, aber so soll die Pflanze entstanden sein. Der kräftigste Teil einer Pflanze ist die Wurzel, nach der die Hexen dann auch suchten. Aber sie meinten, die Wurzel sei so gefährlich, daß Menschen sie besser nicht ausgraben sollten, weil sie bei der ersten Berührung daran sterben könnten. Vielleicht vor Angst. Wie ihr seht, sehen die Wurzeln menschlich aus. Die Hexen sagten, sie seien auch menschlich. Sie würden einen hohen, gellenden Schrei ausstoßen, wenn sie aus der Erde kommen, und wenn man ihn höre, könne man sterben. Deshalb gruben sie vorsichtig um die Wurzel herum, banden eine Schnur daran und an das andere Ende einen Hund. Dann steckten sie sich Wachs in die Ohren und riefen den Hund, der die Wurzel dann aus der Erde zog.»

De Gier betrachtete die Alraunen immer noch. «Aber wo genau sitzt die Kraft dieser Wurzeln? Und was für eine Kraft ist es?»

«Der Arzt wußte es nicht genau. Er meinte, die Hexen trugen sie als Amulett am Hals. Und dann würden die Hexen die Macht haben, jeden zu beeinflussen, der in ihre Nähe kam. Man kann jedoch auch einen Brei daraus machen. Dann muß man sie zermahlen und mit anderen Pflanzenstoffen und getrockneten Pilzen mischen. Ich nehme an, man kann auch ein Gebräu daraus herstellen.»

«Mir scheint, die Dame war wirklich eine Hexe», sagte Grijpstra.

Der Commissaris wollte etwas sagen, aber das Telefon läutete.

«Mijnheer Drachtsma soll hereinkommen», sagte er und fegte die Alraunen in die oberste Schublade seines Schreibtischs.

IJsbrand Drachtsma setzte sich auf den angebotenen Stuhl und sah den Commissaris an. Alles blieb still, aber Drachtsma schien es nicht zu stören.

Ein besonderer Mann, dachte Grijpstra, der die Waffe des Schweigens oft benutzt hatte. Verdächtige mögen die Stille nicht. Wenn die Beamten bei einem Verhör lange genug schweigen, fängt der Verdächtige plötzlich an zu quatschen. Es ist ihm einerlei, was er sagt, notfalls die Wahrheit, wenn nur die Stille aufhört.

Ein großer Geschäftsmann soll er Berichten zufolge sein, dachte der

Commissaris. Und reich. Aufsichtsratsmitglied und Generaldirektor großer Gesellschaften. Ein mächtiger Mann, vielleicht mächtiger als ein Minister. Arbeitgeber für viele tausend einfältige und manipulierbare Seelen. Wenn Drachtsma sich die Mühe macht, in ein Telefon zu sprechen, beginnen sich Schiffe in Bewegung zu setzen und Aktienkurse zu fallen oder zu steigen. Aber, so dachte der Commissaris weiter, wenn ein einfacher Polizist das Telefon in die Hand nimmt, dann kommt Drachtsma, sehr gehorsam und pünktlich.

«Ich bin froh, daß Sie es möglich machen konnten», sagte der Commissaris munter. IJsbrand Drachtsma nickte leicht mit seinem kahlen Kopf, um zu zeigen, daß er die Worte der Begrüßung gehört hatte. De Gier schätzte den Mann auf über sechzig, aber er strahlte eine Kraft aus, die für dieses Alter ungewöhnlich war. Drachtsmas blaue Augen glänzten, als erwarte er sich viel von dem kommenden Gespräch. Er hatte sich eine Zigarre aus der Kiste des Commissaris genommen und zündete sie an Grijpstras zerbeultem Feuerzeug an, das erst nach mehreren Versuchen funktionierte. Die Zigarre ging wieder aus, diesmal benutzte Drachtsma sein eigenes goldenes Feuerzeug, das auf Anhieb aufflammte.

«Nur einige Fragen», sagte der Commissaris. «Wir werden Sie nicht länger aufhalten als unbedingt nötig.»

Drachtsma nickte wieder. Die dünnen Haarfransen, die den glänzenden Schädel umgaben, waren noch nicht ganz ergraut.

«Samstag abend?» sagte Drachtsma. «Da war ich bei meiner Frau auf Schiermonnikoog. Die Wochenenden verbringe ich meistens auf der Insel. Wir hatten Gäste, Geschäftsfreunde aus Deutschland. Nachmittags bin ich mit ihnen segeln gegangen, abends haben wir Platten gehört. Wenn Sie wollen, kann ich Ihnen die Namen und Adressen geben.»

«Bitte», sagte der Commissaris.

Drachtsma holte ein ledergebundenes Notizbuch heraus und blätterte darin. Er schrieb etwas auf eine Seite, riß sie heraus und gab sie dem Commissaris.

«Würden Sie uns sagen, wie Ihre Beziehungen zu Mevrouw van Buren waren?»

«Sie war meine Geliebte», sagte Drachtsma.

«Richtig. Könnten Sie uns Einzelheiten über ihr Leben geben? Jemand hat sie ermordet und muß einen guten Grund dafür gehabt haben. Wenn wir die Dame etwas besser kennenlernen würden, wüßten wir vielleicht auch etwas mehr über ihren Mörder.»

«Ja», sagte Drachtsma. «Ich will ebenfalls wissen, wer sie ermordet hat. Meinen Sie, daß sie noch gelitten hat?»

«Ich glaube nicht. Sie hat ein Messer in den Rücken bekommen und wußte höchstwahrscheinlich nicht, was geschah. Sie muß sofort tot gewesen sein.»

«Das ist gut», sagte Drachtsma.

Es wurde still im Zimmer.

«Könnten Sie uns etwas über sie erzählen?» fragte der Commissaris noch einmal.

«Oh, verzeihen Sie. Ich habe an Maria gedacht. Was kann ich Ihnen sagen? Ich kannte sie schon, als sie noch verheiratet war. Ihr Ex-Mann ist Direktor einer Textilfabrik, die ein Teil der Organisation ist, deren Chef ich bin. Ich habe sie auf einer Party kennengelernt und mich in sie verliebt. Sie hatte damals ein eigenes Segelboot, wir trafen uns auf den Binnenseen und auf dem Wattenmeer. Einige Monate nach unserer ersten Begegnung hat sie ihren Mann verlassen, und ein Jahr später hatte sie die Scheidung.»

«Es tut mir leid, Mijnheer Drachtsma», sagte der Commissaris, «aber wir müssen Ihnen einige persönliche Fragen stellen. Ich hoffe, Sie haben für die Anwesenheit meiner beiden Assistenten Verständnis. Sie müssen diesen Fall lösen, und ich halte es für gut, wenn sie bei den verschiedenen Stadien der Ermittlung anwesend sind.»

«Aber natürlich», sagte Drachtsma und lächelte die beiden Kriminalisten an. Es war ein offenes und angenehmes Lächeln. Drachtsma wußte, wie er mit kleinen Autoritätsträgern umgehen mußte.

«Warum haben Sie Maria van Buren nicht geheiratet?» fragte der Commissaris.

«Ich wollte sie nicht heiraten. Außerdem war ich bereits verheiratet. Ich habe Sohn und Tochter, die ihre Mutter gern haben. Ich selbst mag meine Frau auch. Darüber hinaus glaube ich nicht, daß Maria *mich* geheiratet haben würde. Sie liebte ihre Freiheit. Ich habe ihr das Wohnboot gekauft, weil sie sich auf dem Wasser glücklich fühlte. Damals war dieses Hausboot das einzige in jenem Teil des Schinkel, heute ist es zwischen andere gezwängt. Ich habe ihr mehrmals einen anderen Liegeplatz vorgeschlagen, aber sie hatte sich an diesen gewöhnt.»

«Wenn sie Ihre Freundin war und auf Ihrem Hausboot wohnte, dann dürfen wir annehmen, daß Sie auch für ihren Unterhalt aufkamen.»

«Ja», sagte Drachtsma, «ich gab ihr jeden Monat Geld.»

«Wußten Sie, daß sie andere Liebhaber hatte?»

«Ja. Es kümmerte mich wenig. Ich habe mich immer telefonisch mit ihr verabredet. Oft hat sie auch mich im Büro angerufen.»

«Ich hoffe, Sie nehmen es mir nicht übel, daß ich es sage, aber ihr Tod scheint Sie nicht sehr zu beeindrucken», sagte der Commissaris.

Drachtsma gab keine Antwort.

«Finden Sie es nicht schlimm, daß sie tot ist?»

«Ist ihr Tod nicht eine Tatsache?» fragte Drachtsma. «Tatsachen, die man nicht ändern kann, muß man akzeptieren. Alles geht einmal zu Ende.»

Dem Commissaris verschlug es den Atem. Es dauerte eine halbe Minute, bis er die nächste Frage formulieren konnte.

«Das Messer», sagte der Commissaris, «ich muß immerzu an das Messer denken. Hier ist es.»

Drachtsma balancierte das Messer in der offenen Hand. «Ein Kampfmesser», sagte er langsam.

«Kennen Sie diese Art von Messer?» fragte Grijpstra plötzlich.

Drachtsma drehte sich um und sah Grijpstra in die Augen. «Gewiß. Das ist ein Messer der britischen Kommandoeinheiten.»

«Es soll nicht viele Menschen geben, die mit einem solchen Messer werfen können», sagte der Commissaris zögernd.

«Ich denke, ich kann damit werfen», sagte Drachtsma. «Wir haben es damals in England oft genug geübt. Ich habe eines gehabt und damit einen deutschen Wachtposten getötet, das war noch in Frankreich.»

«Kennen Sie jemand, der mit so einem Messer umgehen kann und der Mevrouw van Buren kannte?»

«Nein», sagte Drachtsma, «es sei denn, Sie meinen mich.»

«Kennen Sie jemand, der Mevrouw van Buren umbringen wollte?»

«Nein», sagte Drachtsma, «sie hatte, soweit ich weiß, keine Feinde, und ihre Liebhaber waren nicht eifersüchtig. Ich glaube, sie hatte nur drei, mich mitgerechnet. Den einen kenne ich persönlich, ein amerikanischer Colonel namens Stewart. Der andere ist ein Belgier, dem ich einmal flüchtig begegnet bin. Er schien mir ein angesehener, guterzogener Mann zu sein, nicht einer, der einer Frau ein Messer in den Rücken stößt.»

«Wir haben die fraglichen Herren bereits verhört», sagte der Commissaris.

«Dann werden sie wohl gute Alibis gehabt haben.»

Der Commissaris ging auf die Bemerkung nicht ein. «Noch eine Frage. Würden Sie uns sagen, wieviel Sie Mevrouw van Buren monatlich zahlten?»

«Fünfundzwanzigtausend jährlich», sagte Drachtsma. «Und ich hatte vor, ihr wegen der Inflation etwas mehr zu geben. Sie hat nie um Geld gebeten.»

«Gab es noch Extras?»

«Ja, Juwelen und Kleider und zweimal jährlich eine Rückflugkarte nach Curaçao. Ihre Eltern wohnen dort bei Willemstad.»

«Haben Sie sie jemals nach dort begleitet?»

«Ich habe nicht viel Zeit», sagte Drachtsma, «und ich bin schon genug gereist. Schiermonnikoog ist die schönste Insel, die ich kenne.»

«Vielen Dank», sagte der Commissaris und rieb sich energisch die Hände. «Die allerletzte Frage: Wir haben festgestellt, daß Mevrouw van Buren sehr an Pflanzen interessiert war. Wissen Sie vielleicht...»

«Pflanzen», sagte Drachtsma und begann zu lachen, «ja, da weiß ich Bescheid. Wenn wir uns in der Stadt trafen, mußte ich immer mit zum Markt oder zu einem der kleinen Läden, wo es nach ausgestopften Menschen riecht. Sie war vor allem an Arzneikräutern interessiert. Und wenn ich nicht aufpaßte, redete sie die ganze Nacht darüber, und ich besuchte sie nicht, um etwas über Blütenstaubgefäße und Stempel zu hören! Wir hatten gelegentlich Streit deswegen. Ich drohte ihr, nie mehr zu kommen, es sei denn, sie verspräche, sich nicht wie eine Hexe aufzuführen, aber ich konnte ihr nicht wirklich drohen. Ich glaube, ich hatte sie nötiger als sie mich. Ein anderer hätte meinen Platz sofort eingenommen.»

«Ein starker Charakter», sagte der Commissaris.

«Ja, sie war eine starke Frau.»

«Aber jemand hat die starke Frau getötet», sagte der Commissaris. «Vielen Dank, Mijnheer Drachtsma. Ich hoffe, wir brauchen Sie nicht mehr zu belästigen.»

«Den bringt man nicht so leicht in Verwirrung», sagte Grijpstra, nachdem der Commissaris die Tür hinter dem breiten Kreuz von Drachtsma geschlossen hatte.

«Das werden wir ja sehen», sagte der Commissaris. «Er ist ein Friese, und das sind Dickköpfe. Aber es gibt noch mehr Friesen auf der Welt. Kommst du nicht auch von dort, Grijpstra?»

«Aus Harlingen», sagte Grijpstra.

«Ich komme aus Franeker», sagte der Commissaris.

«Man soll Menschen aus der Provinz niemals unterschätzen», sagte de Gier.

7

«Also los», sagte Grijpstra, «schlag zu!»

De Gier ging einen Schritt zurück, kniff die Augen halb zu und sprang nach vorn. Seine Faust traf ins Ziel. Er rieb sich die Knöchel, während die Kaffeemaschine gehorsam einen Pappbecher freigab. Der Becher, der trotz Grijpstras Stochern minutenlang im geheimnisvollen Innern der Maschine festgesessen hatte, begann sich mit einer dunkelbraunen, sirupartigen Flüssigkeit zu füllen.

«Jetzt ist wieder nicht genug Wasser dabei», sagte Grijpstra klagend. «Was ist nur aus unserer alten Kantine geworden und aus dem netten grauhaarigen Brigadier, der meistens vergaß, Geld zu verlangen?»

«Nette Brigadiers gibt es nicht mehr», sagte de Gier.

Grijpstra ließ den halbvollen Becher in einen Abfallbehälter aus Plastik fallen und begann in seinen Taschen zu suchen. «Ich habe keine Zigaretten mehr.»

«Dort steht noch ein Automat», sagte de Gier. «Wirf zwei Gulden ein, und drück auf den Knopf deiner Wahl.»

Grijpstra sah den Automaten mißgelaunt an. «Nein. Gestern hat das Aas meine zwei Gulden gefressen und nichts ausgespuckt.»

«Dann mußt du den Mann suchen, der den Schlüssel hat.»

«Den Mann», sagte Grijpstra, «welchen Mann?»

«So einen mäuseartigen Kerl im grauen Kittel. Der läuft hier immer auf den Korridoren herum.»

«Nie gesehen. Ich werde jetzt zum Tabakladen gehen. Was werden wir jetzt eigentlich tun? Dieser Mijnheer Holman kommt erst in über einer Stunde.»

De Gier kämmte seine Locken und betrachtete sich im Spiegel.

«Bildschöner Mann», sagte Grijpstra, «ich rede mit dir. Ich habe dich sogar etwas gefragt.»

«Über eine Stunde», sagte de Gier, «eine Stunde voller Möglichkeiten. Eine Stunde, in der wir endlich etwas tun können. Es ist nicht so sehr eine Stunde, weißt du, sondern eine Stunde des *heutigen* Tages, und heute ist der herrlichste Tag unseres Lebens.»

«Hä?»

«Heute», sagte de Gier, «verstehst du?»

«Nein.»

«Mein Gott!» sagte de Gier.

«Dann erkläre es mir.»

«Gestern ist vorbei, und morgen kommt vielleicht nicht. Verstehst du?»

Grijpstras Gesicht wurde rot. «Hippiesprache! Pennbrudergerede! Küchengeschwätz!»

«Aber es stimmt», sagte de Gier freundlich.

«Und was werden wir tun?» schrie Grijpstra. «Was werden wir *jetzt* tun? Was ist denn das Besondere, großer Denker, das du vorschlägst, um diese herrliche Zeitspanne auszufüllen?»

«Willst du eine Zigarette?» fragte de Gier sanft und hielt Grijpstra ein offenes Päckchen hin.

«Danke», sagte Grijpstra. Er erhielt auch Feuer. Die Röte in seinem Gesicht verschwand. De Gier richtete sein Haar noch mit der Hand und zog das bunte Halstuch ein wenig hoch.

«So», sagte de Gier. «Wir könnten in meine Wohnung gehen. Mit dem Wagen sind es nur zehn Minuten. Dann mache ich dir einen Kaffee, und wir könnten eine Platte hören. Die habe ich vor kurzem im Ausverkauf für 6 Gulden bekommen. Kirchenmusik. Blockflöte. Gerade richtig für dich.»

«Moderne Kirchenmusik?» fragte Grijpstra. «Mit Trommel?»

«Nein, alte», sagte de Gier, «aber sehr schön.»

Grijpstra dachte über den Vorschlag nach. Er schüttelte den schweren Kopf. «Nein. Die Zeit reicht nicht. Aber das müssen wir nachholen. Wenn wir ein paar Stunden haben, dann können wir uns ein wenig konzentrieren. Außerdem will ich deine Katze heute nicht mehr sehen. Sie hat mich heute morgen wieder erwischt, als du unter der Dusche warst. Warum gibst du das Biest nicht weg?»

De Gier sprang auf, als sei er in einen Nagel getreten. «Warum gibst du deine Frau nicht weg?» sagte er mit sich überschlagender Stimme.

«Wer würde die haben wollen?» fragte Grijpstra. «Aber den Kater würdest du im Nu los sein. Ein selten schönes Biest. Du brauchst ja nicht zu sagen, daß er ein falsches Luder ist. Ich hätte ihm heute morgen am liebsten den Hals umgedreht. Weißt du, was er getan hat?»

«Ich hoffe, er hat dich gekratzt und gebissen.»

«Nein, dazu ist er viel zu spitzfindig. Zuerst ist er auf meinen Schoß gesprungen und hat gemauzt. Da ich nicht wußte, was das Mauzen bedeutet, und er viele Krallen und Zähne hat, habe ich nichts getan. Dann hat er seine Nase in meine Achselhöhle gesteckt und geschnüffelt, vielleicht wohl eine Minute lang. Das ist ein seltsames Gefühl, so eine schnüffelnde Nase in der Achselhöhle.»

«Ha», sagte de Gier, «und du hast dich gefragt, wie es ist, wenn man in die Achselhöhle gebissen wird.»

«Genau. Das wollte er natürlich auch. Das Biest denkt nach. Warum hast du ihn Olivier genannt?»

«So heißt er eben», sagte de Gier, «Olivier Kwong mit Stammbaum und allem. Sein Vater kam aus Thailand.»

«Kwong», sagte Grijpstra, «das hätte ich wissen können. Der alte Kwong gehörte natürlich einem Räuberhauptmann, der seine Feinde lebend kochen ließ. Und sein Feind war jeder, der nicht niederkniete, wenn er des Weges kam.»

«Was hat er noch getan?» fragte de Gier.

«Er ist auf meine Schulter geklettert und von dort aus ins Bücherregal gesprungen. Dann habe ich ihn nicht mehr gesehen. Ich habe die Zeitung gelesen und kriegte plötzlich einen ganzen Stapel Bücher auf den Kopf.»

«Ja», sagte de Gier, «das tut er bei mir auch. Er windet sich durch eine Lücke, bis er hinter den Büchern ist; dort streckt er sich aus und schiebt. Wenn er es gut macht, wirft er gleichzeitig zwanzig Bücher herunter. Dann schaut er einen an und grinst.»

«Du solltest ihm einen Klaps geben, wenn er das tut.»

«Nein», sagte de Gier, «ich habe ihn noch nie geschlagen. Es ist schön, wenn man ein so kluges Tier um sich hat. Ich habe noch keine

Katzen gesehen, die einem Bücher auf den Kopf werfen. Hat er noch etwas getan?»

«Er ist auf deinem antiken Schrank hin und her gelaufen und hat mir die Zähne gezeigt, aber das habe ich ihm abgewöhnt.»

«Was hast du getan?» fragte de Gier.

«Ich bin plötzlich aufgesprungen und habe ‹Buh› gerufen. Da ist er weggelaufen und ward nicht mehr gesehen.»

«Das arme Tierchen so zu ängstigen», sagte de Gier bitter. «Ich würde mich vorsehen. Das nächste Mal beißt er dich.»

«Wenn er das tut», sagte Grijpstra feierlich und klopfte auf den Kolben seiner großen automatischen Pistole unter seiner Jacke, «dann erschieße ich ihn, genau zwischen die Augen.»

«Wenn du das tust», sagte de Gier feierlich und klopfte auf den Kolben der kleinen automatischen Pistole unter seiner Achselhöhle, «erschieße ich dich, direkt ins Herz.»

«O ja», sagte Grijpstra, «das mußt du tun. Dann können Sietsema und Geurts den Fall übernehmen.»

«Die finden mich nicht», sagte de Gier.

«Nein. Würde ich dich finden?»

«Du bist tot.»

«Ja», sagte Grijpstra, «das hab ich vergessen. Und warum würden die dich nicht finden?»

«Das sage ich nicht», sagte de Gier.

Sie waren in ihr Zimmer zurückgegangen, wo Grijpstra die Trommelstöcke in die Hand genommen hatte. De Gier begleitete ihn auf der Querflöte. Die Komposition, die so entstand, war in Moll. De Gier besang seine Einsamkeit nach dem Tod seines Freundes. Grijpstra spielte den Rhythmus des Todes und suchte sich in einer dunklen Ecke des Jenseits.

Ein Anruf des Commissaris machte ihrem Spiel ein vorzeitiges Ende. Im Zimmer des Commissaris wartete Holman auf sie. Er saß auf einem niedrigen Stuhl und sprang auf, als sie kamen. Die Hand, die er ihnen gab, war feucht, aber er bemühte sich, den Händedruck kräftig und zuverlässig erscheinen zu lassen. Er versuchte auch zu lächeln. «Ich habe in der Zeitung gelesen, daß Mevrouw van Buren ermordet worden ist», sagte Holman. «Es tut mir sehr leid, daß sie tot ist. Ich mochte sie gern.»

De Gier erinnerte sich daran, was er vormittags über Holman in einer Fotokopie aus dem Polizeiarchiv gelesen hatte. Zwei Verurteilungen. Eine vor fünf Jahren wegen Unterschlagung. Mijnheer Holman hatte vergessen, seinem Chef 5000 Gulden zu übergeben, die er von einem Kunden eingenommen hatte. Der Richter hatte Vorsätzlichkeit als erwiesen angesehen. Drei Monate, davon zwei zur Bewährung ausgesetzt. Die zweite Verurteilung war wegen schwerer Körperverletzung. Ein Nachbarsjunge war in Holmans Garten über ein Rosenbeet gerannt. Holman hatte den Jungen erwischt und ihm einen Schlag versetzt. Der Junge war mit dem Kopf gegen einen Baum gefallen. Schädelbasisbruch. Drei Monate Gefängnis.

Ein unzuverlässiger, gewalttätiger Kerl, dachte de Gier, aber auf den Mann, der ihm jetzt gegenübersaß, schien diese Definition nicht zu passen. Holman sah freundlich aus, sogar sympathisch.

Was für ein netter Mann, dachte der Commissaris, schade, daß er so nervös ist.

Grijpstra hatte ebenfalls überlegt. Ihm war eingefallen, daß Holman mit Nüssen handelte. Grijpstra mochte Nüsse und kaufte regelmäßig welche, knusprig, frisch geröstet. Wenn ich jetzt korrupt wäre, dachte er, würde ich ihm einen ganzen Jutesack voll gemischte Nüsse abknöpfen, die er mir auch noch ins Haus bringen müßte, und ich würde sie alle auf einmal essen.

«Erzählen Sie uns doch mal etwas über Ihre Beziehung zu Mevrouw van Buren», sagte der Commissaris. «Wir interessieren uns sehr dafür. Die Frau ist tot. Wenn wir etwas mehr über sie erfahren würden, dann könnten wir ihren Mörder fassen. Dabei werden Sie uns doch wohl helfen wollen, denke ich.»

«Gewiß», sagte Holman, «aber natürlich will ich das. Ich war mit Mevrouw befreundet. Allerdings nicht sehr eng befreundet. Es kam übrigens durch meinen kleinen Jungen und seinen Ball dazu.»

«Ball?» fragte der Commissaris.

«Ja, den hatte er in den Schinkel fallen lassen. Er will immer, daß wir einen Spaziergang machen, und dann gehen wir sonntags morgens zum Schinkel. Wir parken den Wagen und gehen ein Stück zu Fuß. Manchmal spielen wir mit dem Ball. Ich spiele nicht gern Ball, deshalb wirft er ihn meistens selbst weg und holt ihn wieder. Aber einmal fiel der Ball ins Wasser. Der Junge ist erst vier Jahre alt und begann zu weinen. Ich habe noch gesagt, ich würde ihm einen neuen Ball kaufen, aber er wollte unbedingt *diesen* zurück haben. Ich konnte den Ball nicht erreichen und habe deshalb bei Mevrouw van Buren geklingelt, weil ich dachte, ich könnte ihn von ihrem Boot aus greifen. Damals kannte ich sie noch nicht.»

«Und sie hat gesagt, Sie könnten kommen?»

«Ja, sie war sehr nett und hilfreich.» Mijnheer Holman begann zu kichern. «Wir haben den Ball wiederbekommen, aber mein Sohn hat es geschafft, aus dem Fenster ins Wasser zu fallen.»

«Das muß ein netter Morgen gewesen sein», sagte Grijpstra und dachte an die vielen Sonntage, die er zusammen mit seiner Familie verbracht hatte. Seine Kinder fielen auch überall hinein.

«Ein sehr komplizierter Morgen», sagte Holman. «Wir mußten ihm seine Sachen ausziehen und trocknen. Es hat lange gedauert, bis ich wieder draußen war.»

«Fanden Sie das schlimm?» fragte der Commissaris.

«Haben Sie Mevrouw van Buren je gesehen?» fragte Holman.

«Nur ihre Leiche.»

«Ihre Leiche. Tja, das war vielleicht nicht so angenehm. Aber lebend war sie schön, ganz besonders schön.»

«Haben Sie sie gut kennengelernt?» fragte de Gier.

Mijnheer Holman begann zu schwitzen. Er nahm ein großes Taschentuch und trocknete sein Gesicht. «Nein, nicht auf die Weise, die Sie meinen.»

«Woher wollen Sie wissen, was ich meine?»

«Ich weiß, was Sie meinen. Aber so war es überhaupt nicht. Ich habe sie sonntags morgens immer nur besucht, und mein Junge war immer dabei. Ich bekam eine Tasse Kaffee und er ein Glas Limonade. Wir sind nie länger als eine Stunde geblieben.»

«Und Sie haben nur mit ihr gesprochen?» fragte der Commissaris.

Mijnheer Holman sagte nichts.

«Keine intime Freundschaft?»

«Nein, Mijnheer.»

«Wußte Ihre Frau, daß Sie immer zu Mevrouw van Buren gingen?» fragte der Commissaris.

Mijnheer Holman kicherte wieder. «Ja, das wußte sie. Mein Junge erzählte ihr immer von der ‹lieben Dame›. Meine Frau wollte die liebe Dame dann auch kennenlernen.»

«Und hat sie sie kennengelernt?»

«Natürlich nicht», sagte Holman.

«Sie starb am Samstag abend», sagte Grijpstra.

«Samstag abend», sagte Holman, «ja, das weiß ich. Das ist nicht so gut für mich.»

Die Polizisten warteten.

«An dem Abend war ich allein in meinem Büro. Ich bin gegen elf heimgegangen. Ich arbeite gern abends, weil man dann etwas schaffen kann. Niemand stört einen, kein Telefon.»

«Sind Sie in der Armee gewesen?»

«Nein, ich habe einen angeknacksten Rückenwirbel.»

«Und betreiben Sie Sport?» fragte der Commissaris.

«Ich halte nichts davon, hinter einem Ball herzurennen, aber einen Sport betreibe ich, in dem ich sogar gut bin. Vor einiger Zeit wäre ich beinahe Meister von Amsterdam geworden.»

«Billard?» fragte de Gier.

«Nein, Darts. Sie wissen, in England ist es sehr populär. Man wirft mit kleinen Pfeilen auf eine Scheibe. Ich habe einen Club gegründet und bin dessen Vorsitzender.»

«Ein Wurfspiel, wie?» fragte Grijpstra. «Können Sie dies auch werfen?» Ein aufgeklapptes Taschenmesser glänzte in Grijpstras Hand.

«Ja. Wohin soll ich damit werfen?»

«Auf diese Zigarrenkiste», sagte der Commissaris, «aber warten Sie, ich werde sie zuerst leeren.»

Der Commissaris stellte die Zigarrenkiste auf sein Bücherregal. «Sie können.»

Mijnheer Holman hatte sich erhoben und stand breitbeinig vier Meter von der Kiste entfernt. Es war totenstill im Zimmer.

«Da», sagte Holman.

Die Bewegung war so schnell gewesen, daß keiner sie gesehen hatte. Grijpstras Messer hatte das hölzerne Kistchen genau in der Mitte getroffen und war auf dem Regal liegengeblieben. Die Kiste war in zwei Teile gespalten.

Aber Holman freute sich nicht über seine Leistung. Er hatte begriffen. «Meinen Sie, das Messer ist geworfen worfen?» fragte er flüsternd.

«Welches Messer meinen Sie?» fragte der Commissaris.

«Das Messer, das Maria getötet hat.»

«Oh, das Messer», sagte der Commissaris, «ja, das wurde geworfen.»

Es war wieder still im Zimmer. Mijnheer Holman war gegangen, laut in sein Taschentuch schnaubend. Er hatte mehrmals versichert, daß er Maria van Buren nicht ermordet habe. Das Verhör hatte länger als eine Stunde gedauert.

«Und was halten die Herren davon?» fragte der Commissaris.

Grijpstra und de Gier starrten ihn an.

«Nun?»

«Schwer zu sagen», sagte Grijpstra.

Der Commissaris suchte sich eine Zigarre aus dem Haufen auf seinem Schreibtisch aus. «Ich muß mir eine neue Kiste suchen», murmelte er. «Und du mußt das Messer verschwinden lassen, Grijpstra. Kennst du das Waffengesetz nicht?»

«Ja, Mijnheer», sagte Grijpstra und steckte das Messer ein.

«Kein Motiv», sagte de Gier. «Der Mann hatte kein Motiv. Warum sollte er eine Frau ermorden, die nur schön war und ihm Kaffee anbot? Er gehörte nicht zu ihren Kunden, was auch schwierig gewesen wäre, wenn sein Sohn dabei ist und Limonade durch einen Strohhalm schlürft. Sie konnte ihn also auch nicht erpressen.»

«Wenn es stimmt, was er sagt», sagte Grijpstra.

«Ein Verdächtiger redet sich immer etwas ein», sagte der Commissaris.

«Vielleicht hatte er etwas mit ihr», sagte Grijpstra, «brauchte aber nicht dafür zu zahlen. Liebe. Das gibt es.»

«Dieser Klops?» fragte de Gier.

«Frauen suchen nicht immer männliche Schönheit», sagte der Commissaris, «sondern ganz andere Eigenschaften. Zuverlässigkeit, Bereitschaft, ihren Geschichten zuzuhören, Komplimente, Sicherheit.»

De Gier machte ein unzufriedenes Gesicht. Grijpstra warf ihm einen aufmunternden Blick zu.

«Es könnte sein», sagte der Commissaris, «daß er ihr wirklicher Liebhaber und eifersüchtig war.»

«Ja», sagte de Gier, «er brachte Rosen und Bonbonnieren mit, sagte Gedichte auf und warf ihr ein Messer in den Rücken.»

«Wir werden mit ihm weitermachen», sagte der Commissaris. «Ruft ihn morgen an, daß er um drei Uhr nachmittags bei mir sein soll.» Er stand auf und öffnete die Tür.

8

Das Wetter war umgeschlagen. Am kalten, strömenden Regen war nicht zu merken, daß Frühling war. Der Commissaris, in einer glänzenden, ledernen Polizeijoppe, lief weit vornübergebeugt gegen den Sturm an. Das schlechte Wetter hatte sein Rheuma verschlimmert, so daß er jetzt erkennbar hinkte. Er zwang sich, möglichst langsam zu atmen. Er wußte aus Erfahrung, daß langsames Atmen die Schmerzen verringerte. Er zwang sich auch zu anderen Gedanken. Er dachte an den Geheimdienst, was ihn so belustigte, daß die Grimasse des Schmerzes in ein Lächeln überging. Er fragte sich, wie viele Menschen wußten, daß der Geheimdienst neben den drei Zimmern im Polizeipräsidium noch ein Büro hatte, eine Art Hauptquartier. Er fragte sich auch, wie viele Menschen sich für die Tätigkeit des Geheimdienstes interessierten.

Vormittags hatte er den Hoofdcommissaris aufgesucht, damit der ihm Zutritt beim örtlichen Chef des Geheimdienstes verschaffte. Ein Telefongespräch hatte die Sache geregelt. Und jetzt befand er sich auf dem Weg dahin. Er kannte die Adresse bereits seit Jahren, aber er hatte nie einen Grund gehabt, in diese Höhle der Geheimnisse einzudringen.

Er wollte, er hätte diesen Besuch umgehen können, mußte sich aber eingestehen, daß dies nicht möglich war. Der Geheimdienst hatte die Polizei eingeschaltet, eine Tatsache, die er nicht negieren konnte. Der Geheimdienst hatte herausgefunden, daß Maria van Buren nicht die brave, einsame Hausfrau war, die sie vorgab zu sein.

Der Commissaris schüttelte den Kopf und murmelte etwas vor sich hin. Sie wußten noch immer nicht viel über die tote Frau.

Er war bei der Adresse angekommen, stand still und betrachtete den verwahrlosten Giebel. Die Nummer stimmte. Er lächelte. Er kannte das Haus. Er lächelte noch einmal. Das Haus war sehr bekannt. Er war einige Male dort gewesen, aber vor langer Zeit. Vor 35 Jahren, lange vor dem Krieg. Damals hatte das Haus viel besser ausgesehen: ein vornehmes Haus, für die Nichteingeweihten eine Patrizierwohnung. Aber wer drinnen gewesen war, wußte es besser. Dicke rote Samtvorhänge, Gardinen aus bester belgischer Spitze und zierliche viktorianische Möbel im Überfluß. Ein Haus, speziell eingerichtet, um die Gelüste der reichsten Männer der Stadt zu befriedigen. Sein plötzlich aktiviertes Gedächtnis produzierte eine Serie bunter Bilder. Er sah das Gesicht der Madame wieder vor sich und das javanische Mädchen Mimi, das sich einem Gast nie länger als eine halbe Stunde widmen konnte. Und dann mußte der Gast außer viel Geld auch noch Glück im Spiel haben, denn der Gewinner hatte auch die Wahl der schönsten Frau. Mimi hatte ihr eigenes Zimmer, das Spiegelzimmer in der ersten Etage. Der Commissaris, damals noch einfacher Inspecteur, war für einige Stunden in dem Zimmer gewesen, irritiert durch sein Spiegelbild, das ihm aus allen möglichen Ecken entgegenblickte. Das war an dem Abend gewesen, als der alte Herr de V. tot in dem Zimmer gelegen hatte. Und der alte Herr de V. war kein schöner Anblick gewesen, da alle Lampen brannten. Ein Herzanfall, aber der Arzt hatte ein Verbrechen vermutet und die Polizei gebeten, sich das anzusehen. Ein langer Abend, der auf den noch unerfahrenen Geist des damaligen Inspecteur einen tiefen Eindruck gemacht hatte.

Madame hatte ihn an dem Abend angelacht. Der Mijnheer Inspecteur sei immer willkommen, hatte Madame gesagt. Wenn er am nächsten Dienstag etwa um zehn Uhr abends noch einmal vorbeikommen wolle, dann werde sie es ihm etwas gemütlicher machen. Er war an dem Abend hingegangen. Madame hatte ihn verwöhnt. Die Wahl unter den vier schönsten Mädchen, das Spiegelzimmer, Champagner gratis. Die zweite Flasche hatte er selbst bezahlt, aber sie war für ihn viel billiger gewesen.

Der alte Mann in der ledernen Polizeijoppe richtete sich auf, als sein Gedächtnis von den Erinnerungen an damals überflutet wurde. Es war ein schöner Abend gewesen. Ein französisches Mädchen, eine echte Französin, die über die bizarren Satzkonstruktionen gekichert hatte, in denen er seine Komplimente verpackte. Sie hatte seine Fehler verbessert und seine Hände gestreichelt, als die Spannung vorüber war.

Später war er noch einmal in dem Haus gewesen, offiziell, in Uniform. Ein Kunde, glücklicherweise ein Ausländer, hatte eines der Mädchen mit einer silbernen Gabel verletzt. Die Verletzung war zwar nicht schwer, aber der Kunde wurde festgenommen und abgeführt. Er und das Mädchen hatten Kaviar auf Toast gegessen, als der Streit entstand. Die kleinen schwarzen Fischeier hatten sich mit Blut vermengt, eine Zeichnung aus warmem Rot und tiefem Schwarz auf dem alabasterweißen Körper der Frau. Ein gruseliges Kunstwerk, aber dennoch attraktiv.

Und jetzt suchte er das Haus zum viertenmal auf. Er klingelte. Würden die gegenwärtigen Bewohner die Geschichte des Hauses kennen? Wahrscheinlich nicht, dachte der Commissaris. Und je länger er wartete, desto sicherer war sich der Commissaris, daß sie sie nicht kannten.

Ein langsames, schlurfendes Geräusch näherte sich, die Tür ging ächzend auf. Ein alter Mann in der Dienstuniform der Stadt, am Kragen der Jacke die drei kleinen Kreuze von Amsterdam, sah den Commissaris an. Dem Commissaris schauderte. Der Mann hatte kein Gesicht, sondern eine Maske. Aus Kitt, dachte der Commissaris, aus altem, ausgetrocknetem Fensterkitt.

Die Maske dieses neuen Portiers war so ausdruckslos, daß der Commissaris sich fragte, warum er überhaupt geklingelt hatte. «Ich habe eine Verabredung mit Ihrem Direktor», sagte er schließlich und nannte seinen Namen.

Der Portier verbeugte sich leicht und richtete sich dann wieder auf. Dann trat er zur Seite.

Vielleicht war der Alte taubstumm, aber die Verbeugung hatte Dienstbarkeit ausgedrückt, und der Commissaris war zufrieden, daß seine Autorität zumindest anerkannt wurde.

Die Tür schloß sich hinter ihm. Er wurde die Treppe hinaufgeführt. Das Ziel war anscheinend das Spiegelzimmer. Der Commissaris lachte laut auf und erwartete, daß der Portier stehenbleiben und um eine Erklärung für die plötzliche Fröhlichkeit bitten würde.

Die Tür wurde geöffnet.

Die Spiegel waren fort.

Aber die Sessel mit breit auslaufendem Rücken und geschwungenen Seitenlehnen standen noch dort. Der Commissaris fühlte sich enttäuscht. Einst hatte er auf demselben Sessel gesessen, den ihm sein Gastgeber anbot, nachdem er ihm beim Ablegen der Joppe geholfen hatte. Damals war er aufgeregt gewesen, jetzt nur noch gelangweilt. Seine Joppe hing an einem Kleiderständer, gekrönt vom tropfenden Hut.

«Schlechtes Wetter», bemerkte sein Gastgeber.

«Ja, wirklich», bestätigte der Commissaris und fragte sich, wie er den Mann anreden mußte, einen Konteradmiral der Königlichen Marine. Einfach Konteradmiral? Das klang nicht sehr gut. Also mit Mijnheer. Das wird also aus den alten Marineoffizieren, dachte der Commissaris. Die Schiffe binden sie irgendwo fest und gehen von Zeit zu Zeit mit dem Farbpinsel darüber; die Männer kommen im Regierungslabyrinth in ein Büro und die ältesten zum Geheimdienst.

Der Konteradmiral war alt, reif für die Pensionierung. Seine Füße steckten in Pantoffeln. Der linke hatte ein Loch, aus dem ein mit grauer Wolle bekleideter Zeh sah. Der Konteradmiral hatte einen Schildkrötenkopf, vertrocknet mit geduldigen Augen, die zwischen Hautfalten versteckt waren. Der Commissaris mochte Schildkröten und hielt eine in seinem Garten. Sie hatte keinen Namen, aber er beschloß, sie «Konteradmiral» zu nennen, dann konnte er sie rufen, wenn er ihr ein Salatblatt brachte. Aber sie würde dennoch nicht kommen, denn ihr war alles gleichgültig. Er nickte beifällig. Gleichgültigkeit war eine menschliche Eigenschaft, die er an anderen bewunderte und sich selbst gern angeeignet hätte.

«Ja», sagte der Konteradmiral, «der Fall van Buren. Die arme Frau ist ermordet worden, nicht wahr?»

«Ermordet», sagte der Commissaris.

«Traurig.»

«Ja», sagte der Commissaris und nickte anteilnehmend.

Die beiden sahen einander nicht an. Der Konteradmiral hatte seine Augen hinter den Hautfalten versteckt und der Commissaris seine geschlossen. Seine Beine schmerzten wieder. Er benötigte seine ganze Willenskraft, um seinen Atem zu regulieren. Eine Uhr tickte langsam. Die Tür ging auf und wieder zu. Auf dem Schreibtisch des Konteradmirals wurde ein Kaffeeservice abgestellt, Kanne, Zuckertopf und Sahnekännchen sowie zwei Tassen und Untertassen, alles aus den Tagen des Bordells. Der Commissaris sah es, aber er hatte den Zusammenfluß von Vergangenheit und Gegenwart akzeptiert und war weder erstaunt noch amüsiert.

Der Konteradmiral holte tief Atem, wartete kurz und sagte dann: «Wir würden der Polizei gern behilflich sein.»

Der Commissaris atmete ruhig und zählte beim Einatmen bis vier und beim Ausatmen bis sechs.

«Aber ich fürchte, wir können nicht viel für Sie tun.»

Die Schmerzen hatten nachgelassen. Der Commissaris suchte in seinen Taschen.

«Eine Zigarre?»

«Ja, bitte.»

Die Zigarren brannten.

«Sehen Sie, wir wissen nicht viel», sagte der Konteradmiral.

Der Commissaris zog an seiner Zigarre.

«Mevrouw van Buren hatte offenbar mehrere Liebhaber. Der amerikanische Geheimdienst schickte uns ein Fernschreiben, daß sie mit einem Colonel befreundet sei, der ein Experte für die atomare Kriegführung ist. Ob wir die Dame im Auge behalten wollten.»

«Ja», sagte der Commissaris.

«Aber wir werden um so vieles gebeten und kommen nicht immer dazu.»

«Nein.»

«Aber dann fingen auch die Belgier an. Eine gewisse Mevrouw van Buren habe eine Bekanntschaft mit einem ihrer Diplomaten angeknüpft. Und dieser Mann sei für Fragen der Sicherheit des Staates verantwortlich.»

«Also haben Sie gedacht, daß wirklich etwas daran ist?»

«Wir denken nicht viel», sagte der Konteradmiral.

«Nein?»

«Nein. Schlüsse ziehen ist eine Kunst. Wir haben die Nachricht an die Polizei weitergegeben.»

«Stimmt», sagte der Commissaris.

Es war das letzte Wort. Nach einer Minute stand er auf. Er hatte seine zweite Tasse Kaffee getrunken und die Zigarre in einem silbernen Aschbecher ausgedrückt. Er bekam noch einen Händedruck. Die Hand des Konteradmirals war kräftig und trocken.

«Seit wann haben Sie Ihr Büro schon in diesem Haus?» fragte er an der Tür.

«Seit zehn Jahren», sagte der Konteradmiral.

«Staatseigentum?»

«Natürlich», sagte der Konteradmiral. «Wieso?»

«Nur so», sagte der Commissaris. «Ich habe mich nur gefragt, wie der Staat an dieses Haus gekommen ist.»

«Gekauft, glaube ich», sagte der Konteradmiral freundlich.

Wir erhalten von allen Seiten Informationen, überlegte der Commissaris, als er zum Präsidium zurückging, aber alle sind negativ. So kommen wir wieder dort an, wo wir bereits waren, nirgendwo.

Diese Folgerung erheiterte ihn. «Ein schwieriger Fall», sagte er leise, «nirgendwo ein Ansatzpunkt.»

In zehn Tagen würde der Hoofdinspecteur zurück sein. Er hatte keine Lust, seinem Untergebenen zu sagen, daß er noch nichts wisse. Er zuckte mit den Achseln. Er würde nichts übereilen, sondern nach Vorschrift arbeiten. Keine Hast. «Hast ist ein fundamentaler Fehler», sagte er laut und fragte sich, woher er diese Weisheit hatte. Ihm fiel es wieder ein. Aus einer chinesischen Novelle, die er vor einigen Wochen gelesen hatte. Er las viele chinesische Erzählungen. Auch Philosophie, am liebsten im Bad, vor allem, wenn er Schmerzen hatte. Chinesische Weise waren wirklich weise, fand der Commissaris. Sie ließen sich nicht hetzen, machten sich keine Sorgen und wurden nie böse. Zumindest in den Büchern. Und sie waren schon zu lange tot, so konnte man nicht mehr kontrollieren, ob sie ihre Weisheiten auch im täglichen Leben praktizierten. Und das war nur gut. Er wurde allmählich zu alt, um eine Enttäuschung zu erleben. An irgend etwas muß man sich festhalten können. Oder nicht?

Aber sein Grübeln führte zu weit. Er dachte wieder an den Abend im Bordell, als er noch leicht beeinflußbar gewesen war. Ein Septemberabend im Jahre 1938, ein junger, gesunder und starker Mann, frisch gebadet, ein Mädchen mit schmalen Hüften und großen, stehenden Brüsten, Spiegel und Champagner.

«Morgen, Mijnheer», sagte ein uniformierter Brigadier in der Halle des Präsidiums. «Wie geht's heute morgen?»

«Ausgezeichnet, Brigadier. Schönes Wetter heute.»

«Für Frösche», sagte der Brigadier, «und für höhere Vorgesetzte», fügte er leise hinzu.

«Ruf die Polizei in Curaçao noch mal an», sagte der Commissaris zu seiner Sekretärin, «Hoofdinspecteur da Silva in Willemstad.»

Der Anruf kam innerhalb von zehn Minuten durch.

Die Verbindung war schlecht, so daß der Commissaris seine Worte immerzu wiederholen mußte. Der Hoofdinspecteur war sehr gefällig. Ja, er habe sich der Sache angenommen. Mevrouw van Buren war die Tochter von Mijnheer de Sousa aus Curaçao. Ja, Mijnheer de Sousa sei ein wichtiger Mann. Nein, er habe nichts gefunden, was eine Verbindung zwischen Maria van Buren und ihrem vorzeitigen Tod herstelle. Es tue ihm leid, aber dem könne er nichts hinzufügen.

Der Commissaris seufzte und wählte auf der Drehscheibe eine zweistellige Nummer. «Den Hoofdcommissaris bitte», sagte er höflich.

Er wartete. «Morgen, Mijnheer. Der Geheimdienst wußte nichts.»

«Die wissen nie etwas», sagte der Hoofdcommissaris.

«Ich glaube, ich müßte mal nach Curaçao.»

Das Telefon schwieg. Der Commissaris starrte konzentriert auf die Wand vor ihm.

«Wenn Sie es für nötig halten...»

«Vielen Dank», sagte der Commissaris, «ich fliege morgen früh.»

9

«Knöpf dein Hemd zu», sagte Grijpstra, «dein Unterhemd ist zu sehen, ein orangefarbenes Unterhemd.»

Es klang erstaunt.

«Hast du noch nie ein orangefarbenes Unterhemd gesehen?» fragte de Gier.

«Nein. Und ich will auch keines sehen.»

De Gier fummelte an seinem Hemd herum.

«Der Knopf ist ab», sagte Grijpstra und beugte sich vor. «Ha!»

«Was heißt hier ‹ha›?» fragte de Gier.

«Du wirst dick», sagte Grijpstra triumphierend.

De Gier sprang auf und lief hinaus. Grijpstra lief ihm nach. De Gier blieb vor dem großen Spiegel im Korridor stehen, den ein Hoofdcommissaris hatte anbringen lassen, der wollte, daß seine Männer ordentlich aussahen.

«Stell dich normal hin», sagte Grijpstra, «atme ein! Du wirst ersticken, wenn du immerzu nur ausatmest.»

«Dick», sagte de Gier.

«Ein kleines bißchen dick», sagte Grijpstra, «das ist ganz normal in deinem Alter. Die Muskeln verlieren ihre Elastizität, der Magen springt etwas vor. Deswegen brauchst du dir keine Sorgen zu machen.»

«Nein.»

«Aber es kann natürlich schlimmer werden. Ich hatte einen Onkel, der hatte eine Figur wie du. Zuletzt mußte er ein Korsett tragen. Aber was kümmert dich mein Onkel? Hast du die Notiz vom Commissaris gelesen, die auf meinem Schreibtisch liegt?»

«Ja», sagte de Gier, «ich lese alle Papiere auf deinem Schreibtisch. Er ist nach Curaçao geflogen und wird wohl einige Tage fortbleiben, und inzwischen können wir mit den Ermittlungen weitermachen.»

Grijpstra nickte.

«Und was hast du vor?» fragte de Gier.

«Komm mit.»

De Gier ging mit und landete mit Grijpstra am Kaffeeautomaten. Grijpstra wartete, bis de Gier die passenden Münzen gefunden hatte. Der Automat funktionierte.

«Ich bin mitgegangen», sagte de Gier. «Und jetzt?»

«Keine Ahnung», sagte Grijpstra. «Wir könnten Mijnheer Holman noch einmal anrufen und ihn bitten, hierherzukommen.»

«Das haben wir bereits gestern getan.»

«Und vorgestern.»

«Und wenn er kommt, wird er wieder weinen.»

«Er hat es nicht getan», sagte de Gier.

Grijpstra lehnte an der geweißten Wand und trank einen Schluck Kaffee.

«Und warum soll er es nicht getan haben? Er gab zu, daß er Mevrouw van Buren auch ohne seinen Sohn besucht hat. Zuerst behauptete er immer, das Kind sei jedesmal mitgegangen, aber später räumte er ein, er sei auch allein auf dem Schiff gewesen.»

«Nur am Sonntagmorgen.»

«Ja, das sagt er, aber warum sollte er nicht am Sonntagmorgen mit ihr geschlafen haben? Sonntag ist ein schöner Tag für die Liebe.»

«Der kleine dicke Kerl?»

«Hör doch auf», sagte Grijpstra. «So dick ist er gar nicht, nicht dicker, als du in einigen Jahren sein wirst. Und er hat ein nettes Äußeres, ist höflich, freundlich, vielleicht sogar liebenswürdig. Ein liebenswürdiger Mann, der ihr ein Gefühl von Sicherheit gab. Vielleicht ließ sie sich von ihm hätscheln, oder er sich von ihr. Ihre zahlenden Kunden hätten so etwas nie erwogen. Die wollten gleich zur Sache kommen. Denn dafür zahlten sie ja auch. Der Colonel, der Diplomat und unser Freund Drachtsma sind alle große Kerle mit breiten Schultern, hübsch und dynamisch. Vielleicht hatte sie die Nase voll von ihren interessanten Köpfen und dicken Muskeln. Und dann kommt der liebenswürdige, gutgelaunte, sanfte Mijnheer Holman und wird ihr wirklicher Liebhaber. Sonntags morgens.»

«Ja», sagte de Gier, «herrlich. Romantisch. Dann tranken sie zusammen eine Tasse Kaffee oder Milchschokolade oder so ein ekelhaftes Gemisch, das man in Dosen kaufen kann und gut für die Nerven sein soll. Danach haben sei einander ein wenig gehätschelt, er stieß einen kleinen Seufzer des Glücks aus, zog seinen Anzug wieder an und ging munter nach Hause.»

«Genau. Aber er wurde es leid und wollte sie verlassen, aber sie wollte nicht und drohte, sie würde alles seiner Frau erzählen. Und dann ist er für einige Tage ins Schwitzen geraten, bis er auf die Idee kam, als er wieder einmal Darts spielte, etwas Drastisches zu unternehmen. Dann sah er zufällig im Schaufenster eines Gebrauchtwarengeschäfts das schöne Messer, kaufte den Dolch, nahm ihn mit nach Hause und übte damit. Am Samstag abend ging er auf das Boot und warf ihr das Messer in den Rücken. Swisch. Plop.»

«Nein», sagte de Gier.

«Warum nicht? Gewalttätig genug ist er. Ein kleiner Junge tritt unglücklicherweise auf einen frisch gepflanzten Strauch in seinem Garten, und Holman versetzt ihm einen solchen Schlag, daß er mit einem Schädelbasisbruch ins Krankenhaus kommt. Und unzuverlässig ist er auch. Sein Chef hat ihm vertraut, und er hat einige tausend Gulden geklaut, als er dachte, niemand achte auf ihn. Du hast seine Akte gelesen, nicht wahr?»

«Ja.»

«Nun?»

De Gier ging zum Fenster und schaute hinunter auf den Innenhof, wo vier gestohlene Autos, die nachts von Kripobeamten gefunden worden waren, auf ihre rechtmäßigen Besitzer warteten. Er kratzte sich nachdenklich die linke Hinterbacke.

«Ja», sagte de Gier, «es könnte sein. Aber ich glaube es nicht. Du könntest jedoch recht haben. Seine Nerven sind hin von den wenigen Verhören, obwohl wir ihm gegenüber noch nicht einmal unangenehm geworden sind. Wenn wir ihn etwas fragen, trocknet er gleich sein Gesicht mit einem großen Taschentuch, kriegt Tränen in die

Augen und fängt an zu weinen. Und er hat kein Alibi. Aber er hat dein Messer ohne Bedenken auf die Zigarrenkiste des Commissaris geworfen. Da stimmt etwas nicht. Warum mußte er uns zeigen, wie gut er mit dem Messer werfen kann?»

«Ja», sagte Grijpstra, «das war etwas dumm von ihm. Oder auch sehr schlau. Er wußte, wir würden erfahren, daß er der örtliche Dartsmeister ist.»

«Ein genialer Mann», sagte de Gier, «und dazu der ideale Liebhaber. Meinst du, wir sollten ihn festnehmen?»

«Nein», sagte Grijpstra, «dazu reicht unser Beweismaterial nicht aus.»

«Nein», sagte de Gier, «aber wenn du willst, könnten wir noch eine Weile so weitermachen. Ihn jeden Tag herbestellen und weiternörgeln. Und hin und wieder bei ihm zu Hause anrufen und eine gemeine Frage stellen.»

Grijpstra antwortete nicht.

«Aber das gefällt mir nicht», sagte de Gier, «dieses Scheißspiel. Als wir es das letzte Mal gespielt haben, bekam der arme Kerl einen Nervenzusammenbruch. Später hörte ich, daß seine Frau ihm davongelaufen wäre.»

«Sie ist zu ihm zurückgekommen.»

«Und der Mann hatte es nicht getan», sagte de Gier.

«Eine unangenehme Sache», sagte Grijpstra.

«Wir haben frei», sagte de Gier und sprang auf, «und wir sitzen hier nur herum. Wir haben keinen Chef und keine Pläne. Komm mit.»

«Wohin? Es regnet.»

«Zu meiner Wohnung», sagte de Gier.

Eine Viertelstunde später waren sie im Van-Nijenrode-Weg, wo de Gier eine Platte auflegte.

«Möchtest du einen Pfannkuchen?»

«Ja», sagte Grijpstra, «aber nimm die Katze mit in die Küche, und schließ die Tür, ich möchte mir in Ruhe die Platte anhören.»

«Komm mit, Olivier», sagte de Gier, «du kannst ihn dir später vornehmen. Laß ihn ruhig der Musik zuhören, dann entspannen sich seine Muskeln, und du kannst gut hineinbeißen.

«Pfannkuchen», sagte er eine Viertelstunde danach, «die du so gerne magst. Sechs dicke Pfannkuchen. Drei für dich. Du kannst Honig oder Sirup oder Heidelbeermarmelade dazu haben.»

«Marmelade», sagte Grijpstra, «und den Kaffee kannst du hier absetzen. Sind Zigarren in der Kiste?»

«Bediene dich», sagte de Gier.

«Paß auf die Katze auf, sie schaut mich an.»

Olivier reckte sich und begann seine Krallen an der Seite des Bücherschranks zu schärfen, während er Grijpstra anstarrte.

«Scheißkatze», sagte Grijpstra, «was ist nur mit dir, daß du die Katze behalten willst? Ich würde gern die Ergebnisse deines psychologischen Tests sehen.»

«Ja, nicht wahr?» sagte de Gier. «Und ich war sehr intelligent und überhaupt nicht aggressiv. Geeignet für die Kripo. Und das Tier heißt Olivier, nicht Scheißkatze. Und er schläft in meinem Arm.»

«Bah», sagte Grijpstra. Er aß seine Pfannkuchen, rülpste und zündete seine Zigarre an.

De Gier legte eine andere Platte auf. Gemeinsam lauschten sie der Kirchenmusik, einer Orgel, die Bach spielte. Olivier sprang auf Grijpstras Schoß, schnurrte und schlief ein. De Gier lag auf dem Fußboden, den Kopf auf die Arme gelegt. Die Platte war zu Ende.

«Herrlich», sagte de Gier und öffnete die Augen. Er kraulte Olivier hinter den Ohren. Der Kater erwachte und begann zu schnurren.

«Siehst du?» fragte de Gier.

«Vielleicht.»

«Wäre der Commissaris von Holmans Schuld überzeugt gewesen, dann wäre er nicht nach Curaçao geflogen.»

«Warum nicht?» fragte Grijpstra. «Curaçao ist eine tropische Insel. Der Commissaris hat immer Schmerzen in den Beinen. Rheuma ist bei warmer Witterung weniger schmerzhaft. Jetzt sitzt er noch im Flugzeug, aber bald wird er auf der Terrasse eines Hotels im Liegestuhl liegen. Und neben ihm sitzt ein Inspecteur und erzählt ihm, was man dort über Maria van Buren weiß. Er muß ihre Vergangenheit untersuchen. Wenn man das Opfer kennt, dann kennt man den Mörder. Das war die erste Weisheit, die ich bei der Kripoausbildung gelernt habe.»

«Was kostet ein Flug nach Curaçao und zurück?» fragte de Gier.

«Weiß ich nicht. Vielleicht 1500 Gulden. Der Staat bezahlt, und zwar mit Recht.»

«Wir können den Fall nicht lösen, während der Commissaris in Curaçao ist», sagte de Gier, «das wäre unhöflich. Aber wir können weitermachen.»

«Sie hat den Diplomaten nicht erpreßt», sagte Grijpstra.

«Warum nicht?»

«Der Mann ist nicht einmal verheiratet.»

De Gier setzte sich aufrecht hin. «Du vergißt den Geheimdienst. Der sitzt ebenfalls in dieser Sache drin. Vielleicht hat sie dem Diplomaten Geheimnisse entlockt, der deswegen besorgt war.»

«Ha», sagte Grijpstra, «Geheimnisse! Was für Geheimnisse? Belgien führt keinen Krieg. Die Leute sind wie wir. Ein kleines, vollgefressenes Land, das seine Zeit benutzt, um Dinge herzustellen und zu verkaufen. Mit Gewinn.»

«Genau», sagte de Gier, «Handels- oder Produktionsgeheimnisse. Erfindungen. Geheimnisse, die eine Wirtschaft zerrütten können, wenn sie keine mehr sind. Es gibt Länder –» er sprach leiser –, «die nichts schöner finden, als die Wirtschaft anderer Länder zu ruinieren. Vielleicht hat es mit der Europäischen Gemeinschaft zu tun. Diplomaten wissen immer zuviel, und schöne Frauen lauern auf sie, um sie auf ihre Hausboote zu locken. Und dort prahlen die Diplomaten gewaltig, während das Tonbandgerät läuft.»

«Ach, nein», sagte Grijpstra unzufrieden, «nicht unser Diplomat. Das ist ganz und gar kein Prahler. Der Mann verschwendet seine Zeit nicht. Er ging zu ihr, um mit ihr zu schlafen. Er spielte mit ihr oder ließ sie mit sich spielen. Und dann zog er seinen Anzug wieder an, stieg in seinen blanken schwarzen Citroën und fuhr nach Hause.»

«Verdächtigst du den Mann wirklich nicht?»

«Nein», sagte Grijpstra.

«Und den Colonel?»

Grijpstra zögerte.

«Nein?»

«Der Colonel lebt von seiner Frau getrennt. Sie wird sehr wohl verstehen, daß er nicht allein schläft.»

«Gut», sagte de Gier, «deswegen also keine Erpressung. Aber dann wegen Atomwaffen?»

«Ja, aber das ist nicht unsere Angelegenheit. Der Colonel wird jetzt von der amerikanischen Militärpolizei ausgequetscht. Und wir können nichts tun. Sein Alibi ist in Ordnung.»

«Und ein bezahlter Mörder?» fragte de Gier. «Amerikaner erschießen einander für einen Kaugummi. Mir scheint, ein Colonel sollte keine Schwierigkeiten haben, einen Mann in einer Kommandoeinheit oder einen Ranger zu finden oder einen Spezialagenten, oder wie sie ihre Mörder nennen, und ihn mal kurz nach Amsterdam zu schikken.»

«Das meinst du?» fragte Grijpstra freundlich.

«Nein», sagte de Gier.

«Und warum nicht?»

«Weil der Commissaris es nicht glaubt. Er hat den Colonel verhört.»

«Tja», sagte Grijpstra, «sehr gut ist dieses Argument natürlich nicht, aber ich bin deiner Meinung.»

«Nun», sagte de Gier, «dann bleibt nur noch unser Freund übrig.»

«IJsbrand Drachtsma», sagte Grijpstra, dem die beiden Worte wie Steine aus dem Mund fielen.

«Er hat ein Alibi.»

«Und er ist auch sehr reich», sagte Grijpstra.

«Sollte er die deutschen Geschäftsleute bestochen haben?»

Grijpstra schüttelte den Kopf. «Nein. Wenn die drei Herren sagen, sie seien an dem Abend bei Drachtsma zu Hause auf Schiermonnikoog gewesen, dann wird es schon so gewesen sein. Ich dachte an etwas anderes. Schiermonnikoog ist mit dem Festland durch eine Fähre verbunden, die zweimal täglich verkehrt. Aber er kann ein anderes Verkehrsmittel benutzt haben.»

«Ein Motorboot und ein Auto?»

«Nein, das hätte zu lange gedauert.»

«Was denn? Ein Flugzeug? Ein Hubschrauber?»

«Sein Flugzeug stand in Hilversum, das haben wir überprüft.»

«Ein Charterflugzeug, das am Strand starten kann?»

«Ja, das dachte ich», sagte Grijpstra. «Aber es ist unwahrscheinlich. In den Niederlanden wohnen 13 Millionen Menschen, und einer von ihnen hätte es gesehen.»

«Schade», sagte de Gier. «Drachtsma kann ich nämlich nicht ausstehen. Der Diplomat war ein kalter Frosch, aber ich mochte ihn dennoch. Und mit dem Colonel würde ich auch auskommen, aber Drachtsma macht mich schaudern.»

«Wirklich?»

«Ja. Der Kerl ist 1943 nach England entkommen, als die Deutschen jeden Zentimeter Strand beobachteten. Mit einem Ruderboot, dessen Außenbordmotor nach kurzer Zeit streikte. Kannst du dir das vorstellen? Vor sich zwanzig oder dreißig Stunden und hinter sich am Strand tausend stechende Blicke. Deutsche Augen, die unter dem Rand des Stahlhelms hervorspähen. Und überall Maschinengewehre und Kanonen sowie Jagdflugzeuge in der Luft, und man sitzt da und bastelt an einem nicht funktionierenden Motor herum, während die Gefährten rudern und vor Nervosität die Riemen ins Wasser fallen lassen.»

«Ich würde es lustig finden», sagte Grijpstra.

«Vielleicht. Ich hätte dabei gern mitgemacht, aber ich war damals noch ein kleiner Junge. Wo warst du?»

«Auf einem Bauernhof untergetaucht. Ich habe damals versucht, ein altes Motorrad zu reparieren, ein Wrack, das im Speicher stand. Ich habe vierhundert Abende daran gearbeitet, aber als der Krieg vorbei war, lief es noch immer nicht.»

«Wird dir von Drachtsma nicht speiübel?» fragte de Gier.

«Warum? Ich habe nichts zu verlieren. Aber er irritiert mich. Man hat ihn aufs hohe Pferd gesetzt. Er hat sein Leben lang immer gewonnen und glaubt jetzt, er sei Gott.»

«Hast du denn so viel verloren?»

«Nein», sagte Grijpstra, «oder vielleicht doch. Aber das spielt keine Rolle. Erinnerst du dich, wie er sich uns gegenüber benahm? Das arrogante Lächeln auf seiner reichen Kaufmannsvisage?»

«Er lachte auf uns herab.»

«Natürlich. Es sah zwar ganz freundlich aus, aber wir hätten auf der Stelle verrecken können, wenn es nach ihm gegangen wäre.»

«Aber er hat es nicht getan», sagte de Gier, «weil er nicht dort war. Dieser boshafte Kerl. Ich hatte den jungen Cardozo im Korridor postiert, du weißt schon, den neuen Kripobeamten, der immer die braune Jacke aus imitiertem Pelz trägt, der mit den langen Haaren. Er sieht ein wenig wie ein Musiker aus.»

«Ja?»

«Es ist immer interessant, zu sehen, wie sich ein Verdächtiger nach einem Verhör benimmt. Cardozo ist zusammen mit ihm nach unten gegangen bis zum Beamten vom Dienst, und zwar so, als müsse er ebenfalls in diese Richtung. Der Beamte hat auf den Knopf gedrückt, mit dem sich das Schloß der Eingangstür öffnet. Die Tür geht nach außen auf. Weißt du, wie Drachtsma hinausging?»

«Nein.»

«Er trat mit seinem großen, schwerfälligen Fuß gegen die Tür und ließ einen fahren. Einen knatternden Furz.»

«He», sagte Grijpstra.

«Aber warum mußte Maria van Buren sterben?» fragte de Gier.

«Erpressung», sagte Grijpstra, «was sonst? Drachtsma ist verheiratet. Er hat ein Haus in Schiermonnikoog, eines in Amsterdam, Flugzeug, Yacht, Autos und so weiter. Und natürlich einen Batzen Geld auf der Bank. Und davon wollte Maria etwas haben. Sie wurde ja auch nicht jünger und hat die Sache auf die Spitze getrieben.»

«Dann müssen wir mit Mevrouw Drachtsma reden.»

«Hoho», sagte Grijpstra, «wir müssen überhaupt nicht reden. Wir müssen herumschnüffeln. Und ich möchte mal wieder nach Schiermonnikoog. Ja.»

Er stand auf, vergaß jedoch Olivier, der plötzlich erwachte und seine Krallen in Grijpstras Fleisch schlug. Grijpstra schrie, aber Olivier hielt fest. Grijpstra ging zurück bis an den Bücherschrank. Eine Vase fiel herunter und zerbrach. Olivier bekam einen Wasserspritzer ins Auge, ließ los, rannte geduckt davon und sprang de Gier an. Es dauerte eine Weile, ehe wieder Ruhe herrschte.

«Was für ein Biest», sagte Grijpstra. «Eigentlich sollten alle so eine Katze haben. Hat man ein solches Raubtier in seiner Umgebung, ist man immer auf der Hut. Sprich deswegen mal mit dem Hoofdcommissaris, vielleicht stehen wir mit Katze immer bereit.»

«Vielen Dank. Ich bin froh, daß du Olivier akzeptierst. Schiermonnikoog sagtest du. Wann?»

«Morgen», sagte Grijpstra, «mit der ersten Fähre. Aber wir wollen nichts übereilen. Es ist eine schöne Insel. Ich bin in den Ferien einmal mit meiner Familie dort gewesen. Damals habe ich auch den örtlichen Polizeichef kennengelernt, einen Adjudant, der Vögel gern hat. Wir können als Touristen gehen und uns umsehen. Und warum auch nicht? Der Commissaris stöbert ebenfalls auf einer Insel herum.»

«Gut», sagte de Gier. «Und was wirst du heute nachmittag tun?»

«Ich gehe zum Pistolenschießen in den Keller und dann zur Waffenkammer, wo ich so lange quengeln werde, bis man mir einen Karabiner gibt. Anschließend suche ich jemand, der mir das Messerwerfen beibringt. Und wenn ich etwas mit dem Messer getroffen habe, gehe ich nach Hause.»

«Das wird dann wohl morgen früh sein, wenn sie dein Messer nicht vorher beschlagnahmen.»

Grijpstra nahm das Telefon und wählte eine Nummer. «Die Fähre geht morgen früh um zehn Uhr.»

«Drei Stunden Fahrt», sagte de Gier, «ich werde dich um sieben abholen.»

«Nichts da. Autos dürfen nicht auf die Insel. Wir fahren mit dem Zug, der um sechs geht. Wir treffen uns um zwanzig vor sechs auf dem Bahnhof.»

10

Die KLM-Maschine setzte zur Landung auf den Flughafen Plesman an, als der Commissaris erwachte. Sein kleines, verwelktes Gesicht zeigte einen fast begierigen Ausdruck, und er gestand sich seine Aufregung gutmütig ein. Er hatte immer gern reisen wollen, war aber nie dazu gekommen. Außer an die Südküste von Frankreich, wohin er regelmäßig im Urlaub fuhr. Früher in billige Hotels, später in ein gemietetes Ferienhaus. Sonst kannte er die Welt nur aus Büchern, die er sammelte und auf dem Straßenmarkt im Oudemanhuispoort in der Innenstadt von Amsterdam mit großem Vergnügen kaufte. Gleich nachdem er nach Hause gekommen war und seiner Frau gesagt hatte, daß er am nächsten Morgen fliegen werde, hatte er sich die Bücher über Curaçao noch einmal angesehen. Und während seine Frau nervös Schranktüren öffnete und schloß und das Bett mit Kleidungsstükken bedeckte, suchte er seinen Paß, die Fläschchen und Tuben mit schmerzstillenden Mitteln und blätterte in einem dünnen Gedichtband. Der Dichter hatte auf der Insel gelebt. Er las einige Zeilen laut und wiederholte mehrere Worte. «Cunucu», sagte der Commissaris.

«Ja, Schatz?» fragte seine Frau.

«Cunucu, das ist die Landschaft von Curaçao.»

«Landschaft?»

«Die Felder», sagte der Commissaris, «auf denen nichts wächst. Hier und dort gibt es Kakteen und vielleicht einige Ziegen, denke ich. Früher waren dort Wälder und Indianer.»

«Ah», sagte seine Frau, die ein Oberhemd zusammenlegte. «Wie viele Krawatten willst du mitnehmen?»

«Zwei genügen. Ich frage mich, wer die Wälder gefällt hat. Ich hoffe, es waren die Spanier. Die hatten die Insel vor uns. Wußtest du das?»

«Indianer?» fragte seine Frau.

«Die gibt es nicht mehr.»

«Wohin sind sie gegangen?» fragte seine Frau, die einige Paar Socken in die Ecken des Koffers stopfte.

«Wir werden sie ermordet haben. Oder vielleicht die Spanier.»

«Ah», sagte seine Frau.

«Ein Land der Heuschrecken und Propheten», las der Commissaris aus dem dünnen Büchlein vor. «Was soll das heißen? Es hört sich biblisch an. Hat Curaçao etwas mit der Bibel zu tun?»

Er sah seine Frau an, aber die hörte nicht mehr zu.

Und jetzt lag die Cunucu unter ihm, eine trockene braune Fläche, die sich kilometerweit erstreckte. Er hatte seine Nase an das kleine, runde Fenster gedrückt. Es schien, als seien die Dornensträucher und sanftgrünen Kakteen unordentlich in der Gegend verstreut worden. Eine häßliche Landschaft, aber als er die Küstenlinie sah, änderte er sein Urteil. Das Meer brach sich an rauhen Klippen und warf hohe Gischtwolken rhythmisch über das brüchige Gestein, sonnendurchtränkte, sanftgrüne Vorhänge, durchsichtig und kühl. Sehr schön, dachte der Commissaris und rieb sich die trockenen Hände, das muß ich mir anschauen. Ich miete mir ein Auto und fahre allein hin.

Er sah jetzt auch die Straße, einen schmalen Asphaltstreifen entlang der Küste. Es gab nur wenige Autos. Das Flugzeug hatte die Landebahn schon fast erreicht und war jetzt niedrig genug, um Einzelheiten zu erkennen. Ein alter Neger ritt auf einem Esel. Er sah auch den Flugplatz und eine Reihe alter Maschinen, Bomber eines Typs, den er unmittelbar nach dem Krieg gesehen hatte. Grau mit den Farben Hollands an den Seiten und auf den Tragflächen. Niederländische Bomber auf einer Insel in der Karibik. Er schüttelte den Kopf. Aber er war immer noch aufgeregt. Es würde viel zu sehen geben, viel, an das er später denken könnte, wenn er wieder in seinem Garten in Amsterdam war und mit den Schmerzen in seinen Beinen zu kämpfen hatte. Er merkte, daß seine Beine nicht schmerzten. Er hatte überhaupt keine Schmerzen mehr, sogar das leichte Ziehen in Hüften und Schenkeln, das er in den vergangenen fünf Jahren immer gespürt hatte, war verschwunden. Die Entdeckung erschreckte ihn beinahe. Keine Schmerzen. Er sah sich auf dieser Insel wohnen, in einem kleinen Häuschen oder einer Hütte aus getrocknetem Lehm, von denen er soeben einige auf der Cunucu gesehen hatte. Er würde im Schatten eines Baums auf einem Schemel sitzen, eine Zigarre rauchen und keine Schmerzen haben. Aber dann spürte er das Ziehen wieder und zuckte mit den Achseln.

«Da Silva», sagte der Mann mit dem braungebrannten Gesicht und gab dem Commissaris vorsichtig die Hand. «Ihr Besuch ehrt uns. Es ist schon lange her, seit ich einen niederländischen Polizeibeamten auf der Insel begrüßt habe. Hatten Sie einen guten Flug?»

Der Commissaris lächelte und murmelte einige höfliche Worte.

«Genever?» fragte da Silva. «Oder Rum? Rum ist hier das Getränk.»

«Wird der Rum hier hergestellt?»

«Zwei Daiquiri», sagte da Silva zu dem Neger hinter der Bar. «Nein, hier nicht. Der Rum kommt aus Jamaika in Fässern, Rumpudding. Wir fügen hier nur in einer kleinen Fabrik Wasser hinzu, füllen ihn in Flaschen und kleben Etiketts darauf. Prost!»

Der Commissaris nahm einen Schluck. Lecker, dachte er. Sehr lekker. Kalt. Entspannend. Er schmatzte beifällig. Das Ziehen in seinem Oberschenkel war wieder verschwunden. Er überlegte, ob er da Silva erzählen sollte, daß er jetzt keine Schmerzen in den Beinen hatte. Er empfand plötzlich freundschaftliche Gefühle. Da Silva war ein netter Mann und der schwarze Mann hinter der Bar ebenfalls.

«Da Silva, ist das ein portugiesischer Name?» fragte er.

Da Silva nickte. «Auf der Insel gibt es viele portugiesische Namen und spanische und englische. Aber ich bin Holländer. Ich bin hier geboren, habe aber in den Niederlanden studiert und bin zurückgekommen. Die meisten kommen nicht zurück.»

«Sie mögen Ihre Insel, wie?» fragte der Commissaris.

«Ja, ich habe diese Insel gern. Es ist natürlich nur ein kahler Felsen.»

Der Commissaris nippte an seinem Rum und musterte den großen, gesund aussehenden Mann. Er versuchte, ihn in eine Kategorie einzuordnen, aber keines der Merkmale in seinem Gedächtnis schien zu passen. Anscheinend gehörte er zu einer ganz anderen Art von Menschen, trotz der blauen Augen und des dunkelblonden Haars. Er hatte schon mehr gesunde, kräftige, blauäugige, dunkelblonde Männer gesehen, aber dennoch. Ein Polizist, zweifellos. Das war eindeutig. Er würde da Silva überall als Polizisten eingestuft haben, aber als er versuchte, den Grund dafür zu finden, zögerte er wieder. Er gab es auf. Das hatte Zeit.

«Ein kahler Felsen?» fragte er. «Aber Sie haben Strände und überall das Meer in der Nähe.»

«Das Meer ist da», sagte da Silva. «Es ist immer da und frißt an unserem Fundament. Der Felsen hat die Form eines Pilzes, der auf einem dünnen Stiel steht, und das Meer frißt an dem Stiel. Und eines Tages wird er brechen. Dann gehen wir alle unter mit allem, was wir haben und sind, und das Meer wird sich wieder schließen. Und der Felsen ist kahl. Er trägt einige Hotels und die Ölraffinerie. Die Touristen und Ölleute geben ihr Geld aus, während wir hier herumsitzen, ein Gläschen trinken, ein Spielchen machen und über andere klatschen. Und morgen ist wieder ein Tag.»

Der Commissaris lachte. «Das hört sich gut an.»

Da Silva strahlte, er hielt den Commissaris am Oberarm fest. «Ich dachte, Holländer hielten nichts von Trägheit. Oder vielleicht ist es keine Trägheit, sondern Gelassenheit. Aber davon halten die Holländer auch nichts, oder?»

«Warum nicht?» fragte der Commissaris. «Und Sie sind doch ebenfalls Holländer.»

«Ich bin von dieser Insel, das ist etwas ganz anderes.»

Ein uniformierter Polizist brachte den Koffer des Commissaris, der die blaue Jacke und die blankgeputzten Knöpfe anstarrte.

«Aber das ist ja die gleiche Uniform wie bei uns», sagte er erstaunt, «genau die gleiche. Ich dachte, Sie hätten khakifarbene und Lederriemen quer über die Brust.»

«Ich habe auch eine blaue Uniform zu Hause», sagte da Silva.

«Ich ebenfalls», sagte der Commissaris immer noch erstaunt.

Aber die Landschaft, die er kurz darauf durch das Wagenfenster sah, hatte nichts mit den grünen Weiden Hollands gemein. Die niedrigen, kahlen Hügel verbargen den Horizont, und kleine pechschwarze Jungen hüteten eine Herde Ziegen. «Wir nennen sie hier

Cabrieten», sagte da Silva. «Ihre Milch schmeckt gut und der Käse noch besser, wenn man sich erst einmal an den scharfen Geschmack gewöhnt hat. Kuhmilch ist hier unbezahlbar, ein Getränk für den Macamba.»

«Macamba?»

«Ein Macamba ist ein Holländer, der in den Niederlanden geboren ist und unsere Sprache nicht beherrscht. Die Sprache der Insel ist Papiamento, eine Mischung aus Englisch, Französisch und Spanisch und Wörtern der alten Indianersprache und den Sprachen der Negersklaven.»

«Also bin ich ein Macamba», sagte der Commissaris. «Das wußte ich nicht.»

Der Polizist am Steuer lachte. «Das ist kein schönes Wort, Mijnheer.»

«Eine Beleidigung?»

«Ja», sagte da Silva. «Die echten Holländer sind hier nicht populär. Sie verdienen das ganze Geld, das zu verdienen ist.»

«Aber Sie werden akzeptiert?»

«Ich bin von der Insel», sagte da Silva, «hier geboren und aufgewachsen. Ernährt mit Cabrietenmilch und Rum. Ich beherrsche die Sprache. Ich verstehe, was in den Menschen vorgeht. Wenn ich das nicht verstehen würde, könnte ich nie einen Verbrecher aufspüren.»

«Macht man es Ihnen schwer?»

«Ach, nein. Es ist nur eine kleine Insel, 140000 Menschen auf 472 Quadratkilometern. Hin und wieder eine Schlägerei und ein Diebstahl. Es geht, aber dennoch ist die Insel gefährlich. Eine Explosion ist immer möglich. Zuviel Armut, zuwenig Sicherheit und ein Gemisch von Rassen. Die Insel war einst das Zentrum des Sklavenhandels. Niemand hat es vergessen.»

«Ah, richtig», sagte der Commissaris. Er fragte sich, wie die Insel ausgesehen hatte, als die erste spanische Galeone in die Karibik gesegelt kam. Ihm fiel die Zeile ein, ‹die Insel war dicht bewaldet›. Und jetzt der kahle Felsen.

Wir sind es, dachte der Commissaris, wir sind der Fluch dieses Planeten. Die Erde wäre immer noch schön, wenn es keine Menschen gäbe.

Der Wagen fuhr in die Stadt hinein. Willemstad. Sie fuhren nach Süden.

Die Stadt sah hübsch aus mit ihren Villen und Gärten. Einige Häuser stammten aus dem 17. Jahrhundert. Er sah die holländischen Giebel, aber die Farben waren anders, Rosa, Gelb und sogar Hellgrün. «Eine schöne Stadt», sagte er, und der Ton seiner Worte klang überzeugt, so daß da Silva das Kompliment annehmen konnte und er den Oberarm des Commissaris wieder anfaßte. Ich bin froh, daß de Gier nicht hier ist, dachte der Commissaris, denn er würde diese Gewohnheit sofort übernehmen. Dagegen ärgerte es ihn überhaupt nicht, daß da Silva ihn anfaßte. Er war immer noch sehr guter Laune.

«Ich bringe Sie in ein Hotel nahe der Polizeiwache. Wir fahren nach Punda auf der anderen Seite des Hafens. Sie können ein Bad nehmen und sich ein wenig ausruhen und vielleicht einen Happen essen. Und wenn Sie wollen, treffe ich Sie heute abend oder morgen früh.»

Der Commissaris öffnete die Tür und schloß sie wieder. Der lächelnde dicke Neger war dazu nicht imstande, denn er trug ein Tablett mit einem großen Glas Orangensaft und einer Kanne Kaffee. Der Commissaris setzte seinen Krakel auf die Rechnung und legte etwas Geld auf das Tablett.

«Mijnheer», sagte der Neger fröhlich und ging.

Jetzt gehörte ihm die Welt wieder ganz allein bis zum nächsten Morgen und seiner Verabredung mit da Silva in der Polizeiwache. Er brauchte an diesem Abend nichts mehr zu tun. Er würde sowieso mindestens einige Tage auf dieser geheimnisvollen Insel bleiben. Dieser Besuch sollte der Höhepunkt all seiner Reisen werden, die er in der Phantasie unternommen hatte, wenn er träumend in seinem Lehnsessel saß, das aufgeschlagene Buch auf dem Schoß. Er dachte daran, daß er jetzt weit entfernt von seiner gewöhnlichen Tätigkeit war, als er einen Blick nach draußen auf die Silhouetten der Reihe ordentlich festgemachter Schoner warf. In dieser anderen Umgebung hier war er wie neugeboren. Gestorben und neugeboren. Oder ging das zu weit? Dennoch, hier war er nicht, was er dort gewesen war. Diese Insel, dieser nackte Felsen, wie da Silva gesagt hatte, dieser vom tropischen Meer umgebene Felsen konnte in keiner Weise verglichen werden mit dem nassen, fruchtbaren Morast, der, bedeckt und beschirmt durch niedrige graue Wolken, ihn ein Leben lang frustriert, aber ihm auch einen sicheren Hort gegeben hatte. Mehr als sechzig Jahre lang, und jetzt auf einmal dieses andere. Er fühlte sich, während er langsam seinen Orangensaft trank, zaghaft glücklich. Er war jetzt vielleicht dem schrecklichen Geheimnis ganz nahe. Er lächelte und rieb sich die Schenkel. Schrecklich, zweifellos. Das Geheimnis des Lebens. Er war ihm schon früher nahe gewesen, in den Spannungen der Kriegsjahre und als sein Kind geboren wurde, wohl auch bei einer schwierigen Verhaftung und bei einem Feuergefecht. Aber noch nie so nahe wie jetzt.

Das Brummen der starken Klimaanlage, die im Zimmer die Temperaturen kontrollierte, begann ihn zu irritieren, und er schaltete sie aus. Er öffnete das Fenster. Auf dem Kai fuhr nur noch ein Auto. Er konnte die Stimmen der Seeleute auf den Schonern hören. Hohe Stimmen, die Spanisch sprachen. Sie hatten Streit miteinander.

«La vaina! No joda, hombre! Santa Purisima!»

Flüche, aber sie hatten einen schönen Klang. Die beiden letzten Wörter, beinahe gesungen durch einen sich überschlagenden Bariton, sollten «reine Mutter» heißen. Ein Mann, verwirrt durch den Rum und die Mühen eines langen Tages auf rauher See, ruft die Mutter. Die Mutter aller Menschen. Der Commissaris war seiner Meinung. Die Mutter des Commissaris, die Mutter des Morasts, die Mutter des Felsens. Die heilige Mutter, die den Seemann liebt und auch den niederländischen Polizeibeamten, das alte Wiesel, das geschworen hat, das mordende Kaninchen zu fangen. Denn er würde den Mörder fangen, daran zweifelte er nicht. Maria van Buren, die teure Amsterdamer Hure, die tote Frau, deren Tod er rächen würde. Wenn die Ordnung gestört ist, muß sie wiederhergestellt werden. Wir können keinem das Recht geben, einem Mitbürger ein Messer in den Rücken zu werfen. Er seufzte und rührte den Kaffee um, während er seine Tasche aklopfte, um die Blechdose mit den Zigarren zu finden.

Er schloß das Fenster, schaltete die Klimaanlage wieder ein und ließ Wasser in die Badewanne einlaufen. Wenige Minuten ließ er sich zufrieden vom Wasser einweichen und sog an seiner Zigarre. Und als die Badezeremonie vorüber war und er die Zigarre ausgedrückt hatte, glitt er zwischen die Laken, löschte das Licht und sank in das Nichts, er fiel durch ein Loch in seinem Bewußtsein und hörte auf zu existieren.

Es schien, als wache er im gleichen Augenblick wieder auf, aber es war acht Stunden später. Er rasierte sich und kleidete sich an. Dann ging er die Treppe hinunter in einem neuen Shantunganzug, den er zusammen mit seiner Frau für den nächsten Urlaub in Südfrankreich gekauft hatte, Ferien, die sie schon mehrmals verschieben mußten, weil er immer krank geworden war.

Er frühstückte allein, ein reichliches Mahl, gebratene Eier, Tomaten, Speck und eine dicke Wurst. Er sah auf seine Uhr. Ihm blieben noch einige Stunden, da er sich mit da Silva erst später am Vormittag in der Polizeiwache treffen wollte. Er sah den dicken Kellner, den Ururururenkel eines Sklaven aus Westafrika, in Ketten hergebracht, einen zufriedenen, glücklichen schwarzen Mann, der im Innenhof des Hotels mit einem kleinen Hund spielte und mit ihm in Papiamento sprach. Die Wände des Innenhofs waren mit vielfarbigen Blumen bedeckt, von denen er nur die Bougainvillea kannte, deren sanft violette Blütenblätter mit den grellgelben und funkelnd blauen Blumen kontrastierten.

Er ging über den Kai und betrachtete die Kähne mit ihrer Ladung an Gemüse und Früchten, ausgestellt unter einem provisorischen Dach aus gestreiftem Zelttuch. Ein Indianer rief ihn an und pries die Qualität seines Grünkohls.

«Nein, vielen Dank», sagte der Commissaris auf englisch, «ich wohne im Hotel, wissen Sie. Woher kommen Sie?»

Der Indianer zeigte aufs Meer hinaus. «Kolumbien.»

«Aha», sagte der Commissaris und nickte dem Mann zu, der seine weißen, ebenmäßigen Zähne zeigte. «Sie haben ein schönes Boot.»

«Warten Sie», sagte der Indianer und lief in die Kajüte. Er kam zurück mit einem Päckchen Zigaretten, das er dem Commissaris gab.

«Zigaretten aus meinem Land. Sehr gut. Schwarzer Tabak mit Zucker. Sie werden sie mögen.»

Der Commissaris nahm das Päckchen und drehte es um. Auf der einen Seite war der grobgezeichnete Kopf einer Rothaut mit Federschmuck und Perlenkette. Er las die Marke: «Pielroja.»

Der Indianer lachte. «Nein, nein. Pi-jel-ro-cha.»

Der Commissaris wiederholte das Wort.

Der Indianer nickte ihm zu. «So ist es richtig.»

«Wieviel kosten sie?»

«Nichts. Ein Geschenk. Für Sie.»

Der Commissaris steckte die Zigaretten in die Tasche, gab dem Indianer die Hand und ging langsam fort. *Santa Purisima*, dachte der Commissaris, heilige reine Mutter, zwei deiner Kinder sind einander begegnet.

Er ging über die Brücke, die beide Teile von Willemstad miteinander verbindet, und sah rechts den Hafen, wo die luxuriösen Passagierschiffe, blendend weiß im Licht der frühen Sonne, die Tanker der Raffinerie und die schmutzigen Trampfahrer festgemacht hatten, sicher wie auf einem Binnensee.

Auf der anderen Seite der Brücke waren Läden, deren Schaufenster er betrachtete. Es war noch nicht neun Uhr, aber die jüdischen Geschäftsleute hatten bereits geöffnet und standen schwitzend hinter ihren Ladentischen. Sie hatten nasse Flecken unter der Achselhöhle. Einige hatten sich an die Eingangstür gestellt und versuchten, etwas von der Kühle einzufangen, die vom Meer kam. Er musterte einen Turm aus Lebensmitteln in Dosen, anscheinend alle aus den USA eingeführt.

«Guten Morgen», sagte der Händler, «was kann ich heute für Sie tun? Ich habe leckere Erdbeeren im eigenen Saft und noch einige Dosen mit holländischer Schlagsahne. Sie sollten sie mitnehmen und Ihrer Frau eine Freude machen.»

«Meine Frau ist in den Niederlanden. Ich bin nur für einige Tage hier.»

«Holland», sagte der Händler, «in Holland kann man frische Erdbeeren kaufen. Ich habe Ihnen die falsche Ware angeboten. Welche Größe hat Ihre Frau? Ich habe hübsche Batikkleider für sie aus Singapur.»

Der Commissaris kaufte ein Batikkleid. Es war teuer, aber der Händler gab ihm zehn Prozent Rabatt, obwohl er nichts zum Preis gesagt hatte.

«Woher kommen Sie?» fragte er den Händler, der mit schwerem Akzent sprach.

«Aus Polen. Ich bin während des Krieges hergekommen.»

«Vor dem Krieg», sagte der Commissaris, «Sie meinen, vor dem Krieg.»

«Nein», sagte der Händler, «im Krieg, Anfang 1941. Ich bin auf einem Schiff gekommen, das eine lange Reise machen mußte, weil niemand uns haben wollte. Wir waren alles Juden, bis auf die Mannschaft. Cuaraçao hat uns schließlich aufgenommen. Wir konnten nicht mehr weiter, kein Brennstoff, kein Geld. Und keine Lebensmittel.»

Der Commissaris schüttelte den Kopf. «Sind Sie hier glücklich?»

Der Händler packte das Kleid ein, sehr ordentlich und sehr langsam. Als er fertig war, sah er den Commissaris an. «Ja. Ich bin glücklich. Ich verdiene meinen Lebensunterhalt. Und noch etwas mehr. Und Sie?» fragte der Händler. «Was tun Sie?»

«Ich arbeite für die Regierung», sagte der Commissaris.

«Gut», sagte der Händler. «Es ist immer gut, für die Regierung zu arbeiten. Und Holland hat eine gute Regierung, wie ich oft gehört habe. Das ist doppelt gut. Sie haben viel Glück.»

«Ja», sagte der Commissaris und nahm das Päckchen unter den Arm. «Vielen Dank. Einen guten Tag wünsche ich Ihnen.»

«*Shalom*», sagte der Händler.

«*Shalom* heißt ‹Frieden›, nicht wahr?» fragte der Commissaris.

«Frieden», sagte der Händler. «Friede auf Ihrem Weg.»

Heilige Mutter, sagte der Commissaris zu sich selbst, du darfst es nicht übertreiben. Wenn ich heute noch mehr von deinen Kindern kennenlerne, werde ich weinen.

Er kam an einer Kirche vorbei, blieb stehen, ging zurück und hinein. Ein schwarzer Priester war am Altar beschäftigt. Eine zuckersüße Marienstatue mit einem nichtssagenden Gesicht und einem rosa und hellblauen und zartlila Gipsgewand beherrschte das Innere der Kirche.

«So sehen wir dich, heilige Mutter», sagte der Commissaris und ging wieder hinaus. Er hatte sich drinnen mehr als fünf Minuten im Gang zwischen den Bänken aufgehalten, unbeweglich, die Augen halb geschlossen, den Blick zu Boden gerichtet. Der Priester hatte sich umgedreht und einen alten Mann in einem schlechtsitzenden Shantunganzug mit einem braunen Päckchen unter dem Arm gesehen. Der Priester hatte sich bekreuzigt, denn er erkannte in dem Mann den Glauben, der ihn auch selbst beseelte. Und er war ein guter Priester, der im Augenblick Kopfschmerzen hatte, denn er war am Abend zuvor betrunken gewesen und hatte einen Teil seines Gehalts beim Pokern verloren.

Eine dicke Frau versperrte dem Commissaris den Weg auf der Straße in Otrabanda, dem Stadtteil auf der anderen Seite des Hafens.

«Nummern?» fragte sie und wedelte mit einem kleinen Notizbuch.

«Nein, vielen Dank, Mevrouw», sagte der Commissaris.

«Versuchst du denn nie dein Glück mit Zahlen? Macamba, wenn du nicht wagst, gewinnst du auch nicht. Die Nummern sind heute gut. Du wirst Geld gewinnen und kannst zum Campo gehen und dir eine Frau aussuchen, die vielleicht so schön ist wie ich.»

«Campo?» fragte der Commissaris.

Die Frau lachte tief aus dem Bauch heraus. «Kennst du Campo Allegre nicht, das Lager der *putas*, den Himmel von Curaçao? Wie lange bist du schon hier?»

«Seit gestern», sagte der Commissaris. «Ich bin erst gestern angekommen.»

«Dann hast du noch Zeit genug», sagte die dicke Frau.

Er gab ihr zwei Gulden, und gemeinsam überlegten sie eine Zahl, die sie mit einem Bleistiftstummel in ihr Büchlein schrieb. Er nahm seinen Hut ab, sie kniff ihn in den Oberarm. Die Hand der dicken Frau war muskulös. Er rieb sich den Arm.

Sie tun es alle, dachte er. Sie kneifen mich grün und blau. Langsam schlenderte er zurück, eine Hand auf dem Rücken, das Päckchen unter demn Arm. Er kam zu einem Terrassencafé, ließ sich auf einen Rohrstuhl fallen, bestellte Kaffee und Orangensaft und rieb seine Beine, die nicht schmerzten. Er versuchte, sich die Reaktion seiner Frau vorzustellen, wenn er ihr sagen würde, daß sie umziehen und hier wohnen wollten. Er seufzte, legte Geld auf den Tisch und ging zum Hotel, wo er duschte und das Oberhemd wechselte.

«Guten Morgen», sagte da Silva und berührte den Oberarm des Commissaris mit sanfter Hand, «haben Sie gut geschlafen? Sie sind noch nie in den Tropen gewesen, nicht wahr?»

«Dies ist das erste Mal», sagte der Commissaris, «und ich habe ausgezeichnet geschlafen und einen langen Spaziergang gemacht.»

«Das muß durchaus eine Erfahrung sein», sagte da Silva verträumt, «das erste Kennenlernen der Insel. Was haben Sie gesehen?»

Der Commissaris erzählte seine Abenteuer, da Silva hörte lächelnd zu.

«Sehr gut», sagte da Silva, «und der Indianer hat Ihnen ein Päckchen Zigaretten gegeben? Das ist ja sehr merkwürdig. Die Indianer kommen sonst nur, um uns auszunehmen. Sie verlangen die lächerlichsten Preise für ihr Gemüse, weil sie wissen, daß wir es sonst nirgendwo kaufen können. Und dann segeln sie wieder heim und lachen uns aus. Und einer von diesen Gaunern hat Ihnen ein Päckchen Zigaretten gegeben. Darf ich es sehen?»

Der Commissaris gab ihm das Päckchen, das da Silva ehrfürchtig auf der Handfläche hielt.

«Pielroja», sagte er, «das sind gute Zigaretten. Ich habe den Händlern hier oft gesagt, sie sollten sich von dieser Marke einen Vorrat anschaffen, aber sie wollen bei dem amerikanischen Tabak bleiben, und das Zeug schmeckt alles gleich.»

«Sie können das Päckchen gern haben», sagte der Commissaris, «ich rauche nur Zigarren.»

«Nein», sagte da Silva und gab das Päckchen zurück, «Sie müssen es mit nach Hause nehmen und Ihren Kollegen zeigen. Ich gehe gelegentlich nach Kolumbien und kaufe mir eine ganze Stange Zigaretten. Aber es ist sehr freundlich von Ihnen. Vielen Dank.

«Aber zur Sache», sagte da Silva, «Sie wollen etwas über Maria van Buren wissen, die früher Maria de Sousa hieß und jetzt tot ist.»

«Ja.»

«Ich bin froh, daß Sie gekommen sind», sagte da Silva, «es ist schwierig, mit einem Unbekannten am Telefon zu sprechen. Unsere Insel ist ein Irrgarten, und wie soll man den über einen Hörer aus grauem Plastik erklären?»

«Das ist schwierig», sagte der Commissaris.

«Aber jetzt sind Sie hier, so daß ich Ihr Gesicht sehen kann. Daher ist es jetzt leichter.»

«Erzählen Sie mir bitte, was Sie wissen», sagte der Commissaris.

11

«Ja», sagte Hoofdinspecteur da Silva, «ich werde Ihnen sagen, was ich weiß. Einen Teil davon weiß ich erst seit kurzem und einen anderen schon sehr lange, aber wenn man alles zusammen aufzählt, hat man vielleicht immer noch nichts.»

Den Commissaris fröstelte. Da Silva war gleich besorgt.

«Sie haben sich doch nicht etwa erkältet? Das kommt durch die verdammte Klimaanlage. Es ist selbstverständlich ganz angenehm, die Temperatur mit einem Knopf zu regeln, aber es ist gleichzeitig auch sehr gefährlich. Dies ist nicht unsere beste Jahreszeit. Wenn man nach draußen kommt, umfängt einen die Hitze wie ein glühendes Handtuch, aber wenn man dann nach drinnen kommt, kühlt man zu schnell ab. Ich werde die Maschine ein wenig zurückdrehen.»

«Nein, nein», sagte der Commissaris, «machen Sie sich keine Mühe. Ich fühle mich sehr gut. Seit langem habe ich mich nicht mehr so gut gefühlt. Wahrscheinlich hat mich nur wegen des plötzlichen Temperaturunterschieds gefröstelt.»

«Gut. Maria de Sousa. Aber es ist kompliziert. Wie kann ich Ihnen die Atmosphäre dieser Insel erklären, der *isla*, wie wir sie auf spanisch nennen. Es wirken so viele Einflüsse aufeinander ein. Das Klima, das geistige Klima ist einmalig. Seltsam einmalig. Unangenehm einmalig vielleicht.» – Er machte eine Pause. Der Commissaris wartete.

«Zunächst einmal kennt hier jeder jeden. Maria kannte ich sogar persönlich. Aber selbst wenn niemand uns miteinander bekannt gemacht hätte, wenn wir nicht dieselben Parties und Strände besucht hätten, würde ich ihren Namen und Vornamen gekannt haben und sie meinen. Hätten Sie meinen Namen in Amsterdam erwähnt, würde sie Ihnen eine lange Geschichte über mich erzählt haben, obwohl sie die Einzelheiten natürlich verzerrt und übertrieben hätte. Wir verdrehen hier alles.»

«Ja», sagte der Commissaris.

«Sie kommt aus guter Familie. Ihr Vater betreibt Geschäfte, anständige Geschäfte. Er ist Eigentümer eines Großhandels hier und schmuggelt, aber der Schmuggel ist hier eine einwandfreie Tätigkeit, solange es nicht um Waffen oder Rauschgift geht. Die Kolumbianer bringen uns Kaffee, für den keine Einfuhrzölle bezahlt werden. Und die Säcke werden hier mit Stempeln versehen. In Curaçao produziert. Das ist natürlich Unsinn, denn wir bauen nichts an. Hier wächst auch außer Dornenbäumen und Kakteen in allen Variationen nichts. Höchstens noch einige Feigen auf einer der verwahrlosten Plantagen. Der Kaffee wird hier nicht teuer verkauft, denn die Konkurrenz auf dem Weltmarkt ist groß. Aber die Geschäftsleute verdienen dennoch, denn sie können billiger einkaufen als zu den Festpreisen, die auf dem Festland verlangt werden. Die Steuern von Kolumbien werden umgangen, aber das ist nicht unsere Angelegenheit. Und unsere Geschäftsleute sind tüchtig. Sie bezahlen nie mit Geld, sondern mit Whisky und Zigaretten, auf denen hier keine Einfuhrzölle liegen. Die

Kolumbianer nehmen diese Waren mit und können gut daran verdienen, wenn sie nicht von ihren Zöllnern gefaßt werden.»

«Doppelter Gewinn und keine strafbaren Tatbestände auf Ihrem Gebiet», sagte der Commissaris.

«Genau. Und es gibt Leute, die sehr reich dabei werden.»

«Und hat der alte Herr de Sousa viele Kinder?»

Da Silva lächelte. «Von seiner Frau hat er jedenfalls schon drei.»

«Er hat noch mehr Kinder?»

«Natürlich», sagte da Silva. «Ein reicher Geschäftsmann muß Freundinnen haben. Einige Frauen wohnen in Lehmhütten auf der Cunucu und andere in Luxuswohnungen in Miami.» Da Silva schwieg.

«Ich habe Sie unterbrochen», sagte der Commissaris, «entschuldigen Sie. Erzählen Sie bitte weiter.»

«Mijnheer de Sousas Töchter sind Schönheiten und fanden leicht Ehemänner, die den Beifall des alten Herrn hatten. Als letzte heiratete Maria einen Ingenieur, einen Friesen. Er war ein sehr braver Mann, der hier eine Fabrik aufbaute, sie aber wieder aufgeben mußte. Er konnte keine guten Arbeiter finden. Unsere Leute sind nicht so leistungsfähig, und vielleicht sind Textilien hier schlecht herzustellen. Wir können sie bequem einführen. Die Anteilseigner der Fabrik haben ihn zum Schließen gezwungen. Mijnheer de Sousa war natürlich nicht glücklich darüber, aber er konnte es auch nicht ändern. So gingen Maria und ihr Mann nach Holland. Und dort hat sie sich scheiden lassen und nicht mehr geheiratet. Wir hörten zwar Gerüchte über ihren Lebenswandel, aber das war so weit entfernt und ging uns eigentlich nichts an. Zweimal jährlich kam sie her. Anfangs hat ihr Vater sie vom Flughafen abgeholt. Ihr Vater machte sich Sorgen. Er holte sie ab und brachte sie wieder hin, aber sie sprachen kaum noch miteinander. Später hat er sie nicht mehr abgeholt. Sie sollen Streit miteinander gehabt haben. Angeblich soll er sie *puta* genannt haben, Hure. Sie durfte nicht mehr nach Hause kommen und hat im gleichen Hotel gewohnt, in dem Sie Ihr Zimmer haben.»

Den Commissaris fröstelte wieder.

Da Silva sprang von seinem Stuhl auf. «Einen Moment», sagte er, «ich hole frischen Tee mit einem Schuß Rum und ein paar Tropfen Zitrone.»

Da Silva verschwand für einige Minuten. Inzwischen bewunderte der Commissaris vom Fenster aus die Aussicht auf den Hafen. Der Polizeiwache direkt gegenüber lag an der anderen Seite des schmalen Kais ein schmutziges altes Dampfboot, das die venezolanische Flagge führte. Ein alter Mann mit gelbem Bart und schmutziger Mütze stand auf der Brücke und schaute nach oben. Als er den Commissaris sah, rief er etwas, schüttelte die Faust und verschwand in der Kajüte. Gleich darauf quoll eine dicke Wolke fettigen Qualms aus dem alten Schornstein. Die Wolke breitete sich langsam aus und verdunkelte da Silvas Büro.

«Hier ist Ihr Tee», sagte da Silva.

«Jemand hat mir mit der Faust gedroht», sagte der Commissaris, «ein alter Mann mit gelbem Bart.»

Da Silva lachte und sah zum Fenster hinaus. «Mein Freund, der alte Faulenzer, hat sicher gedacht, daß ich es bin. Seine Augen sind nicht mehr so gut. Ich habe ihn einmal festgenommen, als er in einer teuren Bar Krach machte. Er hatte seine Besatzung dabei, und der Rausschmeißer wußte sich keinen Rat mehr. Damals hat er es zu schlimm getrieben und auf dem Schädel eines Brigadiers eine Flasche zerschlagen. Er wurde vom Richter für eine Weile eingesperrt. Seitdem macht er seine Schute immer direkt vor unserer Tür fest und versucht uns auszuräuchern. Aber die Klimaanlage wird leicht damit fertig. Er ist ein netter Kerl, wenn er nüchtern ist.»

«Und der schmierige Qualm macht Ihnen nichts aus?»

«Nein», sagte da Silva, «ich lasse ihm sein Vergnügen. Manchmal laufe ich hinunter auf den Kai und schreie ihn ein wenig an, dann ist er restlos glücklich.»

Der Commissaris nahm einen Schluck Tee und lächelte.

«Die Geschichte gefällt Ihnen wohl, wie?» fragte da Silva.

«Ja.»

«Gut. Also Maria ist immer wiedergekommen, obwohl ihr der Vater den Zutritt zu ihrem Elternhaus verboten hatte. Ich konnte die Haltung ihres Vaters verstehen. Wenn die Frauen die Insel verlassen, werden sie frei und geben ein schlechtes Vorbild. Zumindest meinen wir das. Hier ist eine Frau entweder reizend und anständig oder eine Hure. Die Mutter ist heilig und der Vater tut, was er will. Maria hatte ihren guten Namen bereits verloren, als sie sich scheiden ließ. Und es war ganz mit ihr aus, als sie nicht wieder heiratete. Warum wollte sie nicht heiraten, eine schöne Frau, die studiert hatte?»

«Ja», sagte der Commissaris.

«Ich dachte, sie hätte hier einen Liebhaber gefunden, aber anscheinend nicht. Ich habe im Hotel nachfragen lassen, aber sie schlief allein. Das Hotel hätte sie wahrscheinlich auf die Straße gesetzt, wenn sie dort einen Freund empfangen hätte. Unsere wichtigen Gäste wohnen alle dort.»

«Vielen Dank», sagte der Commissaris.

Da Silva lachte. «Wie schmeckt der Tee?»

«Ausgezeichnet.»

«Noch eine Tasse?»

«Ja, bitte.»

Der Commissaris nahm die Gelegenheit wahr, um wieder aus dem Fenster zu schauen. Der Kapitän mit dem gelben Bart stand immer noch auf der Brücke. Der Commissaris winkte. Der Kapitän verschwand in der Kajüte, und der Commissaris erwartete eine neue Ladung Ruß, aber gleich darauf war der Alte wieder da, ein altes Fernglas in der Hand. Die beiden runden Glasaugen starrten, der Commissaris wartete. Der Kapitän nahm das Fernglas von den Augen und winkte mit einer etwas zitternden Hand. Sie ballte sich gleich wieder zur Faust.

«Er hat mich gesehen», sagte da Silva, der sich neben den Commissaris gestellt hatte. «Wir wollen ihn lieber in Ruhe lassen, sonst bekommt er noch einen Herzanfall oder das Delirium. Voriges Jahr kam er unten in die Wache gerannt und war ganz außer Fassung. Er behauptete, alle Krebse der Insel verfolgten ihn. Sie sähen ihn mit ihren Stielaugen an und wollten ihn mit ihren großen, gemeinen Scheren in die Beine beißen.»

«Armer Kerl», sagte der Commissaris, nahm da Silva die Tasse Tee ab und setzte sich.

«Ach, das geht schon. Er ist damit alt geworden und hat ein schönes Leben in der Karibik gehabt. Er will nicht zugeben, daß er alt ist, deshalb färbt er sich den Bart. Ich habe ihn gern und werde ihn vermissen, wenn seine Zeit gekommen ist. Maria kannte ihn auch. Ich habe sie einmal miteinander reden sehen. Er wird ihr vermutlich eine Vergnügungsfahrt angeboten haben, aber ich glaube nicht, daß sie seine Schute jemals betreten hat. Der Kapitän hat eine seltsame Besatzung, denn ein normaler Mensch würde es bei ihm nicht aushalten.»

«Maria hatte also keinen Liebhaber», sagte der Commissaris.

«Hier nicht. Als ich erfahren habe, daß Sie kommen, habe ich meine Kriminalbeamten noch einmal zu Nachforschungen losgeschickt. Die haben ihre Verbindungen aufgenommen. Wir haben auf der Insel ein ausgesuchtes Häufchen von Spitzeln, und was die nicht wissen, das weiß niemand. Die Informationen, die ich erhielt, sind schlüssig. Maria hatte zwei Triebfedern, die sie immer wieder zurückbrachten. Heimweh und ihre Beziehung zu Shon Wancho.»

«Aha», sagte der Commissaris.

«Nein, nicht, was Sie denken. Shon Wancho ist alt, mindestens siebzig Jahre alt, und er ist schwarz. Maria ist auch nicht ganz weiß, aber das ist keiner hier. Ich übrigens auch nicht.»

«Sie?» fragte der Commissaris.

«Ich weiß zwar, daß ich weiß aussehe, aber mein Haar ist ein wenig zu sehr gekräuselt. Meine Schwester ist viel dunkler als ich. Es hängt alles von den Mendelschen Gesetzen ab und wohin die Chromosomen gehen. Maria ist wiederum ein wenig dunkler als ihre Schwestern. Und Shon Wancho, der bestes weißes Blut in sich haben soll, ist pechschwarz. Er ist ein wichtiger Mann, eine örtliche Berühmtheit, der allgemein gefürchtet und geachtet wird. Darum wird er auch nicht Wancho oder Jantje genannt, sondern *Shon* Wancho. Shon ist eine Art Titel wie Don im Spanischen.»

«Ein Zauberer», sagte der Commissaris zögernd.

Da Silva schlug donnernd auf die Schreibtischplatte. «Das haben Sie bereits gewußt?»

Der Commissaris antwortete nicht, sondern holte aus seiner Innentasche etwas, das in Seidenpapier eingewickelt war. Er öffnete das Päckchen vorsichtig und legte den Inhalt auf da Silvas Schreibtisch. «Wissen Sie, was das ist?»

Da Silva setzte seine Brille auf. Er musterte die Alraunen. «Nein, noch nie gesehen. Wurzeln, das erkenne ich, und sie sehen bösartig aus. Wie ist das möglich? Sie sehen aus wie Männchen, wie menschliche Wesen. Der winzige Zweig ist wie ein Penis, die Beine sind perfekt ausgebildet, sie haben Kopf und Arme. Und schauen Sie mal die behaarten Körper, sogar auf dem Kopf haben sie Haare, und die dunklen Flecken sind Augen. Männchen. Ekelhafte Männchen.» Er bekreuzigte sich.

«Ja», sagte der Commissaris, «sie machen auch mir angst. Wir haben sie auf Maria van Burens Hausboot gefunden. Sie hatte außerdem allerlei Kräuter und Hexenpflanzen. Sie standen zwischen Geranien und Begonien in Töpfen auf der Fensterbank. Dies sind Alraunen, die Wurzeln der Mandragorapflanze, einem Botaniker in Amsterdam zufolge so etwas wie das stärkste böse Kraut, das die Welt kennt.»

«Sie haben sie also der Hexerei verdächtigt?»

«Das ist kein Verbrechen», sagte der Commissaris, «und da es kein strafbarer Tatbestand ist, kann ich sie auch nicht verdächtigen. Die Schwarze Magie wird immer noch ausgeübt, wir begegnen ihr hin und wieder. Puppen, in die man Nadeln gesteckt hat, Menschen, die abgeschnittene Fingernägel und Haare anderer Leute aufbewahren. Vielleicht ist es hier häufiger, aber ich habe das Gefühl, daß die Schwarze Magie auch in Europa an Einfluß gewinnt. Die Hippies sind davon fasziniert, und Rauschgift kommt ebenfalls dabei vor.»

«Mandragorawurzeln», sagte da Silva nachdenklich, «ich hatte noch nie von der Mandragora gehört.»

Der Commissaris erzählte, was er über die Pflanze erfahren hatte. Da Silva hörte zu.

«Abscheulich. Und Sie hatten recht, als Sie sagten, daß Shon Wancho ein Zauberer ist. Er wohnt allein in einer Hütte im Norden der Insel in der Nähe von Westpoint. Er kommt fast nie mehr in die Stadt. Die Leute, die etwas von ihm wollen, gehen zu ihm.»

«Kennen Sie ihn?» fragte der Commissaris.

«Ja. Zwar nicht gut, aber ich bin ihm einmal begegnet. Vor einiger Zeit haben wir im Norden eine Leiche gefunden, und ich bin damals zu seiner Hütte gegangen. Er wußte nichts. Später stellten wir fest, daß es eine Schlägerei unter Betrunkenen gegeben hatte. Der Täter gestand sofort.»

«Und haben Sie sich damals eine Meinung über Shon Wancho gebildet?»

Da Silva rieb sich das Kinn. «Ich mochte ihn. Ja. Er hat einen prächtigen Kopf, ein sehr ruhiges und friedvolles Gesicht. Um Ihnen die Wahrheit zu sagen, ich war tief von ihm beeindruckt und habe seitdem oft an ihn gedacht.»

«Sie glauben nicht, daß er ein schlechter Mensch ist?»

«Nein, nein, ganz und gar nicht. Ich glaube eher, daß er ein guter Mensch ist, einer, der sich selbst kennt und darum auch andere kennt.

Ich glaube, Sokrates hat das gesagt, die größte Leistung ist die Selbsterkenntnis. Ich bin überzeugt, daß Shon Wancho ein weiser Mann ist.»

«Und Maria hat ihn regelmäßig besucht?»

«Ja, das behaupten die Spitzel. Jedesmal, wenn sie hier war, mietete sie sich einen Wagen und besuchte ihn täglich. Sie verließ das Hotel nach dem Frühstück und kam vor Einbruch der Dunkelheit zurück. Aber ich weiß nicht, was sie bei ihm gemacht hat. Das wird Ihnen nur Shon Wancho sagen können. Seine Hütte liegt direkt an der Küste und hinter Felsen verborgen. Die Leute hier sind abergläubisch und würden nicht wagen, den alten Mann heimlich zu beobachten.»

«Hm, hm», sagte der Commissaris, «ich werde ihm einen Besuch abstatten müssen.»

«Vielleicht sollten Sie das tun.»

«Und ich werde auch ihren Vater aufsuchen müssen. Ich nehme an, er weiß, wie seine Tochter ums Leben gekommen ist?»

«Wir haben es ihm gesagt», sagte da Silva.

«Tja.»

«Er war etwas verwirrt, obwohl er versuchte, sich zu beherrschen. Ich habe es ihm selbst gesagt.»

«Ich werde mir ein Auto mieten müssen.»

«Nein», sagte da Silva, «Sie bekommen einen Polizeiwagen mit Fahrer.»

Der Commissaris schüttelte den Kopf. «Vielen Dank, aber ich brauche nur eine Karte von der Insel. Es ist vielleicht besser, wenn ich die Untersuchung allein vornehme.»

«Wie Sie wollen», sagte da Silva, «aber uns stehen auch Zivilwagen zur Verfügung. Ich werde Ihnen einen guten aussuchen.»

12

Als Grijpstra seinen Kollegen de Gier im Hauptbahnhof erblickte, eingemummelt in einen dicken dunkelblauen Dufflecoat, geschmückt mit Fernglastasche an einem breiten Riemen, hatte er sich beherrschen müssen, um nicht laut herauszulachen. Aber jetzt beneidete er den Brigadier, der an der Reling der Fähre stand, warm und vergnügt in seinen vielen Textilien, während er selbst den Wind durch den dünnen Regenmantel spürte und seinen Hut festhalten mußte, der immer wegzuwehen drohte.

«Wie schön», sagte de Gier, der auf die See geschaut hatte. Die Wellen waren kurz und kräftig und grau. Sie reflektierten die schweren Wolken, die niedrig über ihnen hingen.

«Was?» fragte Grijpstra.

«Die See», sagte de Gier, «und die Luft und die Insel dort.»

Schiermonnikoog zeigte sich als dunkelgrüne Linie am Horizont. Der bewachsene Deich, ein von Menschen gebauter schützender Wall, der die fetten Weiden des Südteils der Insel verteidigt, unterbrach die scheinbar endlose Fläche des seichten Wattenmeeres, die um sie herum ausgebreitet war. Möwen segelten über und unmittelbar hinter dem Schiff und hielten sich mühelos durch kleine Schläge ihrer ausgebreiteten Flügel im Gleichgewicht.

«Es ist kalt», sagte Grijpstra. «In der Stadt ist der Frühling wärmer.»

«Aber wir sind nicht in der Stadt, sondern hier. Schau mal die Vögel. Und wir werden noch viel mehr sehen, denn die Insel ist ein Vogelparadies.»

«Ja», sagte Grijpstra, «das weiß ich. Ich bin früher schon mal dort gewesen, aber damals war es viel wärmer, ich glaube, es war Ende Juli. Ich habe dort mit den Kindern gezeltet.»

Seine Stimme klang schwermütig. De Gier wandte den Blick vom Meer ab. «Hast du es nicht hübsch gefunden?»

«Die Kinder fanden es hübsch.»

«Hast *du* es hübsch gefunden?»

«Nein.»

«Warum nicht?»

«Es war zu voll. Es gab dort so viele Zelte und Strandhäuschen und Menschen, die Karren zogen und Fahrräder schoben, daß ich glaubte, die Insel würde versinken. Alles war gedrängt voll. Man mußte eine halbe Stunde warten, ehe man im Restaurant einen Platz bekam. Und Sand, überall Sand. Und dabei stürmte es auch noch, so daß wir beinahe unser Zelt verloren hätten. Die Halteschnüre rissen, und es versuchte, aufs Meer hinauszufliegen. Und der Sand wehte mir in die Nase, ich mußte immerzu darin herumbohren.»

«Jetzt ist es viel besser. Die Ferien haben noch nicht begonnen.»

Grijpstra schaute mißtrauisch zu der größer werdenden Insel hinüber. Es hatte angefangen zu regnen.

«Du siehst nicht aus wie ein Vogelliebhaber», sagte de Gier, «sondern wie ein Kriminalbeamter. Hast du keine Mütze im Koffer? Niemand trägt hier einen Hut.»

«Nein», sagte Grijpstra mit einem schuldbewußten Gesicht, «aber ich werde den Hut gleich in den Koffer stecken, wenn er mir nicht vorher davonweht. Und vielleicht kann man dort so einen Mantel kaufen wie deinen.»

«Ah, jetzt ist der Mantel auf einmal gut? Ich dachte, du hättest ihn ein wenig lächerlich gefunden.»

«Ich habe nichts davon gesagt», sagte Grijpstra.

«Nein, aber so ein Gesicht hast du gemacht. Ich kenne das.»

«Ich hatte vergessen, daß wir Vogelliebhaber sind.»

«Macht nichts», sagte de Gier. «Weißt du eigentlich etwas über Vögel?»

«Möwen.»

«Das ist jedenfalls schon etwas. Kennst du noch mehr Vögel?»

«Schwäne.»

«Die wird es hier nicht geben.»

«Spatzen», sagte Grijpstra ungeduldig. «Was soll das überhaupt? Wenn hier Leute sind, die etwas über Vögel wissen, werden sie es uns erzählen. Wir brauchen dann nur sagen, daß sie recht haben. Weißt du denn so viel über Vögel?»

«Ja, sicher», sagte de Gier, «ich habe sogar ein Buch über Vögel, das ich mir gestern abend noch angesehen habe. Austernfischer mit roten Schnäbeln, zwei Arten von Bläßhühnern, die eine mit einem weißen und die andere mit einem roten Fleck, und Stockenten und...»

«Ja», sagte Grijpstra, er schrie es fast.

«Was ‹ja›?»

«Ich weiß. Versuche nicht, mich zu beeindrucken. Ich weiß genau, was Stockenten sind. Das sind die gewöhnlichen dicken Amsterdamer Enten, die man auf jeder Gracht sieht. Jeden Tag seh ich davon hundert oder zweihundert oder dreihundert oder...» Seine Stimme wurde immer lauter.

«Schon gut», sagte de Gier, «du weißt also, was eine Stockente ist, aber weißt du auch, was ein Kormoran ist?»

«Das interessiert mich kein bißchen», sagte Grijpstra und nieste.

«Warte», sagte de Gier und ging in den großen Passagierraum. Er kaufte zwei Pappbecher Kaffee mit Sahne und vier in Plastik verpackte fette Würstchen.

«Hier ist Kaffee. Der wird dich aufmuntern. Paß auf, er ist heiß. Du hast nicht gefrühstückt. Du hättest im Zug etwas trinken und essen sollen. Ich habe nicht daran gedacht.»

Grijpstra sah auf den Kaffee, der langsam im Pappbecher rotierte. Auf der Oberfläche der Flüssigkeit bewegten sich kleine Bläschen in unregelmäßigen Kreisen.

De Gier hatte seinen Kaffee bereits getrunken und zog ein Würstchen aus der Manteltasche. «Gute Würstchen. Ich habe auch zwei für dich, aber trink zuerst deinen Kaffee.»

Er zog die Plastikhaut von der Rolle fetten Fleisches.

Grijpstra sah das Würstchen an, warf den Becher mit Kaffee über Bord und beugte sich über die Reling. Der Wind griff nach dem Hut. De Gier betrachtete traurig sein Würstchen. Er öffnete die Hand, das Würstchen fiel ins Wasser und versank. Er sah, wie Grijpstras Hut von schaumgekrönten Wellen mitgenommen wurde.

«Da verschwindet dein Hut», sagte de Gier, «und du hast auf mein Würstchen gekotzt.»

Grijpstra mußte wieder würgen. De Gier ging zur anderen Seite des Schiffs und aß die drei restlichen Würstchen. Das Schiff näherte sich dem Hafen von Schiermonnikoog. Er ging in den Raum und holte Grijpstras Koffer und seine eigene Reisetasche. Sie trafen sich auf dem Fallreep.

«Geht es wieder?»

Grijpstra nickte und setzte den rechten Fuß auf den festen Boden der Insel.

«Es ist wieder einmal gut abgelaufen», sagte de Gier.

Grijpstra drehte sich um und nahm drohend seinen rechten Arm an den Körper. Seine große Hand hatte sich zur Faust geballt, die Augen waren zu lauernden Schlitzen zusammengekniffen.

«Tut mir leid», sagte de Gier, «ich habe die Würstchen nicht gekauft, damit dir übel wird. Ich dachte wirklich, daß du etwas essen mußt.»

«Mir war nicht übel, ich fühle mich ein wenig schlecht.»

«Ihm war nicht übel», sagte de Gier zu einem Mann, der neben ihm stand, «er mußte sich nur ein wenig übergeben.»

«Das kann jedem passieren», sagte der Mann, «aber es wird immer Witzbolde geben, die sich darüber lustig machen. Je elender sich ein anderer fühlt, desto glücklicher sind sie.»

«Ein Freund», sagte de Gier, «Grijpstra, du hast einen Freund.»

Sie sprachen nicht mehr miteinander, bis der Bus sie in der Stadt abgesetzt und der Fahrer ihnen ein Hotel gezeigt hatte.

Sie nahmen ein Doppelzimmer. Grijpstra öffnete gleich seinen Koffer und begann darin zu wühlen. Er zog eine dicke Kordhose, einen groben Pullover und Armeestiefel mit ledernen Schnürriemen an.

«So», sagte Grijpstra.

«Prächtig. Aber jetzt brauchst du noch einen Mantel.»

«Du solltest mir einen kaufen.»

«Und wenn ich einen anbringe, den du nicht haben willst?»

«Nein», sagte Grijpstra, «du hast einen guten Geschmack. Und meine Größe kennst du auch. Ich gehe jetzt nach unten und spiele Billard und rufe den Adjudant der Rijkspolitie an. Wenn er kommt, wird er eine Partie mitspielen, und dann können wir Pläne machen. Heute nachmittag werden wir uns ein wenig umsehen. Ich will mir IJsbrand Drachtsmas Haus ansehen. Später können wir uns dann zu erkennen geben. Vielleicht wird er verwirrt, wenn er merkt, daß wir die Ermittlungen auf die Insel verlegt haben.»

«In Ordnung», sagte de Gier und ging hinunter auf die Straße. Er fand drei Bekleidungsgeschäfte, aber keines hatte einen Dufflecoat vorrätig. Schließlich kaufte er eine gelbe Segeltuchjacke, eine dazu passende übergroße Hose und einen Südwester. Der Ladeninhaber versprach, die Sachen umzutauschen, falls der Kunde nicht zufrieden sei. Er fand Grijpstra in der Gaststube des Hotels, einem niedrigen, verräucherten Raum. Grijpstra stand am Billardtisch und sprach mit einem kleinen, breitschultrigen Mann, der einen blauen Anzug mit blankgewetzten Ellbogen, ein weißes Hemd und eine Krawatte trug.

«Adjudant Buisman», sagte der Mann, «ich freue mich, dich kennenzulernen, Brigadier. Ich habe schon viele Geschichten über dich gehört, als Grijpstra hier auf Urlaub war.»

«Was für Geschichten?»

«Gute Geschichten», sagte Grijpstra. «Du kannst mitspielen, wenn du versprichst, den Filz nicht zu durchbohren und die Queuespitze einzukreiden, bevor du einen Stoß machst.»

«Gut», sagte de Gier, «bin ich schon dran?»

«Ja.»

De Gier betrachtete die Position der Kugeln. «Welche Kugel?»

«Die dir am nächsten ist.»

Die andere weiße Kugel lag dicht bei der roten, so daß er kaum vorbeistoßen konnte. De Gier spürte, daß die anderen hofften, er werde den Stoß verpatzen, und betrachtete die Kugeln, während er sein Queue einkreidete.

«Komm schon», sagte Buisman.

De Gier stieß und traf mit seiner Kugel die rote an der Seite und die weiße in der Mitte. Er hatte zuviel Kraft in den Stoß gelegt, aber er hatte einen Punkt gemacht.

Buisman sah Grijpstra an.

«Gut», sagte Grijpstra, «aber den nächsten schaffst du nicht.»

Die Kugeln lagen weit auseinander, de Gier kreidete seine Queuespitze ein. Er mußte jetzt über Bande spielen und erinnerte sich dabei an das, was er auf der Polizeischule gelernt hatte. Einer seiner Freunde dort wollte mit ihm immer nur dann ein Bier trinken, wenn die Runde vorher ausgespielt wurde. Er hatte de Gier immer gezwungen, sein Bestes zu geben, denn er war arm damals, während sein Freund immer einen Zuschuß von zu Hause erhielt.

Er stieß und machte noch einen Punkt. Buisman stampfte mit dem Queue auf den Fußboden und bestellte drei Klare.

De Gier machte noch einen dritten und vierten Punkt. Grijpstra begann zu schwitzen.

«Ihr seid dran», sagte de Gier, als die nächste Kugel nicht traf.

«Gar nicht schlecht», sagte Grijpstra. «Ich dachte, du magst Billard nicht und hast an deinem Judo genug.»

«Ach», sagte de Gier bescheiden, «das ist nur eine Frage der Konzentration, weißt du.» Aber das hätte er nicht sagen sollen, denn danach gelangen ihm nur noch die ganz leichten Stöße, so daß Grijpstra ihm mitleidig auf die Schulter klopfen konnte. «Das Glück des Anfängers, mein Freund.»

Adjudant Buisman nahm ihn in Schutz. «Ach, nein. Der Brigadier hat bestimmt Talent. Er muß nur etwas üben. Wie lange wollt ihr übrigens bleiben?»

«Nicht lange», sagte Grijpstra und erklärte, warum sie gekommen waren.

«IJsbrand Drachtsma», sagte der Adjudant leise. «Nun, das hätte ich nicht gedacht. Ich kenne ihn ziemlich gut, wißt ihr. Er hat mich gelegentlich auf seine Yacht mitgenommen, und hier haben wir auch schon Billard miteinander gespielt. Ab und zu ist er auch mit mir auf dem Polizeiboot mitgefahren. Er ist auf dieser Insel ein großer Mann und könnte Bürgermeister werden, wenn er wollte, aber er hat andere Dinge im Kopf. Und jetzt meint ihr, er hätte etwas mit dieser toten Dame zu tun?»

«Sie war seine Freundin», sagte de Gier.

«Ja, ja», sagte der Adjudant, «wenn er hinter den Frauen her war, dann natürlich dort, wo es nicht schadete. Amsterdam ist eine andere Welt. Hier geht er nur spazieren, oder er sitzt mit seiner Frau am offenen Kamin. Seine Frau strickt viel. Sie hat mir einen schönen Schal gestrickt. Er hat eine sehr schöne Villa. Ich bin vor kurzem noch dort gewesen.» Er machte einen Punkt, nachdem er die Kugel über zwei Banden gespielt hatte. «Aber er hat ein Alibi, sagt ihr?»

«Ja», sagte Grijpstra.

«Und warum regt ihr euch dann so auf?»

Grijpstra erzählte ihm von seinen Vermutungen.

Der Adjudant lehnte seinen Queue an den Billardtisch. «Aber das ist doch zu dumm. Ihr habt keinen einzigen Beweis. Ein bezahlter Killer! Glaubt ihr wirklich, unser IJsbrand hätte einen Schuft gefunden, der für eine Handvoll Banknoten eine schöne Frau kaltmacht, indem er ihr ein Messer in den Rücken wirft?»

«Es könnte sein», sagte de Gier.

«Könnte, könnte... alles kann sein. Nun, ja. Ihr seid von der Kripo und müßt wissen, was ihr zu tun habt. Ich habe davon keine Ahnung. Ich bin nur ein einfacher uniformierter Polizist und habe mit Toten nicht viel zu tun gehabt. Nicht einmal mit den vielen Touristen. Jedes Jahr kommen mehr und rennen über die Insel wie Ratten über eine Leiche. Wenn wir nicht aufpassen, nehmen sie in ihren Schuhen eines Tages den ganzen Sand mit. Aber ein Verbrechen hat es noch nicht gegeben. Sie lümmeln nur etwas herum. Es sind einfach Verrückte. Und bei Vollmond sind sie überhaupt nicht zu halten. Wir organisieren natürlich allerlei Spielchen und Wanderungen und Wettkämpfe für sie. Man muß sie beschäftigen, wißt ihr.»

De Gier grinste.

«Ja, du findest es komisch, aber dies ist einmal eine herrlich stille

Insel gewesen, eine schöne Insel mit Seehunden und Vögeln. Wir haben immer noch Vögel hier, aber nur, weil wir kilometerlange Hekken gepflanzt und einige hundert Verbotstafeln aufgestellt haben. Die Menschen meinen es nicht böse und gehorchen, wenn man ihnen genau sagt, was sie dürfen und was nicht, aber wenn man nicht darauf achtet, gehen sie dennoch weiter, zertreten das letzte Ei und reißen die letzte Blume ab und sind dann eines Tages sprachlos vor Erstaunen, wenn sie auf einer kahlen Fläche stehen.»

«Ja», sagte de Gier, «in Amsterdam haben wir sie auch jeden Sommer.»

«Dort können sie nichts anrichten, es ist schwierig, die Gebäude auseinanderzurücken. Habt ihr noch mehr Verdächtige? Wirklich Verdächtige, meine ich, solche ohne Alibi.»

«Die haben wir auch», sagte Grijpstra und berichtete dem Adjudant von dem Nachbarn Bart, dem Mann mit der roten Weste und dem Diplomaten. Der Adjudant schüttelte weiter den Kopf.

«Ja, ja», sagte er schließlich, «vielleicht ist etwas dran. Unser IJsbrand ist ein Kraftprotz und nicht der Mann, der sich gern in die Quere kommen läßt. Ein Kriegsheld und großer Geschäftsmann und so weiter, aber hier ist er nicht so. Er stammt von dieser Insel, wie sein Vater, und fühlt sich hier zu Hause. Er ist an jedem Wochenende und Feiertag hier, und im Urlaub segelt er auf dem Wattenmeer, weil die Insel dann zu voll ist. Oder er sitzt in seiner Villa, deren Garten von einer hohen Mauer umgeben ist.»

«Vielleicht ist sein Alibi nicht hundertprozentig», sagte de Gier, «denn nur zwei deutsche Geschäftsleute haben gesagt, er sei hier gewesen, als Maria van Buren ermordet wurde.»

«Der Krieg ist vorbei», sagte der Adjudant.

«Ja.»

«Man kann den Deutschen wieder trauen.»

«Ja.»

«Wann ist diese Dame gestorben?»

«Vor acht Tagen.»

«Heute ist Sonntag», sagte der Adjudant, «also ist IJlsbrand zu Hause. Am vergangenen Wochenende war er ebenfalls hier. Das weiß ich sicher, denn ich habe ihn nachmittags im Dorf gesehen, nachmittags, als das Fährboot bereits abgefahren war. Wir haben uns noch kurz miteinander unterhalten. Das war Samstag nachmittag, also konnte er abends nicht in Amsterdam sein. Wir haben hier keinen Flugplatz.»

«Und seine Yacht?» fragte Grijpstra. «Es soll ein schnelles Boot mit einem starken Motor sein, und wenn er erst am Festland ist, kann er innerhalb von eineinhalb Stunden in Amsterdam sein, vielleicht noch schneller, wenn er Vollgas fährt.»

«Ja», sagte der Adjudant, «aber das Boot lag hier. Ich weiß es zwar nicht ganz sicher, aber mein Kollege wird es bestätigen können. Er ist an dem Abend noch mit dem Polizeiboot rausgefahren, wie meistens am Samstagabend, nur so zum Spaß. Aber IJsbrand könnte ein anderes Boot benutzt haben. Boote gibt es hier genug. Jedem würde es eine Ehre sein, IJsbrand sein Boot zu leihen.»

«Vielleicht hat er gar nicht um ein Boot gebeten», sagte de Gier. «Die meisten sind nicht abgeschlossen, und IJsbrand ist geschickt genug.»

Der Adjudant überlegte. «Vielleicht, aber die deutschen Geschäftsleute sagten, er habe an dem Abend zu Hause mit ihnen getrunken und Musik gehört, jedenfalls habt ihr das gesagt. Und euer Commissaris wird das alles genau überprüft haben.»

«Ja», sagte Grijpstra.

Adjudant Buisman bestellte noch eine Runde. Sie tranken und schmatzten und sahen einander an.

«Nehmen wir an, er hat die Sache durch einen anderen erledigen lassen, wie wollt ihr das dann beweisen?»

«Dann müssen wir den anderen noch finden», sagte Grijpstra, «aber vielleicht finden wir ihn hier auf der Insel, bespielsweise einen alten Freund von IJsbrand, der eine Menge Geld gebrauchen konnte, oder jemand, der IJsbrand bewundert.»

«Wartet mal», sagte Buisman, «das Messer. Ihr habt gesagt, das Messer sei geworfen worden, ein Soldatenmesser. Ich könnte mich erkundigen, ob auf der Insel jemand ist, der mit Messern werfen kann. So aus dem Kopf wüßte ich keinen. Die Aufseher, die für den Naturschutz verantwortlich sind, haben alle feststehende Messer, und die Bootsbesitzer, also fast jeder hier, haben ebenfalls Messer. Vielleicht finde ich auch noch jemand, der damit werfen kann.»

«Du könntest es versuchen», sagte Grijpstra, «dir fällt es leichter als uns. Wir sind Fremde, aber dir vertraut man. Und ich gebe zu, daß keine wirkliche Spur zu dieser Insel führt, aber wir hatten nichts anderes zu tun. Wenn der Commissaris aus Curaçao zurückkommt, wird er uns gleich Nachricht geben, so schnell wie der Blitz wieder nach Amsterdam zu kommen. Aber wir wollen die uns zur Verfügung stehende Zeit so gut wie möglich nutzen.»

«Richtig», sagte der Adjudant, «das hört sich besser an. Ihr könnt einen schönen Urlaub machen. Ich werde nach dem Messerwerfer suchen, ihr könnt euch ein wenig umsehen und ausruhen. Ihr habt vorhin über Vögel gesprochen. Jetzt ist die beste Zeit, sie zu beobachten. Wißt ihr was? Geht heute abend früh in die Klappe, dann hole ich euch morgen früh ab. Die Vögel paaren sich jetzt, und ich kann euch herrliche Anblicke zeigen, etwas, das ihr in der Stadt nie zu sehen bekommt. Was haltet ihr davon?»

Buismans Gesicht strahlte vor Zufriedenheit. Grijpstra brachte es nicht übers Herz, sich zu weigern, aber er versuchte es dennoch.

«Unser Kollege hier ist ein großer Vogelliebhaber. Er hat mir vorhin auf der Fähre eine ganze Menge darüber erzählt. Und er kennt viele Vögel. Ihr könnt ja zusammen gehen, dann sehe ich euch später beim Frühstück. Ich bin etwas erkältet, wißt ihr.» Er begann zu husten.

«Nein», sagte de Gier, «du gehst auch mit. Dann kannst du mal Enten sehen, die es in Amsterdam nicht gibt, alle möglichen Arten.»

«Ja», sagte Buisman, der seine Jacke anzog, «komm nur mit. Du wirst es nicht bereuen. Und wenn du früh zu Bett gehst und ein Aspirin nimmst, ist deine Erkältung auch weg. Und ich glaube, ich kann dir Vögel zeigen, von denen du nicht einmal wußtest, daß es sie gibt.»

«Wann wirst du uns holen kommen?» fragte Grijpstra schwermütig.

«Früh», sagte Buisman, «sonst habt ihr nichts davon. Um halb vier werde ich vor der Tür auf euch warten. Zieht euch warm an. Habt ihr ein Fernglas?»

De Gier nickte.

«Du, Grijpstra?»

«Nein, ich habe keines.»

«Macht nichts. Ich werde dir eines von der Polizei leihen. Das sind zwar schwere Gläser, aber sehr scharfe. Wenn du nur vorsichtig damit umgehst, denn sie kosten ein Vermögen. Also, bis morgen.»

«Verrecke», sagte Grijpstra, nachdem der Adjudant die Tür hinter sich geschlossen hatte, «und verrecke noch einmal. Warum mußtest du mich dabeihaben? Genügt es nicht, daß du mich auf dem Schiff mit deinen dreckigen Affenpimmelwürstchen zum Kotzen gebracht hast? Muß ich jetzt auch noch mitten in der Nacht durch den Schlamm waten, um zu sehen, wie Vogelpaare einander bespringen? Ein Scherz ist gut, aber dies geht wirklich zu weit. Manchmal übertreibst du es, weißt du das?»

Er hatte ein feuerrotes Gesicht und schlug so hart auf den Tisch, daß der Wirt hinter der Theke erschrocken aufblickte.

«Meinst du, ich finde das lustig?» fragte de Gier, dessen Gesicht ebenfalls rot geworden war. «Und wer hat dem Adjudant erzählt, ich wäre verrückt auf Vögel? Du weißt genau, daß ich dich auf dem Boot nur aufgezogen habe. Dachtest du, ich wüßte etwas über Bläßhühner und Kormorane und was weiß ich für Vögel? Das waren nur einige Namen, die mir gerade einfielen. Wir brauchen den Adjudant noch. Und wir können ihn nicht verärgern, indem wir seine gutgemeinte Einladung abschlagen. Ich mag auch keinen Genever mitten am Tag, aber ich habe mitgetrunken, um ihn nicht vor den Kopf zu stoßen. Und ich würde es verfluchen, wenn ich im Schlamm herumstampfe und du hier angenehm schnarchst und herumstinkst.»

Grijpstra fing an zu lachen, und de Gier, der zuerst versucht hatte, ein böses Gesicht zu machen, lachte mit. Nach wenigen Augenblicken liefen ihm Tränen über das Gesicht, und kreischend vor Vergnügen bestellten sie noch mehr Genever und klopften sich gegenseitig hilflos auf den Rücken.

«Halb vier Uhr morgens», sagte de Gier.

«Und zu keinem jemals ein Wort davon.»

«Versprochen», sagte de Gier.

Sie gaben einander die Hand und gingen ins Speisezimmer zu einem späten Lunch.

An diesem Abend schliefen sie um neun Uhr, erschöpft vom Billard und vom Trinken.

13

«Verzeihung», sagte eine gepflegte und melodiöse Stimme, «hätten Sie etwas dagegen, wenn ich mich für einen Augenblick an Ihren Tisch setze?»

Der Commissaris sah von seinem Teller mit gebratenen Nudeln und Garnelen auf. Er hatte gegessen und gleichzeitig eine Karte von der Insel studiert. Die Karte hatte er zwischen Tellerrand und eine halbvolle Bierflasche geklemmt. Die Störung kam ihm ungelegen, nachdem er da Silvas Einladung zu einem Lunch im Pflanzerclub ausgeschlagen hatte. Er war eine Weile herumgelaufen und hatte dieses preiswerte chinesische Restaurant gefunden, wo er mindestens zehn Minuten lang die Speisekarte studiert und dann gebratene Nudeln bestellt hatte, denn die bestellte er immer in chinesischen Restaurants. Die Garnelen hatte er genommen, weil der Kellner sie speziell empfohlen hatte. Und jetzt war jemand anders da, der geduldig neben seinem Stuhl stand und etwas von ihm wollte.

«Nein», sagte der Commissaris, «nehmen Sie Platz.» Er gab dem Mann die Hand.

«Van der Linden», sagte der sauber gekleidete Herr. «Ich habe Sie gestern auf dem Flugplatz gesehen, als Hoofdinspecteur da Silva Sie abholte, und gestern abend in der Halle Ihres Hotels noch einmal, und jetzt begegne ich Ihnen das dritte Mal. In Curaçao läuft man sich nicht dreimal innerhalb von zwei Tagen über den Weg, ohne einander beim Namen zu nennen. Deshalb habe ich mir die Freiheit genommen, Sie kennenzulernen.»

Der Commissaris lächelte und sah den alten Herrn an. Mijnheer van der Linden mußte bestimmt 70 Jahre alt sein, aber seine Augen glänzten lebendig in einem Gesicht, das wie mit gelblichweißem Leder überzogen zu sein schien.

«Ich bin Tourist», sagte der Commissaris. «Ich nehme an, Sie haben schon Tausende und Abertausende Touristen auf Ihrer Insel gesehen, ohne sie nach ihrem Namen gefragt zu haben.»

Mijnheer van der Lindens Augen zwinkerten, seine pomadisierten Schnurrbartenden zitterten. «Nein, Mijnheer, verzeihen Sie, daß ich Ihnen widerspreche, aber Sie sind kein Tourist.»

«Nein?» fragte der Commissaris.

«Nein. Ein Tourist verfolgt kein bestimmtes Ziel. Er streift nur umher und betrachtet die Schaufenster. Er trägt ein geblümtes oder gestreiftes Hemd und hat eine laute Stimme. Er muß Lärm machen, weil er sonst seine Identität verliert.»

«Aha.»

«Ein Tourist trägt keinen Shantunganzug, komplett mit Weste. Ihre Weste ist mir vor allem aufgefallen, wissen Sie. Es muß schon Jahre her sein, seit ich jemand mit Weste gesehen habe.»

Der Commissaris sah hinunter auf seine Weste. «Tja, die Weste gehörte zum Anzug», sagte er, als müsse er sich entschuldigen, «und sie ist kühl, weil sie nicht gefüttert ist, wie Sie sehen. Und ich trage immer eine Weste. In der linken Tasche habe ich mein Feuerzeug und in der rechten meine Uhr. Es ist eine Frage der Gewohnheit, denke ich.»

Mijnheer van der Linden brach in lautes Lachen aus. «Sie brauchen mir nichts zu erklären, sondern ich sollte Ihnen erklären, warum ich Sie belästige. Ich bin Anwalt, wissen Sie, und habe hier viele Jahre praktiziert, so lange, daß ich mich nicht mehr daran erinnern kann, wie lange es war. Als ich dann damit aufhören mußte, bin ich hier geblieben. Ich habe mich an Curaçao gewöhnt. Sie sind Polizeibeamter, nicht wahr?»

«Ja.»

«Ich habe erwartet, daß ein holländischer Polizeibeamter kommt. Wenn jemand von uns bei Ihnen drüben in Schwierigkeiten gerät, dann liegen deren Wurzeln gewöhnlich hier auf dieser Insel.»

«Haben Sie eine Idee, die uns nützen könnte?» fragte der Commissaris und bot eine Zigarre aus seiner Blechdose an.

«Nein, vielen Dank. Ich darf nicht mehr rauchen. Es ist schade genug. Wir haben hier immer die großen kubanischen Zigarren vorrätig, und wenn man die abends in meinem Garten unter dem großen Tamarindenbaum raucht, kann man auf tiefe Gedanken kommen. Konnte man auf tiefe Gedanken kommen, muß ich jetzt sagen. Ja, vielleicht habe ich eine Idee. Haben Sie festgestellt, womit Maria sich bei Ihnen in Amsterdam beschäftigt hat? Amsterdam klingt für mich jetzt schon exotisch. Seltsam, nicht wahr? Denn ich bin echter Niederländer, dort geboren.»

«Ein Macamba», sagte der Commissaris.

«Wie ich sehe, haben Sie hier bereits etwas gelernt. Maria war ein mutiges Mädchen. Sie hatte Ideen, vielleicht sogar Ideale. Die meisten Mädchen hier haben keine. Sie wollen nur heiraten und Kinder kriegen. Maria glaubte nicht daran. Vielleicht ist es gut, daß sie eine Seltenheit war, denn wenn man hier ihren Lebensstil übernähme, würde alles aufhören.»

«Keine Menschen mehr», sagte der Commissaris, «vielleicht das schönste Ideal, an das der Mensch denken kann.» Er stieß einen Rauchring aus.

«Ja, wirklich. Eine interessante Theorie. Bleiben Sie noch für eine Weile hier?»

«Nein, nicht lange.»

«Schade. Ich habe noch eine Flasche guten Cognac, die wir unter meinem Baum leeren und dabei überlegen könnten, wie eine Welt ohne Menschen sein würde. Ein sehr schöner Gedanke. Wir könnten uns dann nicht beklagen, daß wir nicht existieren.»

«Maria war die Freundin von mindestens drei reichen Männern», sagte der Commissaris.

«Ja. Meine Konzentration hat sich verschlechtert. Eine Alterserscheinung, sagt mein Arzt. Aber Maria war keine Hure. Ich habe sie als Kind gekannt und glaube, daß sie den Geist einer Entdeckungsreisenden hatte. Sie vermutete, daß die Welt ein Geheimnis ist, und wollte darin eindringen. Und natürlich mochte sie Männer – wie alle schönen Frauen. Männer bestätigen ihnen, daß sie schön sind. Maria hat damit experimentiert, Menschen zu manipulieren, was gelegentlich glückt, aber man kann auch gegen Kräfte laufen, die stärker sind, als man selbst ist.»

«Und eine dieser Kräfte hat sie getötet.»

«Das wäre möglich», sagte van der Linden, «aber es könnte auch sein, daß sich jemand über ihre Lebensweise geärgert hat.»

«Es gibt Hinweise, daß sie sich um Hexerei bemüht hat.»

«Hexerei», sagte van der Linden und lachte.

«Sie glauben nicht daran?»

«Aber natürlich glaube ich daran. Ich lebe schon lange und habe den größten Teil meines Lebens auf dieser Insel oder ähnlichen Inseln verbracht. Es gibt Schwarze Magie, davon bin ich überzeugt. Es ist eine Menge Hokuspokus dabei, aber das ist bei der Reklame auch so. Und niemand wird leugnen, daß die Reklame Auswirkungen auf die Menschheit hat. Aber Schwarze Magie ist Quatsch, genau wie Reklame.»

«Magie ist Quatsch?» fragte der Commissaris.

«*Schwarze* Magie ist Quatsch. Sie ist nicht echt. Schwarze Magie ist eine Perversion der echten, und alle Perversionen sind Quatsch. Anderen Schmerzen oder Schaden zuzufügen ist eine kindliche Beschäftigung.»

«Und Sie glauben, daß Maria sich mit Schwarzer Magie befaßt hat?»

Van der Linden spreizte seine Hände auf den Knien und betrachtete sie eine Weile. Zuerst die eine, dann die andere. «Ja», sagte er schließlich.

«Und Sie meinen, daß sie dadurch ums Leben gekommen ist?»

Der Commissaris mußte wieder auf eine Antwort warten.

«Ja», sagte Mijnheer van der Linden.

Das Auto rüttelte auf einer schlechten Wegstrecke, wobei der Commissaris den Faden seiner Gedanken verlor. Er hatte das Modell seiner Theorie so verändert, daß Mijnheer van der Lindens Beobachtungen dazu paßten. Und jetzt fiel ihm ein, daß da Silva ihm geraten hatte, dem Wald von Curaçao besondere Aufmerksamkeit zu schenken. Der Wald sei zweihundert Meter lang. An der Stelle führte die Straße steil nach unten und dann wieder steil nach oben. An der tiefsten Stelle solle er anhalten und aussteigen. Da Silva hatte ihm empfohlen, mindestens fünf Minuten im Wald zu verbringen und zu versuchen, die alte Atmosphäre der Insel einzufangen. Vielleicht werde es ihm gelingen, aufs neue zu spüren, wie die Insel zu Beginn des 15. Jahrhunderts gewesen sein mußte, als die Indianerstämme noch auf Curaçao wohnten, fischten und jagten und zu Fremden gastfreundlich waren und große Hütten bauten, die in die Landschaft paßten, und nach einer Religion lebten, die auf Magie beruhte.

Der Commissaris fand die beschriebene Stelle. Er parkte den Wagen im Schatten eines großen Dornenbaums und stellte den Motor ab. Er setzte sich auf einen Felsen, sah sich ein wenig um und schloß die Augen.

«Das Echte», sagte er laut, «nicht die Perversion. Schmerzen zufügen und Macht ausüben, das ist die Perversion. Also muß das Echte das Gegenteil davon sein: heilen und wiederherstellen und befreien. Sich und andere befreien.»

Er versuchte, nicht an die Bäume und Sträucher in seiner Nähe zu denken, sondern ihre Anwesenheit zu spüren, aber sein Geist wollte sich nicht beruhigen. Er steckte sich eine Zigarre an und stieg wieder in den Wagen.

Er fuhr entlang der Küste und hörte das Meer, dessen Wellen sich an den Klippen brachen. Der Wald war in die Cunucu übergegangen, die ausgetrocknete Steppe, in der die Dornensträucher die Kahlheit nur unterstrichen. Gelegentlich überholte ihn ein Auto, oder ihm kam eines entgegen, aber sonst rührte sich nichts, bis auf die Cabrietziegen, die trockene Pflanzen an den Wurzeln abrissen. Plötzlich mußte er scharf bremsen, denn quer über die Straße glitt eine große Eidechse, die ihn aus ihren Reptilienaugen unter den schweren Lidern gereizt ansah.

Er mußte jetzt in der Nähe des kleinen Hauses von Shon Wancho sein. Er hielt an, als er seitlich der Straße zwischen dürren Bäumen eine Hütte sah. Die schwarze Frau, die auf sein Rufen hin herangeschlurft kam, erklärte ihm den Weg in einem langsamen reinen Niederländisch. Er bedankte sich und nahm seinen Hut ab. Ihr Lächeln war eine Mischung aus Freundlichkeit und Erstaunen.

Die Straße führte nicht zu dem Häuschen, so daß er noch fast einen Kilometer einem schmalen Weg folgen mußte, bis er den Felsen erreichte. Als er endlich den langen und dünnen schwarzen Mann gefunden hatte, fühlte er sich heiß und erschöpft, der Anzug klebte ihm am Leib.

«Guten Tag, Shon Wancho», sagte der Commissaris und nahm den Hut ab.

Als er später versuchte, sich an die einzelnen Geschehnisse bei dieser Begegnung zu erinnern, wollte nichts zueinander passen. Er versuchte es noch oft, aber vergebens.

Die größte Schwierigkeit dabei war, daß kein wirkliches Gespräch stattgefunden hatte. Shon Wancho hatte nicht eine einzige Frage beantwortet. Und nach einigem Gestammel hatte der Commissaris keine Fragen mehr gestellt. Eine unwirkliche, beinahe gruselige Erfahrung. Als Kriminalbeamter hatte er gelernt, Situationen zu schaffen. Die Gegenpartei, ob Verdächtiger oder Zeuge, saß immer am kürzeren Ende. Es war ihm immer gelungen, das Opfer zu fangen, indem er dessen Angst oder Gefühl der Wichtigkeit oder dessen Eifersucht ausnutzte. Er hatte seinen Opfern abwechselnd geschmeichelt und gedroht. Und dann redeten sie. Immer. Er hatte sie ruhig, höflich und freundlich mit einer Frage hier und einer Bemerkung da in die Ecke getrieben. Sie hatten Angst gehabt, Angst vor dem Gefängnis oder vor dem Verlust ihres guten Rufs. Sie hatten anderen schaden wollen. Sie waren besorgt.

Aber Shon Wancho war überhaupt nicht besorgt. Als der Commissaris ihn fand, war der alte Mann in seinem Garten beschäftigt. Er hatte die Ranke einer Kletterpflanze in der Hand, eine Ranke mit graugrünen Blättern und zartgelben Blüten. Sie hatte sich losgerissen und erhielt jetzt einen neuen Halt. Der Garten umgab ein kleines Haus, das aus zwei Zimmern und einer überdeckten Veranda bestand. Das Dach wurde von Balken gestützt, die aussahen, als seien sie am Strand gefunden worden, gebleicht durch hundert Jahre grellen Sonnenlichts. Shon Wancho war seinem Gast entgegengegangen und hatte den Commissaris behandelt, als sei dieser ein müdes kleines Kind, das zu lange in der Sonne gespielt hatte. Er wurde zu einer Stelle geführt, wo er Gesicht und Hände in kühles Wasser tauchen konnte. Er bekam ein Glas Fruchtsaft und wurde an der Hand zu einem Schaukelstuhl geleitet, der im Schatten der Veranda stand, von wo aus er die Blumen im Garten sehen konnte. Er brauchte nicht zu erklären, warum er gekommen war. Der Commissaris hatte es versucht, aber die Sätze waren unvollendet geblieben. Die ruhigen, halbgeschlossenen Augen des schlanken, eleganten Mannes zeigten einen freundlichen Mangel an Interesse am Gestammel eines verwirrten Geistes. Er gab nicht nur keine Antwort, sondern er nahm die Fragen des Commissaris nicht einmal zur Kenntnis. Er lehnte sich nur an einen der gebleichten Pfähle der Veranda. Der Commissaris wurde ärgerlich und wiederholte sich, wobei die Wörter durcheinanderpurzelten. Er hatte das Gefühl, als müsse er einen nicht vorhandenen Gegenstand wegschieben, aber gleichzeitig spürte er eine Übereinstimmung in seinem Verstand, daß der ihm gegenüberstehende Neger recht hatte. Es war nichts geschehen. Warum machte sich der Polizeibeamte also eigentlich Sorgen? Die Ruhe seines Gastgebers begann ihn zu durchdringen. Er sah jetzt auch Shon Wanchos Gesicht, den kleinen Spitzbart, das hohe Jochbein, die dicken, geschwungenen Lippen, die den breiten Mund einrahmten, die kleine Hakennase. Ein nobles Gesicht. Das Gesicht eines Häuptlings, eines Edelmannes.

Dieser Mann braucht nichts, sagte er zu sich, wobei ihn ein beifälliges Beben durchfuhr.

Nein, kein Häuptling, dachte er jetzt. Ein Häuptling braucht seinen Stamm. Und ein Edelmann legt Wert auf seinen Titel.

Seine Bemühungen, den Mann einzuordnen, schlugen fehl. Und plötzlich spürte er, daß es ihm auch einerlei war. Die Ruhe Shon Wanchos war zu stark; der Commissaris ergab sich ihr. Shon Wancho sah den Commissaris nicht mehr an. Er hatte sich auf einen niedrigen Hocker in die Nähe des Schaukelstuhls gesetzt. Er hielt sich aufrecht und schaute vor sich hin, auf den Garten und das Meer.

Zusammen erlebten sie den tropischen Sonnenuntergang, die plötzliche Explosion der Farben, die zerbarsten und ineinander übergingen. Und dieses Zusammenspiel verwischte die letzten Gedanken des Commissaris, es ging nichts in ihm mehr vor, während er weder wach war noch schlief.

Nach einer Weile stand er auf, fand seinen Hut und setzte ihn auf. Bevor er ging, berührte Shon Wancho ihn noch kurz mit den Fingerspitzen der rechten Hand am Oberarm und lächelte.

Und was hast du nun eigentlich herausgefunden? fragte sich der Commissaris immer wieder, als er nach Willemstad zurückfuhr. Was hast du nun herausgefunden?

Er hatte noch einen Besuch zu machen. Er parkte den Wagen bei einer Telefonzelle und wählte die Nummer Mijnheer de Sousas.

Mijnheer de Sousa war selbst am Apparat.

«Ja, Commissaris», sagte Mijnheer de Sousa, «Hoofdinspecteur da Silva hat mir gesagt, daß Sie anrufen würden.»

«Ich würde Sie gern aufsuchen», sagte der Commissaris.

«Morgen?»

«Nein, morgen fliege ich bereits zurück. Leider habe ich nur wenig Zeit zur Verfügung. Wenn es Ihnen recht ist, würde ich gern sofort kommen. Ich habe auf der Karte nachgesehen und glaube, daß ich innerhalb weniger Minuten bei Ihnen sein kann.»

«Sie sind willkommen», sagte Mijnheer de Sousa.

Der Commissaris fand das Haus, eine palastartige Villa. Sie stand auf einem Hügel und hatte eine mit Palmen gesäumte Auffahrt. Mijnheer de Sousa wartete vor dem Haus auf ihn, öffnete ihm die Autotür und ging ihm voraus zur Eingangstür.

Das Haus strahlte Reichtum aus. Der Korridor war breit und hatte eine hohe Stuckdecke. Überall waren Zierpflanzen, Statuen und Porträts in Öl von Männern, wahrscheinlich Plantagenbesitzer, die in Reithosen gekleidet waren und Reitgerten in der Hand hielten, sowie von Damen mit turmhohen Frisuren und Kleidern aus steifer Spitze. Während sie den Korridor entlanggingen auf dem Weg zum Arbeitszimmer Mijnheer de Sousas, schlurfte ein Diener hinterher, der ein mit Flaschen und Gläsern beladenes silbernes Tablett trug. Nachdem sie zehn Minuten mit Höflichkeiten überbrückt hatten, konnte der Commissaris den Namen Maria erwähnen.

«Ja», sagte Mijnheer de Sousa, wobei seine Hängewangen bebten, «meine Tochter. Sie ist tot.»

Der Commissaris war nicht imstande, noch Fragen zu stellen. Er wartete.

«Ich habe sie verstoßen», sagte Mijnheer de Sousa und trocknete sein glänzendes Gesicht mit einem großen Taschentuch, in das seine Initialen gestickt waren, «meine eigene Tochter, das intelligenteste, das schönste meiner Kinder. Ich wollte sie in meinem Haus nicht mehr sehen. Ich war gegen sie. Ich *mußte* gegen sie sein. Verstehen Sie das, Commissaris der Polizei? Verstehen Sie das?»

Der Commissaris trank einen Schluck von seinem Whisky. Etwas von der Stille Shon Wanchos war immer noch in ihm und teilte sich dem dicken reichen Mann mit, denn Mijnheer de Sousa wurde ruhiger.

«Vielleicht verstehen Sie es. Vielleicht haben Sie selbst Kinder. Aber Europa ist anders. Ich bin in Europa gewesen, oft. Ich bin ein reicher Mann und mache große Geschäfte, nicht nur hier auf der Insel, sondern ich habe meine Interessen in der ganzen Welt. Ich kenne die schönen Frauen in Europa und habe ihnen Geld gezahlt. Und sie haben mir Erfahrungen gegeben, die ich nie vergessen werde. Ich bin diesen Frauen viel schuldig, aber meine eigene Tochter war eine von ihnen geworden, und das konnte ich nicht ertragen.»

Mijnheer de Sousa füllte das Glas des Commissaris und beschäftigte sich mit den Eiswürfeln, dem Wasser und dem silbernen Rührstab.

«Aber ich war ihr Vater und hätte es vielleicht akzeptieren müssen. Als Kind kam sie immer zu mir und sprach mit mir, wir waren viel zusammen. Sie war ein kluges Kind, ich habe von ihr gelernt, wenn wir auf der Insel spazierengingen. Ich habe sie zu den anderen Inseln mitgenommen, zu den niederländischen und englischen und zu einigen französischen. Sie hatte das Blut von Schwarzen in sich und war tief an ihrer Schwärze interessiert. Ich habe ihr Haiti gezeigt, denn das ist eine schwarze Insel. Ich hatte immer gedacht, ein Kind lernt von seinem Vater, aber ich habe von Maria gelernt. Sie hatte eine sanfte Stimme, und wenn sie etwas sagte, hörte ich ihr zu.

Und jetzt ist sie tot», sagte Mijnheer de Sousa, nachdem er lange in sein Glas geschaut und mit dem Rührstab an die Eiswürfel geklopft hatte. «Und Sie wollen wissen, wer ihr das Messer in den Rücken geworfen hat, aber ich weiß es nicht.»

Der Commissaris ging zum Hotel zurück und nahm ein Bad. Er trank seinen Kaffee und seinen Orangensaft und rauchte eine Zigarrette, und das warme Wasser weichte den Schmutz und Schweiß von ihm ab. Er zog einen sauberen Anzug an, verließ das Hotel und spazierte an den Schiffen entlang, die am Kai festgemacht waren. Der Kahn des Indianers, der ihm die Zigaretten gegeben hatte, war verschwunden. Er blieb stehen, um den alten Trampdampfer zu bewundern.

«Was lauerst du da herum?» brüllte eine Stimme von der Brücke.

«Hallo», rief der Commissaris.

«Du bist es», schrie der Kapitän mit dem gelben Bart. «Du! Komm herauf!»

Der Commissaris ging vorsichtig über das Fallreep, um seinen Anzug nicht zu beschmutzen. Der Kapitän kam ihm auf dem unteren Deck entgegen.

«Komm, trink ein Glas Rum mit mir, Polizist», sagte der Kapitän und streckte die Hand aus.

Der Commissaris zögerte, die Hand zu berühren, aber sie war sauber, so sauber wie der ganze Kapitän, der ihn jetzt aus seinem Bart angrinste und dabei sein lückenhaftes Gebiß zeigte.

«Ich hab dich heute morgen am Fenster von da Silvas Büro gesehen», sagte der Kapitän und gackerte vor Vergnügen. «Der Bulle tut, als mache es ihm nichts aus, daß ich sein Gebäude regelmäßig vollpuste, aber vor kurzem hatte ich ihn soweit. Er stand hier wie ein dummer Junge auf dem Kai und schrie mich an. Die Polizeiwache wird immer häßlicher, aber er kann nichts dagegen unternehmen, sondern nur ein bißchen husten. Ich breche kein einziges Gesetz. Ich muß nur die alte Maschine in Gang halten.»

Sie waren in der Kabine des Kapitäns angekommen. Ein kleiner, buckliger Mann in einer weißen, zerrissenen Jacke hatte eine flache grüne Rumflasche mit Gläsern und einen zerbeulten kleinen silbernen Eimer mit Eis gebracht.

«Hübscher Eimer», sagte der Kapitän, «in Barranquilla aus einem Nachtclub geklaut. Aber als ich auf der nächsten Reise wieder hinkam, mußte ich doch noch bezahlen. Die Landhaie gewinnen auf die Dauer immer.» Er schenkte sein Glas halb voll mit Rum und füllte es mit Eis auf.

«Vielen Dank», sagte der Commissaris.

«Carta Blanca», sagte der Kapitän, «der beste Rum auf der Insel. Weißt du, warum?»

«Nein.»

«Wegen des Eitketts auf der Flasche.»

Der Kapitän drehte die Flasche um und zeigte dem Commissaris eine schöne schwarze Frau, die einen prächtig geformten Busen hatte. Sie beugte sich vor, um einen Brief zu betrachten, der ihr offenbar soeben gebracht worden war und sie in einen Zustand der Erregung versetzt hatte.

«Jeder Mann, der diesen Rum trinkt, denkt, daß er diesen Brief geschrieben hat», sagte der Kapitän, «und dann achtet er nicht auf den Geschmack. Aber der Rum ist dennoch nicht schlecht, weißt du.»

Der Commissaris lehnte sich auf seinem Stuhl zurück und nippte an dem Rachenputzer. Er sagte sich, daß er aufpassen müsse, denn von diesem Fusel würde er nicht viel vertragen können.

«Du hast heute Geld gewonnen», sagte der Kapitän, der sein Glas in einem Zug geleert und bereits wieder vollgeschenkt hatte. Er sah den Commissaris scheel an. «Ich habe mit der Frau gesprochen, die dir heute morgen eine Nummer verkauft hat. Du mußt morgen nach Otrabanda gehen und deinen Gewinn abholen. Außerdem gefällst du ihr. Du hast dich heute abgerackert, wie? Einer meiner Männer hat gesehen, wie du mit van der Linden gesprochen hast. Was hältst du von dem alten Geier?»

«Ja», sagte der Commissaris, «ein netter Mann.»

«Er ist nicht schlecht. Er hat mal einen Fall für mich gewonnen und auch einen verloren, aber das war meine eigene Schuld. Er hatte mich gewarnt, aber damals war ich noch jung und wollte recht haben. Damals glaubte ich noch an Recht und Unrecht.»

«Jetzt nicht mehr?»

«Hihi.» Der Kapitän setzte sich vorsichtig auf einen wackelig aussehenden Rohrstuhl. «Ich muß aufpassen. Der Stuhl wird alt, genauso wie das Schiff. Eines schönen Tages wird der Boden aus dem alten Luder fallen, aber das macht dann auch nichts mehr aus. Wir werden alle alt, ich, die Mannschaft und vor allem das Häufchen Rost im Maschinenraum. Recht und Unrecht. Nein, davon weiß ich nichts mehr. Je älter ich werde, desto weniger weiß ich.»

Der Commissaris vergaß seine guten Vorsätze und leerte sein Glas. Er setzte es geräuschvoll auf den Tisch, und der Kapitän füllte es wieder.

«Dreh die Flasche um, ich will das Etikett noch einmal sehen», sagte der Commissaris.

«Hihi», sagte der Kapitän und kam dem Wunsch nach. «Und du bist auch bei unserem Hexenmeister gewesen, he? Hat Shon Wancho dir gefallen?»

«Hexenmeister», sagte der Commisaris.

«Ja», sagte der Kapitän und nickte eifrig. «Shon Wancho.»

«Kennst du ihn?»

«Natürlich», sagte der Kapitän. «Ich habe ihn selbst auf diese Insel gebracht, vor vielen Jahren. Es ist wohl schon dreißig Jahre her oder noch länger. Er kommt vom Festland, aus dem Urwald. Sein Vater war auch Zauberer. Shon Wancho hat alles verstanden.»

«Was hat er verstanden?»

Der Kapitän fuchtelte wild in der Luft herum. «Alles. Alles, was wichtig ist. Den Unsinn natürlich nicht, der ist die Mühe nicht wert.»

«Und besuchst du ihn manchmal?»

«Gelegentlich. Vor einigen Wochen bin ich noch dort gewesen.»

«Warum?»

«Ach, die Krebse waren wieder da. Sie verfolgen mich, weißt du. Das kommt vom Rum, sagt man. Tausende von Krebsen. Aber ich weiß nicht, ob der Rum damit etwas zu tun hat, denn manchmal kommen sie, wenn ich keinen Tropfen getrunken habe.»

«Und hat Shon Wancho dir gesagt, du mußt aufhören zu trinken?»

Der Kapitän machte ein erstauntes Gesicht. «Nein, nein. Aber er hat die Krebse verjagt.»

«Und wenn sie wiederkommen?»

«Dann gehe ich wieder zu Shon Wancho, aber das wird wohl noch eine Weile dauern.»

Der Kapitän hatte Schwierigkeiten mit seiner Aussprache bekommen. Der Commissaris erwartete, daß er einschlafen würde, aber er hatte das Fassungsvermögen des alten Mannes unterschätzt.

«Gefällt dir Curaçao?» fragte der Kapitän und riß die Augen weit auf.

Der Commissaris erinnerte sich der Schmerzen in seinen Beinen. Am Morgen hatte er das Ziehen in den Schenkeln wieder gespürt, als er sich in den Schaukelstuhl auf Shon Wanchos Veranda setzte.

«Dies ist eine gute Insel», sagte er zum Kapitän. «Ich habe schon daran gedacht, daß ich gern hier leben würde.»

Der Kapitän nickte feierlich. «Ja, das solltest du tun. Und wenn du die Nase davon voll hast, immer die gleichen Menschen und Ziegen zu sehen, dann mußt du mal eine Fahrt mit mir machen. Ich habe eine Passagierkabine und einen guten Koch, einen Chinesen.»

«Ja, das würde ich gern tun.»

«Es kostet nichts», sagte der Kapitän, «vorausgesetzt, daß ich dann noch lebe. Du darfst nicht zu lange damit warten.»

Der Kapitän stampfte dreimal auf den Boden, ein älterer Chinese erschien daraufhin in der offenen Tür.

«Du bist Holländer», sagte der Kapitän. «Und die Holländer essen immer etwas, wenn sie beim Trinken versacken. Ich bin so oft in Curaçao gewesen, daß ich diese Angewohnheit übernommen habe. In Venezuela trinken wir nur, und davon kann einem schon mal schlecht werden. Was steht auf dem Herd, Koch?»

«Nudelsuppe.»

«Und Eierrolle?»

«Auch.»

«Ja, bitte», sagte der Commissaris.

Das Essen kam nach wenigen Minuten. Der Bucklige deckte den Tisch, füllte die Teller und nahm trotz der wütenden Proteste des Kapitäns die Rumflasche mit.

Der Commissaris blieb noch eine Stunde und lauschte den Geschichten des Kapitäns. Er lernte die Häfen Venezuelas und Kolumbiens kennen. Und der Kapitän nahm ihn mit zu der geheimnisvollen Halbinsel Guajira, auf der die Schmuggler regieren und die Indianer noch ihr eigenes Leben führen. Er sah die vielen Inseln und machte Revolutionen mit und plötzliche Orkane.

«Einmal hätte ich beinahe meinen Steuermann verloren», sagte der Kapitän, «den Bruder von Maria. Wie geht es ihm eigentlich?»

«Ihrem Bruder?» fragte der Commissaris. «Aber sie hat doch nur Schwestern.»

Der Kapitän versuchte, einen angesabberten Zigarettenstummel anzuzünden, gab es aber nach einigen Bemühungen auf und warf ihn zum Bullauge hinaus. Er nahm sich eine neue Zigarre aus der Schachtel, die der Commissaris auf den Tisch gestellt hatte.

«Er hat eine andere Mutter», sagte er, «aber denselben Vater. Marias Vater hat einen ganzen Volksstamm von Kindern gezeugt, aber der Sohn war ihm am liebsten. Die Mutter ist aus Holland gekommen, eine Lehrerin, eine häßliche Frau, aber eine Macamba, und die konnte der alte de Sousa nicht in Ruhe lassen. Als sie schwanger war und ihre Stellung verlor, hat er sich jedoch anständig verhalten und ihr ein Häuschen gebaut. Später hat er den Jungen auf eine Schule nach Holland geschickt. Er scheint gut gelernt zu haben und hat bald die Schule der Handelsmarine absolviert. Dann kam er zu seiner Mutter zurück, und ich brauchte einen Steuermann.»

«Du kennst ihn gut?» fragte der Commissaris.

«Natürlich. Er ist einige Jahre unter mir gefahren, der arme Kerl.»

«Armer Kerl?»

«Ja.» Der Kapitän stampfte auf den Boden.

«Kapitän?» antwortete der Bucklige von draußen.

«Bekomme ich die Flasche jetzt wieder?»

«Nein. Aber ich habe hier zwei Dosen Bier.»

«Bier!» schrie der Kapitän.

Die beiden Dosen kamen. Der Kapitän öffnete sie verächtlich. «Pferdepisse. Prost.»

«Der arme Kerl?» fragte der Commissaris noch einmal.

«Ja. Ein uneheliches Kind. Er hat den Namen seiner Mutter. Die Mutter ist eine Nörglerin, von der er nichts hat, und von seinem Vater hat er ebenfalls nichts. Und außerdem ist er klein, und die Kleinen haben es immer etwas schwerer. Das müßtest *du* doch wissen, du bist auch nicht der Größte.»

«Ich weiß.»

«Ja. Und er hat Trost in der Bibel gesucht, die er immer mit sich herumschleppte. Und zuletzt konnte er es bei mir nicht mehr aushalten. Wenn wir mal ein Fest feierten, hat er sich in seiner Kabine eingeschlossen und in der Bibel gelesen. Ich konnte ihm auch nicht helfen. Und er war ein guter Seemann. Ich mochte ihn eigentlich gern.»

«Und wo ist er jetzt?»

«Wieder in Holland, auf einer Insel. Auf Schiermonnikoog, verrückter Name. ‹Das Auge des grauen Mönchs›. Der Name ist so verrückt, daß ich ihn behalten hab. Auf einer Insel ist er wenigstens dem Meer nahe. Ich glaube, er ist Aufseher in einem Reservat geworden. Vögel und Tiere mochte er immer.»

«Wie heißt er?»

«Er hat den Vornamen seines Vaters und den Familiennamen seiner Mutter. Ramón Scheffer.»

«Vielen Dank», sagte der Commissaris.

14

Es war fast vier Uhr früh und noch dunkel. Der Adjudant hatte sein kleines Boot soweit wie möglich an den Strand gerudert, wo es aufgelaufen war.

«So», sagte er leise, «weiter geht es nicht. Zieht eure Stiefel aus, weil sie sich hier im Schlamm festsaugen. Es ist leichter, barfuß zu gehen.»

Grijpstra starrte auf das tintenschwarze Wasser. De Gier hatte seine Schuhe bereits ausgezogen.

«Na ja», sagte Grijpstra mehr zu sich selbst als zu den anderen. Er konnte sich in seinem Ölzeug nur schwer bewegen, und der Südwester war nach vorn gerutscht und behinderte seine Sicht. Brummend zog er die Stiefel aus und steckte zögernd einen Fuß ins Wasser. Seine Füße sahen im ersten Morgengrauen sehr hell aus.

«Arrch», sagte er laut, als sein Fuß im weichen Schlamm versank.

«Psst», flüsterte der Adjudant, «denk an die Vögel. Wir dürfen sie nicht stören.»

«Die Vögel», murmelte Grijpstra. Er spürte, wie der Schlamm zwischen den Zehen durchquoll.

«Bah», flüsterte er de Gier zu, «weißt du bestimmt, daß dies Schlamm ist?»

«Was sollte es sonst sein?»

«Es fühlt sich an wie Hundescheiße.»

De Gier lachte höflich und bemühte sich, nicht mit den Zähnen zu knirschen. Er stand bis zu den Knöcheln im Schlamm.

«Sei vorsichtig mit dem Fernglas», flüsterte der Adjudant Grijpstra zu, «wenn wir es nicht zurückbringen, wird der Brigadier von der Wasserschutzpolizei rasend. Er hat es nur mit Mühe loseisen können.»

«Ja, ja», sagte Grijpstra und watete zum Ufer. Das Ruderboot war anscheinend auf eine kleine Erhöhung aufgelaufen, denn bis zum Strand waren es noch fünfzig Meter.

Grijpstra bemühte sich, an nichts zu denken, während er vorwärtsstrampelte. Er hatte nur den Wunsch, aus diesem Dreck herauszukommen. Er trat auf eine leere Blechdose und wankte, aber es gelang ihm, das Gleichgewicht zu bewahren. Er kam als letzter an.

«Wisch dir den Schlamm von den Füßen», sagte der Adjudant und reichte ihm ein Büschel Gras. «Was ist mit deinem Fuß? Er blutet.»

De Gier hockte sich hin und sah sich Grijpstras Fuß an. «Eine Wunde.»

Grijpstra schaute nach unten, aber er sah nur seine weiten gelben Hosenbeine.

«Geh noch ein Stück weiter», sagte de Gier, «dort drüben ist trockener Sand. Ich habe eine Taschenlampe.»

Die Wunde war ziemlich tief. De Gier säuberte den Fuß so gut wie möglich und legte einen Verband an. «Das ist Pech. Zieh deine Schuhe wieder an, und versuche, ob du gehen kannst.»

Grijpstra konnte noch gehen, wenn er auch etwas hinkte.

«Sieh mal einer an», sagte der Adjudant, «es wird hell. Jetzt ist die schönste Zeit. Schaut mal! Dort!»

Grijpstra schaute und sah einen Vogel, dem ein anderer folgte.

«Regenpfeifer», rief der Adjudant und stellte sein Fernglas ein. Grijpstra nahm das schwere Glas aus dem Futteral und drehte an der Linse. Er sah einen schwachen Schimmer, fühlte sich aber zu elend und zu müde, um das Glas klarer einzustellen. De Gier schaute ebenfalls, aber er sah nichts, weil er die Schutzklappen nicht von den Linsen genommen hatte. Der Adjudant machte ihn darauf aufmerksam.

«Ah, ja», sagte de Gier, nahm die Kappe ab und sah die beiden Vögel.

«Regenpfeifer», sagte der Adjudant noch einmal, «von denen sind in diesem Jahr eine Menge hier, viel mehr als voriges Jahr. Herrliche Vögel, so zierlich. Ihr müßt mal sehen, wie die rennen! Sie haben nicht einmal Angst, sonst würden sie wegfliegen. Dies ist ein Reservat. Sie wissen, daß wir ihnen nichts Böses tun.»

Grijpstra machte einen Schritt, wobei seine Hosenbeine aneinanderrieben und ein pfeifendes Geräusch machten.

«Das ist nicht gut», sagte der Adjudant, «kannst du die Hose nicht ausziehen? Das Geräusch könnte die Vögel irritieren. Seht mal, wie der Rotschenkel dort wegläuft. Das ist ein Wasserläufer!»

«Wo?» fragte Grijpstra, der das Gefühl hatte, daß er Interesse mimen mußte.

«Keine Ahnung», sagte de Gier, «ich sehe nur einen fetten Gelbschenkel.»

Der Adjudant war weitergegangen. Grijpstra drehte sich plötzlich um. De Gier, erschrocken über die unerwartet auftauchende Erscheinung, wäre beinahe hintenüber gefallen.

«Hör bloß auf, ja? *Du* hast mir doch dieses gelbe Clownskostüm gekauft.»

«Aber das Zeug ist doch ausgezeichnet. Und auch wasserdicht. Es hat übrigens angefangen zu regnen.»

«Auch das noch», sagte Grijpstra.

Es nieselte, aber Buismans Begeisterung nahm sogar noch zu. Überall um sie herum liefen und flogen Vögel, und er nannte ihre Namen und gab seinen Gästen soviel Informationen über die einzelnen Arten wie möglich.

«Austernfischer! Die hacken mit ihren Meißelschnäbeln die dicksten Muschelschalen auf! Seht mal, dort!»

Grijpstra und de Gier schauten.

Sie schauten stundenlang und wankten nach hier und nach dort, zu müde, die Ferngläser zu heben, aber sie starrten pflichtschuldig auf das Gewimmel der Möwen und der verschiedenen Entenarten.

«Eier», flüsterte Buisman, «paßt gut auf! Hier ist alles voller Nester.»

«Eier», flüsterte Grijpstra de Gier zu, der sich hinter einem Baum versteckt hatte und sich vergebens bemühte, eine Zigarette anzuzünden. «Spiegeleier mit Speck und Tomaten und Toast, viel Toast.»

«Kaffee», sagte de Gier. «Warum haben wir keine Thermosflasche mit Kaffee mitgenommen? Ich vergesse immer das Wichtigste. Mit einer Tasse Kaffee würden wir es wohl wieder aushalten können.»

«Sag mal», sagte Grijpstra vertraulich, «warum sind wir eigentlich hier? Sag's mir, de Gier, denn ich habe es vergessen.»

«Ich weiß es auch nicht mehr. Wir sind Vogelliebhaber.»

«Aber warum?» fragte Grijpstra weiter. «Ich mag keine Vögel. Du?»

«Ich wohl, aber nicht so viele Vögel gleichzeitig. Dies muß ihr Zuhause sein, hier leben sie. Was ist das?»

Ein Vogel flog direkt auf sie zu. De Gier bückte sich. Sie hörten Flügelschläge und ein aggressives Piepen.

«Ein Kiebitz», sagte der Adjudant, der herbeigekommen war, froh, daß er sie wiedergefunden hatte. «Ein schlauer Vogel. Ich denke, er hat sein Nest in der Nähe. Seht mal, was er jetzt tut!»

Der Kiebitz lief durch das Gras und ließ einen Flügel auf dem Boden schleifen.

«Ich denke, er hat sich den Flügel an de Giers Kopf gebrochen», sagte Grijpstra bewundernd.

«Aber nein», sagte Buisman, «er tut nur so. Er will, daß wir ihm folgen. Er will uns glauben machen, daß er verletzt ist und wir ihn leicht fangen können, aber wenn wir ihm zu nahe kommen, fliegt er weg. Sein Nest ist auf der anderen Seite. Wenn wir ihm folgen, entfernen wir uns immer weiter vom Nest.»

«Ein raffinierter Vogel, wie?» fragte de Gier.

Grijpstra war nicht dieser Meinung. Wenn der Vogel nach links läuft, ist das Nest rechts. Das kann man sich leicht merken. Er wurde immer hungriger.

«Kiebitzeier müssen sehr gut schmecken», sagte er zu Buisman.

«Jetzt nicht mehr, die Jahreszeit ist vorbei. Ihr hättet vor einem Monat hier sein sollen, da konnte man sie in den Läden kaufen. Das erste Kiebitzei ist übrigens hier gefunden und der Königin geschickt worden.»

Sie gingen weiter. Grijpstras Laune wurde immer schlechter, bis er das Gefühl hatte, in einer Landschaft aus grauer Watte herumzulaufen, wo nichts mehr wirklich war. Er bewegte sich mechanisch, ohne zu merken, daß er nasse Füße hatte und die Wunde an seinem Fuß zu pochen begonnen hatte. Sogar der Hunger und die Kopfschmerzen waren weg. Er bemühte sich auch nicht mehr, Interesse zu heucheln, sondern folgte den anderen langsam. Seinen Südwester hatte er verloren, ein Zweig hatte ihn vom Kopf gerissen. Er hing jetzt einen halben Kilometer hinter ihm über dem Weg wie eine lustige gelbe Flagge in einem fahlgrünen Labyrinth.

«Hier ist eine gute Stelle», sagte Buisman fröhlich, «die reine Natur, die sogenannte Zivilisation ziemlich weit entfernt.» Er nahm seinen Rucksack ab, öffnete ihn und holte eine Thermosflasche und einige Käsebrötchen heraus. Die Thermosflasche war nicht groß, so daß jeder nur einen Becher Kaffee bekam. Grijpstra kaute auf seinem Brötchen. In seinen Eingeweiden rumorte es.

«Gibt es hier irgendwo ein Klo?» fragte Grijpstra.

«Nein», sagte Buisman fröhlich, «aber dort hinter den Bäumen wirst du schon ein ruhiges Fleckchen finden.»

«Papier», murmelte Grijpstra, «ich hab kein Papier.»

«Nimm Gras. Das ist das beste Toilettenpapier, das es gibt.»

«Gras», sagte Grijpstra und stampfte davon.

De Gier grinste, als Grijpstra zurückkam.

«Na, ging's?»

«Ja, sicher», sagte Grijpstra, «aber dort ist alles voller Vögel, eine Art Hühner, glaube ich. Wahrscheinlich von einem Bauernhof weggelaufen. Ich hätte mich fast auf eins gesetzt, aber sie waren so beschäftigt, daß es ihnen nichts ausmachte. Sie stampften umeinander herum.»

Buisman stieß einen Freudenschrei aus und lief zu den Bäumen. Er kam gleich wieder und winkte mit beiden Armen.

«Unglaublich», rief er, «kommt schnell gucken. Kleine Kampfläufer, die eine Henne umtanzen. Das habe ich erst einmal gesehen.»

«Ich habe sie schon gesehen», murmelte Grijpstra, der nicht wollte, aber de Gier fühlte sich gezwungen, dem begeisterten Adjudant zu folgen.

«Siehst du, wie sie tanzen?» fragte Buisman. «Sie werden halb durch Aggression und halb durch Angst motiviert, genau wie wir, wenn wir versuchen, eine Frau aufzureißen. Sie gebärden sich so, siehst du, weil sie glauben, auf die Henne Eindruck machen zu können, aber sie tut, als wisse sie nicht, um was es geht. Sie kratzt ein bißchen auf dem Boden, als ob sie Würmer sucht. Aber wenn sie aufschaut, trifft sie ihre Wahl, und der Hahn, den sie ansieht, ist für diese Saison ihr Partner. Dann verziehen sich die anderen.»

De Gier war trotz des kalten Wetters und des Regens und seiner Abneigung gegen die ganze Situation beeindruckt. Die Hähne hatten aufgeplusterte Halsfedern und kleine, geschwollene Kämme, blutrot.

«Ein lächerliches Schauspiel», sagte er zu sich, «aber dennoch ganz schön. Genau wie die Parties auf der Polizeischule. Aufgeputzt in der besten Uniform und eins-zwei-drei, eins-zwei-drei immer im Kreis herum. Und wenn dich das Grietje ansieht, darfst du sie zumindest an der Haustür küssen, und wenn du Glück hast, passiert noch mehr.»

Grijpstra saß allein auf seinem Baumstumpf, als plötzlich ein kleiner Mann auftauchte.

«Guten Morgen», sagte der kleine Mann.

«Morgen.»

«Vögel beobachten?»

«Ja», sagte Grijpstra, «bis soeben. Jetzt esse ich ein Käsebrötchen.»

«Wissen Sie, daß dies ein Reservat ist? Ich muß Sie bitten zu gehen. Die Vögel dürfen nicht gestört werden, schon gar nicht in dieser Jahreszeit.»

Grijpstra sah, daß der Mann eine Art Uniform trug. Unter dem Arm hatte er eine Schrotflinte und am Band seines grünen Huts eine Feder.

«Wir sind Gäste von Adjudant Buisman», sagte er freundlich.

«Buisman?»

Gripstra zeigte auf die Bäume. «Dort hinten ist er mit meinem Kollegen. Sie beobachten Waldhühner.»

Der kleine Mann lief in die Richtung und kam gleich darauf mit Buisman und de Gier zurück.

«Ich möchte euch meinen Freund vorstellen», sagte Buisman, «dies ist Rammy Scheffer, einer der besten Aufseher der staatlichen Forstbehörde, der alle Reservate auf der Insel unterstehen.»

Nachdem sie einander die Hand gegeben hatten, setzte Scheffer sich neben Grijpstra. Scheffer hatte ebenfalls einen Rucksack, seine Thermosflasche war doppelt so groß wie die von Buisman. Nachdem Grijpstra den Kaffee getrunken hatte, war er etwas besserer Stimmung. Er hatte nicht mehr das Gefühl, daß sein Magen wie eine verschrumpelte Nuß sei.

Buisman und Scheffer begannen ein Gespräch, das hauptsächlich aus Vogelnamen zu bestehen schien. Grijpstra stand auf und setzte sich zu de Gier.

«Es ist sieben Uhr», sagte Grijpstra, «warum laden wir sie nicht ein, mit uns im Hotel zu frühstücken?»

«Ja», sagte de Gier. «Warum kommt ihr beide nicht mit uns zum Hotel? Dort könnten wir alle ein anständiges Frühstück bekommen.»

Scheffer blickte auf. «Das ist nett von Ihnen, aber ich bin eigentlich im Dienst. Und meinen Morgenkaffee habe ich schon getrunken, aber wenn Sie wollen, können Sie mit mir teilen. Ich habe noch Brot und ein Stück Wurst. Das wird für alle reichen, denke ich.»

«Ja, aber...», sagte Grijpstra, aber es war bereits zu spät. Scheffer hatte seinen Rucksack wieder geöffnet und schnitt mit einem langen, scharfen Messer Brotscheiben ab.

Buisman sah das Messer an, stand plötzlich auf und tippte Grijpstra unauffällig auf die Schulter. Grijpstra begriff nicht gleich, was er sollte, er sah den Adjudant fragend an. Der nickte mit dem Kopf hinüber zu den Bäumen, wo sie vorher die Kampfläufer gesehen hatten. Scheffer hatte die Kopfbewegung gesehen, de Gier nicht. Grijpstra folgte dem Adjudant. Als sie hinter den Bäumen waren, räusperte Buisman sich.

«Hör mal», sagte er zögernd, «ich habe dir noch nicht gesagt, was ich gestern unternommen habe. Ich habe einige Leute gefragt, ob auf der Insel jemand ist, der mit dem Messer werfen kann, aber niemand wußte etwas. Aber als ich Rammy soeben mit dem langen Messer das Brot schneiden sah, fiel es mir wieder ein. Ich glaube, *er* kann damit werfen. Vor einigen Jahren haben wir gemeinsam eine Segeltour gemacht, und er hat mit dem Messer auf meine Kajütentür geworfen. Ich erinnere mich, weil es mich damals geärgert hat. Ich habe es ihm gesagt, und er hat sich gleich dafür entschuldigt.»

«So», sagte Grijpstra. «Weißt du noch mehr über ihn? Was ist er für ein Mensch?»

«Tja, ich kenne ihn gut. Er ist seit etwa drei Jahren hier. Früher war er Steuermann in der Trampschiffahrt. Das hat er aufgegeben und sich hier niedergelassen. Er ist ein ruhiger Mensch und wohnt in einem kleinen Haus, das er sich von seinem ersparten Geld gekauft hat. Er hat auch ein Segelboot, das er sich im vergangenen Jahr gekauft hat, glaube ich, ein schmuckes Boot, das seetüchtig ist. Gelegentlich fährt er damit für einige Tage weg. Er ist auf Curaçao geboren und hat nichts auf dem Kerbholz. Das prüfe ich immer, wenn sich hier jemand niederläßt.»

«Freunde? Verwandte?»

«Nicht daß ich wüßte. Alle mögen ihn hier und grüßen ihn mit Namen, aber er hat keine engen Freunde. Es heißt, er lese abends in der Bibel. Er ist fromm und kann es nicht leiden, wenn man flucht. Außerdem ist er ein Gesundheitsapostel. Er baut sein eigenes Gemüse an und backt sich sein Brot, er raucht und trinkt nicht. Früher riefen ihm die Kinder häßliche Namen nach, aber dem habe ich ein Ende gemacht.»

«Curaçao», murmelte Grijpstra.

«Was sagst du?»

«Curaçao», wiederholte Grijpstra, «unsere tote Dame kam aus Curaçao.»

«Wir könnten ihn auffordern, zur Wache zu kommen. Dort könntet ihr ihn verhören, wenn ihr euch davon etwas versprecht.»

«Das ist nicht gut für ihn», sagte Gripstra, «und für dich auch nicht. Ihr wohnt hier zusammen auf einer kleinen Insel.»

«Das stimmt», sagte Buisman. «Dann soll lieber euer Commissaris einen Brief schreiben. Er kann dann nach Amsterdam kommen, und hier bleibt alles ruhig.»

«Das würde gehen», sagte Grijpstra, «aber gehen wir zurück.»

Eine Sirene zerriß die Stille. Sie schien ganz in der Nähe zu sein.

Der Adjudant blieb stocksteif stehen. «Eine Sirene», rief er. «Das ist das Polizeiboot. Sie suchen mich.»

Er begann zu laufen, Grijpstra rannte ihm nach. Nach kurzer Zeit waren sie am Strand. Buisman sprang auf und ab und winkte mit den Armen. Der Brigadier von der Wasserschutzpolizei winkte zurück, ließ ein gelbes Schlauchboot zu Wasser und ruderte auf sie zu.

Buisman zog die Stiefel aus und watete dem Boot entgegen. Grijpstra seufzte und folgte dem Beispiel. Wieder spürte er das ekelhafte Saugen des Schlamms, der ihm zwischen den Zehen nach oben quoll.

«Morgen, Adjudant», sagte der Brigadier im Schlauchboot zu Buisman. Er gab Grijpstra die Hand.

«Grijpstra, Kriminalpolizei Amsterdam.»

«Gut», sagte der Brigadier, «ich habe ein Telegramm für Sie. Ich wußte, daß der Adjudant Sie nach hier gebracht hat. Hier, bitte.»

Grijpstra las das Telegram.

SOFORT NACH SCHIERMONNIKOOG GEHEN UND KONTAKT AUFNEHMEN ZU RAMON SCHEFFER. SCHEFFER IST HALBBRUDER VON MARIA VAN BUREN. VORSICHT. SCHEFFER SOLL AN RELIGIÖSEM WAHN LEIDEN.

Das Telegramm war vom Vortag, kam aus Curaçao, war vom Polizeipräsidium in Amsterdam weitergeleitet worden und vom Commissaris unterzeichnet.

15

«Bitte sehr», sagte Rammy Scheffer, und de Gier dankte ihm, biß vom Brot ab und begann zu kauen. «Schmeckt dir der Käse?» fragte Rammy.

«Ja», sagte de Gier zögernd und kaute weiter. «Was ist das für Käse?»

«Ziegenkäse. Ich habe zwei Ziegen, die ich selbst melke.»

De Gier hörte auf zu kauen und starrte vor sich hin. «Ah», sagte er. «Sag mal! Schau mal dort! Was ist das für ein Vogel?»

Rammy sah hin. De Gier wischte den Käse vom Brot. Der Käse fiel in einen Strauch, de Gier steckte das Brot in den Mund.

«Das ist ein Austernfischer», sagte Rammy, «wußtest du das nicht? Davon gibt es hier Tausende. Nach den Möwen und den Enten ist der Austernfischer hier der häufigste Vogel.»

«Das hatte ich vergessen», sagte de Gier.

«Ich dachte, ihr beiden seid Vogelliebhaber.»

«Nicht so sehr», sagte de Gier, «aber wir sind Freunde von Buis-
an, oder besser gesagt, Grijpstra ist ein Freund von ihm, und er hat
ich mitgenommen.»

Ja?» fragte Rammy.

Na ja, was soll ich machen. Du kennst Buisman besser als ich. Er
n netter Mann und hat Grijpstra eingeladen, die Vögel zu beob-
n, und da mußte ich mit.»

d hat es dir gefallen?»

war zwar ein bißchen früh und ein bißchen kalt, aber es war
höne Erfahrung.»

nschen wir ihr sollten öfter kommen. Wenn man sieht, was ein

Reservat bedeutet, bekommt man einen besseren Begriff davon, was wir für das Land zu tun versuchen. Wenn es so weitergeht, werden wir die Natur bald ganz kaputtmachen. Jetzt wollen sie noch mehr Abflußrohre legen, als ob wir nicht schon genug Dreck hätten. Jeden Tag versuche ich, die Strände dieses Reservats sauberzuhalten, aber das hört nie auf mit den Plastikflaschen und Wegwerffeuerzeugen und was die Zivilisation sonst noch alles ausspuckt. Und wenn die jetzt bei den Abflußrohren anfangen zu arbeiten, dann dauert es nicht mehr lange, bis der letzte Vogel verschwunden ist.»

«Ja», sagte de Gier, «schrecklich.»

Ihm wurde warm, als die Sonne jetzt stärker schien. Er stand auf und zog den Mantel aus. Als er sich wieder setzte und die Jacke etwas zurückschob, war seine Pistole deutlich zu sehen. Er schloß die Augen und sah nicht, daß der doppelte Lauf der Schrotflinte auf seine Brust gerichtet war.

In diesem Augenblick heulte die Sirene auf.

Er öffnete die Augen. Rammy hatte die Jagdbüchse sinken lassen.

«Was ist das?» fragte de Gier.

Rammy schaute in Richtung Meer.

«Ein Schiff», sagte Rammy verwirrt, «ein Schiff in Seenot. Ganz in der Nähe.»

«Ein Schiff? Ein Schiff in Seenot? Wo?»

«Dort», sagte Rammy und zeigte mit dem Finger.

De Gier lief zum Strand. Rammy war hinter ihm in den Sträuchern verschwunden.

«Du hier?» fragte Grijpstra. «Was willst *du* denn hier? Wo ist Rammy Scheffer?»

«Der wird wohl irgendwo herumstöbern, bis an die Zähne bewaffnet und die Taschen voll Munition. Warum hast du mich nicht gewarnt?»

«Keine Zeit», sagte Grijpstra. «Buisman hatte mir gerade erzählt, daß Rammy mit Messern werfen kann, als die Sirene ging, die Sirene von dem Polizeiboot dort. Es hat ein Telegramm gebracht. Hier, lies.»

De Gier las das Telegramm. Er schüttelte den Kopf.

«Das war nicht gut, Grijpstra. Du hättest mich warnen müssen. Ich saß da wie ein Kaninchen. Er hat etwas vermutet und mich über Vögel ausgefragt. Dabei habe ich mich noch herausreden können, aber er hat mich wahrscheinlich dennoch durchschaut. Der Kommissar hat recht, wir müssen vorsichtig sein. Aber wo ist er jetzt?»

«Weg», sagte Buisman, «und er kennt das Reservat wie seine Hosentasche. Den schnappen wir nie. Laßt uns mal überlegen.»

«Puh», sagte de Gier, «ich fühle mich wie neugeboren. Der Kerl hätte mich in Fetzen schießen können.»

«Du übertreibst vielleicht ein wenig, Brigadier», sagte Buisman. «Ich kenne Rammy schon sehr lange. Er ist nicht aggressiv. Er hätte nicht auf dich geschossen, und er *hat* auch nicht auf dich geschossen. Nach dem Sirenengeheul hätte er die Möglichkeit gehabt, aber er hat es nicht getan.»

«Er hat seiner Schwester ein Messer in den Rücken geworfen», sagte de Gier.

«Das müssen wir erst noch beweisen. Und zuerst müssen wir ihn finden.»

«Ja», sagte Grijpstra, «und wo wollen wir ihn suchen?»

De Gier seufzte. «Eine Treibjagd über die ganze Insel, das kann noch heiter werden.»

«Nein», sagte der Brigadier vom Polizeiboot, der die ganze Zeit schweigend hinter Buisman gestanden hatte, «Rammy ist ein Seemann mit einem eigenen Boot.»

«Ein Boot», sagte Grijpstra, aber der Rest seiner Worte ging unter in der Lärmwelle, die plötzlich von oben über sie hereinbrach. Die vier Männer duckten sich. De Gier sah ängstlich nach oben. Der Krach nahm womöglich noch an Stärke zu.

«Da sind sie wieder», sagte der Brigadier der Wasserschutzpolizei beruhigend. Das Jagdflugzeug war nur noch ein Pünktchen am Horizont.

«Mann», sagte Grijpstra, «was das Ding für einen Radau macht. Eine herrlich ruhige Insel habt ihr hier.»

«Sie kommen jetzt nur noch zweimal wöchentlich», sagte Buisman, «Starfighter, die hier den ganzen Tag lang üben. Sie haben weiter draußen auf der nächsten Insel ihre Ziele aufgestellt, auf die sie im Tiefflug mit Kanonen und Maschinengewehren schießen. Manchmal üben sie auch mit Raketen. Dies ist hier die lauteste Stelle der Insel, weil es der tiefste Punkt ihres Sturzflugs ist und ihre Düsen mit voller Kraft arbeiten. Früher war es noch viel schlimmer, aber unser Bürgermeister hat sich beschwert.»

De Gier sah den Brigadier der Wasserschutzpolizei an. «Sie wollten soeben etwas sagen.»

«Er ist auf seinem Boot», sagte der Brigadier, «zumindest vermute ich das. Ich würde das tun, falls ich verfolgt werde.»

«Ein Boot», sagte Grijpstra, «Rammy hat ein Boot, aber wir auch. Dort liegt es. Ein gutes, schnelles, zuverlässiges Polizeiboot. Gehen wir an Bord.»

«Und wohin soll ich euch bringen?» fragte der Brigadier.

«Rammy muß sein Boot irgendwo liegen haben. Dorthin.»

Der Brigadier schüttelte den Kopf. «Aber ich weiß nicht, wo sein Boot liegt. Im Hafen jedenfalls nicht, dann hätte ich es gesehen. Er ist vorige Woche damit weggefahren und hat es nicht zurückgebracht. Also muß sein Boot woanders liegen. Wenn er jetzt darauf ist, kann er in alle möglichen Richtungen segeln.»

«Ein Flugzeug», sagte der Adjudant, «die Rijkspolitie hat Flugzeuge.»

«Warum bitten wir nicht einen dieser Radau-Jets?» fragte de Gier. «Die umfliegen in fünf Sekunden die ganze Insel.»

«Nein», sagte der Adjudant, «das sind unverbesserliche Narren. Die werden jedes Sportboot angreifen, so daß die Menschen vor Angst über Bord springen, und dann hört der Ärger nie mehr auf. Die Flugzeuge der Rijkspolitie sind genau das, was wir brauchen. Laßt uns zum Boot gehen und die Zentrale in Friesland anrufen. Wenn wir Glück haben, sind sie bald hier.»

Es war nicht so einfach, wie es sich der Adjudant gedacht hatte. Von den beiden verfügbaren Maschinen war eine unterwegs, und der Pilot gab aus dem einen oder anderen Grund keine Antwort, der zweite Pilot war krank. Es dauerte fast eine Stunde, bis das andere Flugzeug in der Luft war. Der Adjudant wurde allmählich nervös, der Brigadier kochte unterdessen Kaffee, Grijpstra spielte mit seiner Pistole herum. Nur de Gier war zufrieden. Er saß auf dem Dach der Kajüte und bewunderte die Aussicht. Es war neun Uhr geworden, die Sonne schien aus einem fast klaren Himmel, nur einige vereinzelte Wolken zogen noch über die Insel hinweg.

Die Starfighter waren auf Ersuchen der Rijkspolitie verschwunden, die den Kommandanten des Militärflughafens telefonisch über die soeben aufgenommene Fahndung informiert hatte. Grijpstra betrachtete den regungslosen de Gier und sah das frohe Lächeln seines Kollegen.

«Warum grinst du so?»

«Ich habe dir verziehen», sagte de Gier.

«Danke. Ich hätte dich warnen sollen, obwohl ich immer noch nicht verstehe, warum er argwöhnisch geworden ist. Du mußt die Unschuld selbst gewesen sein, als du dort auf dem Baumstumpf gesessen hast.»

«Er hat mir ein Stück Ziegenkäse gegeben», sagte de Gier.

«Hat er geschmeckt?»

«Herrlich», sagte de Gier, «ein sehr feiner Geschmack. Er hat ihn selbst aus der Milch seiner eigenen Ziegen gemacht.»

«Bah», sagte Grijpstra und schüttelte sich. Er kletterte ebenfalls auf das Dach der Kajüte und setzte sich. «Ziegenkäse. Dann wird er auch Brennesselsuppe essen. Ich habe eine Nichte, die einem Reformclub angehört. Sie fährt jedes Jahr nach Frankreich, um dort irgendwo an einem Strand nackt herumzulaufen und Gras zu essen.»

«Ein schönes Mädchen?» fragte de Gier.

«Ja, sie sieht ganz hübsch aus. Dort ist übrigens unser Flugzeug.»

Die kleine Piper Cup kam niedrig angeflogen.

«Ich hätte Pilot werden können», sagte de Gier.

«Nein», sagte Grijpstra, «heute mal keine Phantasien. Du hättest weder Pilot werden können noch werden wollen. Dir wäre es nicht angenehm, in so einer mechanischen Fliege zu sitzen.»

«Woher willst du das wissen?»

«Weil ich in so einem Ding gesessen habe. Wenn es zu hoch fliegt, siehst du nichts, und wenn es zu niedrig fliegt, bekommst du Angst. Und es zog, weil das Fenster nicht richtig schloß.»

«Sei mal still», sagte de Gier.

Sie hörten Buisman über Funk mit dem Piloten sprechen. «Eine kleine Yacht», sagte Buisman, «weißes Großsegel und weiße Fock. Kein Klüver. Ein ganz einfaches Boot. Zwei große Flicken im Segel, die müßtest du aus der Luft sehen können.»

«Ich sehe nur ein Fischerboot», sagte der Pilot.

«Auf dem Segel sind keine Buchstaben oder Zahlen. Das Boot ist etwa acht Meter lang, Eiche.»

«Danke», sagte der Pilot, «Eiche, wie? Und wie soll ich das von hier aus erkennen?»

«Braunes Holz, nicht angestrichen.»

Das Funkgerät knatterte.

«Ich fliege jetzt nach Osten», sagte der Pilot. «An dieser Seite ist nichts zu sehen bis auf das Fischerboot und eine teure blaue Yacht. Ein Mädchen am Ruder. Anscheinend ein hübsches Mädchen.»

«Welchen Rang hast du?» fragte Buisman.

«Opperwachtmeester. Und Sie?»

«Adjudant», sagte Buisman.

«Adjudant ist höher.»

«Fliege nach Osten», sagte Buisman.

«In Ordnung, Adjudant. – Hier», sagte der Pilot wenige Minuten später, «hier habe ich etwas. Kleines Boot, acht oder neun Meter lang. Ein Mann am Ruder.»

«Trägt er einen grünen Anzug? Unser Mann hat eine Forstaufseheruniform an.»

«Ja», sagte der Pilot, «grüner Anzug. Ich fliege jetzt sehr niedrig. Soll ich noch tiefer gehen und ihm Angst machen?»

«Nein», sagte Buisman, «drehe einige Runden. Wo genau bist du?»

«Einen Moment», sagte der Pilot, «ich suche meine Karte. Habt ihr eine Karte?»

Man sprach über Bojen und Ost und Süd. Plötzlich schob der Brigadier einen Hebel nach vorn, der Motor des Polizeiboots heulte auf. Grijpstra begann nach hinten zu rutschen. Er stieß gegen de Gier, der ihn nicht halten konnte. Zusammen fielen sie von dem Kajütendach in die Arme von Buisman, der ebenfalls umfiel.

«Kannst du nicht Bescheid sagen?» fragte de Gier.

«Tut mir leid», sagte der Brigadier. «Ich werde immer aufgeregt, wenn ich etwas verfolge, und dies könnte eine schöne Verfolgung werden.» Er drehte das Ruder, das Boot änderte seine Richtung.

«Nicht gleich zu nahe heranfahren», sagte de Gier, «er hat ein Jagdgewehr.»

«Was haben wir eigentlich?» fragte Grijpstra.

«Ich bin nicht bewaffnet», sagte Buisman. «Was ist im Boot, Brigadier?»

«Eine Pistole und ein Karabiner.»

«Das sind dann drei Pistolen und ein Karabiner gegen ein Jagdgewehr», sagte de Gier.

«Und ein Messer», sagte Grijpstra, «und Scheffer weiß, was er mit einem Messer anfangen kann.»

Im Funkgerät ertönte wieder eine Stimme. «Hallo», rief sie.

«Ja, Pilot», sagte Buisman.

«Er geht nach Süden. Habt ihr auf der Karte die Boje gefunden, die ich vorhin genannt habe?»

«Ja.»

«Er fährt zur Engländerplate», sagte der Pilot, «zu der großen Sandbank im Süden der Insel. Ich kann euch jetzt beide sehen, aber ihr seid von der Plate zu weit entfernt, um ihm den Weg abzuschneiden. Er hat die Segel fallen lassen und den Motor angestellt. Ich werde ihn direkt überfliegen, um ihn zu verwirren.»

«Nein», schrie Buisman, «er hat ein Jagdgewehr.»

«So ist das?» fragte der Pilot. «Er hat etwas in der Hand. Ich dachte, es sei eine Pickhacke.»

«Komm nicht in seine Nähe», schrie Buisman.

«Okay. Und was soll ich jetzt tun?»

Das Polizeiboot umfuhr die Südspitze der Insel. Sie sahen jetzt sowohl Rammy Scheffers Yacht als auch die Piper Cup.

«Flieg nach Hause», sagte der Adjudant, «wir sehen ihn.»

«Okay», sagte der Pilot.

«Danke, Opperwachtmeester.»

«Gern geschehen», tönte es aus dem Funkgerät. «Ende.»

«Schneller geht's nicht», sagte der Brigadier, «und er ist fast dort.»

Buisman und Grijpstra beobachteten den kleinen grünen Mann durch ihren Fernstecher. Rammy stand auf der Vorplicht seines Boots. Sie sahen, wie er auf den Sand sprang. Er hatte den Hut mit der Feder noch auf. Das Jagdgewehr hing auf seinem Rücken. Der Brigadier zog den Hebel zurück, so daß der Motor nur noch tuckerte.

«Was will er denn dort?» fragte der Brigadier. «Die Plate ist nur einen Quadratkilometer groß, und dort wächst nichts, keine Pflanze, kein Gras. Und in vier Stunden wird sie vom Wasser überflutet, bis auf eine ganz kleine Fläche, auf der er dann hin und her laufen kann.»

«Er geht zur Hütte», sagte Buisman.

Sie sahen die Hütte, einen Holzkasten auf sieben Meter hohen Pfählen. Eine hübsche Hütte mit einem kleinen Balkon ringsum und Fenstern.

«Wozu steht die da?» fragte de Gier.

«Als Rettungsstation», sagte der Brigadier. «Sie steht auf Pfählen und ist immer trocken, oben sind Notrationen, Wasser, ein Seil und eine Leuchtpistole mit Munition. Ich habe dort einmal eine gestrandete Besatzung abgeholt, die es sich ganz gemütlich gemacht hatte.»

«Scheffer klettert die Leiter hoch», sagte de Gier.

Buisman seufzte. «Du weißt, was er vorhat, he?»

«Ja», sagte Grijpstra.

Der Brigadier ließ den Anker fallen.

«Du kannst den Motor abstellen», sagte Buisman, «wir bleiben vorläufig hier.»

Die vier Männer sahen einander an.

«Du hast gelegentlich eine ganz gute Idee», sagte Grijpstra zu de Gier. «Was jetzt?»

De Gier grinste. «Warten», sagte er, «einfach warten. Was sollen wir sonst tun? Er hat zu essen und zu trinken und eine Waffe. Wenn wir lange genug warten, wird er von selbst herauskommen. Wir können um Hilfe bitten, Polizisten gibt es genug, die uns ablösen. Vielleicht kann der Adjudant um Unterstützung ersuchen.»

«Ach, nein», sagte Grijpstra, «das dauert zu lange. Wir wollen zuerst versuchen, mit dem Mann zu sprechen.»

«Wer kennt ihn am besten?» fragte Buisman den Brigadier. «Du oder ich?»

Der Brigadier schob seine Mütze nach hinten. «Sie, glaube ich. Ich kenne ihn zwar, aber wir sind bestimmt keine Freunde. Ich habe ihn mal eingeladen, ein Pils mit mir zu trinken, aber er sah mich an, als ob ich ihn vergiften wolle.»

«Ja, ja», sagte Buisman, «man kann Kräutertee mit ihm trinken und dann ganz gut mit ihm reden, aber nur übers Alte Testament.»

«Der Gott der Rache», sagte de Gier, «Jehova.»

«Der war ebenfalls kein einfacher Chef», sagte Grijpstra. «Nun ja, aber wir müssen etwas tun. Wir können hier nicht den ganzen Tag über sitzen bleiben. Wenn der Brigadier sein Gummiboot zu Wasser lassen würde, könnte ich hinüberrudern und versuchen, ein Gespräch in Gang zu bringen. Er wird mir nicht kaltblütig eins vor die Rübe knallen.»

«Nein», sagte de Gier, «laß mich gehen. Ich kann meine Pistole schneller ziehen als du. Ich habe bei dem Wettkampf in der vergangenen Woche den zweiten Preis gewonnen. Pistole ziehen und einen gezielten Schuß abgeben. Ich habe der Zielpuppe sechs Schüsse in den Arm gesetzt.»

«Laß das Boot runter, Brigadier», sagte Buisman leise, «ich gehe. Ich kenne ihn am besten.»

Die drei Männer beobachteten, wie sich das Schlauchboot der Bank näherte.

«Dort ist er», sagte de Gier und zeigte zur Hütte hinüber.

Rammy Scheffer stand auf dem Balkon.

Buisman stieg aus dem Schlauchboot. Sie sahen, wie er zur Hütte lief und etwas rief. Rammy brachte sein Gewehr in Anschlag. Buisman blieb stehen. Wieder rief er etwas. De Gier blickte durch sein Fernglas und sah, daß Rammy den Kopf schüttelte. Der Schuß ging los, der schwere Knall eines Jagdgewehrs.

Buisman stand noch. Er drehte sich um, beide Hände an die Brust gepreßt. Er sank auf die Knie.

«Dieser Schuft», brüllte der Brigadier, «dieser dreckige Schuft.» Er pumpte wie ein Rasender ein zweites Schlauchboot auf. De Gier griff nach dem Karabiner. Zusammen stiegen sie in das kleine gelbe Boot.

Der Brigadier war ein guter Ruderer, so daß das Boot über das Wasser schoß, auf dem eine schwache Brise leichte Wellen machte. Nach zwei Minuten waren sie auf der Sandbank. De Gier zielte mit dem Karabiner. Der erste Schuß ging absichtlich an Rammy vorbei, aber die Kugel schlug dicht neben seinem Kopf ein. Rammy ließ sich fallen und war nicht mehr zu sehen.

«Lauf», sagte de Gier zum Brigadier, gab einen zweiten Schuß ab und traf die Hütte direkt unter dem Dach. Der Brigadier rannte zum Adjudant und half ihm auf die Beine, während er leise auf ihn einredete.

«Ich bringe dich zum Boot, Buisman, schlinge deine Arme um meinen Hals.»

De Gier feuerte noch einmal, aber von Rammy war nichts mehr zu sehen.

«Laß nur», sagte der Brigadier, «hier kann er uns nicht mehr treffen. Ich nehme Buisman. Du kannst das andere Boot nehmen. Kannst du rudern?»

«Ja», sagte de Gier.

Die beiden Schlauchboote trafen gleichzeitig am Polizeiboot ein.

Grijpstra half dem Brigadier, den Adjudant an Bord zu bringen. Sie öffneten seine Jacke. Er hatte durch den Schrotschuß viel Blut verloren, aber die Wunden waren nicht tief. Seine Jacke hatte die Kraft der Schrotkörner aufgefangen. Das Gesicht war unverletzt.

«Wenn ihr euch um den Adjudant kümmert, werde ich die Insel rufen», sagte der Brigadier.

Die Insel gab keine Antwort.

«Was jetzt?» sagte der Brigadier. «Wir können die Ratte hier nicht allein zurücklassen, dann haut er ab. Und wenn wir das Boot zerstören, kann er immer noch wegschwimmen. Die Insel ist nicht sehr weit entfernt, und er kennt die Strömungen.»

Ein Düsenjäger kreischte über das Boot hinweg. Der Lärm war so stark, daß sich die Männer die Ohren zuhalten mußten.

«Die Jets», rief Grijpstra plötzlich, «*jetzt* können sie uns helfen!»

De Gier und der Brigadier sahen Grijpstra an.

«Verstehst du nicht?» rief Grijpstra. «Ruf sie über Funk und sag, sie sollen direkt über die Hütte fliegen, als ob sie hindurchrasen wollten. Dann wird er schon rauskommen und weglaufen.»

«Genial», sagte de Gier.

Der Brigadier hatte das Mikrophon bereits in der Hand. «Können Sie mich mit dem Militärflughafen verbinden, Mijnheer?»

«Was gibt's denn?»

Der Brigadier erklärte es ihm. Es dauerte eine Weile, bis der Offizier begriffen hatte.

«Eine sonderbare Bitte», sagte die Stimme schließlich.

«Eine sonderbare Situation, Mijnheer.»

«Wie geht's Adjudant Buisman?»

«Blutverlust und Schock, aber keine Lebensgefahr. Er ist verbunden worden und hat schon wieder Farbe im Gesicht.»

«Gut», sagte die Stimme, «wir schicken ein Boot mit einem Arzt, aber es wird bestimmt eine Stunde dauern. Mit dem Militärflughafen kann ich nicht verbinden, aber ich werde von hier aus alles regeln. Das wird natürlich einen gewaltigen Anpfiff geben, aber darüber wollen wir uns später sorgen. Ende.»

Der erste Düsenjäger kam innerhalb von drei Minuten. Er kreiste, um sein Ziel auszumachen, dann stieg er hoch und kam brüllend herunter. Die Männer im Boot wurden in die Hocke gezwungen von dem kreischenden Ungeheuer, das direkt auf sie zuzukommen schien, rasend schnell größer wurde und plötzlich weg war. De Gier tat es nicht mehr leid, daß er nie Soldat und nie in einem Krieg gewesen war. Das entsetzliche Gellen des Jets ließ seinen Körper frieren und zwang ihm die Tränen in die Augen. Er raffte sich dazu auf, die Augen offenzuhalten und dem Flugzeug nachzublicken. Er drehte den Kopf und sah, wie der Jäger über die Hütte flach hinwegflog, zwischen seinem Rumpf und dem Dach waren höchstens einige Meter Abstand. Er drehte den Kopf zurück und sah den zweiten Jäger zum Sturzflug ansetzen, während der erste wieder emporstieg und sich auf die Seite legte, bis er seine ursprüngliche Position wieder eingenommen hatte. Es sah aus, als sei der zweite Jet noch tiefer über das Dach der Hütte geflogen als der erste.

Das Funkgerät machte sich bemerkbar. Der Brigadier drehte am Lautstärkeknopf.

«Sind Sie da?» fragte der Polizeioffizier vom Festland.

«Hören Sie nur, Mijnheer», sagte der Brigadier und hielt das Mikrophon über seinen Kopf. Der erste Jäger befand sich fast wieder über ihnen.

«Verdammt», sagte der Offizier, «die schießen doch nicht etwa?»

«Nein, Mijnheer, sie kommen nur im Sturzflug herunter.»

«Es hört sich an wie das Ende der Welt.»

«Da kommt die andere wieder geflogen», sagte der Brigadier.

«Es ist geglückt!» schrie de Gier.

Sie sahen Rammys grüngekleidete Gestalt nach draußen kommen. Er winkte mit beiden Händen. Vom Jagdgewehr war nichts zu sehen.

«Komm runter!» schrie de Gier.

«Er kann dich nicht hören», sagte Grijpstra.

Rammy ließ sich von der Leiter fallen. Sobald er Sand unter den Füßen hatte, rannte er auf sie zu. Die Jets hatten ihn ebenfalls gesehen und kreisten.

De Gier ergriff den Karabiner und stieg ins Boot.

«Warte», sagte Grijpstra und schwang ein Bein über den Bootsrand.

Grijpstra ruderte, während de Gier den Karabiner auf Rammy gerichtet hielt. Rammy wartete ruhig auf sie, seine Arme hingen kraftlos herab. Als sie näher kamen, sahen sie, daß sein Mund offenstand und aus beiden Mundwinkeln Speichel tropfte.

«Hände hoch», rief de Gier, der an das lange Messer dachte, das irgendwo unter der Jacke verborgen sein mußte, aber Rammy hörte ihn nicht.

Grijpstra ging um den Gefangenen herum und klopfte dessen Jacke ab. Er fand das Messer, das in einer Lederscheide am Leibriemen steckte. Er nahm es ihm ab. Die Handschellen schnappten zu. Rammy murmelte etwas.

«Was sagt er?» fragte de Gier.

Rammys Stimme war kaum hörbar. Grijpstra beugte sich ihm zu.

«Ich weiß es nicht», sagte Grijpstra, «irgend etwas über Satan.»

«Komm mit, Rammy», sagte de Gier freundlich, «niemand wird dir etwas antun. Steig in das Schlauchboot, dann fahren wir zu dem Polizeiboot dort. Dann kannst du dich schon ausschlafen.»

Rammy sah erstaunt auf.

«So, Junge», sagte Grijpstra sanft, «nun komm mal mit.»

16

«Du bist zwar nicht schwer verwundet», sagte der Arzt, «aber du bist verletzt. Was machen die Schmerzen?»

«Es geht», sagte Buisman und stöhnte.

«Ich muß dir die Schrotkörner noch aus der Brust holen. Die meisten sitzen zwar im Anzug, aber einige auch noch im Fleisch. Wir werden dich zum Festland bringen, wo du ein Weilchen im Krankenhaus verbringen kannst.»

«Nein.»

«Möchtest du lieber nach Hause?»

«Ja, bitte», sagte Buisman, «ich mag das gedämpfte Essen nicht.»

Der Arzt nickte und beugte sich über die zusammengekrümmte Gestalt Rammys, der sich in eine Ecke am Ruder verkrochen hatte, zitternd und mit den Zähnen klappernd.

«Wie geht's, Rammy?» fragte der Arzt. Er strich ihm sanft über den Kopf, aber Rammy merkte es nicht. «Ein Schock», sagte der Arzt zu de Gier, «ein ziemlich schwerer. Er muß auf jeden Fall zum Festland. Kommst du mit?»

De Gier antwortete nicht, sondern sah Rammy Scheffer an.

«Wohin werden Sie ihn bringen?»
«In eine Klinik für Geisteskranke.»
«So schlimm steht es, wie?»
Sie waren auf die Seite des Polizeiboots gegangen und lehnten nebeneinander über der Reling. Sie schauten hinüber zur näher kommenden Insel. Die kleine Privatyacht, die den Arzt gebracht hatte, folgte ihnen in einigen hundert Metern Abstand.
«Ja», sagte der Arzt, «sein Geist ist jetzt völlig verwirrt. Rammy war mein Patient, seit er auf die Insel gekommen ist. Der Mann lebte unter schrecklichem Druck. Meistens kam er alle vierzehn Tage.»
«Was fehlt ihm denn?»
«Ein Magenleiden und andere nervöse Beschwerden. Atemschwierigkeiten. Er dachte oft, er würde ersticken. Einmal ist er mitten in der Nacht zu mir gekommen, ganz blau, die Hände an der Kehle. Er wollte, daß ich ihn an der Kehle operierte.»
«Was hatte er denn?» fragte de Gier. «Asthma?»
«Ich konnte keine Krankheit diagnostizieren.»
«Also?»
«Ich habe ihm geraten, einen Psychiater aufzusuchen.»
«Und hat er das getan?»
«Nein.»
«Aber was hat er nach Ihrer Meinung.»
«Nein», sagte der Arzt, «mehr sage ich nicht. Vielleicht wird der Psychiater der Klinik, in die er jetzt kommt, etwas mehr erzählen. Aber ihr könnt Rammy nicht verhaften, soviel ist sicher. Du mußt ihm die Handschellen sofort abnehmen. Ich werde ihm eine Spritze geben, dann wird er sich besser fühlen. Mir scheint es am besten zu sein, wenn das Polizeiboot direkt zum Festland fährt. Ich werde ihn begleiten. Kommst du mit?»
«Lieber nicht», sagte de Gier, «es sei denn, Sie sagen, daß ich mitkommen muß.»
«Nein, das ist nicht nötig.»
«Wollen Sie mir einen Gefallen tun?» fragte de Gier.
«Gewiß.»
«Schauen Sie mal nach meinem Kollegen Grijpstra», sagte de Gier, «ich glaube, er ist krank.»
Sie fanden Grijpstra am Bug.
«Das Wetter hat sich schön aufgeklart, wie?» sagte der Arzt.

Grijpstra drehte sich um und versuchte zu lächeln. Sein Gesicht war schweißnaß.

«Ich bin ein wenig seekrank», sagte Grijpstra, «das geht vorbei. Auf der Fähre mußte ich mich gestern auch schon übergeben.»

«Ja», sagte der Arzt, «ich fühle mit Ihnen. Ich werde auch immer seekrank, aber heute geht es. Ich habe voriges Jahr mit meiner Frau eine Reise auf dem Mittelmeer gemacht, zwei teure Wochen und zwei Wochen lang kotzelend.»

Grijpstras Gesicht entspannte sich.

«Darf ich Ihren Puls fühlen?»

Grijpstra reichte ihm das Handgelenk und begann zu husten.

«Er hat die Grippe, Doktor», sagte de Gier, «und er scheißt wie ein Reiher.»

Grijpstra hörte auf zu husten und sah de Gier wütend an.

«Er muß ins Bett», sagte de Gier.

Grijpstra nieste.

«Ihr Freund hat recht, Mijnheer Grijpstra», sagte der Arzt. «Sie sind nicht nur seekrank, Sie sind wirklich krank und gehören ins Bett.»

«Ins Bett?» fragte Grijpstra. «Warum?»

«Warum?» fragte de Gier. «Du mußt dich mal sehen. Ich glaube, du hast eine Lungenentzündung und Durchfall.»

«Warum bringt ihr mich nicht gleich auf den Friedhof?» fragte Grijpstra. «Und warum kümmerst du dich nicht um deine eigenen Angelegenheiten, de Gier.»

«Nein», sagte der Arzt, «nun regen Sie sich mal nicht auf, Mijnheer Grijpstra. Ich bin Arzt und sage, Sie sind krank, zwar nicht todkrank, aber krank. Und Sie müssen ins Bett.»

«Ich gehe zurück nach Amsterdam», sagte Grijpstra. «Wenn ich erst wieder in der Stadt bin, geht das alles vorbei. Ich bin nur krank geworden von all dieser freien Natur hier.»

«Du kannst nicht nach Amsterdam zurück», sagte de Gier. «Wenn du nicht sofort ins Bett gehst, mache ich Meldung.» Er drehte sich um und ging in die Kajüte, wo Buisman auf einer Bank unter einer Decke lag, in die ihn der Brigadier eingehüllt hatte.

«Grijpstra ist krank», verkündete de Gier.

Buismans Gesicht leuchtete auf. «He, das ist gut. Dann habe ich Gesellschaft.»

«Wie meinst du das?»

«Nun», sagte Buisman, «dann kann er neben mir liegen, wir können Karten spielen und uns miteinander unterhalten.»

«Ich glaube nicht, daß Grijpstra Karten spielen will. Er hat Lungenentzündung und Durchfall.»

«Wer sagt das?»

«Ich.»

«Und der Arzt?»

«Der sagt, daß er krank ist.»

«Das wird schon werden. Meine Frau war früher Krankenschwester; sie wird es auch als angenehm empfinden, sie hat schon seit langem keine Patienten mehr gehabt.»

«Gut», sagte de Gier.

«Ich habe alles für dich geregelt, Grijpstra», sagte de Gier, «du wirst bei den Buismans unterkommen. Seine Frau ist Krankenpflegerin und kann gut kochen.»

Grijpstra wollte etwas sagen, mußte aber niesen.

«Laß nur», sagte de Gier, «gern geschehen.»

Im Hafen wartete eine Gruppe von Menschen auf ihre Ankunft. De Gier betrachtete sie durch das Fernglas. Er sah den Commissaris und IJsbrand Drachtsma und winkte dem Commissaris zu, der die Hand hob. Der Commissaris trug noch seinen Shantunganzug. Er war noch nicht zu Hause gewesen, sondern hatte sich vom Flughafen Schiphol direkt nach Lauwersoog fahren lassen, wo ein Boot der Rijkspolitie auf ihn wartete. Der Commissaris sprach mit Drachtsma. De Gier gestand sich zwar ein, daß es unhöflich sei, jemand durch ein Fernglas zu beobachten, aber er betrachtete Drachtsma dennoch. Drachtsma sprach jetzt, er war anscheinend ziemlich erregt.

Das Polizeiboot machte neben einem anderen Schiff fest, das sein Zwilling sein konnte. Beamte der Rijkspolitie aus Friesland halfen, de Gier, Buisman und Rammy Scheffer an Land zu bringen. Rammy wurden die Handschellen abgenommen, und der Arzt gab ihm eine Spritze. Das Polizeiboot vom Festland hatte ebenfalls einen Arzt mitgebracht. Beide Ärzte begrüßten sich und nahmen Rammy unter ihre Obhut. Grijpstra und Buisman wurden zusammen mit dessen Frau, einer dicken freundlichen Dame, in einem Taxi weggefahren.

De Gier spürte eine Hand auf der Schulter und drehte sich um. «Da bist du nun», sagte der Commissaris. «Komm mit, dann werden wir uns ein ruhiges Plätzchen und eine Tasse Kaffee suchen. Ich sehe, daß ihr mein Telegramm erhalten habt.»

17

Sie tranken Kaffee, verzehrten einen ausgedehnten Lunch und tranken noch mehr Kaffee. Danach bestellte der Commissaris Cognac.

«So, so», sagte der Commissaris schließlich, als de Gier, jetzt ganz entspannt und breit lächelnd, seine Geschichte beendet hatte.

«Ihr habt ihn also doch noch geschnappt, so daß meine Reise nach Curaçao eine Verschwendung von Staatsgeldern war.»

«Vielleicht doch nicht, Mijnheer», sagte de Gier.

«Jawohl, ihr habt ihn gefunden. Tüchtige Arbeit.»

«Nein, Mijnheer, da stimme ich Ihnen nicht zu. Die Sirene des Polizeiboots hat Rammy aus dem Gleichgewicht gebracht, und eben dieses Boot kam, um Ihr Telegramm zu bringen.»

«Ja», sagte der Commissaris zögernd, «das stimmt schon, aber ihr wart bereits wach geworden und hättet nach einem richtigen Verhör...»

De Gier schüttelte den Kopf, der Commissaris lächelte.

«Ich hätte nichts dagegen gehabt, wenn ihr ihn auf eigene Initiative festgenommen hättet, denn meine Reise nach Curaçao war nicht verschwendet.»

«Würden Sie mir erzählen, was dort geschehen ist, Mijnheer?»

Es kam noch mehr Cognac. Der Nachmittag verging, während der Commissaris erzählte.

«Aber, dennoch verstehe ich euren Verdacht gegen Drachtsma nicht ganz», sagte der Commissaris. Sie waren auf dem Weg zu Buismans Haus, und es hatte wieder angefangen zu regnen. Der Commissaris hatte keinen Regenmantel. Deshalb gingen sie schnell.

«Wir sollten ins Hotel gehen, Mijnheer, wir können später nach den beiden sehen. Oder wir können anrufen.»

«Gute Idee», sagte der Commissaris.

Sie setzten sich in die unbequemen Lehnstühle im Hotelzimmer und sahen einander an. Der Commissaris rieb sein Bein.

«Haben Sie Schmerzen, Mijnheer?» fragte de Gier.

«Ja, sie haben wieder angefangen. In Curaçao hatte ich keine Beschwerden. Ich werde gleich ein heißes Bad nehmen, nur das hilft.»

«Drachtsma ist ein Machtmensch», sagte de Gier, «einer, der andere unterdrücken will. Und Maria van Buren wollte anscheinend ebenfalls Macht ausüben. Sie wollte andere manipulieren. Drachtsma wollte sie benutzen, und sie wollte Drachtsma benutzen. Zwei entgegengesetzte Kräfte.»

«Daher ein Interessenkonflikt», sagte der Commissaris.

«Mijnheer, Sie haben den seltsamen Negerzauberer kennengelernt, Wancho, oder wie er heißt. Hatte er nichts über Maria zu erzählen?»

«Nein», sagte der Commissaris, «das hatte ich dir doch schon gesagt. Von dem Mann habe ich nichts erfahren. Ich habe auf seiner Veranda ein Nickerchen gemacht, glaube ich, und fühlte mich danach sehr glücklich.»

«Er war also ein guter Mann?» fragte de Gier zweifelnd.

«Bestimmt», sagte der Commissaris, «oder besser gesagt, er war kein böser Mann. Nicht gut, nicht böse, aber auch kein Mittelding.»

«Aber meinen Sie, daß Maria schlechte Dinge von ihm gelernt haben könnte?»

«Nein», sagte der Commissaris.

De Gier stand auf und ging zum Fenster. «Meine Theorie ist, daß Drachtsma Maria ermordete oder durch Rammy Scheffer ermorden ließ.»

«Belassen wir es mal dabei», sagte der Commissaris, «daß Rammy sie ermordet hat. Sie ist durch einen Messerwerfer getötet worden, und Rammy kann Messerwerfen. Er ist ihr Halbbruder und leidet an einem religiösen Wahn. Ihre Prostitution hat ihm den Rest gegeben.»

«Er hat noch nicht gestanden», sagte de Gier.

«Das wird er noch tun. In der Klinik wird er schon reden. Der Mann hat sie wirklich nicht alle, du hast es selbst vom Arzt gehört.»

«Ein Bibelleser», sagte de Gier.

«Kennst du die Bibel, de Gier?»

«Ja, Mijnheer. Ich habe eine reformierte Schule besucht und kenne ganze Abschnitte auswendig.»

«Ein interessantes Buch», sagte der Commissaris.

«Ein lebensgefährliches Buch, Mijnheer. Während des Krieges haben die SS-Leute Millionen Juden ermordet. Wissen Sie, was auf den Koppelschlössern der deutschen Soldaten stand?»

«Ja», sagte der Commissaris, «‹Gott mit uns›.»

«Das muß Rammy auch gedacht haben», sagte de Gier.

«Ja», sagte der Commissaris, «Drachtsma hat dem armen Jungen gesagt, daß seine Schwester vom Satan besessen sei. Wir haben nur ein Werkzeug geschnappt. Und der wirkliche Täter sitzt in seiner Villa. Er war auch ziemlich nervös, als er auf dem Kai mit mir redete, aber er hatte keine Angst. Der Kerl weiß, daß wir ihm nichts anhaben können.»

«Haben Sie ihm gesagt, daß Rammy Scheffer der Halbbruder Maria van Burens ist?»

«Ja. Er tat so, als sei er furchtbar erstaunt.»

18

Nachmittags um fünf Uhr, als der Commissaris bereits einen Fuß ins Bad gesteckt hatte, läutete das Telefon.

«Drachtsma. Sind Sie's, Commissaris?»

Der Commissaris murmelte eine Bestätigung, während er sich bemühte, das Handtuch festzuhalten, das ihm von den mageren Hüften gleiten wollte.

«Ich dachte mir, Sie würden heute abend noch auf der Insel sein. Und da die Küche Ihres Hotels nur wenig zu bieten hat, wäre es vielleicht eine gute Idee, wenn Sie bei uns essen würden. Der Bürgermeister und einige Mitglieder des Gemeinderats werden heute abend ebenfalls kommen.»

«Ich danke Ihnen», sagte der Commissaris und versuchte, eine Zigarre anzuzünden, «könnte ich meinen Brigadier mitbringen? De-Gier? Sie haben ihn in Amsterdam kennengelernt. Und sonst sitzt der arme Junge hier ganz allein.»

Für eine Weile war es still.

«Ja», sagte Drachtsma, «wie ich höre, ist Ihr Adjudant krank geworden, aber er ist bei Mevrouw Buisman in guten Händen. Vielleicht sollte de Gier besser bei den Buismans essen, in dieser Gesellschaft fällt er ein bißchen aus dem Rahmen, denke ich.»

Der Commissaris biß auf seine Zigarre, die abbrach. Er spie den Stummel aus.

«Ach, ich glaube, daß de Gier sich sehr leicht anpassen kann.»

«Ausgezeichnet», sagte Drachtsma. «Dann bringen Sie ihn mit. Würde es Ihnen um sieben, Viertel nach sieben passen? Wenn Sie wollen, schicke ich Ihnen einen Wagen.»

«Ich weiß, wo Ihr Haus ist. Jemand hat es mir heute gezeigt. Es ist nur einige Kilometer von hier entfernt, glaube ich. Ein Spaziergang wird uns guttun.»

«Wie Sie wollen», sagte Drachtsma, «also bis heute abend.»

«Bah», sagte der Commissaris, steckte sich eine neue Zigarre an, hob das Handtuch vom Boden auf und ging wieder ins Bad.

De Gier telefonierte mit dem Polizeipräsidium.

«Wir haben ihn», sagte er zu Adjudant Geurts, «er ist ein Halbbruder der toten Dame. Ein Familiendrama, sehr traurig.»

«Hat er gestanden?»

«Nein, er hat den Verstand verloren.»

«Und du bist sicher, daß es der Halbbruder gewesen ist?»

«Er ist der Mann, der das Messer geworfen hat», sagte de Gier.

«Meine Glückwünsche. Und was ist jetzt mit eurem Mijnheer Holman, dem Mann mit der roten Weste? Wir haben ihn gebeten, heute abend noch einmal zu kommen.»

«Laßt ihn ruhig laufen», sagte de Gier.

«Weißt du das bestimmt? Er war sehr nervös, als wir ihn angerufen haben.»

«Er wird wohl das Finanzamt beschissen haben», sagte de Gier. «Ruf ihn an und sag, daß wir den Täter erwischt haben.»

«Gut», sagte Geurts, «ruf mich mal kurz an, wenn du wieder in Amsterdam bist. Dann treffen wir uns bei einer Flasche Schnaps. Sietsema und ich möchten gern alles wissen.»

«Gut, aber vorläufig komme ich noch nicht. Die Sache ist noch nicht ganz abgeschlossen.»

«Was meinst du damit, ‹noch nicht ganz abgeschlossen›? Ihr habt den Mann doch geschnappt.»

«Ja», sagte de Gier, «aber es ist ein eigenartiger Fall.»

«De Gier, du machst daraus eine Vergnügungsreise. Du liegst sicherlich irgendwo am Strand.»

«Ja. Wir dürfen mit dem Polizeiboot fahren und mit einer Yacht. Und ich habe einige nette Mädchen kennengelernt. Heute abend gehen wir zu einer Party. Zu einer wilden Party. Auf der Insel wimmelt es von FKK-Typen. Wenn es sich machen läßt, werden wir heute abend alle splitternackt bei Vollmond herumlaufen. Hier ist man nicht so engherzig wie in der Stadt. Die Mädchen sind sehr leicht zu haben. Man braucht ihnen nur zu sagen, was man will. Und wenn sie Lust darauf haben, sind sie einverstanden. Und die Männer sind nicht eifersüchtig. Freie Menschen.»

«Wie kommt es nur», fragte Sietsema, der mitgehört hatte, «daß sie immer die hübschen Fälle bekommen und wir nie?»

«Quatsch nicht», sagte Geurts, «wir haben ebenfalls hübsche Fälle. Denk an die alte Dame, die von den Arabern zusammengeschlagen worden ist, und an den Mann mit dem Haus voller gestohlener Fahrräder. Und als du heute nachmittag nicht hier warst, ist noch ein anderer Fall dazugekommen.»

«Was für ein Fall?»

«Heute nachmittag ist ein Mann mit Verletzungen in ein Krankenhaus eingeliefert worden. Mit ernsten Verletzungen. Schädelbasisbruch, gebrochener Arm und noch etwas mit seinen Eiern. Er hat dem Arzt eine seltsame Geschichte erzählt. Und der Arzt hat ihm nicht geglaubt und uns angerufen.»

«Was für eine Geschichte?»

«Der Mann behauptet, er sei Student und wohne in einem Kellerraum. Gestern abend war er auf einer Party und hat sich dort betrunken. Heute morgen wollte er ausschlafen, als um elf Uhr geläutet wurde. Noch etwas unsicher vom Trinken, ging er durch den Korridor zur Eingangstür. Er hatte nichts an. Der Mann hat eine Katze, die ziemlich verspielt ist. Sie lief hinter ihm her und hat ihm an den Eiern einen Schnitt beigebracht.»

«Komm, komm», sagte Sietsema.

«Das sagt der Mann, und er hat einen Riß an den Eiern. Der Arzt bestätigt, daß es ein tiefer Riß ist.»

«Das soll ja passieren», sagte Sietsema.

«Ja, aber das ist erst der Anfang. Der Kerl ist vor Schreck hochgesprungen und mit dem Kopf gegen ein Gasrohr unter der Decke gestoßen. Dabei soll er sich die Kopfwunde zugezogen haben.»

«Schädelbasisbruch?»

«Ich bin kein Arzt, aber nach dem Bericht hat er einen Riß im Schädel und eine starke Gehirnerschütterung.»

«Ach, hör doch auf. Das hast du dir ausgedacht.»

«Ich denke mir nichts aus. Jemand hat ihn dort gefunden, bewußtlos mit einer miauenden Katze, und hat die Ambulanz angerufen. Die Sanitäter haben ihn auf der Krankentrage festgebunden und wollten ihn ins Auto legen, als er wieder zu sich kam. Sie haben ihn anscheinend gefragt, was passiert war, und das hat er ihnen erzählt. Und dann haben sie so gelacht, daß sie die Trage fallen ließen und er sich den Arm brach.»

«Wenn de Gier nicht in Schiermonnikoog wäre, würde ich schwören, die Geschichte stammt von ihm, aber wenn du es sagst, wird es wohl wahr sein.»

«Es ist wahr», sagte Geurts.

De Gier spazierte auf dem Seedeich der Insel entlang. Es herrschte Ebbe, der schlammige Meeresboden war überall zu sehen. Tausende von Vögeln suchten nach Futter im Schlamm. Ihre weißen Silhouetten kontrastierten mit den bleigrauen Wolken, die sich am Horizont aufgetürmt hatten. Die Inselbewohner hatten sich in ihre Häuser zurückgezogen, um Tee zu trinken und Kuchen zu essen. Die Welt um ihn herum war still. Nicht einmal die Vögel gaben in ihrem Eifer, soviel Nahrung wie möglich aus dem Schlamm herauszuwühlen, irgendwelche Laute von sich. Er blieb stehen und sah sich um. Die Sonne, die durch ein Loch in den Wolken schien, konzentrierte ihre Strahlen auf ein Pferd, das aussah, als sei es in Feuer getaucht, ein brennendes weißes Pferd, das auf einer dunkelgrünen Weide herumstolzierte. De Gier seufzte.

De Gier sah auf die Wolken. Das Loch in ihnen schloß sich. Nur noch ein dicker Strahl orangefarbenen Lichts traf auf das Pferd, das sich aufbäumte und mit den Vorderhufen schlug, als spüre es, daß es ein Teil des Mysteriums war.

«Guten Tag, Mevrouw Buisman», sagte de Gier, «wie geht es Ihren Patienten?»

«Komm rein und trink eine Tasse Tee mit», sagte die dicke Frau, die mit ihrer weißen Schürze tüchtig und fröhlich aussah. «Dein Freund schläft tief, aber er ist ziemlich krank. Der Arzt sagt, er habe eine leichte Lungenentzündung und Fieber. Er wird eine Weile bleiben müssen, aber ich denke, er wird sich bald besser fühlen. Vielleicht geht das Fieber morgen schon zurück.»

«Gut. Und was macht Ihr Mann?»

«Der Arzt hat ihm die Schrotkörner aus der Brust geholt. Glücklicherweise saßen sie nicht tief, aber er ist grün und blau.»

«Ich bin froh, daß Rammy sein Gesicht nicht getroffen hat.»

«Das hätte Rammy nie getan», sagte Mevrouw Buisman. «Der arme Kerl wollte nur, daß mein Mann nicht näher kommt.»

«Armer Kerl», sagte de Gier. «Aber derselbe Rammy hat seiner Schwester ein Messer in den Rücken geworfen.»

Mevrouw Buisman schenkte Tee ein und öffnete die Gebäckdose. «Ich weiß», sagte sie.

«Sie mögen ihn, wie?»

«Ja, ich kenne ihn schon lange. Er kam oft auf eine Tasse Tee vorbei und saß auf dem Stuhl, auf dem du jetzt sitzt. Der Mann hat eine schwere Last zu tragen, und ich hoffe, man behandelt ihn gut in der Klinik. Er hat Angst vor Menschen, weißt du. Eigentlich hat er nur die See und die Vögel gern. Vielleicht hätte er weiter zur See fahren sollen. Wenn er einmal etwas erzählte, dann immer von seinem Schiff in Curaçao und seinem Kapitän, einem alten Säufer, der wie ein Vater zu Rammy war. Über seinen wirklichen Vater wollte er nie etwas sagen.»

«Sein Vater war nicht mit seiner Mutter verheiratet», sagte de Gier.

«Ja, das kommt natürlich vor. Es ist schlimm für die Kinder. Sie fühlen sich verloren und einsam auf der Welt.»

Eine Katze kam in die Küche, sah Mevrouw Buisman an und begann zu schnurren. Sie nahm das Tier auf den Arm und streichelte seinen Rücken.

«Alle lebenden Wesen brauchen Liebe, auch dieser dicke dumme Kater. Ich muß ihn wohl zwanzigmal am Tag auf den Arm nehmen und ihm sagen, daß ich ihn mag und er nicht allein auf der Welt ist.»

«Mein Kater!» rief de Gier und sprang auf. «Darf ich mal eben telefonieren?»

«Wie geht es ihm?» fragte Mevrouw Buisman, als de Gier aufgelegt hatte.

«Gut, glücklicherweise. Mein Nachbar sorgt für ihn, wenn ich nicht in der Stadt bin, aber mein Kater ist eigen. Er will nicht essen, wenn ich nicht da bin, und er fällt jeden an. Mein Nachbar kann mit ihm fertig werden, er arbeitet im Zoo und weiß, was er tun muß, wenn Olivier sich schlecht benimmt. So heißt er, Olivier. Mein Nachbar bleibt immer freundlich, und dagegen kommt das Tier nicht an.»

«Siehst du», sagte Mevrouw Buisman, «genau wie Rammy. Er möchte Liebe, hat aber eine unangenehme Art, darum zu bitten.»

De Gier rührte seinen Tee um. «Kennen Sie Mijnheer Drachtsma, Mevrouw Buisman?»

Mevrouw Buisman kniff die Augen halb zu. «Ja, den kenn' ich.»

«Und Rammy, kennt Rammy ihn?»

«Jeder auf der Insel kennt Mijnheer Drachtsma», sagte Mevrouw Buisman.

Sie sah jetzt nicht mehr so freundlich aus. Ihr Gesicht hatte sich verhärtet. De Gier sah jetzt, daß sie einen Knoten trug, durch den sie eine dicke Haarnadel gesteckt hatte.

«Sie können ruhig reden, Mevrouw Buisman», sagte de Gier, «ich frage nicht aus Neugier, sondern weil ich Kriminalbeamter bin.»

«Aber du hast doch deinen Mörder, oder?» fragte Mevrouw Buisman.

De Gier knabberte an seinem Gebäck. «Es sieht so aus.»

«Ich habe vor kurzem nachgedacht und mich gefragt, ob Mijnheer Drachtsma die tote Dame in Amsterdam gekannt hat.»

«Ja, er kannte sie», sagte de Gier. «Sie war seine Freundin.»

«Arme Mevrouw Drachtsma.»

«Wußte Mevrouw Drachtsma nicht, daß ihr Mann ein Verhältnis hatte?» fragte de Gier.

«O doch», sagte Mevrouw Buisman gereizt, «das wußte sie. Sie kam hier ebenfalls gelegentlich auf einen Tee vorbei und sprach dann darüber. Sie müsse Verständnis für ihn haben, sagte sie dann. Er habe soviel Energie, und ihm genüge eine Frau nicht. Sie sagte auch, daß sie es nicht so sehr schlimm fände, wenn er nur keine Frau mit auf die Insel bringt.»

«Hat er das gelegentlich getan?»

«Vielleicht. Er hat das große Segelboot und damit oft Freunde und Bekannte in Lauwersoog abgeholt. Und seine Frau mag das Wasser nicht. Sie hat noch nie einen Fuß auf das Boot gesetzt.»

«So», sagte de Gier.

«Mijnheer Drachtsma ist kein netter Mann», sagte Mevrouw Buisman, nachdem sie tief Atem geholt hatte.

«Warum nicht?»

Sie schenkte Tee ein, und sie sahen sich an, während sie in der Tasse rührten.

«Der Mann erinnert mich immer an Taumelkraut. Du kommst aus der Stadt, nicht wahr? Du weißt gewiß nicht, was Taumelkraut ist.»

«Nein, von Pflanzen verstehe ich nicht viel. Ich weiß nur ein wenig über Vögel.»

Mevrouw Buisman lachte. «Ja, mein Mann hat mir eure Abenteuer von heute morgen erzählt.»

«Oh, aber ich fand es sehr lustig», sagte de Gier hastig. «Nur der Adjudant Grijpstra, meine ich, fand es nicht so gut, weil er sich krank fühlte und wir natürlich immer an den Mordfall denken mußten.»

«Das verstehe ich gut. Aber ich werde dir erklären, was Taumelkraut ist. Wenn einige Pflanzen hier gegen Ende des Jahres sterben, dann werden sie ganz trocken und spröde. Dann ergreift sie der Wind und bricht sie an den Wurzeln ab, und sie fangen an zu taumeln und zu purzeln. Ein sehr seltsamer Anblick. Sie scheinen es so eilig zu haben und geben sich so energisch, aber sie sind tot. Sie werden gegen Hecken und Sträucher geweht, manchmal ist der Garten voll von ihnen. Am Ende fliegen sie aufs Meer und ertrinken, falls etwas Totes überhaupt ertrinken kann. Seelenlose, lebende Wesen.»

De Gier hatte seine Tasse auf den Tisch gestellt. Er starrte Mevrouw Buisman an.

«Ja?» fragte er. «Glauben Sie, daß Mijnheer Drachtsma keine Seele hat?»

«Seele? Von Seelen weiß ich nichts. Ich bin nicht religiös. Seele ist nur ein Wort wie alle anderen Wörter und bedeutet eigentlich nichts. Ich wollte nur sagen, daß Mijnheer Drachtsma ein harter Mann ist, der immer seinen Willen durchsetzt, von hier nach dort springt, ohne jemals glücklich dabei zu werden. Er kauft immer große Boote und behält ein Auto nie länger als ein halbes Jahr. Immerzu zimmert und mauert und malt jemand an seinem Haus herum. Er ist ein unzufriedener Mann, der vielleicht nicht einmal lebt. Das meinte ich.»

«Wer lebt denn wohl?» fragte de Gier.

«Oh, viele Menschen leben. Mein Mann zum Beispiel. Aber er ist ein liebevoller Mann.»

De Gier lächelte.

«Nein, so nicht», sagte Mevrouw Buisman und kicherte. «Wir sind nicht mehr die Jüngsten. Ich meine, er hat lebende Wesen gern und auch tote Dinge. Vor kurzem habe ich gesehen, wie er auf dem Dach stand, aufs Meer schaute und nach den Vögeln und den Wolken. Und ich ging zu ihm und sagte ‹Buisman›, aber er sah mich an, als ob er keine Ahnung habe, wer ‹Buisman› ist. Er war so von allem erfüllt, was um ihn war. Aber mit Drachtsma könnte man so etwas nicht machen. Der weiß immer genau, wer er ist. ‹Drachtsma› ist das schönste Wort, das er kennt, und er sucht immer nach Möglichkeiten, es noch schöner und größer und wichtiger zu machen. Und inzwischen wird er durch all seine Wünsche hin und her geweht wie das Taumelkraut durch den Wind.»

«Und eines schönen Tages wird er ins Meer geblasen, um dort zu verschwinden», sagte de Gier.

Mevrouw Buisman ging, um nach ihren Kranken zu sehen, bei denen sie eine Weile blieb. De Gier rief das Hotel an und hörte, daß der Commissaris ihn um sieben Uhr in der Bar erwartete. Er hatte noch eine halbe Stunde Zeit.

«Mevrouw Buisman», sagte er, als sie wiederkam, «wissen Sie, ob eine besondere Beziehung zwischen Rammy und Drachtsma bestand?»

«Ja, darüber habe ich nachgedacht», sagte Mevrouw Buisman und lächelte.

De Gier sah sie fragend an.

«Nein, nein, ich mußte über meine beiden dicken Babys lachen. Dein Mijnheer Grijpstra kann gewaltig schnarchen, weißt du, und mein Buisman piepst dazwischen. Ich verstehe gar nicht, daß sie sich nicht gegenseitig wecken. Also Rammy und Drachtsma, wie? Ich meine, ich hätte eine Art von Annäherung zwischen den beiden bemerkt. Drachtsma hat immer viel Interesse am Reservat gezeigt und der Gemeinde Geld für Hecken und für den Vogelschutz gegeben. Und das interessierte Rammy natürlich. Mijnheer Drachtsma hat Rammy auch schon zu Hause aufgesucht. Und einmal, als sie tief in ein Gespräch versunken waren und ich zufällig hinter ihnen ging, hörte ich, wie Drachtsma ihm etwas über Satan erzählte. Ich fand das damals seltsam, denn was hat der Teufel mit dem Vogelreservat zu tun. ‹Wenn Satan von irgendeinem Menschen Besitz ergreift,

Rammy›, sagte Mijnheer Drachtsma, ‹dann muß er, wer es auch sein mag, vernichtet werden. Satan ist als Geist nicht so gefährlich, aber wenn er einen Körper zur Verfügung hat, kann man gegen ihn nicht mehr bestehen›.»

«Das haben Sie wörtlich gehört?» fragte de Gier.

«Wörtlich», sagte Mevrouw Buisman, «aber ich bin schon seit 24 Jahren mit einem Polizisten verheiratet und weiß, daß ihr so eine Aussage nicht gebrauchen könnt. Wenn man Mijnheer Drachtsma allein auf Vermutungen hin festnehmen will...»

«Nein», sagte de Gier, «das habe ich auch nicht vor.»

«Was willst du denn?»

«Ich bin neugierig», sagte de Gier, «und will alles wissen. Vielen Dank für den Tee, Mevrouw. Grüßen Sie Grijpstra und Ihren Mann, wenn sie aufwachen.»

«Lauf nicht so schnell», sagte der Commissaris. «Meine Beine sind nur halb so lang wie deine. Wir haben Zeit genug. Drachtsma erwartet uns erst um Viertel nach sieben.»

«Was halten Sie von der Geschichte, die Mevrouw Buisman erzählt hat, Mijnheer?»

«Taumelkraut, he», sagte der Commissaris, als sie am Tor zur Villa Drachtsmas standen und sie ihren Gastgeber kommen sahen. «Ich habe vor kurzem etwas über Taumelkraut gelesen, eine hübsche Geschichte. Vielleicht kann ich sie gleich verwenden.»

19

Obwohl das Essen ausgezeichnet und die Weine von den allerbesten Jahrgängen waren, hatte de Gier das Mahl nicht genossen. Er saß Mevrouw Drachtsma gegenüber, und ihr harter Ausdruck auf dem Gesicht, die dicke Farbschicht darauf, die fast zerbrach, wenn sie zu lächeln versuchte, die zusammengekniffenen dünnen Lippen hatten seine Verdauung durcheinandergebracht, so daß er sich schwer fühlte, als hätte er den Magen und die Eingeweide voll mit schnelltrocknendem Zement.

Die Einrichtung der Villa hatte seine Stimmung auch nicht gehoben. Er hatte ein Übermaß an Luxus erwartet, den es zwar gab, aber alles, was er um sich herum sah, war irgendwie lieblos. Sie haben den Krempel einfach irgendwo abgesetzt, dachte de Gier, wie Lastwagen in einer Betongarage.

Nach dem Eis mit warmer Schokoladensauce war die Gesellschaft zum Kamin dirigiert worden, wo sie die übervollen Bäuche in Ledersessel fallen lassen konnte. Ein alter Mann in gestreifter Jacke machte mit einem Silbertablett die Runde. De Gier nahm ein Glas Cognac, lehnte aber die Zigarre ab. Aus Protest drehte er sich eine Zigarette, wobei er reichlich Tabak verschüttete.

«Ich bin vorher schon einmal auf Ihrer schönen Insel gewesen», sagte der Commissaris, nachdem endlich seine lange Zigarre nach vielen vergeblichen Bemühungen brannte, «aber das war im Herbst, im Spätherbst.»

«Das ist für uns eine schöne Zeit», sagte der Bürgermeister. «Natürlich ist die Insel immer schön, aber ich finde sie kurz vor dem Winter immer am herrlichsten. Dann sind die Touristen alle fort, so daß Schiermonnikoog uns allein gehört. Wenn man dann am Strand etwas findet, kann man es allein betrachten, ohne daß man von einer Menge bedrängt wird.»

«Genau das habe ich auch getan», sagte der Commissaris, «ich bin am Strand spazierengegangen. Es war eine seltsame Atmosphäre, die Natur schlief, die Bäume waren kahl und tot, einige Möwen kreischten hoch in der Luft. Hinter mir war ein Schwarm Krähen. Jedesmal, wenn ich stehenblieb, setzten sie sich hin und krächzten laut, als ob sie mein Tun und Lassen besprachen.»

Der Commissaris konnte gut erzählen. Die Gäste stellten ihre Unterhaltungen ein und beugten sich vor, damit sie der leisen Stimme besser folgen konnten. Drachtsma lehnte am Kamin. Er hatte die langen Beine übereinandergeschlagen und die Hände in die Hosentaschen gesteckt, aber er machte keinen entspannten Eindruck.

«Und dann sah ich das Taumelkraut. Ich stand an einer Stelle, wo der Strand breit ist, sehr breit, in der Nähe des Wassers, und schaute von dort aus zu den Dünen hinüber, als ich das Taumelkraut herunterkommen sah, rollend, vom Wind geschoben. Es war groß, es hatte bestimmt einen Druchmesser von drei Metern, und es war auch nicht nur eine einzelne tote Pflanze, aber das wußte ich in dem Augenblick noch nicht. Ich wußte, daß es Taumelkraut gibt und seine Bewegungen absichtlich sind, geplant, ja, das kann man sagen, es hat seine Bewegungen vorher geplant. Es hat spezielle Wurzeln, die erst spät in seinem Leben wachsen und nicht in die Erde eindringen. Sie treffen auf den Boden auf und halten sich daran fest, während sie weiterwachsen. Die Wurzeln dienen als Arme, als muskulöse Arme, mit denen die Pflanze sich hochstemmt, wenn die Zeit gekommen ist. Sie drückt und drückt, bis der Stengel abbricht. Dann ist die Pflanze frei und rollt fort, sobald der Wind sie packt. Und im Rollen begegnet sie Artgenossen, mit denen sie ein Knäuel zu bilden beginnt. Das geschieht nicht immer. Meistens ist das Taumelkraut nur eine einzelne Pflanze, aber es kann sein, daß sich viele Pflanzen begegnen und der Knäuel gigantisch wird. Und einen solchen riesenhaften Ball sah ich an dem Abend, und er kam direkt auf mich zu. Der Wind war stark, fast ein Sturm, und ich sah das Kraut immer näher kommen. Als ich erfaßte, daß es mich angreifen würde, rannte ich weg, zuerst nach links, aber dann, als das Kraut ebenfalls seine Richtung änderte, nach rechts. Es folgte mir jedoch auch weiterhin. Es federte sich vom Boden ab, winkte mit seinen gelben Tentakeln, ergriff mich und drückte mich in die See hinein. Ich war so verängstigt, daß ich meinte, in die Augen des Monstrums zu blicken. Wahrscheinlich habe ich vor Angst geschrien.»

Der Commissaris betrachtete seine Zigarre. «Sie ist schon wieder aus», beklagte er sich. «Hat jemand Feuer?»

Drachtsma gab ihm Feuer. «Aber Sie leben noch», sagte er, «also hat das Monstrum Sie doch noch freigelassen. Welches Glück.»

«Ja», sagte der Commissaris, «aber das war nicht die Absicht des Krauts. Ich habe das Ereignis nie vergessen. Ein sonderbarer Vorfall. Mich fasziniert immer noch, daß ich von einer Leiche angegriffen wurde, von einem Ding, das selbst keinen Willen mehr haben konnte. Die Pflanze hatte natürlich alles vorher geplant, ehe sie starb, und sie hat ihre eigene Leiche zusammen mit den Leichen von Artgenossen als Waffe benutzt.»

«Nun, nun», sagte der Bürgermeister und nippte lächelnd an seinem Cognac, «Sie erzählen es ganz schön, und ich glaube gern, daß es so gewesen ist, aber dennoch meine ich, Sie übertreiben ein bißchen. Die Pflanze hatte nie etwas geplant, würde ich meinen. Eine natürliche Handlungsweise, mehr ist es nicht. Taumelkraut purzelt umher, weil es sich fortpflanzen muß. Wenn der Wind das Kraut über die Dünen jagt, verliert es seinen Samen. Es ist merkwürdig, daß dies erst nach seinem Tode geschieht, und ich gebe zu, es ist ein phantastischer Anblick, wenn sich das Kraut über unsere Landschaft bewegt, vielleicht ist es sogar ein furchterregendes Schauspiel, aber dennoch würde ich keine böse Bedeutung darin suchen wollen. Nein.»

Die Gespräche wurden wiederaufgenommen. Der alte Mann servierte Kaffee. Doch allmählich standen die Gäste auf und gingen zur Tür. Der Commissaris und de Gier folgten dem Beispiel. Sie bedankten sich bei der Gastgeberin für das herrliche Essen. Aber Drachtsma fing sie ab und bot ihnen ein letztes Glas an. Mevrouw Drachtsma entschuldigte sich und wünschte gute Nacht. Die drei Männer standen am Kamin und nippten an ihrem Cognac.

«Das war eine gute Geschichte, Commissaris», sagte Drachtsma, «Ihre Geschichte vom Taumelkraut.»

Die Kriminalbeamten warteten, aber er wollte anscheinend nichts mehr sagen.

«Das eine Wesen tötet das andere mit Hilfe eines dritten Wesens», sagte der Commissaris.

«Das Taumelkraut benutzte seine eigene Leiche, um ein lebendes Wesen zu töten», sagte Drachtsma.

«Oder andere Wesen», sagte der Commissaris. «Ein lebendes Wesen kann ein anderes lebendes Wesen benutzen oder mißbrauchen, um wiederum ein anderes Lebewesen zu töten. Es ist eher ein Beispiel für Gedankenstärke. Geschäftsleute benötigen sie. Sie sitzen eigentlich nur hinter dem Schreibtisch und stellen sich etwas vor. Dann gehen andere daran, diese Vorstellung zu verwirklichen. Und die Gedankenstärke des einen wird die anderen weiterhin inspirieren und zwingen, ein gestecktes Ziel zu erreichen. Die Stärke wird durch ein Gehirn aufgebaut, das nach einer Gelegenheit sucht, nach einem Vehikel...»

De Gier setzte sein Glas hörbar auf den Tisch. «Und Maria van Buren stirbt», sagte er. «Guten Abend.»

Drachtsma sah den Commissaris an. «Ich hatte erwartet, Sie würden diesen letzten Satz sagen», sagte er leise.

Der Commissaris war schon an der Tür, aber er kam zurück.

«Hier ist meine Karte, Mijnheer Drachtsma, die Telefonnummer steht darauf.»

Drachtsma steckte die Karte in die Brusttasche seines Sakkos; er sah die Polizisten an.

«Nein», sagte er, «Sie werden doch nicht wirklich erwarten, daß ich mir die Mühe mache, Sie zu belästigen.»

20

Ein halbes Jahr später, als die Gehirne und Erinnerungen der Beamten, die mit dem Fall Maria van Buren befaßt waren, längst wieder mit vielerlei anderen Vorfällen beschäftigt waren, läutete das Telefon des Commissaris.

«Drachtsma», sagte eine kaum hörbare Stimme, «erinnern Sie sich noch an mich?»

Der Commissaris brauchte einige Sekunden zum Überlegen.

«Ja, Mijnheer Drachtsma, ich erinnere mich an Sie.»

«Ich würde gern eine Erklärung abgeben», sagte die schwache Stimme sehr langsam und sehr vorsichtig. «Ich wäre Ihnen sehr verbunden, wenn Sie mich besuchen könnten.»

«Ja», sagte der Commissaris, «aber wo sind Sie jetzt?»

«Auf der Insel», sagte Drachtsma.

«Können wir es nicht aufschieben, bis Sie in Amsterdam sind?» fragte der Commissaris. «Es ist eine ziemlich weite Fahrt nach Schiermonnikoog, und wir haben hier jetzt viel zu tun. Ich dachte, Sie kommen wegen der Geschäfte regelmäßig nach Amsterdam.»

«Jetzt nicht mehr», sagte die schwache Stimme. «Ich bin krank, sehr krank, und habe die Insel seit Monaten nicht mehr verlassen.»

Der Commissaris sah zum Fenster. Der Regen trommelte an die Scheiben. «Wann geht das nächste Boot?»

«Wenn Sie Ihr Zimmer jetzt verlassen, können Sie das Boot bequem erreichen und mit der Nachmittagsfähre zurückfahren. Es kostet Sie nur einen Tag, aber Sie würden mir einen großen Gefallen erweisen, wenn Sie kämen.»

«Gut», sagte der Commissaris.

«Schade, daß Grijpstra nicht mitfahren wollte», sagte de Gier. Ihr Wagen fuhr über die Utrechtsebrug. De Gier steuerte das Auto auf den linken Fahrstreifen und brachte die Tachonadel genau auf 100.

«Das kannst du ihm nicht übelnehmen», sagte der Commissaris. «Die freie Natur hätte ihn das letzte Mal fast erwischt, und ich glaube, die Insel kennt er allmählich. Er mußte damals noch für einen Monat bleiben, weißt du noch?»

«Ich habe es nicht vergessen», sagte de Gier. «In dem Monat mußte ich mehr Überstunden machen als in den anderen Monaten des Jahres zusammen.»

«Sei dankbar», sagte der Commissaris.

«Ja, Mijnheer», sagte de Gier, der nicht wußte, was der Commissaris damit meinte.

Mevrouw Drachtsma öffnete ihnen die Tür. Sie hatte ihr Gesicht nicht zurechtgemacht und sah alt und müde aus, aber sie strahlte eine gewisse Wärme aus.

«Ich bin froh, daß Sie gekommen sind», sagte sie. «Mein Mann erwartet Sie. Er hat Lungenkrebs, und der Arzt meint, daß es bald mit ihm zu Ende geht. Er wollte nicht ins Krankenhaus auf dem Festland. Eigentlich müßte er bestrahlt werden, aber er behauptet, die Bestrahlung werde die Tortur nur verlängern.»

«Seit wann ist Ihr Mann schon krank, Mevrouw?» fragte der Commissaris.

«Der Krebs wurde vor drei Monaten festgestellt, er ist ganz schwach geworden.»

IJsbrand Drachtsma lag in einem großen Krankenhausbett aus Metall. Drei Kissen stützten Kopf und Oberkörper. Sein Gesicht hatte die Farbe von Elfenbein, die Augen lagen unter den borstigen Brauen tief in den Höhlen. Der Commissaris und de Gier berührten vorsichtig die weiße Hand, auf der sich die Adern wie blaue Würmer krümmten.

Drachtsma hustete und holte tief Atem. Er versuchte zu sprechen, aber es gelang ihm nicht gleich.

«Taumelkraut», sagte er schließlich und hustete bei jeder Silbe, «wissen Sie noch?»

«Ja», sagte der Commissaris, «aber strengen Sie sich nicht an, Drachtsma. Ich denke, ich verstehe Sie auch so. Wenn Sie beim Sprechen Schmerzen haben, sollten Sie es besser unterlassen. Wir werden noch für eine Weile bei Ihnen bleiben, wenn Sie möchten.»

Drachtsma lächelte und schüttelte den Kopf. «Nein, ich muß sprechen. Sie hatten recht. Es ist alles so gewesen, wie Sie es sich gedacht hatten.»

Der Commissaris wollte wieder etwas sagen, aber Mevrouw Drachtsma legte ihm die Hand auf die Schulter.

«Lassen Sie ihn, bitte, sprechen, Commissaris. Ich weiß schon, was er sagen will. Er hat es mir erzählt, und ich habe ihm verziehen. Ich habe ihn verstanden. Aber er will es auch Ihnen erzählen. Lassen Sie ihn nur, dann hat er seine Ruhe.»

«Ja», sagte Drachtsma, «ich wollte, ich könnte mit Rammy sprechen. Meine Frau hat die Klinik angerufen, aber er ist immer noch krank. Das ist meine Schuld. Ich habe ihn ausgenutzt, statt ihm zu helfen. Ich hätte ihm helfen können, aber das wußte ich nicht. Jetzt ist es zu spät. Schade.»

Er begann wieder zu husten. Mevrouw Drachtsma nahm seine Schultern in ihre Arme, er legte seinen Kopf an ihren Hals.

De Gier fühlte sich beklommen: Er wollte aufstehen und im Korridor eine Zigarette rauchen, aber die bewegungslose Gestalt neben ihm hielt ihn auf seinem Stuhl fest.

«Es geht wieder», sagte Drachtsma und befreite sich von der Umarmung seiner Frau. «Kindisch, das war es. Ich bin immer kindisch gewesen. Wenn ich die Wahl hatte, bin ich immer auf meine eigenen Interessen bedacht gewesen oder was ich dafür hielt. Maria war mein Spielzeug. Ich wollte nicht, daß sie ein eigenes Leben führte. Die anderen Männer, das machte nichts, wenn sie nur sagte, daß sie mich mehr mochte. Aber sie sollte keine Hexe sein. Sie war eine gute Hexe.»

«Eine gute?» fragte der Commissaris.

«Eine gute, böse Hexe. Sie beherrschte ihr Fach. Die Kräuter halfen dabei natürlich, aber es hat sie viel Mühe gekostet. Viele Reisen nach Curaçao, viele Sorgen, viel Konzentration, von nichts kommt nichts. Sie hat ihr Bestes gegeben. Sie war ein guter Lehrling. Sie konnte mich rufen, wann sie wollte. Wenn ich spürte, daß sie mich rief, kam ich, sogar am Wochenende in meiner Freizeit. Ich war ihre Marionette geworden.»

«Und dann haben Sie sie umgebracht?»

Drachtsma nickte.

Seine Frau gab ihm eine Tasse Tee und half ihm trinken.

«Ja, ich ließ sie töten. Durch ihren eigenen Bruder. Ich war stolz auf meine Idee. Ich konnte Menschen immer leicht beeinflussen. Ein paar Gespräche mit Rammy, das richtige Wort am rechten Platz, und er war meine Marionette geworden, die in Amsterdam funktionierte, während ich hier am richtigen Faden zog.»

«Ja, ja», sagte der Commissaris freundlich.

«Verzeihen Sie mir?»

«Ja», sagte der Commissaris.

«Und die anderen? Ich hätte in meinem Leben viel tun können, ich habe alle Möglichkeiten dazu gehabt, aber ich habe sie nicht benutzt.»

Der Commissaris sagte nichts.

«Sie können nicht im Namen der anderen sprechen, wie?»

Mevrouw Drachtsma gab ihrem Mann noch einen Schluck Tee.

«Shon Wancho», sagte der Commissaris.

Drachtsma nickte. «Ja, der Hexenmeister.»

«Kennen Sie ihn?»

Drachtsma schüttelte den Kopf. «Nein, ich wollte nicht mit nach Curaçao. Und ich glaube nicht, daß sie mich mitnehmen wollte.»

«Was meinen Sie... war er ein schlechter Mensch?»

Drachtsma schüttelte den Kopf.

«Nicht schlecht? Dann ein guter Mensch?»

Drachtsma nickte. «Ja. Er hat sie gewarnt. Sie hat es mir selbst gesagt. Sie sprach im Schlaf von ihm.»

«Was hat er ihr denn beigebracht?»

«Einsicht», sagte Drachtsma und hustete, «nur Einsicht.»

«Und sie konnte selbst bestimmen, was sie damit anfing?»

«Ja. Magische Einsicht, starke Einsicht.»

«Und was sie damit tat, dafür war sie selbst verantwortlich?»

«Ja», sagte Drachtsma.

Es gab anscheinend nichts mehr zu sagen. Der Commissaris sah Mevrouw Drachtsma an und zeigte mit dem Kopf zur Tür.

«Ja, Commissaris», sagte Mevrouw Drachtsma.

De Gier stand auch schon an der Tür, als Drachtsma ihn rief. Er ging zurück und beugte sich über das Bett. Die weiße Hand kam langsam hoch und umschloß de Giers Handgelenk.

«Nicht gewinnen», sagte Drachtsma und schloß die Augen. «Gewinnen ist kindisch.»

De Gier wollte gehen, aber die Hand hielt ihn fest.

«Brigadier», flüsterte Drachtsma.

De Gier beugte sich wieder nach vorn.

«Brigadier!»

«Ja, Mijnheer Drachtsma?»

«Du darfst nie gewinnen. Du bist noch jung. Du kannst dir noch viel abgewöhnen. Versuche nie zu gewinnen.»

«Ja, Mijnheer Drachtsma.»

Der Tote am Deich

Deutsch von
Hubert Deymann

Zu diesem Buch

Tom Wernekink ist mit einem Schuß genau zwischen die Augen getötet worden, und keiner seiner Nachbarn kann sich einen Grund dafür vorstellen.

Tom war vor einem Jahr aus Amsterdam hierher in das kleine und schäbige Haus am Deich gezogen. Er hatte keinen Kontakt zu den Leuten aufgenommen. Im Gegenteil. Als die junge Evelien Dapper zuzog, ihm unmißverständliche Avancen machte und ihn zum Tee einlud, hatte er abgelehnt.

Weil sie ihn seit ein paar Tagen nicht mehr im Garten gesehen hat und weil sein Wagen an der gleichen Stelle vor dem Haus parkte, hatte sie sich Sorgen gemacht und war ins Haus eingedrungen. Und dann fand sie ihn erschossen im Schlafzimmer liegend und hatte die Polizei gerufen.

Adjudant Grijpstra und Brigadier de Gier vernehmen die Nachbarn und hören sich auf Tom Wernekinks früherer Arbeitsstelle um. Schließlich nehmen sie Mary van Krompen fest. Sie ist Mitglied im hiesigen Schützenverein, eine gute Schützin, und ihre Fingerabdrücke finden sie im Haus des Toten. Vielleicht war die ältliche Frau, von der bekannt ist, daß sie lesbisch ist, ja eifersüchtig. Jedenfalls sind die Verdachtsmomente gegen die Frau ausreichend. Und die beiden Polizisten werden abwarten. Denn wenn man etwas tut, pflegt meistens jemand zu reagieren. Und sie wollen Bewegung in die Sache bringen.

Es kommt dann auch Bewegung in die Sache. Ein Mensch wird sterben, ein weiterer eine lange Freiheitsstrafe bekommen. Mary van Krompens Unschuld wird sich herausstellen, aber sie wird vielleicht verzeihen, daß man sie vorübergehend eingesperrt hat, um einen Mörder zu fangen.

Die Hauptpersonen

Thomas Wernekink	stirbt genauso, wie er es sich gewünscht haben würde.
Der gestiefelte Kater	setzt Räder in Bewegung, die er nicht mehr anhalten kann.
Mary van Krompen	wird ein Opfer der Umstände.
Evelien Dapper	wäre lieber als Gast in das Haus gekommen, in das sie sich Einlaß verschafft.
Ursula Herkulanowna	unternimmt einen Ausflug in die Welt und wird wieder nach Hause geschickt.
Mehemed el Sharif	handelt mit den verschiedensten Dingen. Und er handelt schnell, wenn es sein muß.
Jan Heins	erhält überraschenden Besuch in seinem Schlafzimmer.
Der Pförtner	ist ein Zuhälter, der seine Arbeit ernst nimmt.
Der Commissaris	besucht ein Bordell und begreift Zusammenhänge.
Adjudant Grijpstra Brigadier de Gier	spüren ein paar nervöse Leute auf. Und dann geraten die Dinge in Bewegung.

1

Der Spätsommerabend war warm und drückend. Dunkle Wolken hatten sich zusammengeballt, bis sie den Himmel bedeckten, und das trübe Licht schien die Szene um die beiden einsamen Angler in ihrem kleinen Boot auf dem Fluß zu verzerren. Eine Weile vorher hatte eine leichte Brise geweht, aber jetzt war das Wasser um das flache Boot herum kaum noch gekräuselt. Die Fische verhielten sich still wie ihre Umwelt, denn Brigadier de Giers Schwimmer, der einsam und trotzig stand und weiß vor dem dunklen Grau des Wassers schimmerte, sah aus, als stecke er in Leim.

«Wenn dies Angeln sein soll», sagte de Gier, «dann ist es noch langweiliger, als ich dachte.»

Adjudant Grijpstra wandte den schweren Kopf und schob die Lippen vor.

«Dies *ist* doch Angeln, oder?» fragte de Gier.

Grijpstra nickte.

«Und es *gibt* Fische hier?»

Grijpstra nickte noch einmal.

De Gier betrachtete seinen Schwimmer. Er stand nicht mehr an derselben Stelle. Er hatte sich bewegt. Aber um wieviel hatte er sich bewegt? Um drei Zentimeter? Oder um eineinhalb Zentimeter? Er kniff ein Auge zu. Der Schwimmer hatte mit dem Stamm einer alten Kastanie an Land eine Linie gebildet, aber jetzt nicht mehr, also hatte er sich bewegt. Es war etwas geschehen. Zum erstenmal seit mehr als einer Stunde war etwas geschehen. Sein Schwimmer hatte sich bewegt.

Aber es war ihm ziemlich einerlei. De Gier war nicht sehr motiviert, obwohl er sich in zehnjähriger Ermittlungstätigkeit bei der Amsterdamer Stadtpolizei den Ruf erworben hatte, ein tüchtiger und tatkräftiger Mann zu sein. Ehe er an diesem Abend in das Boot gestiegen war, hatte er sich ausgerechnet, daß sie nicht länger als zwei Stunden auf dem Wasser zubringen würden. Um zu diesem Schluß zu kommen, hatte es der Logik bedurft. Sie waren zu einem bestimmten Zweck hier: um einen entflohenen Sträfling zu fangen. Die Tatsachen, die man ihm gegeben hatte, waren einfach genug. Der Strafgefangene oder vielmehr Ex-Strafgefangene befand sich angeblich in einem der zwölf kleinen, baufälligen Häuser, die sich wacklig an den Deich lehnten, vor dem ihr Boot jetzt lag. Wenn sie die Häuser sehen konnten, dann konnten auch sie von deren Bewohnern, einschließlich dem Ex-Gefangenen, gesehen werden. Wer auch immer sie durch die Fenster der kleinen Häuser beobachtete, würde sie für Angler halten. Aber Angler fischen bei Tageslicht. In einer Stunde würde es dunkel sein. Es wäre seltsam, wenn Angler versuchten, im Dunkeln zu fischen, und der Ex-Sträfling würde mißtrauisch werden. Also, schloß de Gier, wenn dort drüben nichts passiert, werden Grijpstra und ich zurückrudern. Wir werden das Boot festmachen und nach Hause gehen – Grijpstra in sein kleines Haus an der Lijnbaansgracht in der Amsterdamer Altstadt, um fernzusehen, und ich in die kleine Wohnung am Stadtrand, um die Blumenkästen auf dem Balkon zu begießen und Olivier zu füttern, den Siamkater, der sich auf dem Fußboden wälzen würde, sobald er den Schlüssel im Türschloß hörte, in der Erwartung, daß ich ihn aufhebe und mich mit ihm beschäftige. De Gier freute sich auf das Nachhausekommen. Er mochte seine Blumenkästen; die neugepflanzten dunkelorangenen Astern machten sich neuerdings gut. Er mochte seinen Kater Olivier – obwohl das arme, neurotische Tier irgendwie unmöglich war – und hielt nichts vom Angeln.

Was ist, wenn ich einen fange? fragte er sich. Er sah sich, wie er versuchte, einem schleimigen, zappelnden Fisch den Angelhaken aus dem Maul zu ziehen, und schauderte. Er wollte keinem Fisch weh tun. Er hätte nicht zulassen sollen, daß Grijpstra an seinem Haken einen Köder befestigte. Vielleicht näherte sich eben jetzt dem Köder ein Fisch, das dumme Maul weit geöffnet, bereit, den scharfen, grausamen Stahl zu verschlingen. Ein Fisch sollte in funkelnd klarem, kühlem Wasser vor der Küste einer tropischen Insel mit einem Netz gefangen werden. Palmen. Nußbraune Mädchen, die in einem kurzen Lendenschurz aus Bananenblättern tanzen. Paradiesvögel, die über dem Unterholz flattern. De Gier lächelte vor sich hin.

Grijpstra lächelte ebenfalls. Seine Gedanken waren zunächst in eine ähnliche Richtung wie die von de Gier gegangen, aber Grijpstra hatte sich in den Traum versetzt, tatsächlich einen Fisch zu fangen, einen großen Fisch, einen Hecht, einen Mordskerl von einem Hecht. Er wußte, es gab Hechte im Fluß; er hatte über der Theke einer Kneipe am Deich einen großen gesehen, der präpariert worden war. Man hatte ihm gesagt, das Präparat sei erst ein Jahr alt. Warum sollte er jetzt keinen Hecht fangen? Warum nicht zuerst den Hecht fangen, dann den Ex-Sträfling, und den Fisch den anderen Kriminalbeamten zeigen? Warum soll es schlimm sein, wenn man Erfolg hat? Er stellte sich das neidisch erstaunte Lächeln auf dem Gesicht von Adjudant Geurts vor. Geurts war selbst ein leidenschaftlicher Angler. Grijpstra genoß es immer, Adjudant Geurts zu ärgern.

«Es wird allmählich dunkel», flüsterte de Gier. «Die Kollegen werden sich dort drüben beeilen müssen, sonst ist es aus für heute.»

Grijpstra brummte. Er hatte es sich plötzlich anders überlegt. Er wollte den Ex-Sträfling nicht mehr fangen. Ihm gefiel es auf dem Wasser. Warum mußten sie den unglücklichen Mann belästigen. Aber der Mann mußte selbstverständlich gefangen werden. Der Mann war aus der Strafanstalt entkommen und hatte aus freiem Willen – einem Willen, der von den Behörden ausgesetzt worden war und nicht frei sein sollte – eine Haft von drei Jahren unterbrochen, die ein älterer und wohlmeinender Richter nach reiflicher Überlegung verhängt hatte, weil eine Kombination von Vorschriften verletzt worden war – Vorschriften, die der Staat erlassen hatte, um die Bürger vor sich selbst zu schützen. Der Mann hätte in seiner grauen Betonzelle in Gesellschaft einer grauen Metallpritsche sowie eines Tisches und Stuhls aus grauem Metall bleiben sollen. Der Mann hätte geduldig sein sollen. Aber das war er nicht gewesen. Er hatte sich einen Plan ausgedacht, während er in dem gefilterten Licht seiner Zelle lebte, wo ihn die Sonne nur durch undurchsichtige, dicke, verstärkte Glasscheiben erreichen konnte. Und er hatte seinen Plan ausgeführt.

Er hatte mit einem scharfen Nagel in der Nase gestochert und sich diesen so schmerzhaft eingebohrt, wie sich de Giers Angelhaken jetzt jeden Augenblick in die weiche, kalte Haut an der Innenseite eines Fischmauls bohren könnte. Der Nagelstich ließ das Blut fließen, das der Gefangene mit den zur Schale geformten Händen auffing, etwas davon auf sein Hemd schmierte, sowie den Rest aufschlürfte und im Mund behielt. Ehe er den Mund füllte, hatte er an die Tür geklopft und nach dem Auge gerufen, nach dem häßlichen Auge, das ihn stündlich durch einen schmalen Schlitz kontrollierte. Das Auge kam und fand auf dem Fußboden den Sträfling, dem das Blut am Kinn heruntertropfte. Das Auge machte eine Meldung und kam mit anderen Augen zurück, die den Gefangenen in eine Ambulanz brachten.

Der Sträfling hatte einen Freund im Krankenhaus und entkam am selben Tag.

Das war jetzt drei Monate her. Die Behörden hatten sich nicht sehr aufgeregt. Die Polizei war benachrichtigt worden. Man hatte Adjudant Grijpstra ins Büro des Commissaris gerufen und ihm die Akte über den Gefangenen gezeigt.

«Ein kleiner Fisch», sagte der Commissaris, «ein ganz kleiner. Nicht einmal gefährlich. Du kennst ihn doch, nicht wahr? Hast du nicht mit de Gier den Fall bearbeitet?»

«Ja, Mijnheer», sagte Grijpstra und las weiter in der Akte.

«Fangt ihn irgendwann», sagte der Commissaris, «aber laßt euch dabei nicht von eurer Arbeit ablenken. Es hat keinen Zweck, nach ihm zu suchen. Er wird bei einer dieser Adressen auftauchen. Informiert die Spitzel darüber; setzt eine kleine Belohnung für Hinweise aus. Warum hat er drei Jahre bekommen? Er ist nur ein Einbrecher, oder?»

«Ja, Mijnheer», sagte Grijpstra, «aber er bricht weiter ein, das ist sein Fehler. Er ist ein schlimmer Einbrecher. Und ein glückloser.»

Der Commissaris seufzte. «Erzähl mal. Ich habe keine Lust, die ganze Akte zu lesen; sie ist zu dick.»

Grijpstra schaute auf und sah, daß der Commissaris nur einen maschinebeschriebenen Bogen gelesen hatte, dem ein Foto beigefügt war. Das Foto zeigte das Gesicht eines bärtigen Mannes, ein ziemlich angenehmes Gesicht, ein Gesicht mit Sinn für Humor.

Der Commissaris gab Grijpstra den Bogen. Die Angestellten im Präsidium hatten drei Amsterdamer Adressen angegeben und ausgeführt, daß die erste die der ältlichen Schwester des Verbrechers und die anderen die von zwei Freunden waren.

«Er ist ruhig mitgekommen, als wir ihn damals festgenommen haben», sagte Grijpstra. «Er war in ein Geschäft eingebrochen, aber der Besitzer kam an dem Abend zufällig vorbei und hat ihn erwischt. Es gab einen Kampf, und der Besitzer fiel hin und verletzte sich am Kopf. Dadurch wurde die Anklage geändert. Der Staatsanwalt war schlechter Laune. Der Verteidiger war nicht sehr klug. Drei Jahre.»

Der Commissaris schüttelte den Kopf.

«Nun, er wird wieder ruhig mitkommen. Reg ihn nicht auf. Sprich mit ihm. Das kannst du gut, Grijpstra. Und übereile nichts. Manchmal müssen wir uns beeilen, und manchmal müssen wir abwarten. Diesmal werden wir abwarten.»

Grijpstra seufzte. «Er hat zwei Jahre im Gefängnis gesessen, Mijnheer. Wir wollen hoffen, daß er nicht gewalttätig geworden ist.»

«Ja», sagte der Commissaris. «Das Gefängnis!»

«Es bessert sie kaum», sagte Grijpstra.

Der Commissaris stimmte dem zu, aber er verfolgte das Thema nicht weiter. Der Commissaris war ein alter Mann, der Pensionierung nahe. Er hatte selbst schon im Gefängnis gesessen, während des Krieges, als die Gestapo wissen wollte, wie die niederländische Widerstandsbewegung arbeitete. Der Commissaris war damals ein höherer Offizier in der Widerstandsbewegung und nicht willens, mit den deutschen Ermittlungsbeamten zusammenzuarbeiten. Man hatte den Commissaris im selben Gefängnis untergebracht, aus dem der schlimme Einbrecher jetzt geflohen war, aber die Zeiten waren anders gewesen. Ein bißchen Blut, das einem Gefangenen vom Kinn heruntertropft, hätte die Deutschen in jenen Tagen nicht sehr beeindruckt. Der Commissaris erinnerte sich, daß er ein Stück Brot gegessen hatte, das einem Mitgefangenen – geblendet vom Blut, das ihm aus einer Schnittwunde über der Braue, beigebracht vom Ehering eines verhörenden deutschen Polizeibeamten, in die Augen lief – versehentlich in den Scheißeimer gefallen war. Der Commissaris hatte das Brot herausgenommen, abgewischt und gegessen. Es war ein böses Gefängnis gewesen. Es war, trotz veränderter Umstände, noch immer ein böses Gefängnis. Aber der Staat braucht Gefängnisse. Der Commissaris brummte und rieb sich das rechte Bein, das ihn an diesem Tag mehr schmerzte als das linke. Der rheumatische Schmerz ließ etwas nach und biß nicht mehr so tief in den Knochen wie vorher. Er rieb weiter. Er konnte den Schmerz nicht beseitigen und die Gefängnisse nicht abschaffen.

Grijpstra schaute von der Akte auf. «Mijnheer, hier steht, daß der Mann seiner Schwester nahesteht. Er hat bei ihr gewohnt. Sie hat nie geheiratet, und der Mann ist Witwer. Er wird sie also wahrscheinlich aufsuchen. Die Adresse ist am Deich. Kennen Sie den Deich, Mijnheer?» Grijpstra war zu der großen Karte von Amsterdam an der Wand des Büros gegangen. Sein dicker Zeigefinger verfolgte rasch einen Kurs vom Polizeipräsidium nach Norden, überquerte den Fluß IJ und bog nach links ab.

«Da», sagte er, «Landsburgerdijk.»

Der Commissaris war Grijpstras Finger mit den Augen gefolgt und überlegte jetzt. «Ja», sagte er nach einer Weile, «dort drüben ist eine

Werft, eine kleine Werft. Ich wurde vor Jahren mal nach dort gerufen, weil ein Arbeiter vom Gerüst gefallen war und sich den Hals gebrochen hatte. Der Arzt meinte, er sei vielleicht heruntergestoßen worden, was sehr wahrscheinlich stimmte, aber wir konnten es nicht beweisen.»

«Dort sind einige kleine alte Häuser», sagte Grijpstra, «voller seltsamer Leute. Asoziale nennt man sie heutzutage. Arbeitslose. Trinker. Rentner. Halbidioten. Kleine Ganoven. Ich bin oft dort gewesen, hauptsächlich wegen Diebereien und Schlägereien unter Betrunkenen, wenn sie sich über die Teilung der Beute nicht einigen konnten. Die Schwester des Mannes wird in einem dieser Häuser wohnen. Der Stadtrat hatte mal den Plan, den Deich zu räumen und zu verbreitern und Blocks mit Mietwohnungen zu bauen, aber die Häuser sind alt, vielleicht dreihundert Jahre alt, und wurden unter Denkmalsschutz gestellt. Sie sollen irgendwann restauriert werden.»

Der Commissaris saß wieder an seinem Schreibtisch und blätterte in einem Notizbuch. «Wir haben einen Spitzel am Deich», sagte er.

«Ich weiß, Mijnheer. Man nennt ihn die Maus.»

«Kennst du ihn?» fragte der Commissaris.

Grijpstra verzog das Gesicht.

«Du magst ihn nicht?»

«Wer mag schon einen Spitzel?» fragte Grijpstra die Zimmerdecke im Büro des Commissaris.

«Aber du hast ein *sehr* angewidertes Gesicht gemacht», sagte der Commissaris vergnügt.

«Er ist ein widerlicher Mann, Mijnheer. Ein petzender, widerlicher kleiner Mann. Zu unbedeutend, um Ratte genannt zu werden. Er hat mir im vergangenen Jahr einen Tip gegeben und seinen Freund hinter Gitter gebracht – einen Mann, mit dem er jahrelang Billard gespielt hat –, und noch dazu wegen eines sehr kleinen Verbrechens. Aber die Anklage setzte sich durch.»

«Kopf hoch, Grijpstra», sagte der Commissaris, «Kopf hoch. Wir haben Gefängnisse und Spitzel. Und wir haben Verbrecher. Und wir sind Polizisten. Und es regnet. Kopf hoch.»

«Mijnheer», sagte Grijpstra.

Grijpstra verlagerte sein Gewicht, das Boot bewegte sich.

«Vorsicht», flüsterte de Gier, «sitz still. Dies Boot ist klein. Wenn du es umkippst, liegen wir im Bach und saufen ab. Und wenn wir nicht absaufen, werden wir blöd aussehen. Und wir werden naß sein. Also Vorsicht!»

«Du bist doch Sportler, oder?» fragte Grijpstra.

«Hier nicht. Dies Wasser muß sehr dreckig sein.»

Grijpstra seufzte. Er begann wieder an den Ex-Sträfling zu denken. Der wird jetzt Tee bei seiner Schwester trinken, dachte Grijpstra. Er ist erst heute zu ihr gegangen, aber die Maus hat ihn gesehen und fünfundzwanzig Cent für einen Anruf ausgegeben. Er wird sie, zusammen mit der Belohnung, hinterher auf die Rechnung setzen. Und jetzt werden die Kripobeamten Geurts und Sietsema in einem Wagen sitzen, der in der Nähe der Haustür geparkt ist. Sie werden den Transportwagen haben und den Eingang durch Schlitze beobachten. Bald werden sie an die Haustür klopfen, und wenn er dumm genug ist, zum Fluß zu rennen und in eins der Ruderboote zu springen, gehört er uns. De Gier wird den Außenborder starten, und wir werden ihn vielleicht schon haben, ehe er die Riemen eingelegt hat, und wenn de Gier es vermasselt, wird ihn die Reichswasserschutzpolizei schnappen. Deren Barkasse liegt direkt hinter der nächsten Biegung, und unter dem Baum dort drüben haben sie einen Beamten mit Fernglas und Funkgerät postiert. Der arme, blöde Kerl hat keine Chance. Er wird schon heute abend wieder im Gefängnis sein und ein weiteres Jahr absitzen. Vielleicht stecken sie ihn für eine Weile in eine Sonderzelle. Vollzugsbeamte mögen keine Sträflinge, die entkommen. Vielleicht schikanieren sie ihn. Ich sollte ihn vielleicht gelegentlich mal besuchen, um zu sehen, wie es ihm geht. Ich werde ihm eine Stange Zigaretten kaufen. Grijpstra nickte. Ja. Das werde ich tun.

Auch de Gier dachte nach. Er hatte Mund und Augen zusammengekniffen. Ich bin ein unbedeutender Polizist, dachte de Gier, der unbedeutende Verbrecher fängt. Ich hätte ihm eine Nachricht zuspielen sollen. De Gier starrte auf seinen Schwimmer, der sich wieder bewegt hatte, obwohl er dies nicht gesehen hatte. Es würde bald Regen geben, Regen, Donner und Blitze. Die Hitze wurde drückend, die Wolken waren dunkler geworden. Ein Fischreiher, der in der Nähe des Bootes gestanden hatte, zum Teil hinter dem halbgesunkenen Wrack einer Flußbarkasse verborgen, schlug seine großen Schwingen und erhob sich langsam himmelwärts. Der Federbusch auf seinem dünnen, zarten Kopf wippte, als der stattliche Vogel seinen langsamen, schwerfälligen Flug begann. Aber, so überlegte de Gier, man wird den Mann sowieso schnappen. Dies Land ist klein, und er ist nicht sehr intelligent. Er kann nicht entkommen. Wir kennen seine Gewohnheiten, die er nicht ablegen kann. Es ist immer das gleiche. Stelle fest, welche Wege sie gehen, und stell ihnen auf ihrem Pfad eine Falle. Sie werden ihre Pfade nicht aufgeben.

Das tragbare Funkgerät zwischen Grijpstras Füßen piepte.

«Hallo», sagte Grijpstra.

«Jetzt», kam es aus dem Funkgerät.

«Verstanden.»

Die Polizeibeamten holten ihre Angelruten ein und schraubten sie auseinander. De Gier zog am Startseil des kleinen Außenborders. Er sprang sofort an. De Gier ließ ihn im Leerlauf; er machte sehr wenig Geräusch und tuckerte nur leise in der drückenden Atmosphäre dieses schwülen Abends. De Gier lächelte. Er hatte Schwierigkeiten erwartet, aber der Brigadier von der Wasserschutzpolizei, der ihnen das Boot geliehen hatte, übertrieb nicht, als er die Qualitäten der Maschine lobte.

«Prüf deine Pistole», sagte Grijpstra.

Die beiden Pistolen – Grijpstras großes Modell, das er in einem Halfter am Gürtel trug, und de Giers leichtes Modell, das er in einem Spezialhalfter unter der Achselhöhle mit sich führte – klickten, als die Patronen in den Lauf glitten.

Ich werde nicht auf ihn schießen, dachte de Gier. Nicht einmal, wenn er davonläuft. Lieber hole ich ihn zu Fuß ein.

De Gier wird ihn zu Fuß einholen, dachte Grijpstra. Er hat lange Beine.

«Da», sagte Grijpstra.

Der Mann rannte durch den Garten hinter dem Haus. Er sprang in ein Ruderboot, das an dem kleinen Landungssteg festgemacht war.

«Polizei», rief Grijpstra. Ihr Boot nahm Fahrt auf. Der Mann legte die Riemen in die Dollen.

«Halt», dröhnte Grijpstra, «du kannst nicht entkommen; auf dich wartet auch noch eine Barkasse. Hände hoch!»

Die häßliche Schnauze der Polizeibarkasse schob sich um die Flußbiegung.

Der Mann hob die Hände. Seine Riemen glitten in den Fluß. Grijpstra zog mit der linken Hand einen aus dem Wasser.

«Danke», sagte der Mann. «Das Boot gehört meiner Schwester. Sie hätte etwas dagegen, wenn ich ihre Riemen verliere.»

Geurts und Sietsema warteten im Garten auf sie.

«Handschellen?» fragte Geurts.

«Nein», sagte der Mann, «ich werde friedlich mitkommen. Ich bin unbewaffnet.»

«Das wollen wir mal kontrollieren», sagte de Gier und tastete dem Mann die Seiten und Hosenbeine ab.

«Du hast etwas in deiner rechten Tasche», sagte de Gier. «Zeig's her.» Es war ein Klappmesser, und de Gier steckte es in die eigene Tasche.

«Danke. Er gehört dir, Adjudant Geurts.»

«Danke, Brigadier.»

«Danke, danke», sagte der Mann. «Für euch ist es Arbeit, für mich ein Jahr im Gefängnis.» Er sagte es freundlich, und Grijpstra lächelte.

«Tut mir leid.»

«Ist schon gut, Adjudant», sagte der Mann. «Ich nehm's nicht übel. Aber ein Jahr ist eine lange Zeit.»

«Ich werde dich in etwa einer Woche besuchen. Möchtest du noch etwas außer Zigaretten?» sagte Grijpstra.

Der Mann machte große Augen. «Meinen Sie das im Ernst?»

«Selbstverständlich.»

«Einige Zigarren», sagte der Mann. «Zigarillos. Ich habe einen alten Freund im Gefängnis, der sie gern raucht.»

Grijpstra nickte und winkte zur Polizeibarkasse hinüber, die sofort rückwärts fuhr, um zu wenden.

De Gier steckte seine Pistole ins Halfter.

«Haben Sie Ihre Pistole immer in der Achselhöhle, Brigadier?» fragte der Mann.

«Ja, so beult sie den Anzug nicht so aus.»

«Sehr elegant», sagte der Mann.

«De Gier ist ein eleganter Bulle», sagte Adjudant Geurts. «Der bestgekleidete Mann bei der Polizei.»

Es herrschte verlegenes Schweigen, und Geurts legte dem Mann eine Hand auf die Schulter. «Gehen wir», sagte Geurts.

De Gier sah dem Mann in die Augen, lächelte und berührte flüchtig dessen Arm, ehe er sich umdrehte. Grijpstra wartete auf ihn in der Nähe des Transportwagens, aus dem heraus Adjudant Geurts und Brigadier Sietsema das Haus des Mannes beobachtet hatten und der den Gefangenen jetzt wegbringen würde. Grijpstra ging fort, als de Gier ihm folgte, und dieser mußte laufen, um ihn einzuholen.

«Eine feine Aufgabe prima erledigt», sagte Grijpstra bedrückt.

«Zum Teufel damit», sagte de Gier.

«Und obendrein keine Fische», sagte Grijpstra mürrisch. «Wir waren länger als eine Stunde in dem Boot. Ich hatte den richtigen Köder, und es gibt dort viele Fische.»

«Ein schlechter Tag», sagte de Gier.

Ihr Wagen stand am Ende des Deichs, zehn Minuten zu Fuß entfernt. Sie kamen an einem verschlampten Café vorbei, das versteckt in einer Ecke des Deichs stand. Es war eher ein Schuppen, dessen morsches Holz dringend gestrichen werden mußte. Sogar das Metallschild mit der Bierreklame hatte Sprünge.

«Kaffee?» fragte de Gier aufgeräumt.

Grijpstra nickte. Sie gingen hinein und setzten sich an einen kleinen Tisch, den ein schmutziges rotweißkariertes Tuch teilweise bedeckte. Ein Jüngling stand hinter der Theke und beobachtete sie. «Zwei Kaffee», sagte de Gier.

Der Junge füllte zwei Becher aus einer altertümlichen Maschine, die seit Jahren nicht geputzt worden war, und verschüttete etwas von der übel aussehenden bräunlichen Flüssigkeit, als er die Becher auf den Tisch knallte.

«Warum servierst du ihn nicht in einem Eimer?» fragte Grijpstra.

Der Junge zuckte die Achseln und ging zur Theke, wo er das Telefon aufnahm. Er hatte seine Nummer gerade gewählt, als eine junge Frau ins Café gestürzt kam und direkt zur Theke rannte.

«Laß mich bitte das Telefon benutzen», sagte sie zu dem Jungen. «Es ist ein Notfall. Ich will die Polizei anrufen.»

«Moment», sagte der Junge.

«Bitte, bitte», kreischte das Mädchen.

De Gier war aufgesprungen. Er ging zu dem Mädchen und berührte es an der Schulter. «Kann ich helfen, Juffrouw? Ich bin Polizist.» Er zeigte seinen Ausweis, aber das Mädchen schien nicht zu begreifen.

«Bitte», sagte es zu dem Jungen. «Gib mir das Telefon.»

«Was ist passiert, Juffrouw?» fragte de Gier und versuchte, noch einmal seinen Ausweis zu zeigen, aber das Mädchen beachtete ihn nicht. Grijpstra war amüsiert. Die alte Tour, dachte Grijpstra, aber diesmal klappt's nicht. Sieh nur die breiten Schultern, die starken Zähne und das charmante Lächeln. Und die Nase, wir wollen die Nase nicht vergessen. Schade, daß er keine Zeit hatte, sich zu kämmen, aber vielleicht ist das Haar so attraktiv ungebändigt noch besser. Es ringelt sich ihm über die Ohren, und auf der selbstverständlich edlen Stirn hat er kleine Locken. Schade, daß die Dame nicht in der richtigen Stimmung ist, um dies alles zu würdigen.

Der Junge legte das Telefon endlich auf. Und das Mädchen wählte wie toll sechsmal die zwei, die Nummer, die jeden nervösen Bürger mit den Friedenshütern verbindet.

De Gier legte die Hand auf das Telefon. «Juffrouw!» rief er. «Die Polizei steht direkt neben Ihnen. Brigadier de Gier, zu Ihren Diensten. Wollen Sie mir jetzt sagen, was mit Ihnen ist?»

Das Mädchen begriff. «Sie sind Polizist», sagte es leise.

«Stimmt, Juffrouw», sagte de Gier, «und an dem kleinen Tisch dort sitzt noch ein Polizist: Adjudant Grijpstra. Setzen Sie sich zu uns und erzählen Sie, was los ist.»

Die junge Frau war anziehend, und ihre atemlose Sprechweise und generelle Schüchternheit machten sie noch anziehender. Sie trug verblichene Jeans und eine Bluse, die ein wenig zu eng schien, um ihre aggressiv strammen Brüste zu beherbergen. Sie ließ sich zum Tisch führen und schüttelte Grijpstras schwere Hand.

«Nun», sagte Grijpstra freundlich, «was können wir für Sie tun, Juffrouw?»

«Es geht um meinen Nachbarn», sagte das Mädchen. «Ich hatte ihn seit Tagen nicht gesehen und mir um ihn Sorgen gemacht.» Sie begann zu weinen.

«Na, na», sagte de Gier und gab ihr sein Taschentuch. Sie schluchzte und rieb sich die Augen.

«Und?» fragte Grijpstra.

«Er geht nie aus», sagte das Mädchen. «Nur manchmal zum Einkaufen. Er ist immer innerhalb einer Stunde wieder da. Und er arbeitet immer im Garten. Ich wohne im Haus nebenan, aber im Garten habe ich ihn auch nicht gesehen, und sein Wagen steht vor dem Haus, also sollte er da sein. Vorhin habe ich mir dann wirkliche Sorgen gemacht und bin über den Zaun gestiegen.»

Sie schluchzte wieder, und Grijpstra klopfte ihr auf den Rücken. «Ja, Juffrouw. Erzählen Sie uns, was passiert ist.»

«Und die Küchentür stand offen, und ich bin die Treppe hinaufgegangen. Ich war noch nie in seinem Haus gewesen, und da war er.»

«Er war doch nicht etwa tot?» fragte de Gier.

«Doch», kreischte das Mädchen, «er ist tot. Man hat ihn umgebracht. Die haben ihn umgebracht.»

«Gehen wir nachsehen», sagte Grijpstra.

Sie gingen zurück bis fast zu dem Haus, wo der entlaufene Sträfling gefaßt worden war. Das Mädchen blieb vor einem zweigeschossigen Haus stehen.

«Ist dies das Haus, in dem Sie Ihren Freund gefunden haben?» fragte Grijpstra.

«Nein», sagte das Mädchen. «Hier habe ich mein Zimmer. Wir können hier durchgehen und dann in den Garten.»

Sie öffnete die Tür mit ihrem Schlüssel, aber die beiden Polizisten fanden den Weg versperrt durch eine kleine, dicke Frau. «Was soll das alles?» fragte die kleine Frau.

«Laß sie bitte hinein, Mary», sagte das Mädchen. «Es sind Polizisten, die nach nebenan wollen. Tom ist tot.»

«Polizei?» fragte die kleine Frau mißtrauisch, ohne sich zu rühren.

De Gier holte seinen Ausweis heraus und gab ihn ihr. «Brigadier de Gier», las die Frau laut vor. «Städtische Polizei Amsterdam.»

«Stimmt, Mevrouw», sagte de Gier liebenswürdig. «Können wir jetzt durch Ihr Haus gehen?»

Sein Charme beeindruckte die Frau nicht. Sie streckte eine Hand aus, und de Gier schüttelte sie. Ihm war die Berührung mit der Hand unangenehm. In den kurzen und dicken Fingern war eine Menge Kraft.

«Mary van Krompen», sagte die Frau. «Ich bin pensionierte Lehrerin und wohne hier. Sie können hier durchgehen, wenn Sie wollen, Brigadier, obwohl ich den Grund dafür nicht einsehe. Evelien macht viel Geschrei um nichts, wie alle jungen Mädchen. Der Mann ist vermutlich krank oder so was. Woher weißt du, daß er tot ist, Evelien?»

«Ich habe ihn *gesehen*», schluchzte Evelien.

«Wann?» fragte die kleine Frau.

«Soeben erst. Ich war in seinem Haus, und er lag auf dem Boden und hatte Blut im Gesicht. Er hat ein Loch im Kopf. Ich bin schließlich Krankenschwester, oder? Ich *weiß*, wenn jemand tot ist.»

«Schon gut, schon gut», sagte die kleine Frau.

«Darf ich auch mitkommen?» fragte Grijpstra.

«Sind Sie ebenfalls Polizist?»

«Ja, Mevrouw.»

«Sind noch mehr da?»

«Nein, Mevrouw.»

«Eine Invasion», murmelte Mary. «Füße abtreten, Leute! Ich habe dieses verdammte Haus den ganzen Tag über saubergemacht; macht es nicht schmutziger als unbedingt nötig.»

De Gier warf einen Blick auf den Zaun. «Sind Sie ganz sicher, daß Sie sich das alles nicht nur eingebildet haben?» fragte er das Mädchen. «Wenn mit Ihrem Freund alles in Ordnung ist, könnte er sich aufregen, wenn er sieht, wie wir bei ihm alles zertrampeln. Rechtlich wäre es Hausfriedensbruch, und das könnte uns eine Menge Schwierigkeiten machen.»

«Bitte», sagte das Mädchen.

De Gier sah sich den Zaun noch einmal an. Er war eineinhalb Meter hoch und mit Schlingpflanzen überwachsen. Er legte seine Hand auf einen der Pfähle. Der schien widerstandsfähig genug zu sein. «Gut», sagte er und sprang hinüber. Das Mädchen machte, obwohl es verwirrt war, große Augen. Der Bewegungsablauf war perfekt, geschmeidig und anscheinend mühelos gewesen.

«Ganz schön», sagte das Mädchen.

Grijpstra seufzte und erläuterte. «Er ist Athlet; er gewinnt viele Preise. Er hat einen schwarzen Gürtel im Judo und ist außerdem ein Meisterschütze.»

Das Mädchen hatte sich durch den Gleichmut des Kriminalbeamten irgendwie beruhigt und wirkte etwas entspannter. «Können Sie das auch?» fragte es und sah Grijpstra zum erstenmal an.

«Nein», sagte Grijpstra. «Im Sport bin ich schlecht, aber ich angle. Leider fange ich heutzutage nicht viel. Ich glaube, das Wasser wird allmählich zu schmutzig.»

Auf dem Gesicht des Mädchens zeigte sich ein leichtes Lächeln. «Macht nichts», sagte es, «ich bin sicher, daß Sie ein guter Polizist sind.»

«Mittelmäßig», sagte Grijpstra, «aber ich lerne täglich etwas dazu.»

«Ich bin als Krankenschwester furchtbar», sagte das Mädchen. «Immer lasse ich Sachen fallen. Ich bin zu nervös.»

«Du kannst am Ende des Zauns herumgehen, Grijpstra», rief de Gier, «beim Treppenabsatz, aber paß auf, sonst kriegst du nasse Füße.»

Grijpstra manövrierte seine schwere Gestalt um den Zaun herum.

«Das Fenster dort oben ist offen», sagte de Gier. «Das muß das Fenster des Zimmers sein, in dem sie die Leiche gefunden hat.»

Das Mädchen kam zu ihnen.

«Sagten Sie nicht, die Küchentür sei auf, Juffrouw?» fragte de Gier.

Sie nickte.

«Ich werde nachsehen.»

Bald darauf erschien de Giers Kopf oben im Fenster.

«Ja?» fragte Grijpstra.

«Ja», sagte de Gier. «Es ist besser, wenn du raufkommst.»

Grijpstra ging in die Küche und fand hinten eine kurze Treppe, die er hinaufstieg. De Gier stand neben der zusammengesunkenen Gestalt eines jungen Mannes. Die Gestalt war wirklich tot und lag mit ausgebreiteten Armen auf dem Rücken.

«Ich werde mich nie daran gewöhnen, nie», murmelte de Gier. «Schau mal, er hat den Mund offen und ein Loch zwischen den Augen. Ein schwarzes Loch. Bah.»

De Giers Gesicht war sehr bleich. Er hielt sich an der Wand aufrecht.

«Geh ins Nachbarhaus», sagte Grijpstra, «oder besser noch zum Café. Die Nachbarin wird kein Telefon haben, sonst hätte das Mädchen gleich von dort aus angerufen. Ich werde hier warten. Bring das Mädchen nach Hause. Wir wollen nicht, daß hier zu viele Leute herumlaufen.»

«Ja», sagte de Gier. Unter den Achseln seines teuren Maßanzugs waren große, feuchte Flecken.

«Geh schon», sagte Grijpstra.

De Gier ging. Grijpstra hörte, wie er im Garten mit dem Mädchen sprach. Dann wurden die Stimmen immer leiser. Grijpstra steckte die Hände in die Taschen und sah den toten Mann an. «Verrückter Kerl, warum hast du dich umbringen lassen?» fragte Grijpstra.

2

Das Gewitter ließ sich Zeit. Gelegentlich aufzuckenden Blitzen folgte ein Donnern, aber in langen Abständen, und das Poltern eines schweren Lastwagens, der auf dem Deich hinter Grijpstra und der still lächelnden Leiche vorbeifuhr, verschlang leicht das Grollen des fernen Donners. Das Zimmer war dunkel, und Grijpstra sah sich um. Irgendwo sollte ein Lichtschalter sein, aber Grijpstra sah ihn nicht. Im Zimmer befanden sich anscheinend viele Möbel. Grijpstra drehte sich langsam auf den Absätzen um. Bücherregale, Schränke, ein großes, altmodisches Fernsehgerät, mehrere Sessel, zwei runde Tische, eine Couch, ein Sideboard. An jeder freien Stelle der Wand hing ein Bild, Gemälde mit Goldrahmen, verzierten Rahmen. Die Möbel waren ebenfalls verschnörkelt. Auf den Sesseln und der Couch lagen Kissen – Kissen aus dickem, glänzendem Samt, an jeder Ecke eine Troddel.

Grijpstra setzte sich in Bewegung. Er mußte einen Schalter finden, selbst wenn er dabei Fußspuren und Fingerabdrücke verwischte. Er tastete mit den Händen an der Wand entlang; er stolperte gegen einen Sessel und tat sich am Knie weh. Er fühlte sich kalt und hatte schwitzende Hände. Sein Nacken schmerzte. Das Licht half, aber nicht viel. Eine schwache Glühbirne beleuchtete das Zimmer, aber es gab immer noch Schatten darin und die weiterlächelnde Leiche.

«Verrückter Kerl», sagte Grijpstra noch einmal.

Er setzte sich auf die Couch. Warum? fragte er sich. Was war geschehen? Eine Schlägerei? Eine Meinungsverschiedenheit über irgend etwas? Hatte der andere Mann den Bewohner dieser vermodernden, zusammenfallenden kleinen Hütte bedroht? «Dafür bringe ich dich um!» Hatte er geschrien? Vielleicht gezischt? Hatte er mit Pistole oder Revolver dramatisch herumhantiert, damit gefuchtelt? Oder war dies eine kaltblütige Angelegenheit von: peng! Du bist tot?

Grijpstra sagte sich, er müsse beobachten. Zuerst beobachten, dann vielleicht eine Schlußfolgerung ziehen. Nein. Keine Schlußfolgerung. Beobachten. Was beobachtete er? Zweifellos einen toten Mann. Einen dreißigjährigen Mann mit dichtem schwarzem Haar, einem dicken Schnurrbart und großen weißen Zähnen, die wie bei einem Nagetier vorstanden. Aber keine Maus oder Ratte. Ein Kaninchen. Ein hübsches Tier. Der Mann sah hübsch aus, angenehm, sogar noch im Tode. Das Grinsen war schrecklich, aber es war ein Grinsen, das Furcht verriet. Und Überraschung. Der Mann war überrascht gewesen, an diesem Abend dem Tod zu begegnen. Abend? Warum Abend? Er war vielleicht früh am Morgen oder am Nachmittag erschossen worden. Vor einiger Zeit, vor ein oder zwei Tagen vielleicht. Die Fliegen hatten sich an seinem Gesicht zu schaffen gemacht. Und die Wasserratten auch? Nein. Grijpstra wischte sich mit seinem großen weißen Taschentuch das Gesicht ab. Keine Ratten. Etwas ist sonderbar. Was? Die Möbel. Warum sollte ein aus wenigen Zimmern bestehender Schuppen, eine an den Deich gelehnte Hütte, über einen solchen Reichtum an Möbeln verfügen? Es gab noch etwas anderes, das diese Beobachtung stützte. Was? Ja; der Sportwagen draußen. Ein teures neues Modell. Der Mann war vermögend, warum wohnte er also in einer Hütte? Und weshalb war alles so staubig? Was war doch noch schmutzig gewesen? Richtig, wieder der Sportwagen. Das Auto war mit Schlamm bedeckt. Ein ein Jahr alter Wagen, nie gewaschen.

Er stand auf, um die Leiche besser betrachten zu können. Er wollte die Kleidung sehen. Die Leiche trug einen Anzug, einen altmodischen mit Weste. Keine Krawatte. Schmutziges Hemd, ausgefranster Kragen. Er sah eine der Manschetten. Ebenfalls ausgefranst. Alte Schuhe. Grijpstra rückte ein wenig. Loch in der Sohle. Logischer Gedankengang. Reicher Mann, der sich vernachlässigt. Ja. Man betrachte den riesigen Sessel vor dem Fernsehgerät. Vermutlich der einzige Sessel, in dem der Mann jemals gesessen hat. Grijpstra warf einen Blick auf den Aschenbecher. Er war voller Stummel, Asche und zerknüllter leerer Zigarettenpackungen. Der Aschenbecher war übervoll. Leere Bierdosen lagen ebenfalls herum. Keine Gläser, nur Dosen. Wie viele? Grijpstra zählte und hörte bei fünfzig auf; es waren noch mehr. Ein sehr unordentlicher Mann. Nein. Irgend etwas stimmte da nicht. Was war es nur? Ja. Der Garten. Er ging einen Schritt nach vorn und konnte durch die offenen Fenster den Garten sehen. Einen wunderschönen Garten. Ordentliche Reihen mit Dahlien, Margueriten, Astern. Sträucher an der Seite. Das Kopfsteinpflaster unter dem Baum war gefegt, und der Gartenstuhl sah ebenfalls sauber aus. Was hatte das Mädchen gesagt? «Er ist immer im Garten.»

Also außen hui, innen pfui. Verrückt. Warum?

Aber da war noch etwas, was nicht stimmte. Wo war de Gier?

«Grijpstra», sagte de Gier. Er stand in der offenen Tür.

«Ja?»

«Es wird eine Weile dauern. Ich habe telefoniert, konnte aber bis auf den wachhabenden Brigadier keinen erreichen. Sie sind über die ganze Stadt verstreut. Da war eine Leiche im Kanal und eine im Park, und es gab irgendwo in einer Kneipe eine Schlägerei. Der Arzt hat ebenso zu tun wie die Fotografen und die Fingerabdruckleute. Wir müssen vielleicht einige Zeit warten. Der Hoofdinspecteur hat einen Tag freigenommen; seine Mutter ist sehr krank. Der Commissaris wird kommen. Er besucht Freunde und konnte nicht gleich erreicht werden.»

«Nein», sagte Grijpstra. «Was ist mit dem berühmten Stadtdienst? Von denen sollten zwei Wagen herumrasen, zwei Wagen voll mit Beamten. Inspecteure und Subinspecteure. Wo sind die?»

«Die haben zu tun», sagte de Gier. «Es ist ein heißer Abend.»

«Na, dann nimm Platz», sagte Grijpstra. «Dies ist ein seltsames Haus. Sieh dich mal um.»

«Grijpstra», sagte de Gier.

«Nein. Laß mich überlegen. Ich dachte an etwas, als du hereinkamst, und jetzt ist es weg.»

Grijpstra schloß die Augen; die dichten Brauen senkten sich und berührten fast die Augenhöhlen. Er runzelte die Stirn und ballte die Hände zu mächtigen Fäusten. Was? Ach, ja. Das Loch. Die Schußwunde. Direkt zwischen den Augen. Keine angesengte Wunde, also mußte eine ziemliche Entfernung zwischen der Waffenmündung und dem Kopf des Opfers gelegen haben. Ein guter Schütze. Ein sehr guter Schütze. Ein ausgezeichneter Schütze, wenn man bedenkt, daß der jetzt tote Mann nahe am Fenster gestanden und nach draußen geschaut haben muß. Und der Mörder war im Garten. Ein Meisterschütze. Ein Profi. Das war der Gedanke gewesen, der ihm durch das langsame, schwerfällige Gehirn geschossen war. Niemand trägt Feuerwaffen in Holland. Eine Feuerwaffe zu tragen, ist ein Verbrechen. Sogar eine ungeladene Waffe in der Tasche eines Mannes zieht eine hohe Geldstrafe und einige Zeit im Gefängnis nach sich. Mit einer Spielzeugwaffe zu drohen, ist ein Verbrechen. Niemand erhält eine Lizenz zum Tragen einer Waffe. Wohl für den Schießsport. Aber nur, um die Waffe von zu Hause direkt zum Schützenclub und wieder zurück zu befördern, und zwar angemessen verpackt. Und selbst eine Sportschützenlizenz ist schwer zu bekommen. Man muß Formulare ausfüllen und Mitglied werden, und die Polizei will Referenzen. Aber hier war ein Mann aus einer gewissen Entfernung durch einen Schuß mitten zwischen die Augen umgebracht worden. Von einem Gangster? Und warum sollte bitte ein Gangster einen Mann erschießen, der tagsüber in seinem Garten arbeitet und abends auf den Fernsehschirm schaut? Einen Mann, der nicht einmal arbeitet? Der nur ausgeht, um etwas einzukaufen? Grijpstra stöhnte. In was waren sie da jetzt hineingestolpert? In einen Wahnsinnigen, der ein schreckliches Geheimnis hütet, und ein anderer Wahnsinniger kommt und bringt ihn vom Garten aus um? Nein. Amsterdam ist eine ruhige Stadt. Eine hübsch ruhige Stadt. Grijpstra hatte den ganzen Nachmittag mit dem Lesen von Polizeiberichten verbracht, in denen die täglichen Ereignisse von fast drei vollen Wochen standen. Diebstähle, Einbrüche, einige Fälle von Straßenraub, eine Messerstecherei, Selbstmorde, viele Feuer, ein Haus, das wegen seines Alters eingestürzt war und einem Kind das Bein zerschmettert hatte. Das Schlimmste, was sich in den vergangenen *zwei Monaten* ereignet hatte, war ein italienischer Bankräuber, der versucht hatte, mit einer alten Sten-Maschinenpistole zu schießen, die nach der dritten Patrone Ladehemmung hatte. Bei der Polizei wurde immer noch darüber gesprochen. «Maschinenpistolen», hatten die jungen Polizisten in den Kantinen gesagt, «demnächst kommen sie mit einer Kanone, und wir haben nur eine 7.65 mit sechs Patronen.» Und die Offiziere hatten die Polizisten angelächelt, ihnen den Kopf getätschelt und gesagt: «Na, na, na.» Und hier war ein Mann mit einem Loch zwischen den Augen.

«Grijpstra», sagte de Gier noch einmal.

«Ja, ja.»

«Er wurde vom Garten aus erschossen», sagte de Gier, «durch das offene Fenster.»

«Ich weiß.»

«Schau dir mal die leeren Bierdosen an.»

«Ich habe sie gesehen.»

«Dies ist ein Antiquitätenladen», sagte de Gier. «Woher mag er das ganze Zeug haben? Wertvoll ist es auch noch. Wenn das ganze Haus mit solchen Möbeln vollgestopft ist, muß er Antiquitäten im Wert von hunderttausend Gulden besessen haben. Warum hat er sich also nicht jemand genommen, der hier saubermacht? Und warum hat er seine Schuhe nicht geputzt? Oder sich ein neues Farbfernsehgerät besorgt, statt diese alte, krächzende Kiste zu behalten? Oder sich ein Hemd gekauft?»

«Tja», sagte Grijpstra.

«Verrückt», sagte de Gier. «Ein verrückter Kerl. Und warum hat man ihn umgebracht?»

«Und warum war er ordentlich im Garten und schlampig im Haus?» fragte Grijpstra.

«Ich weiß nicht», sagte de Gier. «Ich bin schlampig mit meinem Balkon und ordentlich im Haus. Genau umgekehrt. Aber nicht so schlampig wie dieser Vogel.»

«Er sieht aus wie ein Kaninchen», sagte Grijpstra, «nicht wie ein Vogel.»

«Wie ein Kaninchen?» fragte de Gier und stand auf, um das Gesicht des Toten sehen zu können. Er setzte sich wieder. «Ja. Ein harmloses Gesicht. Was werden wir also jetzt tun?»

«Warten», sagte Grijpstra, «und daran denken, daß wir die Leute davon abhalten müssen, im Garten herumzutrampeln. Dort sollten noch einige Fußspuren sein. Ich würde annehmen, er hat dort drüben direkt vor dem offenen Fenster gestanden und der Mörder im Garten. Der Mörder muß ihn gerufen und gleich geschossen haben, als er sich zeigte.»

«Es hat angefangen zu regnen», sagte de Gier betrübt, «und gestern hat es auch geregnet. Diese Leiche könnte schon einige Tage alt sein.» Er schnupperte und wurde wieder blaß.

Auch Grijpstra schnupperte. «Ein wenig stinkt's, aber nicht viel. Selbstverständlich waren die Fenster offen.»

«Vielleicht gibt es noch einige Fußspuren», sagte de Gier, «an Stellen, wo sie vom Regen nicht ausgelöscht werden konnten.»

«Irgend etwas wird da sein», sagte Grijpstra besänftigend, als wollte er nicht nur de Gier beruhigen, sondern auch sich selbst. Er fühlte sich müde und dumm und hatte keine Lust, einen schwierigen Fall zu bearbeiten. Bis jetzt war es ein heißer Sommer gewesen, und das kleine Haus an der Lijnbaansgracht, in dem er mit seiner dicken Frau und drei lauten Kindern wohnte, hatte ihn ermattet. Das ewige Showprogramm, das Abend für Abend aus seinem Fernsehgerät strömte, hatte seine Nerven in dünne, infizierte Fäden verwandelt. Er hatte sich mit seiner Frau häufig laut gestritten. Immer wenn er das Gerät ausmachte, schaltete sie es wieder ein. Die Stimmen der Komiker, der Guten und der Bösen in den Krimis, der Quizmaster und der Nachrichtensprecher hatten ihn bis ins kleine Schlafzimmer verfolgt. Seine Frau drehte die Lautstärke gern auf. Sie wurde allmählich taub. Ich werde auch taub, bald werde ich taub sein, dachte Grijpstra hoffnungslos. Er hatte eine Vision von einem ruhigen Zimmer anderswo, von einem Zimmer ohne Fernsehen und mit dem Blick auf den Fluß. Er könnte in dem Zimmer sitzen und die vorbeifahrenden Boote beobachten. Herrlich. Keine Frau. Er sah die Plastiklockenwickler in ihrem Haar und schüttelte sich. Keine Frauen mehr in seinem Leben. Er würde die Zeitung lesen und in seiner Freizeit malen. Und de Gier könnte ihn gelegentlich besuchen und mit ihm musizieren, und dann würde de Gier wieder gehen und er das Zimmer wieder ganz für sich haben. Keine Ehefrau. Kein Fernsehen. Aber die Kinder würden noch da sein. Er würde an den Wochenenden mit ihnen spazierengehen, vor allem mit den beiden kleinen, und seine Frau würde ihn aus der offenen Haustür anschreien. Sie könnte auch zum Polizeipräsidium kommen und ihn dort anschreien. Das hatte sie schon einmal getan, nachdem er für einige Tage fortgewesen war. Er hatte damals gearbeitet, aber sie hatte gedacht, er habe sie verlassen. Er spürte, wie sein Gesicht schamrot wurde. Es war die schrecklichste Szene seines Lebens gewesen. Damals hatte ihn der Commissaris gerettet. Er hatte mit der hysterischen Frau geredet und sie aus Grijpstras Zimmer in den Korridor sowie schließlich aus dem Gebäude gebracht. De Gier war verlegen gewesen, de Gier und die anderen Kriminalbeamten, die gezwungenermaßen die Szene miterlebt hatten. Grijpstra sprang auf. Jemand hatte geklingelt.

«Ich gehe», sagte de Gier. «Wird auch allmählich Zeit.»

«Guten Abend», sagte der Commissaris zu Grijpstra. «Was haben wir denn jetzt gefunden?»

«Er ist dort drüben, Mijnheer», sagte Grijpstra. Die Leiche lag, für den Commissaris nicht zu sehen, hinter einem Tisch, verhüllt von einer dicken Orientdecke, die bis auf den Boden hing.

«Ah», sagte der Commissaris und bückte sich. Er betrachtete die Erscheinung und Lage des Toten und warf einen Blick auf die geöffneten Fenster.

Es klingelte wieder, und de Gier öffnete den beiden uniformierten Polizisten die Tür. Auf dem Deich liefen jetzt eine Menge Leute herum, von denen einige de Gier ansprachen und ihn fragten, was passiert sei.

«Der hier gewohnt hat, ist tot», sagte de Gier zu den Leuten. «Kennt jemand den Mann?»

Er bekam keine Antwort. Die Gesichter starrten den großen, stattlichen Kriminalbeamten in seinem blauen Jeansanzug an. Sie musterten den Fremden, der sich in ihr tägliches Einerlei gedrängt hatte. Sie bemerkten das lockige Haar, die blauen Augen und die zarte Hakennase. De Gier sah wiederum sie an und wurde an ein Gemälde von Brueghel erinnert. Die Gesichter, die er sah, schienen Schwachköpfen und Idioten zu gehören. Der Mann, der ihm am nächsten war, trug zerrissene schwarze Cordhosen und ein schmutziges, offenes Hemd, das die grauen Haare auf seiner mageren Brust zeigte. Er hatte keine

Haare auf dem glänzenden Schädel, der im Schein des elektrischen Lichts am Deich schimmerte; der zahnlose Mund war eine dunkle Höhle unter der Knollennase, geschwollen und violett von einer Million Gläsern unverdünnten Genevers, der ihm durch die Adern geronnen war. Der Mann flößte nur wenig Vertrauen ein, aber de Gier dachte, er sei vielleicht noch der beste in der kleinen Menge, die ihm gegenüberstand.

«Sie», sagte de Gier und berührte den Mann an der Schulter, «kannten Sie den Mann, der hier wohnte?»

«Ich weiß seinen Namen», sagte der Mann, «er heißt Tom Wernekink.»

«Hat er hier lange gewohnt?» fragte de Gier.

«Vielleicht ein Jahr – oder länger. Nicht viel länger. Er hat das Haus gekauft, als der Kerl, der hier wohnte, weggebracht worden war.»

«Gefängnis?»

«Nein. In die Irrenanstalt. Ein alter Opa, der ein bißchen getrunken hat.» Der zahnlose Mund kicherte. «Eine Ambulanz hat ihn weggebracht, er ist nie wiedergekommen. Seine Kinder haben das Haus verkauft. Zu billig. Ich habe den Preis später erfahren. Ich hätte es selbst kaufen sollen. Häuser sind heutzutage viel Geld wert.»

«Hat er gearbeitet?» fragte de Gier. «Dieser Tom Wernekink? Hat er jemals Arbeit gehabt?»

Der kleine Mann schüttelte den Kopf. «Nein. Er war immer hier in seinem Garten. Vielleicht hat er Arbeitslosenunterstützung gekriegt. Manchmal fuhr er mit seinem Wagen weg, aber er war immer bald wieder zurück.»

«Haben Sie je mit ihm gesprochen?»

«Nein. Er hat sich nicht unterhalten. Sagte nur guten Morgen und guten Abend, das war alles.»

«Gut», sagte de Gier und fragte sich, warum er seine Zeit verschwendete. Er konnte immer noch das Mädchen mit der hübschen Brust fragen, das im Nachbarhaus wohnte.

«Falls jemand Informationen hat, die uns helfen können, dann gebt euren Namen und die Adresse bitte den beiden Beamten hier», sagte er laut zu der Menge. Er wandte sich an die beiden uniformierten Beamten. «Ihr bleibt besser hier und bewacht die Tür. Gleich werden noch mehr Wagen kommen. Drinnen ist ein Toter. Vielleicht weiß jemand etwas. Ihr könnt mich rufen, wenn ihr meint, daß es nötig ist; ich werde hier oder im Nachbarhaus sein.»

«Hat ihn eine Kugel erwischt?» fragte einer der Polizisten.

«Ja, mitten zwischen die Augen.»

«Such nach seiner Frau oder Freundin, Brigadier», sagte der Polizist. «Ich habe zu Hause eine Sammlung von Zeitungsartikeln; immer wenn etwas über ein Verbrechen in der Zeitung steht, schneide ich es aus. Vor ein paar Tagen habe ich das ganze Zeug über Mord und Totschlag mal wieder durchgelesen, und in jedem Fall war es anscheinend der Ehemann oder die Ehefrau oder der oder die Geliebte, vor allem in Amsterdam. Seltsam, nicht wahr?»

«Meine Frau würde mich nicht umbringen», sagte der andere Polizist.

«Warum nicht?»

«Na, ich arbeite doch für sie, oder?»

«Du ärgerst sie auch», sagte der Polizist, «und bist immer da. Jeden Abend, an den Wochenenden, im Urlaub.»

De Gier lachte.

«Bist du anderer Ansicht, Brigadier?» fragte der Polizist.

«Nein», sagte de Gier, «aber ich dachte daran, daß ich keine Frau habe.»

«Freundinnen tun es ebenfalls», sagte der Polizist.

«Zur Zeit habe ich keine Freundin», sagte de Gier, «aber ich glaube, ich ärgere meinen Kater. Seht mal.» Er zeigte ihnen einen tiefen Kratzer an seinem Handgelenk.

«Genau», sagte der Polizist. «Das bestätigt meine Theorie. Dein Kater wird frustriert oder deprimiert oder nur etwas verrückt, und wen greift er an? Dich. Du bist der erste, der ihm in die Quere kommt, also geht er auf dich los.»

«Das ist ein gutes Argument», sagte de Gier. «Ich werde es mir merken.»

«Das hat er vermutlich irgendwo gelesen», sagte der andere Polizist und postierte sich an der Tür, die Beine gespreizt und die Hände auf dem Rücken verschränkt. Er richtete sich auf und musterte, den Mützenschirm in die Augen gezogen, die Menge.

«Also los, weitergehen, weitergehen», rief der andere Polizist. «Versperrt die Straße nicht. Hier gibt es jetzt nichts zu sehen.»

Die Polizeiautos trafen schließlich ein, und die Untersuchung nahm ihren normalen Gang, wobei man besondere Aufmerksamkeit dem Garten schenkte, in dem zwei Mann mit starken Taschenlampen umhergingen. Die beiden fanden einige Fußspuren und knieten bald auf der feuchten Erde, falteten Schachteln aus Metallfolie, streuten Gips in einen Eimer, rührten die Mischung sorgfältig an und murmelten etwas zu den Fotografen, die ebenfalls an den Abdrücken interessiert waren.

De Gier suchte Grijpstra und fand ihn oben in der Dachkammer, wo der Commissaris auf einem ungemachten Bett saß. «Ja, stimmt, Grijpstra», sagte der Commissaris. «Unser Freund war ziemlich nachlässig. Schmutziges Bettzeug, der Fußboden nicht gefegt, volle Aschbecher, überall Bierdosen. Hast du irgendwo ein Bad oder eine Dusche gesehen?»

«Nein, Mijnheer.»

«Also hat er sich in der Küche im Spülbecken gewaschen und rasiert. Aber er war zweifellos reich. Ich habe mir unten den antiken Schreibtisch aus Rosenholz angesehen, ein Sammlerstück. Ich bin sicher, er ist ein kleines Vermögen wert. Und die Porzellansammlung im Schrank ist ebenfalls ein Vermögen wert. Dennoch schien er sich aus den Sachen nichts zu machen. Er hat sich nicht einmal bemüht, die Möbel gut zu placieren. Es sieht aus, als hätten die Möbelpacker sie irgendwo hingeknallt, wo sie dann stehengeblieben sind. Suchen wir nach seinen Papieren; vielleicht sagen die uns etwas.»

Grijpstra und de Gier öffneten Schubladen und Schranktüren. Sie fanden Kleidung, hauptsächlich schmutzige. «Der Arzt ist jetzt vermutlich mit der Leiche fertig», sagte Grijpstra. «Der Tote sollte eine Brieftasche in der Jacke haben.» Der Commissaris stieg vorsichtig die Treppe hinab. Grijpstra stampfte hinunter, und de Gier folgte ihm, nachdem er sich in der Dachkammer noch einmal umgesehen hatte.

«Guten Abend», sagte der Commissaris zum Arzt und gab ihm die Hand. «Haben Sie eine Ahnung, seit wann er tot ist?»

«Seit einer Weile», sagte der Arzt. «Ich werde meine Untersuchungen noch vornehmen müssen, würde jedoch meinen, daß ihn die Kugel vor mindestens zwei Tagen erwischt hat. Es wird schwierig sein, den genauen Zeitpunkt zu bestimmen: je länger eine Leiche herumliegt, desto mühsamer wird die Zeitbestimmung. Ich werde es Ihnen morgen sagen.»

«Kann ich seine Taschen durchsuchen?» fragte de Gier.

«Gewiß.»

«Laß mich das machen», sagte Grijpstra. «Du wirst in Ohnmacht fallen, und wir wollen dem Arzt nicht noch mehr Arbeit verursachen.»

«Danke», sagte de Gier.

Der Commissaris lächelte. De Gier war früher schon mal ohnmächtig geworden – sogar zweimal – und beide Male, als er mit einer Leiche konfrontiert wurde; aber in Ohnmacht zu fallen, ist bei der Polizei nicht ungewöhnlich. Und de Gier würde nicht ohnmächtig werden, wenn er irgendwie aktiv sein mußte – wenn er lief oder schoß oder überlegte.

«Hier», sagte Grijpstra und gab dem Commissaris die Brieftasche.

Der Commissaris sah sich den Inhalt an. Er betrachtete den Paß, der Gummistempel aufwies, die drei Reisen nach England anzeigten, von denen jede genau zwei Wochen gedauert hatte. Urlaub, dachte der Commissaris. Im Paß war eine Adresse in Kralingen, einem Vorort von Rotterdam, angegeben. Sie war ausgestrichen worden und als neue Adresse Landsburgerdijk 131, Noord-Amsterdam, eingetragen. Die Änderung der Adresse war von einem Angestellten der Stadtverwaltung beglaubigt worden. «Büroangestellter», sagte der Commissaris laut, «also hat er Arbeit, oder er hatte sie jedenfalls. Und er ist einunddreißig Jahre alt. Thomas Wernekink. Naja. Wir wissen immer noch nichts.» In der Brieftasche befanden sich außerdem ein Führerschein, vierhundert Gulden und ein Bankauszug, der auswies, daß er auf seinem Girokonto 28 000 Gulden hatte.

«Viel Geld», sagte Grijpstra.

«Es könnte noch mehr sein», sagte der Commissaris. «Dies ist sein Girokonto; vielleicht hat er auch noch ein Sparguthaben. Wir werden das morgen bei der Bank prüfen. Die Banken wissen gewöhnlich etwas über ihre Kunden, und er tätigte seinen Geldverkehr über eine kleine Zweigstelle. Die Rotterdamer Polizei sollte uns ebenfalls sehr behilflich sein, das ist sie immer. Wir haben seine alte Adresse in Kralingen; ist das nicht eine sehr teure Wohngegend?»

«Ja, Mijnheer», sagte Grijpstra, «viele Villen und ein großer Park und diesem gegenüber gelegen einige exklusive Wohnblocks. Ein See ist dort, ein hübscher See – die Leute gehen dort segeln.»

«Wenigstens einige Informationen», sagte der Commissaris. «Wir werden ihnen morgen nachgehen. Gibt es für uns hier noch etwas zu tun?»

«Wir könnten mit dem Mädchen im Nachbarhaus sprechen», sagte de Gier, «mit dem Mädchen, das uns gebeten hat, hier mal nachzusehen. Sie schien in Wernekink verliebt zu sein, aber er hat sie nicht einmal zu sich eingeladen, also wird sie nicht viel wissen. Dennoch . . .»

«Gut», sagte der Commissaris und versuchte, munter und an der Sache interessiert auszusehen, aber in Wirklichkeit wollte er nur nach Hause gehen und ein heißes Bad nehmen. Seine Beine machten ihm zu schaffen, und das heiße Wasser würde ihm die Schmerzen aus den Knochen ziehen. «Gut, gehen wir nach nebenan.»

Die Tür wurde in dem Augenblick geöffnet, als de Gier auf die Klingel drückte. «Guten Abend», sagte der Commissaris zu der kleinen, dicken Frau, die sich vorher bei de Gier als Mary van Krompen vorgestellt hatte. «Ich glaube, hier wohnt eine junge Dame, der wir gern ein paar Fragen stellen würden. Dürfen wir eintreten?»

Die Frau starrte den Commissaris an. «Nun . . .» sagte sie, «es ist ziemlich spät. Können Sie nicht morgen wiederkommen? Wir würden gern zu Bett gehen.»

«Bitte, Mevrouw», sagte der Commissaris sanft, «wir sind Polizeibeamte, und im Nachbarhaus ist ein Verbrechen geschehen. Ein Mann ist erschossen worden; wir möchten den Mörder fassen, und vielleicht können Sie und die junge Dame uns dabei helfen.»

Mary van Krompen wurde schwach. Der Commissaris sah sehr harmlos und freundlich aus. «Kommen Sie rein», sagte sie mürrisch. Sie führte sie in ein Wohnzimmer und stampfte davon, um das Mädchen zu holen.

Sie befanden sich jetzt in einer ganz anderen Umgebung. Das Zimmer war hell und sauber und die allgemeine Erscheinung des Hauses freundlich genug. Man hatte sich einige Mühe gemacht, das alte Gebäude zu restaurieren, aber die Deckenbalken so gelassen, wie sie seit Jahrhunderten gewesen waren, schwarz abgesetzt von den weißen Wänden. Auf dem Tisch standen frische Blumen und auf den Fensterbänken Topfpflanzen. Eine Reihe silberner Trophäen war auf einem Ecktisch aufgestellt, acht Silberpokale von unterschiedlicher Größe. Grijpstra stand auf, um sie zu bewundern. «Seht mal», sagte Grijpstra, «wißt ihr, was das ist?» Der Commissaris und de Gier gingen zu ihm. De Gier nahm einen der Pokale in die Hand und betrachtete ihn. Der Pokal war mit zwei gekreuzten Revolvern verziert.

«Schützentrophäen», sagte der Commissaris.

Sie sahen sich die Trophäen immer noch an, als Mary van Krompen mit dem Mädchen zurückkam.

«Ich bin Evelien Dapper», sagte das Mädchen zu den drei Männern.

«Sie wollten mich sprechen?»

«Ja, meine Liebe», sagte der Commissaris. «Nehmen Sie doch bitte Platz. Wir wissen, Sie sind sehr verstört, aber Sie haben die Leiche entdeckt und den Mann gekannt, so daß Sie uns bei den Ermittlungen sehr helfen können.»

Das Mädchen schniefte.

«Sagen Sie uns bitte, was Sie wissen», sagte der Commissaris sanft.

«Ich habe es den anderen Männern schon erzählt», sagte das Mädchen und zerknüllte sein Taschentuch zu einem kleinen Ball. «Ich habe mir Sorgen um Tom gemacht und bin in sein Haus gegangen, und dort auf dem Fußboden lag er.»

«Ja. Vorher sind Sie nie in seinem Haus gewesen?»

«Nein», sagte Mary plötzlich und funkelte den Commissaris an. «Sie haben immer nur am Zaun miteinander geflüstert, und sie hat ihm dann eine Tasse Tee gegeben.»

«Wir haben *nicht* geflüstert», sagte das Mädchen verärgert. «Wir haben nur miteinander gesprochen, und er war immer sehr nett. Wir waren schließlich Nachbarn, und er hat immer nur in seinem Garten gegraben und nichts für sich getan. Warum sollte ich ihm also nicht gelegentlich eine Tasse Tee machen?»

«Ganz recht», sagte der Commissaris und lächelte Mary an. «Warum sollte sie nicht? Aber er hat Sie nie zu sich eingeladen?»

«Nein», sagte das Mädchen.

«Aber das ist doch eigenartig, nicht wahr? Sie sind ein attraktives Mädchen, und er war ein junger Mann, und ihr habt einander gekannt. Seit wann kannten Sie ihn?»

«Seit ich hier wohne», sagte das Mädchen. «Seit drei Monaten, glaube ich.»

Mary lachte. Der Commissaris sah sie verwundert an. «Verzeihung», sagte Mary, «ich will kein Biest sein, aber ich habe mich gewundert. Da standen sie nun jeden Nachmittag, unterhielten sich und schlürften Tee, und er hat nicht einmal daran gedacht, sie zu sich einzuladen.»

«Vielleicht war er ein sehr schüchterner junger Mann», sagte der Commissaris.

Das Mädchen fing wieder an zu weinen, und de Gier fühlte sich schuldig. Er dachte daran, wie er ihre Tränen ignoriert und stotternd Fragen gestellt hatte, als er vorhin mit ihr von hier aus zu Wernekink hinübergegangen war. Er hatte auf sie eingemurmelt, statt etwas zu sagen, was sie tröstete.

Er erinnerte sich an die Schulungslektionen über die Philosophie der Polizei. Es ist Aufgabe der Polizei, die Ordnung aktiv aufrechtzuerhalten und jene zu unterstützen, die der Hilfe bedürfen. Das Mädchen hatte Hilfe gebraucht, aber er hatte nicht einmal zugehört; er war zu sehr damit beschäftigt gewesen, seine Furcht und Übelkeit zu unterdrücken. Und ihn schauderte, als er daran dachte, wie er vom Telefonieren aus dem Café zurückgekommen war. Der Deich war voller kleiner Gruppen von Menschen, zusammengeschart im unheimlichen Widerschein der Laternen, die in dem Sturm schwangen, der sich diesen Augenblick ausgesucht hatte, vom großen Binnensee heranzubrausen. Ein alter Mann hatte ihn angehalten und gefragt, was im Haus von Tom Wernekink eigentlich los sei. Er hatte nicht geantwortet, und der Alte hatte ihn boshaft von der Seite her angeschielt. «Da hast du heute mal was zu tun, he, staatlicher Zuhälter? Endlich mal was zu tun für die hübschen Steuern?» Die Worte «staatlicher Zuhälter» hatten de Gier zum Stehenbleiben veranlaßt, aber er hatte sich gezwungen, weiterzugehen.

«Es ist zwecklos, sie etwas zu fragen, Commissaris», sagte Mary, «oder mich, wie die Sache nun einmal ist. Wir kannten den Mann nicht richtig.»

«Setzen Sie sich bitte, meine Damen», sagte der Commissaris. Mary ließ sich auf den nächststehenden Sessel plumpsen, Evelien setzte sich auf den Rand einer Couch.

Aber was hätte ich zu dem Mädchen sagen können? überlegte de Gier. Der junge Mann war tot, oder? Er war nicht nur tot; er verweste bereits. Hätte ich sagen sollen, er sei gestorben, hinübergegangen in eine bessere Welt?

«Wer wohnt hier noch, Mevrouw?» fragte der Commissaris.

«Meine Freundin», sagte Mary, «Ann Helders; sie ist jetzt nicht hier; sie macht Nachtdienst. Sie ist Krankenschwester.»

Eine Lesbierin, dachten Grijpstra und de Gier gleichzeitig. Es war die Art, wie Mary gesagt hatte «meine Freundin». Die Worte hatten besitzergreifend und trotzig geklungen. Es schien, als fordere Mary die Männer heraus. Ich lebe mit einem Mädchen zusammen, na und? Ich bin stolz darauf. Ich habe keinen Mann und will auch keinen. Männer sind Dreck.

Der Commissaris betrachtete den grimmigen Gesichtsausdruck der Frau. Sie hat noch nicht entdeckt, daß es ganz in Ordnung ist, lesbisch zu sein, dachte er. Sie gehört zu meiner Generation. Anders zu sein, ist eine Schande. Die Zeiten haben sich geändert. Wir kommen da nicht mehr mit; einige Ideen sind zu tief eingedrungen – nichts kann sie mehr vertreiben.

«Ich verstehe», sagte der Commissaris. «Hat jemand von Ihnen den Schuß gehört? Der Mann wurde erschossen, wissen Sie, und zwar, wie wir glauben, vom Garten aus.»

«Vom Garten aus?» fragte Mary. «Wann wurde er erschossen? Wissen Sie das auch?»

«Nein», sagte der Commissaris. «Vielleicht vor zwei Tagen, aber wir wissen die Uhrzeit nicht. Wir sollten es morgen erfahren, wenn der Arzt seine Untersuchungen abgeschlossen hat.»

«Ich habe keinen Schuß gehört», sagte Mary, «du, Evelien?»

Das Mädchen bemühte sich, nicht zu weinen. Es schüttelte den Kopf.

«Haben Sie Ihren Nachbarn gekannt, Juffrouw van Krompen?» fragte der Commissaris.

«Kaum. Er war nicht sehr gesprächig. Wir tauschten einige Worte aus, wenn wir beide im Garten arbeiteten, aber mehr nicht. Über das Wetter; ich glaube, wir sprachen nur über das Wetter.»

«Hatte er Freunde?»

«Ich glaube nicht. Der gestiefelte Kater hat ihn manchmal besucht. Er wohnt weiter unten am Deich. Seinen richtigen Namen weiß ich nicht. Wir nennen ihn alle Kater. Der Mann sieht seltsam aus.»

«Aha», sagte der Commissaris, «also hatte er zumindest einen Freund. Wo wohnt dieser Kater?»

Mary schloß die Augen und zählte ab. «Das siebte Haus links von hier.»

«Wir werden ihn später aufsuchen», sagte der Commissaris. «Wissen Sie sonst noch etwas, was Sie uns nach Ihrer Meinung sagen sollten?»

«Nein», sagte Mary.

Der Commissaris sah Evelien an. «Sie? Juffrouw Dapper?»

Das Mädchen weinte immer noch.

«Juffrouw Dapper?»

Sie stand auf und lief aus dem Zimmer.

«Hmm», sagte der Commissaris.

«Ich werde Kaffee machen», sagte Mary, «Pulverkaffee; es dauert nur einige Minuten. Nehmen Sie alle Milch und Zucker?»

«Bitte», sagten die drei Männer.

Als Mary das Zimmer verließ, stand Grijpstra auf und betrachtete noch einmal die Trophäen.

«Denkst du das gleiche wie ich?» fragte de Gier zu Grijpstra gewandt.

«Was denkst du denn, de Gier?» fragte der Commissaris leise.

«Nur eine Kombination von einigen halb festgestellten Tatsachen, Mijnheer», sagte de Gier.

«Erzähl mal.»

«Mary ist lesbisch», sagte de Gier, «sie lebt mit dieser Krankenschwester zusammen – ich glaube, sie hieß Ann Helders. Aber Ann bringt eine Freundin ins Haus, die hier Mieterin wird. Unsere hübsche junge Dame, die soeben hinausgelaufen ist. Evelien. Mary verliebt sich in Evelien, kann dies jedoch wegen Ann nicht zeigen. Das Ergebnis ist Enttäuschung. Mary ist eine gewalttätige Frau. Ihr Lieblingssport ist Pistolenschießen. Gewalttätige Sportarten sind gewöhnlich eine Befreiung von aufgestauten Spannungen. Die Liebe zu Waffen verweist auf Aggression. Eine gewalttätige und aggressive Frau. Evelien fängt an, mit dem Nachbarn zu flirten. Mary gefällt das nicht. Der Flirt dauert an. Jeden Tag macht Evelien Tee für Tom Wernekink und reicht ihm eine Tasse über den Zaun. Sie trinken Tee miteinander und lachen und plaudern, und Mary beobachtet dies alles aus dem Haus und kocht vor Wut. Sie kann Evelien nicht umbringen, denn sie liebt sie, aber sie kann Tom beseitigen. Also schleicht sie sich eines Tages in den Nachbargarten, ruft Tom und erschießt ihn, mitten zwischen die Augen.»

«Einfach so, wie?» fragte Grijpstra.

«Gingen deine Gedanken nicht in die gleiche Richtung, als du eben an dem Pokal herumgefummelt hast?» fragte de Gier.

Grijpstra brummte.

Sie sahen beide den Commissaris an, der sich ein Zigarillo angesteckt hatte und nachdenklich paffte. «Könnte sein», sagte der Commissaris langsam. «Das erklärt den Schuß zwischen die Augen. Ich habe versucht, die Entfernung zwischen Pistole und Wunde abzuschätzen; morgen werden wir genaue Angaben haben, aber ich würde meinen, es müssen etwa acht bis zehn Meter gewesen sein. Einen Mann auf diese Entfernung mit einer Pistole zwischen die Augen zu treffen, ist ein seltenes Kunststück. Und Mary hat viele Pokale gewonnen.»

«Die Psychologie, mit der ich meine Theorie untermauert habe, ist etwas holperig», sagte de Gier. «Es muß mehr als nur Enttäuschung wegen ein paar Tassen Tee gewesen sein. Möglicherweise haben sie uns nicht die ganze Wahrheit gesagt. Vielleicht ist Tom Wernekink oft gekommen und hat mit dem Mädchen geschlafen. Vielleicht hatten sie ein richtiges Verhältnis miteinander. Mary hat dem Mädchen gedroht, das jetzt zu ängstlich ist, etwas zu sagen. Es könnte sein, daß Mary jetzt mit einer Pistole vor dem Mädchen herumfuchtelt.»

«Schau mal nach», sagte der Commissaris. «Tu so, als wolltest du ihr helfen, den Kaffee hereinzubringen.»

De Gier stand auf und ging hinaus. Er fand Mary in der kleinen Küche im Hinterhaus, wo sie friedlich beschäftigt war.

«Tragen Sie das Tablett», sagte Mary. «Sie sind Brigadier, nicht wahr? Soll ich Sie mit Brigadier anreden?»

«Wie Sie wollen», sagte de Gier.

Marys Stimme klang ziemlich freundlich, aber als er einen Blick auf ihr Gesicht warf, sah er, wie die Muskeln darin arbeiteten und sie sich auf die dünnen Lippen biß.

«Wovon leben Sie, Mevrouw?» fragte der Commissaris.

«Ich habe Unterricht gegeben.»

«Worin?»

«Mathematik an einem Gymnasium.»

«Sie sind also Akademikerin», sagte der Commissaris.

«Bin ich.»

Der Commissaris rührte seinen Kaffee um.

«Haben Sie diese Trophäen alle gewonnen?» fragte Grijpstra.

«Hab ich.»

«Sie sind also eine Meisterschützin», sagte de Gier. «Ihr Nachbar wurde zwischen die Augen getroffen, aus ziemlicher Entfernung.»

Mary setzte die Tasse mit einem Knall ab. «Und das bedeutet?»

«Wir versuchen, logisch zu denken, Mevrouw», sagte der Commissaris. «Nur wenige Menschen können einen Menschen auf eine Entfernung von acht bis zehn Metern mitten zwischen die Augen treffen. Ich habe ein wenig gerechnet und glaube, so weit muß es etwa gewesen sein. Ich hätte Mühe, unter solchen Umständen zu treffen, und ich habe viel Zeit damit verbracht, auf Scheiben zu schießen. Ich kenne nur wenige Menschen, die gut genug schießen, um die Leistung im Garten Ihres Nachbarn zu erbringen. Sie sind eine Meisterschützin. Sie sind auch Mathematikerin.»

«Ich habe ihn nicht erschossen», sagte Mary.

«De Gier», sagte der Commissaris, «geh mal nach nebenan und stell fest, ob es denen gelungen ist, im Garten klare Gipsabdrücke zu machen. Falls ja, bring sie mit.»

«Mijnheer», sagte de Gier und ging.

«Und nun», sagte der Commissaris zu der Frau, «würden wir gern alle Ihre Schuhe sehen, wenn Sie nichts einzuwenden haben.»

«Brauchen Sie dafür nicht einen Hausdurchsuchungsbefehl?» fragte Mary.

«Ich bin Commissaris; ich brauche keinen Hausdurchsuchungsbefehl.»

«Ich verstehe», sagte Mary und sah die beiden Männer grimmig an. «Wenn Sie feststellen, daß meine Schuhe im Nachbargarten Abdrücke hinterlassen haben . . .» sagte Mary.

«Dann hätten wir einen weiteren Hinweis.»

«Commissaris», sagte Mary bedächtig, «ich bin möglicherweise ziemlich oft in dem Garten gewesen, aus ganz harmlosen Gründen.»

«Nein», sagte der Commissaris, «Sie und auch Evelien haben gesagt, daß Ihr Nachbar keine Besucher wollte. Er erlaubte nicht einmal einer netten, attraktiven jungen Dame, die ihn offensichtlich mochte, zu ihm in den Garten zu kommen. Er trank den Tee, den sie ihm gab, aber er blieb auf seiner Seite des Zauns. Stimmt's?»

«Ja.»

«Warum sollte er also Ihnen erlauben, in seinen Garten zu gehen? Er hätte es wohl nicht gestattet, oder?»

«Er hätte nicht», sagte Mary. «Sie können sich den ganzen Quatsch mit den Schuhen schenken», fügte sie hinzu. «Ich gebe zu, daß ich in seinem Garten gewesen bin.»

«Wann?»

«Gestern. Ich habe mich gefragt, was mit ihm passiert sei, und ich wollte Evelien beruhigen, die im Haus Trübsal blies und sich sorgte.»

«Und haben Sie ihn gesehen?»

«Ja. Ich habe mich auf eine Kiste gestellt und durchs Fenster geschaut. Er war tot. Erschossen.»

«Warum haben Sie die Polizei nicht gerufen?»

«Weil sie glauben würde, was sie jetzt glaubt.»

«Daß Sie ihn erschossen haben?»

Mary nickte, ihr markanter, schwerer Kopf ging rauf und runter. «Genau. Und ich habe ihn nicht erschossen. Warum sollte ich?»

«Vielleicht aus Eifersucht», sagte Grijpstra.

Mary lachte trocken. «Warum aus Eifersucht? Ann ist meine Freundin, nicht Evelien. Wenn das blöde Mädchen mit Männern herumspielen will, ist das seine Sache, oder? Und es hatte nicht einmal Erfolg. Er trank Eveliens Tee, und das war's. Was machte mir das aus?»

«Sie könnten eine starke Zuneigung zu Evelien gefaßt haben», sagte der Commissaris. «Sie ist ein schönes Mädchen.»

«Ich habe bereits eine Freundin und bin glücklich mit ihr und sie mit mir. Warum sollte ich anderen nachlaufen?»

«Ich weiß nicht, warum Leute bestimmte Dinge tun sollten», sagte der Commissaris, «Tatsache ist, sie tun sie.»

Der Commissaris gab Grijpstra ein Zeichen. «Entschuldigen Sie mich, Mevrouw», sagte Grijpstra, «ich werde de Gier sagen, daß die Abdrücke nicht mehr nötig sind.»

«Sagen Sie», sagte der Commissaris, wobei er über den Rand seiner Kaffeetasse blickte, «wir sind jetzt allein, niemand kann uns hören. Haben Sie den jungen Mann erschossen oder nicht?»

Mary stand auf und ordnete die Trophäen auf dem Ecktisch. «Ich habe ihn nicht erschossen.»

«Ist Ihnen klar, daß wir Sie festnehmen müssen?» fragte der Commissaris freundlich.

«Ja, das ist logisch. Ich stimme Ihnen zu, daß sehr wenige Menschen so genau treffen können. Vielleicht einer von hunderttausend.»

Die dicke Frau sah verzweifelt aus. Der Commissaris wandte den Blick von ihrem markanten Gesicht nicht ab. Er sah ihr in die Augen, große, blaßblaue Augen, die hinter den dicken Gläsern ihrer Brille etwas hervortraten. Er wollte ihr sagen, sie solle sich entspannen, nicht mehr leiden als nötig, aber er konnte keinen Sinn darin sehen, irgend etwas zu sagen. Mary van Krompens Lage war ausgesprochen unangenehm, und er konnte nur wenig daran ändern. Sie war verwirrt, nervös, besorgt und vermutlich sogar verängstigt. Er konnte nur versuchen, es ihr nicht noch schwerer zu machen. Es wäre unangenehm, wenn de Gier und Grijpstra sie in das Polizeiauto zerren müßten.

«Die Pistole», sagte Mary plötzlich. «Sie haben doch gewiß eine Ballistikabteilung in Ihrem Präsidium. Die haben Sie doch, nicht wahr?»

«Ja», sagte der Commissaris.

«Nun, die können dort beweisen, daß das Geschoß nicht aus einer meiner Pistolen gekommen ist. Ich habe zwei, eine 7.65 und eine .22er. Ich weiß, das Geschoß kam nicht aus einer der beiden, und Ihre Leute können das bestätigen.»

«Ja», sagte der Commissaris. «Es ist besser, Sie geben mir Ihre Waffen.»

Mary lachte, es war ein rauhes, krächzendes Lachen. «Geben Sie mir Ihre Waffen! Haben Sie keine Angst, daß die Mörderin auch auf Sie einen Schuß abgibt? Ich würde an Ihrer Stelle etwas warten.»

«Worauf warten?» fragte der Commissaris erstaunt.

«Daß Ihre beiden Gorillas kommen. Der große, stämmige Kerl und der hübsche, reizende Bursche.»

Der Commissaris grinste. «Gorillas!»

Plötzlich lachte auch Mary. «Ich hätte sagen sollen, ein Gorilla und ein Gibbon. Das schlanke Bürschchen sieht mit seinen langen Armen und dem hübschen Gesicht ganz beweglich aus. Er könnte sich durch die Bäume schwingen; es wäre ein netter Anblick.»

Mary und der Commissaris kicherten noch, als die beiden Kriminalbeamten zurückkamen; Grijpstra sah de Gier an und zog die Augenbrauen hoch.

«Die Dame will uns ihre beiden Pistolen aushändigen», sagte der Commissaris zu Grijpstra. «Geh bitte mit und hole sie, und nimm auch die Munition mit.»

Mary bewahrte die Pistolen in der Schublade ihres Nachttischs auf. Sie waren in ein Flanelltuch eingewickelt und augenscheinlich in ausgezeichnetem Zustand. «Vorsicht», sagte Mary, als Grijpstra sie in seine Jackentaschen gleiten ließ, «das sind beides Präzisionswaffen, und ich habe viele Stunden damit zugebracht, sie zu reinigen.»

«Ja, Juffrouw», sagte Grijpstra höflich, «und dann noch bitte die Munition.» Er erhielt die beiden Kartons. «Danke, Juffrouw.»

«Kann ich ein paar Sachen in einen Koffer packen?» fragte Mary. «Ihr Chef will mich festnehmen. Selbstverständlich bin ich unschuldig, aber ihr werdet mich sicher eine Weile dortbehalten. Ich glaube, ein Häftling hat keine Rechte.»

«Sie werden kein Häftling sein, Juffrouw», sagte Grijpstra. «Sie sind eine Verdächtige, und die haben alle möglichen Rechte. Wir werden uns um Sie kümmern, so gut wir können.»

«Ja», sagte Mary bitter, «ich werde nicht rauchen und lesen dürfen und für endlose Stunden in einem kleinen Betonloch sitzen. Ich habe so einiges gehört.»

«Ihnen wird es schon gutgehen, Juffrouw», sagte Grijpstra und sah zu, wie die Frau Schlafanzüge, Bücher, Zigaretten und Toilettenartikel in eine schäbige Reisetasche packte.

Als Mary den Commissaris wieder erblickte, blieb sie stehen. «Commissaris», sagte sie mit festem Ton.

«Ja, Juffrouw?»

«Ich versichere, ich bin unschuldig, und ich verspreche Ihnen, daß ich nicht fortlaufen werde. Ehrenwort. Nehmen Sie mich nicht mit. Wenn Sie etwas von mir wollen, können Sie eine Nachricht schicken, und ich werde innerhalb von dreißig Minuten bei Ihnen sein. Notfalls werde ich mir ein Taxi nehmen, obwohl ich nicht viel Geld habe. Aber ich möchte nicht in eine Polizeizelle. Bitte.» Ihre Unterlippe zitterte. Grijpstra und de Gier schauten weg.

Der Commissaris seufzte und legte der dicken Frau seine magere Greisenhand auf die Schulter. «Glauben Sie mir, ich muß Sie mitnehmen. Alle Indizien weisen auf Sie hin. Ihre Fußabdrücke sind im Garten. Sie haben die Polizei nicht informiert, als Sie die Leiche entdeckten. Sie sind eine Meisterschützin, und unser Mann ist von einem Meisterschützen ermordet worden. Nur wenige Menschen wissen mit Feuerwaffen umzugehen. Sie könnten ein Motiv haben. Es läuft alles auf einen schwerwiegenden Verdacht hinaus. Es ist sehr gut möglich, daß Sie des schwersten Verbrechens schuldig sind, das wir in unseren Gesetzbüchern kennen. Wenn ich Sie nicht mitnehme, werde ich mich der Fahrlässigkeit schuldig machen. Es ist alles sehr logisch. Gewiß erkennen Sie, worauf ich hinaus will?»

«Und das Gesetz kennt kein Erbarmen?» fragte Mary mit immer noch bebender Unterlippe.

«Doch», sagte der Commissaris ernst, «das Gesetz kennt Erbarmen. Es mag viele Fehler in der Art und Weise geben, wie dieses Land seine Angelegenheiten regelt, aber das Gesetz ist mitleidsvoll. Aber nicht in diesem Stadium der Ermittlungen. Wir müssen Sie festnehmen und in eine Zelle stecken . . .»

«Also gut», sagte Mary, «dann nehmt mich mit, aber es ist besser, ihr sagt es Evelien; sie ist oben.»

Der Commissaris nickte de Gier zu. Grijpstra öffnete Mary die Tür und winkte dem uniformierten Fahrer im Wagen des Commissaris zu.

«Wollen Sie, daß ich mit Ihnen fahre, Mijnheer?»

«Nein, Grijpstra», sagte der Commissaris. «Ich seh dich morgen früh um neun in meinem Büro. Warte auf de Gier und geh nach Haus; den beiden Polizisten, die Wernekinks Haus bewachen, kannst du sagen, sie können ebenfalls gehen. Die Leiche ist weggebracht worden, und sonst gibt es dort nichts mehr zu tun.» Der Commissaris trat einen Schritt zurück, und Mary stieg in den schwarzen Citroën ein. Der Fahrer salutierte, als er ihr in den Wagen half.

3

Die rote Lampe an der Tür zum Büro des Commissaris brannte, und sein Telefon war vorübergehend abgestellt. Bis auf den Hoofdcommissaris – der mit einem Spezialknopf einen Summer betätigen konnte, der sich neben dem Schreibtisch des Commissaris befand – konnte ihn jetzt niemand stören. Der Commissaris sah seine drei Besucher an. «Ja», sagte er zum Staatsanwalt, einem Mann von Ende Vierzig, konservativ gekleidet in dunkelblauem Anzug, weißem Hemd und grauer Krawatte, «ich weiß, dies Verfahren ist nicht üblich, aber ich habe diese beiden Kriminalbeamten gebeten, dabei zu sein, weil ich ihren Scharfblick und Rat schätze.»

Der Staatsanwalt nickte, Grijpstra lächelte, de Gier machte ein unverbindliches Gesicht. «Ich schätze die Gesellschaft dieser beiden Herren», sagte der Staatsanwalt langsam, «und die Sache ist ernst genug. Wir versuchen schließlich, eine Entscheidung über die Freiheit eines Menschen zu treffen, und Freiheit ist das höchste Gut.»

«Ja», sagte der Commissaris ruhig.

«Aber da ist etwas, was mir nicht so gut gefällt», sagte der Staatsanwalt, und die Lachfältchen um seine Augen fielen plötzlich stark auf.

«Ja?» fragte der Commissaris.

«Mir scheint, ich werde gefragt, was *ich* von der möglichen Schuld von Juffrouw Mary van Krompen halte», sagte der Staatsanwalt. «Sie hätten anders an die Sache herangehen sollen. Sie hätten versuchen sollen, mir die Schuld der Dame zu *beweisen*. Sie haben sie jetzt zwei Tage lang vernommen und können sie aus eigener Machtbefugnis nicht länger festhalten. Gut. Jetzt muß also mein Amt bestätigen, daß sie in Haft bleibt. Ausgezeichnet. Die Polizei berichtet uns von ihrem Verdacht, die verschiedenen Tatsachen werden vorgelegt, wir lesen die Berichte der vernehmenden Beamten und kommen zu einer Entscheidung.»

«Ja?» fragte der Commissaris.

«Ja. Aber diesmal fragen Sie *mich*, was ich meine. Haben Sie Zweifel, was Sie tun sollen?»

Der Commissaris nickte ernst. «Ja, ich habe Zweifel. Sehr große.»

«Warum? Die Tatsachen scheinen eindeutig genug zu sein. Fußabdrücke, hübsche klare Gipsabdrücke, die zu den Schuhen der Dame passen. Die Dame gibt zu, daß sie die Leiche gesehen, aber sich nicht mit der Polizei in Verbindung gesetzt hat; schon das ist ein Verbrechen, und ich hoffe, Sie werden sie dessen beschuldigen. Und obendrein die unglaubliche Treffsicherheit des Schusses. Eine Entfernung von zehn Metern zwischen Waffe und Wunde, den Experten zufolge, und das Opfer hat nicht einfach dort gestanden und darauf gewartet, einen Schuß zwischen die Augen zu kriegen. Er muß sich bewegt haben, als ihm bewußt wurde, daß sein Leben in Gefahr ist. Dem Mörder blieben nicht mehr als ein paar Sekunden, um den Abzug zu betätigen. Wernekink war nicht mit verbundenen Augen an einen Pfahl gefesselt, nicht wahr?» Der Staatsanwalt brachte sich in Fahrt, er spielte seine Rolle vor Gericht, stand dem Richter und dem Verteidiger des Angeklagten gegenüber.

«Ähem», sagte der Staatsanwalt, «entschuldigen Sie, ich habe mich hinreißen lassen durch die eindeutigen Folgerungen aus den Beweisen, denen wir gegenüberstehen. Dennoch, die Beweise *sind* unbestreitbar, nicht wahr? Und die Dame ist eine Meisterschützin; sie hat zahlreiche Preise gewonnen und ist Meisterin in ihrem Club.»

«Ja, Mijnheer», sagte der Commissaris, «sie ist Meisterin; sie ist außerdem Lesbierin, und das Mädchen, das sich um ihren Nachbarn bemüht – ein Mädchen, das in ihrem Haus zur Untermiete wohnt –, ist sehr attraktiv. Aber ich glaube, es gibt keine endgültigen Beweise. Nein, keine endgültigen. Die Dame schwört, sie habe es nicht getan. Sie hat als Studienrätin Mathematik unterrichtet und gibt zu, die Möglichkeit sei sehr gering, daß ein anderer ausgezeichneter Schütze unseren Freund erwischt haben könnte. Aber die Möglichkeit besteht, das müssen wir einräumen. Schließlich gibt es noch andere Leute, die mit einer Waffe umgehen können, sogar in Holland. De Gier zum Beispiel. De Gier, meinst du, daß du einen so perfekten Schuß anbringen könntest?»

De Gier setzte sich aufrecht hin. «Vielleicht», sagte er. «Ich habe einige sehr gute Ergebnisse auf dem Schießstand erzielt und war auch draußen ziemlich erfolgreich. Im vorigen Jahr habe ich einen flüchtenden Räuber im Dunkeln auf eine Entfernung von zwanzig Metern ins Bein getroffen, und ich war gerannt, ehe ich stehenblieb, um zu feuern. Aber ich glaube, es war ein Zufallstreffer.»

«Ja, ja», sagte der Commissaris ungeduldig, «das wissen wir ja alles. Die Frage ist, ob du einen Mann auf eine Entfernung von zehn Metern mitten zwischen die Augen treffen könntest? Wohlgemerkt, mit einem Schuß; wir haben nur eine leere Patronenhülse im Garten gefunden.»

De Gier schüttelte den Kopf. «Ich kann das weder mit ja noch mit nein beantworten, Mijnheer. Vielleicht könnte ich es schaffen, aber da sind immer die Umstände zu berücksichtigen. Der Wind, die Waffe, der Zustand meiner Nerven. Ich treffe nie etwas, wenn ich vorher mit dem Fahrrad gefahren bin; mir scheint, die Vibrationen eines Fahrrads beeinträchtigen meine Armmuskeln.»

«Es muß andere hervorragende Schützen in Holland geben», sagte der Staatsanwalt, «und vielleicht ist de Gier einer von ihnen. Wir müssen auch die Tatsache abwägen, daß der Schuß aus keiner der beiden Pistolen abgefeuert wurde, die der Dame gehören und die sie Ihnen übergeben hat.»

«Nein», sagte Grijpstra, «ich glaube nicht, daß dieser Punkt unseren Verdacht entkräftet. Schußwaffen kann man kaufen, nicht wahr? Und Mitglieder von Schützenclubs können Schußwaffen leichter erwerben als andere. Leute, die Schußwaffen reparieren, verkaufen diese häufig insgeheim. Sie können Einzelteile kaufen, und ein voller Satz von diesen ist eine komplette Schußwaffe. Und es ist sehr leicht, Schußwaffen in Belgien zu kaufen. Falls Mary eine kaufen wollte, dann konnte sie es, und falls sie Tom Wernekink beseitigen wollte, würde sie es nicht mit einer ihrer eigenen Waffen tun.»

«Und?» fragte der Staatsanwalt. «Ich denke, Ihre Beweise sind schwerwiegend genug; meinetwegen können Sie sie für weitere zwei Tage festhalten. Das habe ich schon gesagt, aber Sie sind anscheinend nicht sehr darüber erfreut.»

«Doch, doch, doch», murmelte der Commissaris, «aber ich hatte noch einen zweiten Grund, Sie nach Ihrer Meinung zu fragen. Sie sind promovierter Jurist und ein geschickter Anwalt; Sie haben einen ganz anderen Verstand, kein Polizistengehirn wie ich. Wir sind Ermittlungsbeamte, aber wir richten nie.»

«Ich bin kein Richter», sagte der Staatsanwalt. «Ich vertrete die Anklage, was eine ganz andere Disziplin ist.»

«Ich weiß, ich weiß», sagte der Commissaris, «aber dennoch haben Sie eine andere Einstellung. Ich bin von der Schuld der Dame nicht überzeugt. Sie streitet alles glattweg ab. Sie ist auch keine unaufrichtige Frau; sie sagt immer, was sie denkt.»

«Mögen Sie sie?» fragte der Staatsanwalt.

Der Commissaris erhob sich, ging in die Knie und richtete sich wieder auf. «Ja», sagte er bedächtig, «ich glaube, ich mag sie.»

Der Staatsanwalt schaute sich um und versuchte, mit den drei Polizisten Blickkontakt aufzunehmen. Der Commissaris starrte die Wand an, Grijpstra starrte zum Fenster hinaus, de Gier hatte die Augen geschlossen. Der Staatsanwalt stand auf und wedelte mit den Händen. «Hören Sie», sagte er, «was wollen Sie eigentlich von mir? Übertreiben Sie nicht die Bedeutung meines Amts? Ich kann nur zweimal die Genehmigung geben, einen Verdächtigen für jeweils zwei Tage festzuhalten. Ich räume ein, daß das erste Gesuch nur eine Formalität ist; wenn ein Commissaris der Polizei mir sagt, er verdächtige eine Person eines ernsten Verbrechens, dann werde ich ihm erlauben, diese zu Verhören für zwei Tage festzuhalten. Das zweite Ersuchen ist gewichtiger, und ich befasse mich mit der Angelegenheit. Ich *habe* mich mit dieser Angelegenheit befaßt. Ich habe die Dame gesprochen, die Beweise geprüft, den Fall wirklich studiert. Also gut, ich gebe Ihnen noch zwei Tage. Aber was sind weitere zwei Tage? Achtundvierzig Stunden sind ziemlich schnell um, nicht wahr? Sie findet ihre Zelle nicht so sehr unbehaglich, oder? Warum warten Sie nicht auf den Richter? Wenn sie Sie nach weiteren zwei Tagen noch nicht von ihrer Unschuld überzeugt hat, dann muß der Richter entscheiden. Warten Sie auf den Richter!»

«Noch zwei Tage», sagte der Commissaris leise.

«Also, was zum Teufel?» sagte der Staatsanwalt und wurde rot im Gesicht.

«Es ist nicht nur, daß ich sie mag», sagte der Commissaris, «da ist noch etwas.»

Der Staatsanwalt seufzte. «Das ist schon besser. Erzählen Sie.»

«Wir haben zusammen gelacht», sagte der Commissaris.

«Gelacht?» sagte Grijpstra. «Das war es also? Als de Gier und ich nicht im Zimmer waren? Ich dachte, ich hätte etwas bemerkt, als ich wiederkam; tatsächlich glaubte ich, sie hätte gestanden.»

«Nein, nein. Sie hat nie gestanden. Aber es passierte etwas Komisches, und ich lachte und sie mit mir. Plötzlich war sie entspannt, normal, sogar vergnügt.»

«Etwas Komisches?» fragte de Gier. «Worüber haben Sie und die Dame gelacht, Mijnheer?»

«Das ist egal.»

Grijpstra grinste. «Es muß über dich gewesen sein, de Gier; ich bin nie komisch.»

Der Schnurrbart des Staatsanwalts begann sich zu sträuben. «Was soll das alles? Sie hat also gelacht, etwas Komisches ist also passiert, na und?»

«Furcht und Vergnügen passen nicht zueinander», sagte der Commissaris.

Der Staatsanwalt wurde anderer Stimmung. Er erinnerte sich an die vielen Gespräche, die er mit dem Commissaris sowohl im Präsidium als auch zu Hause geführt hatte. Er erinnerte sich auch seiner Bewunderung für den zarten alten Mann, der so oft mit einer ungewöhnlichen, aber meistens korrekten Einstellung an ein Problem heranging. Er seufzte noch einmal. «Nun, wir werden mit ihr weitermachen müssen. Wir können sie nicht laufenlassen. Ich sehe dazu überhaupt keine Möglichkeit. Wenn sie diesen unglücklichen jungen Mann umgebracht hat, muß es eine wahnsinnige Eifersuchtstat gewesen sein. Wenn sie eine aggressive Person ist – und wir haben jeden Grund, das anzunehmen –, könnte sie wieder gewalttätig werden, wenn die Umstände entsprechend sind. Sie könnte eifersüchtig auf den jungen Mann gewesen sein, weil er das Mädchen beeindruckte. Das Mädchen lebt noch. Wir wollen nicht, daß Mary van Krompen das Mädchen auch noch umbringt, nicht wahr?»

Grijpstra nickte.

«Sie stimmen mir zu, Adjudant?»

«Ich fürchte, ja», sagte Grijpstra. «Das Mädchen wird Mary verdächtigen, Tom Wernekink ermordet zu haben. Es könnte in dieser Hinsicht etwas äußern.»

«Ja», sagte de Gier.

Der Commissaris betrieb immer noch seine gymnastischen Übungen. Er hörte jetzt damit auf und sah seine Besucher an. «Vielen Dank für Ihre Zeit, meine Herren», sagte er leise.

4

De Gier fuhr jetzt schon zum viertenmal an dem Haus vorbei und hatte immer noch keinen Parkplatz gefunden. Der nicht besonders gekennzeichnete Volkswagen war selbstverständlich ein Polizeiauto, und er brauchte sich nicht zu sorgen wegen eines Strafmandats, aber er machte sich Sorgen über den ungeduldig hinter ihm hupenden großen Lastwagen.

«Ja», murmelte de Gier, «ich werde schon Platz machen, aber wo stelle ich den Wagen ab?»

Der Lastwagenfahrer hupte noch einmal. De Gier beschleunigte. «Zu Fuß gehen», sagte er laut. «Geh zu Fuß! Das wird dir guttun.»

Die Häuser drängten sich auf beiden Seiten des Deichs, und jedes freie Grundstück war eingezäunt. Er fuhr bis zum Ende des Deichs, wo die Straße breiter wurde, und blieb unter einem Parkverbotsschild stehen. Dann ging er zurück. Der Weg zu Fuß dauerte zehn Minuten. Er passierte Mary van Krompens Haus und begann zu zählen. «Hier», sagte er und blieb auf dem schmalen Bürgersteig stehen. Das Haus sah guterhalten aus, eine zweigeschossige Villa, dunkelgrün gestrichen.

«Der gestiefelte Kater», murmelte de Gier. Mehr wußte er nicht. Ein Freund von Thomas Wernekink. Der einzige Besucher, der je in Wernekinks Haus gesehen wurde. Bis jetzt waren die Menschen am Deich keine große Hilfe gewesen. Auch Mary hatte ihnen nicht viel gesagt, nicht einmal beim dritten Verhör. Der Commissaris würde in diesem Augenblick wieder mit ihr sprechen, aber sie würde sich nur wiederholen: «Nein, ich habe ihn nicht umgebracht.»

Evelien Dapper hatte ihnen ebenfalls nicht viel gesagt. Dieser gestiefelte Kater würde irgendein seltsamer Typ sein, ein Mann, der immer Cordanzüge trägt. Ungewöhnliche Anzüge. Goldene oder violette oder andere eigenartige Farbtöne. Er trägt Stiefel, Schaftstiefel, stark glänzende. Langes schwarzes Haar und ein dichter Schnurrbart. Große braune Augen. Eine große Nase. Er wohnt bei seiner Freundin, einer schönen Frau. Mary behauptete, der Kater sei Geschäftsmann; Evelien wußte es nicht, oder es war ihr einerlei. Und de Gier kannte das Alter des Katers. Etwa vierzig, so alt wie de Gier selbst.

«Und da ist noch etwas, was ich weiß», sagte de Gier, als er noch einmal auf die Klingel drückte. «Er ist nicht zu Haus.» An der Tür war kein Namensschild. «Schade, daß Grijpstra nicht hier ist», dachte de Gier, aber der war in Rotterdam, um Wernekinks Vergangenheit zu überprüfen. Das Präsidium hatte zu wenige Kriminalbeamte. Die Leiche im Kanal und die im Park hatten sich als verworrene Fälle erwiesen, bei denen die Möglichkeit von Verbrechen nicht ignoriert werden konnte; Geurts und Sietsema und sogar der junge Cardozo – der neue Kriminalbeamte, der zur Mordkommission versetzt worden war – suchten also herum, schnüffelten nach Spuren und Verbindungen.

De Gier fluchte. Er hatte die Berichte über die beiden Leichen gelesen und das sichere Gefühl, daß es dabei keine Verbrechen gegeben hatte. Das tote Mädchen im Park würde ein gewöhnlicher Heroinfall sein, umgebracht durch die eigene Injektionsnadel. Die alte Dame, die im Kanal trieb, war gewiß hineingefallen. Sie war volltrunken gewesen. Vielleicht hatte man sie hineingestoßen. Aber warum sollte man eine betrunkene alte Frau stoßen, die von selbst in den Kanal fallen würde, wenn man sie lange genug allein ließ? Sie war in einer Reihe billiger Kneipen gut bekannt gewesen. Und das Mädchen mit den Nadelstichen an den Armen war ebenfalls bekannt.

Vielleicht ist dieser Kater wahnsinnig, dachte de Gier. Vielleicht kommt er aus dem Haus gestürzt und feuert einen alten Vorderlader ab. Wenn er sich so kleidet, könnte er auch in anderer Hinsicht verrückt sein. Und jeder, der an diesem verrückten Deich wohnt, weiß, daß ich Polizist bin. Man hat den Kater vermutlich gewarnt. Ich bin seit einer halben Stunde mit dem VW hin und her gefahren, und alle wissen, daß die Polizei Volkswagen benutzt; es ist höchste Zeit, daß wir unseren Geschmack ändern. Die sollten uns Porsche geben, wie sie die Reichspolizei auf den Autobahnen fährt, oder Ferrari. Ein Ferrari wäre genau der richtige Wagen, um damit herumzurasen. Sie sind klein und schnell und sehen gut aus und . . .

Die Tür wurde geöffnet. «Ja?» fragte die schöne Frau.

Wunderschön, dachte de Gier. Allmächtige gottverdammte Scheiße, ist die schön, dachte er nur. Die Definition war unvermeidlich. Sie war wirklich wunderschön.

«Guten Morgen, Mevrouw», sagte de Gier. «Ich bin Polizist. Darf ich eintreten?»

«Selbstverständlich», sagte die Frau. «Sie brauchen kein Polizist zu sein, um hereinzukommen. Kommen Sie auf alle Fälle rein – und wenn es nur zu Ihrer eigenen Sicherheit ist. Der Bürgersteig ist gefährlich. Hier werden immerzu Leute von Motorrädern angefahren. Diese Menschen haben keinen Verstand. Sie rasen herum und fahren über den Fußweg, wenn ihnen ein Auto oder ein anderes Hindernis den Weg versperrt. Ich hasse sie. Kommen Sie.»

Sie ging vor ihm in dem schmalen Korridor, und de Gier wiederholte seinen ersten Gedanken, aber es war noch etwas dazugekommen. Er hatte die Größe der Frau bemerkt. De Gier war etwas über einsachtzig, aber die Frau war größer. Vielleicht einsachtundachtzig.

Das macht nichts, dachte de Gier. Die Proportionen stimmen. Das macht überhaupt nichts. Er bemerkte den strammen Hintern, der durch die gutsitzende Hose und die wohlgestalteten nackten Füße betont wurde. Er sah auch das lange dunkelbraune Haar, das ihr über den Rücken fiel.

«Hier hinein», sagte die Frau, «dies ist unser bestes Zimmer. Es hat einen Blick auf den Fluß. Sie kommen gerade zur rechten Zeit zum Kaffee. Sind Sie wegen des Todes des armen Mannes am Deich gekommen?»

«Ja, Mevrouw.»

«Ich heiße Ursula», sagte die Frau. «Ursula Herkulanowna. Ich bin Russin. Sie können mich Ursula nennen. Wie ist Ihr Name?»

«De Gier.»

Sie verzog das Gesicht. Der große, sinnliche Mund schmollte. «Bah, ich hasse Namen, die mit einem G anfangen. Ihr sprecht sie so schrecklich aus, als hättet ihr eine lebende Fliege im Hals. Wie ist Ihr Vorname?»

«Rinus.»

Der Mund schmollte immer noch.

«‹Rinus› gefällt Ihnen auch nicht?»

«Nein», sagte sie.

«Sie können mich Brigadier nennen», sagte de Gier hoffnungsvoll.

«Brigadier?» fragte Ursula. «Mehr sind Sie nicht? Mein Großvater war Oberst des Zaren.»

«Mehr bin ich nicht – nur Brigadier», sagte de Gier. «Brigadier Rinus de Gier.»

«Macht nichts», sagte Ursula. «Sie bekommen Ihren Kaffee trotzdem, Brigadier. Ich werde mich nie an dieses Land gewöhnen. Ich glaube, die unteren Dienstgrade sind wichtig hier. Vor einigen Tagen war ein Mann hier; er sagte, er sei Sekretär, aber er kam vom Finanzamt und drohte, das Haus und den Wagen und alles andere zu beschlagnahmen, das dem Kater und mir gehört, weil wir irgendeinem Beamten keine zweieinhalb Cent bezahlt haben. Außerdem war er sehr nett.»

«Der Sekretär?» fragte de Gier.

«Ja. Ein großer Mann. Er sagte, es macht ihm Spaß, auf dem Fluß zu rudern. Tun Sie das auch, Brigadier?»

«Nein», sagte de Gier mit fester Stimme.

«Aber Sie betreiben doch sicherlich irgendeinen Sport?»

«Nein», sagte de Gier, «ich füttere nur meinen Kater und begieße die Pflanzen auf meinem Balkon.»

Ursula lachte, ein volles, kehliges Lachen. Sie stand ganz nahe bei de Gier und beugte sich plötzlich vor und berührte flüchtig seine Wange mit ihren Lippen. «Du gefällst mir, Brigadier. Du gibst nicht an. Dieser Ruderer hat hier stundenlang gesessen und mir alles über sich erzählt. Ein Rudermeister. Ich konnte ihn nicht loswerden. Er sah hübsch aus mit seinen breiten Schultern, den schmalen Hüften und dem starken Gesicht, aber er langweilte mich zu Tode. Der Kater war ebenfalls bestürzt, als er kam und den Clown im Haus vorfand. Er gab ihm seine paar Cent und wies ihm die Tür.»

«Ist der Kater nicht da?» fragte de Gier.

«Nein. Ich sollte ihn übrigens abholen. Er ist irgendwo in der Stadt und hat seinen Wagen nicht mit, aber das eilt nicht. Setz dich und rauch 'ne Zigarette und schau nach den Booten auf dem Fluß. Ich werde den Kaffee holen. Ich hab auch Kuchen. Was für Kuchen magst du?»

«Schlagsahne und Ananas», sagte de Gier.

«Das kommt oben auf den Kuchen; ich habe nur Kuchen.»

«Bitte keinen Kuchen», sagte de Gier und starrte, als Ursula aus dem Zimmer glitt. Sie glitt, dachte de Gier und steckte eine Zigarette an. Seine Hand zitterte ein wenig; er spürte in seinem Rückenmark noch die Nachwirkungen der leichten Lippenberührung. Sie ging nicht, sie glitt, sann er vor sich hin. Die Mädchen auf dem Bildschirm von Grijpstras Fernsehgerät tun das, aber sie sehen immer lächerlich aus – diese Frau sieht sehr elegant aus, wenn sie sich bewegt. Und hast du ihre Brüste gesehen?

Er schaute zum Fenster hinaus, ohne das alte Segelboot zu sehen, das stromaufwärts lavierte. Das Boot sah eindrucksvoll unter vollem Zeug aus, Großsegel, Fock und Klüver. De Gier liebte Boote; er konnte sie stundenlang beobachten, aber dies Boot sah er nicht, obwohl es nahe am Fenster vorbeifuhr.

Ja, sagte er zu sich selbst, ich habe ihre Brüste gesehen. Männer schwärmen für Brüste. Selbstverständlich hab ich sie gesehen. Und ihre Schultern. Aber alles an ihr ist vollkommen. Auch ihre Hände.

Er spitzte die Lippen und stieß die ganze Luft aus den Lungen. Es war ein Trick, den ihm die Judolehrer in der Turnhalle der Polizei beigebracht hatten. Wenn du fällst oder plötzlich gestoßen wirst oder dich in einer unerwarteten und schwierigen Lage befindest, atme aus. Dann atme langsam wieder ein. Schüttle den Kopf. Fang von vorn an. Er schüttelte den Kopf. Er befand sich wirklich in einer plötzlichen und schwierigen Lage. Er war nicht auf Ursula vorbereitet gewesen.

Ursula, dachte de Gier und runzelte die Stirn. Er hatte vor langer Zeit eine Ursula gekannt, als er noch zur Schule ging. Ein untersetztes kleines Wesen mit einem leichten Schnurrbart und Pickeln. Ein Mädchen, das immer die besten Zensuren erhielt. Er würde sich an diese neue Gedankenverbindung gewöhnen müssen. Ursula war ebenfalls ein kräftiges Mädchen gewesen, das er von ganzem Herzen gehaßt hatte.

Die Atemübung machte seinen Verstand frei, so daß er jetzt die Möglichkeit hatte, seine Umgebung zu mustern. Das Zimmer war gut geschnitten und hübsch eingerichtet. Steinfliesen, weiße Stuckwände, ein modernes Ölgemälde, das zwei kleine Jungen zeigte, die anscheinend in einer Wüste mit Murmeln spielten. Viele blühende Pflanzen, darunter einige zarte – sie erinnerten ihn an Bilder von einer Lichtung im Tropenwald. Orchideen. Ihm fiel ein, daß Orchideen viel Pflege brauchen. Vielleicht kümmerte Ursula sich um die Pflanzen, oder würde das der geheimnisvolle Kater tun? Er sah sich um nach Fotos, aber es gab keine. Seltsam, dachte er, jeder stellt Fotos in Silberrahmen auf das Klavier. Aber da war auch kein Klavier. Die Möbel waren schwer, drei Sessel, die um das Fenster gruppiert waren, große, bequeme Sessel mit übermäßig vielen Kissen. Ein Eßtisch war an die Wand geschoben worden. Er bewunderte einen feinen, verschlungen gemusterten Perserteppich, der den halben Fußboden bedeckte, als Ursula mit einem Tablett zurückkam.

«Hier», sagte sie, «Ananas mit Schlagsahne.»

«Ich habe nur Spaß gemacht», sagte de Gier.

«Du willst das nicht essen? Ich hab die Sahne extra für dich geschlagen und eine Dose aufgemacht.»

«Selbstverständlich esse ich das», sagte de Gier und kratzte sich den Hintern. «Vielen Dank. Sehr nett von dir.»

«He», sagte Ursula.

«Ja, bitte?»

«Du kratzt dir den Hintern», sagte Ursula. «Tust du das immer? Welch ekelhafte Angewohnheit!»

De Gier hörte auf zu kratzen und errötete. Ursula kicherte. «Du mußt dir nichts daraus machen, was ich sage. Geh, iß deine Sahne. Ich werde zusehen. Ich mache eine Diät.»

De Gier begann zu essen, schloß die Augen bei jedem Löffel und brummte vor Wonne. «Herrlich», murmelte er. «Köstlich. Absolut köstlich. Das ist die beste Schlagsahne, die ich je gegessen habe, und die Ananas schmeckt, als wäre sie vor einer Stunde gepflückt worden.»

«Hör auf», sagte Ursula und beobachtete ihn genau.

Aber de Gier hörte nicht auf, und als er den Teller halb leer hatte, schrie Ursula und riß ihn ihm aus der Hand. «Du machst mich verrückt», sagte sie und verschlang, was er übriggelassen hatte.

De Gier grinste.

«Du bist schlimm», sagte Ursula und öffnete die Augen, bis sie über den hohen Wangenknochen funkelten. «Kannst du dir vorstellen, wie ich aussehe, wenn ich fett werde? Ich bin schon enorm, und mit Fett auf den Knochen, schrecklicher gelber Schmiere, werde ich ein Fleischpudding sein. Möchtest du, daß ich ein riesiger Pudding werde? Möchtest du das?» Die letzten Worte schrie sie ihm fast entgegen.

«Nein», sagte de Gier fröhlich, «und du solltest dir um deine Figur keine Sorgen machen. Du bist selbstverständlich groß, aber du siehst gut aus.»

Sie setzte den Teller klappernd ab. «Was ist los mit dir?»

«Nichts. Warum?»

«Mach nicht so ein unschuldiges Gesicht», sagte Ursula. «Du bist ziemlich eklig, weißt du. Entweder schmeicheln mir die Männer oder sie laufen weg. Du tust weder das eine noch das andere. Was willst du eigentlich?»

«Ich möchte deinen Mann sehen», sagte de Gier, «um ihm ein paar Fragen zu stellen. Wir untersuchen den Tod von Tom Wernekink und haben erfahren, daß dein Ehemann ihn hin und wieder besucht hat.»

«Ehemann?»

«Der Kater», sagte de Gier.

«Der Kater ist nicht mein Ehemann. Ich lebe mit ihm zusammen oder er mit mir. Mein Mann ist in Australien; er ist ein blöder kleiner

Kerl, und ich laß mich von ihm scheiden.»

«Erzähl», sagte de Gier und nippte an seinem Kaffee.

«Was soll ich dir erzählen?»

«Irgendwas. Daß du Russin bist und über Australien und über deinen Großvater, den russischen Offizier, und wie es kommt, daß du so gut Holländisch sprichst, und über den Kater und über Tom Wernekink. Irgendwas. Ich verstehe nichts, weißt du.»

«Ah», sagte sie, streckte sich auf einem Sessel aus und legte die nackten Füße auf den Tisch. «Der Polizist ist neugierig. Oder bist *du* neugierig?»

«Beide.»

«Also gut. Mein Vater wurde in Shanghai geboren, nachdem mein Großvater vor den schrecklichen Kommunisten geflohen war. Mein Vater heiratete meine Mutter, eine Holländerin. Dann mußten sie aus Shanghai fliehen, weil die schrecklichen Kommunisten kamen. Wir gingen nach Australien oder vielmehr sie, denn ich war noch nicht geboren. Dann wurde ich geboren. Ich wuchs in Australien auf und lernte den kleinen Mann kennen, der mich heiratete. Und dann kam der Kater in irgendwelchen Geschäften und erzählte mir von Amsterdam. Es hörte sich alles so romantisch an, und schließlich bin ich halbe Niederländerin; also nahm ich meinen Paß und einen Koffer und schlich mich aus dem Haus, um dem Kater zu folgen. Und hier bin ich. Ich bin jetzt seit Jahren hier, seit fünf Jahren, glaube ich.»

«Und dein Name ist Herkulanowna?»

«Der meines Vaters. Ich werde immer noch Mrs. Graham genannt, vermute ich, aber ich versuche, den Namen zu vergessen. Ich denke, ich werde bald geschieden sein.»

«Und dann wirst du den Kater heiraten.»

Sie sprang auf. «Nie. Ich werde nie wieder heiraten.»

«Magst du den Kater nicht?»

Sie setzte sich und aß den Rest der Ananas mit Schlagsahne. «Doch, ich mag ihn. Aber ich spiele Flöte; ich möchte reisen und Flöte spielen und will nicht, daß mir der Kater immer nachläuft.»

«Zeig mir die Flöte», sagte de Gier.

«Warum?»

«Ich spiele auch Flöte», sagte de Gier.

«Spielst du gut?»

«Nein. Ich spiele ein wenig Barockmusik, aber meistens improvisiere ich mit meinem Kollegen, mit Adjudant Grijpstra. Er hat einige

Trommeln in unserem Büro; er schlägt drauf, und ich bringe hin und wieder einen Triller an.»

Sie lachte. «Wie hübsch. Trommeln? Richtige Trommeln?»

«Ein ganzes Schlagzeug. Jemand hat es vor Jahren in unserem Büro abgestellt, und wir haben es nicht wieder hergegeben. Grijpstra hat als junger Mann Schlagzeug gespielt und wieder angefangen zu üben, selbstverständlich sehr leise, um die Leute in den Nebenzimmern nicht zu stören. Dann fiel mir ein, daß ich früher Flöte gespielt habe; ich habe sie wiedergefunden, und jetzt musizieren wir zusammen.»

«Wie wunderschön», sagte Ursula mit damenhaftem Ton, «wie wunder-wunderschön. Du mußt mal an einem Abend kommen und mit mir musizieren. Dem Kater wird es nicht gefallen, aber wir werden ihn wegschicken.»

«Ja», sagte de Gier, «zeig deine Flöte mal her.»

Sie holte einen schwarzen Lederkasten. De Gier nahm die Flöte heraus und setzte sie vorsichtig zusammen.

«Laß mal hören. Spiel», sagte Ursula.

«Sie ist viel größer als meine», sagte de Gier und machte seine Finger mit dem Instrument vertraut. Der erste Ton schwankte, aber der zweite war viel stärker.

«Kannst du Noten lesen?»

«Ja», sagte de Gier.

«Versuch dies.» Sie legte ein Notenblatt auf den Tisch.

De Gier kannte das Stück. Er schüttelte den Kopf. «Zu schwierig, vor allem auf einem Instrument, das ich nicht kenne.»

De Gier nahm die kleine Flöte heraus, die er in seiner Innentasche hatte. Ursula nahm ihm die Flöte aus der Hand und legte sie auf ihre Handfläche.

«Sehr schön», sagte sie. «Diese Pikkolos sind teuer. Ich wollte mir mal eine kaufen, aber der Kater hatte nicht genug Geld bei sich. Er wird mir später eine kaufen, sagte er. Laß hören, wie sie klingt.»

De Gier blies einen langen, durchdringenden Ton und spielte dann die Noten vom Blatt. Er hätte fast aufgehört, als Ursulas Flöte einstimmte. Der allererste Ton war so rund und voll und vollkommen, daß er vor seinen eigenen schrillen Tönen zurückscheute, aber er schaute auf und sah die Anerkennung in ihren Augen, so daß er tapfer weitermachte und die Versuchung unterdrückte, seinen Stil zu ändern. Bald ruhte sein bebendes Lied auf der Unterlage eines fließenden, geläufigen Klangs, bis er sich wie ein Tauchvogel fühlte, der über der ruhigen Oberfläche von Ursulas Musik flog und darin eintauchte. Sie hatten jetzt die Noten auf dem Blatt vergessen und spielten ihre eigene Melodie, die sie einfach gestalteten, wobei der eine die Fähigkeiten des anderen erspürte.

«Vivaldi hätte das gefallen», sagte Ursula. «Du kennst Vivaldi?»

«Er ist Komponist», sagte de Gier, «mehr weiß ich nicht von ihm. Aus dem Barock. Ich habe einige seiner Stücke gespielt.»

«Er war Priester», sagte Ursula, «ein wilder Priester. Er unterrichtete Nonnen und hatte rotes Haar. Einige Kinder von Nonnen hatten ebenfalls rotes Haar.»

De Gier lächelte.

«Musik hat sehr viel Ähnlichkeit mit Sex, meinst du nicht auch?» Ursulas Augen glänzten. De Gier trat einen Schritt zurück.

«Ja, ja», sagte er. «Schade, daß mein Kollege Grijpstra nicht hier ist. Er hätte mitmachen können. Sein Trommeln ist jetzt manchmal sehr subtil.»

«Grijpstra», sagte Ursula. «Ich glaube, wir können heute ohne ihn und sein Schlagzeug auskommen. Jedenfalls müssen wir jetzt gehen. Bist du fertig?»

«Wohin gehen?»

«Willst du nicht den Kater sprechen? Ich muß ihn abholen, und du kannst fahren.»

«Mein Wagen ist am anderen Ende des Deichs», sagte de Gier. «Du wirst eine Weile warten müssen, bis ich ihn geholt habe.»

«Quatsch. Wir können meinen Wagen nehmen; er ist vor dem Haus geparkt.»

«Aber hast du nicht gesagt, daß ich fahren soll?»

«Ja», sagte Ursula. «Du fährst meinen Wagen. Ich habe meinen Führerschein erst vergangene Woche bekommen und fahre nicht gern.»

Das Auto stellte sich als ein Morris Minor heraus, nagelneu und hellrot. De Gier klemmte sich hinter das Steuer; Ursula rückte den anderen Sitz so weit wie möglich nach hinten.

«Ursula, Ursula, wo gehst du hin?» piepste eine schwache Stimme. De Gier öffnete die Tür, um festzustellen, woher die Worte kamen, und entdeckte an seiner Seite am Vorderrad ein Kind.

«Wer bist du?» fragte er den dreckigen kleinen Jungen, der immer wieder «Ursula» schrie, so laut er konnte.

«Liebling», sagte Ursula und stieg aus. Sie hob das Kind hoch und wiegte es in ihren Armen. «Mein Süßer, was hast du nur gemacht? Du bist wieder mal voller Dreck und Rotz.»

«Ist das deiner?» fragte de Gier.

«Nein. Er ist von den Nachbarn. Ist er nicht ein kleiner Liebling? Er ist noch nicht einmal vier Jahre alt, aber ein absolutes Genie. Nicht wahr, Süßer?» Sie küßte das Kind.

«Bah», sagte de Gier.

Ursula stieg wieder ein, das Kind kletterte über ihren Schoß und begann mit dem Schalthebel zu spielen. De Gier startete den Motor und legte den ersten Gang ein. Das Kind riß ihm den Schalthebel aus der Hand.

«Steck das Kind bitte auf den Rücksitz», sagte de Gier in angespanntem Ton. Ursula nahm den Jungen an sich. Als sich der Wagen in den Verkehr am Deich eingereiht hatte, machte sich das Kind schon wieder am Schalthebel zu schaffen und zwang de Gier, diesen festzuhalten. Als das Kind feststellte, daß der Hebel nicht nachgab, begann es an allem herumzufummeln, was ihm in die Finger kam, so daß die Scheinwerfer und Blinker an und aus gingen.

«Scheiße», sagte de Gier.

«Sei nicht so erbärmlich», sagte Ursula. «Er ist ein kleiner Schatz. Ich werde ihn festhalten. Fahr du nur.»

«Wohin wollen wir?»

Sie nannte ihm eine Adresse an der anderen Seite der Stadt. De Gier warf einen Blick auf das Armaturenbrett. «Wir haben fast kein Benzin mehr. Schau mal, das rote Lämpchen, das immerzu blinkt – das muß irgendeine Warnlampe sein.»

«Unsinn. Ich bin sicher, der Kater hat gestern vollgetankt; diese Anzeiger funktionieren nie in neuen Wagen.»

Ihnen ging im Tunnel das Benzin aus, und de Gier schwitzte, als die Warnlampen im Tunnel aufleuchteten. Eine Sirene heulte auf, und ein Abschleppwagen kam kreischend heran.

«Kein Benzin mehr», sagte de Gier zu dem Fahrer.

«Sie sind ganz schön dumm, wie?» sagte der Fahrer. «Das kostet Sie vierzig Gulden. Bitte im voraus zahlen.»

De Gier zeigte seinen Polizeiausweis.

Der Fahrer beugte sich hinab und flüsterte de Gier ins Ohr: «Hören Sie, Ihre Frau und Ihr Kind sind im Wagen, also sind Sie nicht im Dienst. Man hat uns gesagt, daß wir solche Fälle melden sollen. Ich habe Ihren Ausweis nicht gesehen; zahlen Sie, dann werde ich es vergessen.»

«Ich bin im Dienst», sagte de Gier hitzig.

Der Mann seufzte und nahm ein Notizbuch und einen Kugelschreiber zur Hand. «Name, Dienstgrad und Polizeirevier», sagte er.

«De Gier, Brigadier, Polizeipräsidium.»

«Junge, Junge», sagte der Fahrer, «diese ganze Mühe wegen vierzig Gulden. Ich bin froh, daß ich nicht in Ihrer Haut stecke. Sind Sie sicher, daß Sie nicht zahlen wollen? Wenn Sie es nicht in bar haben, nehme ich auch einen Scheck oder irgendeinen Wisch, und Sie zahlen später.»

De Gier schüttelte den Kopf.

«Gut», sagte der Fahrer, machte ein finsteres Gesicht und befestigte vorn am Morris einen Abschlepphaken. Sie wurden auf dem Parkplatz am Ende des Tunnels abgestellt. Der Fahrer löste den Haken und ging zu seinem Wagen.

«He», rief de Gier, «ich hab kein Benzin; lassen Sie mich nicht hier stehen. Schleppen Sie mich bis zur Tankstelle dort hinten.»

Der Mann drehte sich nicht einmal um.

«Er ist blöd, nicht?» sagte das Kind zu Ursula.

«Pst.»

«Warum kann er nicht fahren? Du kannst dies Auto fahren, nicht?»

«Pst.»

«Hast du einen Kanister im Wagen?» fragte de Gier und bemühte sich, seine Stimme unter Kontrolle zu halten.

«Nein.»

«Ich bin bald zurück.»

De Gier ging. Die Tankstelle war weiter entfernt, als er gedacht hatte. Als er dort eintraf, waren die Tankwarte beschäftigt, so daß er warten mußte.

«Ja?» fragte schließlich ein Tankwart.

«Mir ist das Benzin ausgegangen», sagte de Gier. «Können Sie mir einen Kanister leihen und fünf oder sechs Liter verkaufen?»

«Mann», sagte der Tankwart. «Bitte! Wir haben keine Kanister und sind in Druck. Auf mich warten drei Wagen – wir sind in der Hauptverkehrszeit.»

«Bitte», sagte de Gier.

«Tut mir leid.»

«Schauen Sie», sagte de Gier und legte dem Mann die Hand auf die Schulter. «Schauen Sie mal nach dort drüben. Sehen Sie den kleinen roten Wagen und die Dame und das Kind daneben? Das sind mein Wagen, meine Frau und mein Kind. Wir sitzen fest. Das Kind muß nach Hause, um etwas zu essen. Es schreit. Sie müssen mir helfen.»

«Ich habe einen Behälter ohne Griff», sagte der Mann.

«Irgendwas genügt.»

«Lassen Sie mich zuerst diese drei Wagen abfertigen.»

De Gier wartete. Der zweite Wagen wollte auch noch Öl. Der dritte wollte Öl, die Scheiben gewaschen und den Reifendruck geprüft haben. Der Tankwart kriegte im voraus ein dickes Trinkgeld und brauchte volle sieben Minuten. Der Behälter hatte ein unhandliches Format, und de Gier hatte Mühe, ihn zu tragen. Es war heiß, die Jacke klebte ihm am Rücken. Er trug den Behälter auf dem Rücken, das Benzin schwappte über.

«Du bist langsam, nicht?» fragte das Kind.

«Sei nett zum Onkel», sagte Ursula. «Er hilft uns.»

«Er kann nicht fahren.»

«Ich kann nicht fahren», sagte de Gier.

«Dein Vater mußte weit laufen, nicht wahr?» sagte der Tankwart zu dem Kind, als sie anhielten, um den Behälter zurückzubringen und vollzutanken.

«Er ist nicht mein Vater», sagte das Kind. «Er ist mein Onkel und kann nicht fahren.»

Der Tankwart zog die Augenbrauen hoch und sah de Gier an, der die Achseln zuckte. «Möchte Ihre Frau eine Sonnenbrille?» fragte der Tankwart. «Wir verschenken sie heute. Jeder zehnte Wagen bekommt eine.»

«Frau?» fragte Ursula.

«Nein, danke», sagte de Gier und sah Ursula an. «Die Rechnung macht fünfundzwanzig Gulden.»

«Ich habe meine Handtasche nicht mit», flüsterte Ursula.

De Gier bezahlte.

Der Verkehr war sehr dicht, eine Reihe von Unfällen hatte die Straßen verstopft. Sie warteten an Ampeln, deren Licht umsprang, ohne daß sich die endlosen Schlangen von Personenautos, Bussen und Lastwagen an den Kreuzungen rührten. Es wurde heiß im Wagen, das Kind jammerte. Es wollte trinken und auf die Toilette. De Gier verließ die Schlange und parkte den Morris auf dem Bürgersteig. Er gab

Ursula etwas Geld, und sie ging mit dem Kind in ein Café. Ein uniformierter Polizist blieb stehen und begann, eine gebührenpflichtige Verwarnung auszufüllen. De Gier zeigte seinen Ausweis.

«Bist du im Dienst, Brigadier?»

«Ja.»

«Bestimmt?»

«Ja.»

Ursula kam mit dem Kind zurück. Als ihr der Polizist die Tür öffnete, beugte er sich herunter und flüsterte de Gier zu: «Du bist ganz sicher, nicht wahr, Brigadier?»

«Ja.»

«Das sind nicht deine Frau und dein Kind?»

«Nein.»

«Verdächtige in einem Mordfall?»

«Ja.»

«Wir sind aufgefordert worden, solche Vorkommnisse zu melden, Brigadier.»

«Tu's nur.»

«Das werde ich nicht tun», sagte der Polizist und ging weg.

De Gier schwitzte. Er schwitzte immer noch, als sie auf die Schnellstraße kamen und nach Süden brausten. Das Kind war auf dem Rücksitz eingeschlafen. Ursulas Hand lag auf de Giers Oberschenkel.

«Brigadier», sagte Ursula mit tiefer Stimme, «ich bin unglücklich.»

De Gier antwortete nicht. Er versuchte, sich auf den Verkehr zu konzentrieren; seine Hände, die das kleine Steuerrad hielten, waren feucht.

«Weißt du warum?»

«Der Kater langweilt mich. Das Haus wird jeden Tag kleiner. Ich will raus; ich möchte wegfliegen. Wo wohnst du, Brigadier?»

«Nicht weit von hier», sagte de Gier und zeigte unbestimmt nach vorn.

«Laß uns hinfahren.»

«Mit dem Kind?»

«Wir können ihm ein Spielzeug geben. Er ist ein nettes kleines Kerlchen.»

«Nein, nein», sagte de Gier.

Ursula sah zum Fenster hinaus. Sie sprach mit sich selbst. «Noch so ein ängstlicher kleiner Mann. Wie der Milchmann letzte Woche. Du hast ihn aufgefordert, und er hat sich nicht getraut. Ängstliche kleine

Männer können nichts für dich tun. Du wirst warten müssen. Eines Tages wird es kommen.»

«Was wird kommen?» fragte de Gier.

«Hast du gelauscht?»

«Du hast sehr laut geredet.»

«Der Knall», sagte Ursula, «der große Knallorgasmus. Ich habe davon gehört, aber nie einen erlebt. Der Kater hat zuviel zu tun; er ist ein Abenteurer, kein Geliebter. Ich will einen Geliebten. Du hast keinen Ring am Finger; bist du verheiratet, Brigadier?»

«Nein», sagte de Gier.

«Selbstverständlich hast du Mädchen», sagte Ursula traurig.

«Nein», sagte de Gier, «das ist es nicht.»

«Jungen?»

«Um Himmels willen», sagte de Gier.

«Also?»

«Der Kater», sagte de Gier. «Du lebst mit dem Mann zusammen, nicht wahr?»

«Hast du Angst vor dem Kater?» fragte Ursula. «Du kennst ihn ja nicht einmal. Er ist nicht eifersüchtig. Er hat zu tun. Manchmal sehe ich ihn für eine Woche nicht.»

«Nein», sagte de Gier. Das Benzin auf seiner Schulter war getrocknet, aber der Geruch hing noch im Wagen, und er war gereizter Stimmung. Das Kind hatte angefangen zu schnarchen, Speichel rann ihm über das Kinn. Ursula hatte sich ihr Haar zurechtgemacht, und er hatte den feuchten Fleck in ihrer Achselhöhle gesehen. Die Frau war immer noch schön – das sah er –, aber jetzt wollte er nur ein Bad und die Gesellschaft seines Katers Olivier und vielleicht ein Glas Eiskaffee. Nein. Der Gedanke an Kaffee verstärkte das Gefühl der Übelkeit in seinem Magen. Nur ein Bad und neben sich den ausgestreckten Olivier. Der Kater würde Verstand genug haben, ruhig zu sein. Ursula redete immer noch.

«Knallorgasmen. Du hältst das für blödes Gerede, nicht wahr? Du meinst, ich sein ein frustriertes Mädchen im Körper einer Frau. Vielleicht hast du recht. Aber bestimmt habe ich ein Recht . . .»

«Ja», sagte de Gier, «du hast deine Rechte. Wir sind da.» Sie waren an einem großen, modernen Lagerhaus angekommen. Auf dem Schild an der Tür stand «Sharif Electric».

Der Kater wartete in der Eingangshalle auf sie. Ursula machte die beiden Männer miteinander bekannt.

«De Gier. Städtische Polizei. Ursula hat mich gebeten, sie hierher zu fahren. Ich muß einige Fragen stellen.»

Der Kater sah aus, wie Evelien ihn beschrieben hatte. Er lächelte und gab de Gier die Hand.

«Mein Name ist Diets», sagte der Kater, «aber nennen Sie mich Kater, wie es alle tun. Manchmal muß ich schon selbst überlegen, wie ich heiße.»

«Hören Sie», sagte de Gier, «ich bin in Eile und muß gehen. Würde es Ihnen passen, mich heute nachmittag um halb fünf im Präsidium aufzusuchen?»

«Gewiß», sagte der Kater, «ich werde kommen. Worum geht's? Um Toms Tod?»

«Ja», sagte de Gier.

«Der arme Kerl. Ich weiß nicht, ob ich Ihnen etwas sagen kann, aber ich werde helfen, so gut ich kann. Tom war mein Freund.»

«Gut. Auf Wiedersehen, Ursula; vielen Dank für den Kaffee und für das Mitnehmen im Wagen.»

«Und für die Schlagsahne?» fragte Ursula.

«Und für die Schlagsahne.»

«Und für die Ananas?» fragte sie.

«Und für die Ananas.»

«Auf Wiedersehen, Onkel», sagte das Kind.

De Gier ging. Er hielt ein Polizeiauto an und bat, an einem Taxistand abgesetzt zu werden. Er nahm ein Taxi zum Deich, holte den VW und fuhr heim. Ihm blieb noch eine Stunde, um sich zu waschen und auf dem Bett auszuruhen.

Olivier begrüßte ihn an der Tür, indem er sich an seinem Bein aufrichtete. Die Krallen des Katers waren draußen, aber seine Gebärde war so langsam und sanft, daß de Gier nur ein leichtes Kratzen spürte. Oliviers Augen waren halb zu, und er knurrte. De Gier nahm ihn in die Arme und legte ihn auf den Rücken; der Kopf des Katers berührte seine Wange. Das Knurren ging in ein Schnurren über. Olivier streckte eine Vorderpfote aus und spreizte die Zehen, die alle in einer rasiermesserscharfen Kralle endeten, und berührte de Giers Nase mit dem pelzigen Bart darunter. «Vorsicht», sagte de Gier und wiegte den Kater. Die Pfote blieb auf seiner Nase, aber die Krallen waren in die Luft gestreckt.

«Olivier», sagte de Gier, «hättest du gern einen Knallorgasmus?» Der Kater schnurrte.

«Da ich dich hab kastrieren lassen, weißt du gar nicht, was das ist, nicht wahr? Erinnerst du dich? Vor jetzt vier Jahren? Wie du die Spritze bekommen hast und eingeschlafen bist und beim Aufwachen die Eier weg waren und der kleine Sack zugenäht war?»

Der Kater hörte auf zu schnurren, streckte sich, befreite sich mit einer Drehung und landete mit einem gedämpften Geräusch auf dem Fußboden.

«Nein, es hat nicht geschmerzt. Du warst nur schläfrig. Es tut mir leid, daß ich dir das angetan hab, glaub mir. Es tut mir sehr leid. Eine schreckliche Sache. Aber du bist immerzu durch die Wohnung gerast und hast dich an die Vorhänge gekrallt und geschrien und geheult. So hätte ich dich nicht behalten können. Vielleicht hätte ich dich nicht kaufen sollen. Vielleicht wärst du zu Leuten mit einem Garten und anderen Katzen und Vögeln gekommen, die man jagen kann.»

De Gier zog sich aus. «Ich werde duschen, den Gestank von meinem Körper entfernen. Benzin, bah. Benzin und Schweiß und Wagendünste und die Dünste von Ursula und der Gestank des Kindes. Ein schreckliches Kind. Bist du wütend, Olivier, daß du nichts von Orgasmen weißt?» Der Kater rollte sich auf den Rücken und kreischte.

«Kannst du nicht die Geräusche einer normalen Katze von dir geben? Oder bist du zu außergewöhnlich? Weil du ein Siamese bist? Weil dein Großvater aus dem Fernen Osten kam? Los, mach ein normales Geräusch.» Olivier kreischte noch einmal.

«Dann nicht. Ich werde duschen; komm mit und erzähl mir was.» Der Kater setzte sich auf die Schwelle und beobachtete de Gier unter der Dusche. Das heiße Wasser klatschte ihm in den Nacken, und er sang vor sich hin. Ein Lied über Ursula und ihre Schönheit.

Was wäre passiert, dachte de Gier, wenn ich sie mit nach Hause genommen hätte? Olivier hätte das schreckliche Kind bestimmt ermordet. Aber wenn das Kind nicht mitgekommen wäre? Hätte sie sich ausgezogen und mich vergewaltigt? Oder hätte sie sich auf das Bett sinken lassen und mich matt angesehen? Soll ich es irgendwann mal ausprobieren? Er stellte es sich vor und wurde erregt. Die Erregung ärgerte ihn, und er drehte den Hebel an der Dusche so, daß das Wasser plötzlich zu einer eisigen Peitsche wurde. Er sprang aus der Reichweite der Peitsche, aber er stellte sich wieder darunter und schrie und hüpfte auf und ab. Er drehte den Hahn zu und rubbelte sich trocken.

Der Kater kuschelte sich auf dem Bett an ihn. Ihm blieben noch dreißig Minuten; er stellte den Wecker und schlief sofort ein.

5

«Sie sind also der gestiefelte Kater», sagte der Commissaris. «Wir haben ein wenig über Sie gehört. Einfach über die Art, wie Sie sich kleiden, und daß Sie Tom Wernekink gelegentlich besucht haben.»

«Evelien Dapper hat es Ihnen gesagt, vermute ich», sagte der Kater, «das Mädchen, das bei Tom nebenan wohnt. Ich hab mit ihr gesprochen, aber sonst kenne ich sie kaum.»

Der Kater saß im Büro des Commissaris im Präsidium in einem Sessel, der für wichtige Besucher reserviert war. Obwohl das Präsidium der Amsterdamer Städtischen Polizei ein ziemlich modernes Gebäude war, war es dem Commissaris gelungen, in dem großen Zimmer mit der hohen Decke eine Atmosphäre des 17. Jahrhunderts zu schaffen. Die antiken Möbel waren sein Eigentum, aber die großen Porträts aus dem Goldenen Zeitalter, die die Wände zierten, gehörten der Polizei. Er hatte seinem Besucher eine Zigarre angeboten, und beide Männer saßen einander gegenüber und pafften vor sich hin; de Gier saß in achtungsvoller Entfernung lässig auf einem Sessel in der Ecke und rauchte eine selbstgedrehte Zigarette. Der Kater war pünktlich gewesen. Er wandte sich an de Gier. «Ich hoffe, Ursula hat Ihnen keine unnötigen Scherereien gemacht. Sie ist eine seltsame Frau. Sie hätte den Wagen selbst fahren können; sie hat einen Führerschein.»

«Ich kannte den Wagen nicht», sagte de Gier, «und das Kind war keine große Hilfe.»

«Das Kind!» sagte der Kater und lachte. «Ich hab ihm eine Ohrfeige gegeben, und danach war es ruhig.»

«Gut.»

«Worum geht's hier?» fragte der Commissaris.

«Mein Wagen ist in der Inspektion», sagte der Kater, «und ich habe meine Freundin Ursula gebeten, mich in der Stadt abzuholen, wo ich einige Geschäfte zu erledigen hatte. Ihr Brigadier wollte zu mir, und Ursula ließ ihn den Wagen fahren.»

«Und das Kind?»

«Das ist nicht meins. Irgendein ungezogener Balg, der am Deich wohnt. Seine Eltern kümmern sich nicht um ihn, also ist er immer auf der Straße. Wenn er jemand sieht, versucht er gewöhnlich, mitzugehen.»

«Ist das Kind nicht nett?»

«Nein», rief der Kater, «er ist ein richtiges Aas mit dem Verstand eines ausgewachsenen Genies. Er lernt eine Menge auf der Straße. Er ist jetzt vier Jahre alt, aber ich glaube, er weiß mehr als die meisten Kinder mit vierzehn. Und das Schlimme ist, er macht alles kaputt. Er wirft Fensterscheiben ein und klaut Radkappen von den Wagen und wirft sie in den Fluß; er stellt den Leuten ein Bein, und wenn er körperlich nichts anstellen kann, zieht er die Leute auf. Hat er Sie aufgezogen, Brigadier?»

«Ja.»

«Ja?» fragte der Commissaris amüsiert. «Und was hat er getan?»

«Im Tank war kein Benzin, so daß wir mitten im Tunnel unter dem Fluß stehenblieben. Er sagte zu mir, ich könne nicht fahren.»

«Aha», sagte der Commissaris. «Da war ein Anruf deswegen, das wollte ich dir noch sagen. Der Chef des Tunnels rief an und fragte, ob du heute im Dienst bist.»

«Ich hoffe, Sie haben ja gesagt», sagte de Gier mürrisch.

«Hab ich. Was gab's denn für Schwierigkeiten?»

«Der wollte mir nicht glauben und meinte, die Freundin vom Kater sei meine Frau und das Kind unser Sohn.»

«Neue Anordnungen», sagte der Commissaris. «Offenbar hat jemand zu oft mit dem Polizeiausweis herumgewedelt; es hat Beschwerden beim Hoofdcommissaris gegeben. Du mußt doch nicht zahlen, oder?»

«Nein, Mijnheer.»

«Genau wie ich es mir gedacht hab», sagte der Kater traurig. «Sie hat Ihnen also Scherereien gemacht. Ich bin sicher, sie hatte kein Geld und ließ Sie das Benzin bezahlen. Wieviel machte es, Brigadier?»

«Fünfundzwanzig.»

Der Kater holte eine dicke Brieftasche heraus und zog aus einem der Fächer einen Schein.

«Welches Geschäft betreiben Sie, Mijnheer . . .?» fragte der Commissaris.

«Nennen Sie mich einfach Kater, Commissaris, das tun alle.» Der Kater steckte die Brieftasche wieder ein und zwirbelte die Enden seines langen Schnurrbarts. «Ich mache in An- und Verkauf. Meistens überzähliges Zeugs, alles was die Leute loswerden wollen. Ich habe ein Lager in der Stadt, das im Augenblick voller Teppichfliesen ist – ich habe sie von der Sharif Electric gekauft, wo Ihr Brigadier mich heute gefunden hat. Die hatten eine Ausstellung und mußten ein paar Quadratkilometer Teppichboden kaufen, aber jetzt brauchen sie ihn nicht mehr und haben ihn mir weiterverkauft.»

«Für bares Geld?»

«Immer für Bargeld. Nur so kann man kaufen. Niemand widersteht Geldscheinen. Die Brieftasche und dies Kostüm sind Geschäftstricks.»

«Kostüm?»

«Ja», sagte der Kater. «Ich weiß, daß ich mich verrückt kleide, aber das gibt mir das richtige Image. Niemand vergißt mich, der mich einmal gesehen hat. Ich gebe ihm meine Karte mit Foto, Adresse und Telefonnummer, und wenn es etwas zu verkaufen gibt, bekomme ich gewöhnlich die erste Chance. Ich mache Witze und wedele mit der Brieftasche und bekomme die Waren.»

«Sie sehen lustig aus», sagte der Commissaris, «aber nicht wie ein Hippie, ein Provo oder Protestler.»

«Nein. Ich habe keinen Streit mit der Welt. Selbstverständlich ist die Welt in Unordnung; jeder, der sehen und denken kann, weiß, daß sie in Unordnung ist. Sie ist nicht die richtige Stätte, und wir tun das Falsche. Aber mir macht's nichts aus. Ich bin kein Kämpfer; ich bin Käufer und Verkäufer. Ich mach meinen Gewinn und gebe einiges davon aus.»

«An wen verkaufen Sie?»

«Die Leute kommen zu mir. Die Händler von den Straßenmärkten und den Gebrauchtwarenläden und den Diskontgeschäften. Ich habe eine Frau im Lager, und sie kennt die Preise. Gewöhnlich bin auch ich dort, wenn ich nicht Urlaub mache. Ich verreise oft irgendwohin, und meistens gelingt es mir, dort ebenfalls etwas zu kaufen. Die Welt ist voll mit Waren; es ist ein Wunder, daß sie sich noch dreht bei all dem Gewicht, das an ihr hängt.»

«Und Ursula ist Ihre Freundin?»

Der Kater nickte. «Ja. Ich hab sie in Australien gefunden, und sie wollte nach Amsterdam; sie ist halb Holländerin und halb Russin.»

«Und sie ist schön», sagte de Gier.

Der Kater lächelte. «Ja, nicht wahr? Aber sie ist auch verrückt. Hat sie versucht, Sie herumzukriegen?»

De Gier machte ein dummes Gesicht. Der Commissaris lächelte. «Ich hoffe, es ist ihr nicht gelungen, de Gier.»

«Nein, Mijnheer.»

«Braver Bursche.»

«Sie sagt immer, sie wolle mich verlassen», sagte der Kater, «aber bis jetzt hat sie es noch nicht getan. Es steht ihr frei zu tun, was sie will. Ich sammle nichts. Mein Haus ist wie mein Warenlager: seine Inhalte kommen und gehen.»

«Sie wollen sie loswerden?» fragte de Gier.

«Nein. Wenn sie bleibt, dann bleibt sie. Ich mag sie, und sie ist kein unnützer Typ. Sie ist eine gute Musikerin und spielt manchmal in der Stadt. Vielleicht wird sie zu einer Tournee eingeladen, und dann wird sie möglicherweise gehen. Sie muß andere Männer kennenlernen, Männer, die mit ihr umgehen können. Vielleicht könnten Sie mit ihr fertig werden.» Er sah de Gier an, als schätze er ihn ab. De Gier fühlte sich unbehaglich; die großen braunen Augen schienen seinen Schädel zu durchdringen. Der Mann war bestimmt eine starke Persönlichkeit. Der Kater sah majestätisch aus, wie er jetzt aufgerichtet dort saß, die breiten Schultern leicht abfallend, der große Kopf mit der Haarmähne erhoben, die ungestüme Nase auf de Giers Stirn gerichtet. Und er war überhaupt nicht komisch gekleidet. Der goldene Samtanzug saß gut auf dem großen Körper, die Stiefel waren elegant und glänzten. De Gier bemerkte einen dicken Goldring am linken Ohrläppchen des Katers. Vor ein paar hundert Jahren wäre es leicht gewesen, den Kater einzuordnen: als edlen Piraten oder Wegelagerer, der ein Schwert mit edelsteinbesetztem Griff trägt. Ein tapferer Mann, ein ritterlicher Mann.

Ein unmoralischer Mann, dachte der Commissaris. Ein Profitgeier, aber vielleicht mit einem Ehrenkodex. Kein Mann, der einen Freund oder seine eigenen Leute an einen Feind verraten würde, aber dennoch . . . «Ist Ihr Geschäft offiziell registriert, Mijnheer?» fragte der Commissaris.

Der Kater wandte den Blick von de Gier ab und fixierte den Commissaris; seine Augen waren jetzt freundlich, er sprach langsam und affektiert. «Jawohl, Mijnheer. Handelsgesellschaft Diets, seit 1945 registriert. Mein Vater hat das Geschäft gegründet; er hat mit Haarcreme und Perücken und Kämmen gehandelt – mit solchen Artikeln. Ich habe immer noch einen kleinen Handel in dieser Branche, aber mein Talent liegt auf einem anderen Gebiet: ich kaufe gern alles, was billig aussieht.»

«Nun zu Tom Wernekink», sagte der Commissaris. «Wir können Kaffee trinken, während Sie uns etwas über Ihren Freund erzählen. De Gier, du kannst den Kaffee einschenken; er steht dort drüben auf dem Tablett.»

«Er war einfach ein Freund», sagte der Kater im gleichen schleppenden und affektierten Ton. «Ich sah, wie er am Deich ankam und half ihm beim Ausladen der Möbel. Er interessierte mich. Wir tranken Bier, nachdem wir das Zeug ins Haus gebracht hatten, und ich bin dann öfter zu ihm gegangen. Er war ein merkwürdiger Mann, wissen Sie. Es tut mir wirklich leid, daß sie ihn erwischt haben; mir gefallen merkwürdige Menschen; es gibt nicht viele, nicht einmal in Amsterdam, das die Irrenanstalt der Niederlande ist.»

«*Sie* haben ihn erwischt?» fragte der Commissaris.

Der Kater zuckte die Achseln. «Irgendeiner ist es gewesen, nicht wahr? Oder eine? Haben Sie nicht diese van Krompen eingesperrt? Sie hat nicht gestanden, nicht wahr, sonst wäre ich jetzt nicht hier.»

«Sie glauben nicht, daß sie es getan hat?»

«Ich weiß nicht. In der Zeitung stand, Tom sei aus einer bestimmten Entfernung zwischen die Augen getroffen worden. Mary ist eine ausgezeichnete Schützin, also könnte sie es getan haben. Die Leute am Deich glauben das nicht. Die wollen übrigens, daß sie wiederkommt; sie ist beliebt. Wir hatten vor einigen Monaten ein Straßenfest, das sie organisiert hat. Ich glaube, sie hat einigen Leuten geholfen, die etwas brauchten. Ja, sie wollen, daß sie wiederkommt. Sie haben ihr Sachen ins Polizeirevier geschickt, Kuchen und Zeitungen und Zigaretten. Sie haben ihr die Sachen ja wohl zukommen lassen, nicht wahr?»

«Gewiß», sagte der Commissaris, «aber es war nicht nötig; wir kümmern uns um sie. Aber es ist selbstverständlich gut, Freunde zu haben; sie freut sich über die Geschenke.»

«Können Sie gut mit einer Schußwaffe umgehen, Kater?» fragte de Gier.

«Nein.» Der Kater grinste oder zeigte vielmehr seine Zähne. Der dichte Bart trennte sich vom Schnurrbart und gab eine weiß schimmernde Zahnreihe frei. Für einige Sekunden sah der Kater wild aus wie ein Tiger, der unter einem Baum kauert, nicht um anzugreifen, sondern um seine Gegenwart zur Geltung zu bringen.

«Nein», sagte der Kater, «ich war nicht einmal beim Militär. Mit meinem linken Auge stimmt etwas nicht. Ich muß eine Brille tragen, wenn ich fahre oder lese. Ich glaube, die Augen stellen sich nicht richtig auf den Brennpunkt ein. Ich habe erst einmal eine Schußwaffe in der Hand gehabt, und zwar in Australien, wo ich mit einer Schrotflinte auf Tontauben schoß; ich habe keine getroffen.»

«Erzählen Sie mir mehr von Tom Wernekink», sagte der Commissaris und schob dem Kater eine Tasse Kaffee hinüber. «Bedienen Sie sich mit Zucker und Milch.»

Der Kater schlürfte seinen Kaffee und schmatzte. «Da gibt es nicht viel zu erzählen. Tom sagte nie mehr als nötig. Er kam aus Rotterdam. Er hatte dort in einem Büro gearbeitet, es war blöde Arbeit, Formulare für Exportaufträge ausfüllen. Ich muß das gelegentlich ebenfalls – es macht einen verrückt. Jedes Land ist anders, und wenn man einen kleinen Fehler macht, kriegt man das ganze Zeug zurück und muß noch mal von vorn anfangen. Beamte hassen Geschäftsleute; es ist immer das alte Lied. Neid.»

«Ja», sagte der Commissaris.

«Verzeihung. Sie sind ebenfalls Beamter, ich vergaß. Aber Polizisten sind anders; sie haben ebenfalls einen Sinn für Abenteuer. Die Polizei meinte ich nicht. Tom Wernekink. Ja. Sein Vater starb und hinterließ ihm viel Geld und all die Möbel und Gemälde und das Zeugs. Ich glaube, er hatte vor, nie mehr zu arbeiten. Ich habe ihn abends einmal besucht, was ein Fehler war. Er saß nur da, starrte aufs Fernsehen und trank Bier. Tagsüber war es besser, weil er dann in seinem Garten war. Wir saßen gewöhnlich unter der großen Kastanie, tranken Tee und unterhielten uns; tagsüber trank er keinen Alkohol.»

«Ein Mann ohne Ehrgeiz», sagte der Commissaris.

Der Kater stand auf, streckte sich und setzte sich wieder. «Ja, kein Ehrgeiz. Vielleicht noch schlimmer. Ich glaube, er litt. Er war sehr mürrisch, aber kein Mensch, der den ganzen Tag lang klagte. Über dieses Stadium war Tom hinaus. Er wollte einfach mit nichts mehr etwas zu tun haben; er hielt das Leben für absolut lächerlich, für absurd. Für einen Witz. Für einen schlechten Witz.»

«Meinen Sie das nicht auch?»

«Ja, aber ich lache oft; Tom hat nicht gelacht. Ich habe ihm gesagt, er solle einen Teil seines Geldes für Reisen ausgeben. Und er ist auch einige Male in England gewesen, aber ich glaube nicht, daß ihm diese Trips Spaß gemacht haben. Er verließ seinen Garten nicht gern. Er angelte, aber wenn er etwas fing, warf er es wieder ins Wasser. Einmal hat er einen großen Hecht gefangen – der ihm einen großen Kampf lieferte –, aber der Fisch ist wieder im Fluß; er wollte ihn nicht einmal zeigen, um damit anzugeben. Ich hab zufällig gesehen, wie er ihn gefangen hat, sonst hätte ich es nie erfahren. Wenn jemand vom Deich einen großen Fisch fängt, gibt es ein Fest, aber Tom wollte keinen um sich haben.»

«Aber er hat ferngesehen?»

«Nicht wirklich. Er sah, wie sich Objekte und Gestalten bewegten, aber ich glaube nicht, daß er wußte, was da passierte. Es interessierte ihn nicht.»

«Und Sie wissen nicht, ob er Feinde hatte?»

«Feinde nicht», sagte der Kater, «da bin ich ganz sicher. Wer sollte ihm ein Leid zufügen wollen? Niemand kannte ihn, nur ich und vielleicht das Mädchen im Nachbarhaus, Evelien.»

«Was ist mit ihr?»

Der Kater breitete die Arme weit aus. «Sie ist einfach ein Mädchen. Ein nettes Mädchen. Ein hübsches Mädchen. Sie hatte ihn gern oder liebte ihn – oder, ich weiß nicht, was sie für ihn empfand. Ich glaube, sie wollte ihn. Frauen wollen immer etwas haben und es behalten.»

«Ursula», sagte de Gier plötzlich.

Der Kater wandte sich um, und erneut spürte de Gier die Kraft der großen braunen Augen. «Ja, Brigadier, Ursula ist eine Ausnahme, aber sie ist krank; sie ist in psychiatrischer Behandlung. Hat sie Ihnen das gesagt?»

«Nein.»

Der Kater lachte. «Keine Angst, sie ist nicht gefährlich. Sie schaltet nur manchmal ab und sitzt und starrt und ist untätig. Ich muß sie dann füttern und baden; das ist eine Arbeit, kann ich Ihnen sagen, denn sie ist eine große Frau. Der Psychiater hilft, aber das dauert seine Zeit. Ihr geht es schon viel besser. Sie will mehr vom Leben, als es ihr jetzt zu geben bereit ist. Sie muß erwachsen werden und etwas schaffen, was klug ist. Bis jetzt ist sie noch ein törichtes kleines Mädchen.»

«Sie spielt sehr gut Flöte», sagte de Gier.

«Hat sie für Sie gespielt?»

«Wir haben beide gespielt.»

Der Kater sprang auf und klatschte in die Hände. «Junge», rief er, «das hätte ich hören mögen. Die verrückte Russin Ursula spielt mit einem Brigadier der Polizei. Was haben Sie und Ursula gespielt?»

«Etwas, was wir uns ausgedacht haben.»

«Das wird ja immer besser. Versprechen Sie, daß Sie abends mal kommen und mit ihr musizieren. Was spielen *Sie*?»

De Gier nahm die Flöte aus der Innentasche und zeigte sie dem Kater, der das Instrument mit Respekt in die Hand nahm.

«Hübsche Flöte. Die kosten viel Geld – neunhundert, glaub ich. Ich wollte ihr eine kaufen, hatte aber nicht genug Geld bei mir. Klingt sie nicht ziemlich schrill?»

«Sehr», sagte der Commissaris. «Wenn er in seinem Büro spielt, kann ich ihn hören, und sein Büro ist ein ganzes Ende von meinem entfernt.»

Der Kater schüttelte den Kopf.

Der Commissaris lächelte.

«Das ist heute kein schlechter Tag», sagte der Kater. «Ich entdecke so einiges. Die Polizei ist also auch ein wenig verrückt. Na und? Es breitet sich aus. Wir sind nicht mehr allein.»

«Wir?»

«Ich bin nicht der einzige Kater; es gibt andere. Manchmal begegnet man einem.»

«Na», sagte der Commissaris, «dann lassen Sie uns mal eine von Ihren Visitenkarten da. Ich glaube, wir sind für heute fertig. Wir wollen Sie nicht länger aufhalten; Sie müssen ein vielbeschäftigter Mann sein. Falls wir Sie wieder brauchen, rufen wir an.»

«Nun?» fragte der Commissaris de Gier.

De Gier antwortete nicht.

«Keine Schlußfolgerungen? Keine Kombinationen? Kein Verdacht?»

«Warum», fragte de Gier, «sollte ein Mann, der total plemplem und überspannt ist, wohl einen harmlosen Einsiedler wie Tom Wernekink umbringen? Oder sind wir über Tom falsch informiert?»

«Bis jetzt paßt alles zusammen», sagte der Commissaris und rieb sich die Beine. «Ich hab das Haus gesehen, du hast es gesehen. Wir haben beide die Leiche gesehen. Falls Tom durch irgendeine Aktivität in Anspruch genommen wurde, abgesehen von der Gartenarbeit, etwas Angelei und der Kombination von Bier und Fernsehen, hätten wir Hinweise gefunden, aber da war nichts. Offensichtlich vermoderte der Mann ganz ruhig, und nicht einmal der Garten konnte dagegen etwas ausrichten. Aggression ist immer mit Verlangen verbunden. Er wünschte sich nichts, oder? Warum sollte also irgend jemand etwas von ihm wollen?»

«Er war reich», sagte de Gier.

«Aber der Mörder hat nichts weggenommen. Das Geld war noch in seiner Brieftasche.»

«Vielleicht ein Gemälde», sagte de Gier, «einen Vermeer oder einen Rembrandt. Da war so viel Zeug im Haus, daß wir nicht feststellen konnten, ob etwas fehlt.»

Der Commissaris kratzte sich in seinem schütteren Haar. «Ja. Vielleicht. Aber ich hab die Gemälde an der Wand gesehen, alles Familienporträts. Vielleicht zweihundert Jahre alt und von gewissem Wert, aber nicht von großem, ein paar tausend Gulden. Und die Wände waren voll mit Gemälden. Hätte er ein wirklich wertvolles Kunstwerk besessen, würde er es zu den anderen gehängt haben. Oder nicht?»

«Ich weiß nicht, Mijnheer; er war kein normaler Mensch. Er könnte es an eine Wand gelehnt haben, und der Mörder hat es mitgenommen.»

Der Commissaris schlug auf den Tisch. «Warum hat niemand den Mörder gesehen? Am Deich wimmelt es immer von Menschen. Die sollten einen Fremden bemerken.»

«Sie kannten den Mörder und versuchen, ihn zu schützen», sagte de Gier.

«Könnte sein. Aber wir haben die ungefähre Todeszeit. Etwa elf Uhr abends, sagte der Arzt, mit einer Spanne von jeweils zwei Stunden früher oder später. Zu der Zeit sind sie vielleicht alle betrunken, oder sie schlafen.»

De Gier räusperte sich. «Ein unangenehmer Fall, Mijnheer.»

«Nein, nein, sag das nicht. Vielleicht unangenehm für Mary van Krompen; mir tut die Dame leid. Sie sitzt da und sagt immer nur ‹nein› und fühlt sich unbehaglich. Ich wollte, ich könnte sie laufenlassen.»

«Können Sie das nicht?»

«Der Staatsanwalt und der Richter sind noch nicht für diesen Gedanken. Der Richter hat lange mit ihr gesprochen und ist übrigens gar nicht überzeugt.»

«Sind Sie's?»

«Nein», sagte der Commissaris, «und wenn das noch einige Tage so weitergeht, werde ich meinen ganzen Einfluß geltend machen und sie laufenlassen.»

«Sollten wir nicht das Mädchen warnen, Evelien, meine ich?»

«Selbst wenn sie in das Mädchen verliebt ist, würde sie es nicht umbringen», sagte der Commissaris.

«Wir haben uns schon öfter geirrt», meinte de Gier.

Der Commissaris schwieg lange. De Gier ging zur Tür. «Ich gehe nach Hause, Mijnheer.»

Der Commissaris winkte. De Giers Bemerkung war bei ihm nicht richtig angekommen.

«Hat Grijpstra angerufen?»

«Was?»

«Grijpstra, Mijnheer; hat er angerufen?»

«Oh, ja. Nichts Besonderes. Er hat eine Freundin von Tom gefunden, eine frühere Nachbarin, ein Krüppel, sagte er, glaub ich. Hat alles bestätigt, was wir bis jetzt festgestellt haben. Keine Widersprüche. Ich hab ihm gesagt, er soll mich morgen früh aufsuchen; er hat vom Bahnhof in Rotterdam angerufen.»

«Gute Nacht, Mijnheer», sagte de Gier und machte die Tür hinter sich zu.

6

Das geht mich nichts an, dachte Adjudant Grijpstra. Er fühlte sich friedlich. Die Straßenbahn, die ihn an diesem Morgen um elf Uhr zum Rotterdamer Vorort Kralingen brachte, war alt, und er hätte sich unbehaglich fühlen können auf seiner geraden, hölzernen Sitzbank, aber statt dessen hatte sich in seinem großen Körper ein zufriedenes Wohlbehagen ausgebreitet. Der kleinen alten Dame, die ihm gegenüber saß, gefiel dieser solide Herr, der ein so warmes und freundliches Interesse an dem zeigte, was außerhalb der Straßenbahnfenster war.

Das geht mich überhaupt nichts an, dachte Grijpstra noch einmal, als er sah, wie ein Radfahrer eine rote Ampel nicht beachtete und weiterfuhr. In Amsterdam hätte er sich aufgeregt. Er hätte zwar wegen des Vergehens nichts unternommen – ein Kriminalbeamter ist von Natur aus verschwiegen und deckt seine Karten erst auf, wenn es unbedingt nötig ist. Aber er hätte sich geärgert. Rotterdam war für Grijpstra eine ganz fremde Welt. Er hatte auf die breiten Straßen gestarrt und auf ein modernes, hoch aufragendes viereckiges Gebäude und war gelinde beeindruckt gewesen, etwa so beeindruckt wie während seines letzten Urlaubs, als sein jüngster Sohn ihn an der Hand mitgezerrt hatte, um einen Ameisenhaufen zu betrachten. Ameisen, dachte Grijpstra, sind fleißige und intelligente Tierchen. Er machte sich jedoch nichts aus Ameisen. Soweit es Grijpstra anging, brauchte es überhaupt keine Ameisen auf der Welt zu geben. Aber es gibt welche. Und in Gruppen lebende Ameisen benötigen Gesetze. Und

Gesetze werden gebrochen. Und es gibt Ameisen mit blauer Uniform und Mütze, die sich wegen der gebrochenen Gesetze sorgen.

Grijpstra sah einen Polizeiwagen, einen großen weißen Transporter, gekennzeichnet mit glänzend roten Streifen und dem Wort POLITIE in deutlichen Buchstaben, der dem nichtsahnenden Radfahrer folgte. Er sah den Radfahrer anhalten, als dieser vom Transporter überholt und über Lautsprecher angesprochen wurde. Er hieß dies gut, empfand aber nicht die grimmige Freude, die ein ähnlicher Vorfall in seiner eigenen vertrauten Umgebung ausgelöst hätte.

Die kleine alte Dame starrte den Mann an, der so nahe bei ihr saß, und wünschte sich, er wäre ihr Sohn. Ihr fiel der blaue Anzug mit den feinen Nadelstreifen auf. Sie stellte auch fest, daß der Anzug gebügelt werden mußte. Sie sah das weiße Hemd und die graue Krawatte, den schweren, kantigen Kopf mit dem borstigen Schnurrbart und den hellblauen, freundlichen Augen. Ein netter Mann, dachte die Dame und überlegte, womit er sein Geld verdiente. Geschäftsmann, dachte sie vage, aber Geschäftsleute fahren heutzutage nicht mehr mit der Straßenbahn. Ein Krämer, entschied sie schließlich.

Grijpstra seufzte. Es war ein freudiger Seufzer. Die Straßenbahn war um eine Kurve gebogen und fuhr jetzt am Rande eines Parks entlang. Sie ratterte über eine Brücke, und Grijpstra faltete den Stadtplan auseinander, den er am Bahnhof gekauft hatte. Der Vorort kam näher. Er war immer noch zerstreut und hatte einige Mühe, sich zu erinnern, welche Aufgabe er hatte.

Wernekink, dachte Grijpstra und nickte. Er hatte an diesem Morgen bereits etwas wegen Wernekink unternommen, ohne ein Ergebnis zu erzielen. Er hatte sich mit einem Mann unterhalten, dessen Name ihm jetzt nicht einfiel, den er aber in sein Notizbuch geschrieben hatte, um ihn zu gegebener Zeit in seinem Bericht zu verwenden. Ein Mann, der Tom Wernekinks Chef gewesen war. Der Mann hatte nicht viel Neues erzählen können. Die Befragung war reine Routine gewesen, beide hatten kein Interesse gezeigt. Die Adresse der Firma, die Wernekink vor mehr als einem Jahr beschäftigt hatte, war ihm am Vortag von der Rotterdamer Polizei als Antwort auf eine telefonische Anfrage mitgeteilt worden. Er hatte das Büro leicht genug gefunden und war zu einem Mann geführt worden, der über eine Gruppe Angestellter von erhöhter Stelle aus präsidierte, wo er, geschützt durch einen Glaskasten, genau beobachten konnte, was um ihn herum passierte.

Ja, Wernekink hatte dort für einige Jahre gearbeitet. Nein, er wisse nichts über sein Privatleben. Tom Wernekink sei pünktlich gekommen und gegangen, nicht sehr oft krank gewesen und habe seine Arbeit angemessen gut erledigt.

Könne er sich überhaupt an irgend etwas erinnern, das Wernekink betreffe, den Angestellten, der Formulare ausfüllte? Ja. Wernekink sei nie in die Kantine gegangen, wo die Belegschaft ein einfaches Essen kaufen könne, dessen Preis zehn Prozent über den Selbstkosten liege. Er habe an seinem Schreibtisch gegessen. Er habe einen halben Laib Grahambrot, eine Dose Margarine und ein Glas Marmelade mitgebracht. Er habe sein Brot geschnitten, es auf den Schreibtisch gelegt, mit Margarine und Marmelade bestrichen und gegessen. Tee habe er aus einer Thermosflasche getrunken. Dann habe er Zeitung gelesen. Nach dem Zeitunglesen habe er weitergearbeitet, wenn die Angestellten wieder an ihre Schreibtische zurückkehrten.

«Mir gefiel das nicht», sagte der Abteilungsleiter und schüttelte den Kopf, «es gefiel mir überhaupt nicht. Die Firma gibt uns eine gute Kantine und anständiges Essen, und die Burschen sitzen dort, reden miteinander und spielen Karten. Es ist ungesund, ganz allein zu sitzen, irgendwie asozial. Meinen Sie nicht auch?»

«Ja», sagte Grijpstra.

«Und ich hatte etwas gegen die Schweinerei auf seinem Schreibtisch. Diese Margarine und Marmelade. Ich habe ihn zur Rede gestellt und gesagt, er beschmiere möglicherweise seine Formulare. Aber er lehnte es dennoch ab, in die Kantine zu gehen, und man kann keinen dazu zwingen.»

«Sie haben es ihm also durchgehen lassen», sagte Grijpstra und machte ein Gesicht, das eindeutig zeigte, daß Wernekink so nicht hätte davonkommen sollen.

Der Mann breitete die Arme aus. «Was hätte ich tun sollen?»

«Nichts», pflichtete Grijpstra ihm bei.

«Und jetzt hat er sich umbringen lassen, wie? Hat er in Amsterdam Arbeit gefunden?»

«Nein.»

«Faulheit», sagte der Mann, «Saufen, Weiber. Das freie Leben. Es ist schlecht für sie. Wir hatten hier mal einen Angestellten, der Motorrad fuhr, eins von diesen schweren. Er kam immer aufgeputzt in Lederschutzkleidung und mit Helm. Sie kennen diesen Typ – liebäugelt mit den Mädchen und säuft und will immer nur seinen eigenen Kopf durchsetzen. Nein, nein.»

«Was ist aus ihm geworden?» fragte Grijpstra.

«Er ist in Persien oder der Türkei oder sonstwo ums Leben gekommen. Während des Urlaubs.» Der Mann sah erfreut aus.

«Das kommt vom unregelmäßigen Leben», sagte Grijpstra. «Es sieht zwar gut aus, aber es macht sie kaputt.»

«Genau», sagte der Mann und wollte loslegen und dem Adjudant eine lange Geschichte erzählen, die seine einfache, aber interessante Lebensanschauung erklären und rechtfertigen würde. Aber die Geschichte kam nicht. Der Gesichtsausdruck des Adjudant hatte sich verändert und die Absicht des Abteilungsleiters vereitelt. Ein Zwinkern der hellblauen Augen und ein Beben der Wangen.

Grijpstra las den Namen der Straße, die die Bahn soeben überquerte, und legte einen dicken Finger auf den Stadtplan. An der nächsten Haltestelle würde er aussteigen müssen. Er drückte den linken Arm an den Körper und spürte die Schwellung seines Notizbuchs in der Brieftasche. Dann preßte er den rechten Ellbogen an die Hüfte und spürte die Schwellung seiner Pistole. Er faltete den Plan zusammen, stand auf und nickte der kleinen alten Dame zu, die ihn anlächelte.

In seiner Umgebung standen Villen, große Villen, Landhäuser mit großen, parkähnlichen Gärten, Autoauffahrten und Bäumen, sowie Rasen, die gesäumt waren von Sträuchern und Büscheln von Pampasgras, das sich in der frischen Brise wiegte, die die Hitze dieses Sommertages milderte. Grijpstra musterte die Pracht seiner Umgebung und versuchte zu schätzen, wieviel die Bewohner dieser Ecke des Himmels verdienen könnten. Er kam auf eine große runde Summe. Dann versuchte er zu schätzen, was sie verdienen mußten, wenn sie der Steuer ihr wahres Einkommen angeben würden. Die Zahl verdoppelte sich. Er schüttelte staunend den Kopf. Aber die Häuser, die Auffahrten und die Rasenflächen waren noch da. Auch die teuren Autos, wahrscheinlich Zweitwagen für die Ehefrauen, um ihre Einkäufe zu erledigen, sich gegenseitig zu besuchen und vielleicht die Kinder zur Schule zu bringen. Er dachte an sein Haus und an seine Frau sowie an die Farbe, die von der Decke des kleinen Badezimmers abblätterte. Als er das Haus vor fünfzehn Jahren gemietet hatte, war das Badezimmer noch nicht drin gewesen, das ihn die Ersparnisse eines Jahres gekostet hatte. Diese Häuser würden mehrere Badezimmer haben, alle gekachelt.

Er ging weiter, sah auf seinem Wege nach den Hausnummern und fühlte sich immer noch friedlich. Er fand die gesuchte Nummer und bog in einen schmalen Kiesweg ein. Am Ende des Wegs hatte er die Wahl zwischen zwei Häusern, beide klein im Vergleich zu den Villen, die er soeben bewundert hatte. An beiden Pforten waren keine Nummern, also entschied er sich aufs Geratewohl für eine, ging den Weg hinauf und läutete an der Tür.

«Ich bin hier», sagte eine Stimme im Garten. Er drehte sich um und sah eine Frau im Rollstuhl. «Was kann ich für Sie tun?» Sie rollte zu ihm. Er beugte sich zu ihr runter und schützte seine Augen vor der Sonne.

«Guten Morgen, Mevrouw. Ich bin Kriminalbeamter aus Amsterdam und suche das Haus, in dem Mijnheer Wernekink gewohnt hat. Ist es dies?»

«Nein», sagte die Frau, «es ist das Nachbarhaus, aber die Leute, die dort wohnen, sind im Urlaub. Vielleicht kann ich Ihnen helfen.»

«Ja», sagte Grijpstra, «vielleicht.»

«Setzen Sie sich zu mir in den Garten», sagte die Frau und drehte den Rollstuhl um.

Als er den Garten drei Stunden später verließ, hatte er einen guten Lunch gehabt. Die sanfte Stimme der körperbehinderten Frau ging ihm irgendwie noch im Kopf herum und belebte die verschiedenen Teile seines Gehirns. Und im Garten war es so friedlich gewesen, geschützt durch eine Entfernung von gut hundert Metern vor dem Verkehrslärm auf der Hauptstraße. Es war fast so ruhig wie auf einer Lichtung in einem großen Wald. Mehrere Drosseln und ein Paar kleiner schwarzköpfiger Singvögel waren in der Nähe gewesen, als die verkrüppelte Frau und er dort saßen, miteinander sprachen und Spiegeleier mit frischem Brot und einem Salat aßen. Sie hatte das Essen in ihrer altmodischen, aber gut eingerichteten Küche vorbereitet, war in ihrem Rollstuhl umhergefahren, hatte jedoch ihre Bewegungen auf ein Minimum beschränkt, denn sie wußte genau, wo sich alles befand; sie war anscheinend so tüchtig wie eine sehr gut ausgebildete Krankenschwester während einer komplizierten Operation. Er hatte das Tablett hinausgetragen, und sie hatten im Schatten einer alten Eiche gegessen, während die Vögel herumhüpften und Krumen vom Tisch pickten. Einer der Vögel hatte eine Weile auf seinem Arm gesessen und ihn mit glänzenden kleinen Augen angesehen, den Kopf bewegt und gelegentlich einen Flügel gehoben, um das Gleichgewicht zu halten. Ihm tat die verkrüppelte Frau leid, der Gedanke an ihren grotesken und entstellten Körper schmerzte ihn. Sie habe, hatte sie erzählt, Kinderlähmung gehabt, als sie noch sehr jung gewesen sei; die Behandlung sei zu spät gekommen. Die Brust war bis ans Kinn hochgeschoben, eine Schulter reichte hoch bis ans Ohr, das eine Bein war so verkrümmt, daß es nutzlos war – nur ein Gewicht, das mitgeschleppt werden mußte –, das andere war zu kurz. Er bewunderte die Frau, deren Verstand klar war und deren Stimme Verständnis zeigte und erklären konnte, aber am besten hatte ihm der Klang ihrer Stimme gefallen, die wie der einer chinesischen Flöte war. Er konnte sich jetzt nicht erinnern, ob er jemals eine gehört hatte, aber er besaß das Bild eines Mädchens, das eine chinesische Flöte auf einem Balkon spielte, von dem aus man auf einen Steingarten und einen von Büschen umgebenen Teich blickte. Das Bild, Blatt eines Kalenders, der in der Polizeikantine hing, hatte ihn so ergriffen, daß er es mitgenommen hatte, als der Monat vorbei war. Er bewahrte es zu Hause in seinem Schreibtisch in der Mappe mit seiner Versicherungspolice und den Polizeidiplomen auf.

Die verkrüppelte Frau erinnerte sich gut an Tom Wernekink, an den Jungen, der nebenan mit seinem alten Vater wohnte, einem Mann, der sich aus dem Geschäftsleben zurückgezogen hatte und Zeitungen las und sich im Fernsehen Fußballspiele anschaute. Tom war oft gekommen, um sich mit ihr zu unterhalten oder im Haus zu helfen; sie hatten miteinander Tee und Kaffee getrunken, unter derselben Eiche und mit den gleichen Drosseln und anderen Singvögeln.

«Er hat sich mit Ihnen unterhalten?» fragte Grijpstra, denn er hatte den Eindruck, daß der Mann, dessen Leiche ihn vor einigen Tagen angegrinst hatte, nie mit jemand gesprochen hatte. Aber sie versicherte ihm, Tom habe mit ihr gesprochen und sei intelligent und kommunikationsfähig gewesen, obwohl er anscheinend keine Freunde hatte und nie jemand ihn oder seinen alten Vater besuchte. Aber sie erzählte ihm auch von Toms negativistischer Haltung und seiner vegetativen Lebensweise. Sie zeigte auf einen toten Baum, der im Nachbargarten lag. Er war Toms Sitzplatz gewesen; sie hatte ihn dort gesehen, regungslos, stundenlang. Einmal hatte es geregnet, und sie hatte ans Fenster geklopft; Tom hatte aufgeschaut und war ins Haus gegangen, durchnäßt bis auf die Haut.

«Ja», sagte Grijpstra, begann aufzustehen und nach Worten zu suchen, um ihr für den Lunch und die Informationen zu danken. Sie bat ihn zu warten. Dann fuhr sie ins Haus über die Spezialrampe, die ein Zimmermann gebaut hatte, damit sie bequem hinein und hinaus konnte. Sie kam wieder mit einem Brief, den zurückzugeben Grijpstra versprach. Er las den Brief auf dem Weg zum Bahnhof in derselben alten Straßenbahn, die ihn vorher nach Kralingen gebracht hatte.

Liebe Liza,

wie geht es Dir? Wie ist das Wetter. Und was machen die Vögel und die Eiche? Hat das Zeug geholfen, das ich Dir gegeben habe, um die Mücken zu vertreiben? Ich bin sicher, daß Vater nicht daran gedacht hat, den Goldregen zu gießen; ruf es ihm zu, wenn Du ihn mal siehst, ja? Ich habe noch nie Goldregen gehabt, und auf der Anweisung stand, daß er viel Wasser braucht. Ich hab den Samen bei meinem toten Baum in die Erde gesteckt. Wenn er aufgeht, sollten die Blätter den ganzen Baum überwuchern und die Blüten hängenlassen. Es gibt drei Farben: rot, orange und gelb. Vielleicht hätte ich nur den gelben nehmen sollen. So könnte der Baum aussehen wie der Deckel einer Schachtel mit billiger, abscheulicher Schokolade, aber ich kann die anderen Blüten ja immer noch abschneiden. Schließlich bin ich Gärtner und kein Naturfreund. Zum Teufel mit der Natur. Sie kümmert sich nicht um uns, warum sollten wir uns also um sie kümmern? Dieser ganze moderne Quatsch von der Umweltverschmutzung bringt mich zum Lachen; warum sind wir plötzlich so besorgt?

Sollen doch das Meer voller Öl und die Flüsse voller schäumender Seifenlauge werden, mir ist das einerlei. Ich kümmere mich nur um den Garten und den toten Baum. Falls man mir auch das noch nimmt, werde ich ein anderes Fleckchen Erde finden. Und falls alles verhunzt sein sollte, werde ich ein paar Zwergpflanzen in einem Aquarium ziehen. Ah, ich bin wieder einmal negativistisch; Du magst das nicht, wie ich weiß. Verzeihung. So bin ich nun mal. Aber es stimmt, Du hast mich oft aufgemuntert, wofür ich Dir meinen respektvollen Dank übermittle. Es ist nett, manchmal in einer ganz anderen Atmosphäre zu leben. Ich mag Dich, Liza, Du bist so ziemlich der einzige Mensch, den ich mag. Vater, diesen törichten alten Habicht, mag ich nicht, obwohl er mich manchmal amüsiert, besonders wenn sein Verein verliert. Du solltest mal sehen, wie er dann im Haus herumstampft.

Dieser Urlaub geht allmählich zu Ende – zum Glück. Ich bin in Cassis-sur-Mer, wie Du aus dem Poststempel siehst. Ich sollte nicht hier sein, aber anscheinend bin ich immer in einem Ort, wo ich nicht sein sollte. Ich sollte gewiß nicht in dem blöden Büro sein, wo ich Formulare ausfülle, aber ich muß dort wieder hin, was nützt also das Murren? Und dieses Cassis-sur-Mer ist nicht der schlechteste Ort auf Erden. Die Touristen haben ihn noch nicht entdeckt. Ich hab ihn nur gefunden, weil der nagelneue Wagen, den Karel K. sich gekauft hat, es vorgezogen hat, in diesem passenden Ort ganz zusammenzubrechen. Es war wahrscheinlich etwas mit dem Getriebekasten, soviel ich weiß. Karel ist in Marseille; er hat den Wagen nach dort abschleppen lassen – es hat ihn ein Vermögen gekostet – in eine Werkstatt. Er hat sich ein Hotelzimmer genommen und belästigt jeden Tag den Besitzer der Werkstatt. Ein neues Getriebe ist eingetroffen und wird jetzt eingebaut. Mir gefällt Marseille nicht; es ist eine Großstadt wie jede andere, wenn auch nicht so deprimierend wie Rotterdam. Ich hab ihn gebeten, mich hier in diesem kleinen Fischereihafen zurückzulassen. So bin ich wenigstens nahe am Meer. Manchmal fahre ich mit dem Bus nach Marseille und trinke einen mit Karel auf der Terrasse. Wir trinken Pernod, der einen nach einer Weile umhaut, als würde man von einem Maultier getreten, und beobachten die Huren auf der Straße. Wir schließen Wetten ab, ob es ihnen gelingt, sich den einen oder anderen Freier zu angeln. Ich verliere meistens, denn Karel ist ein guter Psychologe. Und wenn wir dann betrunken sind, gehen wir und sehen uns einen Film an. Wir sehen nur französische Filme, und es macht sehr viel Spaß, sich eine eigene Geschichte auszudenken und die verschiedenen Charaktere darin einzufügen, die da über die Leinwand schlurfen oder gleiten. An einem Tag war ich so betrunken, daß ich alles doppelt sah, was sogar noch besser war. Zwei ansehnliche Männer küssen – oder schlagen, man schlägt sich viel in diesen Filmen – zwei schöne Frauen in zwei Wagen. Ich bin froh, daß ich mich nie bemüht habe, Französisch zu lernen. Selbstverständlich hatten wir es in der Schule, sieben Wochenstunden, aber der Lehrer war ein so unglaublicher Trottel, daß ich mich weigerte, ihm zuzuhören. Und dennoch hab ich die Prüfung bestanden. Oh, das Leben ist voller Wunder.

Obwohl ich noch viele Fehler mache, scheine ich die Sprache jetzt zu lernen. Gestern ertappte ich mich dabei, wie ich auf französisch dachte, nicht nur einzele Wörter, sondern ganze Sätze; sogar die Verben habe ich richtig konjugiert. Das erste Französisch, das ich hier gelesen habe, stand auf dem Etikett einer Pernodflasche; die mir unbekannten Begriffe habe ich in Karels Wörterbuch nachgesehen.

Karel ist ein sehr angenehmer Bursche, weißt Du. Seltsam, daß ich länger als ein Jahr an dem Schreibtisch neben ihm gearbeitet und nicht gewußt habe, welchen Spaß es machen würde, mit ihm Pernod zu trinken. Ich glaube, der arme Kerl ist ein wenig wie ich. Aber er ist schwächer und wird es deshalb überstehen. Er sagt, er werde wahrscheinlich heiraten, eine Wohnung mieten und Kinder haben. Er möchte es eigentlich nicht, sagt er, aber das Leben sei zu stark; es habe ihn am Schlafittchen und beutele ihn. Man wird auf ihrer Hochzeit Fotos machen, die sie in ein Album kleben werden, das er Freunden und Verwandten zeigen wird. Oh, armer, sanfter Karel. Aber wer bin denn ich, daß ich über ihn spotte? Vielleicht möchte ich das gleiche, obwohl ich es bezweifle. Ich bezweifle es wirklich, Liza. Und ich zweifle, ob er dieses ganze Familienleben und Glück und Gemütlichkeit und Fröhlichkeit will. Wünscht sich das überhaupt jemand? Einst war das menschliche Lebewesen ein Jäger, der in den Wäldern lebte und seinen Spaß hatte. Das Leben war kurz. Irgendwo hab ich gelesen, daß alle Skelette, die in einem eine Million Jahre alten Grab gefunden wurden, von jungen Menschen stammten. Keiner dieser Menschen habe ein Lebensalter von mehr als fünfundzwanzig Jahren erreicht. Sie liefen herum und erlebten ihre Abenteuer, bis ein Bär sie erwischte oder die Grippe oder die Pest oder der oder die eifersüchtige Geliebte. Man hat ihnen den Schädel eingeschlagen, während sie noch ihren Spaß hatten. Und jetzt bauen wir Betonkästen und betrachten zweidimensionale, sich bewegende Bilder und haben viermal in der Woche früh Feierabend. Das kann nicht richtig sein.

Das größte Rätsel – für mich – ist, daß ich manchmal richtig glücklich bin. Zum Beispiel vor zwei Wochen. Der Abteilungsleiter, ein abgenutzter Tölpel, den Du nicht kennenlernen mußt, brachte mir einen ganzen Stapel Formulare zum Ausfüllen, und ich war tatsächlich dankbar. Kannst Du Dir das vorstellen, liebe Liza? Ich war *dankbar*. Die Formulare waren ein neues Muster, und ich freute mich darauf, sie auszufüllen. Ich armer Verrückter.

Gestern hatte ich ein Abenteuer. Ich ging am Strand umher und suchte eine Frau, die ich am Abend vorher kennengelernt hatte – eine nette Frau mit hübscher Figur. Sie war allein, und ich habe irgendwas über den Mond und das Meer gesagt. Ich hatte eine Flasche Cognac bei mir. Sie trank ein Schlückchen, ich trank ein Schlückchen, und alles endete so, wie ich es mir gewünscht hatte. Sie war anscheinend nicht sehr begeistert, machte jedoch die richtigen Bewegungen – und was will ein Tourist mehr? Liebe im Mondschein an einem einsamen Strand, joho und die Buddel mit Rum. Ich dachte, sie wäre vielleicht wieder am Strand, aber das war selbstverständlich dumm von mir, denn sie hatte mir gesagt, sie sei Krankenschwester und tagsüber im Dienst. Na, jedenfalls schlenderte ich umher und sah eine Düne, eine sehr steile Düne, und ich kletterte hinauf, um den Blick auf das Meer zu genießen. Die Sicht war ausgezeichnet, und ich schlief ein. Als ich erwachte, lag ich am Rand der Düne; plötzlich spürte ich, wie ich hinunterrollte. Zuerst dachte ich, es sei nicht so schlimm, aber dann sah ich, daß ich auf scharfe Felsen zurollte und tatsächlich in *Lebensgefahr* war. Und ich hatte Angst. Ich wollte mein Leben nicht verlieren; ich, Tom Wernekink, wollte leben. War das keine Überraschung? Mir gelang es zu überleben, wie Du siehst, denn dies ist kein Brief aus dem Jenseits, Dir durch die guten Dienste der Madame Raqama übermittelt, die ohne Zögern und für einen Betrag von fünfundzwanzig Gulden in Trance fällt. Ich, Dein Freund Tom, schreibe diesen Brief in meiner dünnen, unleserlichen und krakeligen Handschrift.

Aber es machte mich nachdenklich. Es zerstörte meinen Tagtraum vom idealen Selbstmord. Karel und ich hatten ihn ausgedacht, als wir uns an einem Tag mal anderthalb Flaschen Pernod zur Brust genommen hatten. Es war ein komplizierter Tagtraum, aber kein unmöglicher, glaub ich. Ich werde versuchen, ihn Dir zu beschreiben.

1. Ich erforsche die Strömungen und präge mir die Zeiten des Hoch- und Niedrigwassers ein.
2. Ich kaufe drei Fläschchen Schlaftabletten – es hat keinen Sinn, dabei zu geizen – und eine große Flasche vom allerbesten Cognac.
3. Ich warte auf Vollmond; Selbstmord ist ein Akt des Wahnsinns, auf englisch *lunacy*, und mit den vier ersten Buchstaben LUNA bezeichnen wir unseren alten Freund, den runden, geheimnisvollen, etwas erschreckenden Himmelskörper, der die

Nacht regiert.

4. Ich gehe zum Strand.
5. Ich schwimme – wobei ich den Cognac und die Schlaftabletten irgendwie festhalte – zu einem Felsen; der Felsen ist tatsächlich vorhanden und etwa drei Kilometer vom Ufer hier entfernt.
6. Ich schaffe es, den Felsen zu erreichen und auf die Spitze zu klettern; ich setze mich und singe mein Lieblingslied; den Text kann ich Dir nicht sagen, weil es ein Zauberlied ist, dessen Worte allein mir gehören. Es tut mir leid, Liza, aber so ist es nun mal: jeder Mensch muß mindestens ein Geheimnis haben, meins ist das Lied.
7. Während ich singe, betrachte ich den Mond – was sich von selbst versteht, aber ich gebe Dir das ganze Rezept.
8. Ich schlucke alle Schlaftabletten und trinke den Cognac. Die Flasche ist nicht mehr voll, weil ich schon etwas vor dem Hinausschwimmen getrunken hab.
9. Ich werfe die Fläschchen und die Flasche ins Meer, strecke mich aus und schlafe ein.
10. Die Gezeiten ändern sich. Eine Welle trägt mich vom Felsen in Richtung Horizont.
11. Die Strömung ergreift mich und reißt mich fort.
12. Ich sterbe.
13. Die Haie kommen und fressen mich – Zubeißen-Abreißen-Schlucken-Verschlingen.

Ein schöner, sauberer Tod, meinst Du nicht auch? Kein Dreck, überhaupt nichts. Ich werde keinen Abschiedsbrief hinterlassen. Tom Wernekink ist ins große Jenseits eingegangen.

Aber ich werde es nicht tun. Wie schade. Zuerst glaubte ich, daß ich es nicht tun würde, weil es zuviel Mühe macht. Das Berechnen der Gezeiten und der Strömungen und so. Aber wenn ich komplizierte Exportformulare ausfüllen kann, dann kann ich auch einige einfache Rechnungen ausführen, oder? Nein, es gibt einen anderen Grund. Und der bist Du, Liza. Ich bewundere Dich. Wenn Du leben kannst, kann ich es auch. Ich will verdammt sein, wenn ich weiß, warum ich leben soll, aber ich werde weitermachen. Ich hoffe jedoch, daß ich nicht zu lange leben werde. Ich hab wirklich genug davon. Der Engel sollte kommen und mich holen. Ich frage mich, wie der Todesengel in Holland aussehen mag. Er muß sich selbstverständlich seiner Umgebung anpassen. Weißt Du, was ich glaube? Ich glaube, er wird einen dunklen Anzug tragen, spitze Schuhe und eine dunkle Krawatte. Und er wird mich mit einer Pistole umbringen. Am späten Abend wird er kommen und mich rufen, und wenn ich komme, wird er mich umbringen. Auf respektvolle Weise, weil Engel höflich sind. Sie sind sehr weit entwickelt, und über unsere Argumente, Wünsche, Tagträume und allgemeine Dummheit können sie nur lächeln. Aber wenn wir wirklich wollen, daß sie kommen, werden sie kommen. So ist das Gesetz.

Genug davon. Ich kann Dich mir ganz klar vorstellen. Du sitzt unter der Eiche und liest dies mit Deiner ungewöhnlichen Brille. Ich muß mich beeilen; der Bus fährt in wenigen Minuten, und Karel kann ohne mich nicht trinken. Wir haben unsere Verantwortungen. Vergiß nicht, Vater zu sagen, er soll den Goldregen gießen, und grüß die Vögel, den Milchmann, den Postboten und den Bürgermeister. Auf Wiedersehen, liebe Liza, bis bald.

Der Brief war nicht unterschrieben. Grijpstra faltete ihn sorgfältig und steckte ihn in die Seitentasche. Der Commissaris würde interessiert sein und selbstverständlich de Gier. Er selbst war ebenfalls interessiert. Er seufzte, aber diesmal war es ein trauriger Seufzer. Aber er wurde wieder froh. Er würde zum Abendessen nicht zu Hause sein. Er würde vom Bahnhof aus anrufen und in der Altstadt von Amsterdam essen, ganz allein, in einem billigen chinesischen Restaurant. Dann würde er nach Hause und zu Bett gehen.

Im Zug huschte ihm, kurz bevor er einschlief, ein letzter Gedanke durch den Kopf. «Fang den Engel.» Er gab sich das Versprechen, dies zu tun. Sie würden den Fall lösen. Es war ein seltsamer Fall, aber solche hatten sie auch früher schon gehabt. Der Commissaris würde ihn lösen; de Gier würde ihn lösen; er selbst würde ihn lösen. Aber sie hatten ihn noch nicht gelöst.

7

Grijpstra schlief ruhig, und im Schlaf war der Singvogel mit den glänzenden Augen wieder bei ihm. De Gier schlief, aber er wälzte sich von einer Seite auf die andere, und jedesmal, wenn er sich umdrehte, fuhr Olivier auf und suchte sich geduldig einen neuen Platz, um sich zusammenzurollen. De Gier träumte von Ursula, der er durch endlose Korridore folgte. Der Commissaris schlief nicht. Die Schmerzen hatten ihn an diesem Morgen früher als sonst geweckt. Er saß in seinem Arbeitszimmer bei einer Tasse sehr starken Kaffees und einem Zigarillo. Er hatte die Türen zum Garten geöffnet und beobachtete die kleine Schildkröte, die in einer Holzkiste unter dem Rhododendron lebte. Die Schildkröte ruderte durch das hohe Gras auf ihrem Weg zu den Salatblättern, die der Commissaris auf die Schwelle seines Arbeitszimmers gelegt hatte. Der Commissaris hatte keine Bekannten und wenige Freunde, und von diesen Freunden konnten nur der Staatsanwalt und die Schildkröte zusammen mit ihm schweigen. Der Commissaris schlürfte seinen Kaffee; die Schildkröte pflügte weiter im klaren Licht des frühen Morgens.

Das Motorrad und sein Beiwagen glitten dahin im klaren Licht des frühen Morgens. Es war noch nicht sechs Uhr, und sowohl der Polizist, der die leise BMW fuhr, als auch der Brigadier, der am Rand des Beiwagens saß, waren hundemüde. Sie hatten an einer großen Übung etwa 60 Kilometer nördlich von Amsterdam teilgenommen und wollten jetzt nur Motorrad mit Beiwagen in der großen Garage der Verkehrspolizei abstellen und eine Straßenbahn nach Hause erreichen. Dort würden sie die Ehefrau anbrummen, gleich zu Bett gehen und mindestens zehn Stunden lang schlafen. Der Gedanke, daß sie jetzt zwei Tage frei haben würden, hielt sie in den Grenzen des klaren Verstands, und der Polizist fuhr genau Tempo fünfzig, obwohl kein Verkehr herrschte. Der Brigadier starrte nach vorn. Er versuchte, die endlosen Wiederholungen in der vergangenen Nacht zu vergessen. Sie hatten mit einer kompletten Mannschaft von einem Dutzend Motorrädern, zwanzig Reitern und hundert Polizisten zu Fuß sowie Anwärtern der Polizeischulen von Amsterdam und Den Haag die Bekämpfung von Aufruhr geübt. Sie waren die engen Gassen eines vorgetäuschten Dorfs aus Holzfassaden – Kulissen, die einer Filmgesellschaft gehörten – hinauf und hinunter gerast. Der Brigadier sah immer noch den Feind vor sich, etwa fünfzig Polizisten, die mit Freuden die Rolle übernommen hatten und schreiend und knüppelschwingend auf sie zugelaufen waren. Er wünschte sich jetzt eine Zigarette, aber ein Brigadier in einem Beiwagen darf nicht rauchen. Er muß in seiner weißen Lederjacke, der Schutzbrille und dem Schutzhelm geradesitzen. Der Brigadier saß gerade.

Der Polizist sah die beiden Männer zuerst, sagte aber nichts. Er hätte zum Brigadier mit normaler Stimme sprechen können – die Maschine einer BMW ist leise genug –, aber der Polizist sagte nichts. Er wollte nach Hause. Seine Frau würde im Bett auf ihn warten, und sie war jung und warm und anschmiegsam.

Zwei Männer luden große Kartons von einem Lastwagen, der vor einem Haus am Landsburgerdijk stand. Sie waren zu beschäftigt, um die Motorradkombination zu sehen, die sich ihnen näherte. Der Brigadier hatte die Männer ebenfalls gesehen, und seine Augen, beschirmt hinter der Schutzbrille, wurden plötzlich groß. Die Polizei sieht nur Abweichungen von der Norm: ein Wagen, der sich in Schlangenlinien im Verkehr bewegt, ein nagelneuer Mercedes mit einem schmutzigen Hippie am Steuer, ein Mann, der auf dem Bürgersteig rennt, oder zwei Männer, die frühmorgens einen Lastwagen entladen. Er steckte seine behandschuhte Hand aus und berührte den Körper des Polizisten. Seine andere Hand zeigte auf den Lastwagen und bewegte sich auf und ab. Der Polizist gehorchte.

Als das Vorderrad des Motorrads das Hinterteil des Lastwagens schon fast berührte, sahen die beiden Männer, die drinnen Kartons hin und her rückten, die Helme der Polizeibeamten. Die Männer sprangen herab, jeder an eine Seite der Motorradkombination. Der Polizist versuchte, den Mann an seiner Seite festzuhalten, aber die behandschuhte Hand hatte keine Kraft, so daß dieser entkam. Eine Sekunde später kletterte er den Deich hinab.

Der Brigadier riß an seinen Handschuhen. Der andere Mann rannte den Grashang des Deichs hinunter. Die Polizeibeamten riefen die Flüchtigen an und öffneten die Lederjacken, um an die Pistolen zu gelangen. Es dauerte eine Weile, die Pistolen herauszuholen, und zu diesem Zeitpunkt hatte der am weitesten entfernte Mann bereits den ersten Schuß abgefeuert. Das Geschoß jaulte und traf den Lastwagen. Der Polizist feuerte jetzt ebenfalls; er lag flach auf dem Bauch und spähte über die Deichkrone hinweg. Er zielte sorgfältig, seine Kugel streifte die Schuler des ersten Flüchtigen.

Verrückt, dachte der Brigadier. Verrückt! Morgens um sechs eine Pistole abzufeuern. Er kroch zum Motorrad zurück, drückte auf einen Knopf und sprach in das große Mikrophon, das am Tank befestigt war.

«Präsidium», antwortete eine ruhige Stimme. «Sprechen Sie, Brigadier.»

«Wir erbitten Unterstützung», sagte der Brigadier. «Landsburgerdijk. Wir befinden uns in einem Schußwechsel.»

«Ich werde sehen, was ich für euch tun kann», sagte die Stimme, unfähig, ihr Erstaunen zu unterdrücken, «aber es sind nicht viele Wagen da. Wieviel Männer braucht ihr?»

«Schickt alle», sagte der Brigadier. Er machte zwei Schritte, ließ sich zu Boden fallen und kroch zum Polizisten.

«Dort unten ist jetzt noch ein anderer Mann», sagte der Polizist, «und auch er schießt. Was *ist* dies nur?»

«Hast du noch Patronen?» fragte der Brigadier.

«Eine.»

«Keine Reservemagazine?»

«Eins – und du?»

«Noch zwei Schuß und ein Reservemagazin. Die da unten haben vermutlich ganze Kisten voll Munition.»

Einer der Männer am Fuße des Deichs bewegte sich, der Brigadier feuerte. Der Mann begann zu schreien.

«Ich hab ihn nicht in den Bauch getroffen, oder?» fragte der Brigadier den Polizisten. «Ich hab tief gezielt. Ich kann ihn nicht in den Bauch getroffen haben; es muß sein Fuß oder Knie sein.»

Der Polizist hob den Kopf und rief den Männern zu, sie sollten sich ergeben, aber es wurde ein weiterer Schuß abgefeuert, so daß er sich ducken mußte.

Der Verwundete schrie immer noch. Die anderen hatten sich fallen lassen und waren nicht zu sehen. Sie hörten, wie sich zwei Sirenen näherten.

«Zwei Wagen», sagte der Brigadier, «das sind viel um diese Tageszeit. Wir haben Glück.»

Zwei VW hielten kreischend beim Lastwagen an, vier Polizisten kamen auf sie zugerannt.

«Runter, runter», rief der Brigadier, und die Männer ließen sich fallen.

«Was ist los, Brigadier?» fragte ein junger Polizist, der vorschriftsmäßig auf dem Bauch nach vorn robbte. «Haben die dort unten Schußwaffen?»

«Halt den Kopf runter; da sind zwei Männer mit Pistolen, und eine dritte Pistole muß in der Nähe des Verwundeten liegen. Geh zu deinem Wagen und fordere eine Ambulanz an. Verlange auch einen Polizeizug.»

«Alle von ihnen?» fragte der Polizist. «In der Kaserne müssen vierzig Mann in Reserve sein.»

«Nein, höchstens ein Dutzend; die anderen waren die ganze Nacht mit uns bei einer Übung. Fordere nur ein Dutzend an und sag ihnen, sie sollen keinen schicken, der vergangene Nacht Dienst gemacht hat.»

«In Ordnung», sagte der Polizist und grinste, als er zum Wagen rannte. Der Zug bestand nur aus Anwärtern, die normalerweise wenig zu tun hatten. Er konnte sich die Aufregung in der Kaserne vorstellen, wenn der Alarm ausgelöst wurde. Er erinnerte sich an die drei Monate, die er selbst im Zug Dienst getan hatte – drei Monate zwischen dem Abschluß der Polizeischule und der Ernennung zum Konstabel. Innerhalb von zwei Minuten würden sie umhereilen, sich in ihre Uniformen zwängen, nach Pistolen und Karabinern greifen und nach draußen rennen zu dem gepanzerten Mannschaftswagen, der sie mit heulender Sirene und blitzenden Scheinwerfern zum Deich bringen würde.

«Eine Ambulanz», sagte er ins Funkgerät, «und den Zug. Der Brigadier sagt, nur ein Dutzend Männer und keinen schicken, der in der vergangenen Nacht draußen war. Karabiner mitbringen, wir haben hier draußen eine regelrechte Knallerei.»

«Wer ist verwundet?» fragte das Präsidium. «Ein Polizist?»

«Nein.»

«In Ordnung», sagte das Präsidium. «Haltet uns auf dem laufenden. Ende.»

Der Mannschaftswagen brauchte bis zu seinem Eintreffen genau dreizehn Minuten. Zu diesem Zeitpunkt war eine neue Salve abgefeuert worden, ein Polizist hielt sich den Fuß. Er war sehr bleich im Gesicht und biß die Zähne zusammen. Sein Freund hielt ihn an der Schulter fest und sprach mit beruhigender Stimme auf ihn ein.

Die Anwärter unter dem Kommando von zwei Brigadiers schwärmten am Deich nach zwei Seiten aus. Vier Anwärter feuerten mit dem Karabiner auf einen Holzschuppen, wo man die beiden Männer zuletzt gesehen hatte. Als die Ambulanz den verletzten Polizisten wegbrachte und eine andere Ambulanz an der Kurve parkte, um auf den Verwundeten zu warten, der unten lag, erhöhte ein kurzes Knattern die Spannung.

«Maschinenpistole», sagte der Brigadier vom Motorrad zu seinem Kollegen, «eine verdammte Maschinenpistole. Hast du das gehört?»

Der Polizist zeigte auf den Fluß hinaus. «Das kam von der Yacht dort drüben.»

«Wir werden alles heranschaffen, was wir haben», sagte der Brigadier und sprintete zum Funkgerät auf dem Motorrad.

«Maschinenpistole», rief er in das Funkgerät. «Schickt alles her, was ihr auftreiben könnt. Wir haben bereits einen verwundeten Polizisten, und es wird noch eimerweise Blut fließen, wenn das so weitergeht. Ich weiß nicht, wie gut diese Anwärter ausgebildet sind, aber schickt die Reichswasserschutzpolizei und ein Flugzeug. Die haben dort draußen auch ein Boot, eine schnelle Yacht, und ich will nicht, daß sie verschwindet.»

«Verstanden», sagte das Präsidium. Im Präsidium wurden die Klingelknöpfe gedrückt, und jeder verfügbare Mann, in Uniform und Zivil, reagierte auf den Großalarm. Die Lastwagen auf dem Hof erwachten zum Leben; die Männer in der Funkzentrale telefonierten mit allen verfügbaren Polizeibeamten, die dienstfrei hatten. Die berittenen Polizisten meldeten sich als erste; man sagte ihnen, da die Entfernung zu weit sei, sollten sie ihre Pferde für jetzt vergessen und in die Lastwagen steigen. Ein Adjudant zerrte Karabiner aus einem Ständer und gab jedem einen, der vorbeiging. Die Männer nahmen sich die Patronenmagazine selbst, ohne sich die Mühe zu machen, Formulare zu unterschreiben. Und das niedrige Boot der Reichswasserschutzpolizei tuckerte im Hafen, als auf dem Flughafen Schiphol eine Piper Cub ihren Motor startete. Innerhalb einer Stunde befanden sich vierzig Polizisten am Deich, zehn auf dem Fluß und einer in der Luft. Es kamen immer mehr dazu, und ein Commissaris rechnete später aus, daß etwa neunzig Männer an der Aktion teilgenommen haben.

Aber Grijpstra und de Gier schliefen weiter, und der Commissaris machte sich noch mehr Kaffee und verbrachte die Zeit bei seiner Schildkröte. Ihre Namen standen nicht auf der Liste in der Funkzentrale; sie durfte man nur rufen, wenn ein unerwarteter Vorfall im Zusammenhang mit dem Tod von Tom Wernekink auftrat. Sie hörten von den Geschehnissen, als sie pünktlich um neun in ihren Büros eintrafen. Zu diesem Zeitpunkt befanden sich die Flüchtigen in Gewahrsam. Man hatte fünf Festnahmen vorgenommen sowie eine Uzzi-Maschinenpistole und fünf Pistolen beschlagnahmt. Kriminalbeamte durchkämmten jetzt das Gebiet und durchsuchten Haus für

Haus, und ein Dutzend neue Polizisten patrouillierten am Deich.

Grijpstra ging in die Funkzentrale, um die über Fernschreiber eintreffenden Berichte zu sehen. Der Commissaris war bereits dort.

«Mijnheer», sagte Grijpstra.

«Guten Morgen, Adjudant», sagte der Commissaris fröhlich. «Wo ist dein Assistent?»

«Er liest die Berichte, die bereits verteilt worden sind», sagte Grijpstra. «Da war ganz schön was los! In den Kartons waren Fernsehgeräte und andere Elektroartikel. Wir müssen da auf eine große Sache gestoßen sein.»

«Ja. Auch die Yacht war voll mit gestohlener Ware. Und die Keller mehrerer Häuser ebenfalls. Die Beamten haben noch einige Leute festgenommen.»

«Der Kater», sagte eine Stimme hinter ihm. «Lassen Sie uns gehen, um den Kater zu schnappen. Jetzt!»

«Leise», sagte der Commissaris. Er war durch das plötzliche Rufen an seinem Ohr aufgeschreckt worden. «Leise, de Gier! Ich bin nicht taub.»

«Der Kater», sagte de Gier. «Gehen wir!»

De Gier war schon im Korridor, als Grijpstra ihm nachrannte. Beide waren gleichzeitig am VW, und de Gier hupte ungeduldig, als der Polizist am Tor gemächlich aus seiner Pförtnerbude kam.

«Immer mit der Ruhe», sagte der Polizist. «Der Alarm ist vorbei.»

«Noch nicht», sagte de Gier und raste mit dem Wagen zum Tor hinaus.

«Ich werde alt», sagte Grijpstra, als de Gier die vierte rote Ampel überfuhr. «Ich hab die Berichte gesehen, aber bei mir ist der Groschen nicht gefallen.»

«Unsinn, er wäre schon noch gefallen. Ankauf und Verkauf überzähliger Sachen, Quatsch. Der Schweinehund hat uns gestern bei der Vorstellung, die er uns im Büro des Commissaris gegeben hat, frech ins Gesicht gelogen. Du kannst das nicht wissen, weil du nicht dabei warst. Der gestiefelte Kater, ha, ha!»

«Wie?» fragte Grijpstra.

«Er hat uns gestern aufgesucht. Wir fragten ihn, womit er sein Geld verdient. Er hat uns eine schöne Geschichte erzählt, wie klug er sei. Er kauft alles, was gerade geht, und verkauft es aus seinem Lagerhaus in der Stadt. Gelegenheitsverkäufer, Quatsch! Er verkauft gestohlene Ware; genau das ist es. Er muß mit den Leuten in Verbindung stehen, die heute morgen festgenommen wurden. Der ganze Deich steckt mit drin. Alle stecken mit drin. Auch der Spitzel, die Maus. Er muß seit Jahren mittendrin gesteckt haben, aber er hat uns nie etwas gesagt.»

«Erzähl mir mehr», sagte Grijpstra. «Wie war er? Wo hast du ihn gefunden? Warst du bei ihm im Haus?»

De Gier erzählte ihm alles, so gut er konnte, aber er hatte einige Schwierigkeiten. Sie hatten einen als Polizeiauto gekennzeichneten Wagen genommen und fuhren mit Sirene und Blaulicht, aber Amsterdam ist morgens um Viertel nach neun eine rührige Stadt, so daß sie nicht schnell vorankamen. De Gier versuchte alles, was ihm einfiel; er benutzte den der Bahn vorbehaltenen Teil der Straße, die Bürgersteige und sogar den Fußweg in einem Park, aber er blieb in dem dichten Verkehr immer wieder stecken. Er schaffte es jedoch, und Grijpstra hörte sogar von Ursula und lachte.

«Das mußte dir ja passieren, nicht wahr?»

«Das hätte dir ebenso passieren können», rief de Gier aus. «Die Frau ist nicht hinter einem bestimmten Mann her; sie will einfach einen Mann, einen Bumser, und du bist ein größerer Bumser als ich.»

Grijpstra schlug sich auf die Schenkel. «Niemals!»

«Hier», sagte de Gier und bremste.

Sie sprangen aus dem Wagen und donnerten an die Tür. Niemand öffnete.

«Hinten rum», rief Grijpstra.

De Gier rannte. Die Pistole hatte er in der Hand. Der Kater hatte den Fluß noch nicht erreicht, als de Gier ihn anrief. Der Kater sah mit dem halb abrasierten Schnurrbart lächerlich aus. Er trug nur Jeans und war barfüßig.

«Halt», rief de Gier und feuerte, wobei er die Pistole auf eine Wolke richtete.

Der Kater blieb stehen.

Der Kater ergab sich stilvoll de Gier und vier uniformierten Polizisten, die herbeigeeilt waren, als sie die Aufregung bemerkt hatten.

«Scheiße», sagte der Kater. «Sie waren schnell, nicht wahr, Brigadier? Warum schießen Sie mit Pistolen in meinem Garten? Was werfen Sie mir vor?»

«Warum haben Sie Ihren Schnurrbart abrasiert?» fragte Grijpstra, zog dem Kater die Arme auf den Rücken und ließ die Handschellen zuschnappen.

«Ich war der vielen Haare überdrüssig», sagte der Kater. «Wie lautet die Beschuldigung? Und wer sind Sie?»

«Adjudant Grijpstra, zu Ihren Diensten. Sie werden der Annahme gestohlener Waren und vielleicht des Diebstahls und möglicherweise anderer Verbrechen beschuldigt. Wir werden das alles auf dem Revier feststellen. Es ist wohl besser, Sie kleiden sich an.»

«Mit Eisen an den Handgelenken kann ich mich nicht anziehen», sagte der Kater entrüstet.

«Wir werden sie wieder abnehmen.»

De Gier richtete seine Pistole auf den Kater, als Grijpstra ihm im Schlafzimmer die Handschellen abnahm. Der Kater öffnete Schränke und Schubladen und kleidete sich gemächlich an.

«Möchten Sie nicht Ihren goldenen Anzug und die Stiefel anziehen?» fragte de Gier.

«Nein. Aber ich möchte den Rest meines Schnurrbarts abrasieren.»

«Nein», sagte Grijpstra, «noch nicht. Ich möchte, daß der Commissaris und der Fotograf Sie so sehen. Gefechte am Deich, Festnahme von Dieben, eine Maschinenpistole rattert los, die Straße ist voll von Polizisten und Kriminalbeamten, die von Haus zu Haus gehen, und Sie sind hier und rasieren Ihren Schnurrbart ab. Und Sie laufen – in Jeans und barfuß – davon, wenn wir zu Ihnen kommen. Ich halte das für seltsam, Sie nicht auch?»

«Nein», sagte der Kater, «und ich möchte Kaffee, bevor ich gehe. Ursula!»

Ursula, in einen Morgenmantel gekleidet, kam aus der Küche. Ihre langen Beine waren nicht ganz bedeckt, und ihre vollen Brüste standen vor unter dem dünnen Kleidungsstück.

«Paß auf», sagte Grijpstra, als de Giers Blick abirrte.

«Ja, passen Sie auf, Brigadier», sagte der Kater, «Sie haben eine mörderische Waffe und den Finger sehr nahe am Abzug und den Lauf sehr nahe an meiner Brust. Außerdem gehört sie mir, nicht Ihnen.»

«Mir», sagte Ursula, «welchem mir? Ich bin keine Kuh. Und was soll dies alles, Kater? Bringen sie dich weg?»

«Ich fürchte, ja», sagte Grijpstra.

«Wer sind Sie?»

«Adjudant Grijpstra, Städtische Polizei Amsterdam.»

Ursula verneigte sich, wobei ihr das lange Haar ins Gesicht fiel. Sie schüttelte es wieder nach hinten.

«Kümmern Sie sich um ihn, Adjudant», sagte sie. «Er ist nett und meint es gut. Was wirft man dir vor, Kater?»

«Meinen Verstand», sagte der Kater. «Ihnen gefällt nicht, was in meinem Verstand vor sich geht. Ich bin anders, und sie vertreten das gewöhnliche Recht. Ich bin nicht gewöhnlich; das ist mein Fehler.»

«Waren Sie heute morgen an dieser Schießerei beteiligt?» fragte Grijpstra.

Der Kater lachte. «Ich? So etwas habe ich in meinem ganzen Leben noch nicht getan. Ich kaufe und verkaufe Waren, rede viel und höre gut zu.»

«Aber Sie sind mit den Leuten am Deich befreundet», sagte de Gier, «und die *haben* geschossen. Wie ich höre, haben sie sogar zwei Polizisten verwundet, einen am Fuß und einen am Arm. Die haben drauflosgeballert, als wäre ein Krieg im Gange. Und der Deich ist voller gestohlener Ware. Ich würde mir gern Ihr Haus mal ansehen.»

«Nein», sagte der Kater. «Ihr Dienstgrad ist zu niedrig. Sie können das Haus nicht ohne Befehl durchsuchen. Sie haben Glück, daß ich Sie überhaupt eingelassen hab. Verschaffen Sie sich einen Durchsuchungsbefehl, Brigadier.»

«Sei nicht blöd», sagte Ursula. «Im Haus ist nichts.»

«In Ordnung», sagte der Kater und lächelte. «Durchsuchen Sie hier alles, wenn Sie wollen.»

De Gier fand nichts. «Wo ist Ihr Lagerhaus?»

«In der Stadt, aber es ist zwecklos, dort hinzugehen; es ist abgeschlossen, und ich hab den Schlüssel. Ich werde mit Ihnen hingehen, wenn Sie wollen.»

«Später», sagte Grijpstra.

«Ich möchte meinen Kaffee.»

«Später. Wir haben Kaffee im Präsidium. Entschuldigen Sie unser Eindringen, Juffrouw. Wir müssen jetzt gehen.»

«Seien Sie nett zu ihm», sagte Ursula.

8

Bickerseiland war einmal ein vergessener Winkel der Stadt Amsterdam. Das Labyrinth seiner engen Straßen, die Kais, gesäumt von hohen Lagerhäusern aus dem sechzehnten Jahrhundert, die Werften, wo vor einigen hundert Jahren die Segelprähme und Frachtschiffe gebaut wurden, die Grachten, Gärten und sogar einige herrschaftliche

Kaufmannshäuser waren alle morsch, verfallen und eingestürzt zu bröckelnden Haufen, wo sich die Ratten nicht mehr vor den wenigen Menschen fürchteten, die sich weigerten, dort auszuziehen. Aber die Stadt war zu neuem Leben erwacht und kümmerte sich um sich. Die Insel war wiederentdeckt worden von Architekten und Künstlern, und nach und nach wurden, unterstützt vom Referat für öffentliche Bauten, die Lagerhäuser restauriert, die Gärten gesäubert und mit Sträuchern und Bäumen neu bepflanzt und die Grachten ausgebaggert. Es war jedoch immer noch ein ruhiger Ort, denn er lag abseits; man konnte friedlich und in sich versunken spazierengehen, ohne wie ein wahnsinniger Affe herumzuspringen aus Furcht, von dem Angriff des modernen Verkehrs zermalmt zu werden.

Der Commissaris, der als Subinspecteur von Anfang Zwanzig während eines mörderischen Abenteuers zufällig auf die Insel gestoßen war, hatte sie zu seinem Lieblingsaufenthalt gemacht. Man konnte ihn an Wochenenden und im Urlaub häufig dort finden, wie er die Gassen durchwanderte, auf einer Holzbank in einer öffentlichen Anlage saß, am Kai stand und sich den Nacken verrenkte, um eine Giebelspitze zu bewundern, oder wie er auf dem Hof eines verlassenen Herrschaftshauses träumte. Zum Schluß ging er immer in dieselbe kleine Kneipe, die letzte ihrer Art, in der ein sehr alter Wirt – ein lebendes Skelett – für seine wenigen Gäste immer noch Genever aus einer Tonflasche ausschenkte. Es klingelte fröhlich, wenn er die zarten tulpenförmigen Gläser mit dem bernsteinfarbenen, sirupartigen, fast gefrorenen Sprengstoff füllte. Den klingelnden Ton verursachte eine sich verengende Gießtülle aus Metall, die auf die Flasche geschraubt und so alt wie die Kneipe war. Die Kneipe war dreimal so alt wie ihr jetziger Besitzer, und ihre unheimlich traurige Atmosphäre erregte den Commissaris jedesmal, dessen Vergnügungen sehr intensiv waren, obwohl er nur noch wenige kannte.

Es war fünf Uhr nachmittags an dem Tag nach der Festnahme des Katers sowie der Freilassung Mary van Krompens, die der Commissaris selbst veranlaßt hatte. Er hatte ihr die Tasche zur Tür getragen und sie in seinem Wagen mit Fahrer heimgeschickt. Er hatte an diesem Tag bis jetzt Kleinigkeiten erledigt, die von dem Aufruhr am Deich übriggeblieben waren. Abgesehen vom Kater waren neun Personen festgenommen worden, und die meisten Kriminalbeamten tippten jetzt ihre Berichte, nachdem sie die Verdächtigen verhört hatten. Ein beunruhigter Bürgermeister hatte eine Sitzung ins Rathaus einberufen, wo er dem Hoofdcommissaris einige Fragen stellte, und später wurden der Commissaris und zwei seiner Kollegen telefonisch gebeten, zu kommen und zu erklären, wie ein so ungestümer Akt der Aggression in ihrer freundlichen und toleranten Stadt geschehen konnte. Der Commissaris hatte nicht viel gesagt, abgesehen von der Bemerkung, er werde sich eingehender um die Angelegenheit kümmern.

Die vier Gäste hatten die kleine Kneipe ganz für sich. Auf Bitten des Commissaris hatte der Wirt die Tür abgeschlossen und ein schmutziges, zerknittertes Pappschild rausgehängt, auf dem stand, daß wegen eines Todesfalls geschlossen sei. Der Besitzer hatte das Schild vor dreißig Jahren geschrieben, als seine Frau gestorben war.

De Gier in einem tadellosen neuen blauen Jeansanzug, angefertigt von einem türkischen Schneider – einem illegalen Einwanderer und Freund –, saß auf einem hohen Barhocker und musterte einen kleinen Mann mit einem bleistiftstrichdünnen Schnurrbart und kahlem Kopf, der ihm gegenüber und unter ihm auf einem niedrigen Stuhl saß. Grijpstra lehnte an der Bar, hatte ein kleines Glas Genever in der Hand und verzehrte eine Wurst. Auch er musterte den Mann auf dem niedrigen Stuhl. Der Commissaris schaute zum Fenster hinaus, betrachtete die Form des Wracks eines Fischkutters und stellte sich vor, wie es gewesen sein mochte, aufs Meer zu fahren und mit einem so kleinen, höchstens zehn Meter langen Boot eine Ladung Garnelen zu fangen, und zwar mit nur zwei Mann an Bord und ohne Maschine, die helfen könnte, das Fahrzeug zu manövrieren.

Der Kutter mit dem noch intakten Mast war am Kai festgemacht, seit er sich erinnern konnte, und er hatte oft gedacht, er sollte den Eigentümer ausfindig machen. Er könnte das Boot kaufen, es reparieren lassen – umbauen, falls nötig – und auf dem großen Binnensee mit de Gier und Grijpstra als Mannschaft segeln.

Er lächelte vor sich hin. Selbstverständlich war das ein Traum. Die Schmerzen in seinen Beinen, sein ewiges Rheuma, würden ihm den Spaß verleiden. Auf dem Wasser würde es noch schlimmer sein.

In der Kneipe war es sehr still. Der kleine Mann stand auf und stellte mit einem Blick auf den Wirt das Glas auf den Tresen. Der Wirt ergriff die Flasche und goß den Genever klingelnd in das Glas. Der kleine Mann setzte sich wieder. Niemand sagte etwas.

«Starrt nicht so», quiekte der kleine Mann plötzlich. «Starrt etwas anderes an, ja? Schaut zum Fenster hinaus. Seht euch den hübschen

Kutter an, den der Commissaris bewundert. Er ist doch hübsch, nicht wahr?»

Grijpstra und de Gier starrten.

«Nicht wahr?» sagte der kleine Mann hoffnungsvoll.

«Maus», sagte Grijpstra, dessen tiefe Stimme den kleinen Raum ganz ausfüllte, «erzähl, was du uns noch nicht erzählt hast.»

Die Maus sah Grijpstra an und überlegte, ob er fragen sollte: «Was?» Er tat es nicht, sondern stand auf und wollte das Glas wieder auf die Theke stellen.

Grijpstra hielt ihn auf.

«Darf ich nicht trinken?»

«Nein», sagte Grijpstra. «Sag, warum du uns nichts erzählt hast. Du kannst nachher trinken. Zu Hause oder irgendwo. Hier hast du genug gehabt.»

Die Maus leckte sich die Lippen. «Ich hab Durst; mein Mund ist wie Leder. Kann ich nicht eine Limonade oder so was haben?»

Grijpstra sah den Wirt an und nickte.

Die Maus schlürfte die Limonade.

«Nun?» fragte de Gier.

Aber die Maus sagte nichts.

Der Commissaris wandte den Blick vom Kutter ab und ging zu seinen beiden Kollegen an die Bar, kletterte mühsam auf einen Hocker und rieb sich die Beine, als er das Kunststück vollbracht hatte.

«Nun, Maus?» fragte der Commissaris.

Die Maus setzte das Glas ab und wedelte mit den Händen.

«Sie können mir nichts vorwerfen, Mijnheer», quiekte er entrüstet. «Also gut, ich bin Informant. Aber ich bin nicht *verpflichtet,* Sie zu informieren, oder?»

«Du bist verpflichtet», dröhnte Grijpstra, «die Polizei zu informieren, wenn du Kenntnis von einem Verbrechen hast. Du wohnst am Deich und hast mitten dringesteckt in all den Diebstählen und den Hehlereien und was sonst dort noch alles vor sich geht. Du hast das alles gesehen; du hast ihnen sehr wahrscheinlich geholfen. Und du hast nichts gesagt.»

«Könnt ihr beweisen, daß ich dringesteckt hab?» fragte die Maus ängstlich und gleichzeitig enthusiastisch. «Habt ihr irgend etwas in meinem Haus gefunden? Habt ihr jemand getroffen, der irgendwas über mich gesagt hat, was mich belastet? Habt ihr? Habt ihr?»

Grijpstra schwieg, de Gier rückte das bunte Tuch zurecht, das er sich um den Hals geschlungen hatte.

«Das habt ihr nicht», sagte die Maus triumphierend. «Das habt ihr *nicht.*»

De Gier setzte sein Glas ab, die Geneverflasche klingelte. Grijpstra steckte sich eine Zigarre an, eine dicke schwarze Zigarre, und eine widerliche Qualmwolke schwebte in Richtung des Commissaris, der zu husten anfing.

«Verzeihung, Mijnheer», sagte Grijpstra und klopfte seinem Vorgesetzten den Rücken, «ich werde sie ausmachen.»

«Nein, nein», sagte der Commissaris, als er aufgehört hatte zu husten, und sah die Maus an. «Maus», sagte er, «wir bezahlen dich. Und wenn du Geld nimmst, bist du uns verpflichtet. Du mußt reden. Du hättest das Geld ablehnen sollen, hast es aber genommen. Das Geld der Steuerzahler.»

«Ha», sagte die Maus.

Der Commissaris schüttelte den Kopf. «Nein, Maus. Es kommt dir vielleicht blöd vor, aber das Geld der Steuerzahler ist heilig. Jedenfalls für mich. Und für viele andere. Für mehr, als du denkst. Diese Stadt ist anständig. Wenn man etwas gibt, erwartet man etwas dafür. Du hast versagt. Aber du kannst es noch wiedergutmachen.»

«Was ist, wenn ich das nicht tue?» sagte die Maus trotzig.

«Ich glaube nicht, daß dir viel passieren wird, wenn du es nicht tust», sagte der Commissaris sanft, «jetzt nicht. Vielleicht später.»

«Sie drohen mir.»

«Nein, Maus. Ich drohe nicht. Da gibt es das Recht.»

«Ha», sagte die Maus, aber mit trauriger Stimme.

«Nicht ‹ha›», sagte der Commissaris. «Und ich meine nicht das Recht in unseren Gesetzbüchern. Die Gesetze sind nur ein Schatten des Rechts, wie wir es verstehen, aber unser Verständnis ändert sich immerzu, also ändern sich auch die Gesetze. Ich meine das Recht.»

«Gott?» fragte die Maus. «Sie sprechen von Gott?»

«Nein, Maus. Ich kenne Gott nicht.»

«Ich glaube, Sie sprechen von Gott», sagte die Maus halsstarrig.

«Da ich Gott nicht kennengelernt habe, kann ich nicht von ihm sprechen», sagte der Commissaris, «aber ich habe ein wenig vom Recht gesehen. Das Recht ist sehr schön.»

Die Maus stellte das Glas auf die Theke, wartete und trank die Limonade in einem Schluck. Er setzte sich wieder und rieb sich den kahlen Schädel.

«Das Recht», sagte er zögernd.

De Gier wollte etwas sagen, aber der Commissaris hob seine Hand. Grijpstra zog an seiner Zigarre. Er fing an zu husten, warf die Zigarre auf den Boden und trat sie aus.

«Gut», sagte die Maus, «ich werde reden. Aber ich werde es nicht vor Gericht wiederholen. Es ist keine Aussage. Sie können mich nicht darauf festnageln. Gut?»

«Ja», sagte der Commissaris.

«Und ich will kein Geld. Keine Verpflichtung. Gut?»

«Ja.»

«In Ordnung», sagte die Maus, und die Kneipe veränderte sich. Sie schien jetzt viel heller zu sein, und de Gier kratzte sich den Rücken und grinste. Grijpstra steckte sich eine neue Zigarre an, und der Commissaris lächelte. Sogar das Skelett hinter der Theke entspannte sich, und sogar das Klingeln der Geneverflasche hatte seinen alten, glücklich gluckernden Klang.

«Es ist der Kater», sagte die Maus. «Der Kater ist ein Genie. Ich mag ihn. Ich bewundere ihn sogar. Er ist der Segen des Deichs. Oder er *war* es vielleicht. Jetzt ist alles schiefgegangen, aber das ist nicht die Schuld vom Kater. Und ihr werdet den Kater nicht erwischen. Ihr werdet ihn vielleicht ein bißchen erwischen. Er wird ein paar Monate oder höchstens ein Jahr bekommen. Man wird ihm einen Teil der Strafe erlassen. Alle werden ihn mögen. Ihm wird es im Gefängnis gefallen. Ihr werden sehen.»

Er sah de Gier an, der ihm zunickte. «Hast du ihn kennengelernt, Brigadier?»

«Ja.»

«Magst du ihn?»

«Ich mag ihn», sagte de Gier, «jedenfalls bis jetzt.»

«Ihr konntet ihn nicht kleinkriegen, nicht wahr?»

«Wir haben nicht versucht, ihn kleinzukriegen», sagte Grijpstra. «Wir haben ihm nur ein paar Fragen gestellt.»

«Haben Sie mit ihm über das Recht gesprochen, Mijnheer?» fragte die Maus.

«Nein, Maus. Ich habe ihn noch nicht gesprochen. Und wenn der Kater so nett und klug ist, weiß er vielleicht ein wenig über das Recht.»

Die Maus sah den Commissaris an; der Blick war beinahe hungrig.

«Das Recht», wiederholte er, «ja. Vielleicht. Ich weiß nicht.»

«Sprich weiter, Maus», sagte de Gier.

«Ja. Als der Kater an den Deich zog, herrschte dort ein Durcheinander – alle lebten dort von der Fürsorge, die Häuser verfielen, die Frauen wurden dick und jeden Tag fauler und die Kinder schmutziger. Saufen – mehr taten wir nicht – und reden. Blödes Geschwätz, Prahlerei. Es gab nichts, womit man prahlen konnte, aber wir betrieben dieses Spiel, wißt ihr. Ich höre mir deinen Quatsch an, dann hörst du dir meinen an. Kennt ihr das?»

«Ich kenne das», sagte de Gier.

Grijpstra lachte.

«Kennst du es auch, Adjudant?»

«Er kennt es auch, Maus», sagte de Gier.

Die Maus sah wieder traurig aus. «Ihr meint, wir spielen es alle. Aber es kann nicht so schlimm sein wie am Deich. Es machte mich krank; es machte alle krank.»

«Und dann kam der Kater», sagte der Commissaris.

«Ja, Mijnheer. Der Kater hat sich ein verfallenes kleines Haus gekauft und es hergerichtet. Wir haben dabei zugeschaut und ihm zuerst nicht geholfen, aber er hat um Rat gebeten, wißt ihr. Er kam und fragte, wie er dies und das tun solle. Und ehe wir es merkten, halfen wir ihm alle.»

«Gut», sagte der Commissaris.

«Ja. Und wir lernten ihn kennen und er uns. Und sein Mädchen Ursula servierte uns Tee im Garten. Wir saßen dort und tranken ihn und gingen dann wieder an die Arbeit. Wir hatten das Haus innerhalb weniger Wochen hergerichtet: neue Balken, ein neues Dach, sogar eine neue Mauer – richtig gemauert und verputzt. Und wir haben das ganze Holz gestrichen und auf dem Fußboden Fliesen verlegt. Und immerzu fragte uns der Kater, was wir am Deich täten.»

«Ihr habt nicht nur getrunken und geprahlt», sagte de Gier, «sondern auch gestohlen und eingebrochen.»

«Gewiß, gewiß», sagte die Maus. «Wohlgemerkt, ich nicht. Ich hab meine Rente und bin ruhig. Das waren die anderen.»

«Gewiß», sagte Grijpstra.

«Wir haben es ihm also erzählt, und er hat sehr aufmerksam zugehört und nicht viel gesagt. Monatelang hat er nicht viel gesagt. Nicht einmal, als wir anfingen, unsere Häuser herzurichten, und er *uns* dabei half.»

«Woher hattet ihr das Material?» fragte der Commissaris.

«Gestohlen, Mijnheer. Einiges kam vom Fluß, aber die guten Sachen haben wir gestohlen, und so fing alles an. Er sagte, wir sollten uns organisieren. Wir brauchten zum Beispiel viel Farbe. Früher hätten wir hier und da eine Dose voll gestohlen, aber er sagte, wir sollten nicht blöd sein. Wenn man nur eine armselige Dose Farbe klaut und wird erwischt, ist es auch Diebstahl, und sie hauen einem das Strafgesetzbuch um die Ohren. Er sagte, wir sollten alles, was wir brauchten, auf einmal klauen, und wir machten einen Plan – oder vielmehr, er machte ihn. Wir begannen, eine Großhandlung in der Stadt zu beobachten; wir stellten fest, wann ihre Lieferwagen fuhren. Dann klauten wir einen ganzen Wagen. Wir wußten, was er geladen hatte, bevor wir ihn klauten. Es war ein schönes Stück Arbeit. Jemand machte die Schlüssel nach, während der Fahrer in einem Café saß, und zwar Wochen vor der eigentlichen Arbeit. An dem betreffenden Tag brauchten wir nur noch darauf zu warten, daß der Fahrer eine kleine Lieferung machte, in den Wagen springen und wegfahren. Hübsch und ruhig. Ohne Eile. Ohne rote Ampeln zu überfahren. Wir hatten einen anderen wartenden Lieferwagen, in den wir umluden. Den gestohlenen Wagen ließen wir ordentlich an einem Straßenrand stehen und fuhren mit dem anderen Wagen nach Haus. Mit einem gemieteten Wagen. Für den Job benötigten wir wenig Zeit und Geld, aber er brachte uns einen großen Profit ein. Wir konnten die Farbe nicht alle gebrauchen, also hat der Kater den Rest verkauft. Und er erzielte einen guten Preis. Und er hat geteilt.»

«Wieviel hat er für sich behalten?» fragte Grijpstra.

«Ein Viertel.»

«Er war redlich zu euch, nicht wahr?»

«Gewiß», sagte die Maus entrüstet.

«War er am eigentlichen Diebstahl beteiligt?»

«Nein. Er hat uns von Anfang an gesagt, er werde nie stehlen. Er verkaufte das Zeug nur, und nur, wenn er selbst den Job richtig geplant hatte.»

«Mach weiter.»

«Nun, dies gab uns etwas Selbstachtung, genau was uns fehlte. Und von da an machten wir weiter. Wir erwischten ein paar Wagenladungen Bauholz und einige Dachziegel. Wir erwischten sogar Werkzeuge, herrliche Werkzeuge. Wir bezahlten nur den Zement, da wir keinen Zementtransporter klauen wollten; mit ihren rotierenden Behältern fallen die zu sehr auf.»

«Und keiner hat geredet?» fragte de Gier.

«Nein. Nie. Ich auch nicht. Der Kater gab mir ein schlechtes Gewissen.»

«Hat er gewußt, daß du ein Informant bist?» fragte Grijpstra.

«Nein. Das weiß keiner. Meine Frau weiß es nicht. Ich selbst weiß es nicht einmal. Ich will es nicht wissen. Und ich werde euch nie mehr informieren.»

«Du hast deinen alten Freund ans Messer geliefert», sagte Grijpstra, «was noch gar nicht so lange her ist. Und du hast uns von dem geflohenen Einbrecher erzählt.»

«Ich weiß, ich weiß», quiekte die Maus. «Gelegentlich mußte ich etwas tun, aber damit ist es vorbei. Nie wieder. Und die hatten nichts mit uns oder dem Kater zu tun. Ihr hättet sie sowieso geschnappt.»

«Der Kater ist geschnappt worden», sagte der Commissaris.

«Ja. Da ging etwas schief. Er hat sie gewarnt, wißt ihr.»

«Was ist schiefgegangen?»

«Die Prahlerei. Sie hörte nie auf. Der Kater konnte sie nicht unterbinden. Wir bekamen unsere Selbstachtung wieder und machten wirklich gute Arbeit, aber das genügte nicht. Einigen nicht, wohlgemerkt; einige von uns wußten, wie sie mit der neuen Situation fertig werden. Aber einige konnten das nicht. Sie wollten richtige Gangster sein und gingen immer in die Stadt, um sich Filme anzusehen. All die alten französischen Gangsterfilme. Diese ruhigen Typen mit Schußwaffen. Pistolen und Maschinenpistolen, schnelle Wagen und hübsche Frauen mit kurzen Röcken und großen Titten. Sie meinten, daß sie auch so sein müßten. Alles blöde Einbildung und Kino-Unsinn. Solche Leute gibt es gar nicht. Der Kater hat es ihnen gesagt, ich hab es ihnen gesagt, aber sie wollten es nicht glauben. Sie klauten ganze Wagenladungen, große Wagenladungen dann schon. Container. Teures Zeug. Farbfernseher und elektrische Haushaltsgeräte. Tiefkühltruhen und große Stereo-Anlagen und Heizgeräte und Waschmaschinen. Alles. Der Kater verkaufte es gegen bar und verteilte das Geld, sobald er es hatte. Sie trafen sich alle bei irgend jemand im Haus – wie zu einer Party –, und er sagte dann: ‹Du hast das und das getan, also denke ich, du kriegst soviel. Und du hast dies gemacht, also denke ich, du kriegst soviel.› Dann warf er einen Blick in die Runde, und wenn jeder einverstanden war, verteilte er das Geld.»

«Hat irgendeiner mal Stunk gemacht?» fragte Grijpstra.

«Nein. Die Vorschläge vom Kater waren gut. Sie wollten nur, daß er sie nach ihrer Meinung fragt. Mehr wollten sie nicht. Und das tat er.»

«Was hast *du* gemacht?» fragte der Commissaris.

«Ich beobachtete die Lastwagenfahrer, folgte ihnen, stellte fest, wo sie auf ihrer Tour anhielten. Ich besorgte auch die Schlüssel und ließ sie nachmachen. Einer der Männer war Schlosser. Wir stiegen in meinen Wagen und folgten dem Lastwagen; ich klaute die Schlüssel und brachte sie schnell zum Wagen, wo er einen Abdruck machte. Ich brachte sie dann wieder zurück. Aber ich machte nie die schwere Arbeit.»

«Bist du jemals in Schwierigkeiten geraten?»

«Nein, Mijnheer», sagte die Maus stolz. «Ich hab einen gewöhnlichen Wagen und sehe gewöhnlich aus. Ich falle keinem sehr auf.»

«Trink einen.»

«Danke, Mijnheer.»

Die vier Gläser wurden in einer Reihe aufgestellt, der Wirt schenkte ein. Sie hoben die Gläser und tranken.

«Also erzähle, was schiefgegangen ist.»

«Ja, Mijnheer. Die Prahlerei, wie ich schon sagte. Groß angeben. Einige begannen zu renommieren. Die Häuser bekamen alle Teppichböden, Farbfernseher, neue Vorhänge und Möbel und so weiter. Und die Gärten wurden in Ordnung gebracht. Und dann kauften sie Kleidung. Und Wagen, hübsche Wagen. Und dann fingen sie an, Schußwaffen zu kaufen. Jemand ging nach Belgien und kam mit einer Automatic-Pistole zurück. Er zeigte sie herum, und dann wollten einige andere auch eine haben. Wir hatten an einer alten Yacht gearbeitet, eine neue Maschine eingebaut, und sie dachten, sie könnten auf Schiffen etwas klauen; deshalb besorgten sie eine Maschinenpistole. Sie hatten Angst vor den groben Seeleuten, denke ich. Der Kater war strikt dagegen. Seine Pläne erforderten nie Schußwaffen. Keine Gewaltanwendung. Nicht einmal, als ich einem bestimmten Lastwagenfahrer die Schlüssel nicht abluchsen konnte. Auf ihn setzte der Kater ein Mädchen an. Ich stellte fest, daß der Fahrer gern Anhalterinnen mitnahm. Also suchte der Kater eine hübsche Nutte in Amsterdam, machte sich an sie ran und bot ihr einen guten Anteil. Sie lief dem Fahrer in den Weg, und er nahm sie mit. Sie schlug vor, den Lastwagen an einer geeigneten Stelle zu parken und in die Büsche zu gehen. Während sie beschäftigt waren, machten wir den Lastwagen leer.»

«Wir?» fragte der Commissaris.

«Nein, ich nicht. Ich fuhr mit meinem Auto hinter dem Lastwagen her, aber ich lungerte nur so herum, falls etwas schiefgehen sollte. Aber es ging nichts schief. Er kam mit dem Mädchen zurück und merkte nicht einmal, daß er seine Ladung verloren hatte. Ich nahm das Mädchen beim nächsten Halt mit, als er auf der Toilette war. Ha, muß der ein Gesicht gezogen haben, als ihm klarwurde, daß das Mädchen weg war und seine schöne Ladung Waschmaschinen ebenfalls. Vierzig Waschmaschinen. Der Kater hatte seine ganze Mannschaft auf diesen Job angesetzt.»

«Und der Kater war nicht dabei?»

«Nein, Mijnheer. Nie. Er dachte es sich zu Hause aus, arbeitete mit den Informationen, die wir lieferten. Wir hatten nichts dagegen. Er gab uns etwas zu tun und zahlte gut. Wir wollten nicht, daß er den Kopf hinhielt.»

«Und Schußwaffen hat er nicht gebilligt, wie?»

«Nein. Aber ich glaub nicht, daß er sich große Sorgen machte. Seine Pläne erforderten nie Schußwaffen, und es gab genug ältere und ruhigere Leute, um die anderen in Schach zu halten. Erst als eure blöden Bullen mit dem Motorrad zufällig auf uns stießen, ging alles schief.»

«Eure Leute haben zwei Polizisten verwundet», sagte der Commissaris.

«Ja», sagte die Maus, «wie geht es ihnen? Den Polizisten?»

«Dem einen gut; seine Schulter ist verletzt, jedoch nicht ernst – er wird in einigen Wochen wieder Dienst tun –, aber dem anderen geht's schlecht. Einige Knochen im Fuß sind zerschmettert. Er wird für den Rest seines Lebens hinken und bei der Polizei ausscheiden müssen.»

«Eine Schande», sagte die Maus und machte ein Gesicht, als meine er dies auch.

«Aber warum haben sie angefangen zu schießen?» fragte de Gier. «Das war verdammt blöde, nicht wahr? Diebstahl ist selbstverständlich ein Verbrechen, aber eure Leute haben nie jemand bedroht oder verletzt oder ein schweres Verbrechen verübt. Hätten sie sich den Beamten der motorisierten Polizei ergeben, würden sie nur des Diebstahls angeklagt. Warum Schußwaffen verwenden? Verdammt idiotisch! Der Staatsanwalt wird Gehacktes aus denen machen; die werden jetzt für viele Jahre ins Gefängnis kommen.»

«Ja, ich weiß», sagte die Maus traurig, «die wollten nicht hören.

Prahlerei. Ich hab's euch ja gesagt. Sie sagten, sie würden sich den Bullen nie ergeben. Wißt ihr, die jüngeren sprachen davon, sie wollten abhauen und das Geld ins Ausland bringen und sich ein schönes Leben machen. Alles Unsinn. Das kommt von den Filmen; man sollte solche Filme nicht zeigen. Einige Leute können sie nicht vertragen.»

«Eine Maschinenpistole, tatsächlich», sagte Grijpstra.

Die Maus lächelte plötzlich.

«Warum lächelst du, Maus?»

«Ich dachte an dies Schießeisen», sagte die Maus. «Das war sehr dramatisch. Ich erinnere mich, wie der Mann, der sie in Belgien gekauft hat, damit hereinkam. Er trug so einen Anzug und Hut genau wie die französischen Gangster, und die Maschinenpistole war in zwei Teilen. Er stand mitten im Zimmer und steckte das Magazin rein. Es knackte, so eine starke Art von Knacken. Und plötzlich schwiegen alle und sahen ihn an. Es war sehr eindrucksvoll, wißt ihr. Sogar ich war beeindruckt.»

«Ich bin froh, daß er mit dem Instrument keinen getroffen hat», sagte der Commissaris.

«Er hat nur einen Feuerstoß abgegeben und nach oben gezielt. Er wollte nur Krach machen, Mijnheer.»

«Hat er dir das gesagt?»

«Ich hab's gehört», sagte die Maus. «Ich hab's gehört.»

«Wieviel Geld ist durch die Hände des Katers gegangen?» fragte Grijpstra.

Die Maus machte ein vorsichtiges Gesicht. «Ich hab's mal ausgerechnet, so um die zwei Millionen, glaub ich. Aber er hatte auch noch andere Dinge an der Hand. Er sprach davon, er werde sich im nächsten Jahr zur Ruhe setzen und wollte das auch von uns. Er wollte ins Ausland.»

«He», sagte de Gier, «die Frau, von der du erzählt hast – die den Lastwagenfahrer verführt und für eine Weile in den Büschen festgehalten hat –, das war doch wohl nicht Ursula, oder?»

«Nein, nein», sagte die Maus, «nicht Ursula. Eine Nutte aus der Stadt. Hab ich das nicht gesagt?»

«Doch», sagte de Gier, «aber du hättest ein wenig verwirrt sein können.»

«Nein. Ich war nicht verwirrt. Ich werde nur verwirrt, wenn ihr alle dasitzt und mich anstarrt, als wäre ich ein blödes Tier im Zoo oder ein Fisch in einem Aquarium. Ursula wäre nicht geeignet, wißt ihr; sie ist zu groß. Der Lastwagenfahrer würde sie in der Stadt sehen und wiedererkennen.»

De Gier sah erleichtert aus, und die Maus bemerkte es und grinste.

«Dir gefällt sie, nicht wahr, Brigadier?» Die Maus drohte mit dem Finger. «Vorsicht.»

«Vorsicht vor was?»

«Sie ist sehr groß. Sie wird sich öffnen, und wutsch, da wird nichts mehr von dir übrigbleiben.»

Grijpstra und der Commissaris lachten; die Maus, glücklich über den Erfolg, krümmte sich vor Vergnügen.

«Schon gut, schon gut, schon gut», sagte de Gier.

«Mach dir nichts draus, Brigadier», sagte die Maus, «ich hab nur Spaß gemacht. Sie ist ein nettes Mädchen. Du solltest es versuchen, weißt du, vielleicht hast du Glück. Sie ist nicht treu, und dem Kater macht es nichts aus.»

«Er wird für eine Weile verschwinden», sagte Grijpstra nachdenklich und sah de Gier an.

Der Commissaris winkte ab mit seiner kleinen Hand.

«Schon gut, wir kennen die Schwäche des Brigadiers. Danke, Maus; jetzt wissen wir etwas mehr. Du hast uns noch nicht gesagt, was dir deine Informationen wert sind.»

«Nein, Mijnheer», sagte die Maus nervös, «kein Geld. Ich bin damit fertig. Wenn Sie mal wieder einen freundlichen Rat brauchen, lassen Sie es mich wissen, aber wenn ich ihn gebe, dann gratis. Umsonst. Und ich werde ihn nur Ihnen oder dem Adjudant oder dem Brigadier geben. Keinem anderen.»

«Was wirst du jetzt tun, Maus?» fragte Grijpstra.

«Angeln», sagte die Maus. «Du angelst auch, ich weiß. Ich hab ein paar gute Stellen entdeckt; wir können gelegentlich mal zusammen hingehen. Nicht am Deich. Ich will nicht mit der Polizei zusammen gesehen werden.»

«Was sonst noch?»

«Nichts», sagte die Maus. «Ich werde alt. In zwei Jahren bin ich siebzig.»

Die Maus sah jetzt glücklich aus, seine kleinen Augen glänzten. Er bestellte eine Runde und legte einen Geldschein auf die Theke. «Sie auch», sagte er zu dem Skelett, das noch ein Glas einschenkte und es feierlich hob.

«Fühlst du dich jetzt besser, Maus?» fragte Grijpstra mit fast zärtlicher Stimme. So spricht er mit seinem kleinen Sohn, dachte de Gier. Grijpstra hatte seinen Sohn gern, der oft ins Präsidium kam, wenn er und de Gier gerade Feierabend machen wollten. Dann zog er an Grijpstras Jacke und zwang ihn, seine Papiere in Ruhe zu lassen und heimzugehen.

«Da gibt es noch eine letzte kleine Frage, Maus», sagte der Commissaris.

«Ich weiß», sagte die Maus. «Ich hab mich schon gewundert. Ich dachte, Sie würden sie gleich am Anfang erwähnen, als Sie mich in die Ecke getrieben hatten.»

«Wernekink», sagte der Commissaris.

Die Maus schüttelte den Koof. «Ich weiß nichts, Mijnheer. Das hab ich Ihnen schon vorher gesagt, nicht wahr? Niemand am Deich kannte ihn gut, bis auf den Kater, und der mordet nicht.»

«Bist du sicher?»

«Absolut. Der Kater war über Wernekinks Tod bestürzt. Wirklich bestürzt. Ich bin zu ihm gegangen, da ich ebenfalls neugierig war. Ich dachte, einige der schnellen Jungs könnten verdächtig sein – die Jungs mit diesen Anzügen, Hüten und Schießeisen –, aber die konnten es nicht getan haben. Ich kenn sie alle, sie schießen nicht gut. Sie haben keine Übung. Keiner von ihnen war beim Militär. Das Militär wollte sie nicht. Es sind alles Asoziale. Sie können abdrücken, aber keinen zwischen die Augen treffen.»

«Die Polizisten haben sie jedoch getroffen», sagte Grijpstra.

«Reiner Zufall. Sie haben ein Magazin nach dem anderen leergeschossen, und auf diese Weise wird man immer etwas treffen; der Deich war blau von Uniformen.»

«Ja», sagte der Commissaris, «der Ballistiker hat mir gesagt, die Polizisten seien von Querschlägern getroffen worden.»

«Sehen Sie», sagte die Maus.

«Welche Theorie hast du über Wernekinks Tod?» fragte de Gier.

Die Maus schüttelte wieder den Kopf. «Ich weiß nicht. Keine Ahnung. Ich hab immer wieder nachgedacht, aber es gab keinen Grund. Kein Motiv. Wer würde einen Mann umbringen wollen, der niemand kannte und nichts wollte. Er wollte nicht einmal das Nachbarmädchen, und das war hübsch genug.»

«Du glaubst nicht, daß die lesbische Frau es getan hat?»

«Nein, nein», sagte die Maus. «Mary ist in Ordnung. Sie ist eine nette, freundliche Seele, die sich um die Leute kümmert. Und sie ist glücklich mit dieser anderen Frau; sie sind immer zusammen, sie kaufen gemeinsam ein, machen gemeinsame Autofahrten. Sie rudern sogar zusammen auf dem Fluß.» Die Maus schüttelte sich.

«Hast du das Zittern gekriegt?» fragte Grijpstra. «Du trinkst doch wohl nicht zuviel, oder?»

«Nein. Es sind diese Lesbierinnen. Sie verwirren mich. Ich verstehe das nicht. Es ist unnatürlich, nicht wahr?»

De Gier lachte über das Unbehagen der Maus. «Ich glaube, fünf Prozent aller Menschen auf Erden haben homosexuelle Neigungen», sagte er. «Das sind fünf von hundert, eine Menge Menschen. Zu viele, um unnatürlich zu sein.»

«Mir gefällt das nicht», sagte die Maus.

«Warum nicht?»

«Es gibt mir ein blödes Gefühl. Ich bin ein Mann, und die Frauen brauchen Männer. Aber diese Frauen brauchen keine Männer.»

«Du bist fast siebzig», sagte der Commissaris. «Wirst du nicht ein bißchen zu alt dafür, Maus?»

«Ja, Mijnheer», sagte die Maus, «aber es ist einfach die Vorstellung davon.»

Der Commissaris kletterte von seinem Hocker. Sie standen in einer Gruppe an der Theke und tranken einen letzten Schnaps. Die Maus setzte das Glas ab und zeigte auf den Kutter, der draußen in der Gracht lag. Er erzählte eine interessante Geschichte über das Boot und forderte sie auf, sich das Ornament auf dem Ruder anzusehen, einen liegenden Löwen, lang ausgestreckt, den Kopf auf den Tatzen. Reste von goldener Farbe waren auf der Skulptur noch zu sehen. De Gier sagte etwas über den Löwen, der Commissaris und Grijpstra hörten zu. Als sie sich umdrehten, war die Maus fort. Sie hatten die Tür nicht gehört. Auch der alte Wirt hatte nicht gesehen, wie er gegangen war.

«So verschwindet er immer», sagte Grijpstra, «dieser kleine Schleicher.»

«Er ist kein schlechter Kerl», sagte de Gier.

«Nein», sagte der Commissaris, «aber er hätte uns wegen der Schußwaffen warnen sollen. Er hätte es auf taktvolle Art tun können, dann hätten wir eine kleine Razzia organisieren und die Pistolen und die Maschinenpistole beschlagnahmen können. Der Polizist kann seinen Fuß vielleicht nie mehr gebrauchen. Ich wollte, ich hätte wegen der Schußwaffen Bescheid gewußt.»

«Die Farbe und die Fernseher und die Waschmaschinen machen Ihnen nichts aus, nicht wahr, Mijnheer?» fragte Grijpstra. «Ich meine, sie machen Ihnen nicht sehr viel aus.»

Der Commissaris brummte.

9

Der Commissaris brummte. Sein Kopf pochte, und er war durstig. Die Beine taten ihm weh, aber die Schmerzen im Kopf waren schlimmer, viel schlimmer. Er hatte Ameisen im Kopf, die in sein Gehirn enge Tunnels gruben. Er spürte, wie sie an der Innenseite seiner Schädeldecke kratzten und sich umdrehten, um neue Tunnels zu graben. Er hatte bereits eine Literflasche Orangensaft geleert, aber das trockene, unangenehme Gefühl in seinem Mund war unverändert. Er hatte an diesem Morgen noch kein Wort gesprochen, und er war sich nicht ganz sicher, ob er es überhaupt konnte.

Grijpstra und de Gier saßen. Sie hatten zuerst gestanden, aber als der Commissaris gewinkt und genickt hatte, hatten sie sich jeder einen Stuhl genommen. Sie hatten guten Morgen gesagt und warteten. Jetzt war der Commissaris an der Reihe, etwas zu sagen, aber er hatte noch eine Gnadenfrist von einigen Sekunden. Er nutzte diese wenigen Sekunden, um Selbstkritik zu üben. Er hätte es sich nicht erlauben dürfen, betrunken zu werden. Aber es war geschehen. Selbstverständlich war es ein schlimmer Tag gewesen – ein Tag voller Schmerzen –, aber an Schmerzen sollte er allmählich gewöhnt sein.

Er war nach der Zusammenkunft mit der Maus heimgegangen und um acht Uhr abends eingetroffen, rechtzeitig für ein spätes Mahl und die Gesellschaft von zwei Schwestern seiner Frau. Auf dem Tisch hatte Wein gestanden, und der Commissaris hatte sich von den beiden Flaschen den größten Teil selbst eingeschenkt. Die Frauen hatten so viel geredet, daß seine Trunkenheit unbemerkt geblieben war. Und zum Kaffee Weinbrand – eine viertel Flasche? Oder vielleicht eine halbe Flasche? Er hatte das Bett noch allein erreicht, aber seine Frau mußte ihn ausgezogen haben. Er konnte sich nicht erinnern. Aber er erinnerte sich, daß er sich nicht selbst ausgekleidet hatte.

Es geschah nicht oft, einmal oder zweimal im Jahr. Aber es sollte überhaupt nicht passieren, dachte der Commissaris. Aber da waren selbstverständlich die Schmerzen. Die ewigen Schmerzen in seinen Beinen. Alkohol stillt die Schmerzen; er versagt nie. Vielleicht konnte er sich damit entschuldigen.

«De Gier», krächzte der Commissaris.

«Mijnheer», sagte de Gier fröhlich.

«Etwas Orangensaft», krächzte der Commissaris. «Dort drüben im Kühlschrank. Gieß ihn bitte für mich ein und besorgt mir auch Kaffee!»

De Gier goß den Orangensaft ein, Grijpstra verließ das Zimmer. Er kam mit einem Tablett und drei Pappbechern wieder.

Der Commissaris fühlte sich etwas besser. «Also», sagte er, «einer der Inspecteurs, die gestern abend Dienst hatten, hat mich heute morgen angerufen. Es scheint, ihr habt zwei Leute festgenommen. Ich dachte, ihr seid nach Hause gegangen. Erzählt.»

Er sah Grijpstra an, der sich aufrichtete. «Das hat nichts mit dem Tod am Deich zu tun, Mijnheer.»

«Nein?» fragte der Commissaris. «Aber das ist doch der Fall, den wir bearbeiten.»

«Ich weiß, Mijnheer, aber wir sind nicht nach Hause gegangen. Wir sind hierher zurückgekommen.»

«Schlagzeug gespielt?» fragte der Commissaris und brachte ein Lächeln zustande. Er hatte den Orangensaft getrunken und sah de Gier hilflos an, der aufstand und das Glas wieder füllte.

«Ja, Mijnheer», sagte Grijpstra. «De Gier hat für eine Weile die Flöte gespielt, und ich habe ein wenig getrommelt. Außerdem haben wir die Tagesberichte gelesen.»

«Ja, ja. Also was ist passiert?»

«Erinnern Sie sich an die alte Frau, die in der Gracht gefunden wurde, Mijnheer?»

«Ja, ich habe davon gelesen, aber die Leiche nicht gesehen.»

«Ich hab die Leiche gesehen», sagte de Gier.

Der Commissaris schüttelte den Kopf.

«Ich weiß, Mijnheer», sagte de Gier, «ich mag keine Leichen, aber als ich den Bericht las, kam mir der Name der toten Frau bekannt vor. Und schließlich fiel mir ein, daß ich sie kannte.»

Der Commissaris machte ein interessiertes Gesicht.

«Sie hat sich über den Mann beschwert, bei dem sie wohnte», sagte de Gier. «Vor etwa sechs Wochen. Ich habe den Fall bearbeitet. Sie sagte, er habe sie bedroht.»

«Und hat er?»

«Ja, Mijnheer. Er hat sie auch geschlagen. Sie hatte ein blaues Auge. Aber es gab keinen Fall. Als ich sie in ihrer Wohnung aufsuchte, sagte sie, sie habe sich geirrt.»

«Und das blaue Auge?»

«Der Türpfosten», sagte Grijpstra. «Sie laufen immer gegen Türpfosten. Amsterdam ist voller Türpfosten.»

«Ja», sagte de Gier, «der Türpfosten. Ich sprach mit ihr und versuchte, sie zur Vernunft zu bringen, aber sie war eine komische alte Frau. Sie war damals etwas betrunken.»

«Es gab also keinen Fall», sagte der Commissaris und stellte mit einiger Freude fest, daß die Worte jetzt ziemlich leicht herauskamen. «Keine Beschuldigung, kein Fall.»

«Aber dann starb sie», sagte de Gier, «und ich sah die Leiche. Sie hatte eine Wunde am Kopf. Die Wasserschutzpolizei meinte, die Wunde könnte durch die Schraube eines ihrer Patrouillenboote oder eines Lastkahns verursacht worden sein. Sie wurde in der Nähe der Brücke Brouwersgracht/Prinsengracht gefunden. Dort herrscht viel Verkehr.»

«Die Touristenboote», sagte der Commissaris.

«Ja. Ich dachte, sie könnten recht haben, es sei kein Fall für uns; also habe ich nichts unternommen. Aber gestern abend haben wir die Berichte noch einmal gelesen und gesehen, daß der Tod als Unfall abgetan worden war.»

«Und?»

«Wir dachten, wir könnten uns dennoch darum kümmern», sagte Grijpstra. «De Gier sagte, die Frau gehöre nicht zu denen, die in die Gracht fallen. Und da war die Wunde.»

«Aber der Inspecteur sagt, ihr habt zwei Männer festgenommen, die gestanden haben», sagte der Commissaris und versuchte, eine Zigarre anzustecken. Seine Hand zitterte. Grijpstra sprang auf und knipste sein Feuerzeug an.

«Ein sehr leichter Fall, Mijnheer», sagte Grijpstra. «Wir sind zu dem Haus gegangen, wo sie gewohnt hatte, aber der Mann war nicht dort. Er ist Maler, ein großer Mann mit langen grauen Haaren. Ich bin sicher, Sie kennen ihn. Er malt auf der Straße und verkauft seine Werke an Touristen. Gefällige Porträts – etwas kitschig, aber gut genug, um Geld dafür zu verlangen – und auch Häuser und Brücken.»

«Trägt er eine Halskette aus bunten Kieselsteinen?»

«Das ist der Mann, Mijnheer.»

«Ich kenne ihn», sagte der Commissaris. «Er hatte nie einen Gewerbeschein und mußte mehrmals Bußen zahlen, aber jetzt hat er eine Konzession. Ein Mann mit roter Nase. Er trinkt.»

«Stimmt, Mijnheer», sagte Grijpstra.

Den Commissaris durchlief eine leichte Welle des Mitgefühls.

«Also gingen wir in die nächste Kneipe und fanden ihn.»

«Ja», sagte de Gier, «mit seinem Freund, einem jungen Burschen.»

«In welcher Kneipe?» fragte der Commissaris.

«Im *De Keizer*, Mijnheer.»

Der Commissaris verzog das Gesicht. Er kannte den *De Keizer*, einen langen, schmalen Raum, ausgestattet mit dem Neuesten an schlechtem Geschmack. Eine Kneipe mit Rüschen, Kretonnelampenschirmen, rosa Glühbirnen, Verzierungen aus imitiertem Kristall, mannshohen Spiegeln und Tischen mit Plastikplatten, die ein wenig wie Marmor aussahen. Der Commissaris kannte auch den Ruf des *De Keizer*.

«Sie kennen den Laden, nicht wahr, Mijnheer?» fragte Grijpstra.

«Ja. Wo die flotten Burschen die Ladenbesitzer aus der Provinz aufgabeln.»

«Aber die flotten Burschen sind überhaupt nicht flott», sagte de Gier. «Das sind Strolche, die die Leute vom Lande ausquetschen und erpressen, wenn sie können.»

«Hat der Eigentümer nicht seine Konzession verloren?» fragte der Commissaris.

«Ja, Mijnheer. Aber der neue Besitzer ist genauso schlimm.»

«Vielleicht sollte der Hoofdinspecteur den Laden schließen lassen», sagte der Commissaris. «Ich werde ihn mal darauf ansprechen.»

«Dann gehen sie woanders hin, Mijnheer.»

«Stimmt», sagte der Commissaris. «Erzähl weiter. Ein junger Bursche, sagtest du.»

Die beiden Kriminalbeamten schauten zum Fenster hinaus.

«Wir hatten eine Theorie, Mijnheer», sagte Grijpstra nach einer Weile.

«Ganz recht. Der alte Mann mochte den jungen Burschen, und zusammen haben sie die alte Frau umgebracht. Wo wohnte der junge Bursche?»

«Beim Maler, Mijnheer. Er hat dort seit mehr als einem Jahr gewohnt.»

«Und die alte Frau hatte Einwände; sie haben sie also zusammengeschlagen, und sie ist zu uns gekommen. Dann haben sie noch mal mit ihr geredet, und sie hat die Klage zurückgezogen.»

«Und sie haben sie sechs Monate danach ermordet», sagte de Gier, «aber das mußten wir beweisen.»

«Hat er sich an dich erinnert?» fragte der Commissaris.

«Das machte es schwierig, Mijnheer», sagte de Gier. «Er erinnerte sich an mein Gesicht in dem Augenblick, als ich mich neben ihn setzte.»

«Dachte er, daß du hinter ihm her bist?»

«Nein, das machte es wiederum leicht. Ich gab einen für ihn aus, Grijpstra gab einen für ihn aus, der junge Bursche gab einen für uns aus. Und wir haben viel gelacht.»

«Ihr habt selbstverständlich die alte Frau nicht erwähnt», sagte der Commissaris. Er fühlte sich jetzt viel besser; die Ameisen waren verschwunden, und er war nicht mehr durstig. Er rieb sich die Beine.

«Nein, Mijnheer. Wir ließen sie reden. Sie wollten uns gegenüber die alte Frau erwähnen, weil sie wußten, daß die Wasserschutzpolizei bereit war, den Fall abzuschließen oder dies bereits getan hatte.»

«Er hat angegeben», sagte Grijpstra, «der junge Bursche hat geprahlt. Er dachte, er sei schrecklich schlau. Der Maler macht eine Menge Geld, und ich bin sicher, daß er das meiste davon einsteckte. Er war toll angezogen, dieser Junge. Lederjacke zu vierhundert Gulden, von Hand besticktes Hemd, schwere goldene Armbänder, Uhr zu sechshundert Gulden, Ringe, Wildlederstiefel und ein Haarschnitt zu fünfzig Gulden. Er hat viel geredet, der Junge.»

«Und er hat sich selbst ein Bein gestellt, oder?»

«Ja, Mijnheer», sagte de Gier. «Es war unglaublich einfach. Er erzählte uns, wo die Leiche gefunden wurde – die genaue Stelle –, an der Brücke Brouwersgracht/Prinsengracht. Im Bericht stand, es sei nur mitgeteilt worden, daß die Leiche irgendwo in der Prinsengracht gefunden wurde. Die Prinsengracht ist lang. Sie beginnt an der Amstel und endet am IJ. Wir hatten den Bericht der Wasserschutzpolizei über das Verhör gelesen. Die Brücke war darin nicht erwähnt, also konnte er es nicht wissen.»

«Habt ihr sie auf der Stelle festgenommen?»

«Ich schnappte mir den jungen Burschen, Grijpstra bekam für den Maler einen Streifenwagen.»

«Haben sie schnell gestanden?»

«Der Maler hat im Streifenwagen ein Geständnis abgelegt, Mijnheer», sagte Grijpstra. «Bei dem jungen Burschen dauerte es eine Stunde. Sie haben sie gemeinsam umgebracht, weil sie sie auf andere Art und Weise nicht loswerden konnten. Sie hatte gedroht, sie werde zum Finanzamt gehen und das wahre Einkommen des Malers verraten. Er gibt selbstverständlich nur ein Zehntel von dem an, was er einnimmt.»

«Ich glaube nicht, daß die Leute von der Steuer sehr interessiert gewesen wären», sagte der Commissaris. «Die sind auf größere Fische aus.»

Grijpstra seufzte.

«Ich glaube, sie liebte den alten Kerl», sagte de Gier. «Sie hat nur gedroht in der Hoffnung, er werde dem Jungen sagen, daß er gehen soll.»

«Wie alt ist der Junge?» fragte der Commissaris.

«Über einundzwanzig.»

«Der Fall ist hieb- und stichfest?»

«Ja, Mijnheer. Die Geständnisse sind unterzeichnet. Wir haben auch die Waffe gefunden. Die Wasserschutzpolizei hat sie heute morgen herausgefischt. Ich habe es gesehen. Zuerst fanden sie zwölf Fahrräder, dann einen Kinderwagen und dann eine halbe Tonne Blechbüchsen und Fahrräder und Flaschen und Möbel. Aber sie fanden auch das Rohr, ein solides Metallrohr von dreißig Zentimeter Länge. Der Arzt sagt, es paßt zu der Wunde.»

«Woher wußtet ihr, wo ihr suchen mußtet?»

«Der alte Mann hat es uns gesagt; sie hatten es mit der Leiche reingeworfen. Die Leiche hätte abtreiben sollen, aber sie blieb an irgendwas hängen, vermutlich an einem Fahrrad.»

«Meinen Glückwunsch», sagte der Commissaris. «Damit wäre ein Todesfall gelöst. Das Mädchen mit dem Heroin ist ebenfalls kein Problem; der Arzt ist sicher, daß es sich eine Überdosis verpaßt hat.»

«Damit bleibt uns nur noch Wernekink», sagte Grijpstra.

«Ausgezeichnete Arbeit», sagte der Commissaris, «aber uns bleibt immer noch ein Mörder. Ein Mörder ohne offensichtliches Motiv. Geht und denkt darüber nach. Wenn ihr ihn nicht finden könnt, dann kann es keiner. Ich werde hier sitzen und ebenfalls nachdenken, aber ich werde alt und habe Kopfschmerzen. Ist noch Orangensaft da, de Gier?»

Eine Minute später waren sie im Korridor, wo de Gier vor einem großen Spiegel stehenblieb, den der Hoofdinspecteur hatte anbringen lassen, damit die Männer ihr Aussehen prüfen konnten. Er stand und winkte sich zu. Grijpstra stand neben ihm und salutierte.

Ein Polizist blieb stehen und fragte, ob bei ihnen alles stimme.

«Nein», sagte Grijpstra, «wir sind verrückt. Hähähähähä.»

Der Polizist stand stramm und ließ einen fahren.

«Laß das!» sagte de Gier.

«Ich bin auch verrückt», sagte der Polizist. «Hähähähähä.»

10

«Ja», sagte Grijpstra laut und schlug kräftig auf die größte Trommel.

De Gier machte ein gepeinigtes Gesicht.

«Laß das», sagte er. «Bitte.»

Grijpstra legte den Trommelstock weg. «Nein?» fragte er schwerfällig und fuhr sich mit der Hand durch die kurzen grauen Stoppeln auf seinem Schädel.

«Nein», sagte de Gier und machte eine Bewegung, als halte er ein großes schlankes Mädchen an der Taille und schüttle es. «Nein, Grijpstra.»

Grijpstra stand auf und ging in die Mitte ihres großen Zimmers, das de Gier mit seiner eleganten Erscheinung beherrschte.

«Nein», sagte de Gier noch einmal. «Wir sind jetzt in der richtigen Stimmung. Den anderen Fall haben wir gut hingekriegt. Du hast es zwar heruntergespielt, um den Commissaris zu beeindrucken, aber Tatsache ist, wir haben gut gearbeitet. Und wenn wir den einen Fall schaffen, dann schaffen wir auch den anderen. Diese Angelegenheit Wernekink ärgert mich; sie ärgert dich ebenfalls und *hat* auch den Commissaris geärgert. Er hat jetzt etwas anderes im Kopf, also bleibt alles uns überlassen. Und wir sind in der richtigen Stimmung. Wenn wir gründlich überlegen und die uns verfügbaren Informationen richtig nutzen, können wir den Fall knacken. Ich bin sicher. Aber wir werden nichts ausrichten, wenn du mit aller Kraft auf die Trommel haust.»

Grijpstras Mund stand offen.

«Mach die Klappe zu», sagte de Gier.

«Was ist los mit dir?» fragte Grijpstra. «Was soll plötzlich diese ganze Schlaumeierei? Wir haben zwei stupide Mörder festgenommen, weil sie einen stupiden Mord verübt haben, und wir haben dabei die übliche einfache Polizeiroutine angewendet. Wozu bläst du dich so auf? Und was ist mit dem Commissaris?»

«Er hat einen Kater», sagte de Gier. «Er muß sich gestern betrunken haben, nachdem wir die Maus verlassen haben. Sein Rheuma muß schlimmer als sonst gewesen sein; er ist in letzter Zeit sehr krank gewesen. Er will jetzt nur noch hinter seinem Schreibtisch sitzen, Orangensaft und Kaffee trinken und vielleicht ein paar Zigarren rauchen. Er wird nachher nach Hause und ins Bett gehen. Er wird schlafen, weil seine Frau ihm eine Tablette geben wird.»

«Er wird sich dennoch damit beschäftigen», sagte Grijpstra. «Er wird nachdenken und dabei etwas ausbrüten.»

De Gier lächelte und legte seine lange Hand auf Grijpstras Schulter. «Er wird nachdenken, aber wir können etwas tun. Was wollen wir tun?»

«Na, sag schon», sagte Grijpstra. «So sag schon.»

«Du kannst dein Schlagzeug spielen, aber leise. Und du kannst auch dies spielen, schau mal.»

De Gier war in die Ecke des Zimmers gegangen und stand vor einem Vorhang, der eine Nische verhüllte, in die sie im Winter ihre Mäntel hängten. Grijpstra starrte ihn mit gerunzelter Stirn an.

«Du irritierst mich, de Gier.»

«Ich weiß. Schau.»

De Gier zog den Vorhang zur Seite; Grijpstra stieß einen tiefen, kehligen Laut aus.

«Weißt du, was das ist?»

Der Gegenstand, befestigt an einer Metallstange auf einem dreibeinigen Ständer mit Gummikappen, sah aus wie eine dicke Gurke mit einer Reihe Kerben.

«Hübsch», sagte Grijpstra und nahm seinen Trommelstock wieder auf.

«Nein, nein», sagte de Gier. «Dazu gehört ein eigener Stock.»

Er gab ihm einen schweren kurzen Stock und stellte das Instrument nahe ans Schlagzeug. «Setz dich und sieh mal zu, ob du etwas damit anfangen kannst. Ich hab's versucht, aber das ist nichts für mich. Vielleicht kann ich die Flöte dazu spielen. Fang an.»

Grijpstra raschelte mit der linken Hand auf der mittleren Trommel, probierte einen Wirbel auf der kleinsten Trommel, schlug auf ein Becken und plötzlich auf die Gurke. Der Klang war elektrisierend und verwandelte die Atmosphäre des Zimmers sofort und völlig. De Gier hatte seine Flöte an den Lippen und hauchte eine tremolierende Begleitung zu dem rauhen Wechsel von Trommeln und Gurke. Grijpstra richtete sich auf und bearbeitete mit raschen Schlägen die große Trommel; de Gier setzte seine Begleitung fort, die jedoch weniger kompliziert wurde und sich in den nächsten Takten zu einer schleppenden Melodie entwickelte, die etwa zehn Minuten anhielt, wobei der Klang der Gurke der zentrale Anhaltspunkt war. Sie hörten auf, weil jemand ins Zimmer gekommen war. Sie brachen gleichzeitig in Lachen aus.

«Schön zu sehen, daß ihr so glücklich seid», sagte der junge Cardozo, «aber der Hoofdinspecteur wäre dankbar, wenn ihr für eine Weile leise glücklich sein könntet.»

«Gewiß», sagte Grijpstra und stand auf. «Danke, de Gier – ein höchst ungewöhnlicher Klang.»

«An was erinnert er dich?» fragte de Gier.

«Wer, der Klang?»

«Der Klang.»

«An einen Traum», sagte Grijpstra nach einer Weile, «aber an einen Traum, an den ich mich nicht erinnern konnte, wenn ich aufwachte. Ich erinnerte mich, daß ich einen Traum hatte – einen sehr wichtigen Traum –, aber jedesmal, wenn ich versuchte, mich an eine Einzelheit zu erinnern, entglitt er mir. Langsam, aber schnell genug, um unerreichbar zu sein. Man weiß, er ist da, kann ihn aber nicht fassen.»

Cardozo war noch im Zimmer. De Gier wandte sich dem jungen Kriminalbeamten zu und lächelte. Cardozo sah reizend aus mit dem langen Haar, dem Cordanzug und den großen Rehaugen.

«Macht weiter», sagte Cardozo, «kümmert euch nicht um den Hoofdinspecteur. Wenn ihr etwas leiser spielt, kann er euch nicht hören. Tut mir leid, daß ich euch gestört habe. Was ist das für ein neues Instrument?»

«Weiß nicht», sagte de Gier. «Ich hab's in einem Musikalienladen gefunden, aus zweiter Hand. Der Mann sagte, er habe es von einer Popgruppe gekauft, die sich wegen ihrer Schulden aufgelöst hat.»

«Teuer?» fragte Grijpstra.

«Ziemlich.»

«Gut», sagte Grijpstra. «So viel ist es wert.»

«Ich habe bezahlt», sagte de Gier.

«Selbstverständlich.» Grijpstra funkelte Cardozo an. «Hast du nichts zu tun, Cardozo?»

«Nein, aber ich würde gern etwas tun.»

«Das ist die richtige Haltung», sagte de Gier. «Dann hol mal Kaffee. Du bist der Jüngste in der Mordkommission und kannst deshalb Kaffee holen und ihn auch bezahlen.»

«Klar», sagte Cardozo. «Wird sofort erledigt.»

Er kam mit dem Kaffee zurück; Grijpstra nippte daran und sah die beiden jüngeren Männer an.

«Wißt ihr», sagte er nachdenklich, «wir stehen nicht sehr gut da.»

«Nein?» fragte de Gier.

«Nein. Und ich werde euch den Grund sagen. Zunächst einmal haben wir den Kater, oder vielmehr, wir haben ihn nicht. Er ist zwar noch in unserer Hand, aber morgen müssen wir ihn laufenlassen, wenn wir keine bessere Erklärung finden können. Der Staatsanwalt will nicht, daß wir ihn noch länger nur wegen des halb abrasierten Schnurrbarts festhalten. Wir können nicht wirklich beweisen, daß er flüchten wollte, als wir ihn erwischten. Und er ist seit seiner Festnahme sehr ruhig und beherrscht gewesen.»

«Sonst habt ihr ihm nichts vorzuwerfen?» fragte Cardozo.

Grijpstra, der gerade einen langen Satz anfangen wollte, hielt inne und sah den jungen Mann an.

«Bearbeitest du diesen Fall jetzt, Cardozo?»

«Ich habe den Todesfall des jungen Mädchens bearbeitet», sagte Cardozo. «Des Mädchens, das im Park gefunden wurde. Aber alle denken anscheinend, daß es sich eine Überdosis verpaßt hat, und jetzt ist der Fall abgeschlossen.»

«Und was denkst *du*?» fragte de Gier.

«Ich denke nicht viel.»

«Also hast du jetzt nichts zu tun, wie?» fragte Grijpstra. «Bist du uns zugeteilt worden?»

«Der Commissaris meinte, ich könnte euch mal aufsuchen.»

«Schon gut, schon gut», sagte Grijpstra hitzig.

«Wir nehmen dich», sagte de Gier, «wenn du versprichst, uns nicht im Wege zu stehen, das zu tun, was man dir sagt, und nur zu reden, wenn man dich etwas fragt, und . . .»

«Ich verspreche es», sagte Cardozo.

«Gut», sagte Grijpstra. «Du hast soeben eine Frage gestellt. Hier ist die Antwort. Sonst haben wir dem Kater nichts vorzuwerfen. Einen halben Schnurrbart und viele Gedanken, unsere Gedanken. Und die Maus. Weißt du über die Maus Bescheid?»

«Ich habe den Bericht gelesen», sagte Cardozo. «Der Commissaris hat mich seine Akte lesen lassen. Ich komme soeben aus seinem Büro. Und der Hoofdinspecteur hat mich auf dem Korridor angehalten und aufgefordert, euch zu bitten, weniger Krach zu machen.»

«Wir machen keinen Krach», sagte Grijpstra. «Wir haben das Lager des Katers geprüft, und es ist voll mit Waren aller Art. Wir haben seine Bücher geprüft, und er hat die Waren ordnungsgemäß gekauft. Er darf Waren kaufen, um sie zu verkaufen, da er Geschäftsmann ist und ein eingetragenes Geschäft besitzt. In seinem Lager sind keine Fernsehgeräte, keine Waschmaschinen, keine Farben, kein Baumaterial, nichts von dem, was die Maus aufgezählt hat. Der Kater ist immer noch schuldlos.»

«Ein anderes Lager», gab Cardozo zu bedenken.

«Kann sein, aber wo? Vielleicht hat er die Waren in den Häusern der Diebe gelagert. Wir haben eine Menge am Deich gefunden, genug, um alle Verdächtigen weiter festzuhalten, auch wenn wir sie nicht mit Schußwaffen in der Hand erwischt hätten.»

«Stimmt», sagte de Gier, «das ist schlimm. Aber wir werden uns heute darum kümmern. Was ist sonst noch schlimm?»

«Der Mann, den der Brigadier von der motorisierten Polizei angeschossen hat, liegt im Sterben, glaube ich. Man hat ihn operiert, und die Wunde schien in Ordnung zu sein, aber ihm geht es jetzt viel schlechter. Das ist schlimm für uns alle. Wir sollen keine Menschen umbringen, wir sollen sie vor sich selbst schützen.»

«Zum Teufel», sagte Cardozo, «die haben mit einer Maschinenpistole auf uns geschossen, oder? Und der Brigadier war müde. Er war die ganze Nacht über draußen. Ich kenne ihn; er ist ein umsichtiger Mann. Ich bin sicher, er hat auf die Beine des Kerls gezielt.»

«Gut», sagte de Gier, «das ist also auch schlimm. Was noch?»

«Wernekink», rief Grijpstra und sprang auf. «Er ist tot und bleibt tot, und nur der Mörder weiß, wer es getan hat.»

De Gier seufzte.

«Und der Fall wird allmählich abgestanden.»

Cardozo hörte kopfnickend zu.

«Hör auf zu nicken», sagte Grijpstra. «Du siehst blöd aus, wenn du nickst. Und du irritierst mich. Wir sollen zusammen arbeiten, nicht einander irritieren.»

«Er hat den Kaffee bezahlt, nicht wahr?» fragte de Gier.

«Sicher, sicher. Aber er sollte nicht nicken. Du willst doch auch nicht, daß er nickt, oder?»

«Hör auf zu nicken, Cardozo», sagte de Gier.

Cardozo stand auf. Er sah sehr freundlich und ergeben aus. «Ich werde gehen und ein wenig arbeiten. Was soll ich tun, Adjudant?»

Grijpstra sagte nichts. «Such das zweite Lagerhaus», sagte de Gier. «Die Maus hat nie ein anderes Lager erwähnt, aber es muß irgendwo sein. Die haben ganze Containerladungen mit Waren geraubt, zuviel, um sie in den kleinen Häusern am Deich zu lagern.»

«Nein», sagte Grijpstra, «der Meinung bin ich nicht. Und ich möchte nicht, daß Cardozo den ganzen Tag über vergebens herumrennt. Ich glaube, die *haben* die Waren am Deich gelagert. Der Kater ist intelligent; er würde es nicht wagen, damit zuviel herumzukarren. Ich glaube, die brachten die Waren frühmorgens zum Deich, lagerten sie in und unter ihren Häusern – die haben alle Keller, wo wir Waren gefunden haben – und brachten sie dann direkt zu den Adressen, die ihnen der Kater gab. Die hatten einen kleinen Lastwagen und auch die Yacht auf dem Fluß. Ich glaube, der Kater hat nur ein Lagerhaus – das er uns gezeigt hat –, und in dem war nichts.»

«Du hast den Kater gesprochen, bevor er festgenommen wurde, nicht wahr?» fragte Cardozo de Gier.

«Ja.»

«Wo?»

«Es steht in meinem Bericht», sagte de Gier. «Du hast ihn gelesen.»

«Sharif Electric», rief Grijpstra und sprang auf. «Kluger Cardozo! Ausgezeichneter Cardozo! Hervorragender Cardozo!»

«Herzblatt Cardozo», sagte de Gier.

Cardozo lächelte.

«Elektrogeräte», rief Grijpstra. «Sharif Electric. Und die haben elektrische Haushaltsgeräte gestohlen. Wer ist Sharif?»

«Ich weiß es», sagte de Gier.

«Sag's uns!»

«Sharif ist der Besitzer einer Kette von Discountläden. Er verkauft elektrische Haushaltsgeräte. Man muß bar bezahlen, aber seine Preise sind sehr niedrig. Er verkauft auch Campingausrüstungen und Boote.»

Grijpstra hörte aufmerksam zu.

«Persönlich kenn ich ihn nicht», sagte er langsam. «Sein Name fällt mir jetzt ein; ich glaube, ich habe in einem seiner Läden mal einen Schlafsack gekauft. Für meinen Sohn. Ein Geburtstagsgeschenk. In einem Laden nahe beim Hauptbahnhof, stimmt das?»

«Ja», sagte de Gier, «das ist seine Hauptfiliale, aber er hat noch andere in der Stadt und einige in Rotterdam und Den Haag sowie auf dem Lande, glaube ich.»

«Sharif, was ist das für ein Name?»

«Ein arabischer», sagte Cardozo. «Ich kenn seinen vollen Namen. Mehemed el Sharif. Er ist reich und besitzt eine schöne Villa in Nieuw Zuid mit einem Garten an der Amstel. Ich bin einmal dort gewesen.»

«Warum? Liegt von uns etwas gegen ihn vor?»

«Nein. In dem Haus wurde eingebrochen, während Sharif und seine Familie fort waren. Die Einbrecher entkamen mit Teppichen und Silber und einigen anderen Wertgegenständen, aber sie konnten den Safe nicht knacken. Ich habe Sharif gesprochen, als er von seinem Ausflug zurückkam. Er war nicht sehr bestürzt; es war alles versichert. Er war besorgt wegen seiner Katze, wie ich mich erinnere. Er hatte die Katze im Haus gelassen, und die Nachbarn sollten sie füttern. Sie hatten einen Schlüssel. Er dachte, die Einbrecher könnten die Katze verscheucht haben. Aber sie ist zurückgekommen.»

«Gut», sagte de Gier.

«Haben wir die Diebe geschnappt?»

«Ja, Adjudant. Später. Sie wurden erwischt, als sie in ein anderes Haus einbrachen, und haben eine ganze Reihe von Einbrüchen gestanden. Wir haben auch einiges vom Diebesgut gefunden und es Sharif zurückgegeben.»

«Die Nachbarn hatten nichts damit zu tun?»

«Nein.»

«Wie sah er aus, dieser Sharif?»

«Ein großer, stattlicher Mann mit Bart. Er trug ein arabisches Gewand – ich glaube, man nennt es Burnus –, als ich ihn aufsuchte in seinem Haus.»

«Ein netter Kerl?»

«Ich denke schon. Mit sanfter Stimme und ruhig. Er reichte mir einen starken Kaffee in einer kleinen Tasse, und ich setzte mich auf den Fußboden. Er hat auch ein aufregendes Haus, wunderschön eingerichtet. Überall Teppiche. Er mußte während unseres Gesprächs beten. Sie haben bestimmte Zeiten für ein Gebet, wißt ihr. Er holte sich einen kleinen Teppich, verbeugte sich und richtete sich wieder auf, wobei er etwas vor sich hin murmelte. Wunderschön!»

«Das ist nett», sagte de Gier.

«Hat er eine Frau? Eine Familie?» fragte Grijpstra.

«Eine arabische Frau, die nicht Holländisch spricht, und zwei Kinder, kleine Kinder.»

«Spricht Sharif Holländisch?»

«Fließend.»

«Seit wann ist er hier?»

«Ich habe ihn gefragt. Er ist nach dem Krieg gekommen. Der erste Gastarbeiter in diesem Land, sagte er. Er witzelte darüber. Er sagte, er sei tatsächlich nur als Gast gekommen, nicht als Arbeiter. Er sagte, er arbeitet nicht gern.»

Grijpstra wandte sich an de Gier. «Hast du in deinem Bericht nicht gesagt, daß der Kater gebrauchte Teppichfliesen von ihm gekauft hat, und zwar, weil Sharif keine Verwendung mehr dafür hatte? Waren sie nicht auf einer Ausstellung oder so was verwendet worden?»

«Ja. Ich habe die Teppichfliesen im Lager des Katers gefunden. Er wollte sie zum doppelten Preis an die Händler auf den Straßenmärkten verkaufen. Es war ein großes Geschäft, sagte er, an die sechstausend Gulden.»

Grijpstra griff nach dem Telefon und wählte die Nummer des Commissaris. Das Gespräch war kurz. «Er kommt runter», sagte Grijpstra. «Gute Arbeit, Cardozo. Wir brauchen einen mit neuen Ideen. De Gier wird fett und ich alt; wir sehen schon nicht mehr, was uns ins Gesicht starrt.»

De Gier sprang auf. «Fett?»

«Vielleicht bin ich dicker», sagte Grijpstra, «aber ich habe überall Fett. Hübsch verteilt. Aber du hast es nur an einer Stelle. Da.» Er knuffte de Gier in den Magen.

«Ich sehe nichts», sagte Cardozo.

«Atme aus, de Gier», sagte Grijpstra. «Siehst du? Da ist es. Eine Schwellung. Eine Art Ball. Das machen die gebratenen Nudeln und die anderen stärkehaltigen Speisen, die er ißt. Er sollte Äpfel essen und Judo trainieren.»

De Gier wurde rot. «Ich trainiere zweimal . . .»

«Meine Herren», sagte der Commissaris.

Das Gespräch dauerte eine gute Stunde, aber schließlich waren alle einer Meinung. Es würde ihnen nicht gelingen, die Verbindung mit dem Kater und den meisten seiner inhaftierten Helfer aufzudecken, aber sie würden vielleicht etwas finden, wenn sie bei Sharif anfingen.

«Wenn er die Waren bekommen hat», sagte der Commissaris, «muß er sie mit Geld von dunkler Herkunft bezahlt haben. In seiner Buchhaltung können keine Rechnungen auftauchen. Aber die Geräte müssen in seinen Läden sein, also sollten wir dort nachsehen. Es könnte die niedrigen Preise von Sharif Electric erklären. Nehmen wir an, er hat hundert Fernsehgeräte, fünfzig offiziell zum normalen Preis eingekauft und fünfzig vom Kater zum halben Preis. Sein durchschnittlicher Einkaufspreis wäre fünfundsiebzig Prozent vom normalen Wert. Er schlägt einen Gewinn von fünfzig oder sechzig Prozent drauf – je nachdem wie hoch die Spanne in seiner Branche ist – und macht mehr Geld als seine Konkurrenten, obwohl er ungefähr um fünfundzwanzig Prozent unter ihren Preisen liegt.»

De Gier, dessen Verständnis für abstrakte Zahlen gering war, hatte die Augen geschlossen.

«Kannst du folgen, de Gier?»

De Gier öffnete die Augen. «Ja, Mijnheer. Wer wird die Buchführung in seinen Läden prüfen? Sharif bewahrt die Bestandsaufzeichnungen und Rechnungen vermutlich in seinem Hauptbüro auf, in dem Lagerhaus, wo ich den Kater das erste Mal getroffen habe. Jemand sollte hingehen, während andere die Läden prüfen.»

«Ihr drei nicht», sagte der Commissaris. «Wir haben Spezialisten. Ich werde jetzt mit ihrem Chef sprechen und feststellen, ob sie gleich anfangen können. Vielleicht kommen wir zu spät, wie die Dinge liegen. Sharif weiß so gut wie wir, was los ist, und hat seine Angestellten vielleicht angewiesen, die gestohlenen Geräte wegzuschaffen.»

«Es sollte uns gelingen, ihn zu erwischen», sagte Grijpstra, «er hat mehrere Läden, und um das ganze Zeug wegzubringen, müßte er viele Leute bemühen. Einer von denen wird reden, vor allem wenn man andeutet, daß sie selbst in Schwierigkeiten geraten könnten, wenn sie vorgeben, nichts zu wissen.»

«Was werden *wir* tun, Mijnheer?» fragte de Gier.

«Ich denke, Grijpstra sollte gehen und mit Sharif reden, und du und Cardozo, ihr könnt herumschnüffeln. Fangt bei seinem Haus an und prüft dann seine Akte in der Ausländerabteilung. Er ist noch kein niederländischer Staatsbürger, nicht wahr, Cardozo?»

«Nein, Mijnheer, er hat einen ägyptischen Paß. Das hat er mir gesagt, als ich in seinem Haus war. Aber er besitzt seit vielen Jahren eine Aufenthaltsgenehmigung.»

«Vielleicht haben wir einige Informationen über ihn», sagte der Commissaris. «Viel Glück. Laßt es mich wissen, wenn ihr etwas findet. Ich werde vielleicht zu Hause sein, aber ihr habt meine Nummer.»

Grijpstra traf im Hauptbüro von Sharif Electric gleichzeitig mit den Beamten vom Dezernat für Wirtschaftskriminalität ein. Es waren zwei, mit denen er in das Büro des Arabers marschierte.

Ihr Gastgeber war reizend und ruhig. Er bat die Polizisten, sich zu setzen, während er den Durchsuchungsbefehl las. Er rief über Telefon seinen Buchhalter herbei und gab ihm die Erlaubnis, die Akten zu zeigen. Der Buchhalter kam und bat die beiden Beamten, ihm zu folgen.

«Nun, Adjudant, darf ich fragen, wozu diese Untersuchung stattfindet?» fragte er freundlich.

Grijpstra fühlte sich unbehaglich. Das ruhige Gesicht des Arabers, der dünne, gepflegte Bart und die Hände – lang und zart –, die ruhig auf dem Schreibtisch lagen, entnervten ihn.

Er wartete und versuchte, die richtigen Worte zu finden.

Sharif wartete ebenfalls.

«Nun, Mijnheer», sagte Grijpstra schließlich, «es hat in letzter Zeit einige Unregelmäßigkeiten gegeben. Eine Menge elektrischer Haushaltsgeräte sind gestohlen worden. Man hat Lastwagen überfallen und geraubt in Amsterdam und anderen Teilen des Landes sowie in Belgien und Westdeutschland. Bisher ist es uns nicht gelungen, die Waren aufzuspüren, aber jetzt haben wir Grund anzunehmen, daß es eine Verbindung zu Ihrem Unternehmen gibt. Einige dieser Waren könnten in Ihren Läden sein oder gewesen sein.»

Der Araber lächelte.

«Adjudant, der Mann, dem Sie jetzt gegenübersitzen, ist ein Fremder in diesem Land, ein Gast. Die Niederländer sind meine Gastgeber seit 1949, als ich mit einem bißchen Kapital nach hier gekommen bin. Ich bin gut behandelt worden und dafür dankbar. Die Niederländer haben mir eine Chance gegeben, meinen Lebensunterhalt zu verdienen, und mein Geschäft blüht. Mir gehören neun Läden neben dem Gebäude, in dem Sie jetzt sind, und ich handle mit vielen Artikeln. In gewisser Weise bin ich zu einem Bindeglied zwischen diesem Land und der arabischen Welt geworden. In den sechsundzwanzig Jahren, die ich hier leben durfte, habe ich nie Kontakt mit der Polizei gehabt. Ich habe nicht einmal ein Strafmandat wegen einer Verkehrsübertretung bekommen. Meine Steuern sind immer pünktlich bezahlt worden. Ich bin gut bekannt in den Botschaften aller Länder, die meine Sprache sprechen, und ich kenne mehrere Mitglieder Ihrer Regierung. Sie haben einen Durchsuchungsbefehl und das Recht, hier zu sein. Sie sind mein Gast, Adjudant. Aber ich glaube, man hat einen Fehler begangen.»

Grijpstra schwieg.

Der Araber ließ das Schweigen eine volle Minute andauern.

«Vielleicht», sagte er langsam, «sollte ich Sie bitten, sich Ihre Untersuchung noch einmal zu überlegen. Hier ist ein Telefon. Möchten Sie sich mit Ihrem Chef in Verbindung setzen?»

Grijpstra holte tief Atem.

«Nein, Mijnheer. Die Untersuchung wird fortgesetzt, bis wir zufriedengestellt sind.»

«Sie handeln gemäß einem Befehl, Adjudant. Ich verstehe Ihre Lage.»

«Durchaus nicht, Mijnheer.»

«Sie handeln durchaus nicht befehlsgemäß?» fragte der Araber und zog die Augenbrauen hoch.

«Ich bin Niederländer», sagte Grijpstra mit seiner normalen dröhnenden Stimme. «Die Niederländer arbeiten nicht gern auf Befehl. Es stimmt, ich bin gebeten worden, hierher zu gehen, aber man hat es mir nicht befohlen. Ich bin gekommen, weil ich dachte, der Vorschlag ist richtig. Wir haben Grund, anzunehmen, daß es eine Verbindung zwischen den gestohlenen Waren und Ihrem Unternehmen gibt, wie ich Ihnen bereits sagte. Vielleicht irren wir uns. Falls ja, werden wir uns für die Unannehmlichkeiten entschuldigen und sofort gehen.»

Der Araber lächelte und griff nach dem Telefon.

«Kaffee, Adjudant?»

«Gern.»

«Zwei Kaffee, bitte», sagte Sharif und legte den Hörer auf, sehr sanft, als könne er zerbrechen.

Er lächelte. «Ja, ich sollte die Niederländer ein wenig kennen. Ich gebe zu, daß ich das falsche Wort gebraucht habe. Nun arbeite ich schon so lange mit Niederländern, aber ich übersetze immer noch aus meiner eigenen Sprache, wenn ich versuche, etwas zu sagen. Ich gebe meinen Angestellten nie Befehle, denn dann stecken sie die Hände in die Tasche und funkeln mich an. Ich bitte sie, gewisse Dinge zu tun. Ich verstehe jetzt, daß Sie gebeten worden sind, hierher zu kommen. Also gut, Adjudant, gibt es etwas, was Sie mich fragen möchten?»

Der Kaffee gab Grijpstra die Möglichkeit, sich die richtige Antwort oder die richtigen Fragen zu überlegen, aber ihm fielen keine ein. Er konnte nur daran denken zu fragen, ob Sharif tatsächlich gestohlene Waren gekauft habe, aber er glaubte nicht, daß ein so plumpes Vorgehen einen Sinn hatte.

«Mijnheer Diets», sagte er schließlich, «oder der Kater, wie er von einigen Leuten genannt wird . . . kennen Sie diesen Mann gut, Mijnheer Sharif?»

«Der Kater ist mir bekannt», sagte Sharif, «aber es ist sehr schwer, einen Menschen gut zu kennen. Der Kater spielt eine Rolle und ist ein guter Schauspieler. Ein bewußter Schauspieler. Wir sind selbstverständlich alle Schauspieler, aber wir wissen nicht immer, daß wir agieren. Wir tragen Masken, auch wenn wir glauben, daß wir offen und ehrlich sind. Manchmal frage ich mich, was hinter diesen Masken steckt. Wissen Sie es, Adjudant?»

Grijpstra stellte seine Kaffeetasse so sanft ab wie Sharif zuvor den Telefonhörer. Er sah Sharif mit starrer Miene an.

«Ich glaube nicht, daß Sie es wissen, Adjudant», fuhr Sharif fort, «und ich weiß es auch nicht. Aber ich frage mich manchmal. Ich habe mich wirklich gefragt, ob überhaupt etwas hinter diesen Masken steckt. Wir legen sie bei der Geburt an, und vielleicht nimmt man sie uns ab, wenn wir sterben. Es ist ein erschreckender Gedanke, daß vielleicht *nichts* hinter diesen Masken steckt – meinen Sie nicht auch?»

«Mijnheer Diets», sagte Grijpstra, «der Kater.»

«Ja. Ich habe Ihre Frage nicht vergessen. Ich schweife gelegentlich gern ein wenig ab; es hilft, die Wahrheit zu finden. Es muß eine Wahrheit geben. Und wir müssen fähig sein, sie zu finden. Der Prophet hat sie gefunden, und der Prophet war ein Mensch, kein Gott. Ich habe gedacht, ich hätte einen Schimmer der Wahrheit erkannt, aber wenn ich versuche, mich daran zu erinnern, entschlüpft sie mir. Es macht mich gleichzeitig glücklich und traurig.»

Grijpstra schauderte es.

«Ist Ihnen kalt, Adjudant? Soll ich die Fenster öffnen? Die Sonne wird bald heiß sein. Es ist jetzt fast elf Uhr, und sie hat dieses Zimmer fast erreicht. In einer Minute wird sie hier sein.»

«Mir geht's gut, Mijnheer.»

«Oder hat Ihnen vor dem geschaudert, was ich sagte? Sie sind ein Mensch wie ich, Adjudant. Wir leben auf demselben Planeten und unter nicht wesentlich anderen Bedingungen. Vielleicht hat es Sie berührt, was ich sagte. Wir haben beide unsere Träume; vielleicht sind sich unsere Träume soeben begegnet.»

Verdammt, dachte Grijpstra, verdammt, *verdammt!* Neuerdings kriege ich zuviel davon. Er hat recht. Da war der Klanq der Gurke heute morgen. Der Klang hat mich bewegt. Er ließ mich von meinem Traum sprechen, von dem Traum, der mir entgleitet. Jetzt dies. Was? *Was?*

«Mijnheer Diets», sagte die sanfte Stimme des Arabers, «kauft Teppichfliesen von mir, sehr billig. Er ist geschäftstüchtig. Er verkauft sie an die Händler auf den Straßenmärkten und macht dabei einen guten Gewinn. Er hat auch schon andere Artikel von mir gekauft. Ich sagte Ihnen, daß ich mit verschiedenen Waren handle. Ich kaufe gebrauchte Kleidung und exportiere sie nach Afrika. Ich importiere aromatische Öle. Ich habe mehrere regelmäßige Partien von Waren. Aber manchmal kaufe ich außergewöhnliche Güter, weil ich glaube, ich könnte sie verkaufen, aber ich mache Fehler. Wenn ich einen Fehler mache, kommt Mijnheer Diets – der Kater, wie Sie und ich ihn nennen – und kauft. Die Transaktionen sind nicht immer in meinen Büchern aufgezeichnet. Bargeld wechselt den Besitzer, und das Geschäft ist vergessen. Ich glaube, die Regierung zieht es vor, solche Geschäfte nicht zu bemerken. Die Straßenmärkte haben eine Funktion: sie halten die Preise niedrig. Wenn die Straßenmärkte zu aufmerksam überwacht und die Steuergesetze zu strikt angewendet werden, dann dörren die Märkte aus; am Ende werden sie verschwinden! Das wäre nicht gut für das Land.»

«Ich bin Kriminalbeamter, Mijnheer», sagte Grijpstra, glücklich, sich wieder auf vertrautem Boden zu bewegen. «Wenn Sie mit Geld, das nicht über die Bücher läuft, bezahlen oder welches erhalten, wird das die Steuerinspektoren interessieren. Das Finanzamt hat seine eigenen Fahnder.»

«Ja. Sie erwähnten gestohlene Waren.»

«Ja, Mijnheer.»

«Ich habe keine gestohlenen Waren gekauft. Ich habe keine verkauft.»

Grijpstra erhob sich. «Also gut, Mijnheer.»

De Gier und Grijpstra betrachteten das Haus.

«Was jetzt?» fragte Cardozo.

«Da ist es», sagte de Gier. «Hübsches Haus!»

«Hübsches Haus! Das Haus ist drei- oder vierhunderttausend Gulden wert. Es hat einen Garten wie einen Park, ist drei Stockwerke hoch, muß zwanzig oder mehr Zimmer haben und eine Garage, die groß genug für vier Wagen ist.»

«Es gibt Dutzende solcher Häuser in Amsterdam», sagte de Gier.

Cardozo knurrte.

«Du magst keine reichen Leute?»

«Eigentum ist Diebstahl», sagte Cardozo mit fester Stimme.

De Gier seufzte. «Noch ein Kommunist. Grijpstra sagt das gleiche.»

«Bist du nicht dieser Meinung?»

«Nein», sagte de Gier mit fester Stimme, «ich bin weder dieser Meinung noch gegenteiliger. Es ist mir egal!»

Cardozo drehte sich um. «Kümmert dich das wirklich nicht?»

«Nein.»

«Was kümmert dich denn?»

«Nichts», sagte de Gier. «Nein. Ich kümmere mich um meinen Kater. Aber wenn er stirbt, dann stirbt er eben. Ich kümmere mich um ihn, solange er da ist.»

«Um nichts sonst?»

«Nein.»

«Wernekinks Tod?»

«Nein», sagte de Gier, «Wernekinks Tod kümmert mich nicht.»

«Du willst nicht herausfinden, wer ihn erwischt hat?»

«Selbstverständlich will ich das herausfinden», sagte de Gier. «Was meinst du wohl, warum ich hier bin? Wernekink kannte den Kater, und der Kater hat irgendeine Verbindung zu Sharif, und Sharif wohnt in diesem Haus. Und es sind Waren gestohlen worden. Also bin ich hier und bewundere das Haus.»

Cardozo kratzte sich in seinem dichten Haar. «Ich bin angeblich intelligent, Brigadier, aber ich kann dir nicht folgen.»

«Es ist mir egal, ob du mir folgen kannst oder nicht», sagte de Gier, «aber wir können jetzt ebensogut gehen. Wir können nicht im Garten herumschnüffeln; da ist ein Schild ‹Vorsicht! Bissiger Hund›, und wir würden sowieso unbefugt eindringen. Hier gibt es keine Läden, bis auf den Supermarkt im nächsten Häuserblock, und ich werde nicht hingehen und fragen, ob sie Sharif kennen, denn das werden sie verneinen. Ich gehe einen Imbiß nehmen. Kommst du mit?»

«Ja, ja», sagte Cardozo, «aber es muß eine Möglichkeit geben. Er muß Freunde haben, Gewohnheiten, Örtlichkeiten, die er aufsucht. Gibt es einen arabischen Club in der Stadt? Arabische Cafés? Araber trinken keinen Alkohol, glaub ich.»

«Sie dürfen nicht», sagte de Gier, «aber Amsterdam ist die Stadt, in der man tut, was man nicht darf.»

«Solange man nicht zuviel Wirbel macht», sagte Cardozo.

«Ja. Ich sag dir, was wir tun werden. Wir werden uns von der Ausländerabteilung oder sonstwo eine Liste aller arabischen Lokale besorgen. Die Leute von der Ausländerabteilung waren nicht sehr hilfreich. Sie sagten, von ihrer Seite liege nichts gegen Sharif vor. Ich habe oft den Verdacht, daß sie versuchen, ihre Schützlinge zu beschirmen.»

«Das sollen sie auch.»

«Sicher, sicher. Unterbrich mich nicht immer. Wir besorgen uns eine Liste und teilen sie auf. Du übernimmst die Hälfte oder ein Drittel, wenn Grijpstra mitmacht. Aber vor sieben Uhr heute abend werden wir nirgendwo hingehen. Dann werden wir uns um zehn Uhr auf dem Dam treffen, bei dem Löwen auf der Nordseite des schrecklich großen Penis, der in der Mitte aufragt. Und jetzt essen wir. In einem chinesischen Restaurant. Gebratene Nudeln. Du zahlst, Cardozo.»

«Warum ich?» fragte Cardozo. «Ich habe heute morgen den Kaffee bezahlt. Du bist dran.»

«Nein», sagte de Gier, «ich bin richtig hungrig, und wenn ich so richtig hungrig bin, zahlst du. Du bist jünger.»

«Läßt der Adjudant dich bezahlen, wenn er richtig hungrig ist?»

«Immer. Da ist eine Straßenbahn. Die müssen wir haben.»

«In Ordnung. Ich zahle. Es wird mir ein Vergnügen sein.»

Sie rannten, aber der Straßenbahnfahrer war zu schnell für sie; die automatischen Türen schlossen sich in dem Augenblick, als sie die Haltestelle erreichten.

«Hast du ‹Vergnügen› gesagt?» fragte de Gier.

«Ja.»

«Wenn du ‹Vergnügen› sagst, solltest du versuchen, vergnügt auszusehen. Versuch's mal.»

Cardozo versuchte es.

«Nicht schlecht», sagte de Gier, «aber das könnte besser sein. Du brauchst Übung.»

«Nein», sagte Cardozo leise, «nein, nein, nein.»

«Wie bitte?» fragte de Gier, aber Cardozo versuchte, in der Zeitung seines Nachbarn zu lesen.

«Gehen Sie», sagte der Mann. «Ich hasse es, an Straßenbahnhaltestellen zu warten, und ich hasse es, eine Zeitung festzuhalten, wenn der Wind weht, und ich verabscheue andere Leute, die versuchen, in meiner Zeitung zu lesen. Kaufen Sie sich selbst eine.»

«Kein Geld», sagte Cardozo.

«Dann gehen Sie doch betteln.»

«Haben Sie bitte fünfzig Cent?» wimmerte Cardozo. «Bitte, Mijnheer?»

«Nein», sagte der Mann.

11

Es war halb vier am Nachmittag desselben Tages, als der Commissaris – er hatte sich krankgemeldet und war früher gegangen, hatte aber hinterlassen, daß er in dringenden Fällen zur Verfügung stehe – die Temperatur seines Badewassers prüfte. Die Schmerzen in seinen Beinen waren im Laufe des Vormittags stärker geworden, bis er das Gefühl hatte, er würde ohnmächtig werden oder losschreien. Er wußte aus bitterer Erfahrung, daß nur ein sehr heißes Bad seine Schmerzen lindern würde, und dieser Augenblick war nahe. Er prüfte das Wasser noch einmal, die Temperatur war richtig. Das Wasser war sehr heiß. Er ließ sich langsam hineingleiten und seufzte vor Erleichterung. Die Schmerzen ließen nach. Er war jetzt von allem ganz losgelöst. Er wußte nicht mehr, wer er war. Und genau in diesem Augenblick der fast völligen Befreiung wußte er, daß Tom Wernekink irrtümlich ermordet worden war, daß man ihn für jemand anders gehalten hatte.

Zu dieser Meinung kam de Gier zwei Stunden später. Er hatte die Liste mit den Treffpunkten der Araber in der Stadt bekommen und sich beim Adjudant am Empfang gemeldet. Grijpstra hatte den Plan gebilligt und bedauert, daß er sich seinen beiden Assistenten nicht anschließen konnte. Er hatte versprochen, seine Frau zur Geburtstagsparty ihrer Schwester zu begleiten.

«Du möchtest doch nicht zu der Geburtstagsparty gehen, nicht wahr?» fragte de Gier.

«Nein.»

«Warum gehst du also?»

Grijpstra hatte ihn mit einer Handbewegung aus dem Zimmer gescheucht.

«Komm mit uns», sagte de Gier an der Tür. «Es wird dir gefallen. Wir können anschließend irgendwo einen trinken.»

Grijpstra hatte weiter abgewinkt.

Und jetzt war de Gier zu Hause und lief in einem Kimono herum, Olivier auf dem Arm. Olivier schnurrte.

«Verrückter Kater», sagte de Gier und drückte den Siamesen. Olivier schrie, versuchte aber nicht, sich aus de Giers Griff zu befreien. De Gier drückte noch einmal, und Olivier legte ihm eine Pfote auf die Nase.

«Wir werden ein bißchen schlafen», sagte de Gier und streckte sich auf dem großen antiken Krankenhausbett aus, das zwei Drittel seines kleinen Schlafzimmers einnahm. Er ließ den Kater los, der ihm auf den Bauch sprang, sich eine bequeme Lage suchte und sich entspannte. De Gier lächelte und tastete nach den Stangen am Fußende des Betts. Seine Zehen krümmten sich um die dünnen Messingstangen, er streckte seinen Körper aus, brummend vor Behagen.

«Das ist's», sagte er zu Olivier, der ihn beobachtete. «Das ist's, Olivier. Weißt du, daß ich heute gesagt hab, ich kümmere mich nur um dich?» Olivier bewegte die Ohren. «Tue nicht so, als ob du mir zuhörst. Du brauchst nicht auf meine Worte zu hören. Du verstehst. Vermutlich besser als ich, aber auf eine Art und Weise, die ich nicht lernen kann. Ich sagte, daß ich mich nur um dich kümmere, aber das stimmt nicht. Es gibt etwas, um das ich mich kümmere, aber ich kann es nicht greifen, wie Grijpstra seinen Traum nicht fassen kann.»

De Giers Augen schlossen sich. Der Schlaf war noch nicht gekommen, aber er war auch nicht wach. Seine Konzentrationskraft wurde durch irgend etwas gestärkt, wozu der Kater beitrug. Und dann wußte auch de Gier, daß Tom Wernekinks Tod ein Irrtum war. Das Rätsel war ihm seit einiger Zeit im Kopf herumgegangen, bis plötzlich die Antwort kam. Ein Irrtum.

Auch Grijpstra war dieser Meinung. An Grijpstras Verfassung gab es in diesem Augenblick nichts, was man hätte besonders nennen können. Er saß in seinem Büro an seinem Schreibtisch und las eine Liste mit gestohlenen Motorrädern. Sein Verstand registrierte keine der Marken oder Nummern. In seiner rechten Hand hielt er einen Trommelstock, mit dem er die kleinste Trommel berührte, ohne viel Lärm zu machen.

«Ein Irrtum», sagte Grijpstra leise. «Er dachte, er bringt jemand anders um, jemand, der wichtig ist, jemand, der seine Pläne vereitelt. Der Mann war verwirrt, gefangen in einer Intrige.»

Er schlug etwas härter zu.

«Eine Intrige. Was für eine Intrige? Sie hat selbstverständlich etwas mit dem Deich zu tun, mit den Überfällen und den Diebstählen und der Hehlerei.»

«Elise», rief der Commissaris.

«Ja, Schatz?»

Seine Frau stand neben der Wanne und beugte sich zu ihm hinunter.

«Was machen die Schmerzen jetzt, Schatz?»

«Sie sind weg, Elise. Würdest du . . .»

«Ja, Schatz», sagte seine Frau lächelnd und ging hinaus. Nach einer Minute kam sie mit einem Tablett zurück. Darauf standen ein großes Glas Orangensaft mit Eiswürfeln, ein Aschbecher, eine Blechdose mit Zigarren und eine Schachtel Streichhölzer. Sie nahm eine Zigarre und steckte sie an, wobei sie versuchte, keinen Rauch in den Mund zu bekommen, indem sie ihn wegpaffte.

«Schande», sagte der Commissaris, «du brauchst das nicht zu machen, das weißt du. Du kannst mir die Zigarre in den Mund stecken und anzünden.»

«Nein, sie könnte naß werden. Und ich tu gern etwas für dich; es ist nur, daß ich den Geschmack nicht mag. Zigaretten sind nicht so schlimm. Hier.»

Sie steckte ihm die Zigarre zwischen die dünnen Lippen und stellte den Aschbecher auf einen Schemel.

«Ich koche gerade Kaffee. Ich bringe ihn, wenn er fertig ist.»

«Ja, Schatz.»

Ich hab's, dachte der Commissaris. Irgend etwas jedenfalls. Es ist der alte Trick, der Trick des gerissenen Führers. Er lächelte, die Zigarre bewegte sich und wäre beinahe ins heiße Wasser gefallen. Es ist der Trick, den ich manchmal selbst anwende. Ich werde sagen: «Gewiß, ich werde Ihre Idee dem Hoofdcommissaris vortragen.» Und später werde ich sagen: «Oh, ja, ich habe dem Hoofdcommissaris Ihre Idee nahegelegt, aber er ist nicht dafür, nicht zu diesem Zeitpunkt.»

Er streckte die Hand aus und griff nach dem Glas Orangensaft. Aber ich hätte nie mit dem Hoofdcommissaris gesprochen. Es ist immer gut, ein Hindernis zu errichten, ein Hindernis, das sie selbst nicht überwinden können. Das muß auch der Kater getan haben. Jemand muß ihm etwas vorgeschlagen haben. Er konnte nicht gleich nein sagen, aber er würde auch nicht tun, was man von ihm verlangte. Also hat er sie vertröstet und gesagt, er werde seinen Chef fragen. Im Falle des Katers war diese Methode sogar noch besser als das, was ich manchmal zu tun versuche. Die Kriminalbeamten kennen den Hoofdcommissaris, aber sie werden ihn nie direkt um etwas bitten; sie werden über uns gehen, ihre unmittelbaren Vorgesetzten. Aber der Kater hat einen Chef gefunden. Er hat keinem gesagt, wer der Chef ist. Er hat gesagt, er werde den Chef fragen, aber den gab es nicht. Und später würde er sagen, der Chef sei nicht dafür, nicht zu diesem Zeitpunkt.

«Danke, Schatz», sagte der Commissaris, und seine Frau stellte die Tasse auf dem Tablett ab und ging wieder.

Der Commissaris setzte sich aufrecht hin, stellte das leere Glas zurück und begann, den Kaffee zu trinken. Er fuhr in seinem Gedankengang fort. Also wurden sie unangenehm. Sie beschatteten den Kater und stellten fest, daß er häufig Tom Wernekink besuchte. Sie sahen Wernekinks feschen Sportwagen und müssen durchs Fenster geschaut und den Reichtum im Innern erblickt haben. Ein sehr reicher Mann ohne Beschäftigung. Und der Kater besucht ihn immer. Sie wollten etwas vom Kater. Vermutlich wollten sie, daß er sich ihnen anschließt, irgendwie nachgibt, auf einen Teil seines Profits verzichtet, indem er die Preise senkt. Der Kater hielt sie hin und war noch zu stark, um angegriffen zu werden. Also beschlossen sie, ihm einen Schock zu versetzen.

Der Commissaris krümmte seinen Zeh um den Warmwasserhahn

und nahm die Beine zur Seite, um nicht vom plötzlichen Strahl des kochendheißen Wassers verbrüht zu werden. Er veränderte seine Lage, und die Wärme breitete sich bis in seine Knochen aus. Die Schmerzen waren jetzt weg, aber er fühlte nicht das übliche Wohlbehagen, das ihn erfüllte, wenn die Schmerzen nachließen. Er empfand Grauen, das Grauen, das der Kater gespürt haben mußte, als er von Tom Wernekinks Tod erfuhr. Sie hatten gewollt, daß er Grauen empfand, nicht nur Furcht. Sie hatten gewollt, daß er wach wurde gegenüber den stillschweigenden Folgen ihres Verhaltens. Sie wollten den Kater wissen lassen, daß sie bereit seien, einen Mann auf Grund unvollständiger Beweise zu ermorden.

Der Commissaris manövrierte mit seinem Fuß und schloß den Warmwasserhahn. Er steckte sich noch ein Zigarillo an, nachdem er die Hände sorgsam an dem Handtuch abgetrocknet hatte, das seine Frau auf dem Fußboden hatte liegenlassen.

Ja, dachte de Gier auf dem Weg zur Küche. Er hatte geschlafen, und jetzt war es Zeit zu essen. Bald würde er in die Stadt gehen, um Cardozo zu treffen. Wernekink wurde irrtümlich ermordet. Die haben sich das ganz falsch vorgestellt, diese Hunde. Die haben nur *geglaubt*, Wernekink könnte mit der Bande am Deich verbunden sein. Die haben sich nie bemüht, ihre Theorie zu beweisen. Vielleicht war es ihnen sogar egal. Aber welches Gehirn hat diesen Akt des Terrorismus ersonnen? Die wollten selbstverständlich den Kater treffen, haben aber seinen Freund ermordet. Sein Freund nützte ihnen nichts. Er war nicht aktiv an der Bande beteiligt. Sie brauchten den Kater, aber sie brauchten einen eingeschüchterten Kater, keinen selbstsicheren.

Vielleicht war es mein Freund Sharif, dachte Grijpstra, als er sich vor dem kleinen Badezimmerspiegel ankleidete. Mein Freund Sharif, der weise Mann aus dem Orient. Der Mann, der in einem fremden Land Millionär geworden ist, indem er gestohlene Haushaltsgeräte mit einem Discount von fünfundzwanzig Prozent verkaufte, aromatische Öle importierte und gebrauchte Kleidung an die Schwarzen in Afrika exportierte.

Er bürstete sein kurzes Haar und tätschelte die kahle Stelle, die von den Haaren, wie er sie auch bürstete, nicht mehr verdeckt wurde. Dick, alt und kahl, sagte Grijpstra zu seinem Spiegelbild, und dumm.

Kannst du dir Sharif vorstellen, wie er in Wernekinks Garten am Fluß herumkriecht, zielt, eine Pistole abfeuert und sich wieder davonschleicht?

Wieder sah er vor sich den konzilianten Ehrenmann mit den großen, beinahe wässerigen Augen. Grijpstra schauderte es, wie es ihn heute in Sharifs Büro geschaudert hatte. «Was steckt hinter der Maske, Adjudant? Ich glaube nicht, daß Sie es wissen. Ich weiß es auch nicht. Wir sind beide Menschen, wir leben beide auf demselben Planeten. Wir haben die gleichen Fragen. Sie haben einen Traum, der Ihnen entgleitet, obwohl er so nahe scheint. Der Prophet hatte den Traum, und er war ein Mensch wie wir, Adjudant.»

Würde ein solcher Mann, ein Mann, der Grijpstras Traum deuten konnte, dessen Blick so sanft und tief und dessen Hände so lang und schlank und ruhig waren, Tom Wernekink – einen harmlosen Sonderling – nur so aus Mutwillen ermorden? Nur um einen anderen Mann zu erschüttern, der ihm in einem Projekt von rein materiellem Gewinn nützlich sein könnte? dachte Grijpstra.

Vergessenes Wissen tauchte in Grijpstras Gedächtnis wieder auf. Ungläubige, dachte er, das sind wir nach ihrer Auffassung. Ihr Glaube ist tief, aber er wird anderen aufgedrängt. Sie sind bereit, ein Schwert zu ziehen, mit einer Pistole zu zielen, nur um zu bekehren. Sie werden töten, wenn der Ungläubige es ablehnt, bekehrt zu werden. Das Töten bedeutet ihnen nichts; es ist immer noch ein Sport, eine Geste. Empfange den Glauben oder verliere den Kopf.

Er versuchte, sein Haar zur anderen Seite zu bürsten, aber die kahle Stelle war immer noch da. Aber das ist der Glaube, sagte er zu seinem widerspenstigen Spiegelbild, und der Glaube ist keine Waschmaschine oder ein Profit von fünfundzwanzig Prozent. Hatte Sharif nicht erst vor wenigen Stunden zu ihm gesagt: «Adjudant, wir sind beide Menschen.» Wäre der Philosoph Sharif bereit, Grijpstra eine Kugel in den großen, schweren Kopf zu schießen, wenn der ein Geschäft mit gebrauchter Kleidung vereiteln sollte?

Er kannte die Antwort auf diese Frage nicht und schüttelte hilflos den Kopf. Er hatte ein Gefühl, als müsse er kotzen. Die Ungereimtheit dieses Falls gab ihm das Gefühl, er wandere in einer Wüste des Zwielichts umher.

Bewirb dich um die Versetzung in eine Kleinstadt, sagte er zu sich. Amsterdam ist zu spitzfindig für dich. Was weißt du über Araber? Oder über Chinesen?

Er seufzte. Was weißt du über Niederländer? fragte er sich, band seine Krawatte und stampfte in den Korridor, wo seine Frau ihn anschrie.

«Ja», schrie er zurück. «Ich *komme* schon. Und wenn dein verdammter Schwager das Fernsehen anmacht, werde ich das ganze Bier im Haus austrinken, dann kannst du mich nach Hause tragen.»

«Das werde ich nicht», schrie seine Frau.

«Das wirst du doch», sagte er. «O ja, das wirst du tun, denn wenn du das nicht tust, hast du keinen, den du morgen früh anschreien kannst.»

12

Zehn Uhr an einem Sommerabend in Amsterdam. Der Sommer ging in den Herbst über, aber das warme, schwüle Wetter hielt sich, und die Stadt war lahm nach einem ermüdenden Tag. Die Terrassen waren voll und die Geschäfte leer gewesen. Die Mädchen auf den Metall- oder Rohrstühlen auf den Terrassen hatten ihre übereinandergeschlagenen Beine gezeigt, aber die Männer waren zu verschwitzt und gereizt gewesen, um viel Interesse zu bekunden. Nicht einmal die Miniröcke, die alles zeigten, die Bauchnabel, die nackte, mit goldenen Kettchen geschmückte Hüften betonten, nicht einmal die rosa, braunen, gelben und schwarzen Brüste, raffiniert durch unsichtbare Plastikgefüge gestützt, hatten mehr als einen flüchtigen Blick auf sich gezogen. Die aus Gewohnheit gekauften Zeitungen waren auf den Tischen von Cafés und auf den Sitzen von Straßenbahnen und Bussen liegengeblieben. An den Kinos hatten keine Schlangen gestanden, Theater und Konzertsäle waren an diesem Abend leer gewesen. Nur Bierwagen und Karren mit italienischem Eis hatten zu tun. Das Wasser in den Grachten war grün und stand still. Die Tauben auf dem Dam rührten sich nur, wenn ein menschlicher Fuß sie fast zertrat. Nicht einmal dann machten sie sich die Mühe, wegzufliegen, sondern rückten nur mit einem ärgerlichen oder aufgeschreckten kurru, kurru zur Seite.

De Gier lehnte am Postament des nördlichen Löwen, eines unwahrscheinlich aussehenden Tiers. Zusammen mit seinem Gefährten, dem südlichen Löwen, war er von einem wohlmeinenden Architekten geschaffen worden, der den riesigen weißen Betonphallus entworfen hatte, welcher zum Himmel zeigte, um jedermann daran zu erinnern, daß der Krieg schrecklich gewesen war und das Leben vieler Niederländer gefordert hatte. Die grauen Stufen um den Phallus waren wie immer mit Hippies bevölkert, Hippies mit sanften Augen, Rauschgifthändlern in Lederjacken und Jugendlichen, die high waren und sich umarmten, um einander nahe zu sein. Einige Gitarren erklangen in trauriger Disharmonie, und mehrere elegante schwarze Schönheiten unterhielten sich im Dialekt von Surinam, der letzten niederländischen Kolonie auf dem südamerikanischen Kontinent. Jetzt, von der Unabhängigkeit bedroht, verlor es seine Bevölkerung stetig auf dem Weg über den Flughafen Schiphol in einem Tempo von mindestens einer vierstrahligen Düsenmaschine pro Tag. Die niederländischen Fürsorgeämter verschafften diesen jungen Leuten Hosen mit weitem Schlag, gestreifte Hemden und hochhackige Stiefel. Und jetzt waren sie hier im Schatten des Phallus, genossen ihre Befreiung aus den Klauen des Hungers und der Krankheit und versuchten, sich an ihre neue Umgebung zu gewöhnen, die bisher nur wenig zu erkennen gegeben hatte, daß sie sie akzeptierte. De Gier hatte sie eine Zeitlang beobachtet, die Urururenkel von Sklaven, die arabische und niederländische Schiffe vor Jahrhunderten von Afrika in die neue, vielversprechende Kolonie mit ihren Zuckerrohr- und Baumwollfeldern gebracht hatten – Sklaven, die wie Ratten auf Schiffen und Plantagen verreckt waren, die man jedoch durch immer neue Lieferungen ersetzt hatte. De Gier seufzte.

Zwei Rauschgiftdealer kamen gemächlich auf ihn zu. Sie sahen ihn zwar nicht an, aber sie bewegten die Lippen. «Haschschschschschschschsch. Haschschschschschschsch.»

Das Zischen klang unheimlich und irgendwie bedrohlich. Die Händler waren jung, breitschultrig und langhaarig. Üble Yogis, pervertierte Fakire mit schwarzen Seelen voller Haß, Habgier und Bosheit.

«Verpißßßßßßßt euch, verpißßßßßßt euch», zischte de Gier.

Die Händler drehten sich um und kamen direkt auf ihn zu. In einem blauen VW-Bus, der am Straßenrand parkte, zeigte man leichtes Interesse. Die drei uniformierten Polizisten im Bus hatten die Händler beobachtet; sie setzten sich aufrecht hin, bereit, ihre Tür zu öffnen. De Gier bewegte sich ebenfalls. Er stellte sich breitbeinig hin und ließ die Fäuste baumeln. Das Kinn hatte er eingezogen. Er hatte seinen Angriff bereits geplant. Ein rasches Scheinmanöver gegen den links von ihm und ein Tritt gegen das Schienbein des rechts von ihm stehenden, der den jungen Mann zu Boden schicken und ihn für einige Sekunden kampfunfähig machen würde. Dann würde er dem an der linken Seite einen Schlag mit dem Handrücken ins Gesicht versetzen und ihn voll in den Magen boxen. Daraufhin würde er sich wieder dem auf der rechten Seite zuwenden, der bis dahin wieder auf den Beinen stehen sollte; er würde den bestmöglichen Judowurf anwenden: dem Mann im Sprung den rechten Fuß auf die Brust setzen, ihn an den Schultern packen, sich zurückfallen lassen und den Körper über seinen Kopf hinweg schleudern. Der Mann könnte sich das Genick brechen, wenn er nicht wußte, wie er fallen mußte, aber das war de Gier einerlei. Er hätte die Sympathie der Nation auf seiner Seite. Es gab keine Möglichkeit, diese Leichenräuber zu fassen. Sie trugen keine Drogen oder richtige Waffen bei sich. Sie benutzten vielleicht einen Schraubenzieher oder Farbkratzer, Waffen, die töten, wenn sie nicht verstümmeln, und die legal sind, solange damit keine Gewalttaten verübt werden. Wenn er ihnen folgte, würden sie zu einem Wagen oder zu einer Maueröffnung gehen und ihm Rauschgift verkaufen. Möglicherweise würden sie ihn auch ausrauben.

Kommt schon, dachte de Gier, greift mich an. Bitte.

Aber die Dealer spuckten vor ihm aus und drehten ab. Sie hatten die Polizisten im Bus gesehen. Sie hatten auch gesehen, wie de Gier auf sie wartete. Sie würden nicht angreifen. Sie gingen nur auf die Schwachen los, auf die Hilflosen, die Hoffnungslosen. De Gier sah auf seine Uhr. Fünf nach zehn. Kein Cardozo. Eine Schar Hippies zog vorbei und leierte ein Lied auf die Liebe herunter. Als es nur noch wenige waren, sah er Cardozo, der am Postament des südlichen Löwen lehnte.

De Gier ging hinüber und näherte sich lautlos auf seinen dicken Gummisohlen Cardozo von hinten. Cardozo drehte sich um, unmittelbar bevor de Giers Hand seine Schulter berührte. Cardozo war ebenfalls bereit, breitbeinig und mit baumelnden Fäusten.

«Du bist's», sagte Cardozo, «du hast dich verspätet. Komische Atmosphäre heute abend, nicht wahr? Ich wette, es wird bald eine Schlägerei geben. Die Rauschgifthändler wandern hier herum und sind anscheinend noch ekelhafter als sonst. Ein paar Mädchen wollten sich auch schon an mich heranmachen; Heroin muß plötzlich sehr knapp geworden sein. Wenn die den Preis anheben, wird die Aktivität sofort größer. Heute abend werden sie auf dem Polizeirevier mehr als sonst zu tun haben.»

«Ich hab mich nicht verspätet», sagte de Gier. «Du stehst an der falschen Stelle. Hier ist der südliche Löwe; wir wollten uns am nördlichen Löwen treffen.»

Cardozo lächelte. «Tut mir leid, Brigadier. Ich hab mir den Unterschied nie merken können.»

«Da ist Süden», sagte de Gier und zeigte hin, «und dort ist Norden. Richtung Hauptbahnhof. Hat man euch auf der Polizeischule nie gelehrt, wie ihr euch zurechtfindet?»

«Das hat man», sagte Cardozo, «und zwar gründlich. Mich haben sie von einem fahrenden Lastwagen mitten ins Nichts geworfen.»

«Und was ist passiert? Hat man dich ein paar Tage später im Wald gefunden? Wo du wie betäubt herumgewandelt bist?»

«Nein», sagte Cardozo.

«Sondern?»

«Ich hab immer Geld bei mir», sagte Cardozo, «und es gibt fünfhundert Niederländer pro Quadratkilometer. Ich konnte immer fragen, nicht wahr?»

«Du solltest nicht fragen und du solltest kein Geld bei dir haben.»

«Sollte», sagte Cardozo.

«Jeder Mensch hat seine Schwächen», sagte de Gier. «Du wirst meine herausfinden, wenn du lange genug lebst. Wie ist es bei den Arabern gelaufen?»

«Gar nicht», sagte Cardozo. «Ich hab nichts. Hast du was?»

De Gier schüttelte den Kopf. «Gehen wir. Dort drüben fangen sie gerade ein neues Lied über die Liebe an, und ein paar andere Rauschgifthändler kommen auf uns zu. Wenn wir hier noch länger herumlungern, werden uns die Polizisten wegen Stadtstreicherei festnehmen. Wir fallen auf wie Fischreiher in einem Schwarm Enten.»

Cardozo kicherte. «Die würden uns nicht festnehmen. Die kennen mich. Mit zwei von denen war ich auf der Polizeischule. Und ich bin nicht unbedingt ein Fischreiher. Du vielleicht, vor allem mit deinem Jeansanzug. Ich sehe eher wie eine Rohrdommel aus.»

«Eine Rohrdommel?» fragte de Gier. «Sind das nicht die kleinen dicken Vögel, die gelegentlich explodieren? Man sieht sie nie, aber man hört sie in den Sümpfen schreien. Ich habe vor einigen Wochen eine gehört, als wir nach einer gestohlenen Flußyacht suchten.»

«Es sind häßliche Vögel», sagte Cardozo.

«Die Natur ist niemals häßlich», sagte de Gier. «Du hattest also kein Glück bei den Arabern?»

Cardozo rülpste. «Ich hab etwas gegessen», sagte Cardozo. «Kuskus nennen sie es. Es sieht aus wie brauner Grießpudding und ist scharf. Es wird mit Fleisch serviert. Mir sitzt es immer noch im Magen.»

«Und Sharif?»

«Sie rannten zum Telefon, wenn ich seinen Namen nannte. Ich hab ihn nur zweimal erwähnt – in einem marokkanischen Restaurant und in einem libyschen Café. Sie behaupteten, sie hätten den Namen nie gehört, aber beide Male sah ich, wie ein Mann zum Telefon schlich.»

«Ja», sagte de Gier nachdenklich, «das gleiche ist mir passiert. Nur hab ich keinen Kuskus gegessen. Mir haben sie ein Stück Ziegenkeule mit Haaren dran und halbgare Paprikaschoten gegeben. Ich habe früher schon in arabischen Lokalen gegessen, und das Essen war köstlich. Aber diesmal wurde ich wie der Teufel behandelt. Sharif muß für sie ein heiliger Name sein – ein Führer, der sie beschützt –, vielleicht ein Idol. Er ist Millionär geworden und hat einen weißen Lincoln mit Fahrer. Ich glaube, er verkörpert ihre Selbstachtung.»

«Und wenn die verletzt wird, rotten sie sich gegen uns zusammen?»

«Sie werden nichts sagen», meinte de Gier. «Sie haben dir nichts gesagt; sie haben mir nichts gesagt. Viele von ihnen sind illegale Einwanderer ohne jede Sicherheit. Wenn wir sie schnappen, fliegen wir sie direkt nach dort zurück, woher sie gekommen sind. Aber manchmal erhalten sie Hilfe – jemand hinterlegt eine Sicherheit für sie, während sie ein Visum beantragen. Sharif hat viel Geld und ist ein frommer Moslem.»

«Wir können ihn also nicht erwischen?»

De Gier blieb plötzlich stehen. Sie befanden sich in einer Gasse hinter dem Dam; die Gasse war eng und nur schwach beleuchtet. Cardozo stieß mit ihm zusammen.

«He», sagte Cardozo.

«Selbstverständlich werden wir ihn erwischen», sagte de Gier. «Heute abend haben wir Pech gehabt, aber wenn wir es weiter versuchen, werden wir Glück haben. Sharif hat Glück gehabt, aber das wird sich ändern.»

«Heute abend?» fragte Cardozo.

«Heute oder morgen abend. Oder irgendwann nächste Woche.»

«Was sollen wir also jetzt tun?»

«Ich hab keine Ahnung», sagte de Gier, «aber an der nächsten Ecke ist eine Kneipe. Ich gebe einen aus.»

«Nein», sagte Cardozo. «Ich hab deinen Kaffee bezahlt und dein Essen. Laß mich jetzt nicht mit dieser Gewohnheit brechen.»

«Also gut», sagte de Gier. «Wenn du darauf bestehst.»

De Gier starrte schwermütig auf sein Glas.

«Kopf hoch, Brigadier. Denk an das Glück. Es kann jeden Moment kommen.»

«Erzähl mir eine Geschichte», sagte de Gier, «irgend eine, Hauptsache sie ist lustig.»

«Trink aus, Brigadier, ich geb einen aus.»

«Genever ist nicht lustig.»

«Ich weiß eine Geschichte», sagte Cardozo. «Ich hab sie Adjudant Geurts mal erzählt, als wir eine Reifenpanne hatten und auf einen Abschleppwagen warteten. Das Reserverad war nicht im Wagen und der Adjudant erregt. Die Geschichte brachte ihn zum Lachen. Vielleicht richtet sie bei dir ebenfalls etwas aus.»

De Gier hob das Glas, leerte es und hielt es zum Nachschenken hoch.

«Im vorigen Monat war ein Zirkus in der Stadt», sagte Cardozo. «Sie machten einen Umzug mit den Tieren, und die Elefanten überquerten eine Brücke. Die Straßen waren wie üblich verstopft. Und ein Mann in einem VW fuhr hinter dem letzten Elefanten und versuchte verzweifelt, den Zug zu überholen. Er beschleunigte und riß das Steuer herum, aber ihm kam ein Lastwagen entgegen, so daß er sich wieder hinter den Elefanten einordnen mußte. Sein Fuß rutschte auf dem Gaspedal aus, und der VW traf den Elefanten am Hinterbein. Da es ein Zirkuselefant war, dem sein Dompteur beigebracht hatte, sich zu setzen, wenn sein Hinterbein an einer besonderen Stelle berührt wird, setzte er sich, und zwar genau auf die Schnauze des Volkswagens.»

«Ha», sagte de Gier.

«Ja. Aber der Wagen fuhr noch. Der Mann wohnt in Amsterdam-Noord und muß durch den großen Tunnel, in dem du mal liegengeblieben bist, wie man mir erzählt hat. Du hattest ein paar Leute im Wagen, und dann ist dir das Benzin ausgegangen, nicht wahr? Mitten im Tunnel?»

«Ja», sagte de Gier.

«Ziemlich dumm, nicht wahr? Prüfst du denn nicht den Benzinstand, bevor du losfährst?»

«Doch, mein Lieber», sagte de Gier. «Mach weiter mit deiner lustigen Geschichte.»

«Gut. Der Mann fuhr also los, aber kurz vor dem Tunnel war ein Unfall, und beide Fahrspuren wurden gesperrt. Die Polizei kam und ging hin und her, um die beschädigten Wagen aufzuschreiben. Es war eine Kettenkollision, etwa zwanzig Wagen waren beschädigt. Als sie zu seinem Auto kamen, konnten sie nicht verstehen, wie es in den Unfall verwickelt worden war, da der Wagen vor ihm und der hinter ihm in Ordnung waren. Aber der VW war vorn ganz zerknautscht. Sie fragten ihn, was geschehen sei, und er sagte, ein Elefant habe sich auf seine Haube gesetzt.»

«Ha.»

«Sie zogen ihn also aus dem Wagen. Sie waren wegen der Hitze und des Lärms im Tunnel bereits ziemlich gereizt, und auch weil alle herumliefen und schrien, daß ihr schöner Wagen ganz verhunzt sei. Und hier kommt dieser Blödmann mit seinem Elefantenwitz. Sie setzten ihn auf den Rücksitz eines Motorrads, fuhren mit ihm durch den Tunnel und beschuldigten ihn der Trunkenheit am Steuer. Er hatte ein Gläschen gekippt und eine Fahne.»

«Und?»

«Es endete alles gut. Als sie ihn aufs Polizeirevier brachten, blieb er dabei, daß da ein Elefant gewesen sei, der sich auf seinen Wagen gesetzt habe. Sie lachten alle, aber schließlich kam ein Polizist, der die Elefanten in der Stadt gesehen hatte. Sie riefen im Zirkus an, und dort bestätigte man die Geschichte des Mannes.»

De Gier lachte.

«Laß uns gehen», sagte Cardozo, «ich habe drei Gläschen gehabt und fange gewöhnlich an, beim vierten betrunken zu werden. Wenn ich das vierte habe, höre ich nicht mehr auf. Morgen werde ich Kopfschmerzen haben.»

«Willst du nach Hause?» fragte de Gier.

«Nein. Sehen wir uns noch ein bißchen bei den Nutten um. Es sind einige Neue da. Einige dieser Mädchen aus Surinam sind hübsch. Sie werden von purpurnen Neonröhren beleuchtet und tragen weiße Spitzen.»

Sie betrachteten die Auslagen in den Fenstern, als sie durch das Bordellviertel gingen. In einer Snackbar aßen sie Rouladen und tranken Kaffee.

Cardozo zeigte auf ein hochgiebliges, schmales Haus gegenüber der Snackbar. «Das Haus hat mich immer geärgert. Jahrelang hat es leergestanden. Wir haben den Besitzer immer wieder darauf aufmerksam gemacht, daß die Hippies dort einbrechen würden, was sie selbstverständlich auch taten, und wir konnten sie nicht wieder rauskriegen.»

«So ist das Recht», sagte de Gier. «Wohnungsmangel. Der Mann hat selbst schuld.»

«Ich weiß, aber das Recht ist lächerlich. Die Hippies wurden von den Rauschgifthändlern vertrieben, und jetzt ist es ein wahres Höllenloch. Als ich noch in Uniform war, hab ich mehrmals an Razzien gegen das Haus teilgenommen. Wir fanden Kinder dort – vollgeschossen mit Heroin –, alte Männer, die in ihrer eigenen Scheiße pennten, fünfzehnjährige Nutten, die Surinam erst eine Woche zuvor verlassen hatten, und säckeweise imitierten Hasch und gestohlene Waren und was du willst.»

«Sehen wir uns das mal an», sagte de Gier.

Sie schlenderten hinüber und sahen ein junges Mädchen in der Tür stehen. Sie gingen weiter.

«Hör mal», sagte Cardozo, «wir haben sowieso nichts zu tun; laß uns etwas unternehmen. Ich geh allein zurück und mit dem Mädchen rein. Einer meiner alten Freunde hat mir erzählt, daß in dem Haus jetzt Leute ausgeraubt werden. Ich glaube, das Mädchen ist keine Nutte, sondern ein Lockvogel. In meinen Klamotten und mit diesem schlechten Haarschnitt halten sie mich vielleicht für einen Burschen vom Lande. Ich werde es denen schon vorspiegeln mit ländlichem Akzent und allem. Vielleicht sind einige Männer drin, die mir das Messer an die Kehle setzen und nach meiner Brieftasche greifen. Komm in einigen Minuten nach, dann nehmen wir den ganzen Haufen fest und bringen ihn aufs Revier.»

«Gut», sagte de Gier, «aber es ist ein großes Haus; vielleicht sind viele Leute drin. Ich habe soeben zwei Kriminalbeamte gesehen; sie streiften ebenfalls nur so herum. Wir werden sie holen und das ganze Haus durchsuchen.»

Sie fanden die beiden Beamten, die grinsten und sagten, ihnen sei es recht. Sie hatten an diesem Abend zwar keinen Auftrag zu einer Razzia, aber wenn der Brigadier es vorschlug . . .

«Ich schlage es vor», sagte de Gier und nahm Cardozos Pistole und Brieftasche an sich.

Cardozo ging zu dem Haus, während de Gier und die beiden Beamten um die Ecke warteten.

«Liebling», sagte das Mädchen.

Cardozo kratzte sich am Ohr.

«Guten Abend.»

«Komm rein. Fünfundzwanzig Gulden. Ich zieh mich nackt für dich aus, und du kannst tun, was dir gefällt.»

Das Mädchen war weiß, noch keine zwanzig Jahre alt und trug einen langen weißen Rock und eine weiße Bluse, deren oberste Knöpfe offen waren. Ihre Brüste waren voll entwickelt und milchig weiß. Sie stand so nahe bei Cardozo, daß er die Mischung aus Schweiß und Parfum riechen konnte. Sie bewegte sich ein wenig, so daß sich der Schlitz in ihrem Rock öffnete und er ihr Bein bis hinauf zum Oberschenkel sehen konnte. Sie legte ihm eine Hand auf die Schulter und lächelte. Einer ihrer Vorderzähne fehlte.

«Ich habe mehr als fünfundzwanzig Gulden», sagte Cardozo.

«Wieviel?»

«Hundert.»

«Für hundert kannst du die ganze Nacht bleiben. Was soll ich für dich tun? Kennst du ein paar aufregende Tricks?»

«Gut. Ich gehe mit dir», stotterte Cardozo.

«Komm, Liebling.»

Die Männer warteten am Ende des Korridors auf ihn. Einer von ihnen griff sich den kleinen Kriminalbeamten und schlug ihn seitlich an den Kopf. Es war ein böser Schlag, der ihn fast betäubte. Er wurde an die Wand gedrückt, ein Messer berührte seine Kehle, während flinke Hände seine Taschen durchsuchten.

«Scheiße», sagte eine Stimme. «Er hat nichts bei sich. Nichts! Was bildest du dir ein, hier reinzukommen, ohne einen Cent in der Tasche, du Affe. Willst du, daß wir dir die Eier abschneiden?»

Das Messer wurde ihm jetzt etwas kräftiger an die Kehle gedrückt. Bald würde es die Haut zerschneiden.

«Polizei!» Im Korridor rannten Füße. Das Messer klapperte zu Boden, als der Leichenräuber zurückfuhr und zusammenklappte. De Gier hatte ihn mit der flachen Hand genau unter das Ohr geschlagen. Die Kriminalbeamten waren hinter dem anderen Mann her und erwischten ihn, als er versuchte, den Hof zu erreichen. Die beiden Männer wurden mit Handschellen aneinander und an ein Gasrohr gefesselt. De Gier drückte Cardozo die Pistole in die Hand, dann rannten sie die Treppe hinauf.

Alle Zimmertüren oben standen offen, bis auf eine. De Gier trat mit solcher Wucht dagegen, daß das Schloß aus dem vermoderten Holz fiel. Die Tür krachte nach innen, traf den jungen Mann dahinter und warf ihn zu Boden. Das Mädchen kauerte in einer Ecke. Ein anderer Mann versuchte, aus dem Fenster zu klettern, und ein dritter, der eine Pistole in der Hand hielt, sah die beiden Beamten an, die auf ihn zustürzten. Er ließ die Pistole fallen, als Cardozo ihn fast erreicht hatte. De Gier zog den anderen Mann am Jackenkragen vom Fenster weg und knallte ihn an die Wand.

«Hübscher Fang», sagte der wachhabende Brigadier zwanzig Minuten später im Polizeirevier Warmoesstraat. «Sehr hübsch. Fünf Strolche, ein weiblicher Lockvogel, fünf Messer und eine Schreckschußpistole. Wozu die ganze Energie, de Gier? Meinst du, wir können nicht selbst auf unseren Bezirk achtgeben? Das Haus war sowieso reif für eine Razzia, weißt du.»

«Tut mir leid, Brigadier», sagte de Gier. «Wir wurden allmählich unruhig, weil wir nie etwas zu tun haben.»

«Nein», sagte der Brigadier, «mal ernsthaft, wodurch ist es zu all dem gekommen? Arbeitet ihr an einem speziellen Fall?»

«Wernekinks Tod», sagte de Gier. «Die Leiche am Deich im Norden. Der Fall hat eine Verbindung zu eurem Bezirk, glauben wir.»

«Uns erzählt ja keiner was.»

«Keine Zeit. Hast du etwas einzuwenden, wenn ich einen der Verdächtigen verhöre? Deine Beamten können ja das Protokoll aufnehmen, aber vielleicht ist für uns etwas drin.»

«Ich hab nichts dagegen.»

«Du bist Araber, nicht wahr?» fragte de Gier den Verdächtigen, einen kleinen, untersetzten Mann von etwa dreißig. Der Mann massierte seinen Hals, wo de Gier ihn bei der Festnahme getroffen hatte.

«Ja. Aus Casablanca.»

«Hast du eine Aufenthaltserlaubnis für Holland?»

«Nein.»

«Wie kommt's, daß du Niederländisch sprichst?»

«Ich bin seit fünf Jahren hier.»

«Bist du noch nie geschnappt worden?»

«Doch. Vor zwei Jahren haben sie mich mit dem Flugzeug zurückgebracht.»

«Und du bist gleich wiedergekommen?»

Der Mann lächelte. «Ich war zurück, ehe die Militärpolizisten, die mich nach Hause gebracht hatten, wieder auf dem Flughafen Schiphol waren. Ich bin mit der nächsten Maschine zurückgekommen.»

«Du bist jetzt in Schwierigkeiten», sagte de Gier, «in ernsten Schwierigkeiten. Du hast einem Polizisten das Messer an die Kehle gesetzt. Raubüberfall. Und wegen Zuhälterei kriegen wir dich auch dran. Und wegen Rauschgift. Es sind jetzt Kriminalbeamte in dem Haus und nehmen es auseinander. Sie werden Drogen finden, meinst du nicht auch?»

«Vielleicht.»

«Du wirst im Gefängnis sitzen für eine Weile, für eine ganze Weile.»

Dem Mann war das Lächeln vergangen. Er starrte auf den Fußboden. «Für wie lange, Mijnheer? Wie lange werde ich sitzen?»

De Gier gab dem Mann eine Zigarette und Feuer. Sie waren in einem kleinen weißgetünchten Raum und saßen in niedrigen Sesseln. Cardozo kam mit drei Pappbechern voll Kaffee herein. Ein Kalender an der Wand gegenüber vom Fenster zeigte ein Farbfoto von einem Wald.

«Ich weiß nicht», sagte de Gier. «Zwei Jahre, vielleicht drei, das hängt von dir und dem Richter ab.»

«Lassen Sie mich gehen», sagte der Mann. «Ich werde gehen und diesmal nicht zurückkommen, das verspreche ich. Ich hab ihm nichts getan.»

Er zeigte auf Cardozo. Cardozo befühlte seine Kehle.

«Aber fast», sagte Cardozo. «Du hast mit dem Messer gedrückt, du elendes Luder. Wie oft hast du das Messer gegen einen Gimpel benutzt, den das Mädchen ins Haus gelockt hat?»

Der Mann antwortete nicht.

«Nun?» fragte de Gier.

«Einige Male.»

«Es hat Beschwerden über das Haus gegeben, weißt du. Wir können die Leute finden, die Anzeige erstattet haben, und jedes Opfer wird einen separaten Anklagepunkt darstellen. Noch länger im Gefängnis.»

«Kennst du einen Mann namens Sharif? Mehemed el Sharif?»

«Ja», sagte der Mann.

«Was weißt du über ihn?»

«Er ist sehr reich, sehr bedeutsam, sehr mächtig.»

«Arbeitest du für ihn?»

«Nein.»

«Erzähl uns von ihm.»

Der Mann blickte auf. Er rieb sich wieder die Seite seines Halses.

«Wollen Sie, daß ich in die Gracht falle? Was wollen Sie wissen? Und was tun Sie, wenn ich es Ihnen sage?»

«Wohin geht er abends? Wer sind seine Freunde? Wo finden wir ihn, wenn er weder zu Hause noch in seinem Büro ist?»

«Was werden Sie für mich tun, wenn ich es Ihnen sage?»

«Sag mal», sagte Cardozo, «sind auch die anderen Männer Araber, die wir im Haus geschnappt haben?»

«Holländer», sagte der Mann, «und Spanier – zwei Holländer und zwei Spanier.»

«Du bist also der einzige Araber?»

«Ja.»

«Wir werden das Messer vergessen», sagte de Gier, «und erweisen dir damit einen großen Gefallen. Wir haben nie ein Messer gesehen. Dies Messer.»

Er hielt ein Stilett hoch und drückte auf den Knopf. Die lange, dünne Klinge kam herausgeschossen.

«Das wird dir einige Zeit im Gefängnis ersparen.»

«Vergessen Sie alles», sagte der Mann, «und ich werde Ihnen sagen, wie Sie Sharif schnappen können. Und geben Sie mir Geld; ich werde es brauchen. Ich kann nicht in Holland bleiben und nicht nach Hause gehen. Sharif hat einen zu langen Arm. Ich werde nach Frankreich gehen müssen und nicht einmal dort sicher sein.»

«Nein», sagte de Gier, «wir werden nur das Messer vergessen. Und Sharif wird es nie erfahren.»

«Er wird es erfahren. Ich sage nichts.»

«Gut», sagte de Gier und stand auf.

«Nein», sagte der Mann. «Warten Sie!»

De Gier und Cardozo warteten. Der Mann schluckte mehrmals. «Es gibt da einen Club, ein Bordell. Glücksspiele finden dort ebenfalls statt. Sharif ist zwar nicht Eigentümer, aber er geht einmal in der Woche hin, um sich mit einigen Männern zu treffen, die für ihn arbeiten. Er wird morgen abend dort sein, um zehn Uhr. Sie reden miteinander in einem abgesonderten Raum. Und dann trinken die Männer und tummeln sich mit den Huren und zocken. Sharif trinkt nicht, aber er tändelt mit den Weibern herum. Er bleibt vielleicht bis zwei Uhr.»

«Die Adresse.»

«Prins Alexanderstraat 63 in Amsterdam-Zuid; es ist ein großes Haus. Nur für Mitglieder.»

«Hast du ihn dort jemals getroffen?»

«Nein», sagte der Mann. «Mehr sag ich nicht. Das reicht. Wenn Sie Sharif sagen, daß ich es Ihnen erzählt hab, bin ich tot. Vergessen Sie das Messer und sagen Sie mir Ihren Namen. Es ist für mich ein schlechtes Geschäft. Ich gebe mehr, als ich bekomme.»

«Brigadier de Gier», sagte de Gier, «und der Eerste Konstabel Cardozo. Polizeipräsidium. Wir werden das Messer vergessen und verlieren; es wird im Bericht über dich nicht auftauchen. Bitte den Brigadier, er möge anrufen, wenn du uns brauchen solltest.»

Er stand auf und öffnete die Tür. Ein Polizist kam und führte den Araber ab. Der Araber sah nicht auf. Er stolperte.

«Er hat Angst», sagte de Gier, «wirkliche Angst.»

«Die hatte ich auch», sagte Cardozo, «als er das Messer an meiner Kehle hatte. Du hast dir Zeit gelassen, nicht wahr? Und ich mußte auch noch seinen Knoblauchatem riechen.»

«Ja», sagte de Gier. «Ich hab den Kriminalbeamten die Geschichte von deinem Elefanten erzählt. Wir haben sehr gelacht und hätten dich fast vergessen.»

13

«Die sind nicht hier, Mijnheer», sagte Grijpstra. «De Gier hat heute früh angerufen und gesagt, daß er um elf kommt und auch Cardozo sich verspäten werde. Die hatten gestern abend einige Erlebnisse, Mijnheer.»

«Was für Erlebnisse?»

Grijpstra erzählte, was er wußte. De Giers verschlafene Stimme hatte alles nur in groben Umrissen geschildert, und Olivier, der noch nicht gefüttert worden war und auf de Giers Brust stand, hatte während des Gesprächs geschrien.

«Hmm», sagte der Commissaris, «das hört sich vielversprechend an. Wenn sie kommen, möchte ich euch alle sprechen.»

Die drei Kriminalbeamten sahen erschöpft aus, als sie schließlich um halb zwölf im Büro des Commissaris eintrafen. Grijpstra sah schlimmer aus als die anderen. Die Geburtstagsfeier seiner Schwester war kein Erfolg gewesen. Er hatte einen halben Kasten Bier getrunken, während er auf dem Bildschirm komische Leute sah und sich die politischen Ideen seines Schwagers anhörte. Er hatte anschließend auf dem ganzen Nachhauseweg und dann noch eine Stunde lang im Schlafzimmer einen fürchterlich lauten Streit gehabt. Und ihm war übel gewesen. Als alles vorüber und er schließlich im Bett war, hatte seine Frau angefangen zu schnarchen. Er war wieder aufgestanden und hatte seine Zigarren gesucht. Er war gestolpert und hatte sich das Bein an der offenen Tür des Nachttisches aufgeschlagen. Das Schienbein blutete, die Wunde machte ihm jetzt noch zu schaffen. Er rieb daran.

«Schmerzen in den Beinen, Grijpstra?» fragte der Commissaris, dessen Stimme ein ungewöhnliches Interesse verriet.

«Ich hab mir das Schienbein verletzt, Mijnheer.»

«Aber du warst bei der Schlägerei gestern abend nicht dabei, oder?»

«Nein, Mijnheer. An der Tür vom Nachttisch.»

De Gier grinste. «Wie war die Geburtstagsfeier, Grijpstra?»

Grijpstras Augen funkelten.

«Warst du auf einer Party, Grijpstra?» fragte der Commissaris.

«Ja, Mijnheer, bei meiner Schwägerin.»

«War es schön?»

«Nein, Mijnheer.»

Der Commissaris nickte. Er ging seit zehn Jahren nicht mehr zu Parties, seit sein Rheuma von einem gelegentlichen schmerzhaften Reißen in ein schlimmeres und andauerndes Gefühl des Stechens wie von heißen Nadeln übergegangen war. Er hatte seinen Entschluß nie bedauert.

«Ich gehe nie zu Geburtstagsfeiern», sagte de Gier. «Zum Teufel mit ihren Geburtstagen, den Sahnetorten und dem lauwarmen Genever. Ich ziehe einen ruhigen Abend mit Olivier vor.»

«Und du, Cardozo?» fragte der Commissaris.

«Ich komme aus einer großen Familie, Mijnheer, und wir stehen uns sehr nahe. Ich kann mich nicht ausschließen.»

«Möchtest du jemals wegbleiben?»

«Nein, Mijnheer, eigentlich nicht. Ich langweile mich manchmal, aber ich mag meine Familie, und das Essen ist immer ausgezeichnet.»

«Gut», sagte der Commissaris. «Die Familie ist der Kern unserer Gesellschaft. Eine glückliche Familie sorgt für ein glückliches Land.»

De Gier sah dem alten Mann ins Gesicht. Der Commissaris sah aufrichtig aus, aber de Gier traute dem unschuldigen und freundlichen Gesichtsausdruck seines Chefs nicht.

«Nun, raus damit», sagte der Commissaris und rieb sich energisch die Hände. «Was ist gestern abend passiert, de Gier?» De Gier erstattete umfassend Bericht und ließ nichts aus, bis auf die Verwechslung des nördlichen mit dem südlichen Löwen. Der Commissaris saß vornübergebeugt auf seinem Stuhl. «Gut», sagte er zum Schluß, aber wir werden einige Schwierigkeiten mit dem Hoofdinspecteur in der Altstadt bekommen. Ich bin sicher, er hat es nicht gern, wenn wir in seinem Bereich jagen. Ich rufe ihn wohl besser an, bevor er mich anruft. Ich hoffe, wir haben seine Pläne nicht gestört. Ich weiß, sie wollten Razzien gegen einige ihrer Unruheherde veranstalten. Die Baubehörde sollte etwas wegen des Hauses unternehmen, es abreißen oder die Restauratoren daransetzen. Sobald es repariert ist, kann es an anständige Leute vermietet werden.»

«Anständige Leute mögen die Gegend nicht sehr, Mijnheer», sagte Cardozo.

«Ja. Vielleicht sollten wir die Stadtverwaltung etwas unter Druck setzen. Sie hat Pläne, irgendwo ein großes staatliches Eros-Center einzurichten, aber bis jetzt hat man nur davon geredet. Es würde unsere Aufgabe sehr erleichtern. Eine hohe Mauer drum herum und Polizisten an die Eingänge postieren. Wir würden den Daumen drauf haben. Aber dafür ist es noch zu früh.»

«Es wäre schade», sagte Grijpstra bedrückt.

«Du magst das Hurenviertel, nicht wahr?»

«Es ist seit siebenhundert Jahren in der Stadt, Mijnheer. Bis jetzt waren wir immer in der Lage, es einigermaßen gut zu kontrollieren.»

«Sie sehen hübsch hinter ihren Fenstern aus», sagte de Gier. «Ich kann mir keine halbnackten Frauen in einem Betonkasten und hinter Stacheldraht vorstellen. Es wäre schrecklich.»

«Ja, vielleicht. Jedenfalls werden wir abwarten und weitersehen. Das tut die Polizei immer, abwarten und weitersehen. Und jetzt sehen wir weiter. Was habt ihr für Pläne, meine Herren?»

Er sah Grijpstra an.

Grijpstra räusperte sich und tastete die Taschen nach seiner Zigarrendose ab. Der Commissaris bot ihm eine aus der Kiste auf seinem Schreibtisch an. De Gier zündete mit scheinbarer Unterwürfigkeit ein Streichholz an, und Cardozos junges Gesicht hellte sich mit einem aufblitzenden Lächeln auf, als er sich auf Grijpstra konzentrierte.

Grijpstra sah mißtrauisch aus.

«Ähem, ähem, wir wollen es nicht übertreiben», murmelte er.

«Was nicht übertreiben, Adjudant?» fragte de Gier. «Wir hören.»

«Ja», sagte Grijpstra. «Nun, ich meine, zwei von uns sollten heute abend in das Bordell gehen, oder einer, während der andere im Wagen wartet. Er sollte zum Pförtner gehen, seinen Polizeiausweis zeigen und bei ihm bleiben, wenn er nach dem Chef telefoniert oder ihn ruft. Dann sollte er den Chef zum Wagen bringen und ihm sagen, daß wir Sharif wollen und wissen, er wird heute abend kommen. Wir können noch etwas einfließen lassen über illegales Glücksspiel und andere ungesetzliche Aktivitäten in dem Haus, damit der Chef ruhig und behilflich ist. Dann gehen wir unter dem Vorwand hinein, Kunden zu sein. Wir sollten Geld mitnehmen; der Laden wird nicht billig sein, und wir wollen keine Getränke gratis.»

«Ja», sagte der Commissaris. «Wer geht?»

«Ich nicht», sagte Grijpstra. «Sharif kennt mich. Und er könnte sich an Cardozos Gesicht erinnern, da der ihn voriges Jahr wegen des Einbruchs in seinem Haus aufgesucht hat. Deshalb würde ich Geurts oder Sietsema und de Gier vorschlagen.»

«Ich glaube, ich würde gern gehen», sagte der Commissaris.

«Das wäre sogar noch besser, Mijnheer. Die Kunden des Ladens werden keine jungen Männer sein; dort werden ältere Herren sein, so daß Sie gerade richtig wären.»

«Danke», sagte der Commissaris. «Freundlichen Dank. Ich sehe also aus wie ein alter Hurenhengst, wie? Also das ist wirklich reizend von dir.»

Grijpstra errötete, de Gier und Cardozo machten ein amüsiertes Gesicht.

«Verzeihung, Mijnheer. So habe ich das überhaupt nicht gemeint, Mijnheer.»

Der Commissaris lächelte. «Schon gut, Grijpstra; ich hab nur Spaß gemacht. Ich glaube, du hast recht. Ein solcher Laden wird Leute anziehen, die aussehen wie ich. Rede weiter.»

«Also Sie und de Gier, Mijnheer. Sie werden an der Bar sein und können sich umsehen. Der Chef wird Ihnen Bescheid sagen, wenn Sharif in das separate Zimmer geht, wo er seine Leute trifft. Dann müssen Sie eine Stelle finden, wo Sie lauschen können. Vielleicht ist dort ein Guckloch. Puffs haben alle ein Guckloch, glaube ich. Und Sie könnten ein Tonbandgerät benutzen.»

«Ja. Wir werden das mit dem Chef klären. Vielleicht können wir uns in einem Schrank verstecken. Was dann, Grijpstra?»

«Das hängt davon ab, was sie sagen. Vielleicht finden Sie auch Wernekinks Mörder.»

«Das ist de Giers Idee, nicht wahr? Hast du nicht heute morgen am Telefon gesagt, de Gier glaube, daß Sharif oder einer seiner Männer Wernekink umgebracht habe?»

«Ja, Mijnheer.»

Der Commissaris stand auf und ging um seinen Schreibtisch herum. Er lehnte sich gegen die Vorderseite des Schreibtisches und musterte seine Assistenten.

«Ich glaube, de Gier hat recht. Wernekinks Tod muß ein dummer Irrtum gewesen sein. Aber es ist vielleicht verständlich. Es ist schwer zu verstehen, daß es Menschen gibt, die vergebens leben, die keine Ziele, keine Ideen, keine Bestrebungen haben. Ich hatte einige Zweifel in bezug auf Tom Wernekink, aber der Brief, den du aus Rotterdam mitgebracht hast, hat mich überzeugt. Habt ihr alle den Brief gelesen?»

«Ja, Mijnheer», antworteten de Gier und Cardozo gleichzeitig.

«Ein seltsames Dokument. Was hast du davon gehalten, de Gier?»

De Gier lachte. «Ich dachte, es ist ein guter Brief, Mijnheer.»

«Warum?»

De Gier sah zum Fenster hinaus.

«Warum?» fragte der Commissaris noch einmal.

«Ein guter Brief», wiederholte de Gier.

«Und du, Cardozo?»

«Mich hat er ein wenig irritiert, Mijnheer. Der Mann hatte viele Möglichkeiten, nicht wahr? Intelligenz, einen Vater mit Geld, und dennoch hat er nichts aus seinem Leben gemacht. In gewisser Hinsicht war es der Brief eines Selbstmörders, eine Einladung an den Todesengel. Ich halte das Leben für lebenswert.»

«Er hat seinen eigenen Tod vorausgesagt», sagte der Commissaris bedächtig, «und vermutlich sehr genau. Die Einzelheiten könnten stimmen. Ein Mann in dunklem Anzug und spitzen Schuhen, der ihn mit einem Pistolenschuß tötet. Wie konnte er das wissen?»

Grijpstra setzte sich aufrecht hin. «Das hat mich ebenfalls beunruhigt, Mijnheer, wirklich beunruhigt. Ich hatte vermutet, er könnte seinen Mörder gekannt haben, aber als ich den Brief las, habe ich wieder geschwankt. Was denken Sie, Mijnheer?»

Der Commissaris wartete eine Weile, bevor er antowrtete.

«Nur ein Gedanke», sagte er schließlich. «Nagelt mich nicht darauf fest. Ich glaube, der Mann hat gelitten, und zwar bewußt gelitten. Es könnte möglich sein, daß man sehr klare Visionen hat, wenn man sich selbst in eine solche Situation hineinsteuert. Die meisten von uns leben einfach nur so. Wir tun, wozu uns der Lebenslauf bestimmt. Wir glauben, daß wir Entscheidungen treffen, aber in Wirklichkeit ist das nicht so. Wernekink traf eine Entscheidung – er lehnte es ab, sich anzupassen, und dabei blieb er. Ich glaube, der Brief und auch seine Lebensweise beweisen es. Er lehnte es ab, das Mädchen in sein Haus einzuladen, obwohl es sich ihm an den Hals warf. Er lehnte es ab, vernünftig zu sein.»

«Hältst du das für bewundernswert?» fragte Cardozo de Gier.

De Gier antwortete nicht.

«Sei nicht zu vernünftig, Cardozo», sagte der Commissaris sanft. «Denn wenn du das bist, wirst du immer nur die Oberfläche ankratzen. In unserer Arbeit müssen wir manchmal tiefer eindringen. Ich glaube, Wernekink war ein ganz ungewöhnlicher Mensch, und es würde mich nicht überraschen, wenn er einige ungewöhnliche Eigenschaften entwickelt hätte.»

De Gier sah Cardozo an und lächelte schwach.

14

Um halb neun Uhr abends hielt der schwarze Citroën des Commissaris in der Prins Alexanderstraat bei Nummer 63, direkt vor einem großen, würdevoll aussehenden Herrenhaus, das von einem Garten mit Lärchen und Kiefern umgeben war. Der Wagen bewegte sich sanft auf und ab, zuerst vorn, dann hinten, als der Druck aus dem Hydrauliksystem mit einem langen, beinahe leidenschaftlichen Seufzer entwich.

De Gier irritierte das aufgesetzte Lächeln unter dem dichten Schnurrbart des am Steuer sitzenden Polizisten mit dem schläfrigen Blick.

«Du hast es wieder mal geschafft, wie?» fragte de Gier.

«Ja, Brigadier. Wenn ich einen Parkplatz brauche, finde ich ihn.»

Selbstverständlich stimmte es. Der Fahrer des Commissaris schaffte es immer, einen Parkplatz bei oder genau an jener Stätte zu finden, zu der sein Chef wollte.

«Ja, ja», sagte de Gier. «Ich bin froh, daß du diesmal nicht eingeschlafen bist. Wie ich höre, hast du vor ein paar Wochen fast die ganze Seite des Wagens verkratzt. Die Mechaniker in der Polizeiwerkstatt haben es mir gesagt.»

«Ein unglücklicher Unfall», sagte der Polizist, «aber es war nicht meine Schuld. Der andere Wagen hätte nicht im Zickzack fahren dürfen. Die Versicherung des anderen Fahrers wird zahlen. Ich hab sie gestern gefragt. Ich gehe frei aus.»

«Ein verantwortungsvoller Fahrer hätte den Zusammenstoß vermieden», sagte de Gier. «Es geht darum, keine Risiken auf sich zu nehmen.»

«Ja, de Gier», sagte der Commissaris und legte dem Brigadier eine Hand auf die Schulter. Der Konstabel blickte nach vorn.

«Konstabel», sagte der Commissaris, «ich erwarte zwar keine Probleme, aber falls wir in Schwierigkeiten geraten, werden wir pfeifen. Wenn du die Pfeife hörst, kannst du über Funk Unterstützung anfordern. Und geh nicht selbst hinein, warte auf einen Streifenwagen.»

«Ja, sei vorsichtig», sagte de Gier und klopfte dem Fahrer auf die Schulter. «Und penn nicht ein», zischte er, als der Commissaris das Tor öffnete.

Der Konstabel war an diesem Abend nicht in Uniform, aber er sah mit seinem dunklen Anzug, dem weißen Hemd und der schwarzen Krawatte genauso ordentlich aus.

«Hast du deine Pistole?» fragte de Gier.

Der Konstabel klopfte auf seine Jacke. «Hier, Brigadier.»

«Benutze sie nicht», sagte de Gier, «was auch geschehen mag. Du hast einen orangen Judogürtel, nicht wahr?»

«Ja.»

«Dann kannst du einige Würfe üben.»

Der Konstabel holte tief Atem, als de Gier dem Commissaris durch das Tor folgte.

«Ein hübscher Laden», sagte der Commissaris, als sie die kurze Auffahrt hinaufgingen. «Eine richtige altmodische Villa. Dies Haus muß noch aus der Zeit stammen, als dieser Teil von Amsterdam noch flaches Land war. Die Kaufleute haben sich ihre Sommerhäuser hier gebaut. Es ist aus dem siebzehnten Jahrhundert, denke ich.»

«Seine Bestimmung hat sich auch noch nicht geändert», sagte de Gier. «Die Kaufleute des Goldenen Zeitalters feierten ihre Feste gern dort, wo sie nicht gestört wurden. Und diese Gegend ist immer noch ruhig, weit weg von den Grachten und dem Lärm der Stadt. Ich glaube nicht, daß unsere Freunde in der Prins Alexanderstraat auf unerwartete Bekannte stoßen werden. Hier sind nur Altersheime und Privatkrankenhäuser. Niemand kann es sich erlauben, heutzutage in solchen Palästen zu wohnen.»

«Ja», sagte der Commissaris. Er dachte an das Schreiben, das er heute vom Finanzamt erhalten hatte. Eine Nachzahlung, immer wieder Nachzahlungen. Das Finanzamt hatte noch nie etwas rückerstattet, jedenfalls nicht, solange er zurückdenken konnte.

«Nur in Norwegen zahlt man mehr Steuern als bei uns», sagte er zu de Gier. «Hast du das gewußt?»

«Ich möchte nicht nach Norwegen», sagte de Gier. «Ich möchte nach Neuguinea. Ich habe gestern eine Postkarte aus Neuguinea erhalten. Sie war auf der Insel Japen abgestempelt worden. Es stand nur ‹Grüße› darauf; sie trug keine Unterschrift.»

Der Commissaris kicherte. «War sie ans Präsidium adressiert, de Gier?»

«Ja, Mijnheer; er erinnert sich nicht an meine Privatadresse. Er ist einmal dort gewesen, hat aber vermutlich die Hausnummer vergessen.»

«Viel Glück für ihn», sagte der Commissaris. «So, weiter gehe ich nicht mit. Klingle und zeig deinen Ausweis. Ich gehe zum Wagen zurück. Grijpstras Plan war in Ordnung. Sag dem Pförtner, er soll seinen Chef zum Wagen schicken, und warte hier.»

De Gier klingelte. Es dauerte eine Weile, bis die Tür geöffnet wurde. An der Tür stand kein Name. Niemand, nicht einmal ein mißtrauischer und zynischer Polizist wie de Gier, würde in diesem Herrenhaus ein Bordell vermuten. Er hatte Zeit, sich umzusehen, die herrlichen Eichentüren zu bewundern, die frische Farbe auf den Fensterrahmen, den perfekt angelegten Garten. Es war sogar ein Teich dort, und er sah die verschwommenen Formen von Goldfischen, die zwischen den großen Blättern der Wasserlilien herumflitzten.

«Mijnheer?» fragte eine ruhige Stimme.

Er erkannte den Typ sofort. Ein Zuhälter, aber einer von der soliden Art. Ein großer, aber trotz seiner Jahre immer noch stattlicher Mann. Der Mann mußte fast sechzig sein, aber er ließ die Schultern kaum hängen. Er war die Art von Mann, die nie die Geduld verlieren würde und die eine schreiende Nutte ebenso wie einen lärmenden Kunden beruhigen und sich die Liebe der Hure und die Achtung des Freiers erhalten konnte. Es gibt alle Arten von Zuhältern. Die angeberischen jungen Zuhälter halten sich nicht lange. Sie saufen und werden in Schlägereien verwickelt, und ein paar Jahre des lustigen Lebens machen sie zu verkrüppelten Alkoholikern. Es gibt auch kriminelle Zuhälter, die im Gefängnis landen. Aber der ruhige, starke Zuhälter hält sich. Dies war ein ruhiger, starker Zuhälter.

De Gier mußte aufblicken, als er den Mann ansprach. Er zeigte seinen Ausweis; der Mann nahm ihn in die Hand und hielt ihn auf Armeslänge vor sich.

«Meine Augen sind nicht mehr so gut, Brigadier.» Er sprach sehr leise.

«Holen Sie Ihren Chef», flüsterte de Gier zurück. «Sagen Sie ihm, er soll nach draußen gehen. Am Straßenrand steht ein schwarzer Citroën; Ihr Chef wird meinen Chef darin finden. Sie werden ein kleines Gespräch miteinander führen.»

«Warten Sie hier, Brigadier; ich werde ihn holen.»

«Nein», sagte de Gier. «Ich gehe mit.»

Der Zuhälter lächelte. «Keine Angst, Brigadier, ich werde ihn anrufen. In der Diele ist ein Telefon.»

Es war eine große Diele mit einem Perserteppich auf den Marmorfliesen und mannshohen Statuen von griechischen Nymphen, deren steinerne Gewänder herabwallten. Das Telefon stand auf einem türkischen Tisch aus Messing neben einem verzierten Kasten aus geschnitztem Mahagoni.

«Was ist in dem Kasten?» fragte de Gier. Er hatte bemerkt, daß dieser verschlossen war.

Der Zuhälter-Pförtner klopfte sich auf den Bauch. «Ich habe hier einen passenden Schlüssel. Im Kasten sind Chips. Wir halten nichts davon, wenn das Geld im Haus herumfliegt. Wenn Sie etwas wollen, gebe ich Ihnen einen Chip.»

«Was gebe ich Ihnen?»

Der Pförtner lachte. «Geld, Brigadier. Sie geben mir Geld, ich gebe Ihnen Chips. Mit Chips können Sie sich in der ‹Villa Veenblik› amüsieren. Sie können trinken, mit den Damen nach oben gehen und sich am Glücksspiel beteiligen. Und wenn Sie eine Zigarre möchten, gebe ich Ihnen eine. Zigarren sind gratis.»

«Geben Sie mir eine», sagte de Gier.

Der Pförtner öffnete eine zwischen den kupfernen Girlanden des Tisches verborgene Schublade und nahm eine enorme Zigarrenkiste heraus. Er öffnete sie mit einem Schwenken. In der Kiste waren sehr dünne Zigarillos, mittelgroße Zigarren, kurze dicke Zigarren und sehr große Zigarren – groß genug für die breiten Krötenmäuler von Bankiers und Werftbesitzern.

«Eine große», sagte de Gier. «Eine von denen.»

«Aber gewiß, Mijnheer», sagte der Pförtner und zog an der dicken Goldkette, die sich über seinem Bauch spannte. Am Ende der Kette waren ein Schlüssel und ein Zigarrenabschneider befestigt. Er schnitt die Zigarre mit einer groben Drehung ab und gab sie de Gier, der sie mit den Zähnen festhielt. Der Pförtner griff in seine Westentasche und holte ein langes Streichholz heraus. Er stellte sich auf ein Bein und riß das Streichholz an der Sohle seines Schuhs an.

«Bitte sehr, Mijnheer.»

De Gier dankte ihm nicht. Er kam sich blöd vor. Der Pförtner hatte eine starke Persönlichkeit, und de Gier spürte, wie sie sich um ihn ausbreitete. Er war froh, daß er keine Frau war. Die Frauen würden in Ohnmacht fallen, wenn diese kleine Gottheit sich herabließ, sich zu verbeugen und ihnen seine Aufmerksamkeit zu schenken.

«Chef», sagte der Pförtner. «Großalarm, Chef. Die Polizei ist hier. Sie möchte, daß Sie auf der Stelle herunterkommen. In die Diele. Ein Wagen wartet auf Sie.»

Er legte den Hörer auf und grinste. «Der wird sich vor Angst in die Hosen machen, Brigadier. Den kann man leicht erschrecken, wissen Sie. Er wird in einer Minute die Treppe runterfallen.»

Der Pförtner legte die Hände auf dem Rücken zusammen und beobachtete die Treppe.

Auch de Gier beobachtete sie. Ein kleiner Mann, ein wenig über ein Meter fünfzig groß, kam in gestreiftem Anzug, gestreiftem Hemd und gestreifter Krawatte die Treppe heruntergerannt. Die Streifen paßten nicht zueinander.

«Was ist, Joop?» fragte der Mann mit lautem, erregtem Flüstern. «Polizei? Du machst dir doch nicht etwa wieder einen Spaß, wie?»

«Nein, Chef. Dies ist Brigadier de Gier, ein Kriminalbeamter. Er hat mir seinen Ausweis gezeigt; der Ausweis ist echt. Und er möchte, daß Sie nach draußen gehen. Am Tor parkt ein Citroën. Drinnen sitzt ein Offizier, der Sie sprechen möchte.»

«Nein», flüsterte der Chef, «nein, nein. Was soll das? Gewiß keine Schwierigkeiten! Hier hat es nie Schwierigkeiten gegeben. Ein Club nur für Mitglieder, Brigadier, und man kann die Mitgliedschaft nicht an der Tür kaufen. Wir wollen keine neuen Mitglieder; wir wollen, daß es hier hübsch und gemütlich ist. Und die Mädchen sind alle über einundzwanzig, die meisten verheiratet. Kein Rauschgift. Und das Glücksspiel ist nur so zum Spaß. Was ist los, Brigadier?»

De Gier machte eine einladende Bewegung in Richtung Tür.

«Du hast den Ausweis gesehen, Joop, wie?» Der Pförtner nickte, das Gesicht ausdruckslos, wie sehr ihn der Chef auch anstarrte. Keine Hilfe. Keine freundliche Beruhigung. «Ein Polizeiausweis, Joop, wie? Mit Privatdetektiven wollen wir hier nichts zu tun haben.»

«Ein Polizeiausweis, Chef. Der Herr ist Brigadier der Kriminalpolizei. Und der Offizier draußen wird Hoofdinspecteur sein.»

«Commissaris», sagte de Gier.

«Ach, Scheiße!» sagte der Chef. «Ein Commissaris. Warum, zum Teufel, will mich ein Commissaris sprechen?»

«Haben Sie ein schlechtes Gewissen?» fragte de Gier.

«Nein!» Der Chef stampfte mit dem Fuß auf. De Gier sah auf den Fuß. Er wurde geschützt durch einen orangefarbenen glänzenden Stiefel, geschlossen mit zwei Reißverschlüssen. Der Stiefel stampfte noch einmal auf den Marmorfußboden.

«Führen Sie keinen Steptanz auf», sagte de Gier. «Das macht mich nervös.»

«Nein», schrie der Mann beinahe. «Ich sage Ihnen, hier geschieht nichts, was nicht geschehen sollte. Wir haben nie Beschwerden.»

«Der Commissaris wartet», sagte de Gier.

Der Chef eilte zur Tür.

«Was gibt's für Schwierigkeiten?» fragte der Pförtner. «Mir können Sie es sagen, wissen Sie. Ich werde keinen Steptanz aufführen. Und jedenfalls hat er recht. Wir haben nie Beschwerden.»

De Gier zuckte die Achseln.

«Einen Drink», schlug der Pförtner vor. «Einen schönen Longdrink. Hinter der Bar steht ein Schwarzer aus Jamaika, der Drinks mixen kann, Longdrinks. Ein hohes Glas mit einem Schuß Rum, etwas Fruchtsaft und hübsch klingelnden Eiswürfeln. Man kann seine Mixturen den ganzen Abend lang trinken und hat immer ein angenehmes Gefühl. Morgens keine Kopfschmerzen. Keine plötzliche Schwäche, wenn man die Treppe hinaufstolpern sollte. Hier.»

De Gier spürte einen Chip in seiner Hand. Aus grünem Plastik, einen Quadratzoll groß. Aufgedruckt war die Zahl fünfundzwanzig, eine silberne fünfundzwanzig auf blaßgrünem Grund.

«Dafür gibt's fünf Hopplas», sagte der Pförtner, «und ich werde Ihnen noch einen geben, wenn die alle sind.»

«Fünf Gulden für einen Drink?» fragte de Gier.

«Drinks sind billig», erläuterte der Pförtner, «und die Mädchen animieren nicht zum Trinken. Man kann ihnen einen Drink spendieren, wenn man wirklich will, aber sie bitten nie darum. Sie erhalten an der Bar ihre Limonade oder Cola oder Soda gratis.»

«Und wenn Sie die Mädchen wollen?»

«Ich will die Mädchen nicht», korrigierte der Pförtner. «Sie wollen sie. Und wenn *Sie* wollen, kommen Sie zu mir und kaufen sich einen goldenen Chip. Ein goldener Chip bedeutet hundert. Hundert bedeutet ein Mädchen. Und wenn Sie wollen, daß ein Mädchen ihre Sonderwünsche erfüllt, bitten Sie mich um zwei goldene Chips. Für zwei befriedigt es Ihre ausgefallensten Wünsche, Ihre verrücktesten Träume. Und wenn Ihnen keine einfallen, weil Ihr Unterbewußtsein durch schwere Arbeit oder traurige Gedanken ganz blockiert ist, wird es etwas vorschlagen. Sie machen es Ihnen vor, und Sie werden nie darauf kommen, daß sie Ihnen etwas vormachen. Oh, Junge! Zwei Chips bringen Sie in den Himmel, und zwar nicht in jenen Teil, wo man auf Wolken Harfe spielt. Selbstverständlich gibt es auch Harfen und Wolken, aber das ist für die Gewöhnlichen. Dies Haus ist für die Ungewöhnlichen. Dies Haus ist für *Sie*, Brigadier.»

Der Pförtner hatte leise gesprochen und sich vorgebeugt, so daß sein Gesicht mit de Giers auf einer Höhe war. Es drückte tiefe Güte aus. Seine tiefe Stimme hallte in de Giers widerspenstigem Gehirn wider. Der Pförtner hatte die Arme ausgebreitet; seine riesigen Hände waren offen und etwa dreißig Zentimeter von den Schultern de Giers entfernt. De Gier spürte, daß ihn die Hände beschützten und gleichzeitig all seine Körpersäfte mit Lebenskraft erfüllten.

De Gier trat einen Schritt zurück und schüttelte sich. «Hören Sie auf», sagte er. Seine Stimme war heiser.

Der Pförtner lachte. «Das war nicht schlecht, wie? Es ist meine Masche bei den schüchternen Gästen. Ich hab sie schon hunderttausendmal abgezogen, aber sie wirkt immer noch. Die sagen, ich soll zum Theater gehen, aber da ist kein Geld zu machen.»

«Hier ist viel Geld zu machen!»

«Ja, Brigadier», sagte der Pförtner, «das stimmt. Aber was ist Geld? Ihr Burschen denkt immer, wir Zuhälter arbeiten für Geld. Aber nach einer Weile wird Geld zu Papier. Wieviel Mahlzeiten kann ich einnehmen? Wieviel Wagen kann ich fahren? Und wieviel Anzüge kann ich tragen?»

De Gier sah den Pförtner an. Er fühlte sich jetzt viel besser, nachdem er sich befreit hatte.

«Nein, ich arbeite nicht mehr wegen des Geldes. Vielleicht hab ich das nie getan.»

«Weswegen arbeiten Sie?»

Der Pförtner machte eine weitausholende Geste, ohne auf etwas Besonderes zu zeigen oder eine bestimmte Richtung anzudeuten. «Wer weiß? Vielleicht wegen dieses Hauses. Es ist ein großes Haus, und es gefällt mir hier. Dem Chef gehört das meiste davon; er hat Köpfchen – das Köpfchen eines Geschäftsmanns. Aber mir gehört auch ein Stückchen von der ‹Villa Veenblik›, und es steckt eine Menge von meinen Ideen drin. Ich weiß nicht, was besser ist: Köpfchen oder Ideen. Und ich hab Spaß daran, die Frauen anzuschleppen. Wir ziehen es vor, wenn sie verheiratet sind, Teilzeitbeschäftigung, wissen Sie. So haben sie mehr Spaß daran, und die Kunden kommen in den Genuß dieses Spaßes. Sie kommen her, um sich ein Taschengeld zu verdienen oder einen hübsch glänzenden kleinen Wagen oder einen Urlaub oder eine lederne Sitzgarnitur. Wir versuchen nie, sie festzuhalten, wenn sie genug haben. Es gibt immer andere.»

«Wie bekommen Sie Ihre Frauen?»

«Wir geben Anzeigen auf oder gaben Anzeigen auf. Wir suchten Hostessen. Das ist ein gutes Wort: ‹Hostess›.» Der Pförtner schmatzte mit den Lippen. «Das läßt sie glauben, sie seien Klasse. Hostessen für die Reichen, für die Berühmten. Und das sind sie selbstverständlich. Wir haben keine armen Kunden. Jetzt kommen sie von selbst. Irgendeine Freundin sagt es ihnen; sie trinken zusammen Tee in einem gemütlichen Lokal und schwatzen drauflos, und daraufhin kommen sie her. Ich öffne die Tür, und da steht ein dummes, plumpes Ding und stottert etwas. Ich nehme sie mit rein und bringe sie in ein hübsches Zimmer. Der Jamaikaner bringt einen kleinen Drink und wir plaudern. Gewöhnlich ist sie in Ordnung und braucht nur hier und da eine kleine Veränderung. Ein anderes Kleid, eine andere Art zu gehen, oder vielleicht sollte sie kein Kleid tragen, sondern Samtjeans oder weite fließende Hosen oder eine lange Robe oder etwas Kurzes mit Rüschen. Wir wollen nicht, daß sie nackt herumstolzieren.»

«Kein Striptease?» fragte de Gier und zog an seiner Zigarre.

«Aber sicher. Etwas Striptease muß sein. Sie strippen alle. Wir haben eine kleine Bühne. Auf der Bühne müssen sie sexy sein, alles zeigen, alle Bremsen lösen. Ich ermutige sie, übe sogar mit ihnen. Ich sitze in einem großen Sessel und gehe die Show mit ihnen durch, Stück für Stück. Ich hole andere Mädchen, die es ihnen zeigen. Und wenn sie es richtig machen, klatsche ich und rufe und küsse sie auf die Wangen oder gebe ihnen einen Klaps auf den Hintern – es hängt davon ab, was für eine Art von Mädchen es ist. Aber wenn die Show vorbei ist, müssen sie wieder zurückhaltend sein und herumgehen, reden und den Kunden zuhören. Zuhören ist sehr wichtig.»

«Informationen?» fragte de Gier. «Sie wollen Informationen.»

«Sie sind ein richtiger Polizist, nicht wahr?» fragte der Pförtner. «Nein, nein, wir wollen keine Informationen. Wofür halten Sie uns eigentlich? Für Erpresser? Wir wollen nur, daß sie ihren Kunden zuhören. Interesse zeigen, wissen Sie. Der Kunde kauft Chips, nicht wahr? Wunderschöne Plastikchips. Geben Sie Ihren Chip aus, Brigadier. Da ist Ihr Chef und meiner.»

Der Commissaris kam durch die Tür, die ihm der Chef offenhielt. Der kleine Mann war immer noch sehr nervös.

«Gewiß, Mijnheer», sagte er. «Kommen Sie nur herein, Mijnheer. Ich weiß jetzt, was Sie wollen. Sie hatten mich wirklich beunruhigt, wissen Sie. Ich bin so froh, daß ich jetzt weiß, was Sie wollen.»

«Was will der Commissaris, Chef?» fragte der Pförtner.

«Pst», sagte der kleine Mann. «Schließ die Tür ab; wir öffnen sowieso erst um halb zehn. Schließ ab und komm mit in mein Büro. Ich werde dir alles erklären.»

«Ich glaube, der Brigadier möchte einen Drink», sagte der Pförtner.

Der Commissaris sah de Gier an. «Möchtest du einen Drink, de Gier? Was ist das für eine Zigarre?»

«Nein, Mijnheer», sagte de Gier. «Ich möchte keinen Drink. Und die Zigarre ist sehr gut; der Pförtner hat sie mir gegeben.»

Der Pförtner bot dem Commissaris die Kiste an, der sich die kleinste Zigarre aussuchte, die er finden konnte. Der Pförtner stand wieder auf einem Bein und hielt ein langes Streichholz in der Hand.

«Da sind wir nun», sagte der kleine Mann. «Wir werden die ganze Angelegenheit noch einmal durchgehen. Wir müssen sicherstellen, daß kein Fehler passiert.»

Sie befanden sich in einem kleinen Büro. Es sah aus wie jedes andere Büro: ein grauer Aktenschrank, ein Schreibtisch, niedrige graue Stühle aus Plastik und Metall für Besucher, eine Schreibmaschine, eine elektronische Buchungsmaschine. Der kleine Mann saß hinter seinem Schreibtisch und sah jetzt etwas größer aus. Die Besucher versuchten, bequeme Sitzpositionen zu finden. Der Pförtner lehnte an der Wand. Er war zu groß, um in diese niedrigen Stühle zu passen.

«Es geht um Mijnheer Sharif, Joop», erläuterte der Chef. «Um Mijnheer Sharif und seine Freunde – oder sein Personal, sollte ich sagen. Du kennst sie, die vier Herren, die seine wichtigsten Geschäfte leiten.»

Er sah jetzt den Commissaris an. «Sie kommen einmal in der Woche, Commissaris. Wir haben oben ein Zimmer, wo die Leute miteinander reden können. In dem Zimmer werden viele Geschäfte abgewickelt. Ich weiß selbstverständlich nicht, was dabei vorgeht, aber manchmal hab ich so eine Ahnung. Nur eine Ahnung, wohlgemerkt. Da sind afrikanische Herren, die Armeen ausrüsten wollen – sie kaufen Panzer und Flugzeuge –, und da sind Geschäftsleute, die sich mit anderen Geschäftsleuten zusammentun möchten. Die Direktoren haben hier eine ruhige Unterhaltung und sondieren die gegenseitigen Vorschläge. Große Geschäfte. Sie reden, und wir schicken die Getränke hinauf. Wenn sie wegen der Mädchen herunterkommen, ist alles erledigt. Die Geschäfte, meine ich. Aber ich weiß nie genau, was da vor sich geht. Joop und ich sorgen für den Hintergrund, die Umgebung, die Atmosphäre.»

«Ich verstehe», sagte der Commissaris. «Und Mijnheer Sharif? Was tut er hier?»

Der Pförtner lachte. «Er vögelt», sagte er.

«Nein, nein, Joop», sagte der Chef. «Ich wollte, du könntest das Wort vergessen. «Er hat Geschlechtsverkehr, wenn du es schon beschreiben mußt. Nicht dieses häßliche Wort. Werde endlich erwachsen, Joop.»

«Die Pubertät steckt in uns allen», sagte der Pförtner.

«Ja, ja. Nicht in Mijnheer Sharif. Es überrascht mich übrigens, daß er in Schwierigkeiten ist. Er kommt seit vielen Jahren, und ich habe nie erlebt, daß er aus der Haut gefahren ist oder geflucht oder auch nur ein häßliches Wort gesagt hat. Er ist ein sehr würdiger und kultivierter Herr. Und ein bedeutender Geschäftsmann. Er trifft sich hier mit seinen Assistenten – wöchentlich einmal –, aber er hat uns auch andere Gäste gebracht. Ich habe die Fotos dieser anderen Gäste in der Zeitung gesehen. Selbstverständlich keine Namen. Ich werde keine Namen nennen. Aber Mijnheer Sharifs Gäste sind Leute mit Namen.»

«Gut», sagte der Commissaris. «Er wird um zehn kommen, nicht wahr?»

«Ja, Commissaris.»

«Und seine Assistenten werden ein wenig später oder früher eintreffen. Dann werden sie in ihr Zimmer gehen. Bleiben sie lange?»

«Höchstens eine Stunde.»

«Ich möchte in der Lage sein, sie zu hören und, falls möglich, auch zu sehen. Kann das arrangiert werden?»

Der Chef sah den Pförtner an.

«Ja», sagte der Pförtner. «Mein Zimmer liegt neben dem Konferenzraum. Ich hab eine gute Bohrmaschine, hab sie in der vergangenen Woche gekauft. Ich kann zwei Reihen Löcher bohren.»

«Gut, wir können sie also sehen. Wie steht's mit dem Hören?»

«Mir gefällt das nicht», sagte der Chef. «Wenn Mijnheer Sharif dahinterkommt, wird er nicht erfreut sein.»

«Überlassen Sie Mijnheer Sharif uns», sagte der Commissaris ruhig. De Gier hob überrascht den Blick. In der Stimme des Commissaris schwang eine Note tödlichen Hasses mit, und der kleine Körper des alten Mannes bebte unwahrnehmbar. De Gier hatte in den fünf Jahren, die er unter dem Commissaris gearbeitet hatte, diesen Teil seines Wesens nie bemerkt.

Der Pförtner hatte ebenfalls aufgeblickt. Mit seinen ruhigen großen Augen unter den dichten Brauen musterte er die kleine Gestalt in der Ecke des Raums.

«Sie können mit Mijnheer Sharif fertig werden, Commissaris?» fragte der Pförtner.

«Ja», sagte der Commissaris sehr leise, aber das Wort drang in jede Ecke des Raums.

«Ein Mikrophon», sagte der Chef. «Du bist geschickt in elektrischen Dingen. Kannst du helfen, Joop?»

«Die Combo hat unten ein Ersatzmikrophon», sagte der Pförtner.

«Und Litze ist auch genug da, aber wir wollen nicht, daß sie auffällt. Ich werde sehen, was ich tun kann. Wollen Sie ein Tonbandgerät anschließen?»

«Ja», sagte de Gier. «Wir werden uns den Raum zusammen ansehen. Ich glaube, ich kann helfen, und ich habe ein gutes Tonbandgerät im Wagen.»

«Es ist wohl besser, ihr beiden fangt an», sagte der Commissaris.

Der Chef sprang hinter seinem Schreibtisch auf. «Wir können in die Bar gehen, Commissaris. Es ist gemütlicher dort unten.»

«Nennen Sie mich nicht ‹Commissaris›.»

«Nein, Mijnheer, Verzeihung, Mijnheer. Ich werde Sie ‹Mijnheer› nennen.»

«Das wird besser sein.»

«Was ist mit Mijnheer Sharif und seinen Leuten, Mijnheer? Sie werden sie doch wohl nicht im Haus festnehmen, nicht wahr?»

«Nein», sagte der Commissaris. «Nicht, wenn wir es vermeiden können. Sie kennen weder den Brigadier noch mich. Wir wollen nur für eine Weile zuhören. Nachher können wir sie in der Bar beobachten, während sie sich amüsieren.»

Der Chef versuchte zu lachen. «Ja. Ich werde Ihnen ein paar Chips geben. Mit Geld wird im Haus nie bezahlt. Joop wird Ihnen soviel Chips geben, wie Sie wollen.»

«Wir werden die Chips kaufen», sagte der Commissaris.

«Sehr wohl, Mijnheer. Es wird also keine Schwierigkeiten für das Haus geben, nicht wahr, Mijnheer?»

«Tun Sie, was man Ihnen sagt», sagte der Commissaris.

«Ja, Mijnheer.»

15

«Meine Freunde», sagte Sharif, «ich heiße euch willkommen.»

Am Tisch murmelte man. Vier Männer in Anzug, weißem Hemd und Krawatte sahen ihn aufmerksam an. Sie sahen ordentlich genug aus, aber ihre Erscheinung stand in scharfem Kontrast zu der eleganten Gestalt am Kopf des Tisches. Der Araber trug einen hellen Anzug, tadellos maßgeschneidert. Sein hübsches Gesicht mit der Adlernase und den leicht schräggestellten dunkelbraunen Augen war gelassen. Das schwarze Haar, das er ziemlich lang trug, hatte einen natürlichen

Glanz. Seine langen braunen Hände lagen absolut bewegungslos auf dem Tisch, als seien sie kein Teil von ihm. Er sah die vier Männer an, einen nach dem andern.

«Gestattet mir, daß ich gleich zur Sache komme. Wir sind hier zur Arbeit und zum Vergnügen, und wir wollen das Vergnügen nicht zu lange warten lassen.»

Die vier Männer lächelten.

Auch Sharif lächelte, aber sein Gesicht zeigte keine Ungeduld. «Also dann. Es hat eine Störung gegeben. Eine unglückliche Störung. Unser wichtigster Lieferant von Waren zu annehmbaren Preisen ist aus dem Geschäft raus. Für immer, fürchte ich. Seine Organisation ist zerschlagen, was schade ist. Es war eine funktionierende Organisation, von der ich gehofft hatte, sie würde mit unserer fusionieren, wobei einer von euch ihr Direktor werden sollte. Wir hatten einige Fortschritte gemacht, und jetzt dies.»

Er machte eine Pause. «Ich habe euch persönlich ausgesucht, jeden einzelnen von euch. Ihr habt seit Jahren für unser Unternehmen gearbeitet. Jeder von euch hat einen Lebenslauf, der ihn für einen Platz in unserer Organisation qualifiziert. Ihr habt Verstand; ihr seid kaltblütig. Ihr müßt kaltblütig bleiben.»

Sharif neigte den Kopf. «Du, mein Freund, bist ein Kämpfer. Du hast im Fernen Osten gekämpft; du bist ein tapferer Mann, ein Krieger. Und du, mein Freund, hast in einem kleinen Boot ein Meer überquert, ein großes Abenteuer, das du zu einem erfolgreichen Ende geführt hast. Und du, mein Freund, bist viele Jahre in meinem Land gewesen. Du beherrschst meine Sprache. Wir können gegenseitig unsere Gedanken lesen. Und du, mein Freund, hast Verbindungen, die du nie mißbraucht hast und die uns nie im Stich gelassen haben. Wir müssen unsere Talente miteinander kombinieren und diesen kleinen Sturm überstehen. Jeder von euch leitet eine unserer Hauptfilialen. Kriminalbeamte haben eure Geschäfte aufgesucht. Haben sie Spuren von weggeschafften Waren gefunden?»

Zwei Männer verneinten die Frage. Zwei zögerten.

«Was ist passiert?» fragte Sharif.

Der Mann, den er ansah, steckte sich eine Zigarette an.

«Sie haben nichts gesagt, Sharif, aber sie könnten etwas gesehen haben. Mir gefiel die Art nicht, wie sie weggingen. Vielleicht haben sie mit einem der Angestellten gesprochen, die mir beim Wegschaffen der Waren geholfen haben. Ich mußte schnell handeln und konnte nicht alles allein auf den Lastwagen laden.»

«Und du? Was ist in deinem Geschäft geschehen?»

«In meinem Geschäft herrschte einige Verwirrung, Sharif», sagte der Mann zögernd. «Ein falsches Fernsehgerät blieb zurück; ein ordentlich verbuchtes wurde weggebracht. Die Kriminalbeamten haben die Nummern aller Geräte im Geschäft aufgeschrieben. Wenn sie deine Bücher im Hauptbüro prüfen, könnten sie über eine Unregelmäßigkeit stolpern.»

«Aha», sagte Sharif und faltete die Hände, «ich verstehe. Ich bin froh, daß du es mir gesagt hast. Fehler werden nun mal gemacht. Es ist eine Bedingung, die wir Menschen immer in Betracht ziehen müssen. Gegenwärtig gehen Kriminalbeamte unsere Bücher durch und vergleichen Rechnungen mit einer Liste von Nummern. Die Fernsehgeräte und die anderen Waren kamen aus Containern, die sich unser Lieferant gesichert hatte. Es muß eine Liste mit Nummern verschwundener Fernsehgeräte geben. Ja. Es ist schlimm. Aber vielleicht fällt es nicht auf. Ist sonst noch was schiefgegangen?»

Er sah seine Männer nacheinander an. Keiner sagte etwas.

«Der Kater», sagte schließlich einer.

«Er sitzt im Gefängnis. Ich glaube nicht, daß er dort bleiben wird. Seine Verbindung zu uns ist nie bewiesen worden. Der Kater ist ein schlaues Tier, stolz und frei. Er wird auf seiner Koje liegen und die Polizisten anlächeln, die versuchen, mit ihm zu reden.»

«Sein halber Schnurrbart ist ab.»

«Ja», sagte Sharif, «ich hab's gehört. Er wird etwas lächerlich aussehen, aber in Amsterdam ist ein halber Schnurrbart nicht so ungewöhnlich wie anderswo.» Er lachte, ein sanftes, kehliges Lachen.

«Am Deich ist jemand gestorben, wie ich höre», sagte einer der Männer.

«Das war geplant», sagte ein anderer und kicherte. «Der Flieger hat gut gearbeitet. Es gibt keine Spuren, nur eine Kugel.»

Sharif hob eine Hand. «Dies ist eine Sitzung, Herrschaften, eine geschäftliche. Wir müssen uns an die Regeln halten. Ich werde die Sitzung leiten und keinen außerhalb der Reihe reden lassen.»

Sharif schaute an die Decke. Als sich sein Blick wieder senkte, sahen die Männer starr geradeaus. «Am Deich hat es Tote gegeben», sagte Sharif. «Einen ungeplanten, stupiden Tod. Die Polizei hat einem Mann in den Magen geschossen, der jetzt tot im Krankenhaus liegt. Ein anderer Mann ist gestorben, aber der Schuß wurde gezielt und mit ruhiger Hand abgegeben; er kam aus dem Dunkel der Nacht, und ein Dämon ist geflohen und nie mehr gesehen worden. Der Dämon hat keinen Namen. Wenn man ihm einen gibt, wird eine Person erschaffen, und sie hat Gewohnheiten, hinterläßt Spuren und wohnt in einem Haus. Ihr kann die Polizei eine Hand auf die Schulter legen. Wir müssen dem Dämon gestatten, das zu bleiben, was er ist.

«Und was jetzt?» fragte ein Mann.

«Wir warten», sagte Sharif. «Der Kater wird eines Tages frei sein, aber wir dürfen nicht mehr mit ihm reden. Wir werden das Spiel des Katers selbst spielen. Unser Krieger wird einige Männer ausbilden, damit sie die notwendigen Tricks beherrschen. Die Männer werden zuverlässig sein. Es werden einige Araber und einige Männer aus der Gegend sein. Und vielleicht eine Frau – eine gute Frau –, die wir in diesem Haus hier finden werden. Aber zunächst werden wir abwarten. Wir werden vielleicht sechs Monate oder ein Jahr warten müssen, aber das können wir uns erlauben. Meine Freunde?» fragte Sharif.

Er sah einen nach dem anderen an, um Zustimmung zu finden. «Ausgezeichnet. Damit schließen wir die Sitzung. Ich sehe euch gleich unten. Ich danke euch, daß ihr gekommen seid.»

Die Männer standen auf, als Sharif hinausging.

Er sah königlich aus.

Ein Scheich, der majestätisch aus seinem Zelt schreitet, dachte de Gier. Draußen wird ein weißes Rennkamel warten, und bald wird er weit weg sein, verschlungen von der Wüste.

16

Der Pförtner begleitete de Gier zum Wagen, wo er dem Polizisten am Steuer das Tonbandgerät übergab. Weder der Pförtner oder de Gier noch der Polizist mit den müden Augen sahen den kleinen dunklen Mann, der seit einer Weile im Garten gegenüber gestanden hatte. Der Mann stand am dicken Stamm einer Lärche, verborgen durch die niedrigen Zweige des Baums.

De Gier und der Pförtner gingen wieder ins Haus. Der Commissaris war an der Bar und nippte an einem Drink, den der lächelnde dicke Barmann höchst professionell gemixt hatte. Er hantierte mit dem silbernen Shaker, als begrüße er eine königliche Persönlichkeit, die ein Recht auf ein extravagantes Zurschaustellen reiner Freude hat. Neben dem Commissaris saß eine junge Frau. De Gier wandte seinen bewundernden Blick ab. Sie trug ein langes schwarzes Kleid, hochgeschlossen bis zum kleinen Kinn, einen langen, schlanken Hals umschließend. Ihr Gesicht war die Unschuld selbst, und der kleine rote Mund schmollte. Ihr Bein auf der Seite zum Commissaris war nackt, sie bewegte es alle paar Sekunden. Der nackte Oberschenkel machte de Gier schwer atmen. Der Schlitz im Kleid schloß sich, als de Gier zum Commissaris trat.

«Guten Abend, Mijnheer», sagte de Gier. «Ich hatte nicht erwartet, Sie heute abend hier zu treffen. Ich dachte, Sie wären noch in Frankreich.»

«Hallo, Rinus», sagte der Commissaris und lächelte erfreut. «Ich habe gehofft, dich hier zu sehen. Wie stehen die Dinge im Büro? Ich darf dir unsere reizende Hostess vorstellen. Das ist Charlotte. Charlotte, das ist Rinus, meine rechte Hand in der Firma. Ihr paßt sehr gut zusammen, glaube ich.»

Das Mädchen hüpfte vom Hocker und verbeugte sich tief. Dann hob sie das Gesicht und bot ihren Mund an. De Gier küßte ihn flüchtig, während der Commissaris kicherte.

«Ausgezeichnet», sagte er. «Ihr paßt wirklich zusammen, wie ich sehe. Ich hatte recht.»

«Selbstverständlich», sagte das Mädchen.

«Möchtest du etwas trinken, Charlotte?» fragte de Gier.

«Nein, danke. Ich habe noch etwas im Glas, aber wir können tanzen, wenn du willst. Ich möchte euch beide mit Ella bekanntmachen. Wir können unseren Freund an der Bar nicht ganz alleinlassen, nicht wahr?»

«Wer ist Ella?» fragte der Commissaris.

Charlotte zeigte auf ein rothaariges Mädchen, das allein am anderen Ende der Bar saß.

«Sie ist schön», sagte der Commissaris, «aber ich hätte lieber die reizende Chinesin, die soeben gekommen ist. Wenn es dir nichts ausmacht, selbstverständlich. Das hat überhaupt nichts mit Tadel an deinem Geschmack zu tun; es ist nur, daß mich die Weisheit des Fernen Ostens verzaubert.»

«Du bist ein Schatz», sagte Charlotte und streichelte mit ihrem Haar die Wange des Commissaris. «Einen Moment, bitte.»

«Alles in Ordnung?» fragte der Commissaris.

«Ja, Mijnheer. Das Tonbandgerät ist im Wagen, und der Pförtner hat das Konferenzzimmer aufgeräumt.»

«Das ist Thsien-niu», sagte Charlotte. «Habe ich deinen Namen richtig ausgesprochen, Thsien-niu?»

Das Mädchen lächelte und verbeugte sich. Eine knappe Verbeugung, mit der sie kaum mehr als die Gegenwart der beiden Männer zur Kenntnis nahm.

Tricks, dachte de Gier. Tricks, die sie von dem bulligen Zuhälter lernen. Er sah den Pförtner Joop vor sich, wie sein großer Körper oben im Ausbildungszimmer auf einer Couch hingefläzt ist, während die Mädchen sich produzieren. Er inspiriert sie mit seiner warmen, tiefen Stimme, die lässig den Worten schmeichelt und die Mädchen vor Freude, Gehorsam und Demut erglühen läßt.

«Setz dich zu mir, Thsien-niu», sagte der Commissaris und bemühte sich, die fremden Laute richtig auszusprechen.

«Please», sagte das Mädchen, während es mit Leichtigkeit auf den hohen Hocker hüpfte.

«Thsien-niu spricht noch nicht Holländisch», sagte Charlotte, «aber sie lernt schnell, und ihr Englisch ist wunderbar. Sie kommt aus Hongkong. Sie ist hier sehr beliebt.»

De Gier befand sich auf der kleinen Tanzfläche, wo sich Charlottes verhüllter Körper eng an seinen preßte. Die Combo von drei jungen Männern – alle in dunklem Anzug mit enger Hose und weitem, offenen weißen Hemd mit blauem Halstuch – spielte einen langsamen Shuffle, dem man sich sehr leicht anpassen konnte. Sie hielten oft inne und ließen vier Takte aus. Die rechte Hand des Pianisten spielte eine einfache Kombination hoher Töne mit leichtem Anschlag. Die linke Hand sowie Schlagzeug und Baß fielen gemeinsam ein, betonten die Kombination und ließen diese de Giers Rückgrat hinauflaufen. Er hatte seine Hände auf den Schultern des Mädchens, und er zog es an seine Brust, aber es entwand sich ihm und begann allein zu tanzen, einen Meter von ihm entfernt. Charlotte blieb auf der Stellte, bewegte kaum die Füße, ließ aber ihren Körper erbeben. De Gier, geführt von den hohen Noten, improvisierte einen Kreis um sie herum, ohne es zu übertreiben. Seine Füße machten vorschriftsmäßige Schritte, an die er sich von der Tanzschule vor zwanzig Jahren erinnerte. Aber die alte Tanzlehrerin hatte ihm nie beigebracht, seine Schultern, Arme und Hände zu gebrauchen. Es war gut, daß die alte Dame ihn das nicht gelehrt hatte, denn jetzt konnte er tun, was ihm gefiel, und er machte sich ganz gut dabei. Der Commissaris, der ihn von der Bar aus beobachtete, nickte beifällig, und die Chinesin lächelte vage, als sie sah, wie der große athletische Mann zu einem kleinen Jungen wurde und dann zu seiner eigenen Stärke zurückfand. De Gier dachte an nichts, während er tanzte; er hatte einfach nur das Gefühl des Wohlbefindens. Er war ein Teil der Musik geworden.

«Ein schöner Mann», sagte die Chinesin zum Commissaris.

«Ja», sagte der Commissaris, «aber sag's ihm nicht; es gibt ihm ein blödes Gefühl.»

«Das ist gut», sagte das Mädchen. «Willst du auch tanzen?»

«Nein. Trinken wir.»

Der Barmann kam, ehe er gerufen wurde. Das zerstampfte Eis im silbernen Behälter bewegte sich im Rhythmus des Shuffle, und die Gläser des Commissaris und des Mädchens wurden gefüllt.

Sharif kam in die Bar, gefolgt von seinen vier Männern, die vor Erwartung fröhlich grinsten. In der Bar waren jetzt mehr Mädchen und etwa zwölf Männer. Andere Paare waren zu de Gier und Charlotte auf die Tanzfläche und zur Combo gegangen, in dem Gefühl, daß der Shuffle sie gefangen hatte und den Überschwang zuließ, sich der Musik hinzugeben. Die rechte Hand des Pianisten schlug jetzt ziemlich komplizierte Töne an und gab dem Bassisten eine Chance, sich abzumühen; der Baß war gut genug, allein gespielt zu werden. Der Pianist lehnte sich zurück und lächelte den Schlagzeuger an, der die Vibrationen der Riesengeige nur durch sanfte Schläge auf das Becken unterstrich.

Sharif trennte sich von seinen Begleitern und ging an die Bar. Der Commissaris lächelte ihm zu, Sharif blieb stehen.

«Jungfrauen schön wie Korallen und Rubine. Welchen der Segnungen des Herrn würdest du dich versagen?»

«In ein Haus wie dies würde ich kaum gehen, um mir irgend etwas zu versagen», sagte der Commissaris. «Darf ich Ihnen einen Drink anbieten?»

«Sie dürfen», sagte Sharif, «aber er sollte keinen Alkohol enthalten. Und ich habe im Augenblick nichts, womit ich mich revanchieren könnte, außer vielleicht mit meiner Gesellschaft.»

Der Barmann, der vom anderen Ende der Bar aus gesehen hatte, wie Sharif zum Commissaris ging, trieb sich bereits bei ihnen herum und schenkte eine fast schwarze Flüssigkeit in ein Glas.

«Schwarzer Johannisbeersaft», sagte Sharif und hob das Glas. «Eine vortreffliche Delikatesse, aber ich habe festgestellt, niemand mag sie hier. Ich sehe immer, daß der Inhalt der Flasche auf demselben Stand ist, wie ich ihn bei meinem vorangegangenen Besuch verlassen habe. Man kann den Saft gut mit Alkohol mixen, glaub ich, auch wenn ich es noch nie probiert habe.»

«Trinken Sie überhaupt keinen Alkohol?» fragte der Commissaris.

«Nein. Ich bin Araber.»

«Welchen der Segnungen des Herrn würdest du dich versagen?» fragte der Commissaris.

«Ah», sagte Sharif, «Sie haben es behalten. Ein Satz aus dem Koran, aus Noah, einer der ersten Suren. Vielleicht glauben Sie, ich hätte Gott gelästert?»

In Sharifs großen, dunklen Augen war nicht der Funke von Belustigung, als er das Gesicht des Commissaris erforschte.

«Nein», sagte der Commissaris. «Gott zu lästern ist kindisch, und Sie kommen mir nicht wie ein kindischer Mann vor. Aber trinken zu können, ist eine Segnung, und Sie haben mich gefragt, ob ich ihr entsagen würde.»

«Ich bezog mich auf andere Freuden», sagte Sharif. «Und ich bin nicht Ihrer Meinung, daß Alkohol eine Segnung ist. Als ich jünger und einfältiger war, habe ich Alkohol probiert. Und ich bin sehr betrunken gewesen. Es hat Wochen gedauert, die Dummheiten zu vergessen, die ich in jenen wenigen Stunden geäußert habe. Ich bin in einem großen Gebäude aufgewacht, in dem nachts Straßenbahnen abgestellt werden. Ich lag mit dem Kopf auf einer Schiene. Ich habe mich nie daran erinnern können, wie ich in das Gebäude gekommen bin, aber das Aufwachen war wie die Hölle. Und sogar jetzt noch habe ich Angst vor Straßenbahnen, vor allem nachts. Ich habe nie mehr getrunken.»

«Ich verstehe», sagte der Commissaris. «Ich möchte Ihnen meine Begleiterin vorstellen, Thsien-niu.»

«Wir kennen uns. Wie geht es dir heute abend, Vision des Himmels?»

Das Mädchen lächelte.

«Sie sind Geschäftsmann?» fragte Sharif und nippte an seinem schwarzen Johannisbeersaft.

Der Commissaris lachte und entschuldigte sich sofort. «Als Kind hatte ich Verstopfung», sagte er. «Meine Mutter kochte mir Haferbrei, einen Haferbrei aus grauem Zement mit Klumpen. Um ihm Aroma zu geben und den Geschmack von Olivenöl zu überdecken, das sie hinzufügte, wenn sie glaubte, ich sehe nicht hin, gab sie ein halbes Glas schwarzen Johannisbeersaft dazu.»

«Haha», sagte Sharif mit wirklich belustigtem Gesicht. Seine Augen standen schräger als sonst und zwischen seinen Zähnen blitzte es golden. «Vielleicht ist der Saft für Sie das, was die Straßenbahnen abends für mich sind. Jeder Mensch hat seine Ängste. Sind Sie Geschäftsmann?»

«In der Baubranche», sagte der Commissaris. «Und Sie?»

«Gebrauchte Kleidung», sagte Sharif. «Ein kleines, aber gewinnbringendes Gewerbe, und ein für meine Rasse reserviertes Geschäft. Die Juden sind meine Konkurrenten, aber wir sind alle aus der gleichen Familie, obwohl sie diese Wahrheit leugnen. Schade. Ein Akzeptieren dieser Wahrheit würde zu Harmonie führen und diese zu Wohlstand, der wiederum die Leute veranlassen würde, ihre Kleidung schneller abzulegen, wodurch sich mein Geschäft ausweitet.»

Der Commissaris lehnte sich an die Bar und streckte einen Arm aus. Thsien-niu kuschelte sich in den Arm, und die rechte Hand des Commissaris ruhte leicht auf ihrer Schulter. Sie hatte eine nicht brennende Zigarette zwischen den Lippen, und als Sharifs Hand nach vorn schoß, spuckte sein schweres goldenes Feuerzeug eine kleine Flamme aus.

«Die Baubranche ist ein großes Geschäft», sagte Sharif bescheiden. «Ich stelle mir vor, Ihre Firma ist verantwortlich für das Wachsen dieser Stadt und für die großen Gebäude, die sich im Süden erheben und die ich manchmal von meinem Fenster aus bewundere.»

«Die Baubranche ist ein großes Geschäft», stimmte der Commissaris zu, «aber nicht immer gewinnbringend. Man hat immer zu tun und läuft herum und . . .»

«Und redet», sagte Sharif. «Man redet viel. Hier an der Bar. Die reden miteinander und senken die Stimme, aber die Stichworte dringen durch. Murmeln, murmeln, murmeln – eine Million Gulden – murmeln, murmeln, murmeln, murmeln – hunderttausend Gulden.»

«Ist im Handel mit gebrauchter Kleidung kein Geld zu machen?» fragte der Commissaris.

Sharif lachte und machte eine Handbewegung, so daß der Barmann den Verschluß von seiner silbernen Flasche abschraubte und das Glas des Commissaris wieder füllte.

«Nein», sagte Sharif. «Über gebrauchte Kleidung spricht man am besten nicht.»

De Gier kam von der Tanzfläche zurück.

«Wo ist Charlotte?» fragte der Commissaris.

«Sie wird sich ausziehen», sagte de Gier und sah Sharif an. «Sie wird bald auf der Bühne sein.»

«Mehemed el Sharif», sagte Sharif.

«Scholle», sagte de Gier. «Rinus Scholle; freut mich, Ihre Bekanntschaft zu machen, Mijnheer.»

«Eine Scholle», sagte Sharif bedächtig. «Ein Fisch, wie ich glaube. Ein Plattfisch, der herumschwimmt und plötzlich, schneller als er selbst es weiß, mit dem Schwanz schlägt, taucht und sich in den Sand duckt. Und der Verfolger schwimmt weiter und sieht nichts.»

«Mein Assistent», sagte der Commissaris. «Meine rechte Hand im Büro. Scholle hat über das Baugeschäft in zehn Jahren mehr gelernt als ich in dreißig.»

«Der bescheidene Chef ist der kluge», sagte Sharif.

«Entschuldigen Sie, Mijnheer», sagte der Pförtner. «Da möchte Sie jemand sprechen; wollen Sie in die Diele gehen?»

Sharif ging zur Diele.

«Es gibt Schwierigkeiten», sagte der Pförtner zum Commissaris. «Passen Sie auf.»

Der Commissaris schaute auf. «Wieso?»

«Erste Tür links. Dann rechts, durch den Korridor und zur Gartentür hinaus. Laufen Sie zum Wagen. Sie haben einen Mann in Ihrem Wagen. Vielleicht weiß er, was los ist. Sharif spricht gerade in der Diele mit einem anderen Araber, seinem Fahrer. Sprechen Sie mit Ihrem Fahrer.»

De Gier rannte durch den Garten und schwang sich über die Mauer. Er stürzte sich auf den Rücksitz des schwarzen Citroën.

«Was hast du gesehen?» fragte er den Polizisten.

«Das ging aber schnell», sagte der Fahrer. «Ich hab dich kaum erkannt, als du über die Mauer gesprungen bist. Ich hab gedacht, du bist eine Fledermaus.»

«Soeben war ich ein Fisch. Was hast du gesehen?»

«Nachdem du mir das Tonbandgerät gegeben hast», sagte der Polizist, «und ihr gegangen seid – du und der Pförtner –, sah ich, wie sich drüben im Garten ein Mann bewegte. Ein kleiner Mann. Er muß schon eine Weile dort gewesen sein.»

«Das ist der Fahrer des Arabers – des Arabers, hinter dem wir her sind», sagte de Gier. «Er hat einen weißen Lincoln, der irgendwo in der Nähe stehen muß.»

«Hab ich nicht gesehen. Aber der Fahrer muß gesehen haben, wie du das Tonbandgerät in den Wagen gelegt hast. Er hat gewartet, und ich hab mich schlafend gestellt. Jetzt ist er im Haus.»

«Ich geh jetzt zurück», sagte de Gier.

«Wird es lange dauern?»

«Vielleicht. Drinnen zieht sich ein schönes Mädchen aus. Auf einer Bühne. Ich werde eine Zigarre rauchen, während ich zuschaue. Eine dicke Zigarre.»

«Pah», sagte der Polizist.

«Schlaf du nur weiter. Vielleicht siehst du noch einen Araber.»

De Gier flitzte zurück, so schnell wie er gekommen war. Er war in der Bar, als Sharif wiederkam.

Charlotte zog am Reißverschluß ihres Kleides. Ein Trompeter hatte die Combo verstärkt. Sein Instrument jaulte, als der Reißverschluß herunterkam, es kreischte, als das Weiß ihrer Brüste im matten Schein des Lichts auf der Bühne schimmerte, und es vibrierte, als das Kleid zu Boden fiel. Charlotte tanzte, und die gedämpfte Trompete wurde traurig. Die Combo nahm ihren Shuffle wieder auf; die Lichter gingen aus und an. Die Bühne war leer. Der Tanz war der gleiche wie zwanzig Minuten zuvor der mit de Gier gewesen, aber jetzt war sie allein gewesen, allein mit all den Männern in der Bar.

«Sehr gut», sagte Sharif und klatschte. «Sie ist wie eine Frau, die ich vor langer Zeit in Port Said gesehen habe. Ich sollte eigentlich nicht zuschauen, weil ich in der Küche arbeitete, aber ich schlich mich immer raus, wenn sie auf der Bühne war. Wo ist Scholle?»

«Dort», sagte der Commissaris und grinste. Vor der kleinen Bühne standen drei Ledersessel. De Gier saß im mittleren und rauchte den Stummel der dicken Zigarre, die der Pförtner ihm gegeben hatte. Er schaute immer noch auf die Bühne.

«Ihr Assistent weiß sich zu amüsieren. Er ist aufrichtig. Die anderen Männer stellen sich, als schauten sie nicht richtig hin. Die Sessel dort sind immer leer. Warum habe ich Sie hier noch nie gesehen?»

«Ich bin schon hier gewesen», sagte der Commissaris, «aber wir müssen einander verpaßt haben.»

«Möglich», sagte Sharif.

«Die vermuten etwas», sagte de Gier, als er neben dem Commissaris in der Toilette stand. «Sharifs Fahrer hat gesehen, wie ich das Tonbandgerät zum Wagen brachte. Vielleicht hat er nicht gesehen, daß es ein Tonbandgerät war, da es draußen dunkel ist und er uns von der anderen Straßenseite aus beobachtete. Ich hatte es unter meiner Jacke, aber er muß gesehen haben, daß ich dem Fahrer etwas gab. Und er hat darüber berichtet.»

«Ja», sagte der Commissaris. «Wir gehen wohl besser. Oder vielmehr, ich werde gehen. Es ist schade, daß sie uns mißtrauen, aber da kann man nichts machen. Wir könnten deshalb die Situation auch ausnutzen. Bleib hier, ich werde zwei Kriminalbeamte schicken. Die sollen den schwächsten unter Sharifs Helfern festnehmen. Ich hab sie in der Bar beobachtet. Da ist einer mit gestreifter Krawatte, dunkelblau und weiß. Ich glaube, er ist beunruhigt. Er trinkt viel und redet immerzu – er reißt Witze und lacht noch vor den anderen. Es ist der, der sagte, eins der falschen Fernsehgeräte sei im Laden geblieben. Die Kriminalbeamten können das ausnutzen. Ich glaub nicht, daß er gestehen wird, aber die Tatsache seiner Festnahme wird Sharif erschrecken. Ich werde denen sagen, sie sollen sich an die Bar setzen, bis du ihnen ein Zeichen gibst. Zeig mit deiner Zigarre auf den Mann, wenn Sharif nicht hinsieht.»

«Und dann, Mijnheer?»

«Nimm dir ein Taxi und komm zum Präsidium. Ich werde sehen, was ich über den Flieger herausfinden kann, von dem sie gesprochen haben. Der Schatten, der Tom Wernekink ermordet hat. Wir werden ihn schnell finden müssen, möglichst heute abend. Ich werde auch Grijpstra und Cardozo holen.»

Jemand kam in die Toilette. Der Commissaris ging zum Waschbekken und machte viel Getue mit dem Wasserhahn und drehte ihn so, daß das warme Wasser über seine Hände schäumte. Er trocknete sich flink die Hände.

Sharif war noch an der Bar, der Commissaris setzte sich neben ihn. Die Rothaarige war jetzt auf der Bühne, aber Sharif unterhielt sich mit Thsien-niu, die sofort von ihm abrückte, als sie den Commissaris sah, und sich wieder in dessen Arm kuschelte.

«Die Dame aus dem Fernen Osten mag Sie», sagte Sharif. «Es beweist ihren guten Geschmack.»

«Magst du mich?» fragte der Commissaris.

«Ja», sagte Thsien-niu. «Ich würde gern mit dir nach oben gehen.»

Sharif lächelte. «Eine Einladung, die man kaum ablehnen kann.»

«Ich bin ein alter Mann», sagte der Commissaris.

«Ich werde für dich singen.»

«Chinesisch?» fragte Sharif. Er beugte sich vor.

«Ich kann nur chinesisch singen», sagte das Mädchen, «und alle meine Lieder handeln vom Meer. Mein Vater sagte immer, er könne das Meer hören, wenn ich für ihn sang. Mein Land besteht aus Inseln; das Meer ist nahe.»

«Manchmal bin ich froh», sagte Sharif, «daß ich kein junger Mann mehr bin. Der Geist eines jungen Mannes ist wie die Porno-Magazine, die einen aus jedem sechsten Schaufenster anstarren. Die Gedanken eines jungen Mannes, der bei einer Frau ist, mit der er noch nicht geschlafen hat, lassen ihn Bilder von Garnelen sehen, die in einem Glas voller Mayonnaise wimmeln. Er ist so voll des Triebs, die Menschheit nicht aussterben zu lassen, daß er an nichts anderes denken kann als an das Verlangen, das Loch zu stopfen, das feuchte, geheimnisvolle Loch, das ihn aufsaugen und festhalten wird. Für eine Weile. Aber das Mädchen spricht vom Singen, und er hört es nicht. Jetzt, da ich alt bin, kann ich es hören.» Sharif nahm noch einen Schluck von seinem schwarzen Johannisbeersaft.

«Geben Sie her», sagte de Gier zum Pförtner.

Der Pförtner hielt ihm die Zigarrenkiste hin, de Gier grapschte.

«He, nicht grapschen», sagte der Pförtner.

«Noch mal auf ein Bein stellen», sagte de Gier.

Der Pförtner stellte sich auf ein Bein und riß ein Streichholz an.

«Danke. Es werden bald zwei Kriminalbeamte kommen und einen Ihrer Kunden festnehmen. Nicht Sharif, aber einen seiner Freunde. Sie werden sehr höflich sein und ihn abführen.»

«Dem Chef wird das nicht gefallen», sagte der Pförtner.

«Nein. Aber da ist nichts zu machen. Es ist wohl besser, Sie sorgen dafür, daß die Combo spielt und ein Mädchen auf der Bühne ist, wenn sie den Mann festnehmen.»

«Sie werden anschließend wegen dieses Ladens hier doch wohl keinen Stunk machen, nicht wahr, Brigadier?» sagte der Pförtner. «Wir sind seit langem im Geschäft und haben uns daran gewöhnt. Ich wüßte nicht, was ich tun sollte, wenn dies Haus geschlossen wird. Ich bin zu alt, um noch mal neu anzufangen.»

«Nein», sagte de Gier. «Zumindest nicht, wenn ich es verhindern kann. Sie haben eine Art von Lizenz, nicht wahr?»

«Wir sind ein Club; wir haben eine Lizenz für Alkoholausschank und für Tanzen und so . . .»

«Und so . . .?»

Der Pförtner hatte die Hände auf dem Rücken und schwankte langsam vor und zurück.

«Ja, ja, da haben Sie den springenden Punkt», sagte der Pförtner. De Gier bewegte sich in Richtung Bar.

«Warten Sie», sagte der Pförtner. «Vielleicht möchten Sie Mitglied werden. Kommen Sie gelegentlich mal vorbei. Holen Sie sich ein paar Chips. Sie können sich in den Ledersessel vor der Bühne setzen und sich die Show ansehen. Die Mädchen haben es gern, wenn ihnen ein Mann mit einer gewissen Konzentration zuschaut.»

«Nein», sagte de Gier.

«Nein, Schatz», sagte der Commissaris. «Vielleicht ein andermal, aber heute abend muß ich früh gehen. Ich erwarte morgen ausländische Besucher und muß wach sein, wenn sie in mein Büro marschieren. Aber vielen Dank für die Einladung; ich weiß sie zu schätzen.»

«Gern geschehen», sagte Thsien-niu.

«Schade», sagte Sharif. «Ich habe mich über Ihre Gesellschaft gefreut. Vor allem gefiel mir die Geschichte mit dem Haferbrei, den Sie als Kind gegessen haben.»

De Gier kam aus der Diele herein, die Zigarre zwischen den Zähnen. Thsien-niu kicherte.

«Die Zigarre ist zu groß für dich, Rinus», sagte der Commissaris.

«Sie schmeckt sehr gut, Mijnheer», sagte de Gier und nahm die Zigarre aus dem Mund.

«Unterhalte dich mit Mijnheer Sharif und Thsien-niu», sagte der Commissaris. «Ich muß nach Hause. Bis morgen.»

«Mijnheer», sagte de Gier.

Zwanzig Minuten später kamen die Kriminalbeamten. Die Combo und die Trompete begannen mit einer Jam-Session. Der Körper des Pianisten war starr, sein Kopf bis auf die Tasten gebeugt. Schlagzeug und Trompete befanden sich in einer Klangorgie, und der Baß schlug drauflos, während eine große, schlanke Negerin wieder im heimischen Dschungel ihrer Ahnen war und sich auf der Bühne in einer Trance rhythmischer Wollust bewegte. Als de Giers Zigarre auf den

Mann mit der gestreiften Krawatte zeigte, stellten sich die beiden Kriminalbeamten neben ihn, berührten seinen Arm und zeigten ihren Ausweis. Sharifs Blick folgte den drei Männern, die in Richtung Diele gingen.

Draußen hatte ein nicht gekennzeichneter Polizeiwagen den weißen Lincoln gefunden. Sharif kam aus dem Haus und ging die Auffahrt hinunter. Der junge Araber öffnete die Wagentür. Der weiße Wagen bog um eine Ecke, das Polizeiauto folgte ihm.

De Gier telefonierte nach einem Taxi.

Innerhalb von zwanzig Minuten meldete er sich im Präsidium. Grijpstra telefonierte, Cardozo hörte zu.

«Wo ist der Commissaris?» fragte de Gier.

«Er kommt gleich zurück. Er spricht im Zellenblock mit dem Kater. Grijpstra redet mit den Computerleuten; die prüfen das Gedächtnis des Computers mit dem Wort ‹Flieger›.»

«Das ist alles, was wir wissen», sagte de Gier.

«Es könnte reichen», sagte Cardozo. «Zu viele Flieger kann es nicht geben.»

«Danke», sagte Grijpstra, «ich werde warten. Ruft im Präsidium an und verlangt Adjudant Grijpstra. Beeilt euch.»

Grijpstra drehte sich um. «Da bist du ja. Du warst im Puff.» Seine Stimme war vorwurfsvoll.

«Ja», sagte de Gier. «Es war sehr nett. Als ich ging, war eine nackte Negerin auf der Bühne und vor ihr andere Frauen. Mit einer habe ich getanzt. Sie tanzte sehr gut. Und ich habe zwei kubanische Zigarren geraucht und ein paar Drinks gehabt. Und die Musik! Oh, Grijpstra, die Musik hättest du hören sollen.»

«Was für Musik?»

«Trompete. Und das Piano! Blues, ein Blues, der nie aufhörte. Nicht zu langsam. Genau richtig. Nichts von diesem Herumgespiele. Alles paßte. Der Laden ist eine Villa namens Veenblik und wird von einem einsfünfundneunzig großen Pförtner geleitet. Er verströmt Charme und hat die Mädchen angelernt. Klasse. Wirklich Klasse.»

«Hast du Flöte gespielt?»

«Nein.»

«Warum nicht?»

«Ich war im Baugeschäft. Der Commissaris ebenfalls. Der Commissaris war soeben aus Frankreich gekommen; ich war seine rechte

Hand. Wir trafen uns zufällig. Er war einer der großen Bosse der Firma.»

«Und du?»

«Leitender Angestellter. Vielversprechendes Material.»

«So war es doch nicht, oder?» fragte Cardozo.

«Wie nicht?»

«Wie du es gesagt hast. Ich bin auch schon in Puffs gewesen. Schrecklich. Man kriegt süßen Sekt zu trinken; die Vorhänge sind alle aus rotem Samt. Überall sind Spiegel; die Frauen lungern auf Liegen herum. Und alles stinkt nach Parfum.»

«Ja», sagte Grijpstra, «und die Frauen nennen dich ‹Süßer› und ‹Kleiner› und reden über deinen Kopf hinweg miteinander, und sie zeigen Pornofilme in einem kleinen Raum, der nach Pisse riecht.»

«Nein, nein», sagte de Gier. «Wie ich sagte. Das Haus ist in Ordnung. Fragt den Commissaris.»

«Quatsch», sagte Cardozo.

«Klasse», sagte de Gier eigensinnig. «Du hättest die Negerin tanzen sehen sollen. Man konnte den Dschungel hinter ihr spüren. Den Mond. Palmen. Pochende Trommeln. Die runden Hütten des Dorfs hinter dir; die Krieger stehen im Halbkreis und rasseln mit den Muscheln an ihren Fußgelenken. Kurze Geräusche, weißt du. Und wenn sie mit den Muscheln rasseln, bewegt sich die Frau. Langsam. Und ihre Brüste glänzen, und sie wackelt mit den Hüften – nur ganz wenig. Ihre Arme sind ausgebreitet. Und der Mond geht auf, eine volle weiße Scheibe, die den Himmel ausfüllt.»

«Das hast du alles gesehen?» fragte Cardozo.

«Es war dort», sagte de Gier.

17

«Mein Anwalt schien ziemlich sicher, daß Sie mich heute laufenlassen müssen», sagte der Kater. Er saß auf seiner Koje und der Commissaris ihm gegenüber auf einem niedrigen Hocker.

«In diesen Zellen gibt es nicht viel zu tun», sagte der Kater. «Haben Sie einen Blick auf den Hocker geworfen, ehe Sie sich setzten?»

Der Commissaris stand auf und sah sich den Hocker an.

«Er sieht abgenutzt aus», sagte der Commissaris.

«Abgenutzt!» Der Kater stand auf und streckte sich. Seine Hände berührten die Decke. «Holzhocker nutzen sich nicht ab. Das kleine Möbelstück ist zerkratzt worden, zerkratzt von menschlichen Händen. Ich habe ihn mir genau angesehen. Er ist ein Vermögen wert, sage ich Ihnen. Er kann im Stedelijk Museum ausgestellt werden und wird viele Menschen anlocken. Er ist ein vollkommenes Kunstwerk. Eine Holzfläche, zerkratzt von zehntausend menschlichen Nägeln, geduldig, acht Stunden täglich. Es ist außerdem ein harmonisches Werk.»

«Ja», sagte der Commissaris. «Sehr interessant. Aber um ihn richtig würdigen zu können, müßte ich eine Weile in dieser Zelle zubringen.»

Der Kater kreuzte die Arme auf der Brust und verneigte sich. «Seien Sie mein Gast, Commissaris.»

«Es ist eine Erfahrung, die mir nicht ganz neu ist», sagte der Commissaris.

«Sie sind im Gefängnis gewesen?»

«Für etwas über ein Jahr.»

«Wie haben Sie das geschafft?»

«Ein Rätsel, das Sie lösen sollen», sagte der Commissaris. «Dann haben Sie morgen etwas zu tun.»

Der Kater runzelte die Stirn. «Ich hab's. Der Krieg! Sie waren beim Widerstand. Sie haben das richtige Alter.»

«Stimmt.»

«Sie müssen mir schon ein besseres Rätsel geben, Commissaris.»

«Warum sind wir hier?» fragte der Commissaris.

«Hier in diesem Gefängnis, meinen Sie? Warum wir zusammen hier sind, jetzt? In dieser Zelle?»

Der Commissaris lächelte. Der Kater lächelte ebenfalls. Der Commissaris sah sehr ordentlich aus. Er saß auf dem Hocker, als sei dieser speziell für ihn angefertigt worden. Seine dünnen Beine waren genau parallel und die Falten seiner Hose wie zwei Linien einer geometrischen Zeichnung. Die zugeknöpfte Weste, die dünne Uhrkette, die schmale Krawatte mit dem kleinen Knoten, das runzlige Gesicht mit den aufgeweckt fragenden, jedoch sanften Augen und das schüttere, sorgsam gekämmte Haar waren Details, die sich zu einem Bild zusammenfügten, das Vertrauen einflößte. Ein liebender Vater, ein Lehrer, ein Onkel, ein Freund der Familie.

«Nein», sagte der Commissaris, «das zweite Rätsel ist schwieriger.»

«Sie meinen, warum wir – Sie und ich – hier auf der Erde sind?»

Der Commissaris lächelte.

«Lesen Sie Science fiction, Commissaris?»

«Manchmal.»

«Ja», sagte der Kater, «erst als ich anfing, Science fiction zu lesen, habe ich etwas von dem Rätsel verstanden. Ich habe es selbstverständlich nicht gelöst, aber ich wußte dann, daß es ein Rätsel gibt. Was, zum Teufel, soll all dies Leben auf einem kleinen, runden Ball, der im Weltraum schwebt? Sie und ich und die Wachen, die mir zu essen geben, und Tom Wernekink und die Narren am Deich.»

«Und Sharif», sagte der Commissaris.

«Und Sharif.»

«Hören Sie», sagte der Commissaris. «Setzen Sie sich mal auf die Koje und hören Sie mir zu. Sie müssen mir helfen. Ich muß Wernekinks Mörder erwischen.»

Der Kater nahm das Kissen von der Koje, klopfte es in Form, setzte sich und steckte es hinter seinen Rücken.

«Ja, Commissaris, ich verabscheue Gewalt. Tom Wernekink wollte sterben, wie Sie vermutlich wissen, aber ich bin dagegen, daß sich ein Mann in seinen Garten schleicht, sich versteckt, abwartet und eine Pistole abfeuert. Nein, das hätte er nicht tun sollen.»

«Sie sind verdächtig, Kater, und alles, was Sie sagen, kann gegen Sie verwendet werden. Dennoch möchte ich, daß Sie mir sagen, was Sie wissen.»

Der Kater lachte und erfüllte mit seiner Fröhlichkeit die kleine Zelle.

«Das mußten Sie mir gerade jetzt sagen, nicht wahr?»

«So ist das neue Gesetz.»

«Kein schlechtes Gesetz. Die Einfaltspinsel sollten gewarnt werden. Das ist ihr gutes Recht. Aber ich werde nichts sagen, was ich in diesem Stadium nicht sagen sollte. Bis jetzt können Sie mir wenig vorwerfen, bis auf den halben Schnurrbart, den Sie mich nicht abrasieren lassen, und bis auf die Tatsache, daß Ihre Kriminalbeamten mich fingen, als ich in meinem eigenen Garten herumlief.»

«Jetzt haben wir mehr», sagte der Commissaris. «Deshalb konnte ich Sie für weitere zwei Tage in dieser Zelle festhalten. Wir haben Sharifs Läden überprüft und dort einige nervöse Leute angetroffen. Sie hatten die gestohlenen Waren weggeschafft, aber einer von ihnen hat sich versehen und in Sharifs Geschäft ein Fernsehgerät zurückgelassen, das von Ihren Leuten am Deich gekommen ist. Wir überprüfen gegenwärtig die Listen, und schließlich wird die Registriernummer des Fernsehgeräts damit übereinstimmen. Wir haben den Ladenleiter festgenommen, der jetzt verhört wird. Irgendwann wird er gestehen und uns sagen, wo wir den Rest der Waren finden. Und neun von Ihren Leuten sitzen ebenfalls in der Zelle. Eine Menge Finger zeigen auf Sie, Kater, und zusammen werden sie die Hand bilden, die Sie ergreifen wird. Man wird Sie wegen Hehlerei verurteilen. Es ist Ihr erstes Verbrechen, deshalb werden Sie nicht lange im Gefängnis bleiben, aber wir werden den Fall gewinnen.»

«Sie werden», sagte der Kater, «aber noch haben Sie nicht gewonnen, und warum sollte ich es Ihnen einfach machen?»

«Dafür gibt's keinen Grund. Spielen Sie Ihr Spiel, so gut Sie können, wir spielen unsers. Aber der Mörder ist ein anderes Spiel; da stehen wir auf derselben Seite. Was wissen Sie über den Flieger?»

«Flieger», sagte der Kater. «Sie haben einen Namen. Das ist doch schon was.»

«Es ist der Name eines Schattens. Wir brauchen den wirklichen Namen.»

«Also gut», sagte der Kater. «Mir scheint jetzt, daß ich eines Nachts eine Vision hatte, als ich halbwach in Ursulas Armen lag. Es war nach einem Abendessen, Schnecken mit Toast und Oliven. Wollen Sie diese Vision hören?»

«Ja, bitte.»

«Mir scheint», sagte der Kater müde, «ein gewisser Mann mit einem katzenartigen Namen – ein Mann, der vielleicht wie ich aussieht – war über einen gewissen arabischen Herrn verärgert. Er machte Geschäfte mit dem Araber, und der wollte immer mehr. Also begann der Mann, den Araber zu studieren, und schickte einige Spione aus, kleine Mäuse, die um den Araber herumrannten. Und die Mäuse hörten, daß der Araber ein gefährliches Werkzeug – ein menschliches Werkzeug – besaß, eine wandelnde automatische Pistole, die nie vorbeischießt. Es war ein seltsames Werkzeug, denn es konnte auch fliegen, auf leisen Schwingen wie eine Motte.»

«Sie meinen, es konnte segeln», sagte der Commissaris.

«Ja, segeln.»

«Ein Segelflieger», sagte der Commissaris. «Und wo hat dieses Werkzeug seine Schwingen?»

«In Middelburg», sagte der Kater.

«Hat die Erscheinung keinen Namen?»

«Das Werkzeug wird einen Namen haben, aber ich kenne ihn nicht. Es wird dreimal täglich essen und in einem Haus wohnen. Es wird auch krank sein, denn ein für Geld mordendes Werkzeug kann nicht richtig zusammengebaut sein. Es wird gefährlich sein.»

«Als Sie in jener Nacht diese Vision hatten», sagte der Commissaris, «nach den Schnecken und Oliven, haben Sie da nicht daran gedacht zu versuchen, diese tödliche Motte zu fangen?»

«Nein, Mijnheer», sagte der Kater. «Ich glaube an Klugheit, nicht an Gewalt. Gewalt fliegt in engen Kreisen und verbrennt sich die Flügel.»

«Das passiert der Klugheit vielleicht auch», sagte der Commissaris. «Ist die Vision jetzt ganz geschildert?»

«Mehr habe ich nicht gesehen.»

Der Commissaris stand auf. «Kann ich noch etwas für Sie tun, Kater?»

«Ich habe drei Wünsche», sagte der Kater und stand ebenfalls auf.

«Schießen Sie los.»

«Erstens möchte ich, daß Sie Ihre Zigarrendose und eine Schachtel Streichhölzer hierlassen.»

Der Commissaris klopfte sich auf die Taschen, holte die Zigarrendose und die Streichhölzer heraus und legte sie auf die Koje des Katers.

«Zweitens hätte ich gern das dunkelblaue Buch, das zu Hause neben meinem Bett auf dem Fußboden liegt.»

«Ich werde einen von meinen Männern bitten, es morgen zu holen und Ihnen zu geben.»

«Danke. Und drittens möchte ich, daß Sie Ursulas Vater in Australien ein Telegramm schicken. Sie ist seelisch krank. Sie ist zwar eine Weile behandelt worden und soweit wieder in Ordnung, aber da ich eingesperrt bin, wird sie allein sein und vielleicht alle möglichen psychischen Störungen bekommen. Ich möchte, daß ihr Vater hierher fliegt und sie abholt. Sie sollte zu Hause bei ihrer Familie sein. Ihr Vater ist reich und liebt sie. Er wird kommen, wenn Sie ihm telegrafieren. Ich werde Ihnen die Adresse geben, wenn Sie mir Ihren Kugelschreiber leihen.»

Der Commissaris nahm seinen Kugelschreiber heraus. «Gut, ich werde das Telegramm gleich absenden.»

«Danke. Gute Jagd.»

Der Commissaris klopfte an die Zellentür; sie hörten in dem engen Korridor draußen die schlurfenden Schritte des Wärters.

«Wir haben etwas, Mijnheer», sagte Grijpstra, als der Commissaris wieder in sein Büro kam.

«Erzähl.»

«Der Computer kennt den Flieger. Ein Berufskiller, der Anfang letzten Jahres bei dem Fall der Schwarzbrenner im Süden angeheuert war. Die Polizei hatte die Schwarzbrennereien entdeckt, weil einer der Besitzer im Wald mit einer Kugel zwischen den Augen gefunden worden war. Der Mörder wurde nie genannt, aber sein Spitzname war: der Flieger. Man hatte die Theorie, daß der eine Schwarzbrenner versucht hat, den anderen auszukaufen, und der Mann abgelehnt hat und deshalb erschossen wurde. Aber es wurde nichts bewiesen; einige Männer sitzen jetzt, aber sie wurden nur wegen der Herstellung von Alkohol ohne Lizenz angeklagt. Ich habe den Namen des Hoofdinspecteurs, der den Fall bearbeitet hat, aber er ist jetzt pensioniert und lebt in Frankreich. Eine Telefonnummer gibt es nicht. Die Akten werden morgen früh zur Verfügung stehen. Ich habe mit dem Archiv telefoniert, aber der einzige Mann, der sich dort auskennt, ist weder im Dienst noch zu Hause. Es scheint, die sind dort unterbesetzt. Wir werden bis morgen warten müssen.»

«Nein», sagte der Commissaris, «der Flieger ist Pilot eines Segelflugzeugs, der in Middelburg wohnt. Ich will jetzt hinfahren. Was ist mit Sharif? Hat sich der Wagen gemeldet, der ihn verfolgt?»

«Ja, Mijnheer», sagte de Gier. «Sharif ist heimgefahren. Das Polizeiauto ist weggefahren, aber jetzt ist ein anderer Wagen dort – einer von unserer Beschattungsabteilung – mit einem Brigadier und einem weiblichen Konstabel. Falls Sharif wieder abfährt, werden sie ihm folgen und sich beim Präsidium melden, wenn etwas passiert.»

Der Commissaris grinste. «Gut. Das ist sehr schön. Wie bist du an den Beschattungswagen gekommen?»

«Ich hab mit deren Chef gesprochen. Er hatte einen Wagen in der Stadt, der nichts Spezielles zu tun hatte. Übrigens ein sehr hübscher Wagen, ein neuer Porsche.»

Das Telefon klingelte, de Gier nahm ab. «Funkraum», sagte die Stimme. «Wir hatten eine Meldung vom Porsche. Euer Verdächtiger ist von seinem Haus in einem grauen Jaguar abgefahren, der die Stadt jetzt in Richtung Süden verläßt. Der Porsche ist hinter ihm. Euer

Verdächtiger wird von einem anderen Mann begleitet, von einem kleinen dunkelhäutigen Mann, der den Wagen fährt. Wollt ihr, daß ich dem Porsche eine Nachricht übermittle?»

«Ja», sagte de Gier. «Sag ihnen, sie sollen sich weiter melden und die Nachrichten an Konstabel Cardozo richten, der in diesem Büro sein wird.»

«De Gier», sagte der Commissaris.

«Mijnheer?»

«Laß ihnen sagen, sie sollen es nicht mit Sharif aufnehmen. Nur verfolgen und melden.»

De Gier gab die Botschaft weiter und legte auf.

«Bleib hier, Cardozo», sagte der Commissaris. «Wir werden mit dir telefonieren. Das Funkgerät im Wagen kann keine großen Entfernungen überwinden. Der Porsche wird ebenfalls telefonieren. Du mußt heute abend das Kommunikationszentrum sein.»

«Ja, Mijnheer.»

«Hol den Wagen, de Gier; er steht auf dem Hof. Mein Fahrer wird mitkommen. Falls er zu müde wird, kannst du oder Grijpstra für ihn übernehmen. Wir fahren nach Middelburg.»

«Mijnheer», sagte de Gier.

18

«Guten Abend», sagte der Commissaris zum wachhabenden Brigadier in dem kleinen Polizeirevier von Middelburg. «Wir sind von der Amsterdamer Städtischen Polizei.» Er zeigte seinen Ausweis.

«Commissaris», sagte der Brigadier mit ehrfurchtsvoller Stimme. «Kommen Sie bitte herein, Mijnheer. Darf ich Ihnen Kaffee anbieten? Es ist eine frische Kanne da. Ich koche mir immer um vier Uhr morgens einen; er hält mich wach. Es wird für drei Tassen langen.»

«Danke, Brigadier. Können Sie einen Offizier finden? Wir haben hier einige Arbeit, und es wäre gut, wenn wir sie sofort erledigen könnten.»

«Ich werde den Inspecteur anrufen, der Bereitschaft hat.»

«Bitte.»

Der Commissaris nahm das andere Telefon und wählte die Nummer der Telegrammaufnahme. Er diktierte das Telegramm an Ursulas

Vater, buchstabierte jedes Wort und sagte dem Mädchen, die Amsterdamer Polizei mit den Kosten zu belasten. Dann rief er sein Büro an.

«Gibt's was Neues, Cardozo?»

«Ja, Mijnheer. Wo sind Sie, Mijnheer?»

«Polizeirevier Middelburg.»

«Gut. Sharif sollte in Ihrer Nähe sein. Der Porsche ist ihm bis zur Zeelandbrücke gefolgt, aber er hat ihn direkt hinter der Brücke verloren. Die beiden sind jetzt in Goes bei einem Telefon und warten. Sie wollen weitere Instruktionen.»

«Sag, sie sollen heimfahren, und danke ihnen. Hast du die Zulassungsnummer von dem Jaguar?»

«Ja, Mijnheer. Ich sag sie Ihnen durch, und geben Sie mir bitte Ihre Telefonnummer dort.»

«Bleib beim Telefon, Cardozo», sagte der Commissaris, ehe er auflegte. «Es wird langweilig sein, aber wir brauchen dich vielleicht noch, wenn es auch unwahrscheinlich ist. Du kannst schlafen, wenn du willst, solange du nur beim Telefon bleibst.»

«Ja, Mijnheer. Ich werde hier sein.»

«Armer Cardozo», sagte de Gier.

«Das ist das halbe Leben eines Polizisten», sagte Grijpstra, «herumlungern und warten.»

«Und ein weiteres Viertel besteht aus dem Verfolgen falscher Spuren.»

«Vielleicht tun wir jetzt genau das.»

«Nein», sagte der Commissaris. «Wir sind auf der richtigen Spur. Aber wo ist Sharif? Er ist so nahe, daß ich ihn spüren kann. Guten Abend, Inspecteur.»

Der Mann, den der Commissaris begrüßte, war jung – noch keine dreißig. Ein schmalschultriger, langer Mann mit kurzem blonden Haar sowie dichtem Bart und Schnurrbart, die ineinander wuchsen. Ein sehr energischer Mann, der nicht ruhig sein konnte und immerzu mit seinen langen Armen herumwedelte.

Der Commissaris erklärte ihm den Fall.

«Ein Segelflieger», sagte der Inspecteur, «ja, ja. Wir haben einen kleinen Flugplatz in der Nähe, wo Segelflugzeuge sind. Wissen Sie sonst noch etwas über ihn?»

«Nichts, nur daß er ein ausgezeichneter Schütze ist.»

«Das ist schon mal was», sagte der Inspecteur. «Wir haben hier außerdem einen Schützenclub. Ich bin noch nicht lange in Middelburg. Ich wurde vor sechs Monaten von Den Haag nach hier versetzt, aber mein Kollege wird es wissen. Ich rufe ihn an.»

Das Gespräch dauerte lange, aber der Inspecteur sah erfreut aus, als er auflegte. «Ich glaube, ich kann den Mann identifizieren, Mijnheer, und ich habe außerdem eine Menge Einzelheiten über ihn erfahren. Sein Name ist Heins, Jan Heins. Er wurde in Middelburg geboren und hat die meiste Zeit seines Lebens hier gewohnt. Er muß fast fünfzig Jahre alt sein. Keine Polizeiakte über ihn. Er hat als Freiwilliger im Korea-Krieg gedient. Er ist Meister des örtlichen Schützenclubs.»

«Wovon lebt er?»

«Er handelt mit antiken Möbeln und Waffen. Ich kenne seinen Laden. Ich interessiere mich selbst für antike Waffen und bin schon in dem Laden gewesen, aber mir sind die Preise zu hoch. Er hat eine herrliche Sammlung von Duellpistolen.»

«Wenn er mit Antiquitäten handelt, muß er ja auch reisen.»

«Ja, Mijnheer, er ist oft unterwegs. Sein Geschäft ist geschlossen, wenn er nicht hier ist.»

«Hat er ein Segelflugzeug?»

«Ja, Mijnheer. Wenn das Wetter geeignet ist, fliegt er es fast täglich.»

«Wie ist er?»

«Sehr ruhig, Mijnheer. Er sagt kein Wort, wenn er nicht muß.»

«Wir müssen ihn sofort festnehmen», sagte der Commissaris. «Er wird schlafen. Haben Sie einige Männer, die uns helfen?»

«Ich muß sie anrufen. Nur wenige Konstabel sind jetzt im Dienst – nur zwei in einem Streifenwagen. Die andern sind zu Haus.»

«Können Sie die Männer erreichen, die im Dienst sind?»

«Ja, Mijnheer, über Funk.»

«Gut. Rufen Sie vier Männer zusammen, die uns bei der Festnahme helfen, und sagen Sie den beiden im Streifenwagen, sie sollen herumfahren und nach einem grauen Jaguar suchen. Ich habe die Zulassungsnummer hier. In dem Wagen sind zwei Araber, aber die Polizisten sollen sich nicht mit denen anlegen, wenn es nicht erforderlich ist. Sagen Sie ihnen, sie sollen vorsichtig sein; es würde mich nicht wundern, wenn unsere Freunde bewaffnet wären.»

Der Inspecteur begann zu telefonieren, der wachhabende Brigadier sprach in das Mikrophon auf seinem Schreibtisch. Innerhalb einer halben Stunde hatten sich vier uniformierte Konstabel am Schreibtisch gemeldet.

«Nun», sagte der Commissaris, «was ist mit dem Haus, in dem der Flieger wohnt? Wissen Sie, wo er schläft?»

«Mein Kollege hat es mir gesagt, Mijnheer», sagte der Inspecteur. «Er ist mal in dem Haus gewesen. Jan Heins schläft über seinem Laden, in der ersten Etage. Wir können das Fenster von der Straße aus mit einer Leiter erreichen, aber es wäre unangenehm, eine Leiter zu schleppen. Ich hole unseren Feuerwehrwagen.»

«Haben Sie irgendwelche Vorschläge, Inspecteur?»

Der Inspecteur kratzte sich in seinem kurzen Haar, zog an seinem Bart und wedelte mit den Armen. «Wenn er der Mörder ist, wie Sie annehmen, wird er eine Pistole neben seinem Bett haben. Wenn wir an der Tür klingeln, wird er die Waffe in der Hand haben. Vermutlich wird sein Schlafzimmerfenster geöffnet sein, aber die Öffnung wird nicht groß genug sein, um einen Mann einzulassen. Können wir nicht bis morgen warten, Mijnheer? Ich könnte mich als Postbote verkleiden und vorgeben, ich müsse ein Telegramm abliefern. Dann könnte ich die Pistole ziehen, und er würde ruhig mitkommen müssen. Jetzt in diesem Augenblick wird es sehr knifflig sein. Wir müssen vielleicht durch eins der Schlafzimmerfenster springen.»

«Nein», sagte der Commissaris, «wir können nicht warten. Sharif ist in der Nähe, er will den Flieger ebenfalls. Ich weiß nicht, was Sharif plant. Ich glaube, er vermutet, daß wir den Mörder kennen oder dessen Namen jeden Augenblick erfahren könnten. Deshalb ist er hierher gerast. Wenn wir Ihren Mijnheer Heins schnappen, werden wir auch Sharif erwischen, denn Heins wird singen. Also muß Sharif den Mörder aus dem Weg räumen. Er könnte ihm Geld anbieten und sagen, er soll verschwinden, aber wahrscheinlicher ist, daß er ihn beseitigt. Und er ist in der Nähe, Inspecteur. Er ist hier, glaube ich, irgendwo in Ihrer Stadt.»

«Ja, ja, ja, ja», sagte der Inspecteur und riß sich wütend am Bart, «aber Ihr Araber wird auf hinterlistige Art und Weise töten, nicht, indem er mitten in der Nacht in das Haus von Heins einbricht. Vielleicht hat er vor, morgen in sein Geschäft zu gehen und ein Messer zu benutzen. Ich bin sicher, Sharif erwartet nicht, daß Sie bereits hier sind. Sie haben sehr schnelle Arbeit geleistet.»

«Ich meine, wir sollten ihn überraschen», sagte de Gier. «Sie sagten, sein Schlafzimmer ist in der ersten Etage?»

«Ja. Und er schläft allein; er hat nie geheiratet.»

«Wir können Ihren Feuerwehrwagen in die Straße fahren; ich

werde oben drauf sein, wenn er am Haus ankommt. Wenn Sie mir Handschuhe, einen Kopfschutz und eine dicke Jacke leihen, werde ich durchs Fenster springen. Meine Pistole wird an seinen Kopf sein, ehe er überhaupt wach ist. Inzwischen kann Grijpstra unten die Tür aufbrechen und durch den Laden nach oben rennen. Die Polizisten von hier sollten im Garten oder Hof hinter dem Haus und auf der Straße stehen. Innerhalb einer Minute sollte alles vorbei sein.»

«Geht das in Ordnung, Inspecteur?» fragte der Commissaris.

«Ja, Mijnheer», sagte der Inspecteur. «Der Feuerwehrwagen steht draußen. Wir können gehen, wenn Sie bereit sind.»

Der Feuerwehrwagen war modern. Statt einer Leiter hatte er einen riesigen Metallkorb an einem langen Arm. De Gier und der Inspecteur stiegen in den Korb, der dann in die richtige Höhe für die Aufgabe gebracht wurde. Als der Wagen auf das Haus zufuhr, wies der Inspecteur die Feuerwehrleute unten mit Handzeichen ein. Grijpstra wartete an der Ladentür. Der Citroën des Commissaris parkte vor dem nächsten Haus; auf der Straße waren zwei örtliche Polizisten postiert. Der Commissaris und sein Fahrer warteten beim Citroën. Der Fahrer sah sehr beunruhigt aus.

«Jetzt», flüsterte der Inspecteur, woraufhin de Gier sich durch die Scheibe des Fensters stürzte, das ihm der Inspecteur gezeigt hatte. Er hielt seinen Kopf gesenkt, und das Glas zersplitterte um den Stahlhelm, den er sich vom wachhabenden Brigadier geliehen hatte. Er wollte sich über den Kopf abrollen lassen und in der Nähe des Betts vom Flieger auf den Füßen landen, aber ein kleiner Tisch mit Büchern vereitelte seinen Sprung, so daß er auf die Schulter fiel. Sein Fuß war unter einer schweren Lampe eingeklemmt, die mit dem Tisch umgefallen war. Die Gestalt im Bett war hoch, ehe de Gier sich befreien konnte. Die Pistole des Fliegers war schon fast in Position, als der Inspecteur hereingestürzt kam. Der Inspecteur hatte mehr Glück. Er landete auf den Füßen, und die Gewalt seines Sprungs trug ihn bis an das andere Ende des Zimmers. Der Flieger wurde auf das Bett zurückgestoßen, seine Pistole ging zwar los, aber der Schuß traf den Fußboden. De Gier, der sich endlich von Tisch, Büchern, Lampe und Kabel befreit hatte, ergriff den Arm des Fliegers, entwand ihm die Pistole und hielt dessen Hände so, daß der Inspecteur die Handschellen anlegen konnte.

«So», sagte de Gier.

Grijpstra und der Commissaris waren jetzt ebenfalls im Zimmer.

«Sie sind festgenommen, Mijnheer Heins», sagte der Commissaris.

Der Mann im Schlafanzug nickte.

«Commissaris!» rief die Stimme des Konstabels mit den müden Augen von der Straße herauf.

Der Commissaris steckte den Kopf durch das zerbrochene Fenster.

«Sie werden am Funkgerät verlangt, Mijnheer, dringend. Es ist der Brigadier vom hiesigen Revier.»

Der Commissaris rannte die Treppe runter.

«Ja?»

«Unser Wagen hat den grauen Jaguar gefunden, Mijnheer. Am Flugplatz. Zwei Männer wurden beobachtet, wie sie am Segelflugzeug von Mijnheer Heins auf dem Platz herumpfuschten. Meine Beamten versuchten, sie festzunehmen, aber sie entkamen. Sie verfolgen den Wagen jetzt und bitten um Unterstützung. Ich habe die Reichspolizei alarmiert. Meine Beamten meinen, daß die Verdächtigen wieder in Richtung Zeelandbrücke fahren. Ende.»

«Danke, Brigadier. Wir fahren ebenfalls in die Richtung. Ihre Leute werden Mijnheer Heins einliefern. Sperren Sie ihn ein, bis wir zurückkommen. Wir werden ihn im Laufe des Tages nach Amsterdam bringen. Halten Sie uns über den Jaguar auf dem laufenden. Ende.»

Der schwarze Citroen schoß davon. Der Inspecteur saß neben dem Konstabel am Steuer; der Commissaris und de Gier hielten sich an Grijpstra fest, der auf dem Rücksitz in der Mitte saß und sich vorbeugte, um sehen zu können, wohin der Wagen fuhr. Der Inspecteur lotste den Fahrer durch die engen Straßen von Middelburg. Scheinbar endlose Reihen kleiner Giebelhäuser flitzten vorbei. Dann eine Kirche, der großartige Komplex des Rathauses und eine Marktstraße. «Sirene», rief der Commissaris, woraufhin ihre Fahrt von einem gespenstischen Heulen begleitet wurde. De Gier hatte ein blitzendes Blaulicht auf das Dach geschoben, wo es an einem Haken festsaß. Sie wollten nicht den Milchmann oder die Bäckergesellen anfahren, die sich jetzt auf dem Weg zur Arbeit befinden würden. Es war nach sechs Uhr morgens.

De Gier dachte immer noch an das bleiche Gesicht des Fliegers. Er hatte einigermaßen gefaßt ausgesehen, als hätte er erwartet, daß behelmte Kriminalbeamte mitten in der Nacht durch sein Fenster fliegen.

Das Funkgerät erwachte wieder zum Leben. «Er ist auf der Brücke, Mijnheer», sagte die Stimme des Brigadiers. «Ich habe die Reichspolizei alarmiert, die einen Wagen am anderen Ende der Brücke hat, was er jedoch nicht weiß. Er kann den Wagen nicht sehen; die Brücke ist über siebzehn Kilometer lang. Meine Polizisten blockieren seinen Rückweg. Er wird niemals entkommen.»

«Wie weit ist es noch bis zur Brücke, Inspecteur?» fragte der Commissaris.

«Bei diesem Tempo werden wir in wenigen Minuten dort sein, Mijnheer. Heiliger Bimbam, Mann, du fährst ja mit hundertneunzig.»

«Ja, Mijnheer», sagte der Konstabel. Er hatte den Fuß fast unten, die Maschine des Citroën knurrte. Der Wagen konnte noch etwas Tempo zulegen, aber er mußte wegen einer ziemlich scharfen Kurve abbremsen. Dem Citroën machten die Kurven nichts aus. Sein Vorderradantrieb ließ die Reifen jedesmal in die geteerte Oberfläche der Autobahn beißen, wenn der Konstabel das Steuer drehte.

«Die Brücke», rief der Inspecteur, «langsamer. Der Polizeiwagen und der Jaguar werden ganz nahe sein.» Eine Minute später sahen sie das Wrack. Sharifs Fahrer hatte gebremst, als er vorn das blaue Blitzen des Autos der Reichspolizei sah. Er war vermutlich zu schnell gefahren oder zu nervös gewesen, um den Wagen unter Kontrolle zu halten, denn dieser war an die Absperrung rechts geraten, abgeprallt und gegen das linke Stahlgitter aufgetroffen. Laut Reichspolizei war der Wagen vom rechten Gitter an das linke und wieder an das rechte geprallt, wie eine Kugel in einem Flipperautomaten. Als er schließlich stand, war Sharifs Körper bereits zerschmettert gewesen.

Der Commissaris beugte sich über den sterbenden Araber. «Sharif», sagte er.

Sharifs Augen waren geöffnet, aber ausdruckslos.

Der Commissaris schaute auf. Die Brücke war leer. Die beiden Polizeiautos, die die Brücke an beiden Enden blockiert und sie zu einer Falle gemacht hatten, waren so weit entfernt, daß sie kaum zu sehen waren; nur die blitzenden Blaulichter zeigten sich. Dicke Wolken filterten das Licht des frühen Morgens, und das endlose graue Stahlgitter wurde in beiden Richtungen zum Horizont hin immer kleiner. Um sie herum war die dunkle Weite des Meeres, metallisch im geisterhaften Licht.

Der Jaguar hatte sich in das Gitter gezwängt, es durchbrochen, so daß seine Nase in die Luft ragte. Grijpstra, de Gier und der Konstabel mit den müden Augen standen eng zusammengedrängt bei den offenen Türen des Citroën. De Giers Hand lag auf der Schulter des arabischen Fahrers. Der junge Araber war unverletzt. Sein Blick ruhte auf Sharifs Leiche. Er sagte etwas.

«Im Namen Allahs», sagte der junge Araber leise, «des Mitleidsvollen, des Gnädigen.»

Janwillem van de Wetering

«Seine Helden sind eigensinnig wie Maigret, verrückt wie die Marx-Brothers und grenzenlos melancholisch: Der holländische Krimiautor **Janwillem van de Wetering**, der mitten in den einsamen Wäldern des US-Bundesstaats Maine lebt, schreibt mörderische Romane als philosophische Traktate.»
Die Zeit

Der blonde Affe
(thriller 2495)

Der Commissaris fährt zur Kur
(thriller 2653)

Eine Tote gibt Auskunft
(thriller 2442)

Der Feind aus alten Tagen
(thriller 2797)

Inspektor Saitos kleine Erleuchtung
(thriller 2766)

Die Katze von Brigadier de Gier
Kriminalstories
(thriller 2693)

Ketchup, Karate und die Folgen
(thriller 2601)
«... ein hochkarätiger Cocktail aus Spannung und Witz, aus einfühlsamen Charakterstudien und dreisten Persiflagen.»
Norddeutscher Rundfunk

Massaker in Maine
(thriller 2503)

Kuh fängt Hase *Stories*
(thriller 3017)

Outsider in Amsterdam
(thriller 2744)

rororo thriller

Rattenfang
(thriller 2744)

Der Schmetterlingsjäger
(thriller 2646)

So etwas passiert doch nicht!
Stories
(thriller 2915)

Ticket nach Tokio
(thriller 2483)
«Dieses Taschenbuch macht süchtig: nach weiteren Krimis von Janwillem van de Wetering und nach Japan.»
Südwestfunk

Tod eines Straßenhändlers
(thriller 2464)

Der Tote am Deich
(thriller 2451)

Drachen und tote Gesichter
Japanische Kriminalstories 1
(thriller 3036)

Totenkopf und Kimono
Japanische Kriminalstories 2
(thriller 3062)

3021/3

Serientäter

Robert Brack
Die siebte Hölle
(thriller 2941)
Oldtimer bringen's besser als Bücher, meint der bankrotte Buchhändler Jercy Pacula, und überführt zwei Limousinen nach Lissabon...
Schwere Kaliber
(thriller 2967)
Psychofieber
(thriller 3058)

Frank Göhre
Schnelles Geld
(thriller 3048)
Der erste, seit Jahren vergriffene Kriminalroman von Frank Göhre, der mit mehreren Literaturpreisen ausgezeichnet wurde und als Kinofilm Beachtung fand. Neu bearbeitet und wesentlich erweitert.
Der Tod des Samurai
(thriller 2832)
Ein Thriller über organisiertes Verbrechen in Hamburg.
Der Tanz des Skorpions
(thriller 3025)
Letzte Station vor Einbruch der Dunkelheit
(thriller 2795)
Der Schrei des Schmetterlings
(thriller 2759)

Daniel Pennac
Wenn nette alte Damen schießen...
In Belleville, dem Kreuzberg von Paris, schneidet ein erbarmungsloser Killer armseligen Rentnern die Kehlen durch. Angst macht sich breit, gefolgt von einer kräftigen Paranoia. Ausgezeichnet mit dem «Prix Mystère de la critique».
(thriller 2921)
Königin Zabos Sündenbock
(thriller 3003)

rororo thriller

30 Jahre thriller Jubiläums-Lesebuch
(thriller 3030)
Dieser Jubiläumsband präsentiert einen opulenten Querschnitt durch die Geschichte der rororo thriller- Reihe und bietet literarischen Nervenkitzel pur. Die Palette internationaler Autoren gleicht einem Who is Who der Kriminalliteratur.

Pacio Ignacio Taibo II
Der melancholische Detektiv *Drei Fälle für Héctor Belascoarán Shayne*
(thriller 3039)
Der Boxer Angel, Freund von Detektiv Héctor Belascoarán, wird beim Training im Ring von einem Unbekannten erschossen. Mögliches Motiv: eine alte Rivalität um eine Frau... Taibo liefert nicht nur ungewöhnliche Stories, sondern ein dichtes Bild von Mexiko, seiner Atmosphäre, seinen Problemen und seiner Faszination.
Das bizarre Leben
(thriller 2940)
Comeback für einen Toten
(thriller 3019)

Serientäter

Larry Beinhart
Priester waschen weißer
(thriller 3043)
Tony Cassella schlüpft in die Rolle eines irischen Priesters um den Tod von Wendy Tavetian und einem Japaner aufzuklären.
Zahltag für Cassella
(thriller 2932)
Bei Privat Eye Tony Cassella steht eine Steuerprüfung an. Genau in dem Augenblick, als er genügend Beweismaterial gegen den Justizminister persönlich zusammen hat...

K. C. Constantine
Ein unbeschriebenes Blatt
Ein Fall für Mario Balzic
(thriller 2776)
«Constantine ist ein wunderbarer Autor. Lang lebe Polizeichef Balzic!»
New York Times
Blues für Mario Balzic
(thriller 3002)
Schwere Zeiten für Mario Balzic: ein Mord geschieht, seine Mutter wurde mit einem Schlaganfall ins Krankenhaus eingeliefert und seine Frau hat wenig Verständnis für sein Pflichtbewußtsein.

William Krasner
Opfer einer Razzia
(thriller 3001)
Organisiertes Verbrechen + illegales Glücksspiel = Unmoral & Prostitution - Charley Hagen, Partner von Detective Captain Sam Brige, zieht wieder einmal voreilige Schlüsse.
Die letzte Tat des Mr. Goodman
(thriller 2937)

Jean-Bernard Pouy
Sprengsatz aus der Vergangenheit
(thriller 3021)
Der Schlüssel zur Affäre
(thriller 2977)

3024/4b

rororo thriller

Schwarze Beute
Stories von berühmten Autoren und neuen Talenten finden sich in den thriller-Magazinen und immer wieder – Shock, Thrill and Fun.
thriller–Magazin 5
Herausgegeben von Norbert Klugmann und Peter Mathews
(thriller 2969)
thriller–Magazin 6
Herausgegeben von Janwillem van de Wetering
(thriller 3000)
thriller-Magazin 8
Herausgegeben von Maj Sjöwall
(thriller 3093)

Die Reihe *rororo thriller* wird herausgegeben von Bernd Jost. Ein Gesamtverzeichnis aller lieferbaren Titel finden Sie in der *Rowohlt Revue*. Jedes Vierteljahr neu. Kostenlos in Ihrer Buchhandlung.